岩 波 文 庫

32-796-4

ラ・カテドラルでの対話

（上）

バルガス＝リョサ作
旦　敬 介 訳

JN150404

岩 波 書 店

CONVERSACIÓN EN LA CATEDRAL
by Mario Vargas Llosa

Copyright © 1969 by Mario Vargas Llosa

This Japanese edition published 2018
by Iwanami Shoten, Publishers, Tokyo
by arrangement with Mario Vargas Llosa
c/o Agencia Literaria Carmen Balcells, S.A., Barcelona
through Tuttle-Mori Agency, Inc., Tokyo.

緒　言

一九四八年から一九五六年まで、ペルーはマヌエル・アポリナリオ・オドリア将軍を首班とする軍事独裁政権の統治下にあった。政党や公民的活動が禁止され、報道は検閲され、多数の政治犯と何百人もの亡命者が出た八方ふさがりの社会の中で、この八年の間に、私の世代のペルー人は子供から若者へ、若者から大人へと成長したのだった。政権は好き勝手に犯罪を犯し、権力を濫用していたが、それよりももっとひどかったのが、権力の中枢から発する奥深い腐敗だった。それはあらゆる部門、あらゆる組織へと広がって、生の全領域を堕落させた。

あの八年期のペルーにおけるシニカルで無気力な、諦念と道徳的腐敗の精神風土こそがこの小説の原材料であり、この作品はフィクションの特権を自由に使いながらも、あの陰鬱な年月の政治的、社会的歴史を再現したものである。私は現実にそれを体験した十年後に、パリで、トルストイやバルザック、フローベールを読みながら、ジャーナリストとして生活を立てながらこの本を書き始め、続きをリマで、雪のプルマン(ワシントン州)で、ロンドンの「カンガルー渓谷」のクロワッサン形をした路地で――クィーン・メアリー・カレッジやキングズ・カレッジでの文学の授業の合間に――書き進め、何度もまるごと作りかえたあげく、一九六九年に、プエルト・リコでようやく書き終えた。他のどの小説においても、この作品ほど難儀したことはない。それゆえ、これまでに書いたすべての作品の中から一冊だけ、火事場から救い出せるのだとしたら、私はこの作品を救い出すだろう。

マリオ・バルガス＝リョサ

ロンドン、一九九八年六月

目次

（下巻目次）

ラ・カテドラルでの対話

（上）

ペティ・トゥアルス街のボルヘスかぶれことルイス・ロアイサに、そして、エル・デルフィン(王太子)ことアベラルド・オケンドに。当時も今も兄弟であり続ける蛮勇の小サルトルより親愛をこめて。

「社会の生のすべてを探索しつくさねば本物の小説家にはなれない、
なぜなら、小説とは諸国民の私的歴史だからである」

バルザック（『結婚生活の悲哀』より）

1

I

《ラ・クロニカ》新聞社の入口からサンティアーゴは、タクナ通りを何の愛情もなく眺めやる――自動車の群れ、高さの不揃いな色あせたビル群、明かりの消えた電光看板の骨組だけが霧雨の中に浮かんでいる、灰色の正午。いったいどの瞬間からペルーはダメになってしまったのか？　新聞の売り子たちがウィルソン交差点の信号で止まっている車列の合間を歩きまわりながら、夕刊紙の名前を口々に叫んでいる、そのかたわらを、彼はゆっくりと歩き出し、コルメーナ〔リマ都心の目抜き通り〕へと向かう。両手をポケットに入れ、うなだれて、サン・マルティン広場に向かって進む通行人の流れに乗っていく。彼自身もペルーと同じなのだサバリータ、彼もまた、どこかの瞬間でダメになってしまったのだ。彼は考える――それはどの瞬間だったのか？　ホテル・クリヨンの前で、一匹の犬が彼の足を舐めにやってくる――おまえは狂犬病じゃないだろうな、さっさと失せろ。ダメになってしまったペルー、と彼は考える、ダメになったカルリートス、誰も彼もがダメになった。彼は考える――解決策はない。ミラフローレス〔リマ南部の高級住宅街〕行きの乗合タクシー《コレクティーボ》乗り場に長い行列がでているのを見て、彼は広場を横断し、するとそこにノルウィンがいる、よう兄弟、バール〈セラ〉のテーブルに、すわれよサバリータ、チルカーノ〔蒸留酒ピスコを炭酸で割ったロング・ドリンク〕のグラスを手でもてあそんで、靴磨きに靴を磨かせながら、彼にも一杯おごると言う。まだ酔っぱらっていないようなのでサンティアーゴは腰を下ろすことにし、自分の靴も磨くようにと靴磨きに指示する。了解です旦那、すぐやりますから旦那さん、彼が鏡みたいに仕上げるのだった。

「もうずいぶんとご無沙汰じゃないか、社説委員さんよ」とノルウィンは言う。「社説ページに移って、ローカル面よりもご満悦だろ?」

「仕事は楽だね」と彼は肩をすくめてみせ、もしかするとあの日、編集長に呼び出されたあの日だったのかもしれない、冷えたクリスタルを一本注文し、オルガンビーデの後釜にならないかサバリータ、彼は大学に行っていたのだし、社説ぐらい書けるにちがいないのだ、どうだサバリータ? 彼は考える――あそこで僕はダメになったんだ。「朝早く出社して、その日の題目をもらって、鼻をつまんで二、三時間すわってれば、一丁上がり。ジャーって流して、それで終わりさ」

「オレは社説なんか、この世の黄金を全部積まれたって絶対やらないね」とノルウィンは言う。「ニュースから遠ざかることになるが、新聞てのはニュースだろサバリータ、まちがいない。オレは死ぬまでサツまわり一本で行くぜ。そうだ、死ぬといえば、カルリートスは死んだのか？」

「まだ入院中だが、もうじき退院できるらしい」とサンティアーゴは言う。「今度こそ酒はやめると誓ってるよ」

「ある晩ベッドに入ろうとして、ゴキブリとクモの幻覚を見たっていうのは本当なのか？」とノルウィンが言う。

「シーツを持ち上げたとたん、何千匹ものタランチュラやドブネズミが襲いかかってきたらしい」とサンティアーゴは言う。「素っ裸で大声をあげながら通りに飛び出した」

ノルウィンは笑い声をあげ、サンティアーゴは目を閉じて思い浮かべる——チョリーヨス〔リマ南部郊外の貧困地区〕の住宅は格子のついた立方体みたいなものや、地震でひびの入った洞窟みたいなところばかりで、その中を与太者連中がうごめき、腐臭のする汚らしい老婆たちが、静脈瘤だらけの足にスリッパをつっかけてうろうろしている。その立方体の間を小さな人影が走り抜けていき、その悲鳴に脂っこい未明の夜は震撼し、あとを追いかけていくアリやクモやサソリはさらに奮い立つ。アルコールによる慰めを選んだんだよな、と考える、緩慢な死よりも、アルコール中毒の幻覚を。それでいいのだカルリートス、人はそれぞれに可能な方法で、ペルーから身を守るしかないのだから。

「ある日突然、オレも虫けらどもと遭遇することになるんだろうよ」とノルウィンはチルカーノをあらためて凝視して、曖昧な笑みを浮かべる。「しかし、酒を飲まない新聞記者なんてありえないんだサバリータ。酒が発想の源なんだ、まちがいない」

靴磨きはノルウィンのほうを終えて、今度はサンティアーゴの靴に靴墨を塗りながら口笛を吹いている。《ウルティマ・オーラ》紙の様子はどうなのだろうか、あそこの悪童どもはどんなことを言っているのだろうか？　彼らはおまえの忘恩に文句を言っているのだったサバリータ、たまには彼らのところにも顔を見せにきてほしがっているのだ、前みたいに。自由な時間がたっぷりあるようになって、サバリータおまえは、どこか他で仕事して金を稼いでいるのだろうか？

「本を読んで、昼寝をしているだけだ」とサンティアーゴは言う。「もしかしたら、もう一度法学部に入り直してみるかも」

「ニュースから遠ざかったうえに、今度は学位までほしいのか」。ノルウィンは哀れむように見る。「社説ページは末路だなサバリータ。弁護士の資格を取って、新聞記者をやめる。おまえがブルジョワになりさがったところが今からオレには見えるぞ」

「こないだ三十になったんだ」とサンティアーゴは言う。「ブルジョワになるにはもう遅いよ」

「まだたったの三十なのか？」とノルウィンはしばし考えこむ。「オレは三十六だが、まるでおまえの父親みたいな見てくれだ。警察ページは人を磨りへらすな、まちがいない」

男っぽい顔、濁った敗残の目、バール〈セラ〉のテーブルにはそればかりが並び、手は灰皿とビールのグラスへとばかり伸びていく。ここの連中はなんと醜悪なのだろうか、カルリートスは正しかった。彼は考える――今日の僕はいったいどうしちゃったんだろう？靴磨きはテーブルの間で息を弾ませている二匹の犬を手でひっぱたいて追い払う。

「いつまで《ラ・クロニカ》の狂犬病キャンペーンは続くんだ？」とノルウィンは言う。「もうそろそろ鬱陶しくなってきたよな、今朝も、また丸一ページ割いていたじゃないか」

「狂犬病撲滅キャンペーンの社説は全部僕が担当している」とサンティアーゴは言う。「くだらんが、キューバやベトナムについて書くよりも、そのほうが頭を悩まさずにすむからさ。さて、行列もなくなったようだから、車に乗っていくよ」

「オレと一緒に昼飯を食っていけよ、おごるから」とノルウィンは言う。「奥さんのことは忘れろよサバリータ。古き良き時代を復活させようじゃないか」

焼きたてのクイ〔アンデス地方の小型モルモット〕と冷えたビール、バホ・エル・プエンテ地区の店〈カハマルカ横丁〉、リマック川が鼻糞色の岩の間をけだるく流れていく眺め、ハイチ産の泥っぽいコーヒー、ミルトンの家での賭け事、ノルウィンの家でのチルカーノとシャワー、ベセリータが値引きさせた娼館で迎える真夜中の絶頂、胃酸臭い夢とクラクラする頭と借金、その三つからなる夜明け。あの古き良き時代、もしかしたら、あそこでだったのかもしれない。

「アナがエビのチューペを作ったんだ、これは絶対に逃せない」とサンティアーゴは言う。「また別の日にな兄弟」

「奥さんが怖いんだな」とノルウィンは言う。「まったく、ダメになったなサバリータ」

おまえが思っている理由からではないのだ兄弟。ノルウィンはビール代と靴磨き代を自分が出すと言って譲らず、二人は握手して別れる。サンティアーゴは乗り場にもどっていき、彼が乗る乗合タクシー《コレクティーボ》はシヴォレーで、ラジオがかかっている――インカ・コーラが一番爽快というとすぐに、ワルツがかかり、ヘスス・バスケスの年季の入った声が、川と渓谷、これこそが私のペルーというのだった。まだ都心部《セントロ》には渋滞があるが、レプブリカ通りとアレキパ通りはすいていて、車はスピードを出せる、もう一曲ワルツ、リマっ娘には伝統の心があるという。いったいどうしてペルーの地元ワルツはどれもこれも、これほどまで間抜けなのか？　彼は考える――いったい僕は今日、どうしちゃったんだろうか？　顎先を胸につけて、目を半ば閉じていると、自分の腹の出っぱり具合を覗き見しているみたいになる――なんてこったサバリータ、おまえ、すわっただけで上着の中がぽっこりふくらんでいるじゃないか。もしかすると、生まれて初めてビールを飲んだときだったんだろうか？　十五年、二十年前になるか？　もう四週間も、母さんにも、テテにも会ってない。いったい誰が予想しえただろう、ポパイが一人前の建築士になるだなんてサバリータ、それに、おまえが結局リマの野良犬についての社説を書き散らすようになるだなんて。彼は考える――じきに僕も太鼓腹になるな。トルコ式の蒸し風呂に行こう、〈テラーサス〉クラブでテニスをしよう、六か月で脂肪を燃やしつくして、十五歳のころのようになめらかな腹になる。急ぐのだ、惰性の暮らしを壊すのだ、積もったものを払い落とすのだ。彼は考える——スポーツだ、それこそが解決策だ。ミラフローレス公園にもう来ている、ケブラーダ、マレコンと来て、運転手さんベナビデスの角で下りるから。車を下り、ポルタ街に向かって歩き、両手をポケットに入れて、うなだれている、今日の僕はいったいどうしちゃったんだろう？　空は曇ったままで、空気はそれ以上になおさら灰色で、いよいよ霧雨まで舞いはじめた——肌に蚊が止まったみたいな、クモの巣が触れたみたいな感覚。いや、そこまですらも行かない、もっとはかなく、もっと嫌な感覚。雨までもがこの国では腐りきっている。彼は考える——せめて本降りになってくれればまだましなのに。〈コリーナ〉、〈モンテカルロ〉、〈マルサーノ〉などの映画館では何を上映しているだろう？　家で昼食をとるだろう、それから、『対位法』の次の章を読むだろうが、それは徐々に退屈になっていって、シエスタのねっとりした眠りへと彼を運んでいくだろう、せめて『リフイフィ』みたいな犯罪ものか、『リオ・グランデ』みたいなカウボーイものでもやっていればいいんだが。しかし、アナは好みの甘ったるいドラマのほうに新聞で印をつけているにちがいない、それにしてもまったく今日の僕はどうしちゃったんだろう。彼は考える——検閲がメキシコ映画を禁止してくれれば、アナと喧嘩する回数も減るだろうに。それで、夕方の回を見たあとはどうするか？　二人で海岸通り《マレコン》を散歩してから、ネコチェア公園のモルタル製のパラソルの下で煙草を吸いながら、暗がりの中で轟く海の音を聞いて、それから手をつないで小人の住宅街に帰るだろう、僕らは大いに愛を闘わせ、大いに愛を論じあい、そしてあくびまじりにハクスリーを。家は二部屋とも煙と油の匂いが充満しているだろう、アモールおなかペコペコじゃないの？　早朝の目覚まし時計、冷たい水シャワー、乗合タクシー《コレクティーボ》、コルメーナ通りを会社員たちに混じって歩く、編集長の声、おい君は銀行のストにするかサバリータ、それとも、漁業危機かイスラエルか、どれがいい？　やはり、ひと頑張りして、ちゃんと学位を取ったほうがいいんじゃないだろうか。彼は考える――後もどりするんだな。彼はオレンジ色のざらざらした塀に目をやる、田舎家ふうの小人の家の、ピンク色の屋根瓦に、黒い防犯格子の入った小窓に目をやる。すると彼らの部屋のドアが開いている、しかし、バトゥーケは出てこない、しつけがなってなくて、ふざけてばかりで、やかましくて、甘えてばかりのバトゥーケが。どうして開けっ放しで中国人の店に行くんだよアモール？　しかし、そうではない、アナがそこに姿をあらわす、どうしたんだい、彼女は目を泣き腫らしてやってくる、髪もすっかり乱れて――アモール、バトゥーケがさらわれてしまったのだった。

「わたしの手の中から奪っていったのよ」とアナはすすり泣く。「汚らしい黒人たちが。トラックに積みこんで。盗んでいったのよ、盗んでいったの」

彼女のこめかみにキスをする、大丈夫だよ落ちついて、彼女の顔をなでる、どういう状さんだなあ。


況だったのだろうか、彼女の肩を抱いて家に連れて入る、泣かなくていいんだよ、お馬鹿
「だって、電話したのよ、《ラ・クロニカ》に、でもあなたはいなくて」とアナは泣きべそになる。「ひどい悪党よ、脱獄囚みたいな顔をした黒人たちで。わたしはあの子を連れて歩いていたの、鎖とか全部ちゃんとつけて。なのに、あいつら、わたしから奪い取ると、トラックに積みこんで盗んでいったのよ」

「お昼をすませたら野犬収容所に行って連れもどしてくるよ」とサンティアーゴはもう一度彼女にキスをする。「何もあいつの身には起こらないから大丈夫、心配いらないから」

「バタバタ暴れて、尻尾を振り乱していたのよ」と彼女はエプロンで涙を拭いて、溜息をつく。「あの子にはわかっているみたいだった。かわいそうなあの子、かわいそう」

「手の中から奪い取っていったんだね？」とサンティアーゴは言う。「いったいなんて乱暴なんだ、ただじゃすまさないからな」

彼は椅子の上に投げ捨ててあった上着を取り、ドアのほうへと一歩踏み出すが、アナはそれをさえぎる――その前に大急ぎで食べていくべきなのだったアモール。彼女は甘い声を出して、頰にえくぼを作っているが、目は悲しげで、すっかり青ざめている。

「チューペが冷めちゃうわ」と彼女は微笑んでみせるが、唇は震えている。「ひどい目に

あったせいで、すっかり忘れてた。かわいそうなバトゥキート」[*1]

　彼らは何も話さずに食事をする、窓際に置いた小さなテーブルからは小人街の中庭が見える――煉瓦色の土、それは〈テラーサス〉クラブのテニス・コートと同じ色だ、曲線を描く砂利の小道、そしてその縁にはゼラニウムの茂み。チューペは冷めてしまっていて、皿の縁には油の膜が貼りついていて、エビは缶詰めのものみたいだ。サン・マルティン街の中国人の店に行こうとしてたのよコラソン、お酢を一瓶買うために、すると突然、彼女の横でトラックが停車して、極悪非道の脱獄囚みたいな悪党面をした黒人二人が下りてきて、一人が彼女のことを突き飛ばして、もう一人が彼女の手から鎖を奪い取り、気づいたときにはすでにあの子を野犬運搬車の中に押しこんで、走り去ってしまっていた。かわいそうに、かわいそうなあの子。サンティアーゴは立ち上がる――その悪党連中に彼が思い知らせてやるのだった。わかった？　彼にもわかったのだろうか？　アナはまたすすり泣きを始める――彼もまた、あの子が殺されてしまうのではないかと恐れているのでしょうアモール。「やつらは何もしやしないさ」と彼はアナの頬にキスをし、すると肌と塩の味を一瞬感じる。「すぐに連れて帰ってくるから、見ててごらん」

　彼はポルタとサン・マルティンの角の薬局まで小走りで向かい、電話を貸してもらって《ラ・クロニカ》に電話する。ソロルサノが出る、裁判所担当の男だ――いったいどうして彼が野犬収容所の場所など知っているはずがあるのだろうか、えっサバリータ。

「おたくの犬が連れていかれちゃったんですか？」と薬剤師が世話好きらしい顔を突き出してくる。「野犬収容所は軍隊橋のところですよ。急いだほうがいいです、うちの女房の兄さんのところでは、チワワを殺されてしまいましたからね、ものすごく高い犬だったのに」

ラルコ通りまで小走りで行って、コレクティーボをつかまえる、パセオ・コロンから軍隊橋までタクシーで行ったらいくらかかるだろうか？　財布の中には百八十ソルしかない。これで彼らは日曜日には文無しになってしまうのだった、アナが病院での仕事をやめたのは残念だった、夜は映画に行かないでおいたほうがいいのだった、かわいそうなバトゥーケ、もう二度と狂犬病撲滅の社説なんかご免だ。パセオ・コロンで下り、ボロニェーシ広場でタクシーを見つけるが、運転手は、旦那、野犬収容所というのは知らないのだった。五月二日広場のアイスクリーム売りが道を教えてくれる――もっと先、川の近くに小っちゃい看板、「市営野犬保管所」とあるところなのだった。大きな敷地が嫌な感じの、糞便

＊1　スペイン語では人の名前などの末尾に「イート」「イータ」という接尾語をつけることによって、かわいらしさや親愛の気持ちを表現できる。バトゥーケがバトゥキート、カルロスがカルリートス、アナがアニータ、ベセラがベセリータなど。主人公の苗字サバラにもこれをつけて、サバリータとなった。他にもケティータ、チョリータなど、多用される。場合によっては侮蔑の感情を表現することにもなる。

色の日干し煉瓦の塀で囲まれている――リマの色だ、と考える、ペルーの色だ――そのまわりには小屋掛けが並んでいて、遠くからだと、それが混ざりあって、凝集されて、筵と棒杭と瓦とトタン板からなる入り組んだ迷路のように見える。くぐもった調子で、遠くから唸り声。入口の横にはみすぼらしい建物があり、「管理部」と書かれた札が出ている。上着を脱いで、眼鏡をかけた禿げの男が一人、書類だらけの机の上で居眠りしているので、サンティアーゴは机を叩く――彼の犬が盗まれたのだ、彼の奥さんの手の中から奪い取られていったのだ、すると男はビクッと体を震わせる、くそっ、絶対にただではすまさないつもりなのだった。

「いったい何なんです、いきなり人のオフィスに入ってきて、くそくそとは」と禿げ頭はびっくり仰天した目をこすって、顔をしかめる。「もう少し礼儀をわきまえてもらわないと」

「万が一うちの犬に何かあったら、絶対にただじゃすまさないぞ」と彼は新聞記者証を取り出して、机を今一度叩く。「それから、うちの奥さんに手を出した男たちも痛い目にあわせるからな、容赦しないぞ」

「少しは落ちついてください」と男は身分証を確認して、あくびをし、その顔に浮かんだ不快感は溶けて、穏やかな倦怠感へと落ちついていく。「おたくの犬は二時間ほど前につかまったんですよね？　ならきっと、つい先ほどトラックが運んできた中に入っているでしょう」

そんなに怒るべきではないのだ新聞記者さん、誰のせいでもないのだから。男の声はまるで熱意がない、その日と同じように眠たげで、その口元の皺と同じように苦り切っている――こいつもすっかりダメになっている。収容係には一匹いくらの歩合で払われているので、ときにはやり過ぎることがあるのだった、どうしようもないではないですか、彼らだって日々の食事のために戦っているのだから。敷地の中に、くぐもった打撃音が、コルクの壁で消音したみたいな遠吠えが漏れ聞こえる。禿げ頭は何の愉快さもない曖昧な笑いを浮かべ、無気力な様子で立ち上がり、何かをぶつぶつ言いながらオフィスから出る。彼らは更地を横断し、屋根だけかかった小便臭い物置きに入る。平行に並べられた檻に動物が詰めこまれ、お互いに体をこすりあわせては、その場で飛びはね、金網の匂いをかいでは、唸り声をあげている。サンティアーゴはひとつひとつの檻の前で身をかがめて覗きこみ、ここじゃない、鼻先と後肢と打ち振られる固い尾の交錯を調べるが、ここでもない。禿げ頭が傍らに付き添い、焦点の合わない目つきのまま、足を引きずっていく。

「よく見ておいてくださいよ、もう満杯になっていることを」と急に、抗議の声をあげる。「あとでおたくの新聞は私らのことを叩くんですから、まったく不公正ですよ。市役所は情けない予算をしぶしぶ出すだけなんで、私らに奇跡を期待されてもねえ」

「くそっ」とサンティアーゴは言う。「ここにもいない」

「大丈夫ですよ」と禿げ頭は囁く。「まだ四つ、置場がありますから」

彼らはふたたび更地の部分に出る。平らに均された地面、雑草、糞便、悪臭を発する水たまり。二つめの屋根の下では、ある檻がほかのどの檻よりも騒がしくなっている、金網が振動して、何か白くて毛の長いものが跳ねまわり、身体の波の中から浮き上がったり沈んだりしている――間に合ったんだ、まだしもだったじゃないか。鼻先の半分ほどが、そして尻尾の一端が垣間見え、赤く血走って涙ぐんだ両目が目に入る――バトゥキートだ。まだ鎖だってついているのだ、連れ去る権利などなかったのだ、いったいどういう了見なのか、しかし禿げ頭は、落ちついて落ちついて、すぐに出させるようにするのだから。男はのろのろとした足取りで遠ざかっていき、じきに、青いつなぎ服を着たサンボ〔黒人と先住民の混血の人〕を引き連れてもどってくる――さあパンクラス、その白っぽいやつを出してやるのだ。その混血の男は檻を開け、他の犬を押しのけてバトゥーケを首でひっつかみ、サンティアーゴに手渡す。かわいそうに、犬は小刻みに震えていたが、下におろしてやると、一歩後ろに下がって、体を震わせる。

「みんなまっさきに糞をするんでさあ」とサンボは笑う。「牢屋から出られてハッピーだって、彼らなりの言い方ですわな」

サンティアーゴはバトゥーケの隣にしゃがんで、頭を掻いてやり、両手を舐めさせる。犬は震えて、小便を垂らしながら、酔っぱらったみたいによろよろと歩いて、更地の部分に出てからようやくふざけはじめ、地面を掘ったり走りまわったりしはじめる。

「ちょっと一緒に来てくださいよ、われわれがどんな状況で仕事をしているのか見ていってください」と男はサンティアーゴの腕をとって、棘のある笑いを浮かべる。「何かおたくの新聞に書いて、市に人員を増やすように注文をつけてくださいよ」

悪臭を放つ壊れかけの上屋、鋼のような灰色の空、じっとりと濡れた空気の流れ。そこから五メートル先で黒い人影が、ずだ袋を傍らに置いて、一匹のダックスフントと格闘している。犬はその小さな体に見合わない獰猛な声をあげて抵抗して、ヒステリックに体をひねっている――手伝ってやれよパンクラス。背の低いサンボは走りよって、ずだ袋を開いてやり、するともう一人がダックスフントを袋の中に放りこむ。彼らは袋を太い帯で縛り、地面に置く、するとバトゥーケが唸り声をあげはじめ、鎖を引っ張る、どうしたんだ、彼は驚いて見やり、犬はけたたましく吠えかかる。男たちはもう棍棒を手にしており、一、二と声をかけながら袋を殴って怒声をあげ、袋は躍って弾み、狂ったように咆哮し、一、二と男たちは怒声をあげては殴りつける。サンティアーゴは呆然となって目を閉じる。

「ペルーでは、われわれはいまだに石器時代にいるんですよ、お兄さん」と、楽しげで悪趣味な笑みのせいで、禿げ頭の顔には生気が灯っている。「われわれがどういう状況の中で働いているかよく見といてください、権利なんてあるのか、教えてくださいよ」

ずだ袋は動かなくなっている、男たちはそれをさらにしばらく殴りつけてから、棍棒を投げ捨て、額の汗をぬぐい、両手をこすりあわせる。「以前はね、神の教えに沿った方法で殺してたんですよ、しかし今じゃ金が足らなくてね」と禿げ頭は苦情を漏らす。「記事にしてくださいよ、記者さん」「それに、ここでみんな、いくら稼いでいるかご存じですか？」とパンクラスが大きな身振りで指し示しながら言う。彼はもう一人の作業員のほうに向き直る、「おまえが話してさしあげろよ、旦那は新聞記者なんだ、新聞で抗議の声をあげてもらおう」

その男のほうがパンクラスよりも背が高く、年下だ。彼らのほうに一歩二歩と歩み寄ってくるので、サンティアーゴにもようやくその顔が見える――えっ？　彼は鎖を取り落としてしまい、バトゥーケは吠えながら走り出し、彼は口を開いて、また閉じる――えっ？　本当なのか？

「犬一匹につき、一ソルなんですよ旦那さん」とサンボは言う。「そのうえ、焼いてもらうためにゴミ捨て場に運んでいく作業まであって、それでたった一ソルなんです旦那さん」

いやちがう、人ちがいなのだ、黒人はみんな似ているのだ、彼であるはずがないのだった。彼は考える――どうして彼でないと言えるのか？　サンボの男はしゃがみこみ、ずだ袋を持ち上げ、たしかに彼だった、更地の一角まで運んでいき、血のにじんだ他のずだ袋の山の上に投げ捨ててから、長い両脚の上でバランスをとるような歩き方で、額をこすりながらもどってくる。たしかにそうだ、彼にまちがいない。おい相棒、とパンクラスが肘でつついて、ちょうどいいから今、昼飯に行ってこいよ。

「ここじゃおまえら不平ばかり言うが、トラックに乗って収容に行くときにはいつも大よろこびじゃないか」と禿げ頭が唸るような声で言う。「今朝だって、この旦那の犬を、鎖がついていて飼い主が連れていたのに、むりやり放りこんできたんだぞ、やり過ぎだろ」

サンボの男は両腕を高く掲げてみせる、たしかに彼だ――彼らはその朝はトラックで出かけなかった組なのだ旦那、ずっと棍棒仕事ばかり担当していたのだから。彼は考える――まちがいない。その声、その体つきも彼のものにまちがいない、しかし、三十歳ほど余計に年をとっているみたいに見える。同じ細面の顔、同じ幅広の鼻、同じ縮れ毛の髪をしている。しかし今では、目の下には紫がかった隈が、首筋には皺が、馬のような前歯には黄緑がかった歯垢が見てとれる。彼は考える――以前は真っ白だったのに。なんて変わってしまったんだ、なんて衰えてしまったんだろう。前よりも痩せて、汚れて、ひどく老けこんでしまっている、しかし、華やぎのあるあのゆったりとした足取りは変わってない、クモのような長い脚はそのままだ。そのでかい手は今では節くれ立った固い外皮で覆われ、口のまわりには唾液の輪ができている。彼らは更地をもと来た方向にもどって、事務室のところまで来ていて、バトゥーケはサンティアーゴの足に体をこすりつける。彼は考える

――僕が誰なのか彼は気づいていない。彼は言わないつもりだった、話しかけないでおくつもりだった。おまえのことを見て気づくはずがないではないかサバリータ、おまえは何歳だったんだ、十六か、十八か？　それが今ではおまえは三十歳のおじさんなのだ。禿げ頭は二枚の紙の間にカーボン紙をはさんで、押しつぶれた吝嗇な文字で何行か文章を書きつける。手持ちぶさたで、サンボのほうは唇を舐めている。

「それじゃここに署名をお願いしますよお兄さん、それと、ほんとに、ひとつ後押しをお願いしますよ、《ラ・クロニカ》で増員の要求を書いてください」と、禿げ頭はサンボのほうに目をやる。「おまえさんは昼飯に行くんじゃなかったのか？」

「ちょっとばかり前借りをお願いできますかね？」と彼は一歩前に出て、ごく自然な調子で説明する。「ちょっとばかり懐がさびしいんでさあ旦那」

「半リブラ〔リブラは十ソルのこと〕なら」と禿げ頭はあくびをする。「それ以上は手持ちがない」

彼はその紙幣をよく見もせずにしまいこみ、サンティアーゴと一緒に外に出る。トラック、バス、乗用車が奔流をなして軍隊橋を渡っている、どんな顔をするだろうか、もし彼が。霧雨ごしにフライ・マルティン・デ・ポッレス区のあばら屋の群れが土色に折り重なって、走って逃げだすだろうか、夢の中の光景のように浮かび上がる。彼はサンボの目を見つめ、すると相手も彼を見つめる――

「もしも君らが僕の犬を殺してたら、こっちも君らを殺してたぞ」と言ってみせる。

やっぱりそうだサバリータ、おまえに気づいていない。相手は気をつけて台詞に耳を傾けているが、その目つきは濁っていて、疎遠で、うやうやしい。老けこんだだけでなく、たぶん頭も鈍ってしまったんだろう。彼は考える——つまり、こいつもまたダメになってしまったんだ。

「おたくのあの毛深い犬は今日の午前中につかまったんですよね？」と、その目の中には思いがけない輝きが一瞬はじける。「だとすると、黒人のセスペデスですよ、あいつは無茶をしますから。人んちの庭に入りこんだり、鎖をちぎったり、一ソルを稼ぐためなら何でもしますから」

彼らはアルフォンソ・ウガルテ通りに上がる階段の下に来ている。バトゥーケは地面に転がって、灰色の空に向けて吠えてみせる。

「アンブローシオ？」と彼は微笑み、ためらい、また微笑んでみせる。「君はアンブローシオじゃないか？」

相手は駆け出さない、何とも言わない。びっくり仰天した間抜けな表情で見返して、突然、その目の中にはある種の眩惑が生じる。

「僕のこと、忘れちゃったのか？」と彼はためらい、微笑み、またためらう。「僕はサンティアーゴだよ、ドン・フェルミンの息子の」

大きな両手を高く掲げて、サンティアーゴ坊ちゃんですか、旦那さんが？　相手は、絞め殺すべきか抱きしめるべきか、決めかねて固まりつく、ドン・フェルミンの息子さんの？　驚きと感動で声が割れていて、目が眩《くら》んだようにまばたきをしている。そうだよ、おい、わからなかったのか？　サンティアーゴのほうは、あそこの敷地で見かけたときにすぐに気づいたのに——どうしているのか？　両手はまた勢いづき、なんてこった、また空中をさまよい、おお神様、こんなに大きくなって、サンティアーゴの肩と背中を叩き、その目はようやく笑っている——なんてうれしいことでしょう坊ちゃん。

「坊ちゃんが一人前の大人になっているなんて、嘘みたいですわ」と彼をなでまわし、見つめ、微笑みかける。「この目で見てるのに、信じられませんよ坊ちゃん。もちろん見てわかりますよ、今では。お父さんによく似てますよ、それからソイラ夫人にも少し」で、テテお嬢ちゃんは？　その両手はあっちへこっちへ、感動からなのか驚きからなのか、でチスパスさんは？　サンティアーゴの腕から肩へ背中へと動き回り、その目はやさしげになって、思い出の中に入りこみ、その声はなんとか取り乱さないように努めている。まったく偶然というのは途轍もないものではないか？　人はいったいどこで出会うことになるものか、わからないものなのだった、ねえ坊ちゃん！　しかも、こんなに時間がたったあとで突然ね、まったくなんてこった。

「この騒ぎで喉が渇いたよ」とサンティアーゴは言う。「さあ、どこかで何か飲もう。このへんで、どこか知っているところはあるかい?」

「いつも自分が食事するところなら知ってますが」とアンブローシオは言う。「〈ラ・カテドラル〉というんです、貧乏人向けの店なんで、お気に召すかどうか」

「冷たいビールさえあれば気に入るさ」とサンティアーゴは言う。「行こうじゃないか、アンブローシオ」

サンティアーゴ坊ちゃんがもうビールを飲むだなんて、まったく嘘のようなのだった。アンブローシオは笑い、立派な黄緑色の歯が空中にむき出しになる——時間の過ぎる速さといったら、まったく。彼らは石段を上がる、アルフォンソ・ウガルテの最初のブロックの広大な敷地にはフォードの白い修理工場があり、その左側の曲がり角には、仮借のない灰色の空気のせいですっかり淀んだ色になった中央鉄道の貨物倉庫が見える。大きな木箱を積んだトラックの陰に隠れて〈ラ・カテドラル〉の入口は見えない。中ではトタン板の屋根の下で、粗末なベンチとテーブルにぎっしりと、腹を空かした群衆が並んでざわめいている。シャツ姿の二人の中国人がカウンターの中から、赤銅色の顔、咀嚼したり飲んだりしている角ばった顔つきの男たちを見張っていて、みすぼらしい前掛けをした場違いなちびのアンデス《セラニート》出身者が一人で、湯気の立つスープや飲み物の瓶や、米の大皿を配っている。親愛をこめて、口づけとともに、愛の証しを、派手な色の箱形ラジオが大音声で喚きたて、その奥、湯気の向こう、騒音と、料理と酒の濃密な匂いと、踊りまわる蠅の大群の向こうには、穴ぼこだらけの壁がある――そこからは、岩、掛け小屋、川の切れ端、鉛色の空がのぞく――そしてどっしりとした女が一人、汗みずくになって、コンロの火の粉に囲まれながら鍋釜をあやつっている。箱形ラジオのかたわらに空いたテーブルがあり、テーブル上に星座のように刻みつけられた無数の落書きの中には矢の刺さったハートが見てとれ、女の名前が書いてある――サトゥルニーナ。

「僕はもう昼飯はすませたけど、君は何か食べるものを頼みなよ」とサンティアーゴは言う。

「よく冷えたクリスタルを二本」とアンブローシオが、両手でメガホンを作って叫ぶ。「魚のスープひとつとパンに、豆とご飯」

おまえはここに来るべきじゃなかった、彼に声をかけるべきじゃなかったサバリータ、おまえはダメになったんじゃなくて、狂ってるんだ。彼は考える――これでまた悪夢がもどってくる。おまえが悪いんだぞサバリータ、かわいそうな父さん、哀れ親父。

「運転手や、このあたりの工場の労働者です」とアンブローシオは周囲を、まるで弁解するかのように示してみせる。「アルヘンティーナ通りのあたりからも来るんですよ、飯がまあまあで、何よりも安いので」

アンデス男がビールを運んでくる、サンティアーゴが両方のコップに注ぎ、二人は、坊ちゃんの健康に、アンブローシオの健康に、と飲む、そこには、なんとも解読できない稠密な匂いがある、人を弱くし、くらくらさせ、思い出で満たす匂いが。

「なんとも厄介な仕事についたもんだなアンブローシオ。もうずいぶん長いのかい、野犬収容所で働いて」

「一か月です坊ちゃん、狂犬病のおかげでつけたんですよ、それまで空きはなかったんで。まったく厄介な仕事で、消耗させられますよ。面白みがあるのは、トラックに乗ってつかまえにいくときだけでしてね」

汗と、ニンニクとタマネギと、小便とたまった生ゴミの匂いがする、そして、ラジオの音楽が、たくさんの人の声とエンジンやクラクションの唸りと混じりあい、変形して濃密になって耳に届く。日に焼けて黒ずんだ顔、高く飛び出した頬骨、変わりばえのしない日常のせいか怠惰のせいで眠りこんだ目、それがテーブルの間を徘徊し、カウンターの前にも並んで入口をふさいでいる。アンブローシオはサンティアーゴが差し出した煙草を受け取って吸い、吸い殻を床に捨てて、足ですり潰す。やかましい音を立ててスープを飲み、魚のかけらを噛みしだき、骨をつまんでは光ってくるまでしゃぶりつくし、聞いたり答えたり質問したりしながら、パンのかけらを口に放りこみ、ビールをぐいぐいと飲み干し、手で汗をぬぐう——まったくもって時間というものは人間を気づかないうちに飲みこんでしまうものなのだった、ねえ坊ちゃん。彼は考える——どうして僕はさっさと立ち去らないのだろう？　彼は考える——僕は行かなくちゃいけない、けれども彼はさらにビールを注文する。コップを満たし、自分のコップをつかみ、話をしながら思い出しているのか夢見ているのか考えているのか、あちこちにクレーターができている白い泡の円を見つめる。そのクレーターの口は音もなく開いて、金色の気泡を吐き出しては、彼の手の中で温まっている黄色い液体の中に消えていく。彼は目を閉じずに飲み、げっぷをし、煙草を取り出してはは火をつけ、身体をかがめてバトゥーケを撫でる——過ぎたことだ、かまうものか。彼は話し、アンブローシオが話す、その目の下の隈は青みがかってきて、その鼻の穴はどこかから走ってきたみたいに、息が苦しいかのように脈打つ、そして、一口飲むたびに唾を吐き、追憶をこめて蠅を見つめ、耳を傾け、微笑んだり悲嘆に暮れたり当惑したりしたかと思うと、その目は、憤怒に燃えたり怯えたり消え入ったりする。ときどき、発作のように咳が出る。その縮れた髪には白髪が交じっている、つなぎの上に羽織っている上着はかつては青かったのだろうが色あせていてボタンも取れている、そして、タートルネックのシャツは喉のあたりにロープみたいに巻きついている。サンティアーゴは相手の馬鹿でかい靴に目をやる——泥だらけでねじ曲がっていて、長い年月のせいですっかりダメになっている。声は口ごもりがちに、びくびくと発せられ、用心深く、懇願するように消え入ったかと思うと、うやうやしい、切望するような、あるいは深く悔いているような調子でもどってくるが、いつでもそれは負けさらばえた声だ——三十歳どころではない、四十歳、いや百歳も余計に年をとっている。崩れ衰えて老けこみ、鈍重になっただけではなかった、もしかしたら結核を病んでいるのかもしれなかった。カルリートスやおまえよりも一千倍も余計にダメになっているぞサバリータ。彼はもう帰るのだった、もう帰らなければならないのだった、なのにまだビールを注文する。おまえ酔っぱらってるぞサバリータ、今にもおまえは泣き出しそうなのだ。この国じゃ人生は人にやさしくないのだった、ねえ坊ちゃん、お宅を出たとき以来、彼は映画みたいなひどい冒険ばかりを生きてきたのだった。彼のほうだって、人生は決してやさしくなかったのだアンブローシオ、とさらにビールを注文する。吐くことになるのか？　揚げ物の匂い、足指と脇の下の匂いが、刺すように、包みこむように舞い飛び、直毛の、剛毛の頭の上を、油で逆立てた髪の毛の上を、フケと整髪料の散った短いうなじの上を、箱形ラジオの音楽が静まってはもどり、静まってはもどり、その今や、満たされた顔、四角い口、髭のない茶色の頰などよりもさらに強烈に、さらに執拗に、唾棄すべき記憶の映像もまた押し寄せてきている――もっとビールを。この国は意味不明の大混乱ではないのだろうか、ねえ坊ちゃん、ペルーというのは途轍もない大難問パズルなのではなかろうか？　オドリア派とアプラ党が、あんなにも憎みあっていた者同士が、今では身内同然の間柄になっているなど、坊ちゃん、信じられないことではなかったか？　お父さんだったら、坊ちゃん、これについて何とおっしゃったでしょうか？　二人は話し、時には彼のほうが遠慮がちに、うやうやしく耳を傾け、アンブローシオが思い切って抗議の声をあげる――彼はもう行かないと、坊ちゃん。彼は小さくなっていて攻撃的でない、遠く、たくさんの空き瓶が並んだ長テーブルの向こう側にいて、酔っぱらって怯えきった目をしている。バトゥーケが一回吠え、百回吠える。内なる渦巻き、心の中心部の泡立ち、時間が途中で止まった感覚と悪臭。彼らは話をしているのか？ 箱形ラジオが大音声で鳴るのをやめ、ふたたび鳴りだす。豊満な匂いの川が、煙草、ビール、人肌と食べ残しの匂いに枝分かれして、〈ラ・カテドラル〉のどっしりした空気の中を生ぬるく漂い、それが突然、その上を行くさらに強力な悪臭に吸収される——父さん、あんたも僕も、どちらも間違っていたんだ、これこそが敗北の匂いなんだよ父さん。入ってきて食べ、笑い、怒鳴る人々、出ていく人々、そして永久にカウンターの中にいる中国人たちの青白い横顔。彼らは話し、黙り、飲み、吸い、そしてアンデス男がそこに姿をあらわして瓶が林立するテーブルの上に身を乗り出すと、もう他のテーブルに人はいなくなっていて、ラジオの音もコンロの火の弾ける音も聞こえなくなっていて、ただバトゥーケが吠える声、サトゥルニーナ。アンデス男が煤だらけの指で瓶を数え、するとアンブローシオの慌てふためいた顔が彼のほうに向かってくるのが見える——気分が悪いのだろうか、坊ちゃん？ ちょっと頭が痛いだけ、もうほとんどよくなってきているのだった。おまえはまったく物笑いの種になってる、と彼は考える、けっこう飲んだな、ハクスリー、ほらバトゥーケを無事に連れて帰ってきたぞ、遅くなったのは友達に出くわしちゃったものだから。彼は考える——わが愛《アモール》。彼は考える——やめろサバリータ、もうこれで十分だ。アンブローシオがポケットに手を入れ、サンティアーゴは両手を伸ばして止める――おまえは頭がおかしくなったのか？　彼が払うのだった。足下がふらつくのでアンブローシオとアンデス男が彼を支える――放せ放せ、一人で立てるのだった、気分が悪いわけじゃないのだった。だいじょぶですか坊ちゃん、まあ仕方ないのだった、あんなに飲んだのだったから。一歩一歩、〈ラ・カテドラル〉の無人のテーブルの間を、ガタガタする椅子の間を進んでいく、ただれたような床をじっと凝視しながら――もう大丈夫だ、もう治ったから。脳はすっきりしてきて、脚のだるさも消えて、目も晴れ渡ってきている。しかし、映像はいつまでも変わらずに目の前にある。彼の両足に絡みついたバトゥーケが待ちきれずに吠える。

「お金が足りてよかったです坊ちゃん。本当に気分はよくなったんですか？」

「ちょっと目が回っているけど、酔っぱらったわけじゃない、酒はどうってことはない。いろいろ考えすぎて、頭がくらくらしてるんだ」

「四時間ですよ坊ちゃん、どんな言い訳をでっちあげたらいいものやら。あたしはクビになるかもしれんですよ、あんたにはわからんでしょうが。しかしまあ、お礼を言いますよ。ビールと食事と会話の。いつの日にかお返しをできればいいんですがね坊ちゃん」

彼らは歩道に出ていて、アンデス男が木戸の大扉を閉めたところで、入口を隠していたトラックはもういなくなっていて、霧に建物の輪郭はぼやけ、夕刻の鋼色の光の中で、車とトラックとバスの奔流が軍隊橋の上を、重苦しく、前とまったく変わらずに流れている。

近くには誰もいない、遠くの歩行者は顔のないシルエットでしかなく、煙のようなヴェールの中をすべっていく。ここで別れて、それで終わりだ、と彼は考える、もう二度と彼に出会うことはない。彼は考える——こいつになんか会ったことすらないんだ、話なんかしなかったんだ、どかんとシャワーを浴びて、ひと眠り昼寝すれば、それで終わりだ。

「本当にもう気分はいいんですか坊ちゃん？　家まで送らなくていいんですか？」

「気分が悪いのはおまえのほうなんだろ」と彼は唇を動かさずに言う。「午後の間じゅう、四時間ずっと、おまえは気分が悪かったんだ」

「とんでもないですよ、あたしは酒を飲んでも頭は酔わないほうなんですから」とアンブローシオは言い、そして一瞬、笑う。口は半開きのまま、手は顎の下で固まっている。動かずに、サンティアーゴから一メートルのところで、上着の襟を立てていて、バトゥーケは耳を固く立てて、牙をむき出しにして、サンティアーゴに目をやり、アンブローシオに目をやり、驚いてなのか、不安でなのか、それとも怯えてなのか、地面をひっかく。〈ラ・カテドラル〉の中では椅子を引きずっていて、床を水洗いしているようだ。

「何のことを言っているのか、よくわかってるはずだ」とサンティアーゴは言う。「頼むから、間抜けのふりをするのはやめてくれ」

こいつは理解したくないのか、理解できないのか、そのどっちなんだサバリータ——相手はまったく動かず、その瞳の中には相も変わらずあの頑迷な盲目が、あの壮絶で執拗な暗愚がある。

「家まで送ったほうがよければ、坊ちゃん」とどもりがちに言い、目を、声を落とす。

「というか、タクシーを探しましょうか?」

「《ラ・クロニカ》では守衛を探しているんだ」と彼もまた声を落とす。「野犬収容所よりはましな仕事だ。書類がなくても雇ってもらえるようにしてやる。そのほうが生活もずっとよくなるだろう。でも、頼むから、今一瞬だけでも、間抜けのふりをするのはやめてくれ」

「さあさあ、落ちついて」と、相手の目の中に居心地の悪さが広がり、その声も今にも引き裂かれて悲鳴になりそうに聞こえる。「どうしたんですか、坊ちゃん、どうしてそういう態度になるんですか」

「今月の僕の給料は全部やる」と、声が急に詰まるが、泣き声まではいかない。体は固まっていて、目は大きく見開いている。「三千五百ソルだ。どうだ、その金があれば、おまえだって何かできるんじゃないか?」

彼は黙り、首を垂れ、すると自動的に、あたかもその沈黙が調節のきかない装置を起動してしまったかのように、アンブローシオの体が一歩後ずさり、縮みこみ、その両手は胃袋の高さに出てくる、まるで防御するか、攻撃するかのように。バトゥーケが唸る。

「酒が回っちまったんですか?」と、調子外れな声で吠える。「どうしたんです、何が望みなんですか」

「おまえに間抜けのふりをやめてもらいたいんだ」と両目を閉じて深呼吸をする。「二人で率直に、ムーサについて、父さんについて、話をしようじゃないか。彼に命令されたのか？ もうどうでもいいことだ、ただ知りたいだけだ。父さんだったのか？」

その声は途切れ、アンブローシオはさらに一歩遠ざかり、サンティアーゴは相手が逃げ腰になって身を固くするのを見てとる、その目は驚愕のせいで、あるいは憤怒のせいで飛び出さんばかりに見開かれている――行かないでくれ、こっちに来い。相手は愚鈍になったわけじゃない、おまえは間抜けじゃない、と考える、こっちに来い、来てくれ。アンブローシオは体の向きを変え、握り拳を振りまわす、脅すように、あるいは別れを告げるように。

「もう行きます、あんたが自分の言っていることを後悔しないですむように」と傷ついた声で吠える。「仕事なんかいりません、その頭にしっかり入れといてください、あんたの援助なんかお断りです、あんたのお金なんか、欲しくない。言っときますが、あんたなんかにはもったいない立派なお父さんでしたよ、しっかり頭に入れときなさい。くそでも食らえってんです坊ちゃん」

「もういい、もういいんだ、どうでもいいんだ」とサンティアーゴは言う。「こっちに来てくれ、まだ行くな、もどって来い」

足もとで短い唸り声があがり、バトゥーケも見つめている――暗い人影は倉庫街の塀にへばりつくようにして遠ざかっていき、フォードの修理工場の明るく光るウインドーにくっきりと浮かび上がってから、軍隊橋の石段の中に消えていく。

「もういいんだよ」とサンティアーゴはすすり泣き、屈みこんで、緊張した尻尾を、心配そうな鼻先をなでてやる。「もう行こうなバトゥキート」

体を起こし、もう一度すすり泣き、ハンカチを取り出して目もとをぬぐう。数秒間、不動のまま、〈ラ・カテドラル〉の大扉に背中で寄りかかって、また涙で濡れてしまった顔で霧雨を受け止める。バトゥーケは彼の足首に体をこすりつけ、靴を舐め、彼を見上げて低い声で唸る。ゆっくりと、両手をポケットに入れて、五月二日広場に向けて歩き出し、バトゥーケは傍らを軽い足取りで行く。記念碑の台座際には倒れこんでいる男たちがいて、そのまわりには吸い殻や木の実の殻や紙屑が吹き寄せられている。交差点では人々が襲いかかるようにしておんぼろのバスに乗りこみ、それは貧民街に向けて土煙に包まれて消えていく。警察官が一人、道端の露天商と言い争いをしていて、その両者の顔は憎しみに満ちて生気がなく、その声は空虚な激昂のせいで痙攣しているみたいだ。広場のところで左に曲がり、コルメーナに入ったところでタクシーをつかまえる――お客さんのワンちゃんは座席を汚さないのだろうか？　だいじょうぶ運転手さん、汚しはしないのだった――ミラフローレスの、ポルタ街まで。乗りこみ、バトゥーケを膝の上に乗せる、上着の腹が出っぱっている。テニスをして、水泳をして、ウェイトをして、気晴らしに酔っぱらって、カルリートスみたいにアルコール漬けになる。目を閉じ、背もたれに頭を乗せて、手では背中を、耳を、冷たい鼻先を、震える腹部をなでてやる。野犬収容所から抜け出せたなバトゥーケ、しかし、おまえのことはサバリータ、誰も収容所から助け出しに来てくれないだろう、あした、病院にカルリートスを訪ねてやるのだ、ハクスリーじゃなく、何か本を一冊、持っていってやるのだ。タクシーは見通しの悪いやかましい通りを抜けていき、暗がりの中からエンジンの音が、指笛が、遠ざかっていく声が聞こえてくる。ノルウィンに誘われた昼食を断らなければよかったなサバリータ。彼は考える――あいつは棍棒で犬を殺してるが、おまえは社説で殺してるんだ。彼のほうがサバリータおまえよりはまだましなのだった。彼のほうがちゃんと余計に代償を払ったのだった、ちゃんとダメになったのだった。彼は考える――かわいそうな父さん。タクシーが減速し、彼は目を開く――ディアゴナル通りがそこにある、タクシーのフロントガラスに斜めにはまりこんで、銀色に光って、車で沸きかえっていて、電光広告がもう点滅している。霧雨のせいで公園の木々は白っぽく染まり、教会の塔は灰色の中にぼやけていて、イチジクの木の梢が揺れている――ここで止めてくれ。運賃を支払い、バトゥーケが吠えはじめる。放してやり、小人の住宅街の入口を火の玉のように横断していくのを目で追う。敷地の中に入って吠えているのが聞こえ、彼は上着とネクタイの状態を直して、アナの叫び声を耳にして、その顔を想像する。中庭に入ると、小人の家はどれも窓に明かりが灯っていて、アナのシルエットがバトゥーケを抱きしめて、彼のほうにやってくる、アモールどうしてこんなに時間がかかったの、どれほど彼女はドキドキしていたことか、どれほどビクビクしていたことだったかアモール。

「中に入ろう、こいつのせいで住人がみんな、頭がおかしくなっちまう」と言って彼女にかすかにキスをする。「静かにバトゥーケ」

トイレに行き、小便をしながら、顔を洗いながら、アナがしゃべるのを聞く、何があったのかコラソン、どうしてこんなに遅くなったのか、バトゥーケとじゃれ合っていて、でも見つけられてよかったわアモール、そしてうれしそうな吠え声が聞こえる。出るとアナはせまい居間にすわっていて、バトゥーケもその腕の中にいる。彼女の隣に腰をおろし、首筋にキスをする。

「お酒を飲んでいたのね」と、彼の上着をつかんで、半分笑みを浮かべて、半分腹を立てて見ている。「ビール臭いわよアモール。嘘つかないで、飲んでたんでしょ?」

「何世紀も会ってなかったやつと出会っちゃったんだ。一杯飲みに行ったら、それきり抜けられなくなってさ」

「その間、わたしはここで、不安で気が狂いそうになっていたのよ」と、その声が文句を言いながらも、甘えていて、愛情がこもっているのがわかる。「なのにあなたは古い友達たちとビールを飲んでいたのね。どうして、せめてあのドイツ人の女《ひと》のところに電話してくれなかったのアモール？」

「電話がなかったんだよ、最低ランクの飲み屋に入ったもんだから」と、あくびをしながら、伸びをしながら、微笑んでいる。「それに、あの頭のおかしいドイツ女にしじゅう迷惑をかけたくないし。気分が悪いんだよ、頭がガンガン痛むんだ」

いい気味よ、彼女のことを午後の間じゅう、はらはらしたまま放置した罰なのだ、と彼の額に手をやり、彼を見つめて、微笑んで、低い声で言い、耳たぶをつねる――頭が痛くていい気味よアモール、そして彼は彼女にキスをする。少し眠りたいのだろうか、カーテンを閉めてほしいのだろうかコラソン？　そうだね、と立ち上がり、ちょっと寝るよ、とベッドに倒れこみ、アナとバトゥーケの影が彼のまわりで、お互いを求めて駆けまわる。

「最悪なのは、金を全部使っちゃったことなんだよ。月曜までどうやって食いつないだらいいのか」

「何よ、そんなのへっちゃらよ。さいわい、サン・マルティンの中国人にわたしはつけが利くんだから、ほんとに世界一親切な中国人でよかったわ」

「最悪なのは、映画に行くのを我慢しなくちゃならないことだ。何かいいの、やってた今日？」

「マーロン・ブランドのをやってたわよ、〈コリーナ〉で」と、アナの声がものすごく遠くから、水の中を伝わってくるみたいに聞こえる。「あなたが好きなタイプの犯罪もの。もしよかったら、ドイツ人の女《ひと》から借りてもいいのよ」

彼女はよろこんでいるんだサバリータ、おまえを全部許しているんだ、バトゥーケを連れて帰ってきたから。彼は考える――この瞬間、彼女は幸せなんだ。

「お金を借りて映画に行きましょうよ、でも約束してちょうだい、もう二度と古い友達とビールを飲みに行ったりしないって、わたしに連絡なしに」と、さらに遠ざかりながらアナは笑う。

彼は考える――約束するよ。カーテンには片隅が折れているところがあって、サンティアーゴはそこから、ほぼ真っ暗になった空の切れ端を見ることができ、外では、上から、小人たちの田舎家の上に、ミラフローレスの上に、リマの上に、気の滅入るような毎度の霧雨が舞いおりていることがわかる。

II

ポパイ・アレバロはその日の午前中をミラフローレスのビーチで過ごした。階段のほうばかりを見てるわね、と近所に住む女の子たちは彼にくりかえし言った、でもテテは来ないわよ。そして実際、テテはその朝、泳ぎに来なかった。がっかりして、正午前に自宅に帰ったが、ケブラーダの坂を登りながら、テテの小さな鼻、おかっぱの前髪、かわいい目をずっと思い描いていて、気持ちが高ぶった――いつになったら僕に気づいてくれるんだい、いつだいテテ？　家に着いたときにはまだ赤みがかった頭髪は濡れていて、ソバカスだらけの顔は日に焼けて燃えるようだった。上院議員が彼を待っているのに出くわした――ちょっと来てごらんソバカス、少し彼ら二人で話をしようではないか。二人は仕事部屋に閉じこもり、上院議員が、彼はずっと前から建築を学びたかったのだろうか？　そうなんだよお父さん、もちろんずっと学びたかったのだ。しかし入学試験はとても難しいのだった、受験者は多くて、入れるのはほんのわずかなのだった。でも、彼はものすごく頑張るつもりだった、お父さん、だからたぶん入れるのだった。上院議員は彼が科目をひとつも落とすことなく高校を卒業したことをよろこんでいて、だから、年末以来、彼には母親みたいに優しくなって、一月には小遣いを一リブラから二リブラに増やしてくれたのだった。しかし、にもかかわらず、ポパイはこれほどまでは期待していなかった――だからなソバカス、建築学科に入るのは難しいことだから、今年は危険を冒さないほうがいいのだった、準備コースに登録してしっかり勉強して、そうすれば、翌年にはおまえなら確実に入れる――どう思うか、えっソバカス？　最高だよお父さん、ポパイの顔はさらに燃え上がり、その両目は光り輝いた。ガリ勉に徹して、死ぬほど勉強して、翌年、確実に入るのだった。ポパイはそれまで、今年は最低の夏になると怖れていた、海にも行けず、マチネの上映にもパーティにも行けず、昼も夜も数学と物理と化学に台無しにされて、そこまで犠牲を払ったにもかかわらず、結局僕は入学できずに、休みを全部無駄に過ごしたことになるに決まってる。ところが今や、その休暇を全部、取りもどせたのだ、ミラフローレスのビーチ、エラドゥーラ海岸の波、アンコンの湾、それらのイメージがすでにすっかりリアルになっていて、〈レウロ〉、〈モンテカルロ〉、〈コリーナ〉の客席はどこも最高で、彼とテテはダンスホールでボレロを踊っているのだった、まるでテクニカラーの映画の中みたいに。満足か？　と上院議員は訊き、彼は最高に満足なのだった。なんて物わかりがいいんだろう、と彼は、二人で食堂に向かいながら考えていて、上院議員は、わかったなソバカス、夏が終わったら気合いを入れて取り組むんだぞ、約束できるだろうか？　するとポパイは、誓ってもいいのだった、お父さん、彼はやる気なのだった。昼食の間、上院議員は彼にしきりに冗談を言って、なあソバカス、サバラのところの娘はまだおまえに気を許さないのか?　すると彼は顔が赤くなった――いや、お父さん、もう彼女なりに、ちょっとは気を許してくれているのだった。あなたはまだ子供なんだから恋人なんかできなくていいのよ、と彼の母親は言った、まだ変なことに気を取られないようにするべきなのだった。なんてことを言うんだ、彼はもう一人前だよ、と上院議員は言った、それに、テテはかわいい女の子なのだから。簡単に上手を取られないようにするんだぞソバカス、なにしろ女たちは男の側がひざまずいてお願いしてくるように持っていくのが好きなのだから、そうそう、彼の場合だって、おまえのお母さんをその気にさせるまでにとんでもない苦労をさせられたのだった、それを聞いて彼の母親は大笑い。電話が鳴り、執事が走ってやってきた――お友達のサンティアーゴさんです坊ちゃん。ソバカス頼む、至急、おまえに会わなければならないのだった。じゃあヤセッポチ、三時にラルコの〈クリーム・リーカ〉でどうだ?　じゃあ、三時きっかりになソバカス。どうしたソバカス、おまえの義理の兄貴が、テテから手を引かないと痛い目にあわせると言ってきたのだろうか?　と上院議員は笑顔になり、ポパイは考えた、今日はなんてむやみに上機嫌なんだろう。そんなんじゃないよ、彼とサンティアーゴは仲良しなだけだった、しかし、母親は顔をしかめた――あの子はちょっとネジが外れているんじゃないの?　ポパイはアイスクリームをひとさじ、口に運んで、誰がそんなこと言っているの？　もうひとさじメレンゲを食べて、もしかしたらサンティアーゴを説得して、一緒にレコードを聴きに彼の家に行けるかもしれなかった、そうしたらテテも呼んでもらって、ちょっとおしゃべりしにおいでよって言ってくれよヤセッポチ。ソイラ夫人が自らそう言ったのだ、金曜日のトランプ会の席で、と母親は言い張った。サンティアーゴは最近、彼女とフェルミンをひどく悩ませているのだった、テテともチスパスとも喧嘩ばかりしていて、言うことを聞かなくなって口答えばかりしているのだった。ヤセッポチは最終試験でトップの成績をとったのだ、とポパイは抗議した、それ以上何を彼の両親は望んでいるのだろうか。

「大学はカトリカじゃなくてサン・マルコスに入りたいって言うのよ」とソイラ夫人は言った。「それでフェルミンは一晩カリカリしてたわ」

「私があいつをまともな考えに引っ張りもどすからなソイラ、君は口を出すなよ」とドン・フェルミンは言った。「脱皮する年頃なんだ、うまく操ってやらないといけない。叱りつけたりすると、かえって強情になる」

「忠告とかじゃなくて、ゲンコツを食らわせてやればいいのよ、そうしたら言うことを聞くわよ」とソイラ夫人は言った。「教え方がわかってないのはあなたのほうよ」

「よくうちに来てたあの男の子と結婚したよ」とサンティアーゴは言う。「ポパイ・アレバロ。ソバカス・アレバロだよ」

「ヤセッポチが親父さんとうまくいかないのは、思想がちがうからなんだよ」とポパイは言った。

「ほう、で、どんな思想をもっているんだ？　卵からかえったばかりのあの鼻垂れ小僧が」と上院議員は笑った。

「勉強して、弁護士になれ、そうすればおまえも政治の世界の一角に食いこめるんだ」とドン・フェルミンは言った。「わかったか？　ヤセッポチ」

「ヤセッポチが我慢がならないのは、オドリアがブスタマンテ〔一九四五年に選出された前大統領。オドリア将軍のクーデタで国外追放された〕に対して革命を起こすのを、自分の父親が手助けしたことなんだ」とポパイは言った。「彼は軍部に反対なんだ」

「ブスタマンテ支持なのか？」と上院議員は言った。「そんなのをフェルミンは一家の希望の星だとか思っているのか。大したことなさそうだな、ブスタマンテみたいな腰抜けを崇拝しているようじゃ」

「腰抜けかもしれないけど、彼はまともな家の出だし、以前は外交官だったじゃない」とポパイの母親が言った。「それに対して、オドリアは兵隊あがりで、おまけにチョロ〔先住民との混血の人〕じゃないの」

「おいおい、オレがオドリア派の上院議員だってことを忘れるなよ」と上院議員は笑った。「いい子にして、オドリアのことをチョロ呼ばわりしないでおけよ」

「サン・マルコスに入るって言い出したのは、神父が嫌いだからなんだよ、それと、一般民衆が行くところに行きたいからなんだって」とポパイは言った。「実際には、そんなこと言い出したのは、へそ曲がりだからなんだよ。もし両親がサン・マルコスに行けって言っていたら、いやだ、カトリカに行くって言い出したはずだ」

「ソイラの言う通りよ、サン・マルコスじゃ人脈ができないじゃない」とポパイの母親が言った。「いい家の子はみんなカトリカに行くんだから」

「カトリカにだって、恐いようなインディオはいっぱいいるよお母さん」とポパイは言った。

「フェルミンは今やカヨ・ベルムーデスと昼も夜もべったりくっついて大儲けしているわけで、そんだけの金があれば、鼻垂れ小僧には人脈も何も必要ないがな」と上院議員は言った。「いいよソバカス、もう行っていいぞ」

ポパイはテーブルを立ち、歯磨きをして、髪をとかして出かけた。まだ二時十五分だったから、途中で時間つぶしして行けばよかった。なあサンティアーゴ、オレたちは親友だろ？　頼むからテテのこと、ひと押し助けてくれよ。日向の照り返しに目をしばたきながらラルコ通りをのぼっていき、〈カーサ・ネルソン〉のショーウインドーを眺めるために立ち止まった——セーム革のあのモカシンと茶色のスラックス、それにあの黄色のシャツ、最高じゃないか。〈クリーム・リーカ〉にはサンティアーゴよりも前に着き、通りを見渡せる席を取って、バニラ味のミルクシェークを注文した。彼の家でレコードを聴こうというのにサンティアーゴが同意しなかったら、彼らは映画のマチネに行くか、でなければココ・ベセッラのところにトランプをしに行けばいい、いったいヤセッポチは何の話があるんだろうか。とそのときサンティアーゴが細長い顔に熱をもった目をして入ってきた――ソバカス、彼の両親がアマーリアをクビにしたのだった。クレディト銀行の支店が午後の営業を始めたところで、〈クリーム・リーカ〉の窓からポパイは、歩道で開店を待っていた人たちが殺到してドアに飲みこまれていくのを見ていた。よく晴れていて、急行バスは満員で通過していき、男たち女たちがシェル街の角のところでコレクティーボを奪いあっていた。どうして今の今までヤセッポチ、両親は彼女のことをクビにしないでいたのだろうか？　サンティアーゴは肩をすくめてみせ、両親はきっと、こないだの夜の件で彼女をクビにするのだということを、彼に気づかれたくないからなのだった、まるで彼が間抜けで気づかないとでもいうかのように。眠れぬ夜を過ごしたみたいな顔のせいで彼はなおさら痩せて見え、焦げ茶色の前髪が額の上に垂れていた。ウェイターがやってきて、サンティアーゴはポパイのグラスを指さし、同じバニラでよろしいですか？　うん、それでいい。しかし結局のところ、どうってことないじゃないか、とポパイは彼を慰めた、だって、すぐに別の働き口が見つかるだろう、女中を探している家はいっぱいあるのだから。サンティアーゴは自分の手の爪を見つめた――アマーリアは性格がよかったんだ、チスパスもテテも僕も、虫の居所が悪いと彼女に当たって憂さ晴らしをしていたのに、彼女は一度も親に僕らのことを告げ口しなかったんだよソバカス。ポパイはミルクシェークをストローで混ぜ、どうしたらおまえを説得できるかなあ？　なあ義理の兄貴よ、おまえんちにレコードを聴きに行こうって、と泡を吸った。

「おまえのお袋さんが上院議員夫人にこぼしてたらしいぜ、サン・マルコスのことをさ」と言った。

「ローマの王様のとこでもどこでも、言いに行けばいいさ」とサンティアーゴは言った。「そんなに彼らがサン・マルコスをいやがるなら、カトリカを受ければいいじゃないか、どっちでも変わらないだろ」とポパイは言った。「それとも、カトリカのほうが厳しいのか？」

「うちの親にはそんなことはどうでもいいんだ」とサンティアーゴは言った。「サン・マルコスが嫌いなのは、あそこにはチョロがいっぱいいて、政治活動があるからさ、それだけなんだよ」

「おまえはわざわざ厄介なほうを選ぼうとしているぞ」とポパイは言った。「何にでも反対ばかりして、なんでもかんでも罵って、物事をあんまり真に受けすぎなんだよ。すき好んで人生をむずかしくするなよヤセッポチ」

「おまえのアドバイスなんか、ポケットにしまっとけ」とサンティアーゴは言った。

「そんなに賢人ぶるなよヤセッポチ」とポパイは言った。「おまえが秀才なのはわかるけど、だからといって、他の人間がみんな阿呆だと思ったら大間違いだぞ。きのうの夜なんか、おまえのココに対する態度はひどかったぞ、どうしてあいつが我慢できたのか、オレにはわからないよ」

「僕がミサに行きたくないからって、あの教会野郎に説明求められなきゃならない理由なんか何もないんだ」とサンティアーゴは言った。

「ということは、今度は無神論者だと言ってるわけだな」とポパイは言った。

「無神論者だと言ってるわけじゃない」とサンティアーゴは言った。「司祭が嫌いだからといって、神を信じてないわけじゃない」

「で、おまえんちでは、おまえがミサに行かないことについて、何て言っているんだ」とポパイは言った。「たとえば、テテは何て言ってる？」

「このチョラ〔チョロの女性〕の子の一件で、僕は腹が立ってしょうがないんだよソバカス」とサンティアーゴは言った。

「もう忘れろよ、真に受けすぎだろ」とポパイは言った。「そういえば、テテのことだけど、どうして今日の朝、ビーチに来なかったんだ？」

「〈レガータス〉クラブに行ったんだよ、友達と一緒に」とサンティアーゴは言った。「おまえがちゃんと叱りつけてやればいいんだ」

「あの赤毛の、ソバカスだらけの子ですね」とアンブローシオは言う。「エミリオ・アレバロ上院議員の坊ちゃんだ、そうだそうだ。彼と結婚したんですか?」

「ソバカスも赤毛も嫌いなのよ」とテテはしかめ面をしてみせた。「あいつはその両方なんだから。おえっ、気持ち悪い」

「僕が一番いやなのは、僕のせいで彼女がクビになったことだ」とサンティアーゴは言った。

「むしろ、チスパスのせいだって」とポパイが慰めた。「だって、おまえはヨヒンビンていうのが何なのかすら知らなかったんだから」

サンティアーゴの兄のことは、今では誰もがチスパスとだけ呼んでいたが、以前、〈テラーサス〉クラブでウェイト・トレーニングしているのを自慢していたころには、ターザン・チスパスと呼ばれていた。数か月間は海軍学校の士官候補生だったが、そこを放校になると(本人は少尉を殴ったせいだと言っていた)、ずいぶんと長いことぶらぶらしていて、ギャングを気取って博打と酒以外に何もしなかった。サン・フェルナンドのロータリーにやってきて、脅迫するような態度でサンティアーゴに、ポパイとトニョとココとラーロを順ぐりに指差してみせた——さあどうする超秀才、彼らの誰と腕っぷしの強さを競ってみせてくれるのか。しかし、ドン・フェルミンのオフィスで働くようになってからは、急に真面目になっていた。

「何なのかは僕だって知ってるよ、ただ、実物を見たことがなかったんだ」とサンティアーゴは言った。「あれを飲むと女たちが狂うんだって、ほんとだと思うか?」

「チスパスの作り話だろ」とポパイが小声になって言った。「女が狂うって、ほんとに言ったのか?」

「たしかにそうなるんですよ、でも、ちょっとでも行きすぎると死んじゃうことだってあるんですからチスパス坊ちゃん」とアンブローシオは言った。「あたしのことを厄介事に巻きこまないでくださいよ。わかりますか、万が一お父さんにつかまったら、あたしはおしまいですから」

「おまえに言ったのか、たったひと匙で、どんな女でもその気になるって?」とポパイは小声で言った。「作り話だよヤセッポチ」

「実験してみないわけにはいかないだろ」とサンティアーゴは言った。「本当かどうか、確かめるためだけでも、なあソバカス」

引きつった笑いに襲われて彼は黙り、ポパイもまた笑った。彼らは肘で脇腹をつつきあい、むずかしいのは試す相手を見つけることなのだった、興奮して、虚勢を張ってみせて、問題はそこなのだ、そして、彼らがつつき合うのでテーブルとミルクシェークはがたがたと揺れた――彼らはなんといかれてたのだろうヤセッポチ。チスパスがそれをくれたとき、彼に何と言ったのだったか? チスパスとサンティアーゴは犬猿の仲で、機会があるたびにチスパスはヤセッポチに嫌がらせをし、ヤセッポチもチスパスに、機会があれば嫌がらせをしていた――もしかすると、おまえの兄さんの悪戯だったんじゃないのかヤセッポチ。ちがうんだよソバカス、チスパスがすっかり上機嫌で家に帰ってきたことがあったのだ、競馬で大儲けしたんだぜ、そして、かつてないことだったが、寝る前にサンティアーゴの部屋に教えを垂れにやってきた――もうそろそろおまえも目覚めてもいいころだろ、こんなにでかくなって、まだ童貞だなんて恥ずかしくないのか？　と言って彼に煙草をすすめた。びくびくすんな、とチスパスは言った、おまえ、女はいるのか？　サンティアーゴは、いると嘘をつき、チスパスは心配そうに言った――じゃあそろそろ童貞をやめないとなヤセッポチ、ほんとに。

「娼館に連れてってくれって、何度も頼んだじゃないか」とサンティアーゴは言った。「そういうところじゃ病気をうつされるかもしれない、そうしたら、オレが親父に殺される」とチスパスは言った。「それに、男は自分の力で女を手に入れないとな、金じゃなくて。おまえは何でも知ってるのが自慢だが、女のこととなると、まるでお月様にいるみたいなもんだ超秀才」

「何でも知ってるなんて言ってない」とサンティアーゴは言った。「何か言われたときに言い返してるだけだ。いいだろチスパス、連れてってくれよ」

「じゃあなんであんなに親父に食ってかかるんだ」とチスパスが言った。「何でも反論するから親父は参ってるぞ」

「反論するのは、オドリアと軍部を擁護しだしたときだけだ」とサンティアーゴは言った。「さあ、いいだろチスパス」

「じゃあなんでおまえは軍部に反対なんだ」とチスパスは言った。「オドリアがおまえにいったい何をしたって言うんだ」

「力ずくで政権についた」とサンティアーゴは言った。「オドリアはものすごくたくさんの人を投獄している」

「アプラ党員とコミュニストだけだろ」とチスパスは言った。「だけどその連中をものすごく丁重に扱ってるぞ、オレだったら全員もう銃殺にしてるけどな。ブスタマンテの頃には国はカオスだった、まともな人間が静かに仕事をすることすらできなかったんだから」

「じゃあおまえはまともな人間じゃないんだな」とサンティアーゴは言った。「ブスタマンテの頃には与太をやってたんだから」

「一発殴られたいのか超秀才」とチスパスは言った。

「僕には僕の考え方があって、兄貴には兄貴の考えがある」とサンティアーゴは言った。

「いいだろ、娼館に連れてってくれよ」

「娼館はダメだ」とチスパスは言った。「そのかわり、おまえがいい子をその気にさせるのに手を貸してやる」

「で、ヨヒンビンは薬局で買えるのか?」とポパイは言った。

「隠れて取引するんだ」とサンティアーゴは言った。「禁止薬物みたいなものなんだ」

「ほんのちょっと、コカ・コーラに入れたり、ホットドッグにかけたりして」とチスパスは言った。「効果が出てくるのを待つんだ。それで彼女がちょっとそわそわしてきたら、あとはおまえの実力次第だ」

「で、チスパス、これは、たとえば、何歳の女の子だったらあげていいの?」とサンティアーゴは言った。

「十歳の子にやるなんて、ひどいことはするなよ」とチスパスは笑った。「十四歳だったらもういいだろう、でも少しにしろ。そのくらいの年だと、そんなに緩まないだろうけど、でも最高の一発ができるぞ」

「ほんとに本物なのか?」とポパイは言った。「塩とか砂糖とかをくれたんじゃないのか?」

「舌の先で試してみたんだ」とサンティアーゴは言った。「何の匂いもしなくて、ちょっと辛いような粉なんだ」

通りでは満員のコレクティーボや急行バスに乗りこもうとする人が増えていた。列は作らずに、小さな団子になった集団が、青白の胴体をしたバスの前でしきりに手を振っていたが、バスは止まらずに通過していくのだった。すると突然、その人混みの中に、まったく同一の小さなシルエットが二つ、焦げ茶色のロング・ヘアの二人——双子のバイェ・リエストラ姉妹だった。ポパイはカーテンをどけて、手を振ってみせたが、彼女らには見えないのか、彼だと気づかなかった。二人はしびれを切らしたようにヒールを地面に打ちつけていて、さわやかなつやつやした顔をくりかえしクレディト銀行の時計のほうに向けるので、あの子たち、都心《セントロ》に何か映画を見にいくところなのかもしれないなヤセッポチ。コレクティーボがやってくるたびに彼女らは決然と通り道まで止めに出ていったが、そのたびに車はよけていくのだった。

「もしかしたら二人だけで行くのかも」とポパイは言った。「彼女らと一緒に映画に行こうぜヤセッポチ」

「おまえはテテのことが好きで死にそうなんじゃないのか浮気者」とサンティアーゴは言った。

「死にそうなのはテテのためだけだ」とポパイは言った。「映画のかわりにおまえんちに行ってレコードを聴こうというのなら、それが一番だ」

サンティアーゴは乗り気がしなさそうに首を振った——彼は少し金が手に入ったので、あのチョラに渡しに行くつもりなのだった、彼女はすぐそこ、スルキーヨに住んでいるのだ。ポパイは目を見開いた、アマーリアにか？　そして笑い出した、おまえ、自分の小遣いを彼女にやるのか、両親が彼女をクビにしたからって？　小遣いではないのだった、サンティアーゴはストローをへし折った、ブタの貯金箱から五リブラ取り出してきたのだった。するとポパイは指をこめかみに持っていった――精神病院に直行だろヤセッポチ。僕のせいで彼女はクビになったんだ、とサンティアーゴは言い、彼女にちょっと金をあげて何が悪いのだろうか？　まさかおまえ、あのチョラに恋しちゃったんじゃないだろうなヤセッポチ、五リブラといえば大金だった、それなら双子を招待して映画に行こうじゃないか。しかし、ちょうどその瞬間に双子は緑色のモリスに乗りこみ、ポパイは、ああ遅かった兄弟。サンティアーゴは煙草を吸いはじめていた。

「オレが思うに、チスパスは恋人にはヨヒンビンを使わなかったんじゃないか、悪ぶってみせるために話をでっちあげたんだ」とポパイは言った。「おまえだったら、まともな女の子にヨヒンビンを飲ませるか？」

「自分の彼女にはやらないさ」とサンティアーゴは言った。「でも、その辺の、安手の子なら、別にいいんじゃないか？」

「で、どうするつもりなんだ？」とポパイは囁き声になった。「誰かに飲ませるのか、それとも、捨てるのか？」

彼も捨てようと考えたこともあったのだったソバカス、そう言ってサンティアーゴは声を低くして頬を赤らめ、それからしばらく考えこんで、どもりがちに、そこでちょっといい考えが浮かんだのだった。どんなふうになるのか見るためだけなのだソバカス、どう思うだろうか。

「まったくとんでもない馬鹿な考えだ、五リブラもあれば、何だってできるんだから」とポパイは言った。「でも、勝手にしろ、おまえの金なんだから」

「一緒に来てくれよソバカス」とサンティアーゴは言った。「すぐそこなんだよ、スルキーヨだから」

「そのかわり、終わったらおまえんちに行ってレコードを聴こうぜ」とポパイは言った。

「で、おまえはテテを呼ぶんだ」

「まったくおまえは損得ずくの男だってことだなソバカス」とサンティアーゴは言った。

「でももしおまえの親にバレたら？」とポパイは言った。「チスパスにバレたら？」

「うちの親はアンコンに行って、月曜までもどらない」とサンティアーゴは言った。「チスパスは友達の農園に出かけていった」

「気をつけろよ、気分が悪くなってオレたちの前で気絶しちゃったら困る」とポパイは言った。

「ほんのちょっとだけにしとくさ」とサンティアーゴは言った。「おかまみたいに怖じけるなよソバカス」

ポパイの目の中には小さな輝きが灯っていた、覚えてるかヤセッポチ、アンコンでアマーリアのことを覗きにいったときのことを？　屋上の明かりとりから使用人の浴室が覗けるので、明かりとりに顔が二つじっと黙って並んでいたのだ、その下には、湯気にかすんだ人影が、黒い水着を着ていて、いい体だよな、あのチョリータはヤセッポチ。隣のテーブルのカップルが席を立っていき、アンブローシオはその女のことを指差す――あれは売春婦なのだった、坊ちゃん、一日中〈ラ・カテドラル〉にいて客を引いているのだった。彼らはカップルがラルコに出ていくのを見やり、シェルを横断するのを見送った。停留所には今や人影はなく、急行バスもコレクティーボもほとんど空っぽで通過していった。彼らはウェイターを呼んで、勘定を割り勘で払い、でもどうして彼はあの女が売春婦だと知っているのか？　なぜかというと、〈ラ・カテドラル〉は食堂と飲み屋であるだけでなく、連れこみ宿でもあるのだった、坊ちゃん、調理場の裏に小部屋があって、一時間二ソルで貸しているのだった。彼らはラルコを進んでいきながら、店から出てくる女の子たちを、泣きわめく赤ん坊の乗った乳母車を引っ張っていく婦人たちをじろじろと見た。公園の中でポパイは《ウルティマ・オーラ》紙を買い、町の噂欄を声に出して読み、スポーツ欄を流し読みしてから、〈ラ・ティエンデシータ・ブランカ〉の前にさしかかると、よお、ラーロ。リカルド・パルマの並木道に入ると、新聞紙を丸めてしばらく二人でパスをしながら進んでいったが、やがてボールがほどけるとそのままスルキーヨの一角に残していった。

「アマーリアが僕に腹を立てていて、とっとと失せろって言い出したら困るな」とサンティアーゴは言った。

「五リブラといえば大金だ」とポパイは言った。「王様みたいに迎えてくれるさ」

彼らは〈シネ・ミラフローレス〉の近くに来て、木材や筵やテントでできた屋台店が並ぶ市場の前にいた、そこでは花や焼き物や果物を売っていたが、通りまで銃声や走る馬の蹄の音やインディアンの雄叫びや子供の悲鳴などが聞こえてきていた――『アリゾナに死す』。彼らは立ち止まってポスターを見た――カウボーイ映画だなヤセッポチ。

「ちょっとくらくらしているんだ」とサンティアーゴは言った。「昨日の夜は全然寝られなかったんで、そのせいだと思う」

「くらくらしてるのは、やる気が萎えたからだろ」とポパイは言った。「おまえはオレに、どうってことないとか、おかまみたいに怖じけるなとか、さんざんそそのかしておいて、いよいよとなると、怖じ気づくのはおまえのほうなんじゃないか。なら、もう映画にでも行こうぜ」

「やる気が萎えたんじゃない、もうくらくらもなくなったさ」とサンティアーゴは言った。「ちょっと待ってて、親父たちがもう出かけたかどうか確認するから」

車はもうなく、彼らはすでに出かけたあとだった。二人は庭に入って、青タイルの噴水の脇を通り過ぎた、でももし彼女がもう寝てしまっていたら、ヤセッポチ、どうするつもりなのだろうか？　彼ら二人で起こすに決まっていた、そうだろソバカス。サンティアーゴがドアを開け、スイッチがカチッと鳴ると、暗がりの中から、絨毯や絵画や鏡、灰皿やスタンドの乗ったテーブルが立ち現れた。ポパイはすわろうとしたが、サンティアーゴは、まっすぐ僕の部屋に上がろう。中庭《パティオ》、仕事部屋、鉄の手すりのついた階段。サンティアーゴはポパイを踊り場に残して、入って音楽をかけててくれよ、彼女を呼んでくるのだった。高校のペナント、チスパスの写真、初聖体拝領のドレスを着たテテの写真、かわいいなあ、とポパイは思った、大きな耳と長い鼻をしたブタが整理ダンスの上にあり、貯金箱だ、いくらぐらい入っているんだろうか。ベッドに腰を下ろし、枕元のラジオをつけると、フェリーペ・ピングロのワルツが聞こえ、足音が聞こえ、ヤセッポチが――うまくいったのだったソバカス。彼女がまだ起きていたので、コカ・コーラを二つ上に持ってきて、で二人はくっくっと笑った――しっ、やって来たのだった、彼女だろうか？　そうだった、彼女が玄関口に出てきて、驚いた様子で、不審げに二人を観察していた。彼女は下がってドアに寄りかかり、ピンク色のジャンパー、ボタンのないブラウス、何も言わずに黙っていた。アマーリアだが、アマーリアではない、とポパイは思った、あの青いエプロンの彼女、ヤセッポチの家の中をいつも、手にお盆やはたきを持って立ち働いている彼女はこれからどうなってしまうのだろうか。彼女は今では髪も乱れていて、こんにちは坊ちゃん、男ものの大きな靴、怯えているのが見てとれた――やあアマーリア。

「君がうちを出たんだって、うちの母さんから聞いたよ」とサンティアーゴは言った。「君がいなくなっちゃうなんて、残念だなあ」

アマーリアはドアから体を離して、ポパイに目をやり、お元気ですか坊ちゃん、道路際から彼女のことを親しげに見やって微笑んでいるポパイから、またサンティアーゴのほうに向き直った――彼女は自分から望んで出たのではなかった、ソイラ夫人が彼女のことを追い出したのだった。でも、どうしてなんですか奥様、するとソイラ夫人は、どうもこうもないのだった、今すぐに荷物をまとめなさい。彼女は話しながら髪を両手でなでつけて、ブラウスを整えていた。サンティアーゴは落ちつかない顔で聞いていた。お宅から出たかったわけではないのだった坊ちゃん、彼女は奥様に伏して頼みこんだのだった。

「お盆はテーブルに置いて」とサンティアーゴは言った。「音楽を聴いているから、ちょっと待っててよ」

アマーリアはコップとコカ・コーラの載ったお盆をチスパスの写真の前に置き、ソファの脇で立ったまま、戸惑った表情をしていた。彼女の制服になっている白いワンピースに踵の低い靴を履いていたが、エプロンと頭巾はつけていなかった。どうしてそこにつっ立っているのだろうか？　すわりなよ、場所はあるのだから。すわれるはずがないのだった、彼女は小さな笑い声をあげ、奥様は彼女が坊ちゃんたちの部屋に入るのをよく思わないからだった、ご存じのはずでしょう？　お馬鹿さんだなあ、うちの母さんはいないんだよ、とサンティアーゴの声は急に緊張で張りつめ、自分もポパイも言いつけたりしないのだった、だからすわりなよお馬鹿さん。アマーリアはまた笑い、今はそんなことを言うのだけれども、何かで怒ったときにはすぐに告げ口をして、奥様は彼女を叱りつけることになるのだ。誓って言うけど、ヤセッポチは絶対告げ口したりしないって、とポパイが言った、これ以上言わせないで、すわりなよ。アマーリアはサンティアーゴを見やり、ポパイを見やり、ベッドの隅っこに腰を下ろし、今度はまじめくさった顔になった。サンティアーゴが立ち上がって、お盆のところに行き、ポパイは、手元でしくじるなよと思いながら、アマーリアに目をやった――彼女はこのグループの歌が気に入っただろうか？　とラジオを指差し、かっこよくない？　たしかに彼女も好きだった、歌い方がよかった。彼女は両手を膝の上に置いていて、すごく身を固くして、音楽に耳を傾けるためか、目を半分ほど閉じていた――トロバドーレス・デル・ノルテというのだったアマーリア。サンティアーゴはまだコカ・コーラを注いでいて、ポパイは落ちつかずにその様子をうかがっていた。アマーリアは踊れるのだろうか？　ワルツとか、ボレロとか、ワラーチャとかはどう？　アマーリアは微笑み、それからかしこまって、また微笑んだ――いいえ、彼女は踊れないのだった。彼女はベッドの縁ににじり寄り、腕を組んだ。その動きは不自然で、まるで、服がきつすぎるのか、背中がちくちくしているかのようだった――彼女の影は、寄せ木細工の床の上で動かなかった。

「これを持ってきたんだ、君が何か買えるように」とサンティアーゴは言った。

「わたしに？」とアマーリアは紙幣を受け取らずに見つめた。「でも、ソイラ夫人は一か月分、全額ちゃんと払ってくれたんですから」

「うちの母さんからのお金じゃないんだ」とサンティアーゴは言った。「僕からのプレゼント」

「でも、どうして坊ちゃんは、坊ちゃんのお金をわたしにプレゼントしてくれるんですか」と、彼女は頰を赤くして、ヤセッポチを困惑して見ていた。「そんなの受け取れるはずがないでしょう?」

「馬鹿なこと言わないで」とサンティアーゴは言いつのった。「いいから受け取ってよアマーリア」

彼女にお手本を見せた――グラスを持ち上げ、飲んでみせた。今かかっているのは「シボネイ」で、ポパイが窓を開け放ったところだった――角の街灯の光に照らされた庭と街路の木々、銀色に光って揺れている噴水の水、きらきらと光る青タイルの水盤、彼女が変なふうにならないといいんだがなヤセッポチ。じゃいいですよ坊ちゃん、坊ちゃんの健康に乾杯、とアマーリアは長くごくごくと飲み、息をついて、ほぼ空になったコップを唇から放した――冷たくて、おいしい。ポパイはベッドに接近した。

「もしよかったら、僕らが踊りを教えてあげるよ」とサンティアーゴは言った。「そうすれば、恋人ができたとき、一緒にパーティに行っても困らないでしょ」

「ひょっとしたら彼女はもう恋人がいるのかもしれないぞ」とポパイは言った。「アマーリア本当のことを言いなよ、もういるのかい？」

「見ろよ、彼女の笑い方をソバカス」とサンティアーゴは彼女の腕を取った。「明らかにいるんだな、これで君の秘密がばれちゃったぞアマーリア」

「いるんだ、いるんだ」とポパイは彼女の隣にすわりこみ、反対の腕を取った。「その笑い方は何なんだ、いたずらっ子め」

アマーリアは笑いに体をよじり、両方の腕を振りほどこうとしたが、彼らは放さず、いるはずなんかないのだった坊ちゃん、いないのだった、肘で彼らを引き離そうとしたが、サンティアーゴは彼女の腰に腕をまわし、ポパイは彼女の膝に手をやり、するとアマーリアはぴしゃりと叩いた――それはダメですよ坊ちゃん、さわるのはダメです。しかしポパイはふたたび攻めていった――いたずらっ子、いたずらっ子。ひょっとしたら彼女はもう踊りも上手で、踊れないって彼らに嘘をついたのかもしれないのだ、さあさあ、告白しろよ――わかりました坊ちゃん、と彼女はそれを受け入れた。指の間でしわくちゃになった紙幣を彼女は受け取ったが、それはもうこれ以上、無理に頼みこませるのが気が引けるからなのだった、そして彼女はジャンパーのポケットにしまいこんだ。でも彼のお金を取ってしまうのは気が引けることだった、もうこれで彼は日曜日の昼の映画に行くお金もなくなってしまうのだから。

「心配ないって」とポパイは言った。「こいつが金がなければ、近所のみんながカンパを

ど、我慢してくださいね」
「みんな、いいお友達なのね」とアマーリアは思い出したみたいに目を開いた。「それじゃ、どうぞ、ほんのちょっとでも、中に入って寄っていってください。貧しいところだけど、我慢してくださいね」

集めて連れていくから」

断るいとまもあたえずに彼女は家の中に駆けこんでいったので、彼らもそのあとに従った。油や煤の汚れ、数脚の椅子、聖人画、乱れたままのベッドが二つ。彼らはあまり長くはいられないのだったアマーリア、約束があるので。彼女はうなずき、部屋の中央のテーブルをスカートではたき、ほんの一瞬でもいいので。邪悪な火花が彼女の目の中に芽生え、ほんのちょっとおしゃべりして彼女のことを待っていてもらえるだろうか？ ちょっとそこで何か出すものを買って来るのだから、すぐにもどって来るのだから。サンティアーゴとポパイはびっくりして、うれしくなって、目を見交わした、彼女はまるで別人になっているではないか、ヤセッポチ、なんだかぶっ飛んでしまったではないか。その大笑いの声が部屋じゅうに響いていて、顔には汗が、目には涙が浮かんでいて、その派手な身振りが伝わってベッドは気味の悪い軋みをあげていた。今や彼女も音楽に合わせて手を叩いたりしていた――そうなの、そうなの、実は踊れるのだった。一度、アグア・ドゥルセ海岸に連れていってもらったとき、生の楽団が演奏しているところで踊ったことがあるのだった、完全にぶっ飛んじゃったじゃないかとポパイは考えた。立ち上がって、ラジオを消し、レコードプレーヤーをかけて、またベッドにもどった。さあ今度は彼女が踊るのを見せてもらうのだった、ほんとに楽しそうだね、いたずらっ子、さあ踊ろう、しかし、するとサンティアーゴが立ち上がった——ソバカス、彼女は彼と踊るのだ。勝手な野郎だ、とポパイは考えた、おまえんちの使用人だからってきたないぞ、でも、もしここにテテがあらわれたらどうするのか？　すると急に膝が緩む感じがして、もうその場にいたくなくなった、勝手な野郎め。アマーリアは立ち上がって部屋の中を旋回しはじめ、一人で、不器用にどしんと家具にぶつかりながら、低い声で歌を口ずさみ、めくらめっぽう回転して、ついにその彼女をサンティアーゴは抱きしめた。ポパイは頭を枕に乗せ、手を伸ばしてスタンドの明かりを消すと、暗がりが広がり、通りの街灯の明かりが二つの人影をかすかに照らしだした。ポパイは二人が円を描いて浮遊するのを見、甲高いアマーリアの声を聞き、ポケットに手を入れた、坊ちゃん、彼女が踊れるんだっていうことがわかっただろうか？　レコードが終わり、サンティアーゴはもどってベッドの上にすわり、アマーリアは窓際に寄りかかって、彼らに背中を向けたまま笑っていた——チスパスの言った通りだ、見てみろ彼女の様子を、黙れ、勝手な野郎。まるで酔っぱらっているみたいに彼女は話し、歌い、笑って、彼らのほうを見もしなかったが、目が回っているみたいなのだ、ソバカス、サンティアーゴは少しそわそわしていて、万が一彼女が気絶しちゃったら？　間抜けなこと言うな、とポパイは耳元に口を寄せて言った、ベッドに連れてこいよ。その声には決意がこもっていて、せっぱつまっていて、あれが立ってしまっているのだった、ヤセッポチおまえは立ってないのか？　切迫していて、濃密で――彼も同じなのだったソバカス。二人で脱がしてしまうのだ、いじくりまわしてしまうのだ――ヤセッポチ、二人でやっちゃうのだ。庭に向けて体を半分乗り出して、アマーリアはゆっくりと体を揺すりながら、何か口ずさんでいて、ポパイはそのシルエットが暗い空を背景にして浮かび上がっているのを見ていた――次のレコード、そのまた次のレコード。サンティアーゴは立ち上がり、そのバックにはヴァイオリンとレオ・マリーニの声、完璧なビロードの声だ、とポパイは考え、サンティアーゴがバルコニーに出ていくのを目にした。二人の影はひとつになった、彼のことをさんざんそそのかしておいて、今ではＢＧＭのヴァイオリン演奏係をやらせているのだ、おまえ、勝手だぞ、この貸しは返してもらうからな。今や二人はほとんど動かず、チョリータは背が低いのでヤセッポチにぶら下がっているみたいに見え、彼女にいい感じで甘いことを言っているにちがいなかった、まったくひどいもんだ、彼はサンティアーゴの声を思い浮かべ、疲れてない？　思いつめたようで力を抜いたような、締めつけられたような声で、横になりたくない？　いいからこっちに連れてこいよ、と考えた。二人は彼のすぐ近くにいた、アマーリアは夢遊病のように踊っていて、目を閉じていて、ヤセッポチの手は上へ下へと動きまわり、彼女の背中に消えていき、ポパイにはもう二人の顔を見分けられないほどで、彼女にキスしているのだった、なのに彼は観客席にいるだけで、まったくひどいもんだ、坊ちゃんたち、さあどうぞ。

「ストローも持ってきたんですよ」とアマーリアは言った。「あなたがたは、そうやって飲むのが好きなんでしょう?」

「そんなに気を使わなくてよかったのに」とサンティアーゴは言った。「もう、すぐに行かなきゃならないんだから」

彼女は二人にコカ・コーラとストローを渡し、椅子を引きずって二人の正面にすわった。髪を整えてヘアバンドもつけて、ブラウスとジャンパーの前はとめていて、彼らが飲むのをじっと見つめていた。彼女自身は何も飲まなかった。

「こんなふうにお金を無駄にするべきじゃなかったんだよ、馬鹿だなあ」とポパイは言った。

「わたしのお金じゃなくて、サンティアーゴ坊ちゃんがくれたお金ですから」とアマーリアは笑った。「わずかでも、おもてなしをしなくちゃ」

通りに面したドアは開けたままになっていて、外は暗くなりはじめて、ときどき、遠くから路面電車の通過するのが聞こえてきた。歩道をたくさんの人が行き来して、話し声、笑い声、一瞬立ち止まって中を見ていく顔もあった。

「工場からみんな出てくる時間ですね」とアマーリアは言った。「おたくのお父様の製薬工場が、この近くじゃないのが残念です坊ちゃん。アルヘンティーナ通りまで路面電車で行かなきゃならなくて、それからさらにバスです」

「製薬工場で働くの？」とサンティアーゴは言った。

「お父様が話さなかったんですか？」とアマーリアは言った。「そうなんです、月曜日から」

ちょうど彼女が家からスーツケースを抱えて出てきたところでドン・フェルミンに出くわし、製薬工場で働けるように手配しようか？ そこで彼女は、もちろんです、お願いしますドン・フェルミン、どこでもかまいません、すると彼はチスパス坊ちゃんに電話をしたのだった、カリーヨに電話して彼女に仕事をやるように言ってくれ――へえ、ずいぶんひけらかすやつなんだな、とポパイは考えた。

「ああ、それはよかった」とサンティアーゴは言った。「製薬工場なら、これまでより絶対いいよ」

ポパイは〈チェスターフィールド〉の箱を取り出し、サンティアーゴに煙草を勧め、一瞬ためらってから、アマーリアにも勧めたが、坊ちゃん、彼女は吸わないのだった。

「ひょっとして、本当は吸うんだけど、僕らのことをかついでいるんじゃないの、こないだみたいに」とポパイは言った。「ダンスはできないって僕らには言ったのに、本当は踊れたじゃない」

彼女が青ざめるのが見え、ちがいますよ坊ちゃん、彼女がどもるのが聞こえ、サンティアーゴが椅子の上でもぞもぞと動くのがわかって、しまった、ヘマをした、と考えた。アマーリアは顔を伏せてしまっていた。

「冗談だよ」と彼は言い、頬が燃えるように熱くなるのがわかった。「恥ずかしがることなんかないんだよ、馬鹿だなあ、何もなかっただろ？」

彼女は顔色も声も徐々に取りもどしていった——坊ちゃん、彼女は思い出したくもないのだった。どんなに気持ちが悪かったことか、翌日になってもまだ頭の中がごちゃごちゃしていて、手でものを持ってもうまく握れないほどだった。彼女は顔を上げ、彼ら二人を恥ずかしげに、羨望と感嘆をこめて見つめた——彼らはコカ・コーラを飲んでも全然何ともないのだろうか？　ポパイはサンティアーゴに目をやり、サンティアーゴはポパイを見やり、それから二人はアマーリアを見つめた——彼女は一晩中、吐いていたのだった、二度と一生コカ・コーラは飲まないつもりなのだった。そんなふうになったのに、ビールは飲んだことがあるけれども何ともなく、パステウリーナだって何ともなく、ペプシ・コーラでも大丈夫だった、あのときのコカ・コーラは悪くなっていたのじゃないんだろうか、坊ちゃん？　ポパイは舌を噛み、ハンカチを取り出して、激しく鼻をかんだ。鼻を押さえ、胃袋が破裂しそうなのを感じていた——レコードが終わったので、さあ今だ、素早くズボンのポケットから手を出した。彼ら二人は半暗がりの中でひとつに溶け合ったままで、こっちに来いよ来いよ、ちょっとはこっちですわれよ、するとアマーリアが言うのが聞こえた——もう音楽が終わってしまっているのだった坊ちゃん。苦労して出しているような声、あのもう一人の坊ちゃんはどうして電気を消したのだろうか、かろうじて息をしているみたいで、電気をつけてくれないならもう帰るのだった、力なく文句を言い、あたかもどうにも抑えきれない眠気か倦怠に襲われて意気消沈したかのようで、彼女は暗いところは好きじゃないのだった、こういうのは嫌いなのだった。彼らは不定形のシルエットだった、部屋の中の他の影と区別がつかず、ナイト・テーブルとタンスの間で、ふざけて押しあいをしているみたいだった。立ち上がって、つまずきながら彼らに近づいたが、庭に行ってろよソバカス、すると彼は、なんてやつだ、何かにぶつかり、くるぶしに痛みを感じ、彼は出ていくつもりはなく、彼女をベッドに連れてこいよ、放してください坊ちゃん。アマーリアの声は徐々に大きくなり、いったいどうしたんですか坊ちゃん、腹を立て、そこに今度はポパイがついに彼女の肩をおさえつけて、放してください、彼女のことを放さなきゃダメなのだった、彼女を引きずり、なんていやらしい、なんてひどいことを、目は閉じたままで、息づかいは力強く、彼ら二人と一緒にベッドに倒れこんだ——さあヤセッポチ、ついにここまで来たのだ。彼女は笑いだし、くすぐらないでください、しかしその腕と両脚は争い続けていて、ポパイは不安げな笑い声をあげた——ソバカスおまえはここから出てってくれ、僕一人にしておいてくれ。しかし彼は出ていくつもりはなく、どうして出ていく必要があるのか、そこで今やサンティアーゴはポパイを押しのけ、ポパイは彼を押し返し、オレは出ていかないぞ、衣服と濡れた皮膚の混乱が暗がりの中に広がり、脚と手、腕、毛布が入り乱れた。二人で彼女のことを窒息させているのだった坊ちゃん、息ができないのだった——なんて笑い方をするんだよ、いたずらっ子め。離れてください、彼女のことを放さなければいけないのだった、苦しげな声、途切れがちの動物的な喘ぎ声、そして急に、しっ、押しあいと小さな叫び声、そしてサンティアーゴが、しっ、そしてポパイが、しっ——玄関のドアだ、しっ、テテだ、と考え、全身が溶け出していくのを感じた。サンティアーゴは窓際に駆け寄っていたが、彼のほうは動けなかった——テテが、テテが。

「さあ、もう本当に僕らは行かないと、アマーリア」とサンティアーゴは立ち上がり、テーブルの上に瓶を置いた。「飲み物をおごってくれて、ありがとう」

「こちらこそ、ありがとうございます坊ちゃん」とアマーリアは言った。「わざわざ来てくれて、そのうえ、あれも持ってきてくれて」

「たまにはうちに顔を見せに来てよ」とサンティアーゴは言った。

「もちろんですよ坊ちゃん」とアマーリアは言った。「テテお嬢ちゃんにも、ぜひよろしく言ってください」

「ここから出るんだ、さっさと立て、何をのろのろしてる」とサンティアーゴは言った。「シャツを直せ、ちょっとは髪を整えろ、馬鹿野郎」

彼はすでに部屋の明かりをつけて、髪をなでつけていて、ポパイはシャツの裾をズボンの中に突っこんで彼のことを怯えきって見て、君は出るんだ、早く部屋から出るんだ。しかし、アマーリアはベッドの上にすわったままで、力ずくで立ち上がらせなくてはならず、呆けたような表情でよろめいて、ナイト・テーブルで体を支えた。早く、早く、とサンティアーゴはベッドカバーを引っぱり、ポパイは急いでレコードプレーヤーのコンセントを抜き、寝室から出るんだ馬鹿馬鹿。しかし彼女はうまく体を動かすことができず、彼らの言うことを驚きあきれた目をしてただ聞いているだけで、彼らの手からもすり抜けて、するとその時、ドアが開いて、彼らは彼女から手を放した――ああお帰りお母さん。ポパイはソイラ夫人を目にして笑みを浮かべようとし、こんばんは奥さん、スラックス姿でザクロ色の布を髪に巻いている夫人の目には、笑みが浮かんでいて、サンティアーゴを見やり、アマーリアを見やり、するとその笑みは徐々に薄れていって、しまいにはまったく死に絶えた――ああお帰り父さん。ソイラ夫人の背後に、ドン・フェルミンのふっくらとした顔、グレーの口ひげともみ上げ、機嫌よく笑っている目が見え、よおヤセッポチ、おまえのお母さんが行く気をなくしちゃってね、よおポパイ、君もいたのか? ドン・フェルミンは寝室に入ってきて、襟のないシャツ、サマー・ジャケット、モカシンの靴、ポパイに手を差し出した――お元気ですかご主人。

「あんたはまだ寝てないの」とソイラ夫人は言った。「もう十二時も過ぎているのよ」

「僕らが腹ぺこで、彼女を起こしてサンドイッチを作ってもらったんだよ」とサンティアーゴは言った。「アンコンに泊まってくるんじゃなかったの？」

「おまえのお母さんが思い出したんだよ、明日の昼にお客さんを呼んでいたことを」とドン・フェルミンが言った。「おまえのお母さんのうっかりだ、よくあることだが」

視界の端でポパイは、アマーリアがお盆を手に持って出ていくのをとらえたが、彼女は床に視線を落としてしっかりと歩いていた、まだしもだったな。

「おまえの妹はバヤリーノ家に泊まってくるそうだ」とドン・フェルミンは言った。「結局、この週末をのんびり過ごそうっていう私の計画はおじゃんになったわけだ」

「もう十二時なんですか奥さん？」とポパイは言った。「大急ぎで帰らないと。時間がわからなくなっちゃって、まだ十時頃だと思ってました」

「上院議員殿の調子はどうなんだい」とドン・フェルミンが言った。「もうとんとクラブでは見かけないって、みんな言っているが」

彼らを見送りに通りまで出ると、そこでサンティアーゴは彼女の肩を軽く叩き、ポパイはさよならという合図をした――チャオ、アマーリア。彼らは路面電車の方角に去っていった。〈エル・トリウンフォ〉に煙草を買いに入った。飲んだくれとビリヤード客でもうすでに沸き立っていた。

「無意味な五リブラだったな、とんでもないいいかっこしいだ」とポパイは言った。「結局のところ、オレたちはあの子にいいことをしてやったわけだ、おまえの親父さんがもっといい仕事をあてがってやったんだから」

「だとしても、僕らが彼女にしたのは、褒められたことじゃないんだから」とサンティアーゴは言った。「僕はあの五リブラを全然後悔してない」

「何もなかったわけじゃないが、しかしおまえはおかしくなってるぞ」とポパイは言った。「オレたちが彼女にいったい何をしたっていうんだ？　もう五リブラやったんだし、いいかげん気に病むのはおしまいにしな」

路面電車の路線に沿って彼らはリカルド・パルマ街まで下っていき、並木道の樹木の下を車の列の間を縫って煙草を吸いながら歩いた。

「彼女がコカ・コーラの話をしたとき、笑い出しそうにならなかったか？」とポパイは笑い声をあげた。「彼女はそんなに間抜けなのか、それともそのふりをしていただけなのか？　どうして我慢できたのか、自分でもわからないさ、おかしくて中で小便もらしそうだったんだから」

「ひとつおまえに訊いておきたいことがある」とサンティアーゴは言う。「僕は人でなしの顔をしているか？」

「だから、ひとつおまえに言っておきたいことがある」とポパイは言った。「もしかして、彼女がオレたちのためにコカ・コーラを買いに行ったのは、ずる賢く様子を見るためだったんじゃないか？　思い切ってカマをかけてみたら、オレたちがこないだの夜みたいなことをまたやりだすんじゃないかって」

「おまえの頭は腐ってるぞソバカス」とサンティアーゴは言った。

「いやしかし、なんて質問なんですか」とアンブローシオは言う。「もちろんそんなことはありませんよ坊ちゃん」

「わかったよ、あの子は聖女で、オレは頭が腐ってるのさ」とポパイは言った。「じゃあ、さっさとおまえの家にレコードを聴きに行こうぜ」

「おまえは私のためにやったのか?」とドン・フェルミンが言った。「私のためだったのかネグロ?　かわいそうなやつ、哀れいかれちまったやつ」

「誓って言いますが、ちがいますよ坊ちゃん」とアンブローシオは笑う。「あたしのことをからかってるんですよね?」

「テテは家にいないぞ」とサンティアーゴは言った。「友達と一緒に映画の夕方の回に行ったから」

「なんだよヤセッポチ、それじゃまるで人でなしじゃないか」とポパイは言った。「嘘ついているんだろ?　さっき約束したじゃないかヤセッポチ」

「つまりな、人でなしは、人でなしの顔をしてないってことなんだよアンブローシオ」とサンティアーゴは言う。

III

中尉は道中、たった一度のあくびすらしなかった。ずっと今回の革命について話し続け、ジープを運転している軍曹に向けて、オドリアが権力の座についた今や、アプラ党もおとなしくならざるを得ないと説明しながら、グアノの匂いがする煙草を吸い続けた。彼らがリマを出た夜明け前から、停車したのは一回だけ、スルコ区で、街道に出る車両を規制しているパトロール隊に通行証を提示したときだけだった。チンチャ〔リマの南方約二百キロの都市〕には午前七時に到着した。ここでは革命があったことはまったく感じられなかった――通りには学童があふれて騒いでおり、街角にも兵隊の姿は見られなかった。中尉は歩道に飛び下りるとカフェ兼食堂〈我が祖国《ミ・パトリア》〉に入り、ラジオで、軍楽隊の行進曲をバックに、二日前からくりかえし耳にしているのと同じ声明が流れるのを聞いた。カウンターに肘をついて、ミルク・コーヒーとクリーム・チーズのサンドイッチを注文した。応対したTシャツ姿の無愛想な顔の男に、カヨ・ベルムーデスという、ここで商売をやっている人間を知っているか、と訊ねた。ひょっとして、とその男は白目を剝いてみせて、逮捕するんだろうか？　そのベルムーデスというのはアプラ支持者なのか？　とんでもない、政治活動なんかしてない人間だった。そのほうがいい、政治活動なんてのは与太者がやるものなのだ、まともに仕事をしている人間がやるものではないのだ、中尉がその男を探しているのは個人的な用件のためなのだった。この店では会えないはずだった、ここには一度も来たことがないのだから。住んでいるのは教会の裏手にある、小さな黄色い家だった。そんな色の家は一軒だけで、近所の家は白か灰色で、茶色の家も一軒だけあった。中尉はその家のドアをノックして待ち、すると足音が聞こえて、誰、という声。

「ベルムーデス氏はいますか？」と中尉は言った。

ドアが軋みながら開いて、一人の女が顔を出した――黒ずんだ顔をしたインディオ女なんですよ、ホクロだらけの、旦那さん。チンチャの人たちはしきりに、昔のおまえと今のおまえは大ちがい、なんて言ってました。というのも、若いころにはまだ見られる女だったんです。まるで昼と夜ぐらいちがう、ひどい大変身をしたんですよ旦那さん。髪は乱れたままで、肩にかけたウールのショールはまるでボロ布のようだった。

「外出中です」と彼女は、斜めに構えて、猜疑心に満ちた強欲そうな目で見た。「どんなご用件でしょう。家内ですが」

「じきにもどられますか？」と中尉は驚きながら、彼女を不信感をもって観察した。「待たせていただけますか？」

女は戸口を開けて通した。中に入ると中尉は、がっしりした古い家具と、花の植わっていない植木鉢、ミシン、染みか穴か蠅が星座のように散らばっている汚らしい壁に囲まれて、頭がくらくらした。女が窓を開けると、一筋の日差しが入ってきた。室内は荒れはてて、物があふれていた。部屋の隅に集めて積まれた箱、山積みになった新聞。女は失礼と呟いて、廊下の暗がりの中に姿を消した。中尉はどこかでカナリアが鳴いているのを聞いた。ほんとうに彼の奥さんだったのかというんですか旦那さん？　神様の前で一緒になった奥さんなんですよ、もちろんです、チンチャの町中が驚きあきれた話なんです。どうやって始まったのかっていうんですか旦那さん？　もう何十年も前のことですがね、ベルムーデスの一家がデ・ラ・フロール家の農園を出たときです。一家というのは禿鷹《エル・ブイトレ》と、信心深いドニャ・カタリーナと、息子のドン・カヨのことです、当時はまだ這い這いしていたようなころでしょうが。禿鷹はそれまでその農園の人夫頭をやっていたわけで、それがチンチャに出てきたときには、みんな、盗みをはたらいたせいでデ・ラ・フロール家が追い出したんだと言ってたんです。チンチャで彼は金貸しを始めた。誰か金が必要な人がいると、禿鷹のところに出かけていって、いくらいくら必要なんですが、じゃあ借金のカタに何を置いていくんだ、この指輪です、この時計です、それで、その人が払えなくなるとやつは預かったものを自分のものにして、というのも禿鷹の利息はなにしろ法外で、借りた人はすぐにくたばってしまうのだった。だから、禿鷹ってんですよ旦那さん——死人を食らって暮らしてたんですから。数年のうちにひと財産作って、その締めくくりが、ベナビデス将軍〔一九三三～三九年のペルー大統領〕の政府がアプラ党の連中を牢屋に入れたり国外追放したりしはじめたときだったんですよ。地方官補ヌニェスの命令で、ラスカチューチャ大尉がアプラ党員を牢屋にぶちこんで家族を追放すると、禿鷹はその人たちの財産を売り払って、そのあがりを三人で山分けした。その金で禿鷹はのしあがって旦那さん、チンチャの市長にまでなって、そういやあ、やつが山高帽をかぶって、アルマス広場で独立記念日の行進に加わっているのを見かけたもんです。そうやってすっかりお高くとまるようになったんです。息子にも、常に靴を履くようにとか、色が黒い連中とは仲良くならないようにとか、言い含めるようになって。子供のころは一緒にサッカーをしたり、畑から果物を盗んだりしていたもので、アンブローシオも彼の家にしじゅう出入りしていたが、禿鷹は全然とがめだてしなかった。ところが、金持ちになると、彼のことを追い出すようになって、ドン・カヨに対しても、彼と一緒にいるのを見つけると叱りつけるようになった。あたしが彼の使用人だったのかって？　とんでもないです旦那さん、友達だったんですよ、ただし、それも彼らがこのくらいの背丈のころまでの話だった。当時、黒人女《ネグラ》がドン・カヨの住んでいる角の近くに露店を出していたので、彼とアンブローシオはしじゅう一緒にいたずらしてまわっていたものだった。その後ですよ旦那さん、禿鷹が二人の人生を切り離したのだった。ドン・カヨはホセ・パルド中等学校に入れられて、アンブローシオとペルペトゥオのことを、ネグラは、トリフルシオの件を恥じて、マーラに連れていったのだったが、しばらくして彼らがチンチャにもどってきてみると、ドン・カヨはホセ・パルド校の仲間の一人、セラーノと一心同体の関係になっていた。アンブローシオが彼に通りで出くわしても、もう彼のほうは、オレおまえと親しく呼びかけることはなかった。ホセ・パルド校の行事でドン・カヨは詩を朗唱したり、ちょっとした演説を読み上げたりし、行進では校旗を掲げ持つ役を務めた。チンチャの神童、未来の頭脳、などと呼ばれるようになって、禿鷹は息子の話になると涎を垂らすと言われたりして、この子は出世するぞと禿鷹が言うのを、人々もふれて回った。実際、たしかに出世しましたよね旦那さん？

「まだだいぶ時間がかかりますかね？」と中尉は煙草を灰皿で押しつぶした。「どこに行かれたか、ご存じないんですか？」

「僕も結婚したんだよ」とサンティアーゴは言う。「おまえは結婚しなかったのかい？」

「ずいぶん遅くなってから昼食に帰ってくることもあるんですよ」と女はぶつぶつと言った。「もしあれでしたら、伝言を残していってください」

「えっ、坊ちゃん、あなたもですか？　まだこんなに若いのに」とアンブローシオは言う。

「待たせていただきます」と中尉は言った。「あまり遅くならなければいいんですがねえ」

　中等学校の最後の年に入ると、禿鷹は弁護士になる勉強をさせるために彼をリマに送ろうと考えるようになり、ドン・カヨはまさにそれにうってつけだ、と誰もが言った。アンブローシオはそのころはチンチャの外れにある集落に暮らしていた、旦那さん、のちにグロシオ・プラードと呼ばれるようになったあたりに向かう途中のところです。で、そこで、一度、彼のことを偶然見かけたことがあった、そして、その場ですぐに気づいたのは、彼が仲間から金をかき集めて来ていたことだった、それですぐに、どの女が目当てなんだろうと考えた。女と交っていたのか？　いえちがいます旦那さん、狂ったような目つきで彼女のことをじっと見ていたんです。気づかないふりをしていました、豚の見張り番をしていたやつも、待っていたやつも。彼は教科書を地面に置いて、膝をついて、両目を凝らして集落のほうを見つめていたので、アンブローシオは誰なんだろう誰が目当てなんだろうと自問した。それがローサだったんですよ旦那さん、乳搾り女トゥムラの娘の。とくにどうってことのない痩せた小娘なんですが、当時はちょっと白人ぽくて、インディオっぽくなかったんですよ。女によっちゃ、生まれは醜女であとから良くなるのもいますが、ローサはまだ見られる顔で始まって、しまいには化け物になった典型でさあ。まだ見られるってのは、良くも悪くもなくて、白人さんが一度は甘い顔を見せたとしても、二度めはもう覚えてないっていうような、よくいる女です。おっぱいはちょっとふくらんできていて、若々しい体はしているけれどもそれだけで、しかも、なにしろ汚らしくて、ミサに行くときすら身ぎれいにしないんですよ。チンチャの町中でも、大甕を背負ったロバを追い立てていて旦那さん、家から家へと瓢箪一杯分ずつ牛乳を売り歩いているのを目にしたもんです。トゥムラの娘と禿鷹の息子ですよ旦那さん、考えただけでもひどいスキャンダルでしょう。禿鷹はそのころすでに金物店に食料品店を持っていて、噂では、息子が博士《ドクトール》と呼ばれるようになってリマから帰ってきたら、一気に商売を広げるつもりだと言っていたそうで。ドニャ・カタリーナは教会に入りびたり、司祭と仲良くなって、貧乏人支援のための福引き会とか、カトリック行動同志会とか。で息子のほうは乳搾りの娘のまわりをうろうろしていて、いったい誰がそんなことになってると想像したでしょうね。しかし、そんなふうだったんですよ旦那さん。彼女の歩き方か何かが気に入ったんでしょうかねえ、名馬よりも駄馬を好む人あり、なんて言いますしね。彼のほうでは、あの女を口説いて、一発やって、捨てればいい、と考えていたんでしょうし、彼女のほうは、白人の坊やが涎を垂らしているのに気づいて、考えたでしょう、あいつに私のことを口説かせて、やらせてやって、それで引っつかまえてやろうって。それで結局ドン・カヨは陥落したってわけで旦那さん――どんなご用件でしょうか？　中尉は目を開き、飛び跳ねるようにして立ち上がった。

「申し訳ありません、眠りこんでしまいまして」と彼は手で顔を拭い、咳払いをした。「ベルムーデスさんですね？」

あの忌まわしい女の傍らに、かさかさに乾いたつまらなそうな顔の男がいた。四十がらみ、上着を脱いだシャツ姿、腕の下にブリーフケースを抱えていた。ズボンの裾は幅が広くて靴をすっかり覆っていた。セーラー・ズボンてやつだ、と中尉はかろうじて思いをめぐらし、まるで道化師だな、と考えた。

「はい、お役に立てますか」と男は、退屈しているとも不機嫌ともつかない調子で言った。「もうだいぶお待たせしましたか？」

「どうか荷造りをなさってください」と中尉は快活に言った。「リマにお連れします」しかし、男は反応を示さなかった。その顔は笑みを浮かべず、その目は、驚くことも怯えることもよろこぶこともなかった。以前と同じ単調な無関心をこめて彼のことを観察しているだけだった。

「ほう、リマに？」と、光のない瞳をしたままゆっくりと言った。「リマの誰がわたしのことを求めているんでしょうかね？」

「他でもないエスピーナ将軍です」と中尉は、勝ち誇った小さな声で言った。「他ならぬ内務大臣です」

女はぽかんと口を開いたが、ベルムーデスは瞬きもしなかった。無表情のままだったが、やがてその顔の眠たげな倦怠を破って微笑みの片鱗が浮かびかけ、しかし一秒後にはその目はふたたび興味を失って倦怠の中にもどっていった。肝臓の調子が悪いんだ、と中尉は考えた、人生に幻滅した男、こんな女に首根っこを押さえられていたら、それも当然だ。

ベルムーデスは鞄をソファの上に放り投げた——

「たしかに、きのう、エスピーナが軍事評議会《フンタ》の閣僚の一人だとは聞いたが」と彼は〈インカ〉の箱を取り出し、その気もなさそうに中の煙草を中尉に勧めた。「セラーノ〔アンデス山地出身者という原義から、インディオ的な容貌の人であることをほのめかす呼称〕のやつは、なぜわたしに会いたいのか、あんたに言わなかったのかね？」

「あなた様に至急来てもらいたいということだけで」と言いながら、中尉はセラーノだって？　と考えた。「かならずリマにお連れするようにと、たとえ胸にピストルを突きつけてでも、と言われております」

ベルムーデスは肘掛け椅子にどさりとすわりこみ、脚を組み、煙を一口吐くと顔がかすんだ。煙が晴れると、中尉は相手が微笑んでいるのを見て、まるでオレに恩を着せるみたいに微笑んでいる、まるでオレのことをからかっているみたいに、と考えた。

「今日チンチャから外に出るのは具合が悪いんだ」と退廃的な倦怠をこめて言った。「ちょっとした商談が、ここの農園との間でまとまりそうなんでね」

「内務大臣がお呼びであるからには、都合をつけていただかないと」と中尉は言った。

「お願いいたしますベルムーデスさん」

「新車のトラクター二台で、いい手数料になるんだ」とベルムーデスは、壁の蠅か穴か染みに向けて説明していた。「今リマに遊びに行く気にはならん」

「トラクターですか？」と中尉は苛立たしげな身振りを見せた。「どうか、しっかりと、頭を使ってよく考えてください、もうこれ以上時間の無駄はやめていただきます」

ベルムーデスはその冷たい目を閉じるようにして煙草を深く吸いこみ、ゆっくりと煙を吐き出した。

「手形に追われて暮らしている人間は、トラクターのことを考えるしかないんだ」と彼は、誰も彼のことを聞いても見てもいないかのように言った。「セラーノに言っておいてくれ、わたしは近日中に出向くと」

中尉は彼のことを、困惑して、面白がって、混乱して眺めやった――この調子では彼はピストルを取り出して、胸に突きつけるしかなくなるのだった、ベルムーデスさん、この調子では彼自身が笑いものにされることになってしまうのだった。しかし、ドン・カヨはあたかも何でもないかのようにですね旦那さん、授業をサボっては町外れの集落に顔を出して、すると女たちは彼のことを指差して、ねえローサ、とひそひそ話をしたり笑い交わしたりして、ロシータ誰が来てるのか見てごらん。トゥムラの娘はすっかり鼻高々になってましてね旦那さん。だって考えてもみてください、禿鷹の息子があんなところまでわざわざ彼女に会いに来るんですから、うぬぼれちまいますよね。彼と会話をしに出ていくこともなく、はねつけて、女友達たちのところに走っていっては、笑いころげて、面白半分に気を引くわけです。彼の側は、娘が横柄な態度をとっても気にせず、むしろ、それでかえって熱くなるようだった。映画に出てくるようなとんでもないやり手なんですよ、トゥムラの娘は旦那さん、母親のほうも話にもならないような人間で、誰もがわかっていたのに、彼だけは騙されていて。我慢し、いつまでも待ち、集落に通い続け、あのチョリータもいずれ落ちるさネグロ、とか言って、実は落ちたのは彼のほうだったんです旦那さん。わからないんですかドン・カヨ、あんたに気に入られたことを、ありがたがって当然なのに、うるさがってるんですよ？　あんなの、放っておきゃいいんですよドン・カヨ。しかし彼は、まるでまじないでもかけられたかのように、いつも彼女の後ろをつけまわして、ついには人々が噂しはじめた。そこらじゅうでみんなが噂話をしてますよドン・カヨ。彼にとってはそんなのは屁でもなく、自分の本能の言う通りにしているだけで、本能は、あの娘とやるんだって命じているわけです、もちろん。こういうのはよくあることで、誰が彼を非難するでしょうか、白人の若者がチョリータの女に入れあげて、ちょいちょいとやることをやったとして、誰も何とも思わないですよね旦那さん、ちがいますか？　しかし、ドン・カヨはまるでほんとに本気みたいに彼女のことを追い回していたんです、狂ってますよね？　そして、もっと狂っていたのは、ローサが勝ち誇ったように彼のことをゴミ扱いしていたことです。勝ち誇ったふりをしていたんです旦那さん。

「もうガソリンも入れましたし、リマには三時半頃には着けると連絡してあります」と中尉は言った。「いつでもよろしいときに、ベルムーデスさん」

ベルムーデスもシャツを着替えてグレーの上着を着ていた。手には書類鞄と、使いこんだ帽子と、サングラスがあった。

「荷物はそれだけでよろしいんですか？」と中尉は言った。

「スーツケースがあと四十個あってか」とベルムーデスは口を開かずに唸った。「さっさと出発しよう、今日じゅうにチンチャにもどって来たいんだ」

女はジープのオイルをチェックしている軍曹のほうを見ていた。エプロンは外して、きついワンピースのせいで、ふくらんだ腹と肉があふれた腰の線があからさまに見えた。申し訳ありませんが、と中尉は手を差し出しながら、ご主人を奪っていくのをお許しくださ い、と言ったが彼女は笑わなかった。ベルムーデスはジープの後部座席に乗りこんでいて、彼女は夫のことをまるで憎んでいるかのように見つめていた、と中尉は思った、あるいは、もう二度と会うことがないかのように。彼はジープに乗りこみ、ベルムーデスが妻に曖昧な別れの仕草をするのを目にとめてから、すぐに出発した。太陽は熱く、街路に人影はなく、舗装面からはむかむかするような暑気が立ちのぼり、家々のガラス窓がきらきらと光っていた。

「リマに行かれるのは久しぶりなんですか？」と中尉は世間話をしようとした。

「年に二、三回は行く、仕事で」と、愛想も、愛嬌もない、小さな声、だるそうな、機械的な、この世に不満を抱えた声が答えた。「農業関係の会社何社かの代理人をここでやっているんでな」

「結婚まではしなかったんですが、実はあたしにも以前は女房がいたんですよ」とアンブローシオは言う。

「なら、商売がうまくいかないってことはないんじゃないんですか？」と中尉は言った。「このへんの農園主はみんな大金持ちじゃないんですか？　綿花がたくさん取れるんでしょう？」

「以前は？」とサンティアーゴは言う。「喧嘩別れしたのかい？」

「以前はうまくいっていた時期もある」とベルムーデスは言った。ペルーで一番感じの悪い男とまではいかないか、エスピーナ大佐がまだこの上をいっているから、と中尉は考えた、しかし、大佐の次に誰が来るかといえばこいつ以外にない。「為替統制のせいで、綿花生産者は以前のように稼げなくなった、今じゃ連中に鍬ひとつ売るのにも血の汗を流さなきゃならない」

「彼女は、向こうで、プカルパ〔リマから八百キロほど離れたアマゾン川源流地域の県都〕で死んだんですよ坊ちゃん」とアンブローシオは言う。「あたしに娘を一人残して」

「なるほど、まさにそのために私らは革命を起こしたんですよ」と中尉は快活に言った。「混乱は終わりです。軍が実権を握った今、誰もがまっとうな暮らしができるようになります。見ててください、オドリア政権のもとで、ものごとはいい方向に向かいますから」

「ほんとか？」とベルムーデスはあくびをした。「この国じゃ、顔ぶれは変わるが、ものごとは決して変わらない」

「新聞は読まないんですか、ラジオは聞かないんですか？」と中尉は笑いを浮かべながら言いつのった。「もう掃除が始まっています。アプラ党も、コソ泥も、コミュニストも、みんな刑務所行きです。野鼠一匹、町をうろうろさせませんから」

「で、何をしにプカルパに行ったんだい？」とサンティアーゴは言う。

「新しいのがまた出てくるだけだ」とベルムーデスはつっけんどんに言った。「ペルーから野鼠を一掃するには、原爆でもいくつか落として、われわれ全員が地図上から消えてなくなる以外にない」

「そりゃ仕事をしにですよ坊ちゃん」とアンブローシオは言う。「というか、仕事を探しにですが」

「本気で言ってるんですか、それとも冗談ですか？」と中尉は言った。

「うちの親父はおまえがそこに行ったことを知っていたのか？」とサンティアーゴは言う。

「冗談を言うのは好きじゃない」とベルムーデスは言った。「いつでも話すことは本気だ」

ジープが渓谷に入っていくにつれて、空気には魚介類の匂いが混じり、遠くには土色の丘と砂地がかいま見えた。軍曹は煙草を嚙みしだきながら運転していて、中尉は軍帽を耳元まで深くかぶっていた――ちょっと来いよネグロ、ビールでも一杯、二人で飲みに行こうというのだった。彼らは友達同士として話をしたのだった旦那さん、彼はオレのことを必要としているんだな、とアンブローシオは考えたし、もちろん、話はローサのことだった。彼はすでにワゴン車を一台、調達していて、小さな農家も用意して、友人のセラーノも説得してあった。そして、彼にも手伝ってもらいたいのだったアンブローシオ、万が一トラブルが起こったときのために。どんなトラブルが起こりうるって言うんですか？ あの娘に父親や男兄弟がいるって言うんですか？ いいや、トゥムラだけなので、屁でもない。彼はよろこんで手伝いたいのだったが、ただ、そうは言ってもですね。彼はトゥムラを怖がっているわけではなかったしドン・カヨ、集落の連中だってどうということなかった、しかしですねドン・カヨ、あんたの親父さんはどうなんですか？ というのも、もし禿鷹がこのことを知ったらドン・カヨには拳骨が降るだけだったが、彼のほうは？ 父親が知るはずはないのだったネグロ、だって父親は三日間リマに出かけるのだったし、もどってくるときまでにローサはまた集落にもどっているはずなのだから。アンブローシオはこの話を鵜呑みにしたのだった旦那さん、騙されて手助けしたのだった。というのも、娘を一晩盗み出して、やることとやってから解放するっていうのと、彼女と結婚してしまうというのは、そうですよねえ旦那さん、まるでレベルがちがう話じゃないですか？　あくどくもドン・カヨは彼のこともセラーノのことも旦那さん、間抜け扱いして騙したのだった。ローサと、それからトゥムラ、この二人を別にして、全員を騙したのです。チンチャでは誰もが言いましたよ、結局勝ったのは乳搾りの娘のほうだったな、ロバで牛乳を売り歩く暮らしから奥様に、それも禿鷹の息子の嫁さんになったのだから、と。それ以外の全員が負けたんです――ドン・カヨも、その両親も、おまけにトゥムラも、なぜなら、彼女は娘を失ったのだったから。ということは、ローサは本当に超弩級のやり手だったんだな。誰が予想したでしょうね旦那さん、あの何でもない小娘が、あそこまでずる賢くて、宝くじというか、それ以上のものを引き当てるとはね。アンブローシオは何をしなければならなかったのか、ですか旦那さん？　九時に広場に行くことです、実際彼が行って待つと、じきに車で拾われて、ぐるぐる回って、人々が眠りにつくころになると、彼らはワゴン車を聾啞のドン・マウロ・クルスの家のわきで止めた。ドン・カヨはそこで娘と十時に落ちあう約束になっていた。もちろん来ましたよ、来ないはずがないじゃないですか。姿をあらわすと、ドン・カヨは彼女のほうに進んでいって、彼らのほうはワゴン車の中に乗ったままだった。彼が何か言ったんでしょう、それか彼女が何かを見抜いたんでしょう、要は突然、トゥムラの娘が走って逃げ出して、ドン・カヨがつかまえろって叫び出したんです。そこでアンブローシオは駆け出し、彼女をつかまえて肩に担ぎ上げて連れてきて、車の中にすわらせた。そのときに彼はローサの手管に気づいたのだった旦那さん、彼女が手練手管の持ち主だっていうことに。一言も叫び声をあげない、やめてという声さえ出さない、ただちょっと走って逃げてみせて、ちょっと引っかいたり、ちょっとぶったりするだけ。悲鳴をあげるのなんて簡単じゃないですか、そうすれば人が出てきて、集落の人間の大半が彼らに襲いかかったはずだった、ちがいますか？　彼女は連れ去られたかった、連れ去られるのを待っていたんです、まさにキツネですよね、ちがいますか旦那さん？　何が怖くて死にそうだったですか、声が出なかったですか。担ぎ上げているときには脚をばたばたさせたり爪で引っかいたりして、それから車の中では泣いてるふりをして顔を覆っていたけれども、アンブローシオには彼女が泣いている声は聞こえなかった。セラーノがアクセルを踏みこんで、ワゴン車はでこぼこ道を突っ走った。一行が農家に着くと、ドン・カヨが車から下り、ローサは、担がれるまでもなく、自らまっすぐ家の中に入った、わかっただろうか、旦那さん？　アンブローシオは眠りにつきながら、翌日ローサはどんな顔をして出てくるのだろうと考え、トゥムラに話すだろうか、トゥムラはそれをネグラに話すだろうか、そしてネグラは彼のことを折檻することになるだろうかと考えた。どういうことになるのか、まるで推測がつかなかったのだった、旦那さん。というのも、ローサは翌日になってももどらなかったし、ドン・カヨももどらなかった、その翌日にもそのまた翌日にも。集落でトゥムラは泣いてばかり、チンチャではドニャ・カタリーナも泣いてばかり、そしてアンブローシオはどこに身を置いていいのかわからなかった。三日目に禿鷹がもどってきて警察に届けを出すと、トゥムラもまたすでに届けを出していた。裏でどれほどの噂が流れたか、考えてもみてください旦那さん。セラーノとアンブローシオは通りで出くわしてもことばも交わさず、彼もまたびくびくしていたんでしょう。二人が姿をあらわしたのはようやく一週間たってからだったんです旦那さん。誰かに無理強いされたわけではなかった、誰も彼の胸に拳銃を突きつけて、教会に行くか墓場に行くかだ、などと言ったわけではなかった。自分の意思で自分の神父を探したのだった。目撃した人の話によると、彼らはアルマス広場でバスを下り、彼はローサに腕を貸しながら歩いて、禿鷹の家にまるでちょっとした散歩からもどってきたみたいに入ったというんです。彼らは二人一緒に、いきなり彼の前に姿をあらわしたんでしょう、想像してみてくださいよ、ドン・カヨは証書を取り出して僕らは結婚したんだと言ったでしょう、禿鷹がどんな顔になったか、わかりますか旦那さん、どんなひどい騒ぎだったか?

「野鼠狩りを、あそこでやっているんだよな中尉」と意地悪な笑みを浮かべながらベルムーデスは大学公園を指差した。「サン・マルコス大では何が起こっているんだ?」

大学公園の四隅は軍のバリケードで封鎖され、ヘルメットをかぶった兵士のパトロール隊や、国家警察の機動隊、騎馬警官などが配置されていた。独裁政権打倒、とサン・マルコス大学の壁に掲げられた横断幕にはあり、ペルーを救えるのはアプラ党だけ、とも見えた。大学の正門は閉ざされており、バルコニーには黒い縮緬生地の喪章が揺れ、屋根の上には小さな頭が覗いて、兵隊や機動隊の動きを見張っていた。大学の敷地内の壁面からは、拍手と喝采につれて大きくなったり小さくなったりする物音が湧き出していた。

「アプラ党の連中が少数、あの中に十月二十七日から閉じこもっているんです」と中尉は言いながら、アバンカイ通りの検問所を指揮している士官に合図を送った。「党の武闘派《ブファロ》は懲りないんですなあ」

「どうして銃撃してやらないんだ?」とベルムーデスは言った。「軍が掃除を始めるってのは、こんなやりかたのことなのか?」

警察の少尉がジープに近づくと敬礼して、中尉の差し出した通行証を調べた。

「反対派の様子はどうだ?」と中尉はサン・マルコス大学を指差しながら言った。

「あの通り、騒いでます」と少尉は言った。「ときどき、石を投げてきます。どうぞお通りください中尉」

隊員たちが柵をどけたのでジープは大学公園を横切って進んだ。波のように揺れる喪章の上には白い厚紙が貼り出され、自由の死を悼んで服喪、と書かれてあったり、髑髏と骨の十字が黒ペンキで描かれていたりした。

「私も銃撃を選びますが、エスピーナ大佐は兵糧攻めで降伏させるのをお望みなんです」と中尉は言った。

「地方はどんな様子なんだ？」とベルムーデスは言った。「北部では騒ぎになるんじゃないか。あの辺はアプラ党が強いから」

「それが落ちついているんです、アプラがペルーを支配しているっていうのは作り話だったんですよ」と中尉は言った。「ご覧になったと思いますが、指導者たちは逃げ出して外国公館に避難しています。これほど平和的な革命はいまだかつてなかったんですよベルムーデスさん。サン・マルコスのこれだって、上層部が決断しさえすれば一分で片付けられます」

都心部の通りに部隊は展開していなかった。イタリア広場のところだけ、ふたたびヘルメット姿の兵隊があらわれた。ベルムーデスはジープから下り、伸びをしてから何歩か先に進んで、すべてを無気力に眺めながら中尉を待った。

「内務省の中にお入りになったことはありませんか？」と中尉は先へと促した。「建物は古いんですが、中のオフィスはものすごくエレガントなんですよ。大佐の部屋には油絵などもそろっていまして」

彼らが中に入ると、二分もしないうちに、まるで中で地震でもあったみたいにドアが弾け開いて、ドン・カヨとローサが転がりながら出てきて、そのあとから禿鷹が、蟇蛙や蛇を引き連れて、雄牛みたいに突撃してきた、その様子はある種、立派だったとか聞きます旦那さん。その怒りはトゥムラの娘に対するものではなく、どうやら彼女のことは殴らなかったらしく、息子のほうだけだったようです。拳骨で殴り倒しては、蹴飛ばして立ち上がらせて、という具合でアルマス広場まで。そこまで来たところで人が止めに入った、さもなくば殺してしまいかねなかったからです。彼は受け入れることができなかった、こんなふうにして結婚したということを、しかもまだ鼻垂れ小僧で、そしてなによりもその相手が何者かということを。その後も、当然ながら、決して受け入れられず、二度とドン・カヨには会わなかったし、援助もしなかった。ドン・カヨは自分で、自分とローサの食いぶちを稼ぎはじめなければならなかった。禿鷹が未来の頭脳と呼んでいた人間が、高校も終えられなかったんです。もしも、結婚をとりおこなったのが、神父でなく市長だったなら、禿鷹は一も二もなく、すぐさま手を回して解決しただろうが、旦那さん、神様が相手では手の回しようがありませんよね？　おまけに、ドニャ・カタリーナはあの通りの信心深さですから。相談したでしょうが、神父はどうしようもないと言ったでしょう、宗教は宗教であり、死が二人を分かつまでと決まっていると。というわけで禿鷹にはもう、絶望以外に道はなかった。噂では、二人の結婚の儀をとりおこなった神父を殴りつけたらしくて、あとで教会はその罪の赦しをあたえようとせず、結局、贖罪のための苦行として、チンチャの新しい教会の片方の鐘楼の建設費用を彼に払わせたとか。つまり、この件では教会までもが彼を見放したわけです。この幼い夫婦に禿鷹は二度と会わなかった。どうやら、死期を悟ったときには、自分に孫はいるのか、と訊いたそうです。もし孫がいたなら、もしかしたらドン・カヨのことを許したのかもしれない、けれども、ローサは化け物と化しただけでなく、旦那さん、ひどいことに、一度もおなかが大きくならなかったんです。話によれば、禿鷹は息子に相続財産が残らないように、持っているものを全部、酒席や喜捨で、無駄遣いしはじめたそうです、そして、もし思いがけず死に襲われることがなかったなら、教会の裏手に持っていたあの小さな家もまた誰かにくれてやってしまったでしょう。でも旦那さん、その暇がなかったんですよ。なんであの低脳インディオ女と長年連れ添ったのか、ですか？　それは誰もが禿鷹に言っていたことです――甘い気持ちはすぐに冷めるもんですよ、そうしたら女をまたトゥムラのところに送り返すでしょう、そしてあんたも息子さんを取り戻せますよ、って。しかし、そうはならなかった、いったいなぜなんでしょうね。信仰のせいではないと思うんです、ドン・カヨは教会には行ってませんでしたから。父親を怒らせるためだったたっていうんですか旦那さん？　禿鷹のことを憎んでいたから、ですか？　彼を失望させるため、自分にかけている期待があえなく消え去るさまを見せつけてやるためだった？　そのためだったと、旦那さん、ほんとに思うんですか？　どれだけの代償を払ってもいいから、彼を苦しめたかった、たとえ、自分自身もまた屑みたいな存在になってしまおうとも？　さあて、あたしにはわかりません旦那さん、旦那さんがそうお思いになるのならきっとそうなんでしょう。そんなふうにならないでくださいよ旦那さん、気分よく話をしていたじゃありませんか旦那さん。かげんが悪いんですか？

旦那さんは本当は禿鷹とドン・カヨのことを話しているんじゃなくて、ご自身とサンティアーゴ坊ちゃんのことを話しているんじゃないですか旦那さん？　わかりました、あたしは黙ります旦那さん、もうあたしなんかと話をする気がないことがわかりましたから。あたしは何も言ってないんですよ旦那さん、そんなふうにならないでください旦那さん。

「プカルパってのはどんなところなんだい？」とサンティアーゴは言う。

「何もいいところのないちっぽけな町です」とアンブローシオは言う。「坊ちゃんは行ったことがないですか？」

「僕は一生ずっと、旅に出たいと夢見て暮らしてきたけど、たった一回、首都から八十キロの地点まで行ったことがあるだけだ」とサンティアーゴは言う。「おまえは少なくともちょっとは旅をしているわけだ」

「まったく最悪の決断でしたよ坊ちゃん」とアンブローシオは言う。「プカルパがあたしにもたらしたのは、不幸だけです」

「つまり、ものごと、おまえさんにとって、うまくいかなかったわけだ」とエスピーナ大佐は言った。「同学年の誰よりもうまくいかなかった。まるで金はないし、田舎者のまま発展しなかった」

「同学年の連中がどうなったのか、忙しくてそんなことといちいち調べてないがね」とベルムーデスは、穏やかな調子で言いながら、エスピーナを、傲慢さも卑屈さもなく、淡々と見やった。「しかし、明らかに、おまえは他の全員を合わせたよりももっと発展したな」

「一番いい生徒だったおまえ、一番頭がよく、一番ガリ勉だったおまえなのに」とエスピーナは言った。「ベルムーデスは大統領になるぞ、エスピーナはその下で大臣になる、とトルドが言っていたもんだ、覚えているか？」

「あのころすでに、おまえは本当に大臣になりたかったんだよな」とベルムーデスは、苦い笑いを小さく浮かべながら言った。「上りつめて、大臣になった。これで満足だろう、ちがうか？」

「なりたいって頼んだわけじゃない、自分から求めたわけじゃない」とエスピーナ大佐は諦めたように両腕を広げてみせた。「むりやり押しつけられて、義務として受け入れただけだ」

「チンチャではおまえのことは、アプラべったりの軍人だって言っていたな、アヤ・デ・ラ・トッレ〔アプラ党の創立者〕が開いたカクテル・パーティに出席したって話だった」とベルムーデスは曖昧な笑みを浮かべながら続けた。「それが今やどうだ、アプラ党員を野鼠狩りしているとは。おまえが送ってよこしたあの中尉がそう言っていたぞ。ところで、そうだ、そろそろ、豪勢に出迎え付きでわたしなんかを呼び出した理由を言ってくれていいころだろう」

執務室のドアが開き、慎重そうな顔つきの男が両手に書類を持ってお辞儀をしながら入ってきて、大臣閣下、今よろしいですか？　と言うが、大佐は、アルシビアデス博士あとにしてくれ、と身振りで、話を中断させないように押しとどめた。男は今一度お辞儀をして、了解しました大臣閣下、と出ていった。

「大臣閣下か」とベルムーデスは追憶の甘さもなく、喉のつかえを取るように吐き出し、眠たげに室内を見回した。「まるで嘘みたいだな。ここにこうしてすわっているのも。二人とも、もう五十近いおっさんになったってのも」

エスピーナ大佐は愛着をこめて彼に笑みを向けた。髪はだいぶなくなってきていたが、残っている部分に白髪は一本もなく、赤褐色の顔はまだ溌溂としていた。彼はその視線を、野天に焼かれたベルムーデスの無表情な顔にゆっくりと走らせてから、どっしりとした赤いビロードの安楽椅子に埋まったその老けこんだ質実な体に注いだ。

「おまえさんは、あの馬鹿げた結婚でドジを踏んだよな」と彼は、甘ったるい保護者的な声で言った。「あれがカヨ、おまえの人生最大の間違いだった。オレはおまえに警告したぞ、思い出してみてくれ」

「おまえは、わたしの結婚について話すためにわざわざ呼び出したのか？」と、怒りも勢いもなく、いつも通りの特徴のない小さな声が言った。「もう一言でもその話をしたら、わたしは帰るぞ」

「昔から変わらんな、気むずかしくて手がかかる」とエスピーナは笑った。「ローサはどうしてる？　結局子供はできなかったというのは知っているが」

「悪いが、もう一気に本題に入ってもらえないか」とベルムーデスは言った。疲労の影がその目を覆い、口元はじれったさで歪んでいた。屋根、軒庇、陸屋根、屋上のゴミ置場などが、でっぷりとした雲の前に描き出され、エスピーナの背後の窓から見えていた。

「われわれはあまり会う機会はなかったが、オレにとって、おまえが一番の友人であることは変わっていない」と、大佐は悲しみに暮れるかのように言った。「子供のころ、オレはカヨ、おまえのことを尊敬していたし大事にしていた。おまえよりもオレのほうがずっとそうだった。おまえに憧れていたし、嫉妬していたと言ってもいい」

ベルムーデスは動じることなく、詮索するように大佐を見ていた。手にしていた煙草が燃えつきて、灰が絨毯に落ち、煙の渦が彼の顔にぶつかって砕けた。まるで、褐色の岩に波が当たったみたいに。

「オレがブスタマンテ政権の大臣になったとき、同学年の連中全員がオレのところにやってきたが、おまえだけは来なかった」とエスピーナは言った。「なぜだ？　おまえは苦しい状況にあって、オレたちはかつては兄弟みたいなものだった。おまえに手を貸してやることができたはずだ」

「みんな犬みたいにおまえの手を舐めに来たってか？　おまえの推薦状をもらったり、取引を持ちかけたりしに来たんだろ」とベルムーデスは言った。「それでわたしが来ないもんだから、おまえは、あいつは金持ちなんだと思ったか、でなければ、もう死んだと思ったんじゃないか」

「おまえが生きていることは知っていたさ、腹をすかして野垂れ死にしそうだったたってこともな」とエスピーナは言った。「話の腰を折らないで、オレに話させてくれよ」

「なんだって、相変わらず話が長くてかなわん」とベルムーデスは言った。「おまえの話はむりやり急き立てないと先に進まないからな、ホセ・パルドのころと同じじゃないか」

「おまえの役に立ちたいんだ」とエスピーナは口ごもるように言った。「オレにできることを言ってくれ」

「チンチャにもどる乗り物を用意してくれよ」とベルムーデスは囁くように言った。「ジープでもいいし、コレクティーボの車代でも、何でもいい。リマまで足を伸ばすことになったせいで、ちょっとした面白い取引を失うかもしれないんだ」

「おまえは自分の境遇に満足しているのか、田舎者のまま、資産もないまま年寄りになって、それでいいのか」とエスピーナは言った。「もう野心もなくしたんだなカヨ」

「しかしまだプライドは捨ててない」とベルムーデスはつっけんどんに言った。「人に何かをしてもらうのは好きじゃないんだ。わたしに言いたかったのはそれだけなのか？」

大佐は彼をじっと観察していた。彼のことを採寸するかのように、底を見抜こうとするかのように。そして、その唇に浮かんでいた親しげな笑みは、一瞬のうちに消えてなくなった。彼はきれいに爪が磨かれた両手の指先を合わせると、顔をぐっと前に突き出した——

「単刀直入に、だよな、カヨ?」と、突然、力強く言った。

「ずいぶん待ったぜ」とベルムーデスは吸い殻を灰皿で潰した。「愛の告白の連続にうんざりしてきたところだ」

「オドリアは真に信頼のおける人間を必要としている」と大佐は音節を数えるように慎重に、あたかも、その自信と弁舌が急におびやかされたかのように言った。「ここでは誰もがわれわれの味方であるようで、しかし、誰一人として本当の味方ではない。《ラ・プレンサ》紙とか農業振興会とかは、われわれに為替統制を廃止してもらいたがっていて、要するに自由な商取引を保護してもらいたいだけだ」

「あんたらはその期待をかなえてやるんだから、何も問題はないんじゃないか」とベルムーデスは言った。「ちがうか?」

「《エル・コメルシオ》紙がオドリアをペルーの救世主と呼んでいるのは、単にアプラが憎いからだ」とエスピーナ大佐は言った。「やつらは、われわれにアプラ党を押さえつけておいてもらいたいだけだ」

「それはすでに実現している」とベルムーデスは言った。「それも何も問題はない、ちがうのか?」

「インターナショナルとかセッロその他の企業が強い政府を求めるのは、労働組合を静かにさせておいてほしいからだ」とエスピーナは耳を貸さずに続けた。「こうやってそれぞれが勝手に自分の利益を求めているわけだ、わかるか？」

「輸出業者、反アプラ勢力、グリンゴら、それに加えて軍部」とベルムーデスは言った。「金づると力と、両方握っているじゃないか、オドリアがなんで不平を言うのか理解に苦しむ。現状以上は望みようがない」

「評議会議長はろくでもないこの連中の心根を知りつくしている」とエスピーナ大佐は言った。「今日は支持していても、明日になれば背後から刺してくる」

「あんたらがブスタマンテを刺したのと同じようにな」とベルムーデスは笑みを浮かべたが、大佐は笑わなかった。「そりゃ、やつらは満足させてもらっているうちは、政府を支持するだろう。その後は、別の将軍を見つけてきて、あんたらを追い出す。ペルーは昔からいつもそうだったんじゃないのか？」

「今回はそうはならない」とエスピーナ大佐は言った。「われわれは背後の守りを固めるつもりだ」

「それはまったく結構なことだ」とベルムーデスはあくびをかみ殺しながら言った。「しかし、そんなこんなが、わたしとどんな関係があるって言うんだ」

「評議会議長にはおまえのことを話して聞かせた」と言って、エスピーナ大佐は自分のことばの効果を一瞬計ったが、ベルムーデスはまるで表情を変えていなかった――安楽椅子の肘掛けに肘をついて、手のひらに顔を載せ、不動のまま聞いていた。「内務局長に適任の人間を探して論じあっていたとき、ふとおまえさんの名前が思い浮かんで、思わず、口にしたんだ。オレは馬鹿な真似をしたのか？」

彼は黙り、不興か疲労か疑念か後悔によって口元が歪み、その目も細くなった。数秒間、その場を離れたような空白の表情で固まったのち、彼はベルムーデスの顔を探した――相手はもとのまま、そこでまったく静止したまま、待っていた。

「目立たない役職だ、がしかし、政権の安定にとって要となる」と大佐はつけ加えた。「オレは馬鹿な真似をしたのか？　その役には、自分自身の分身であるような人間が必要なのだという忠告ももらった、自分の右腕のような人間が。そこですぐに浮かんだのがおまえの名前で、それをオレは口にしたんだ。考えることもなく口にした。これでわかってくれたか、オレは何の偽りもなく話した。オレは馬鹿な真似をしたのか？」

ベルムーデスはもう一本煙草を取り出して、すでに火をつけていた。かすかに口元をすぼめて吸いこみ、下唇をわずかに嚙んだ。火口を、煙を、窓を、リマの屋上のゴミ置場を見やった。

「オレにはわかっている、おまえが同意しさえすれば、おまえが適任なんだ」とエスピーナ大佐は言った。

「おまえが昔の同級生をずいぶんと信頼してくれてるってことはわかった」とようやく、ベルムーデスは言ったが、その声は小さく、大佐は顔を前に突き出した。「この挫折した、無経験な田舎者を、おまえの右腕に選んでくれたってのは、まったくもって名誉なことだセラーノ」

「皮肉はやめてくれ」とエスピーナは机を軽く叩いた。「引き受けるのかどうなのか、言ってくれ」

「こういう問題は、そうすぐに決められるものじゃない」とベルムーデスは言った。「何日か、転がしてみる時間をくれ」

「三十分だってやるわけにいかないんだ、今すぐに答えてもらう」とエスピーナは言った。「議長と六時に大統領宮で会うことになっている。おまえが引き受けるなら、一緒に来てもらって、議長に紹介する。引き受けないなら、チンチャにもどっていい」

「内務局長の仕事内容というのは想像がつく」とベルムーデスは言った。「一方で、その給料というのは想像がつかないが」

「基本給、プラス役職にかかわる若干の経費分だ」とエスピーナ大佐は言った。「五千ないし六千ソルぐらいになるものと思う。大した金額でないことはわかっている」

「質素に暮らすには十分な額だ」とかすかにベルムーデスは微笑んだ。「わたしは質素な人間だから、それで十分足りる」

「なら、それ以上言うな」とエスピーナ大佐は言った。「しかし、まだ返事をもらってないぞ。オレは馬鹿な真似をしたのか?」

「それは時のみぞ知るだ、セラーノ」とベルムーデスはもう一度、半分程度の曖昧な笑みを浮かべた。

セラーノがアンブローシオに本当に気づかなかったのかどうか、ですか? アンブローシオがドン・カヨの運転手だったとき、彼は何度となくその車に乗ったのだった、旦那さん、何度となく家まで乗せていったのだった。もしかしたら彼に気づいたのかもしれなかったが、現実には、ただの一度も、それを表情には出さなかったです旦那さん。その時には彼はすでに大臣だったのだから、まだ何者でもなかったころにアンブローシオの知り合いだったということを、恥ずかしく思ったとしても不思議ではなかったし、彼がトゥムラの娘の略奪に関与していたことをアンブローシオに知られているというのは、彼にとっては洒落にならないことだったにちがいなかった。そのことを頭の中から拭い去ったんでしょうね旦那さん、この黒い顔が悪い記憶を思い出させることがないようにと。二人が遭遇したときにはいつも、アンブローシオのことを初めて会う単なる運転手として扱った。おはようございます、こんばんは、に対して、セラーノの側も同じように返して。ところで今、言おうと思っていたことがあるんです旦那さん。ローサがホクロだらけの低脳インディオになってしまったというのは確かですが、根本のところでは、彼女の話は同情せざるをえないところがあるのだった、ちがいますか旦那さん？　だって、彼女は奥さんだったんですから、ちがいますか？　なのに、彼女のことはチンチャに残していったもので、ドン・カヨがえらくなっても、その恩恵に彼女は全然ありつけなかったんですから。その間ずっと、彼女はどうしていたのかってんですか？　ドン・カヨがリマに出ていったあと、彼女はあの黄色い小さな家に残ったんで、ひょっとしたら、今でもなおもあそこで、骨と皮になってるのかもしれませんよ。しかし、彼女のことは、オルテンシア奥様みたいに、一文無しで放り出したわけではないんですよ。彼女には生活費を渡していて、アンブローシオには幾度となく、ローサに金を送ってやらなきゃならないんだ、忘れないように言ってくれよネグロ、と言ったものだった。彼女がこの長い年月、何をしていたのか？　わかりませんん旦那さん。彼女のいつも通りの生活をしてたんじゃないですか、友達も親戚もいない生活。というのも、結婚以来、二度と集落の人間には会いに行かなかったし、トゥムラにすら会わなかったのだから。ドン・カヨが禁じていたにちがいないです。そしてトゥムラの側では、娘のことをしじゅう悪辣に罵っていた、家に出向いても中にも入れてくれないものだから。しかし、どうしようもなかったんです旦那さん。彼女はチンチャの社交界にも入らなかった、そんなこと望めもしなかったんです、だって、誰が乳搾りの娘と交わりますか、たとえドン・カヨの奥さんになって、靴を履くようになって、毎日顔をちゃんと洗うようになったとはいえね。だって、誰もが見たことがあったんですから、彼女がロバを引いてまわって、瓢箪の容器で売り歩いていたのを。しかも、禿鷹が彼女のことを決して息子の嫁と認めていないって知っているわけで。だからサン・ホセ病院の裏手にドン・カヨが借りた小さな部屋に閉じこもって、尼さんみたいな暮らしを送る以外にどうしようもなかった。ほとんどまったく外出もしなかった、恥ずかしいからです、というのも、通りに出れば指差されましたからね、あるいは、禿鷹を怖れていたからですかね。その後はもう、それが習慣になったんでしょう。アンブローシオは彼女を何度か、市場で見かけたことがあった、あるいは、通りに桶を持ち出して、歩道に膝をついて洗濯物を洗っているのを。というわけで、あれだけ機転が利いたのも何の役に立ったんでしょうね旦那さん、白人の坊やを首尾よくつかまえたあのずる賢さが。苗字を手に入れて、階級も上がったかもしれないけれども、友達一人いなくて、母親までも失って。ドン・カヨのほうですか旦那さん？　ええ、彼のほうは友達がいましたよ、土曜日には〈シエリート・リンド〉で大瓶のビールを仲間と飲んでいたり、〈極楽亭《エル・パライーソ》〉でトランプのサポをしてたり、あるいは娼館に出入りするのが見られたもので、噂によれば彼はいつも女の子を二人連れて部屋に入ったとか。ローサと一緒に外出するのはまれなことで、旦那さん、映画にだって一人で行っていました。ドン・カヨがどんな仕事についていたか、ですか旦那さん？　クルス家の商店にいて、それから銀行で、公証役場で働いて、もっとあとになってからは、農園主相手にトラクターを売っていました。あの小さな部屋に一年ほど暮らして、やがて暮らし向きがよくなると南地区に引っ越して、そのころにはアンブロージオはもう長距離バスの運転手になっていたのでチンチャに寄ることも少なくなっていたが、町に立ち寄ったまれな機会に、禿鷹が死んだことを人づてに知り、ドン・カヨとローサがあの信心深い未亡人と一緒に暮らすようになったことを聞いたのだった。ドニャ・カタリーナはブスタマンテ政権のときに死んだんですよ旦那さん。オドリア政権下でドン・カヨの境遇が一変したとき、チンチャの人間は言ったものです、ローサは家を一新して何人も女中を雇うようになるだろうって。まったくそんなことはなかったんです旦那さん。ローサのもとを訪ねていく人が急に増えたことはたしかだった。《チンチャの声》紙にドン・カヨの写真が著名なチンチャ出身者として載るようになると、誰も彼もがローサのところに出向いて、うちの旦那に何か仕事をとか、うちの息子に奨学金をとか、うちの兄弟をあそこの教授に任命してやってくれ、こっちの助任判事にしてくれとか。それからアプラ党の党員やシンパの家族は彼女に泣きついた、ドン・カヨに頼んでください、あたしの甥っ子を釈放するように、あたしの叔父さんが帰国できるように、と。そこでトゥムラの娘の復讐が始まったわけです旦那さん、彼女のことをあしざまに言ってきた連中はその代償を払った。聞いたところじゃ、そういう人たちを玄関先であしらって、誰が相手でも同じ間抜けのふりをしたそうです。おたくの坊ちゃんがつかまっているの？　あらそれはお気の毒ね。おたくの連れ子さんに仕事ですか？　リマに行って夫と話してみてくださいな、それじゃまた、てな具合で。もっとも、アンブローシオはこういう話は人づてに聞いただけだった、だって旦那さん、あたしもうそのころにはリマに出ていたって、おわかりでしょう？　ドン・カヨのところに行って頼んでみるようにって誰に言われたのだったか、ですか旦那さん？　うちのネグラです、アンブローシオは気が進まなかったのだった、だって頼みごとにいったチンチャ人はみんな追い返しているという話だし、と言ったんです。しかし、彼に限っては追い返さなかった、そうなんですよ旦那さん、彼には手を貸してくれて、アンブローシオはそれを恩義に思っているのだった。たしかに彼はチンチャの人間を憎んでいた、なぜなんでしょうね、なにしろチンチャのためには何もしなかった、故郷に学校一軒建てる程度のことすらしなかったのだから。時間がたって、オドリアのことを悪く言う人が増えてきて、追放されたアプラ党員たちがチンチャにもどってくるようになると、聞くところじゃ、地方官補がローサの身を守るためにあの黄色い家に警官を一人配置したそうです。ドン・カヨはそれくらい憎まれていたんだって、わかりますか旦那さん？　まったく無駄なことですけどね、だって彼が政府に入ったときから、二人は一緒に暮らさないどころか顔を合わせることもなくなっていて、ローサを殺したってドン・カヨには痛くもかゆくもない、むしろよろこばせることになるって、誰もがわかっていたのですから。彼女のことを愛してなかったどころか旦那さん、むしろ憎んでいたんでしょうよ、あんなに醜い女になったせいで、そう思いませんか？

「見ただろ、おまえのことをどれほど丁重に迎えてくれたか」とエスピーナ大佐は言った。「これでおまえにもわかっただろ、将軍がどんな人間なのか」

「少し頭の中を整理させてくれ」とベルムーデスは口ごもった。「頭の中がごちゃごちゃになってしまった」

「ああ、もう休めよ」とエスピーナは言った。「明日にしよう、内務省のメンバーに紹介して、最新の情勢について説明するのは。しかし、おまえの口からこれだけは聞かせてくれ、うれしいか？」

「うれしいのかどうか、わからん」とベルムーデスは言った。「むしろ、酔っぱらっているみたいな感じだ」

「ならいい、それがおまえなりの礼の言い方だってことがオレにはわかってる」とエスピーナは笑った。

「リマまでこの手提げひとつで来ちまった」とベルムーデスは言った。「二、三時間で片がつく問題だと思ったもんで」

「金がいるか？」とエスピーナは言った。「そりゃそうだな、今ちょっと貸してやる、で明日には、出納部で準備金を出させるようにしよう」

「どんなひどいことがあったんだい？　プカルパでは」とサンティアーゴは言う。

「この近くで安ホテルでも探すことにするさ」とベルムーデスは言った。「明日朝、早くに出てこよう」

「私のためだったのか、私のためにやったのか？」とドン・フェルミンが言った。「それとも、自分のためだったのか、おまえの手で私を支配するために？　哀れなやつよ」

「友達だと思っていた人間に言われて行ったんですよ」とアンブローシオは言う。「行けよネグロ、向こうはいいぞって、いい話ばかり聞かされて。全部でまかせでしたよ坊ちゃん、今世紀最大の罠でした。話したらもうびっくりしますよ」

エスピーナは執務室の戸口まで送っていき、そこで二人は握手を交わした。ベルムーデスは片手に手提げ鞄、もう片手に帽子を持って外に出た。その様子には何か上の空のような感じ、何か重大なもの、心の内の何かを見つめているような感じがあった。内務省の出口に立っている士官のお辞儀には応えなかった。職場から人が退出する時刻だったのだろうか？　街路には人と騒音があふれていた。彼は群衆の中に紛れこみ、人の流れにしたがって、右へ左へ、もと来たほうへと、狭い混雑した歩道を、何かの渦か魔法みたいなものに引きずられるようにして進んでは、街角や戸口や街灯の下で立ち止まって煙草に火をつけた。アサンガロ街のカフェに入るとレモン・ティを注文し、それをごくごくゆっくりと味わって飲み、出るときには勘定の二倍のチップを残した。ウニオン街の路地内に隠れた小さな書店では、扇情的な表紙の、つぶれた小さな字体で書かれた小説冊子を、とくに読むともなしにめくってまわり、すると『レスボスの神秘』という一冊に一瞬、彼の目が光った。それを買って店を出た。さらにしばらく都心部を、鞄を脇の下に抱えて、つぶれた帽子を手に持ち、ひっきりなしに煙草を吸いながらさまよい歩いた。ホテル・マウリーに入って部屋を求めたときには、もう暗くなって通りに人影がなくなっていた。渡された記入票で、職業の欄に来ると、数秒間ペンを浮かせてためらったが、結局、公務員と書いた。部屋は四階で、窓は中庭側に面していた。浴槽につかり、下着だけで横になった。『レスボスの神秘』のページを繰り、字間の詰まった黒い活字の上に視線を漫然と走らせた。そして、やがて明かりを消した。しかし、それから何時間ものあいだ、彼は眠りに入ることができなかった。目覚めたまま、仰向けにじっと横たわって、燃える煙草を指の間にはさんで、焦燥にはずんだ息をしながら、いつまでも顔の上に広がる暗い闇を見つめていた。

IV

「ということは、プカルパでだったんだな、そのイラリオ・モラーレスというやつのせいで。つまり、おまえの場合は、いつ、どうして自分がダメになったのか、しっかりわかっているわけだ」とサンティアーゴは言う。「僕の場合は、自分がどの時点でダメになったのかよくわからないから、なんとしてでもそれをはっきりさせたいんだ」

覚えているだろうか、本を持ってきてくれるだろうか？　夏の終わりだったせいで、もう五時みたいなのにまだ二時にもなってなく、サンティアーゴは考える――本を持ってきてくれた、覚えていたんだ。歓喜をおぼえながら、床の敷石も柱もだいぶ傷んでいる埃っぽい入口ホールの中に入り、合格しますように、彼女も合格しますように、とじりじりしながらも、実は楽観視していて、おまえは結局合格したんだよな、と考える、そして彼女もまた合格した――ああサバリータ、おまえは幸せを感じていたな。

「お元気だし、まだ若いし、仕事もあって、奥さんもいる」とアンブローシオは言う。

「それでどうして、ダメになったなんてことがあるんですか坊ちゃん？」

単独で、あるいは集団で、誰もがノートに顔を埋ずめていて、この連中のうちの何人が入学することになるんだろう？　アイーダはどこにいるんだろう？　受験生たちは中庭をぐるぐると歩きまわりながら、あるいは壊れたベンチに腰を下ろして、復習したり、手垢で汚れた壁によりかかってお互いに低い声で問題を出しあったりしているのだった。どの顔もチョロ、チョラばかり、ここには金持ちは一人も来ていなかった。彼は考える――母さん、あんたの言った通りだったよ。

「家を出ていく前、サン・マルコスに入った時点での僕は、純真《プーロ》な若者だったんだ」とサンティアーゴは言う。

筆記試験のときに出会った顔のいくつかに気づいて、微笑んだり挨拶を交わしたりしたが、アイーダの姿はなく、彼は入口近くに陣取ることにした。ある集団が地理の教科書を読みあっているのを聞き、一人の若者が不動のまま、視線を落として、まるで祈るようにペルーの歴代副王の名前を唱えているのを聞いた。

「お金持ち連中が闘牛場で吸っている純正の葉巻《プーロ》みたいなもんですかい？」とアンブローシオは笑う。

彼女が入ってくるのが見えた――筆記試験のときと同じ煉瓦色のシンプルなワンピースと、同じヒールのない靴だった。いかにも勉強好きな制服姿の女子学生のような雰囲気を漂わせながら、混みあった入口を通り抜けて、大きくなった子供のような顔、くすんだ、愛嬌のない、化粧っ気のない顔を、右へ左へと向けて、そのきつい大人びた目で何かを、誰かを探していた。唇に皺がより、その男性的な口が開き、彼女が笑うのが見えた――無愛想な顔が和らぎ、光が灯った。彼女が彼のほうに近づいてくるのが見えた――やあアイーダ。

「金なんかくそ食らえと思っていて、自分には大きなことが成し遂げられると信じていた」とサンティアーゴは言う。「そういう意味で純粋だったんだよ」

「グロシオ・プラードにはメルチョリータという信心深い女が住んでましてね、持ち物をすべて人に施しあたえて、四六時中お祈りしてました」とアンブローシオは言う。「そういう女みたいに、聖人になりたかったんですか、若いころには?」

「君に『夜をのがれて』を持ってきたよ」とサンティアーゴは言った。「気に入るといいんだけど」

「さんざん話してくれたから、読みたくてうずうずしてたの」とアイーダは言った。「わたしはフランス人が中国の革命について書いた小説を持ってきたわよ」

「プーノ街ってのは、旧ヘロニモ神父通りですよね?」とアンブローシオは言う。「あそこのあの家では今でも、あたしみたいな落ちぶれた黒人にも金を配ってくれるんですか?」

「あそこで僕らは試験を受けたんだよ、サン・マルコスに入ったあの年」とサンティアーゴは言う。「僕はそれまでも、ミラフローレスの女の子たちに恋心を抱いていたりしてたけど、ヘロニモ神父通りで初めて本当に恋に落ちたんだ」

「小説じゃなくて、歴史の本みたい」とアイーダは言った。

「ほう、そりゃいいですね」とアンブローシオは言う。「彼女のほうも坊ちゃんのことを好きになったんですか?」

「自伝なんだけど、小説みたいに読めるんだよ」とサンティアーゴは言った。「じきに《長い刃物の夜》っていう章で、ドイツの革命の話になる。すごいんだ、じきにわかるよ」

「革命の話?」とアイーダはページをめくってみて、急にその声と目には不信の色が浮かんだ。「でもこのファルティンというのはコミュニストなの、それとも反共なの?」

「彼女が僕のことを好きになったのかどうか、わからない、僕が彼女のことを好きだったことに、気づいていたかどうかも、わからない」とサンティアーゴは言う。「わかってたと思うこともあれば、わかってなかったと思うこともある」

「坊ちゃんにはわからなかった、彼女もわかっていなかった、複雑ですね、こういうことってのは、いつもわかってるものじゃないんですか坊ちゃん?」とアンブローシオは言う。「その女の子というのは誰だったんですか?」

「言っておくけど、反共なんだったら本は返すから」とアイーダの控えめな声が急に挑戦的になった。「だってわたしはコミュニストだから」

「君はコミュニストなの？」とサンティアーゴはびっくり仰天して彼女を見た。「君は本当にコミュニストなのか？」

おまえはまだなっていなかったな、と考える、コミュニストになりたがっていたんだ。心臓がどくどくと脈打つのを感じていて、ある種の感動をおぼえていた――サン・マルコスでは誰も勉強なんてしてないんだよヤセッポチ、政治活動ばかりなんだ、アプラ党やコミュニストの巣窟と化していて、ペルーじゅうの不満分子が集まっているんだ、あそこには。彼は考える――かわいそうな父さん。まだサン・マルコスに入学すらしていなかったのにサバリータ、もうすでに大発見をしていたじゃないか。

「本当のところは、まだ半分半分よ」とアイーダは認めた。「だって、ここじゃコミュニストがどこにいるのかすらわからないんだから」

ペルーに共産党が存在するのかどうかすらわからないのだから、共産党員になろうにもなれないではないか？　きっとオドリアがすでに全員、刑務所にぶちこんでいるのだ、でなければ国外追放するか殺害するかして。しかし、口頭試問に合格できてサン・マルコスに入学したら、アイーダは大学の中で調べて、まだ残っている人たちと連絡をとって、マルクス主義を勉強して、党に加わるつもりなのだった。彼女は挑戦状をつきつけるみたいに僕を見ていたな、と考える、どうよ、反論があったら言ってみなさいよ、彼女の声はやわらかく、その目は恐いもの知らずで、言ってみなさいよ、連中は無神論者だって、燃えていて、どうよ、わたしの言うことを否定してみなさいよ、聡明で、そしておまえは、と考える、おまえは彼女の言うことに、怯えながら、感嘆しながら、聞き入っていた――こういうことが現実に存在していたんだなサバリータ。彼は考える――あの時点で恋したのだっただろうか？

「サン・マルコスの同級生だったんだ」とサンティアーゴは言う。「彼女はいつも政治の話をしていた、革命を信じていたんだな」

「こりゃ驚きました、アプラ党員の女と恋愛なんて、無理ですよ坊ちゃん」とアンブローシオは言う。

「アプラ党の連中はもうすでに革命を信じていなかったよ」とサンティアーゴは言う。「彼女はコミュニストだったんだ」

「そりゃひどい」とアンブローシオは言う。「とんでもないこってすよ坊ちゃん」

新しい受験生が次々にヘロニモ神父通りに到着しては、玄関口を、中庭を埋めていき、掲示板に画鋲で貼り出された表のところに駆け寄ったり、ノートを熱心に読み直したりしていた。その場には、集中している意識の発する物音だけが漂っていた。

「まるで鬼でも見たみたいに、わたしのことをずっと睨みつけているのね」とアイーダは言った。

「そんなことないよ、僕はどんな思想だって尊重しているし、それに、君は信じないかもしれないけど、僕だって」とサンティアーゴはしばし黙り、ことばを探し、どもりがちになった。「進歩的な思想の持ち主なんだから」

「そうなの、それが聞けてよかった」とアイーダは言った。「今日は口頭試問でしょ？でも、ずっと待たされたせいで、もう頭が混乱しちゃって、勉強したことを何も覚えてないの」

「一緒に少し復習しようよ、もしよければ」とサンティアーゴは言った。「一番不安なのは何？」

「世界史」とアイーダは言った。「じゃあ、お互いに問題を出しあおうよ。でも、歩きながらね、そのほうがすわってやるよりも頭に入るの、あなたはどう？」

彼らは両側に教室があってワイン色のタイルが敷かれた入口ホールを横切っていき、彼女はどこに住んでいるんだろうか？　一番奥まで行くと、人の少ない小さな中庭があった。目を閉じると、小さな民家が見え、中は清潔で、飾り気のない家具があって、周囲の通りが見えてくると、その歩道を行く男たちは、屈強な、重々しい、真面目な、謹厳な、と言うべきなのだろうか？　そういう顔をして、全身をつなぎ服やグレーの上っ張りに包んでいて、聞こえてくるその会話は、同志意識のある、寡黙な、非合法活動にまつわるもの、なのだろうか？　そして、彼らは労働者だ、と考え、コミュニストだ、と考え、僕はブスタマンテ主義者じゃない、アプラ主義者でもない、僕はコミュニストだ、と決めることにした。でも、その三つはどこがちがうんだろうか？　が、彼女に訊くわけにはいかなかった、彼女は僕のことを馬鹿だと思うだろう、だからうまい具合に探りを入れて彼女から訊き出さなければならないのだった。彼女は一夏をずっとこうして過ごしてきたのにちがいなかった、その獰猛な目を問題集に一点集中して、ごくごく小さな部屋の中を往復しながら。きっと明かりは薄暗くて、ノートを取るときには、きっと笠のない裸電球かロウソクで照らされた小さな食卓にすわって、瞼を閉じて唇をゆっくりと動かすんだろう、そして立ち上がると、また歩きまわりながらくりかえすんだろう、人名を、年号を、夜遅くになっても熱意は衰えずに。彼女のお父さんは労働者だろうか、お母さんは女中なのだろうか？　彼は考える——ああ、サバリータ。二人はごくゆっくりと歩きまわりながら、ファラオの歴代王朝、と低い声で問題を出しあい、バビロニアとニネヴェ、彼女の家では共産主義が話題になってきたのだろうか？　第一次世界大戦の原因、うちの親父がオドリア支持だと知ったらいったいどう思うだろうか？　マルヌの戦い、もしかしたらもうおまえとは会いたがらないかもしれないなサバリータ——父さん、あんたなんか大嫌いだ。僕らは問題を出しあっていたけれども、本当は問題なんてどうでもよかったんだ、と考える。彼は考える——僕らは問題を交わしていたのではなく、友情を交わそうとしていたんだ。彼女は公立の高校に通っていたのだろうか？　そうよ、公立教育ユニットよ、で、彼のほうは？　サンタ・マルタ高校だよ、ああ、いい家の子たちの高校なのね。いや、いろんな人がいたのだった、最低の高校だったのだ、彼のせいではなかったのだ、両親が勝手にあそこに入学させたのだった、彼はグアダルーペ高校のほうに行きたかったのだ、するとアイーダは笑い出した——赤くならなくていいのよ、彼女には別に偏見はないのだったから、ヴェルダンでは何があったのか？ 彼は考える——僕らは大学にものすごい期待を抱いていたな。彼らは党に加入し、一緒に印刷所に行き、一緒に組合の会合に身を隠し、一緒に刑務所に入れられ、一緒に国外追放になる——条約じゃなくて、戦いよ、馬鹿ね、すると彼は、ああそうだった、なんて馬鹿なんだ、すると今度は彼女が、クロムウェルとは何者だったのか。僕らは自分たちにも、ものすごい期待を抱いていた、と考える。

「坊ちゃんがサン・マルコスに入学して、頭を丸刈りにしたとき、テテお嬢ちゃんとチスパス坊ちゃんは、瓢箪頭って囃したてましたよね」とアンブローシオは言う。「お父さんは大よろこびでした、坊ちゃんが試験に合格したっていうので」

本の話をするくせにスカートを穿いていて、政治に詳しいくせに男ではなくて、だからマスコッタも、ポーヨも、アルディーヤも、あの女の子たちはすっかり影が薄くなっていったなサバリータ、ミラフローレスに住む、頭が空っぽの美人たちは溶けて消えていった。彼女も、少なくともそのうちの一人は、他のことの役に立つんだと発見したのだったな、と考える。ただセックスするためじゃなくて、マスターベーションするためじゃなくて、ただ恋愛の相手にするだけじゃなくて。彼は考える——何かもっと他のことの。彼女は法学部で勉強するつもりで、それに加えて教育学部でも受講する、そして、おまえのほうは、法学を修めて、さらに文学部にも出てみるつもりだった。

「おまえは女吸血鬼のまねでもしてるのか、それとも道化師か？」とサンティアーゴは言った。「そんなにめかしこんで、顔を塗りたくって、いったいどこに行くつもりなんだ？」

「で、文学部では何を専門にするの？」とアイーダは言った。「哲学？」

「どこだってあたしの勝手でしょ、あんたの知ったこっちゃない」とテテは言った。「誰もあんたなんかと話、してないのよ、いったい何の権利があってあたしに話しかけたりするのよ」

「文学にすると思う」とサンティアーゴは言った。「でもまだ決めてない」

「文学を学ぶ人はみんな、詩人になりたがるけど」とアイーダは言った。「あなたもそうなの？」

「いいかげんに喧嘩はやめなさい」とソイラ夫人が言った。「まるで犬と猫じゃないの、もう十分でしょ」

「隠れて詩を書きつけたノートを持っていたんだ、あのころは」とサンティアーゴは言う。「誰にも絶対に見せずに、誰にもばれないようにして。な？　そういう意味で、僕は純真だったわけだよ」

「赤くならなくていいのよ、詩人になりたいのかって訊かれたからって」とアイーダは笑った。「ブルジョワじゃないんだから」

「二人からいつも超秀才と呼ばれてカッカしてましたよね」とアンブローシオは言う。

「坊ちゃんたちはほんとに、ひどい喧嘩ばかりでした」

「もうそのドレスは着替えて、顔を洗ってこい」とサンティアーゴは言った。「テテ、おまえは外出禁止だ」

「テテが映画に行くのがどうしていけないわけ?」とソイラ夫人は言った。「いつからそんなに妹にばかり厳しくするようになったのかしらね、リベラルだっていう、神父さん嫌いのあなただっていうのに」

「彼女は映画に行くんじゃないんだよ、お尋ね者のペペ・ヤニェスと一緒に〈サンセット〉に踊りにいくところなんだ」とサンティアーゴは言った。「今朝、電話で打ち合わせしているところをつかまえたんだから」

「ペペ・ヤニェスと一緒に〈サンセット〉だって?」とチスパスが言った。「あの気障ったらしい成り上がり者とか?」

「いや、詩人になりたいっていうんじゃなくて、ただ文学がすごく好きなだけなんだよ」とサンティアーゴは言った。

「気でも狂ったのかテテ?」とドン・フェルミンが言った。「それは本当なのかテテ?」

「嘘よ、嘘」と震えながら、テテはその目つきでサンティアーゴを刺し貫いた。「地獄に落ちればいいのよ、大馬鹿、大っ嫌い、死ねばいいのに」

「わたしもそうよ」とアイーダは言った。「教育学部では、文学とスペイン語を選択するつもり」

「あなたも、そんなふうにして親をだませると思ってるの、お馬鹿さんね」とソイラ夫人は言った。「それに、自分の兄弟に地獄に落ちろだなんて、よく言えるわね、頭がおかしいわよ」

「おまえさんはまだナイトクラブに行っていい年じゃないぞ」とドン・フェルミンは言った。「今日は外出禁止、明日も、それから日曜日もだ」

「ペペ・ヤニェスのやつには痛い思いをさせてやる」とチスパスが言った。「ぶっ殺してくるよ父さん」

いまやテテは喚きながら大泣きしていて、地獄に落ちろ、紅茶のカップをひっくり返してしまって、もうさっさと死ねばいいのよ、ソイラ夫人は、あなたこそおかしいわよ、おかしくなってるわよ、図体ばかりデカいおかま野郎、するとソイラ夫人は、テーブルクロスに染みがついちゃうじゃないの、女みたいに人のことを嗅ぎまわるかわりに一人でおかまみたいな詩でも書いてなさいよ。そう言って彼女はテーブルを立つと食堂から出ていき、なおも、噂好きのおかまの詩、さっさと死ねばいいのだ、地獄に落ちろ、と叫び続けた。

彼女が階段を上がって、ドアを叩きつけるのが聞こえた。サンティアーゴは空のカップの中で、まるで砂糖を入れたみたいにスプーンで混ぜるような動作を続けていた。

「テテが言ったのは本当なのか？」とドン・フェルミンは笑みを浮かべてみせた。「ヤセッポチ、君は詩を書いているのか？」

「百科事典の後ろにノートを隠してあるんだよ、テテとオレは全部読んだけどさ」とチスパスが言った。「愛の詩や、インカ人についての詩もあったな。恥ずかしがるんじゃゃねえよ超秀才。見てやってよ父さん、すっかり赤くなっちゃって」

「おまえなんか、ほとんど読み書きできないんだから、何も読めてやしないさ」とサンティアーゴは言った。

「文章が読めるのは、この世であなた一人だけじゃないのよ」とソイラ夫人は言った。

「そんなに威張るんじゃないの」

「さっさと女みたいな甘ったるい詩を書きに行けよ超秀才」とチスパスは言った。

「あなたたちはいったい何を学んできたの、何のためにリマで一番の高校に行ったのかしらね」とソイラ夫人は溜息をついた。「親の前で、まるで無学文盲みたいに口汚く罵りあって」

「ならなんで詩を書いていることを私に言わなかったんだい？」とドン・フェルミンは言った。「見せてくれてもいいじゃないかヤセッポチ」

「チスパスとテテのでっちあげた嘘なんだよ」とサンティアーゴはぶつぶつと言った。「真に受けることはないから父さん」

そこに試験官が三人、姿をあらわし、その場には畏まった沈黙が広がった。男子と女子の全員が見ている前で、三人の男は用務員の案内で入口ホールを横断していき、教室のひとつの中に姿を消した。合格しますように、彼女も合格しますように。ふたたびざわめきが、前よりもさらに濃密に、騒がしく巻き起こり、アイーダとサンティアーゴは一番奥の回廊へともどった。

「君は高得点で合格だよ」とサンティアーゴは言った。「どの問題が当たっても、答を全部、一字一句わかっているから」

「あやしいものよ、ほとんどわからない問題もいっぱいあるんだから」とアイーダは言った。「あなたこそ絶対合格よ」

「夏のあいだ中、猛勉強してきた」とサンティアーゴは言った。「これで落ちたら一発撃って自殺するよ」

「わたしは自殺には反対」とアイーダは言った。「死ぬなんて、臆病よ」

「それは神父連中がいつも口にする常套句だ」とサンティアーゴは言った。「死ぬにはすごい勇気が必要なんだから」

「神父がなんて言うかなんて、わたしにとっては、どうでもいいこと」とアイーダは言い、その小さくなった目、と考える——さあ、さあ、思い切って言ってみてくれ。「わたしは神なんて信じない、無神論者だから」

「僕も無神論者だよ」とサンティアーゴも即座に言った。「当然ね」

二人は歩きながらの質問を再開し、ときどき、脱線しては、問題集のことを忘れて、おしゃべりを、議論を始めるのだった——彼らは意見を一にし、異にし、冗談を言いあい、時間は飛ぶように過ぎていき、突然の呼び出しがある、サバラ、サンティアーゴ！　急いで、とアイーダが彼に微笑みかけ、簡単な問題が当たりますように。彼は受験生の二重の列をかき分けて試験室に入ったが、しかしサバリータ、おまえはもうその先は覚えていない、何の問題が当たったのだったか、試験官がどんな顔をしていたか、何と答えたのかすら——ただ、満足して出てきたことだけしか覚えていない。

「好きだった女の子のことは覚えていて、それ以外のことは全部消えてしまったんですね」とアンブローシオが言う。「自然なことですよ坊ちゃん」

おまえはその日一日のすべてが好きだった、と考える。古くて今にも崩れそうだったあの建物も、受験生たちの墨色の、土色の、マラリア色の顔も、焦燥で沸き立っていたあの雰囲気も、アイーダが口にしたことも全部。おまえはどんな気分だったのかサバリータ？彼は考える——まるで初めての聖体拝領の日みたいにうれしかった。

「サンティアーゴの聖体拝領だから来たのよね」とテテはふくれ面をした。「あたしのときには来なかったくせに、もう嫌い」

「さあさあ、キスしておくれよ、馬鹿なこと言わないで」とドン・フェルミンは言った。「ヤセッポチが一等を取ったから来たんだよ、おまえさんがいい点だったらおまえの聖体拝領にだってかならず行ったさ。三人とも同じように愛しているんだから」

「そうは言うけど、実際はちがうよ」とチスパスがこぼした。「オレの聖体拝領にだって来なかったんだし」

「そんな焼きもちばかり焼いてたら、ヤセッポチの大事な日を台無しにしちゃうじゃないか、馬鹿なことはもうおしまいにしなさい」とドン・フェルミンは言った。「さあ、おいで、みんな車に乗って」

「エラドゥーラのビーチで、ミルクシェークとホットドッグにしようよ父さん」とサンティアーゴは言った。

「カンポ・デ・マルテにできた新しいシカゴ観覧車がいいよ」とチスパスが言った。

「エラドゥーラに行こう」とドン・フェルミンは言った。「ヤセッポチが初めての聖体を受けたんだから、彼の希望を聞いてやらないと」

彼は教室から駆け出してきたが、アイーダのところに行きつく前に、その場で合否を教えてくれるのかい？　長問だった？　短問だった？　と受験生の質問攻めに耐えなければならず、アイーダは笑みを浮かべて彼を迎えた——彼の顔を見ればうまくいったことがわかるのだった、よかったじゃない、これでもう自殺しなくてすむわね。

「問題のくじを引く前に、魂をあげるから簡単な問題にしてくれって祈ったよ」とサンティアーゴは言った。「だから、もし悪魔が存在するなら、僕は地獄に行くことになる。しかし、目的は手段を正当化する」

「魂も悪魔も存在しないわよ」――そうそう、もっと。「目的が手段を正当化すると思うなら、あなたはナチスよ」

「彼女は何にでも反論していたな、何についてでも意見を言って、まるで殴りあいになるのを期待しているみたいに論じていたもんだ」とサンティアーゴは言う。

「強気な小娘ですなあ、こっちが白だって言えば、向こうは黒だって言って、こっちが黒だって言えば、ちがう、白だって言うようなタイプでしょう」とアンブローシオは言う。「男をカッカさせる策略ですが、たしかに効果があるんですよね」

「もちろん待っているよ」とサンティアーゴは言った。「もう少し、復習しておく？」

ペルシア史、シャルルマーニュ、アステカの国、シャルロット・コルデー、オーストリア・ハンガリー帝国消滅の外的要因、ダントンの生と死――どうか彼女に簡単な問題が当たりますように、合格しますように。二人は第一の中庭にもどり、ベンチに腰を下ろした。新聞売りが夕刊紙の名前を呼びながら入ってきて、彼らの近くにいた若者が《エル・コメルシオ》紙を買い求めると、一瞬後、ひどい、と口にした、やりすぎなのだった。二人はその若者のほうにふり向き、すると彼は新聞の見出しと、口ひげを生やした男の写真を見せた。その男が逮捕されたのか、国外追放されたのか、殺害されたのか？　いったいそれは誰なのか？　それがハコーボだったんだよなサバリータ——金髪で、痩せぎすで、明るい色の目が怒りに燃えていて、曲げた指で新聞の写真を指して、引きずるような声で抗議した、ペルーは日に日に悪くなっているのだった、その牛乳のように白い顔には不思議とセラーノ的な雰囲気があって、ゴンサーレス・プラーダ〔十九世紀のペルーを代表する作家で無政府主義思想家〕が言った通りだ、この国じゃどこを指差しても膿が出てくるのだった、その顔は、いつのことだったかミラフローレスの街頭で、遠くから通りすがりに見かけたことのあるものだった。

「またその類いですか」とアンブローシオは言う。「まったくもって、サン・マルコスは反体制派の巣だったんですね坊ちゃん」

彼もまたその類いの純真な若者だったな、と考える、自分の肌の色に対して、自分の階級に対して、自分自身に対して、ペルーに対して、反乱を企てているような。彼は考える——今でも純真であり続けているだろうか、幸せにしているだろうか？

「そんなにたくさんいたわけじゃないんだよアンブローシオ。僕ら三人が、その初日に一緒になったのはまったくの偶然だったんだ」

「そういうサン・マルコスの友人たちを、坊ちゃんは一度も家に連れて来ませんでしたね」とアンブローシオは言う。「ポパイ坊ちゃんとか、高校時代の友達はお宅にしじゅうお茶を飲みに来てたのに」

おまえは恥ずかしかったのかサバリータ？　彼は考える——ハコーボとかエクトルとか、ソロルサノに、おまえがどこで誰と暮らしているのか、見られたくなかったのか、おまえのお袋を見られたり親父の話を聞かれたり、アイーダにテテの愛らしくも軽薄至極な台詞を聞かれたりしたくなかったのか？　彼は考える——それとも、お袋や親父に、おまえが誰とつきあっているのか知られたくなかったのか、チスパスやテテに、チョロのマルティネスの、あの土器みたいな顔を見られるのがいやだったのか？　あの第一日めにおまえは両親を、ポパイを、ミラフローレスを、殺しはじめたんだ、と考える。おまえは決別しはじめていたんだサバリータ、別の世界に入りはじめていたのだ——あそこでだったのか？あそこで閉ざされてしまったのか？　彼は考える——何から決別しようとしていたのか？何の世界に入ろうとしていたのか？

「僕がオドリアの話をするのを聞いて、みんな逃げていっちまった」とハコーボは遠ざかっていく受験生の一団を指差し、彼ら二人を皮肉なところのない好奇心をもって見つめた。「君らもやっぱり恐がってるのか？」

「恐がってる？」とアイーダはベンチの上で突如、激しく体を起こした。「わたしに言わせれば、オドリアは独裁者で人殺しよ、ここでも、通りでも、どこでも同じことをわたしは言うわよ」

まるで『クオ・ヴァディス』に出てくる娘たちのように純真だった、と彼は考える、いち早くカタコンベに下りたがっていたんだ、円形闘技場に出ていってライオンの爪と牙の前に身を投げ出したがっているみたいだった。ハコーボは彼女の言うことを当惑気味に聞いていて、彼女は試験のことを忘れてしまっていて、銃剣の力で権力の座に着いた独裁者よ、と激しく身振りをしながら声を荒げ、ハコーボはうなずきながら共感をこめて彼女を見つめていて、政党も報道の自由も抹殺してしまって、今や熱い思いをこめて、おまけに軍隊に命じてアレキパ市民を虐殺しただけでなく、今や魅入られたようになって聞いていて、とんでもない数の市民を投獄し国外追放し拷問しているのだった、どれだけの人が犠牲になったのか、もはやわからないほどなのだった、そしてサンティアーゴはアイーダとハコーボを観察していて、突然に、と考える、急におまえは自分自身が拷問されているみたいに、国外追放になったみたいに、裏切られたみたいに感じてサバリータ、彼女の話をさえぎって言ったのだった——オドリアはペルーの歴史上一番ひどい暴君だ、と。

「そうね、一番ひどいかどうかは知らないけど」とアイーダは息つぎをしながら言った。「一番ひどいほうの一人であることはまちがいないわよ」

「やつにしばらく時間をやれば、君にもわかるよ」とサンティアーゴは勢いこんで言いつのった。「一番ひどい暴君になるから」

「プロレタリア独裁を別にすれば、どの独裁政権も同じだよ」とハコーボは言った。「歴史的に見ればね」

「おまえはアプラ主義と共産主義のちがいは何だか知っているか?」とサンティアーゴは言う。

「一番ひどい暴君になるまで時間をやっちゃダメよ」とアイーダは言った。「その前に倒さなくちゃ」

「そうですなあ、アプラ主義者は数が多いけれど、共産主義者は数が少ない」とアンブローシオは言う。「それ以外にどんなちがいがあるってんです」

「みんながいなくなったのは、君がオドリアの悪口を言っていたからじゃないと思うよ、ただ勉強しにいっただけさ」とサンティアーゴは言った。「サン・マルコスじゃ誰もが革新系のはずだろう」

するとおまえのことを、まるで背中に羽根が生えた天使であるかのように見たんだったな、と考える、サン・マルコスはもうすでに以前とはちがっていたんだサバリータ、まるでおまえが間抜けな坊やであるかのように彼は見やったんだ。おまえは何も知らなかった、用語の意味すらわかっていなかった、アプラ主義とは何か、ファシズムとは何か、コミュニズムとは何か、一から学ばなければならなかった、どうしてサン・マルコスが以前とはちがうようになってしまっていたのかも――それはオドリアのクーデタ以来、学生指導者たちが追い出され、学生組織も解体されたからなのだ、そして、教室が学生として登録した秘密警察だらけになっていたからなのだ、しかしサンティアーゴは軽薄にも彼の話を途中でさえぎって訊ねた――ハコーボはミラフローレスに住んでいるのか、と。一度あの辺で見かけたことがあるような気がしたのだ、するとハコーボは赤くなって、仕方なくうなずき、アイーダは笑い出した――つまり二人ともミラフローレス住まいなのだった、つまり二人ともいいとこのぼんぼんなのだった。しかし、ハコーボは、と考える、冗談を言われるのが好きじゃなかった。教え諭すように青い瞳を彼女にすえて、忍耐強い、アンデス人的な、落ちつきはらった声で説明したのだった、人はどこに住んでいるかが問題なのではなく、何を考え、何をするかなのだった、するとアイーダは、もちろんそうよ、でも彼女は、いいとこのぼんぼんというのを本気で言ったのではなく、ふざけて言っただけなのだった、そしてサンティアーゴは本を読んで勉強して、彼のようにマルクス主義を学ぶつもりになったのだった――ああサバリータ。用務員が苗字を叫び、ハコーボが立ち上がった――彼の苗字なのだった。彼は教室まで、急ぐことなく、話すときと同じように自信たっぷりに、落ちついて歩いていき、頭がいいわね、そう思わない？　するとサンティアーゴはアイーダに目をやって、超頭がいいね、おまけに政治のことにすごく詳しいわね、そしてそのときサンティアーゴは自分はもっと詳しくなってやると決意したのだった。

「学生の中に秘密警察がいるっていうのは本当なのかな？」とアイーダは言った。

「僕らの学年にいるのを見つけたら、とっちめてやろう」とサンティアーゴは言った。

「もう学生になったみたいに話すわね、あなた変よ」とアイーダは言った。「さ、もう少し復習させて」

　しかし、円を描いて歩きながら問題の出しあいを再開すると間もなく、ハコーボが教室からゆっくりと、色あせた青い背広に細い体を包んで出てきて、彼らに歩み寄ると、幻滅したみたいに淡い笑みを浮かべて、入試なんてのは茶番なのだった、アイーダは何も心配する必要なんかないのだった、だって、試験官の長は化学の専門家で、文学のことなど君や僕よりも知らないのだから。自信をもって答えるのが肝心なのだった、ためらっている人間を落とすのだから。あいつには最初はいやな印象をもったのだった、と考える、しかし、アイーダが呼ばれて、教室までついていってあげてからベンチにもどって二人だけで話をすると、いいやつだとわかったのだったなサバリータ。嫉妬の気持ちも消えて、と考える、僕は彼に感嘆の思いをもつようになったんだ。彼は二年前に高校を卒業していたが、前の年はチフスにかかったせいでサン・マルコスに入れなかった、そして彼はいつも鉈で切りつけるみたいに意見を言うのだった。おまえは頭がくらくらしてきて、帝国主義、理想主義、まるで高層ビルを初めて目にする食人種みたいに、唯物論、社会意識、不道徳、混乱していた。病気が治ると、彼は午後には文学部に出入りしたり、国立図書館に本を読みに行ったりするようになり、そのせいで何でも知っていた、すべてに答をもっていて、すべてについて話した、自分自身のこと以外のすべてについて。どこの高校で勉強したのだったか、彼の家族はユダヤ系なのか、兄弟はいるのか、家はどの通りにあるのか？　質問に対して苛立つことはなく、説明は入念で、個人的でなく客観的だった、アプラ主義というのは改良主義を意味しているのに対して、共産主義は革命なのだった。あいつはどこかの時点で、おまえに一目置いたり嫌ったりするようになっただろうか、おまえがあいつに対してそうだったように、と考える、おまえのことをうらやむようになったりしただろうか？　彼は法学と歴史学を勉強するつもりだと言い、おまえは彼の話を幻惑されたように聞いていたのだったなサバリータ──彼らは一緒に勉強し、一緒に非合法印刷所に通い、一緒に共謀し、闘争し、革命を準備した。あいつはおまえのことどう思っていたのだろうか、と考える、おまえのことを今ではどう思っているだろうか？　アイーダはベンチのところに目から火花を散らしながらやってきた──くじ番号一番だったのよ、くたびれ果てるまで彼女は二人に話して聞かせた。二人は彼女を誉めたたえ、一緒に煙草を吸って、通りに出た。ヘロニモ神父通りを抜けていく車はすでにヘッドライトを点けていて、アサンガロ街を、盛んに語り交わしながら、興奮して、大学公園へとくだっていく彼らの顔を、洗い清めるような風が冷やした。アイーダは喉が渇いた、ハコーボは腹がへった、なら何か食べていこうではないかとサンティアーゴが提案すると、彼らはいい考えだ、彼がおごろう、するとアイーダは、あらブルジョワ的ね。僕らがコルメーナのあの安食堂に行ったのは揚げ豚パン《チチャロン》を食べるためではなく、自分たちの計画を語りあうためだったんだ、と彼は考える、声が枯れるまで議論しあって友情を築くためだった。もはや二度とあんな高揚、あんな率直さはありえない。彼は考える――あんな友情は。

「正午と夜間には、これが満員になるんだ」とハコーボが言った。「学生たちは授業のあとでここに来るんだ」

「今のうちから君らに言っておきたいことがある」とサンティアーゴはテーブルの下で拳を握りしめて、唾を飲みこんだ。「僕の父親は政府の一員なんだ」

沈黙が生まれ、ハコーボとアイーダの間の視線の交換は永遠に続くようで、サンティアーゴは一秒二秒と時間が流れる音を聞きながら、口の中で舌を噛みしめた――だから父さんなんか大嫌いなんだ。

「あのサバラっていうのの親戚なんじゃないか、とはちょっと思ったけど」とアイーダが、ようやく、お悔やみを言うような悲しげな笑みを浮かべて言った。「でも、いいじゃない、父親は父親で、あなたはあなたなんだから」

「一番すぐれた革命家はみんな、ブルジョワジーの中から出てきたんだ」とハコーボは冷徹に彼を励ました。「自分の階級と決別して、労働者階級のイデオロギーに転向したんだ」

ハコーボはいくつかの例をあげ、感激して、感謝の気持ちに打たれて、と考える、サンティアーゴは二人に自分の戦い、高校の神父たちとの宗教に関する戦いについて、自分の父親や地域の友人たちとの政治をめぐる言い争いについて、語って聞かせたが、ハコーボはもうテーブルの上にあった本の点検に移っていた――『人間の条件』は面白いが若干ロマンチックすぎるところがあるのだった、そして、『夜をのがれて』は読む値打ちがないのだった、なぜなら、その作者は反共主義者なのだから。

「そうなるのは本の最後のところだけだ」とサンティアーゴは反論した。「彼の奥さんをナチのもとから救出するのに党が手を貸してくれなかったから、それだけが理由なんだ」

「だからなおさら悪いんだ」とハコーボは説明した。「彼は転向者で、しかもセンチメンタルだ」

「人はセンチメンタルだと、革命家になれないの？」とアイーダは、痛いところを突かれたように訊いた。

ハコーボは数秒間考えをめぐらして、肩をすくめてみせた――もしかすると、場合によってはなれるのかもしれなかった。

「でも、転向者はとにかく一番悪いんだ、アプラの場合を見てみればいい」とつけ加えた。「人は最後まで革命家であるか、でなければ、最初から革命家ではないんだ」

「あなたは共産党員なの？」とアイーダが、まるで時間を訊くみたいに言ったので、ハコーボは一瞬、落ちつきをなくした――頬が紅潮し、周囲を見回して、時間稼ぎに咳ばらいをした。

「シンパだ」と彼は用心深く言った。「共産党は違法組織だから、接触するのは容易じゃない。それに、党員になるには、相当勉強しないといけないんだ」

「わたしもシンパよ」とアイーダはすっかりうれしくなって言った。「知りあえたなんて、すごい幸運じゃない」

「僕もそうだよ」とサンティアーゴは言った。「マルクス主義についてはあまり知らないけど、もっと知りたいと思ってる。ただ、どこで、どうやって、というのが問題で」

ハコーボは彼らの目を、一人ずつゆっくりと、深く、彼らの本気さ、口の固さを計るように見つめ、それから、もう一度周囲に目を配って、身を乗り出した――この近く、都心の一角に、一軒の古本屋がある、というのだった。数日前に彼はその店を見つけて、興味を引かれて中に入り、適当に本のページをめくっていると、ものすごく古い、ものすごく興味深い雑誌のバックナンバーが出てきて、その雑誌の名前が彼の考えではどうやら《ソヴィエト文化》というのだった。禁じられている本、禁じられている雑誌、それを聞いてサンティアーゴは、書店では売っていない冊子類、警察が図書館から接収した本でいっぱいになっている書棚を目に浮かべた。湿気のせいで崩れてきている壁に隠れて、クモの巣と煤にまみれながら、彼らは爆弾のような本を調べ、論じあい、真っ暗な夜のさなか、急ごしらえの燭台の明かりで、ノートを取り、レジュメを作り、考えをやりとりし、本を読み、自分の思想を鍛え、ブルジョワジーと決別し、労働者階級のイデオロギーで武装していくのだった。

「その本屋には、もっと他に雑誌はないんだろうか?」とサンティアーゴは訊ねた。

「もしかしたらあるかもしれない」とハコーボは言った。「その気があるなら、一緒に見に行ってみてもいい。たとえば明日とか」

「それから何かの展覧会や、美術館に行ってもいいんじゃない」とアイーダが言った。

「もちろんだ、僕もこれまでリマの美術館にはどこにも行ったことがない」とハコーボは言った。

「僕もだ」とサンティアーゴは言った。「授業が始まる前の今の時期を活用して、全部行ってみよう」

「午前中には美術館に行って、午後には古本屋を回ってみるのがいいんじゃないか」とハコーボが言った。「何軒も知ってるし、ときどき掘り出しものが見つかるんだ」

「革命、古本、美術館」とサンティアーゴは言う。「純真ていうのがどういうことだか、わかってきただろう?」

「純真てのは、悪事に手を出さずに暮らすってことだとあたしは思ってましたよ坊ちゃん」とアンブローシオは言う。

「それからときどき、午後には映画館に行って、名画を見ましょうよ」とアイーダは言った。「もしもブルジョワのサンティアーゴがおごりたいっていうなら、出してもらえばいいし」

「もう二度と君には水一杯おごらないから心配ないよ」とサンティアーゴは言った。「じゃあ明日、どこで落ちあう？　何時にする？」

「それでヤセッポチ、どうなんだ？」とドン・フェルミンが言った。「口頭試問は難しかったのか？　受かったと思うかヤセッポチ？」

「サン・マルティン広場で十時に」とハコーボが言った。「急行バスの停留所で」

「受かったと思うよ父さん」とサンティアーゴは言った。「だから、いずれ僕がカトリカ大学に行くことになるっていう希望は、もう捨ててもらっていいから」

「いつまでも憎まれ口を叩くなら耳を引っ張るぞ」とドン・フェルミンは言った。「合格したっていうなら、これでおまえも一人前の大学生だ。さあヤセッポチ、こっちに来てハグしておくれ」

おまえはその晩眠らなかった、と考える、アイーダも絶対眠れなかったと思う、ハコーボだって眠らなかった。すべてのドアが開かれていたんだ、と考える、それがいったい、いつ、どうして、閉ざされていってしまったのか。

「これで自分の思い通りになったわね、サン・マルコスに入学できて」とソイラ夫人は言った。「さぞかし満足でしょ」

「超満足だよお母さん」とサンティアーゴは言った。「何よりも、これでもう二度と金持ち連中と顔を合わせなくていいんだから。どれほどそれがうれしいか、お母さんには想像もできないと思うよ」

「そんなにチョロになりたいんだったら、召使いにでもなりゃいいんじゃないか？」とチスパスは言った。「裸足で歩きまわって、風呂には入らず、蚤を飼ってさ超秀才」

「大事なのはヤセッポチが大学に入ったってことだ」とドン・フェルミンは言った。「カトリカのほうがよかったが、勉強したい人間はどこに行っても勉強できるさ」

「カトリカのほうがサン・マルコスよりいいなんてことはないよ父さん」とサンティアーゴは言った。「司祭どものやってる大学なんだから。僕は司祭なんかからは何一つ学びたくない、僕は司祭どもを憎んでいるんだから」

「あんたなんか地獄に落ちるわよ馬鹿」とテテが言った。「お父さんも、そんなふうに反抗的に言い返すの許したりしちゃって、何なのよ」

「父さんがそういう偏見を持っているのには、ほんとに腹が立つよ」とサンティアーゴは言った。

「偏見なんかじゃない、私にはおまえの同級生が白人だろうが、黒人だろうが、黄色人だろうが、どうだっていい」とドン・フェルミンは言った。「私が望んでいるのは、おまえが勉強してくれることだ、時間を無駄にしないでほしい、仕事につけなかったチスパスみたいになってほしくないんだ」

「超秀才が反抗して大声を出すと、矛先をオレに向けるのかよ」とチスパスが言った。

「ひどいじゃないか父さん」

「政治にかかわるのは時間を無駄にすることじゃない」とサンティアーゴは言った。「それとも、この国じゃ、政治にかかわる権利があるのは軍人だけなのか？」

「最初は司祭、今度は軍人、毎度毎度、同じ台詞のくりかえし」とチスパスは言った。

「たまには話を変えてくれよ超秀才、まるで古いレコードみたいじゃないか」

「ぴったり時間通りに来たのね」とアイーダが言った。「何か独り言を言いながら来たわね、なんか面白かったわよ」

「おまえさんとはふつうに話をすることすらできないな」とドン・フェルミンは言った。

「愛情をもって話しても、いつも喧嘩腰で返してくる」

「僕はちょっと頭がおかしいところがあるんだ」とサンティアーゴは言った。「そんな人間とつきあうのは怖くないの？」

「わかったわかった、もう泣くな、ひざまずいたりしないでいい、おまえのことを信じるとも、私のためにやってくれたんだな」とドン・フェルミンが言った。「考えなかったのか、私のためになるどころか、私を永遠に失墜させることになるかもしれないとは？神様は何のためにおまえに頭を下さったんだ、哀れなやつめ」

「怖いどころか、わたしは頭のおかしい人は大好きよ」とアイーダは言った。「法学にするか、精神医学にするか、迷ってたくらいなんだから」

「要するに私はおまえに甘すぎるんだよなヤセッポチ、でおまえはそれを逆手に取ってくる」とドン・フェルミンは言った。「もういい、さっさと部屋に行きなさい」

「あたしのことを叱るときには小遣いを取り上げるくせに、サンティアーゴの場合には、早く寝ろって言うだけなんだから」とテテが言った。「ひどい差別よお父さん」

「要するに人間誰しも、自分の置かれた境遇に満足できないわけですね」とアンブローシオは言う。「何不自由ない坊ちゃんですらそうなんですから、あたしがどれほどか、考えてもみてくださいよ」

「あいつの小遣いを取り上げなよ父さん」とチスパスも言った。「どうしてそんなにえこひいきするんだよ」

「法学を選んでくれてよかったよ」とサンティアーゴは言った。「ほら、ハコーボも来た」

「私がヤセッポチと話をするときに、おまえたちは口をはさまんでくれ」とドン・フェルミンは言った。「さもないとおまえたちの小遣いを差し止めるぞ」

V

ゴム手袋と上っ張りを渡され、君は瓶詰め係だと言われた。落ちてくる錠剤を小瓶に入れ、その上に脱脂綿を詰めるのが彼女らの仕事だった。蓋を閉める係は蓋係と呼ばれ、ラベルを貼る係はラベル係、台の一番端で瓶を集めてボール紙の箱に並べる四人の女は箱詰め係と呼ばれていた。彼女の隣にいた女の名前はヘルトルーディス・ラマといい、指がとても敏捷だった。アマーリアは八時に作業を開始し、十二時に休憩に入り、二時に復帰して六時に退出するのだった。製薬工場で働くようになって二週間たったとき、彼女の叔母はスルキーヨからリモンシーヨ地区に転居し、アマーリアは最初のうち、家まで昼食に帰っていたが、バスの乗り継ぎが高くつき、時間もぎりぎりだった。ある日、遅れて二時十五分にもどると、監督係の女が、オーナーの推薦で入ったからいい気になってるの？　あたしたちと同じようにお昼を持ってらっしゃいよ、というのがヘルトルーディス・ラマのアドバイスだった、お金も時間も節約になるから。それ以来彼女はサンドイッチと果物を持ってきて、ヘルトルーディスと一緒にアルヘンティーナ通りの水路のところで食べるようになった。そこにはレモネードやかき氷を売り歩く物売りが集まり、近所で働く男たちも彼女らにちょっかいを出しにやってきた。前よりも収入が増えたわ、と彼女は考えた、仕事の時間は短くなって友達までできた。以前の女中部屋とテテお嬢ちゃんのことは懐かしかったが、でもあの人でなしのことはもう思い出しもしないわ、とヘルトルーディス・ラマに話した、するとサンティアーゴは、えっ、あのアマーリア？　それに対してアンブローシオは、そうですよ、彼女のこと覚えているんですか坊ちゃん。

製薬工場で働くようになってまだ一か月にもならないころにトリニダーと知りあった。下品なことを言うにしても、他の男たちよりもまだ面白みのある言い方をしたので、アマーリアはあとで一人、その戯れ言を思い出して大笑いしたりした。あいつ、ちょっと頭が変だけどいい感じよね？　とある日ヘルトルーディスは彼女に言い、また別の日には、あんた、ずいぶんあいつと楽しそうに笑いあってるわね、さらに別の日には、あのいかれているやつのこと、あんたけっこう好きになってきてるのね。あなたのほうでしょ、とアマーリアは言い返したが、好きになってきてるだって？　と自問し、するとサンティアーゴは、おまえの奥さんのアマーリア、プカルパで死んだアマーリアなのかい？　ある夕方のこと、彼が停留所で彼女のことを待っているのに出くわした。男は大胆にも路面電車に一緒に乗りこんできて彼女の隣にすわると、お高くとまったお嬢《ネグラ》さんなどと口ずさみながら、いつものように小咄を始め、気むずかしいお嬢《チョリータ》さん、彼女は外見ではまじめくさった顔をしていたが、内心では笑い死にしそうになった。男は二人分の乗車賃を払い、アマーリアが下りるところまで来ると、彼は、じゃあまたね恋人《アモール》よ。やせっぽちで色黒で、頭がいかれていて、漆黒の直毛で、いい若者だった。その目は切れ長で、二人が親しくなってからアマーリアが、あなたちょっと中国人がかってるんじゃない、と言うと彼は、君は白人がかったチョリータだから、僕らはちょうどいい組み合わせだよ、するとアンブローシオは、そうですよ坊ちゃん、同じ一人の女です。また別のときには彼女と一緒に路面電車でセントロまで行き、リモンシーヨ行きのバスにも一緒に乗りこんで、また今度も運賃を払ってくれたので、彼女は、節約になるなあ。トリニダーは軽く何か食べようと彼女を誘いたがったが、アマーリアは、ダメダメ、申し出を受けるわけにはいかないのだった。一緒に下りようよアモール、あんた一人でどうぞ下りなさいよ、なんて馴れ馴れしくするのだろうか。すると彼は、自己紹介してくれたらじゃあ下りるよ、と言い、手を差し出すと、トリニダー・ロペスです、よろしく、すると彼女も手を差し伸べて、よろしくアマーリア・セルダです。その翌日トリニダーは水路脇で彼女の隣にすわって、ヘルトルーディスに、君の友達はずいぶんむずかしいよねと話しはじめて、アマーリアのせいで夜も寝られないんだよ。ヘルトルーディスは彼に話を合わせて聞いてやり、仲良くなって、あとでアマーリアに、あのいかれ男にちょっとはつきあってあげなよ、そうすればあのアンブローシオとやらのことも忘れられるしさ、するとアマーリアは、そいつのことなんてもう思い出しもしないよ、ヘルトルーディスは、ほんとに？　するとサンティアーゴは、おまえはアマーリアがうちで働いていたころからつきあってたのか？　アマーリアはトリニダーが口にする戯れ言がいちいち気にさわったが、その口ぶりは好きだったし、調子に乗って手出しをしてこないところも気に入っていた。彼が初めてそれを試みたのはリモンシーヨ行きのバスの中でだった。バスは満員で、二人はぴったり押しつけられていて、そこで彼が手で撫でさすりはじめたのに気づいた。彼女は離れることもできず、自分に言い聞かせた、気づかないふりをするのよ。トリニダーは深刻な顔で彼女を見つめていて、顔を近づけると、突然、愛している、と言って彼女にキスをした。彼女は自分が火照るのを感じ、誰かが笑うのが聞こえた。調子に乗って、と下車するやいなや彼女は怒り狂い、弱みにつけこんで衆人環視の中で彼女を辱めた、と罵った。ずっと探していた理想の女なのだ、とトリニダーは彼女に言いつのった、君のことが心から離れないんだ。男の言うことを真に受けるほど馬鹿じゃないの、とアマーリアは言った、あんたなんか、ただつけこもうとしているだけなんだから。二人は家に向かったが、到着する前に、ちょっとこっちの角のところに来てみて、と彼は言って、その場でもう一度キスをした、君はなんて素敵なんだ、と彼女を抱きしめ、声も絶え絶えに、愛しているんだ、ほらわかるでしょ、ほら、君のせいで僕がどんなふうになっているか。彼女は相手の両手をさえぎって、ブラウスのボタンを外されないよう、スカートをまくられないように抵抗した――あのころには彼らはもうつきあっていたのだった、坊ちゃん、でも、本格的な関係になったのはもうちょっとあとのことで。

トリニダーは製薬工場にほど近い繊維工場で働いていると言い、アマーリアに話して聞かせた、僕はパカスマーヨの生まれで、以前はトルヒーヨ〔ペルー第三の都市。リマから北に約六百キロ〕の自動車修理工場で働いていたんだ。しかし、アプラ党員としてつかまったことがある、と話したのはもっとあとのことで、それはある日、アレキパ通りを二人で通りがかったときだった。庭があって木が植わっている屋敷があり、その周囲には柵とパトロールカーと警官が配置されていたが、そこでトリニダーは左手を高く掲げると、アマーリアの耳元で、ビクトル・ラウル、アプラ党支持者民衆は貴方に敬礼す、と言い、アマーリアは、何よ、頭がおかしくなったの？　あそこはコロンビア大使館なんだ、とトリニダーは彼女に言い、中にはアヤ・デ・ラ・トッレが亡命していて、オドリアは彼を国外に出したくないので、あんなにたくさんお巡りがいるのだ、と説明した。彼は笑い出すと、こう話して聞かせた――ある晩、仲間と一緒にクラクションでアプラ党の標語のリズムを鳴らしながらここを通過したんだ、するとパトカーが追いかけてきて、彼らをつかまえたのだった。トリニダーはアプラ党員なのだろうか？　すると彼は、骨の髄までそうだ、では投獄されたことがあるのか？　すると彼は、あるよ、君のことをどれほど信頼しているかこれでわかるだろう。今から十年前にアプラ党員になったのだ、と彼は語った、というのも例のトルヒーヨの修理工場では全員が党員だったからで、彼はビクトル・ラウル・アヤ・デ・ラ・トッレは賢人で、アプラ党こそがペルーの貧者とチョロたちの政党なのだと彼女に説明して聞かせた。初めてつかまったのはトルヒーヨでのことで、アプラ党万歳、と街頭に落書きしているのを警察に見つかったからだった。釈放されて警察署から出ると、修理工場ではもう雇ってもらえず、だからリマに出ることにして、党がビタルテ社の工場での仕事を僕に見つけてくれたんだ、と彼は話した、そして、ブスタマンテ政権のころには防衛役をやっていたのだった。仲間とともに支配階級系や共産党系のデモをつぶしに行くのだが、いつも殴られて帰ってきていた。意気地がないからやられるのではなく、身体が小さいせいだった、すると彼女は、そうよね、あなたはやせっぽちだから、すると彼は、でも男気では負けてない、だから彼が二回めにつかまったときには秘密警察の隊員に歯を何本も折られたが、それでも僕は被害届も出さなかった。カヤオ〔リマに隣接する港湾都市〕で十月三日の蜂起があって、ブスタマンテがアプラ党を違法化したとき、ビタルテ工場の仲間たちは彼に身を隠せと言ったが、彼は、オレは恐れてない、何もしていないのだったから。彼は仕事に行き続け、その後、十月二十七日にオドリアの革命が勃発し、仲間は彼に、今度もまた身を隠さないつもりなのか？　すると彼は、そうだとも。十一月の第一週、ある午後、工場をあとにしたところで一人の男が近づいてきて、あなたがトリニダー・ロペスですか？　あの車で、あなたの従兄が待っています。従兄弟など一人もいなかったから彼は駆けだしたが、しかし追いつかれた。地方公安署では、セクトのテロ計画をばらすようにと迫られたが、彼は、何の計画？　何のセクト？　誰がどこで、地下出版の《ラ・トリブーナ》を発行しているのか明かすようにと。前歯二本を折られたのはそのときだった、するとアマーリアは、どれのこと？　すると彼は、どれって何のことだ？　彼女は、だってあなた歯は全部ちゃんとそろっているじゃない、すると彼は、差し歯をしたので誰も気づかないのだ。地方公安署、刑務所、フロントン球技場と、八か月投獄されて、釈放されたときには十キロ体重が減っていた。三か月間、失業していてから、アルヘンティーナ通りの繊維工場に入った。今度の仕事は性に合っていて、もう熟練工だった。コロンビア大使館の件で警察署に連行された晩は、またしくじったと悔やんだが、ただ酔っぱらってふざけただけだというのを信じてもらえて、翌日には釈放された。今では二つのことに気をつけなくてはならないのだったアマーリア――ひとつは政治活動、なぜなら彼は当局にマークされているからだ、で、もうひとつは女たちだった、必殺の毒牙をもったガラガラへビだ、だがこっちのほうは、彼の側がマークして気をつけているのだった。本気で言ってるの？　とアマーリアは言い、すると彼は、しかし君があらわれて、また引っかかってしまったんだ、家では誰もおまえがアマーリアとできていたとは気づかなかったな、とサンティアーゴは言う、僕らきょうだいも、うちの親も、そしてトリニダーは彼女にキスをしようとし、彼女は、放して、手が早いわ、それに対してアンブローシオは、二人とも隠していたんで気づかれなかったんですよ坊ちゃん、そしてトリニダーは、愛しているんだ、もっと近づいてくれよ、君に触れさせてくれよ、するとサンティアーゴは、どうして隠していたんだい？

アマーリアはトリニダーが刑務所に入っていたことがあると知ってすっかり恐くなり、いつまたつかまるかもしれないので、ヘルトルーディスにすら話さなかった。しかしじきに彼女は、トリニダーの関心が政治よりもスポーツに向いていることに気づいた。スポーツの中ではサッカー、サッカーのチームでは〈ムニシパル〉がひいきだった。いい席を取るためにずいぶんと早くから彼女を引き連れてスタジアムに行き、試合が始まると声が枯れるまで叫びまくり、やせっぽちスアーレスがゴールを許すとひどいことを口にした。トリニダーはビタルテで働いていたころ、〈ムニシパル〉のユース・チームでプレーしていたことがあり、今でもアルヘンティーナ通りの繊維工場でクラブを結成して、毎週土曜日の午後には試合があるのだった。君とスポーツだけが僕の弱みなんだ、と彼はアマーリアに言い、アマーリアも、本当にそうなのかもしれない、だって彼はほとんど酒は飲まないし、女好きというわけでもないみたいだった。サッカーの他に彼が好んだのはボクシングと、プロレスだった。彼女をルナ・パークに連れていって、闘牛士のケープをつけてリングに上がったあの色男がスペイン人のビセンテ・ガルシアだと説明し、また、自分がエル・ヤンキーを応援しているのはいいやつだからではなく、めずらしくペルー人だからだと話した。アマーリアはエル・ペタが好きになった、すごくエレガントで格好良く、格闘している最中で突然レフェリーにタイムと言って、こんもりとした髪を整えたりするからだったが、反対にエル・トロが大嫌いなのは、相手の目に指を刺したり、腹部にタックルしたりして勝つからだった。しかし、ルナ・パークにはほとんど女性の姿はなく、無遠慮な酔っぱらいが多く、客席ではリング内よりももっとひどい喧嘩が頻発した。サッカーにはあなたのために一緒に行くけど、もうスポーツはたくさん、映画に連れていってよ。彼は、わかった、君の言う通りにするよアモール、しかしいつも、彼はなんとかルナ・パークに行けるように悪知恵を働かせた。《ラ・クロニカ》のプロレス広告を見せては、締め技や投げ技について話しはじめ、今日はエル・メディコがもしエル・モンゴルに勝ったら仮面を剝ぐと言っているんだ、そんなことになったら最高ではないだろうか？　そうは思わないけど、とアマーリアは言い、いつもと同じじゃない。しかし、すでに彼に情が移ってきていたから、ときには、わかったわ、今夜はルナ・パークに行きましょう、すると彼は最高に幸せになるのだった。

ある日曜日、プロレスのあとで揚げ物を食べているとき、アマーリアはトリニダーが変な目つきで見ているのに気づいた——どうしたの？　叔母さんのところから出なよ、彼のところに来たほうがいい。彼女は怒ったふりをし、二人は言い争い、あんまりしつこく言うので最後には根負けしたの、とアマーリアはあとでヘルトルーディス・ラマに話した。彼らはミローネスにあるトリニダーの家に行き、その晩、大喧嘩をした。彼は最初、とても優しくて、キスしたり抱きしめたり、今にも死にそうな人みたいな声で、恋人《アモール》よと呼びかけたりしていたのに、明け方になると、青白い顔、落ちくぼんだ目、乱れた髪をして、口を震わせながら——さあ話してみろ、これまでに何人とやったんだ。アマーリアは、一人だけ(馬鹿ね、超大馬鹿よ、とヘルトルーディス・ラマは言った)、前働いていた家の運転手とだけ、それ以外に誰も彼女に触れたことはないのだった、するとアンブローシオは——彼らの両親に見つかりたくなかったからだった、だって坊ちゃん、ご両親は知ったらきっと嫌がったでしょう? トリニダーは彼女を罵りはじめ、彼女を大事にして手を出さなかった自分自身を罵り、平手の一撃で彼女を床に張り倒した。誰かがノックしてドアを開け、アマーリアには一人の老人が、トリニダーどうしたんだい、と言うのが見えたが、トリニダーは彼のことも罵って、アマーリアは服を着て走って逃げた。その朝、製薬工場では、錠剤が指から逃げていき、彼女は心に感じている痛みについて満足に口にできなかった。男はプライドがあるのよ、とヘルトルーディスは言い、本当のことなんか言う必要ないじゃない、否定するべきだったのよ馬鹿、否定するのよ。でもそのうち許してくれるわよ、と彼女を慰め、またあんたのことを求めて来るわよ、すると彼女は、あんなのもう大嫌い、死んでも仲直りなんかしないから、するとアンブローシオは、じきに彼らは喧嘩別れしたのだった、坊ちゃん、アマーリアは勝手に出ていって、その辺でまた男を作ったんです、するとサンティアーゴは、ああそうだ、アプラ党員だよね、するとアンブローシオは、それからだいぶ後になって、まったく偶然に二人は再会したのだった。その日の午後、リモンシーヨの家に帰ると、叔母は彼女のことを、ふしだら、非常識と呼び、女友達のところに泊まったというのを信じようとせず、身を持ち崩すから今度外泊したら家から追い出すから。数日間、食欲もなく落ちこんで過ごし、夜も寝つけずになかなか夜が明けない日が続いたが、ある午後、製薬工場をあとにすると停留所でトリニダーの姿が見えた。彼女と一緒に乗りこんできて、アマーリアは彼のほうを見ないようにしたが、彼が話しかけてくるのが聞こえて火照ってくるのを感じた。ダメな女ね、と考えた、彼のことが好きなんじゃない。彼は謝って許しを乞い、彼女は、あんたのことは絶対に許さないから、せっかくよろこんでもらうために彼の家に行ったのだからなおさらだと言ったが、彼は、過ぎたことは忘れようじゃないかアモール、そんなに威張らなくてもいいじゃないか。リモンシーヨに着くと彼女のことを抱きしめようとしたが、彼女は突き放して警察を呼ぶと言って脅した。二人は話しあい、もみあい、アマーリアも軟化して、いつもの角のところで彼は、ため息交じりに、あの夜から毎晩、酔っぱらってばかりいたんだアマーリア、愛がプライドに勝ったのだったアマーリア。彼女は叔母に隠れて身の回りのものを家から持ち出し、暗くなるころ、二人は手をつないでミローネスに着いた。路地の途中でアマーリアは、前回部屋に顔を出した老人を見かけ、トリニダーはアマーリアを紹介した――僕の相方なんですドン・アタナシオ。その夜のうちに彼はアマーリアに仕事をやめるよう求めた――一本しか腕がないわけではないのだから、一人で二人分ちゃんと稼げるのだから。彼女は彼のために料理をし、洗濯をし、いずれは、子供の世話をすればいいのだった。おめでとう、とカリーヨ技師はアマーリアに言い、君が結婚することになったってドン・フェルミンに言っておくよ。ヘルトルーディスは目に涙を浮かべて彼女を抱きしめ、あんたがいなくなるのは寂しいけど、あんたにとっては本当によかったわ。でもアマーリアが一緒に暮らしていた男がアプラ党員だって、どうしてわかったんですか坊ちゃん？　大事にしてくれるわよ、とヘルトルーディスは予言した、浮気したりしないから。なぜって、アマーリアは二度、家に頼みに来たのだった、アプラ党員の男を拘置所から出してやってくれって親父に頼みにさアンブローシオ。

トリニダーは冗談好きで愛情豊かで、アマーリアはヘルトルーディスの言ったことが現実になってきていると感じていた。彼の稼ぎだけとなった今では、二人でスタジアムに行くことはままならず、トリニダー一人で出かけたが、日曜の夜には二人で一緒に映画に出かけた。アマーリアはロサリオおばさんと友達になった。彼女は同じ路地でたくさんの子供と一緒に暮らしている洗濯女で、ものすごく人がよかった。アマーリアは彼女が服の包みをまとめるのを手伝ったりし、すると時には、ドン・アタナシオが彼女らと話をしにやってきた。彼は宝くじ売りで、ちょっとばかり酒飲みで、人生の真実を、近所で起こる奇跡を、何でも知っている人だった。トリニダーがミローネスに帰着するのはいつも七時頃で、彼女はそれまでに食事を用意して待っていたが、ある日のこと、あたし妊娠したみたいなの。僕の首にロープをかけただけじゃ足りなくて、さらに攻めこんできたんだね、とトリニダーは言い、男の子だといいな、みんな君の弟だと思うだろう、若くてかわいいお母さんだからなあ。あの数か月が、とアマーリアはのちに考えることになるのだったが、人生で一番いい時期だった。彼女は一緒に見た映画をすべて覚えていて、セントロや海水浴場を一緒に歩いた散歩のこと、リマック区で何度か一緒にチチャロンを食べたこと、そして、ロサリオおばさんも引き連れて一緒に行ったアマンカエスのお祭りのこともいつまでも忘れなかった。もうじき昇給がある、そうすれば楽になる、とトリニダーは言い、するとアンブローシオは、あの繊維工場の男も死にました――えっ、そうなの？　もう死んでいたのか。そうなんです、頭がおかしくなったみたいになって、それはオドリアの時代に何度も棍棒で殴られたせいだとアマーリアは信じていた。しかし、昇給はなく、経済危機なのだという説明だけがあり、トリニダーが不機嫌になって家に帰ってきたのは、あの大馬鹿どもがじゃあストライキをするなどと話していたからだった。組合の大馬鹿ども、政府から金をもらってるあの御用組合の幹部連中さ、と彼は非難した。連中は秘密警察の手を借りて選出されていて、それが今、ストをするなどと話しているのだった。やつらの身には何も起こらないだろうが、彼はすでにマークされているのだから、何かあれば、煽動したのはあのアプラ党員だと言われてしまう。そして実際、ストライキがおこなわれるに至り、その翌日、ドン・アタナシオが家に駆けこんできた――パトカーが路地の入口で止まって、トリニダーを連行していったのだった。アマーリアはロサリオおばさんと一緒に地方公安署にでかけていった。あっちで訊け、こっちで訊け、とたらい回しにされて、誰もトリニダー・ロペスなど知らなかった。ロサリオおばさんからバス代を借りて彼女はミラフローレスに向かった。家に着いてもドアを叩く勇気が出なかった、彼が出てくるかもしれない。ドアの前をうろうろしていると、突然、彼の姿が目に入った。驚いた顔、うれしそうな顔、そして、彼女が妊娠しているのを見ると、腹を立てた顔。へえー、へえー、と腹部を指差して、へえー、へえー。あんたに会いに来たんじゃないんだから、とアマーリアは泣き出し、中に入れてちょうだい。繊維工場の男と一緒になったってのはほんとなのか？　とアンブローシオは言い、生まれる子供もそいつのなのか？　彼女は門の中に入り、彼がしゃべるのに何も答えなかった。彼女は庭でずっと待ちながら、ゼラニウムの花壇を、青タイルの水盤を、一番奥にあった自分の小部屋を眺めていると、悲しくなって、足が震えてきた。曇った目で誰かが出てくるのが見えて、お元気ですかサンティアーゴ坊ちゃん、やあアマーリア。彼は以前よりも背が高くなって、男らしくなって、でも相変わらずやせっぽちだった。彼女は彼ら一家にお目にかかりにきたのだった坊ちゃん、その頭はどうしちゃったのだろうか。彼はベレー帽を取ってみせ、すると頭にはわずかな産毛が生えているだけで、まったく見苦しかった。頭を丸刈りにされたのだった、入ったばかりの新入生はそうやって洗礼を受けることになっているのだが、彼の場合は生えもどるのに時間がかかっているのだった。すると急にアマーリアは泣き出し、どうかいつもやさしいドン・フェルミンにもう一度助けていただきたいんです、彼女の夫は何も悪いことはしてなく、気まぐれで逮捕されたのだった、神様はかならず報いてくれるので、お願いです坊ちゃん。ドン・フェルミンはガウン姿で出てきて、落ちつきなさい、何があったんだい。サンティアーゴ坊ちゃんが事情を話してくれて、彼女は、何もしていないんですドン・フェルミン、夫はアプラ党員などではなく、ただサッカーが好きなだけなんです、しまいにはドン・フェルミンも笑って、わかったわかった、ちょっと待ってなさい、確認してみるから。彼は電話をしにいき、時間がかかり、アマーリアは、またこの家にもどってきていることに、アンブローシオに再会したことに、トリニダーの身に起こっていることに、感情が高ぶっている自分を感じていた。一件落着だ、とドン・フェルミンは言い、もう厄介事に首を突っこまないように言っておくんだぞ。彼女はその手に口づけしようとし、ドン・フェルミンは、やめろやめろ、そんなことはいい、死を別にすれば、何ごとも解決できるものなのだった。アマーリアはその午後をソイラ夫人とテテお嬢ちゃんと一緒に過ごした。なんてかわいらしいのだろう、なんて大きな目、そして、奥様は一緒にお昼ごはんを食べていくようにと言って譲らず、別れ際には、赤ちゃんに何か買ってあげなさいと彼女に二リブラを手渡した。

翌日、トリニダーはミローネスに姿をあらわした。憤激して、あの御用組合の連中に責任をなすりつけられたのだ、アマーリアがそれまでに聞いたことがないほど激しく罵り、あることないこと嫌疑をかけられ、意味不明な言いがかりで秘密警察にまたもや殴る蹴るの暴行をされたのだった。彼の知らないことを、知らない名前を、むりやり白状させようと殴られ、引きずり回された。彼は秘密警察よりも組合幹部に余計に腹を立てていた――アプラ党が政権を取ったらあのコソ泥連中には思い知らせてやる、オドリアに飼いならされた連中は見てるがいい。もうおまえさんの名前は従業員リストにないぞ、と彼は繊維工場で言われた、職場放棄でクビになったんだよ。組合に訴えれば、どういうことになるか僕にはよくわかってる、とトリニダーは言うのだった、官庁に訴えてもどうなるかわかってる。組合幹部を罵ってまわっても時間の無駄になるだけでしょ、とアマーリアは言うのだった、それより別の仕事を探しなさいよ。工場めぐりを始めると、まだ経済危機が続いていると言われ、彼らは借金に頼って暮らしていたが、突然アマーリアはトリニダーが嘘ばかりをついていることに気づいた――で、アマーリアの死因は何だったんだいアンブローシオ？　彼は朝の八時に出かけていき、半時間後に帰ってきてベッドに転がりこみ、リマじゅう歩いて仕事を探した、だからもう死にそうなのだった。するとアマーリアは――手でもさっき出かけたばかりで今帰ってきたんじゃないの。するとアンブローシオは――手術で死んだんですよ坊ちゃん。すると彼は――もう自分はマークされているのだった、幹部連中が情報を回しているのだった、だからまるで疫病神のように見られるのだった、これじゃ絶対仕事なんか見つからない。するとアマーリアは——組合幹部の話はもうやめて仕事を探してよ、でないと二人して飢え死にしてしまう。無理だよ、と彼は言うのだった、僕は病気なんだ、すると彼女は、何の病気なのよ？　トリニダーは吐き気がこみ上げてくるまで喉の奥に指を突っこんで、吐いてみせた——こんなに病気なのだから仕事など探しに行けるはずがないのだった。アマーリアはまたミラフローレスに行って、ソイラ夫人に泣きつき、すると夫人はドン・フェルミンに話をし、ドン・フェルミンはチスパス坊ちゃんに、彼女を再雇用するようカリーヨに言ってくれ。製薬工場でもう一度働けるようになったと話すと、トリニダーは天井をじっと睨みつけた。何をふてくされているの、あんたが治るまであたしが働いて何が悪いの、だって病気なんでしょう？　僕が落ちるところまで落ちたとわかっているくせにさらに屈辱をあたえるのか？　いくら金をもらったのだ、とトリニダーは言うのだった。

ヘルトルーディス・ラマは彼女が製薬工場にもどってきたのを見てよろこんだが、監督係の女は、いいご身分ね、まるでスカートみたいに仕事を脱いだり穿いたりできるなんて。最初の数日は錠剤が指になじまず、瓶も手から逃げて転がったが、翌週にはもとのように熟練していた。お医者さんに連れていかないとダメだよ、とロサリオおばさんは言うのだった、一日中おかしなことばかり言っているのがわからないの？　嘘よ、食事の時間と、仕事の話になったときだけおかしくなるのであって、それ以外のときは以前と変わりないのだから。食事が終わると吐くまで指を喉に入れた、そして、僕は病気なんだよアモール。しかし、アマーリアが気にしないで彼が吐いたものを何でもないかのように掃除してしまうと、じきに彼は病気のことを忘れて、製薬工場の様子はどうだい、彼女に冗談を言ったり睦んだりしてくるのだった。そのうち過ぎ去るはず、とアマーリアは考え、祈り、彼に隠れて泣いた、そのうちもと通りにもどるはずだから、と。しかし、過ぎ去るどころか、むしろひどくなり、彼は路地の入口まで出ていって、御用組合の馬鹿どもめと叫んで通行人を罵倒するようになった。彼らにタックルして、プロレスの締め技をかけようとするのだったが、やせっぽちだから、いつも血を流してあたしのところに運ばれてくるの、とアマーリアはヘルトルーディスに話して聞かせた。ある晩、彼は指を口に入れていないのに吐いた。血の気がなかったので、アマーリアは翌日、労働者病院に連れていった。神経性の痛みだから、頭痛がするたびにシロップをスプーン三杯飲むように、と医者は言い、それからというもの、トリニダーは一日中、頭が割れそうだと言うようになった。シロップを飲んでは吐き気。ふざけて病気のふりばっかりしているから本当に病気になっちゃったじゃないの、とアマーリアは彼を叱った。彼は尊大になり、意固地になり、あらゆることを嘲笑って、もうほとんど誰も会話すらできなくなった。彼女が仕事から帰ってくれば、どうして僕のことを捨てて出ていかないんだ？　でお嬢ちゃんは？　とサンティアーゴは言う。結局ベッドに寝たきりになり、動かないでじっとしていると気分はいいんだ、ドン・アタナシオとおしゃべりをしたりして、子供のことは二度とたずねなかった。アマーリアが、あたし太ってきたみたい、とか、もう動いているの、と言うと、何の話なのかわからないかのように彼女のことを見つめた。アマーリアは工場から紙袋を何枚か盗んできて、そこに吐いて、床じゃなくて、と頼みこんだが、彼はわざとテーブルやベッドの上で口を開いてみせて、嫌みたらしい小さな声で、そんなに気持ち悪いならさっさと出ていきなよ——坊ちゃん、彼女はプカルパに残ったのだった。しかし、あとで彼は後悔して、ごめんよアモール、僕はひどい人間になっちまった、もうちょっとだけ我慢しておくれ、じきに死ぬことになるからそれまで。彼らはときたま、映画に出かけた。アマーリアは彼を励ましてスタジアムにも行かせようとしたが、彼は頭を抱えこんだ——ダメ、彼は病気なのだった。犬のようにやせ細って、以前は腰回りがとめられなかったズボンが今ではぶかぶかになっていたし、以前のようにアマーリアに、髪を切ってくれと頼むこともなくなった、でもどうして彼女をプカルパに置いてくることにしたのか？　幻滅してないの？　一度転んだだけでもう戦わずに諦めてしまって、頭がおかしくなったふりをして、平気で女に養ってもらうような、そんな甲斐性のない男だったなんて、とヘルトルーディスは彼女にたずねた。正反対よ、打ちのめされた彼を見て以来、なおさら彼のことが好きになっているのだった。四六時中彼のことを考えていたし、彼が支離滅裂なことを言うたびに世界の終わりのように感じたし、まれに暗闇の中で彼女のことをむりやり裸にしようとするときにはくらくらと目がまわった。坊ちゃん、アマーリアの友達だった女性が娘を引き取って育てようと申し出てくれたのだった。トリニダーの頭痛は消えてはもどってきて、なくなったと思うとまたやってきて、彼女にはもうそれが本当なのか嘘なのか、誇張なのかわからなかった。おまけに、アンブローシオは、厄介事に関わってプカルパから大急ぎで逃げ出したのだった。嘔吐だけは止むことがなかった。それは自分のせいよ、とアマーリアは彼に言い、すると彼は、御用組合のせいなんだよアモール、彼女にだけは偽れないと言うのだった。

ある日、アマーリアはロサリオおばさんが路地の入口で、両手を腰にやって、目に怒りをたぎらせているのに出くわした――セレステと一緒に部屋に閉じこもったのよ、彼女に乱暴しようとしたのだった、あたしが警察を呼ぶと言って脅してようやくドアを開けたのよ。アマーリアが行くとトリニダーは泣きじゃくっていて、ロサリオおばさんは思い違いをしていると言うのだった、目をつけられているとわかっているのに警察を呼ぶなんて、非道じゃないか、チビでデブのセレステなど彼にとって何でもないのだ、ただちょっとからかってみたかっただけなのだ。恥知らず、恩知らず、とアマーリアは彼を罵り、穀潰し、頭がおかしい、そしてしまいには彼に靴を投げつけた。彼は怒鳴られるまま、平手打ちされるまま抵抗しなかった。その晩、彼は両手で頭を押さえながら床に身を投げ出したので、アマーリアとドン・アタナシオの二人で表通りまで引きずり出してタクシーに乗せなければならなかった。救急病院では注射を一本打った。彼らはミローネスまでゆっくりゆっくり、トリニダーをまんなかにはさんで、一ブロックごとに止まって休憩しながら歩いてもどった。二人で彼を寝かせ、眠りにつく前にトリニダーが言ったことに彼女は泣き出した——僕のことはもう捨てていきな、彼になんかかかずらって人生を無駄にするべきではないのだ、自分はもう終わっているのだ、もっとよくしてくれる男を探しな。ちびっ子の名前はアマリータ・オルテンシアといい、坊ちゃん、もう五、六歳になっているはずなのだった。

ある日、製薬工場からもどると、トリニダーが大よろこびして飛び跳ねているのに出くわした——僕らの不幸も終わりだ、仕事が見つかったのだった。彼女を抱きしめ、つねってみせて、すっかり幸せそうだった。でも、だってあなたの病気は、とアマーリアはあっけにとられて言い、すると彼は、もう消えたんだ、治ったんだ。通りで同志のペドロ・フローレスに会ったのだと彼は説明した、それは一緒に球技場に拘留されていたことのあるアプラ党員で、トリニダーが今の状況を話すとペドロは、一緒に来いよ、とカヤオまで連れていって他の同志に紹介してくれて、その日の午後のうちに家具屋での仕事が見つかったのだった。これでわかっただろアマーリア、同志というのはそういうものなのだ、彼は骨の髄までアプラ支持者なのだ、ビクトル・ラウル万歳。稼ぎは少なくても、気持ちが上向きになったのであれば、それにまさることはなかった。トリニダーは朝早く出ていったが、アマーリアよりも前に帰宅した。機嫌もよくなり、頭痛もだいぶましになったよ、それに同志たちが連れていってくれた医者は、料金も取らずに注射を何本か打ってくれて、だから、これでわかっただろアマーリア、と彼は言うのだった、党が面倒を見てくれるんだよ、党が家族なんだよ。ペドロ・フローレスがミローネスに来ることは一度もなかったが、トリニダーが夜に頻繁に彼に会いに出かけていくので、アマーリアは嫉妬して、すると、あんなに助けてくれた君のことを僕が騙すなんて、ありうると思うのかい？　とトリニダーは笑い、誓って言うけど、同志たちとの秘密会議に出席しているんだ。政治に関わらないで、とアマーリアは言った、今度つかまったら殺されちゃうんだから。もう御用組合の組合幹部のことは口にしなくなったが、吐き気は相変わらず続いていた。夕方、彼がベッドに倒れこんで、食欲もなく落ちくぼんだ目をしているのを彼女は頻繁に目にするようになった。ある晩、彼が会合に出かけたあとでドン・アタナシオがやってくると、アマーリアにちょっと来てごらんと言い、角のところまで連れていった。するとそこではトリニダーがひとりぼっちで、歩道の縁石にすわって煙草を吸っているのだった。アマーリアはしばらく様子を観察して、やがてトリニダーが路地にもどってくると、どうだった？　すると彼は、上々だよ、じっくり論じあうことができた。彼女は考えた──女がいるのね。でも、だとしたら、どうして彼はこんなに優しいんだろう？　仕事の第一週は給料袋の封を切らずにアマーリアが帰ってくるのを待っていて、ロサリオおばさんに何か買ってあげようよ怒りを収めてもらうために、そこで二人でちょっとした香水を選び、そのあとで、君にも何か買ってあげるよ、何がいい？　それより家賃を払ったほうがいいわよ、とアマーリアは言ったが、アモール、彼はこの金は彼女のために使いたいのだった。アマリータは母親にちなんだ名前で、オルテンシアというのはアマーリアが一時働いていたところの女主人の名前をもらったものだった、その人もまた死んでしまったんですけどね坊ちゃん――当然だが、こんなことをやらかした以上、おまえもここにいるわけにはいかないぞ、哀れなやつめ、とドン・フェルミンが言った。君は僕を救ってくれたんだ、とトリニダーはくりかえし言い、何がほしいのか教えてよ。そこでアマーリアは、じゃあ映画に行きましょ。二人はリベルタ―・ラマルケの映画を見た、悲しい映画で、彼らの物語に似ていて、アマーリアはすすり泣きながら出てきて、トリニダーは、君は感情が豊かなんだねアモール、君はすばらしい人だ。彼らはしばらく冗談を言いあい、すると彼はふたたび子供のことを思い出し、彼女のおなかにさわって、ずいぶん大きくなってるね。ロサリオおばさんは香水をもらって泣き出し、トリニダーに言った、あんたは自分で何をしてるのかわからなくなっていたんだよね、さあ抱きしめておくれ。次の日曜日にはトリニダーが、君の叔母さんに会いに行こうよ、子供のことを知ったら彼女もアマーリアと仲直りするだろう。彼らはリモンシーヨに出かけていき、最初にトリニダーが中に入って、するとじきに叔母さんが両腕を広げてアマーリアを迎えに出てきた。彼らは彼女のところで食事をしていくことになり、アマーリアは、叔母さんの意地悪な部分が消えてなくなって、これですべてが解決したと思った。彼女はもうだいぶ体を重く感じるようになっていて、ヘルトルーディス・ラマや製薬工場の仲間たちは、子供のための産着を用意してくれた。

トリニダーがいなくなった日、アマーリアはヘルトルーディスと一緒に医者に行っていた。彼女はミローネスに遅くなってもどり、トリニダーは家にいなくて、夜が明けても帰ってこなくて、朝の十時頃になって路地の入口にタクシーが止まり、下りてきた男がアマーリアを訪ねてきた——ちょっと内密の話があるんだ、それがペドロ・フローレスだった。彼女を一緒にタクシーに乗せ、彼女が、夫はどうしたんでしょう、すると彼は、逮捕されているという。あなたのせいですよ、とアマーリアは大声をあげ、彼はまるで狂人を見るかのように彼女を見つめた、あなたがそそのかしたからあの人は政治に首を突っこんだんじゃないですか、するとペドロ・フローレスは、僕が、政治に？ 彼はこれまで政治にかかわったことはなく、これからだってそのつもりはなく、だって奥さん、政治なんか大嫌いだからだった、そしてむしろ、頭がおかしくなったトリニダーのせいできのうの晩には、彼のほうまでひどい面倒に巻きこまれそうになったのだった。そこで彼は話して聞かせた——バランコであったちょっとしたパーティから帰ってくる途中で、コロンビア大使館の脇を通りがかるとトリニダーが、ちょっと止めてくれ、下りなくちゃいけない、だからペドロ・フローレスは、小便をするのだと思ったが、タクシーから下りると彼は御用組合の馬鹿野郎、アプラ万歳、ビクトル・ラウル万歳と叫びだし、彼が怖くなって車を発進させながら見ると、ちょうどトリニダーに警官たちが襲いかかるところだった。あなたのせいですよ、とアマーリアは泣きわめき、アプラ党のせいです、あの人はまた殴られちゃうじゃないですか。どういうことなのだろうか、何を言っているのだろうか——ペドロ・フローレスはアプラ党員ではなかったし、トリニダーだって一度としてアプラ党員だったことはなかった、僕はよく知ってます、だって僕らは従兄弟同士なんですから、彼らはラ・ビクトリア区で一緒に育ったのだった、同じ家で生まれたんですよ奥さん。嘘よ、あの人はパカスマーヨの生まれなんだから、とアマーリアは泣きじゃくり、ペドロ・フローレスは、誰にそんな作り話を吹きこまれたんですか。そして彼は誓って言った——あいつはリマの生まれで、一度も一度もここから出たことはなく、政治に首を突っこんだこともないのだった、ただ、一度だけ、オドリアの革命のときに、何の間違いかわからないのだが逮捕されたことがあり、刑務所から出てきたときから、北部出身のアプラ党員のふりをするというおかしな真似をはじめたのだった。地方公安署に行ったほうがいいのだった、酔っぱらってちょっと頭がおかしくなっていたんだと説明してやりなさい、そうすれば釈放してくれるでしょう。路地の入口に彼女は残され、ロサリオおばさんがつきそって、ドン・フェルミンに泣きつくためにミラフローレスに向かった。公安署にはいないようだな、とドン・フェルミンは電話をしたあとで言い、調べておくから明日また来るようにと言いつけた。ところが翌日の朝、一人の少年が路地に入ってきた──トリニダー・ロペスは、奥さん、サン・フアン・デ・ディオス病院にいるというのだった。病院でアマーリアとロサリオおばさんはいくつもの大部屋をたらい回しにされたが、ようやく、男のように薄髭の生えた高齢の修道女が、そうねたしかに、と言ってアマーリアに助言をあたえはじめた。諦めが肝心なのだった、神様があなたの旦那さんをお連れになったのだから、そしてアマーリアがロサリオおばさんに向かって泣き崩れている傍らで、彼がその日の朝早く、病院の入口で発見されたこと、脳溢血で死んでいたことを話して聞かせた。

ほとんどトリニダーのために泣いている余裕はなかった、というのも埋葬の翌日には彼女の叔母さんとロサリオおばさんの二人で産院に運ばなければならなかったからで、痛みがもうほとんど続けざまになっていて、その夜明けにはトリニダーの息子が死産で生まれた。彼女は五日間産院にとどまり、二人でひとつのベッドを分けあった相手の黒人女性は二卵性双生児を産んだところで、しじゅう彼女と会話をしようと声をかけてきた。彼女はそれに対して、ええ、まあ、いいえ、とだけ答えていた。ロサリオおばさんと彼女の叔母さんは毎日見舞いに来て、食事も持ってきてくれた。彼女には痛みも悲しみもなく、ただ疲労だけがあり、食欲もないままに食べ、無理をして話をした。四日めにはヘルトルーディスがやってきて、どうして事前に連絡しなかったの、カリーヨ技師が職場放棄だと考えてしまったら困るではないか、あんたはドン・フェルミンのツテがあるからまだよかったけど。技師がどう思おうと勝手にすればいい、とアマーリアは思った。産院から出ると、彼女はトリニダーにお菓子の包みを届けに墓地に行った。墓の上にはロサリオおばさんが置いていった聖像画がまだ残っていて、従兄のペドロ・フローレスが石灰の上に棒きれで描いた文字があった。彼女は力が抜けたみたいに弱々しく、空っぽで、すべてにうんざりしている自分を感じ、いつの日か自分にお金ができたら墓石を買うんだ、そして、金色の文字でトリニダー・ロペスと刻印させよう。彼女はゆっくりと彼に、どうして今行っちゃったの、すべてがうまくいきはじめていたのに、と話しはじめ、どうしてあたしにあんな嘘八百を信じこませたのよ、と叱りつけ、あたしは産院に運びこまれた、彼の息子は死んでしまった、そっちで二人が出会えたならいいんだけど、と語り聞かせた。ミローネスにもどりながら、トリニダーが僕のエレガンスと言っていたあの一張羅の青いスーツのことを、そして、彼女の縫いつけ方が下手なのでボタンが何度も取れてしまったことを思い出していた。彼らの小部屋には南京錠がかかっていて、家主が古物商を連れてやってきて中にあったものをすべて売り払ったのだった、旦那さんのものは形見に残しておいてやりなよ、とロサリオおばさんが頼みこんだが、相手は聞く耳をもたず、アマーリアも、もうどっちでも構わなかった。彼女の叔母さんはリモンシーヨの家に下宿人を入れていたので場所の余裕がなかったが、ロサリオおばさんが二つの寝室の片方に彼女の場所を作ってくれて、するとサンティアーゴは、どんな厄介事に巻きこまれたんだい、どうして大急ぎでプカルパから出なければならなかったんだ？ その翌週にはヘルトルーディス・ラマがミローネスに姿をあらわし、どうして製薬工場にもどってこないのか、いつまで待ってってくれると思っているの。しかし、アマーリアは二度と製薬工場にもどるつもりはないのだった。じゃあ何をするつもりなのか？ 何にもしない、追い出されるまでここにいるだけ、するとロサリオおばさんは、馬鹿ね、あたしがあんたを追い出すわけないじゃないの。じゃあどうして製薬工場にもどりたくないのか。彼女にもわからなかった、しかし絶対にもどるつもりはないのだった、あまりにも激しい調子でそう言うのでヘルトルーディス・ラマもそれ以上訊ねなかった。ひどい厄介事でしてね坊ちゃん、トラックに関連する問題で彼は身を隠さねばならなかったので、思い出したくもないのだった。ロサリオおばさんは彼女にむりやり食べさせ、助言をし、忘れさせようとした。アマーリアはセレステとヘススという娘二人の間にはさまれて眠ったが、ロサリオおばさんの末娘は、彼女が暗闇の中でトリニダーと息子に話をしているのが気味が悪いと文句を言った。彼女はロサリオおばさんを手伝って盥で服を洗い、洗濯紐に広げて干し、木炭アイロンを温めた。それを自分でも気づかぬまま、頭の中は空白のまま、手に力の入らぬままやっていた。夜が更け、夜が明け、日が暮れて、ヘルトルーディスが訪ねてきて、叔母さんが訪ねてきて、彼女は彼らの言うことを聞き、何を言われても同じ答をし、持ってきてくれたお土産のお礼を言った。四六時中ずっとトリニダーのことを考えているのかい？ と毎日のようにロサリオおばさんは訊き、彼女は、そうなの、それと彼の息子のことを。あんたまでトリニダーに似てきているよ、とロサリオおばさんは言った、下を向いちゃって、戦おうとしない、これまでの不幸は忘れるべきなのだ、まだあんたは若いんだから、彼女は人生をやり直せるのだ。アマーリアはミローネスから外に出ることがなく、つぎはぎだらけのボロ着で暮らし、めったに水浴することも髪を整えることもなかったが、ある日、割れた鏡のかけらで自分の姿を見て、もしトリニダーが今のあんたを見たら、あんたのことなんか好きにならないだろうね、と思った。夜になってドン・アタナシオが帰ってくると、彼女は彼の部屋に行って話をするようになった。彼の住んでいる小さな部屋はアマーリアがまっすぐに立っていられないほど天井が低く、床には詰め物がはみ出しているマットレスと、無数のがらくたが散らばっていた。二人で話をしながら、ドン・アタナシオは自分の小さな酒瓶を取り出してきてちびちびと飲んだ。秘密警察の連中はトリニダーを殴りつけたんだろうか、そして、彼が瀕死の状態になっているのに気づいて、サン・フアン・デ・ディオス病院の入口に放置していったんだろうか、ドン・アタナシオはどう思っているのだろうか？　ドン・アタナシオは時によって、そうだな、その可能性はある、また別のときには、いいや、やつらは彼を釈放したのだろう、そして気分が悪かった彼は、一人で病院に行ったのではないだろうか、そしてまた別のときには、もうどっちだっていいじゃないか、彼は死んでしまっているのだし、あんたも自分のことを考えなよ、もう彼のことは忘れて。

VI

それは、あの大学一年のときだったのではないのかサバリータ、サン・マルコス大がおまえの思っていたような楽園ではなく、腐りきった場所であると気づいたときではなかったか？　何が気に入らなかったんですか坊ちゃん？　授業が四月に始まらず六月まで待たされたことではなかったし、教授たちが教卓と同じくらい古くて老いぼれていることでもなかった、と考える、そうではなくて、問題は、本の話をするときの仲間たちの意欲のなさ、政治の話をするときの彼らの目の鈍重さだった。チョロの連中も金持ちの坊ちゃんどもと恐ろしいほどそっくり同じだったんだよアンブローシオ。教授たちは最低の給料しかもらっていないのだろう、とアイーダは言うのだった、だから役所で働いたり、高校で教えたりアルバイトしてるのだろう、だから彼らには何も期待できないのだった。学生たちの無気力だって理解してやらなければならないのだ、とハコーボは言った、彼らがそうなったのは体制のせいなのだ――だから彼らを揺さぶって、教えこんで、巻きこんでやらなければならないのだった。それにしても、コミュニストたちはどこにいるのか？　せめてアプラ党員ぐらいは、どこかにいてもいいのではないのか？　全員が全員、投獄されているのか、国外追放されているのか？　とはいえ、こういうのは今から振り返っての批判なのだったアンブローシオ、その当時は気づかなかったし、自分でもサン・マルコスが気に入っていたのだ。『西洋評論《レビスタ・デ・オクシデンテ》』誌から刊行された『論理学研究抄録』をまる一年間かけて二章だけ講釈したあの教授はどうなっただろう？　狂犬病の問題を現象学的に宙づりにして、リマの犬たちによって作り出された深刻な状況をカッコに入れる、とフッサールなら言うところだ——編集長はどんな顔をするだろうか？　正書法のテストしかやらなかったあの教授はどうなっただろう、あるいは、試験でフロイトの過誤について問うたあの教授は？

「君は間違ってる、反動主義者の作品だって読まなければいけないんだ」とサンティアーゴは言った。

「原語で読めたら素敵よね」とアイーダは言った。「だからわたしはフランス語と英語と、ドイツ語までできるようになりたいのよ」

「何でも読めばいい、ただし、批判的意識を持ってだ」とハコーボは言った。「おまえはいつも、進歩的な作家の作品はつまらないと言い、退廃的な連中のはいつも面白いと言う。僕が批判しているのはその点だ」

「僕が言っているのは『鋼鉄はいかに鍛えられたか』には退屈した、『城』は好きだった、というそれだけだ」とサンティアーゴは抗議した。「一般化なんてしていない」

「オストロフスキーの翻訳が悪かった、カフカの翻訳はよかったというだけでしょ、それ以上の議論はもうやめて」とアイーダは言った。

あの腹の出たチビの老人はどうしただろうか？　青い目に白い髪をたなびかせて、歴史の史料解説をしていた。心理学をやめて歴史学を専攻したいと思うぐらい面白い、とアイーダは言い、ハコーボも、たしかにそうだ、残念なことにやつはスペイン主義者《イスパニスタ》であって先住民主義者《インディヘニスタ》ではないのだった。教室は最初の数日間は満員だったが、徐々に空いてきて、九月になると学生の半分ぐらいしか出席しなくなり、授業時に席を見つけるのもむずかしくなかった。内容が期待外れで学生たちが失望したというのではなかったし、教授たちが教えるのが下手とか意欲がないというのでもなかった、と彼は考える、学生の側も学ぶことに興味がなかったのだ。貧乏で、働かなければならないからだ、とアイーダは言い、ブルジョワ的形式主義に汚染されていて、学位が欲しいだけだからだ、とハコーボは言った――なぜなら、卒業するには出席する必要も興味を持つ必要も勉強する必要もないのだから――ただ単に待てばいいのだ。サン・マルコスでうまくやっているかヤセッポチ、ペルーを代表する頭脳が教えているというのは本当だったかヤセッポチ、ずいぶん大人しくなったじゃないかヤセッポチ？　やっているよ父さん、本当だったよ父さん、なってないよ父さん。おまえは家に幽霊みたいに出入りしていたなサバリータ、自分の部屋に閉じこもって、家族に顔も見せなかった、あなた熊になったのとソイラ夫人は言い、チスパスはそんなに本を読んでるとガチャ目になるぞ、テテはどうしてもうポパイと全然つきあわないの超秀才。ハコーボとアイーダだけで十分だったからだ、と考える、彼らとの友情は、他を排除し、豊かさをもたらし、すべてを埋めあわせてくれるものだったからだ。あそこでだったのか、と考える、僕がダメになったのは？

彼らは同じ教科に登録していて、同じベンチに着席し、サン・マルコスの図書館にも国立図書館にも一緒に行き、寝に帰るために泣く泣く別れるだけだった。彼らは同じ本を読み、同じ映画を見、同じ新聞に腹を立てた。大学を後にすると彼らは、正午に、そして夕方に、何時間もコルメーナ通りの〈パレルモ〉でおしゃべりし、何時間もアサンガロ街のケーキ屋〈ウェルファノス〉で話しこみ、最高裁判所宮殿の裏手にあるビリヤード・カフェで何時間も政治ニュースにコメントしあった。ときには映画館に入りこみ、ときには本屋をめぐり歩き、ときにはひとつの冒険として町をどこまでも歩きまわった。性的なところがなく、きょうだいのようで、友情もまた永遠であるように見えたのだった。

「僕らが大事に思っているのはいつも同じことで、憎んでいるのも同じもので、にもかかわらず、いつも意見はちがっていた」とサンティアーゴは言う。「それもまた素晴らしかった」

「ならどうして苦い思いがあったんですか？」とアンブローシオは言う。「彼女のことをめぐってですか?」

「彼女と二人だけで会うことは決してなかった」とサンティアーゴは言う。「苦い思いがあったというわけじゃない。ときどき、腹の虫が騒いだというだけなんだ」

「彼女を口説きたかったのに、そういうわけにいかなかったんですよね、もう一人がそこにいるので」とアンブローシオは言う。「わかりますよ、好きな女がすぐそこにいるのに何もできない、という気持ちは」

「アマーリアとの間でそういうことがあったのかい?」とサンティアーゴは言う。

「そういうテーマの映画を見ただけです」とアンブローシオは言う。

大学というのは国の状態を反映しているものだ、とハコーボは言うのだった、二十年前にはあの教授たちもたぶん進歩的で本を読んでいただろう、がその後、いろんな仕事をしなければならなかったせいで、まわりの環境のせいで、凡庸になって、ブルジョワ化してしまったのだ、するとそこで突然、胃袋の入口あたりで、ぬめぬめと、ほんのわずかに——いつもの虫が。学生たちも悪いのよ、とアイーダは言うのだった、彼らもこのシステムを好んでいるのだから、すると、両方とも悪いということは、誰もがもうそれに従うしかないということなのか? とサンティアーゴが言い、するとハコーボは——大学の改革が解決策なのだった。からみあった会話の途中で、ほんのかすかな酸っぱいものが、突然、熱い議論のさなかに介入してきて、憂いとノスタルジアの突風によって、意識をそらし、妨げる。並行教室、共同管理、民衆大学、とハコーボは言った――教えることのできる人間は誰でも教えに来ればよく、生徒の側が悪い教師を追い出すことができ、民衆が大学に来られないのであれば大学が民衆の中に出ていけばいいのだ。彼女と二人だけで交わしたい不可能な会話ゆえの憂いだったのか？　空想の中で彼女と二人きりでしばしば出かけた散策を思い出すようなノスタルジアだったのか？　しかし、もし大学が国の状態の反映であるのなら、ペルーがこんなひどい状態であるうちはサン・マルコスがよくなるはずがない、とサンティアーゴは言い、するとアイーダは、病を根っこから治したいのであれば改革などと言っていてはダメで、革命しかないと言うのだった。しかし、彼らは大学生なのであり、彼らの行動の場は大学なのだ、とハコーボは言うのだった、改革のために力を尽くすことで革命に貢献することになるのだ――段階を踏んでいかなければならないのであり、悲観していてはいけないのだった。

「その友達に嫉妬していたんですよ」とアンブローシオは言う。「嫉妬というのはこの世で最も強い毒をもったものでしてね」

「ハコーボの側でも僕と同じことだったのかもしれない」とサンティアーゴは言う。「でも、二人ともそれをごまかして隠していたんだ」

「向こうも彼女と二人きりになるために、魔法の視線で坊ちゃんのことを消してしまいたがっていたのかもしれないんですね」とアンブローシオは笑う。

「僕の一番の親友だったんだよ」とサンティアーゴは言う。「僕は彼のことを憎んでいたんだな、でも同時に彼のことが好きだったし、尊敬もしていたんだ」

「そんなに懐疑的になるべきじゃない」とハコーボは言った。「すべてかゼロか、というその発想は、典型的なブルジョワ思考だ」

「懐疑的になっているわけじゃない」とサンティアーゴは言った。「でも僕らは話をするばっかりで、そこから先に進まないじゃないか」

「たしかにそれはあるわね、これまでのところ、わたしたちは理論だけにとどまっている」とアイーダが言った。「対話以上の何かをするべきなんじゃないかということね」

「われわれだけでは無理だ」とハコーボが言った。「まずはじめに、進歩的な学生たちとコンタクトを取らなくては」

「入学して二か月になるけど、そんな学生には一人も出会っていない」とサンティアーゴは言った。「そんな学生は存在してないんだと僕は確信しかけている」

「彼らだって警戒しなければならないんだから、当然のことだ」とハコーボは言った。「遅かれ早かれ、あらわれてくるさ」

そして実際、警戒して、用心深く、神秘的に、少しずつ、彼らは姿をあらわしてきたのだった、ひそやかな影のように――文学部の一年に何人かいるのではないだろうか？　授業の合間の時間、彼らはいつも学部の中庭《パティオ》にあるベンチにすわって、どうやら募金を集めているように見え、あるいは法学部の水盤のまわりをぐるぐるまわっていて、投獄されている学生にマットレスを買ってやるためなのだ、他の学部や他の学年の学生たちとときどきことばをかわしていて、彼らは刑務所の房で地べたに寝させられているのだ、そうした人目を避けた素早い対話においては、不信感の背後に、猜疑心ごしに、わずかな道が開いて、募金の話を初めて聞くのかい？　相手の考え方を微妙に探索している様子が見てとれたか、見てとれる気がしたのだった、そして、政治的な活動では全然ないのだ、慎重な探査、単に人道的活動なのだ、これからやってくるはずの何かのために準備をしておくようにという漠然としたほのめかし、というか単なるキリスト教的慈善活動なのだ、あるいは自分らが信用できる相手なのだということを同じ暗号化された方法で意思表示するようにという秘密の呼びかけ――ほんの一ソルだけでいいから出してもらえないだろうか？　その学生たちはサン・マルコスのパティオに、単独でこっそりと姿をあらわし、彼らに接近して一瞬だけ漠然とした話題で話をしたかと思うと、何日間も姿を消して、また突然、親しげに、しかし半分逃げ腰で姿をあらわし、同じ用心深い微笑みがちな表情を、インディオ系やチョロ系や中国系や黒人系の同じ顔に浮かべながら、同じ両義的な単語を田舎風の訛りで口にし、同じ擦り切れて色あせた背広、同じ古ぼけた靴、そしてときによっては雑誌か新聞か本を脇の下にはさんでいるのだった。君らは何を勉強しているのか、どこの出身なのか、名前は何というのか、どこに住んでいるのか？　むき出しの稲妻が曇り空を切り裂くように、その法学部の男子はオドリアの革命のときにサン・マルコスに立てこもった学生の一人だったのだ、唐突な秘密の開示が灰色の会話を突然切り裂き、逮捕されると拘置所内でハンガー・ストライキをやったのだ、燃え上がらせ発熱させ、彼はようやく一か月前に釈放されたばかりなのだ、そうした開示と発見、それともう一人は連合自治会と大学連合会が機能していた時期の経済学部の代議員だったのだ、それは彼らの中に熱い興奮を、リーダーたちを投獄することで学生組織を壊滅させる策がとられる前のことなのだが、強烈な好奇心を呼びさましたのだった。

「あなた、私たちと一緒に食事をしたくないから、わざと遅く帰ってくるのよね、まれに一緒に食事をしてくれるときには黙りこくったままで」とソイラ夫人は言った。「サン・マルコスで舌を切られちゃったのかしらね？」

「オドリア批判と共産党批判の両方をしていたな」とハコーボは言った。「とするとアプラ派だな、そう思わないか？」

「お高くとまってみせるために黙りこくっているんだよ」とチスパスが言った。「天才にとって、無知蒙昧な人間と話をするのは時間の無駄だからな、そうだろ超秀才？」

「何人子供がいるんですか、テテお嬢ちゃんは？」とアンブローシオが言う。「坊ちゃんは何人いるんですか？」

「むしろトロツキストでしょ、レチンのことを褒めていたから」とアイーダは言った。

「レチンはトロツキストだと言われているんでしょ」

「テテは二人、僕はゼロだ」とサンティアーゴは言う。「父親になんてなりたくなかったんだよ、でもそろそろ腹をくくるかも。最近のうちの様子じゃ、もう避けられそうもない」

「おまけに夢遊病みたいになってるじゃない、首を切られた羊みたいな目をしちゃって」とテテが言った。「サン・マルコスで誰かに恋しちゃったのかしらね？」

「私が家に着くころにも、まだおまえの枕元の明かりがついているのが見えるぞ」とドン・フェルミンが言った。「読書をするのはいいことだが、少しは社交的にならないとダメだヤセッポチ」

「その通りだよ、髪は三つ編みで、足は裸足で、ケチュア語しか話せない女の子が相手だ」とサンティアーゴは言った。「面白いだろ？」

「うちのネグラがいつも言ってましたよ、子供はみんな自分の食いぶちを小脇に抱えて生まれてくるものだって」とアンブローシオは言う。「あたしなんかは、できることならたくさん欲しかったですよ。ネグラてのはあたしの死んだ母さんのことですがね」

「ちょっと疲れて帰ってくるんで、だから部屋にこもるんだよ父さん」とサンティアーゴは言った。「頭がおかしくなってみんなと話をしたくないなんて、そんなことは全然ないんだ」

「あたしはまさにそんな気持ちになるわよ、あんたと話をすると、野生のラバとでも話してるみたいで」とテテは言った。

「頭がおかしいというのじゃないが、おまえはたしかにちょっと変になっているぞ」とドン・フェルミンは言った。「二人だけになったんだからヤセッポチ、安心して話してくれ。何か困っているんじゃないのか？」

「あいつはやっぱり党員なのかもな」とハコーボは言った。「ボリビアで起こっていることについての彼の解釈は、たしかにマルクス主義的だった」

「なんにもないよ父さん」とサンティアーゴは言った。「何も困ってなんかいないんだ、ほんとに」

「パンクラスはワチョで子供ができて、もうだいぶ前のことですけど、なのにある日、奥さんが逃げちゃって、それきり一度も会ってないそうです」とアンブローシオは言う。「それ以来、あいつは息子を探し出そうとしているんです。自分と同じような醜男になったのかどうか、確認するまで死にたくないそうですよ」

「あいつはわれわれの様子をさぐるために接近してきたっていうよりも、アイーダと一緒にいたいんだよ」とサンティアーゴは言った。「アイーダにしか話しかけないし、それに、もうニコニコしちゃってさ。君にすっかり参っちゃってるんだよアイーダ」

「それは邪推よ、まったくブルジョワ的なんだから」とアイーダは言った。

「あいつの言うのもわかるんですよ、なぜって、あたしもしじゅうアマリータ・オルテンシアのことを思い出しますんでね」とアンブローシオは言う。「今ではどんな感じだろう、どっちに余計に似てるんだろうって」

「ブルジョワだけがそうなるとでも言うのかい？」とサンティアーゴは言った。「革命家は女のことなんか考えないと言うのか？」

「ほら見て、ブルジョワって言われてまた怒っちゃったじゃない」とアイーダは言った。

「ちょっと傷つきやす過ぎるでしょ、ブルジョワ的過ぎよ。あれ、また言っちゃった」

「ちょっとミルク・コーヒーでも飲みに行こうじゃないか」とハコーボが言った。「来いよ、金はモスクワが出すからさ」

連中は孤立した反乱分子だったのだろうか、それとも何らかの秘密組織に加わっていたのだろうか、その中の一部は秘密警察なのではないのだろうか？　彼らは一緒に行動していなかったし、同じ場所に姿を見せることもめったになく、お互いに知り合いではなかった、というか、知り合いではないように見えたのだった。ときどき、何か重大なことを打ち明けそうになって、しかしその直前のところで口をつぐみ、そのほのめかし、その暗示、その色あせた背広、その計算された態度のせいで、彼らのうちには不安、疑念が生まれ、不信感もしくは恐怖感のせいで表には出さなかったが、感嘆の思いもまた生じてくるのだった。そうした顔ぶれが、彼らが授業のあとでよく行くカフェに何気なくあらわれるようになり、伝令なんだろうか？　状況視察をしているのだろうか？　彼らのすわっているテーブルに同席するその控えめな様子、なら自分らに対しては何も偽装する必要がないということを示してやろうじゃないか、そこで、サン・マルコスの外で、わたしたちの学年には秘密警察の手先が二人いるのとアイーダが言いだし、身を隠している情報収集役たちから離れたところで、われわれが暴露してやったところやつらは否定できなかったとハコーボが言い、すると会話は少しずつ具体的になっていき、自分らは弁護士として階段をのぼっていくつもりなのだから仕方がないとやつらは言い逃れをしたとサンティアーゴが言い、話は瞬間的には大胆な政治的性格を帯びるようにもなり、やつらお人好しで嘘をつくことすらできなかったのよとアイーダが言った。おしゃべりはたいがい何かの逸話から始まり、危険なのは正体がわかっている連中ではなくて、とワシントンが言い、あるいは冗談や噂話や確認から始まり、警察のリストに出てこない片手間の秘密警察協力者のほうなのだ、それから控えめに、偶発的に、質問がくるのだった——一年生の雰囲気はどんな感じなのか？　社会的な意識はあるのか、若者たちは社会問題を気にかけているのか？　連合自治会を再組織するのに過半数の支持が得られるだろうか？　そしてさらに話は謎めいていき、蛇行していき、みんなはボリビアの革命についてどう思っているのだろうか？　会話はずれていき、グアテマラについてはどう考えているのだろうか？　国際状況へと向かうのだった。活気づいて、興奮して、彼らは声をひそめることもなく意見を言い、秘密警察に聞かれたってかまわない、つかまったってかまわない、アイーダは自分自身をさらに奮い立たせて、彼女が一番熱心だったなと考える、感情に身を任せてしまって、一番向こう見ずだったと考える、ボリビアとグアテマラについての会話からペルーへと大胆に一線を最初に越えたのが彼女だった――わたしたちは軍事独裁政権下に暮らしていて、夜も監視の目が光っていて、ボリビアの革命はリベラルなものでしかないけれども、と彼女の鼻は細く尖り、グアテマラはブルジョワ民主主義革命ですらないけれども、と彼女のこめかみの脈は早くなり、ペルーよりはまだましで、ひと房の髪の毛が踊るように揺れて、なにしろわたしたちを支配しているのはたわけた将軍と、話すほどにそれは額に当たり、泥棒の一味なのだから、と彼女の小さな拳がテーブルを叩くのだった。居心地悪くなって、落ちつかなくなって、怯えあがって、逃げ腰の影がアイーダの話をさえぎり、話題を変えるか、でなければ立ち上がり、立ち去るのだった。

「お父さんは言ってましたよ、サン・マルコスが坊ちゃんにはよくなかったんだって」とアンブローシオは言う。「大学のせいで、坊ちゃんがお父さんのことを嫌うようになってしまったんだって」

「ワシントンをむずかしい状況に追いこんでしまったんだよ、君が」とハコーボは言った。「もし彼が党の人間なのだとしたら、注意深く行動する義務を負っているんだ。彼の前であんまり強くオドリアの話をすべきじゃないんだ、彼を危険にさらすことになりかねない」

「父さんがおまえに言ったのか、僕が彼のことを嫌いになったって?」とサンティアーゴは言う。

「ワシントンが立ち去ったのはそのせいだと思っているの?」

「それがお父さんにとって人生で一番重要な問題だったんですよ」とアンブローシオは言う。「坊ちゃんに嫌われるようになった原因は何なのか、知りたがっていたんです」

彼は法学部の三年に所属していて、快活な、色の白い小柄なアンデス出身者《セラーノ》で、他の連中のように重々しい、秘教的な、教条主義的な空気をまとわずに話す人で、彼らが初めて名前を知った相手だった——ワシントン。いつでも明るい灰色の服を着ていて、いつでも陽気な犬歯を丸出しにしていて、いつも得意の冗談で、〈パレルモ〉での、ビリヤード・カフェでの、あるいは経済学部のパティオでの会話に親しみやすい雰囲気を作りだすのが、他の相手との、難解な、型にはまった会話とはちがうところだった。しかし、そのような開けっぴろげな雰囲気を持っている一方で、けっして秘密を見抜かれないようにできる固い側面も彼にはあった。いつでも逃げられる通りすがりの人影から、骨と肉からなる一人の人間になった最初の人物が彼だったのだ。知り合いになった、と考える、ほとんど友人にまでなったと言ってもいい。

「どうしてそんなことを思ったんだろうね?」とサンティアーゴは言う。「父さんは、ほかに僕についてどんなことをおまえに言っていたんだい？」

「僕らで勉強会を始めるってのはどうだろうね？」とワシントンが軽い調子で言った。

彼らは思考を止め、呼吸を止め、ひしと視線を彼に向けた――

「勉強会、って？」とアイーダが、ゆっくりと時間をとって言った。「何を勉強するための？」

「あたしに言っていたんじゃありませんよ坊ちゃん」とアンブローシオが言う。「お母さんや、ごきょうだいや、友人たちと話をしていて、それをあたしは車を運転しながら聞いていただけです」

「マルクス主義を」とワシントンは、自然な調子で言った。「大学では教えてくれないし、一般的な教養として役に立つんじゃないかな？」

「おまえのほうが僕よりも父さんのことをよく知っていたようだな」とサンティアーゴは言う。「ほかに僕についてどんなことを言っていたのか、話してよ」

「それは最高に面白そうだ」とハコーボが言った。「勉強会を結成しよう」

「坊ちゃんよりあたしのほうがよく知っていただなんて、そんなはずないじゃないですか」とアンブローシオは言う。「なんてことを言うんですか坊ちゃん」

「問題は本を入手できるかね」とアイーダが言った。「古本屋では《ソヴィエト文化》のバックナンバーが飛び飛びで見つかるぐらいだから」

「僕のことをおまえにけっこう話してたんだってわかってるよ」とサンティアーゴは言う。「でも、別にいい、話したくなければ言わなくていいよ」

「入手はできるけど、ちょっと気をつけないといけない」とワシントンが言った。「マルクス主義を勉強するってことは、共産主義者としてマークされる可能性が出てくるってことになる。もちろん、君らにはよくわかっていることだろうけど」

そのようにしてマルクス主義サークルが生まれ、そのようにして彼らは政治活動みたいなものにかかわるようになり、栄誉ある、憧れの非合法活動へと潜りこみ始めたのだった。そのようにして彼らはチョタ街の崩れかけた古本屋を発見し、二十世紀社、ラウタロ社の本を店舗裏に所蔵している黒眼鏡に白髭の老スペイン人と知りあい、そのようにして彼らはその本を購入し、表紙を付け替えて、食い入るようにしてページをめくり、勉強会の議論は何週間にもわたって、すべての問題に対する答が記されたその手引書によって熱く燃えあがることになったのだった。『哲学の基本原理・根本原理』だ、と考える。彼は考える――ジョルジュ・ポリツェルだ。そのようにして彼らは、それまでもう一人の逃げ腰の人影でしかなかったエクトルと知りあい、この口数の少ない痩せたキリンみたいな男が経済学を学ぶ一方で、アナウンサーとして生活を立てていることを知ったのだった。彼らは週二回集まることに決めて、場所については長く議論の末、ようやくヘスス・マリーア区にあるエクトルの下宿を選び、そこに彼らはそれ以来、何か月間も、毎週木曜日と土曜日の午後に通いつめることになり、誰かにつけられて監視されているような気がして、いつも周囲の様子を不審げに見やってから中に入ったのだった。三時頃に彼らは到着し、エクトルの部屋は古くて大きくて、通りに面した大きな窓が二つあり、耳の聞こえない女性がやっている下宿屋の三階にあるので、家主の女性がときどき上まであがってきては彼らに「お茶はいるかい？」と吠えるようにして訊くのだった。アイーダはベッドの上に陣取り、否定の否定、と考える、エクトルは床に、質的な飛躍、と考える、サンティアーゴはひとつだけある椅子に、正反対のものの合一、と考える、ハコーボは窓に腰かけて、ヘーゲルが頭で考えていた弁証法にマルクスは足をあたえた、と考える、そしてワシントンはいつも立ったままだった。彼は考える――身長を伸ばすためだ、と言って笑っていたな。毎回別のメンバーがポリツェルの本の一章について発表し、発表のあとにはディスカッションが続き、彼らは二、三時間から四時間も一緒にいて、それから二人ずつに分かれて出ていって、煙と熱気でいっぱいになった部屋を後にするのだった。そのあとで彼ら三人だけでふたたびどこかの公園か、どこかの通り、どこかのカフェで落ち合い、ワシントンは党員なんだろうか？　とアイーダが言い、おしゃべりを続け、エクトルも党員なんだろうか？　とハコーボが言い、そう推定して、党は存在しているのだろうか？　とサンティアーゴが言い、自己批判というのはどうやってやるんだろうか？　と激しく議論するのだった。そのようにして彼らは第一学年を合格して終え、そのようにして夏を過ごし、ただの一度もビーチに行くことはなかったなと彼は考える、そのようにして第二学年を始めたのだ。

その二年目だったんじゃないだろうかサバリータ、マルクス主義は学ぶだけじゃダメで、信じる必要があるんだと気づいたときだったんじゃないだろうか？　たぶんおまえは、信じることができなかったせいでダメになったんだサバリータ。神様を信じることができなかったせいですか坊ちゃん？　何も信じることができなかったということなんだアンブローシオ。神という観念、宇宙の創造主たる「純粋な精神」という観念には意味がない、とポリツェルは言っていた、空間と時間の外にある神というのは〈実在〉できないものである。おまえはいつものおまえの顔とはちがう顔になっていたなサンティアーゴ。人は観念論的神秘主義に賛同し、したがって、すべての科学的留保を排除せざるをえないのだ、とポリツェルは言っていた、時間の外に存在する神、つまり、いかなる瞬間においても存在しない神というのを信じるためには、そしてまた、空間の外に存在する神、つまり、いかなる場所にも存在しない神というのを信じるためには。一番厄介なのが疑念を持つことなんだよアンブローシオ、目を閉じて、神は存在すると言えて、あるいは、存在しないと言えて、そう信じることができれば、それは最高にすばらしいんだ。彼は勉強会の中でもときどきずるをしていることに気づいたんだアイーダ――そう思うと言ったり、賛成と言ったりしていながら、心の底では疑問を持っていたのだ。科学から引き出された結論に立脚している唯物論者は、とポリツェルは言っていた、物質は空間の中で、特定の瞬間の内に（時間の中に〉存在していると主張する。拳を握りしめ、歯を噛みしめてアンブローシオ、アプラこそが答だ、宗教が答だ、共産主義が答だ、と言ってそれを信じきれることだよ。そうすれば人生はひとりでにうまく形づくられていって、人はもう空虚を感じないですむんだよアンブローシオ。彼は神父のことは信じていないのだった、子供のころからミサには行っていなくて坊ちゃん、でもたしかに宗教と神のことは信じているのだった、誰もがかならず何かを信じなきゃいけないというわけではないんじゃないんですか坊ちゃん？　したがって宇宙が創造されたということはありえない、とポリツェルは結論づけていた、なぜなら、神が世界を創造しうるためには、どの瞬間でもない瞬間が必要になるからであり〈なぜなら神にとって時間は存在しないのだから〉、世界が〈無の中から〉出現してくる必要があるからだ――それがそんなに気にかかるのサバリータ？　とアイーダは言うのだった。そしてハコーボは――どのみち何かを信じることから始めなければならないというなら、神が存在すると信じるより存在しないと信じたほうがいい。サンティアーゴも、そっちのほうがいいと思うのだアイーダ、彼だって、ポリツェルが言っていることが正しいと確信したいのだハコーボ。彼が悶々と苦しむのは、疑念を感じるからなのだったアイーダ、確信できないからなのだったハコーボ。そんなのはプチ・ブルジョワ的不可知論よサバリータ、偽装された観念論だサバリータ。アイーダは何の疑念もおぼえないのだろうか、ハコーボはポリツェルが言っていることを丸ごと信じているのだろうか。疑念は致命的な落とし穴なのだとアイーダは言った、動けなくなって、何もできなくなるじゃないの、そしてハコーボは、行動するかわりに、地面をほじくり返して、ほんとなのか？ 嘘なのか？ と自分で自分を悩ませて、そうやって一生を過ごすつもりなのか？ それじゃ世界はいつまでたっても変わらないだろうサバリータ。行動するには何かを信じなければならない、とアイーダは言うのだった、そして人は神を信じてきたけど何も変わらなかった、そしてハコーボは――マルクス主義を信じたほうがまだましだ、ものごとを変えられるかもしれないからだサバリータ。労働者に方法的懐疑〔デカルトの主題のひとつ〕を教えこむつもりか？ とワシントンは言い、農民に充足理由律の四根拠〔ショーペンハウアーの著作題名〕を教えこむのか？ とエクトルは言った。彼は考える――そうじゃない、とおまえは考えたんだよなサバリータ。両目を閉じて、マルクス主義は科学に立脚しているのだ、神は存在しない、宗教は無知の上に立脚している、地面に両足を踏みしめて、拳を握りしめて、歯を噛みしめて、階級闘争こそが歴史の動力である、筋肉に力を入れて、ブルジョワによる搾取から解放されることによって、深呼吸をして、プロレタリアは人類を解放することになる、前進するのだ――そして階級のない世界を打ち立てるのだ。それがおまえはできなかったんだサバリータ、と考える。彼は考える――おまえはかつても、今も、これから先も、死ぬまで、プチ・ブルジョワなのだ。哺乳瓶、私立学校、家族、地域のほうが強かったのか？ おまえはミサに行っていた、毎月最初の金曜には聖体拝領していたし、お祈りもしていた、そして、すでにそのころから、嘘だ、僕は信じない、と思っていた。おまえは耳の聞こえない女の下宿屋に行き、量的変化の蓄積によって質的変化が生じる、おまえはそうだそうだ、マルクスに先立つ最大の唯物思想家はディドロだったのだ、その通りだその通りだ、そしてそこで突然、腹の虫が——嘘だ、僕は信じない。

「誰にも気づかれてはいけなかった、それが一番のポイントだったんだ」とサンティアーゴは言う。「僕は詩なんか書いていない、僕は神様を信じている、僕は神なんか信じない。いつも嘘をついていたんだ、いつもずるをしていたんだ」

「もうそれ以上飲まないほうがいいですよ坊ちゃん」とアンブローシオが言う。

「学校で、家で、地域で、勉強会で、組織の中で、《ラ・クロニカ》で」とサンティアーゴは言う。「一生、信じることなくやってきたんだ、一生ずっとごまかしてきたんだ」

「パパがあんたの共産主義の本を全部ゴミに出しちゃったなんて、よくやったって感じ、ハッハハッ」とテテは言った。

「一生、何かを信じたいと思っていたんだ」とサンティアーゴは言う。「なのに一生、嘘だ、信じない、ばかりだった」

信じられないことが問題だったのかサバリータ、それよりむしろ弱気が問題だったんじゃないのか？　ガレージに置かれた古新聞の箱の中に、ポリツェルの新しい一冊に続いて、『何をなすべきか？』〔レーニンの著作〕があったなと考える、勉強会で読んで論じあった本がたまっていった。『家族と社会と国家の起源』があったなと彼は考える、ひどい製本でむやみと小さな活字の本ばかりで、『フランスにおける階級闘争』と彼は考える、活字のインクが写って指の腹が汚れるのだった。あらかじめ観察して、偵察をして、探りを入れて、採決をしたうえで、会には民族学を勉強しているインディオのマルティネスが加わり、そのあとで、医学部のソロルサノが、そしてほとんどアルビノだった女の子、みんなでつけた綽名では「小鳥《エル・アーベ》」が加わった。エクトルの部屋では手狭になり、慢性的な群衆の侵入を前にして耳の聞こえない女の目に警戒の色が浮かんだので、彼らは場所を巡回することに決めた。アイーダが自宅を提供し、小鳥もそれに続き、そこで彼らはヘスス・マリーア区と、リマック区の赤煉瓦の小さな家と、フラ・ダ・リ紋様の壁紙が張られたペティ・トゥアルス街のアパートに、順繰りに集まるようになった。アイーダの家に初めて入ったときには、白髪頭の巨人が大よろこびで彼らを迎え、わたしのお父さんを紹介するわ、メランコリーをもって彼らをじっと見つめながら全員と握手を交わした。彼は以前、印刷労働者で組合リーダーになり、サンチェス＝セッロの時代には逮捕されたことがあり、心臓発作で死にかけたこともあった。今では日中は印刷所で働き、夜間は《エル・コメルシオ》紙の校正係をして、もう政治活動には関わっていなかった。彼らがマルクス主義を勉強するために来ていることは知っているのか？　ええ知っているわよ、で構わないのか？　もちろん構わないのよ、いいことだと思っているのだった。

「親父さんと友達みたいに仲良くできるなんて最高だろうなあ」とサンティアーゴは言った。

「かわいそうにお父さんはわたしの父親で、友達で、母親代わりでもあるのよ」とアイーダは言った。「お母さんが死んで以来ずっとね」

「僕なんか、親父とうまくやっていこうと思ったら、自分の考えていることを隠さなきゃならない」とサンティアーゴは言った。「絶対に認めてくれないんだから」

「ブルジョワ紳士なんだから、認められるはずがないじゃないの」とアイーダは言った。

会は大きくなるにつれて、量的蓄積による質的飛躍だったんだなと彼は考える、勉強会から政治議論集会へと転じていった。マリアテギの論文の解説発表から《ラ・プレンサ》紙の社説の論駁へ、歴史的唯物論からカヨ・ベルムーデスの人権蹂躙へ、アプラ党のブルジョワ化から微妙な仇敵トロツキストたちに対する辛辣な中傷へ。彼らはトロツキストを三人同定していた、何時間も何週間も何か月もかけて彼らの身元を推測し、確認し、監視し、そして侮蔑した――知的で不穏な彼らは、サン・マルコスの各学部のパティオを歩きまわっては、大変動を期待させる異端の引用と挑発を口々に撒き散らすのだった。たくさんいるのだろうか？　数はものすごく少ないがこのうえなく危険だとワシントンが言い、警察に手を貸すのだろうか？　とソロルサノが言うと、もしかするとな、どっちにしても同じことだがとエクトルが言い、というのも、分断し、混乱させ、方向を見誤らせ、毒を撒くのは、密告よりももっとたちが悪いとハコーボが言った。トロツキストたちの目を眩ますために、秘密警察を避けるために、彼らは大学では一緒にいないように、通路で行き違っても立ち止まっておしゃべりなどしないようにと合意していた。会の中には、団結が、共犯意識が、連帯すらもがあったな、と考える。彼は考える――ただし、友情は僕ら三人の間だけだった。他のメンバーにとって、彼らが形成している小集団、この屈強な三頭支配集団は目障りだっただろうか？　彼らは相変わらず一緒に授業に、図書館に、カフェに行き、パティオを歩きまわり、会の集会のあとにも彼らだけでまた集まった。おしゃべりし、議論し、散策し、映画に行き、『ミラノの奇蹟』に彼らは高揚し、終わりの白鳩は平和の鳩であり、その音楽は「インターナショナル」で、ヴィットリオ・デ・シーカはコミュニストにちがいないのだった、そしてどこかの地元映画館でロシア映画が予告されれば、彼らは急いで、期待に熱くなって駆けつけるのだった、延々とバレエが続く猛烈に古い映画を見ることになるとわかっていたにもかかわらず。

「ちょっと冷えましたか？」とアンブローシオが言う。「おなかが痛いんですか？」

「子供のころにもよく同じことがあった、夜に」とサンティアーゴは言う。「暗闇の中で目が覚めて、もう死ぬと思うんだ。身動きできなくて、明かりをつけることも大声を出すことすらできない。縮こまって、汗をかいて、震えているしかなかった」

「経済学部に一人、入れてもいいかもしれないのがいるんだ」とワシントンが言った。

「問題はもうすでに会のメンバーが多すぎるってことだ」

「どうしてそんなことを急に思い出したんですか坊ちゃん」とアンブローシオは言う。それが出てきていたのだ、あそこに、小さく、冷たく、ゼラチン状にぬるぬるして。胃袋の入口で微妙に捻れて、手のひらを濡らすあの液体を分泌して、心臓の鼓動を早め、悪寒を残して消えていくのだった。

「たしかに、こんな大人数で集まり続けるのは不用心だ」とエクトルが言った。「二つのグループに分かれたほうがいい」

「そうだ、分かれたほうがいい、一番納得したのが僕だったんだ、そんなこと一度も思ったことはなかったのに」とサンティアーゴは言う。「その数週間後、僕は目を覚まして、阿呆みたいに、こんなはずじゃなかった、こんなはずじゃなかったって、くりかえすことになったんだ」

「どういう基準で分けようか?」とインディオ・マルティネスが言った。「早く、時間を無駄にしないで決めよう」

「急いでいるのは、剰余価値の理論を研ぎ澄まして準備してきているからだな」とワシントンが笑った。

「くじ引きでいいんじゃないか」とエクトルが言った。

「くじというのは理性的じゃない」とハコーボが言った。「アルファベット順での分割を提案する」

「当然ね、そのほうが理性的だし簡単ね」と小鳥が言った。「最初の四人が一グループになって、残り全員がもう一グループになる」

それは心臓にどきんと来るような衝撃ではなかったし、腹の虫も出てこなかった。ただ驚きないし戸惑いがあっただけだな、と考える、突然の気分の悪さだけがあった。そして、こう思いたい気持ちがあった——これはただの間違いだったんだ、と。また、こう思いたい気持ちもあったな、と彼は考える——本当にただの間違いだったのか?

「ハコーボの提案に賛成の者は手を挙げて」とワシントンが言った。

気分の悪さが拡大し、脳は鈍くなり、目が回るほどの弱気が彼の舌を黙らせ、他のメンバーよりも挙手を数秒遅れさせる。

「じゃあ決定だな、全員一致」とワシントンが言った。「ハコーボ、アイーダ、エクトルとマルティネスが一グループ、残りのわれわれ四人がもう一グループだ」

彼は後ろをふり向いてアイーダを、ハコーボを、見ようとしなかったし、わざと入念に煙草の火をつけて、エンゲルスのページをめくり、ソロルサノと笑みを交換したのだった。

「さあマルティネス、自慢の理論をひけらかしていいぞ」とワシントンが言った。「剰余価値とはどういうものなんだ」

革命だけではなかったんだ、と彼は考える。生温かく、隠れたところに、心もあったんだ、そして、小さな、抜け目のない、素早い、計算高い頭脳も。あいつはそれを計画していたのだろうか、と考える、それとも、その場で急に決めたのだろうか？　革命、友情、嫉妬、ねたみ、そのすべてがこね合わされて、あいつもまた全部が混ざっていたんだサバリータ、同じ汚い泥土でハコーボもまたできていたんだサバリータ。

「純粋なやつなんて、この世にはいなかったんだ」とサンティアーゴは言う。「そうだ、あそこの時点でなんだ」

「その女の子に二度と会えなくなるというわけじゃないでしょう？」とアンブローシオは言う。

「会うのが少なくなるはずだったんだ、が、あいつのほうは二人だけで週に二回会えるはずだった」とサンティアーゴは言う。「それに、あのロー・ブローの痛みがあった。道徳的に許せないというのではなくて、うらやましかったんだ。僕は弱気だから、あんなことは自分では絶対できなかったから」

「彼のほうが一枚上手だったんですね」とアンブローシオは笑う。「そして坊ちゃんは今なおその汚い手口を許せないでいるわけですね」

インディオ・マルティネスは身振りも声も学校教師のようで、要するに剰余価値とは代価を支払われていない労働のことであり、くりかえしが多くてしつこくて、労働者からだまし取った製品の一部分で資本を増大させることになるもので、サンティアーゴはその丸みのある赤銅色の顔を永遠に見つめていて、その教員らしい教育的な声を果てしなく聞いていて、周囲では煙草を持った手が唇に運ばれるたびに煙草の火が赤く燃えあがって、たくさんの人体が狭い空間に押しこめられているにもかかわらず、あの孤独の感覚、あの空虚さがあるのだった。腹の虫が顔を出してきて、内臓の中でじっくりと単調に回転しているのだった。

「危険を前にすると縮こまって、踏まれるか頭を切り取られるかするまでじっと黙って待っている小動物みたいなところが僕にあるからなんだ」とサンティアーゴは言う。「信じることもできず、おまけに弱気というんじゃ、梅毒とハンセン病に同時にかかっているようなもんだな」

「自分のことを悪く言ってばかりじゃないですか坊ちゃん」とアンブロージオは言う。「自分が言っているのと同じことをもし他人から言われたら、我慢できないはずですよ」

永遠だと思われたものが壊れたからだったんだろうか、と考える、あんなに痛かったのは、彼女のためだったのか、自分のためだったのか、あいつのためだったのか？　しかしおまえはいつものようにごまかしたんだよなサバリータ、いつも以上にだ、そして会合からハコーボとアイーダと一緒に出て、セントロに向けて歩きながら過剰に話をしたのだった、エンゲルスと剰余価値、彼らに返事をする暇をあたえずに、ポリツェルと小鳥とマルクス、絶え間なく饒舌に、彼らが口を開けばそれをさえぎって、話題を断ち切ってはまた持ち出して、もんどりうつように、おびただしく、ごちゃ混ぜに、どうかこの独白が終わることがないように、捏造して、誇張して、嘘をついて、苦しんで、どうかハコーボの提案のことが話題にならないように、今度の土曜日から彼らはペティ・トゥアルスに行って彼のほうはリマックに行くことになるというのがどうか口にされないように、そして一緒にいながらにして一緒にいないというのを今初めて感じてもいて、それまでのような呼吸まで合った意思疎通が、それまでのような身体的な相互理解が欠けているのを感じながら、アルマス広場を横断していると、恐ろしいほどに今ここにいながらも同時に何か人工的な虚偽が彼らの間を隔てていて、ちょうど親父との会話みたいだと考え、それが彼らを誤らせ対立させはじめたのだった。彼らはウニオン街を終わりまでお互いに見交わすことなく下り、彼がしゃべって彼らは聞いて、アイーダはあのことを悔やんでいたのか、それともアイーダはあいつと一緒に事前に計画していたのだろうか？　サン・マルティン広場に着くともうこんな遅い時間で、サンティアアーゴは時計に目をやって、大急ぎで急行バスをつかまえなくてはならなくて、彼らに手を差し出すと、すぐに走って去っていったのだった、明日どこで何時に会おうかと決めることもせずに、と考える。彼は考える——決めないのはこれが初めてだった。

二年生の最後のあの数週間だったんじゃないだろうかサバリータ、期末試験の前のあの空白の日々？　彼は猛り狂ったように読書に、会合の作業に、マルクス主義を信じることに、痩せることに打ちこんだのだった。わざと半熟玉子だけにしてるのねとソイラ夫人は言うのだった、わざとオレンジ・ドリンク、わざとコーンフレークだけ、骸骨みたいになっちゃって、今に風に飛ばされちゃうんじゃないだろうか、と。飯を食うのもおまえの思想に合わなくなったのか超秀才？　とチスパスは言い、おまえは、食べないのは貴様の顔を見てると食欲が失せるからだ、するとチスパスはおまえのそのへらず口をぶん殴るぞ超秀才、今にかならずやるからな。彼らは会い続け、虫の頭はサンティアーゴが教室に入って彼らと一緒にすわるとかならず顔を出し、からみあった肉と筋の間を抜けて出てきたし、〈パレルモ〉にコーヒーを一緒に飲みにいけば、血まみれの血管と白く輝く骨の間から顔を出し、ケーキ屋〈ウェルファノス〉でチチャ・モラーダ〔紫トウモロコシの飲料〕を飲み、ビリヤード・カフェで煮豚パン《プティファッラ》を食べていると、頭の次に胴体の部分が出てきて強い酸味を感じるのだった。彼らは授業について、来たる試験について、連合自治会の選挙の準備について、オドリアの独裁政権について、ボリビアとグアテマラについて、話をした。しかし、もう彼らが会うのは大学と政治活動のためにときどき一時的に一緒になるからだけだったな、と考える、もうただ偶然会うだけ、ただ義務として会うだけだった。彼ら二人は勉強会の会合のあとで二人だけで会っていたのだろうか？　彼らは、以前彼と一緒にやっていたように、散策したり、美術館や書店や映画館に行ったりしていたのだろうか？　彼のいないのを残念に思ったのだろうか、彼のことを考えることがあったのだろうか、彼のことを話題にすることがあったのだろうか？

「あんたに電話よ、女の子から」とテテが言った。「ずいぶんうまく隠してたじゃない。誰なの？」

「もう一方の電話で盗み聞きしたりしたら頭をがつんとやるからなテテ」とサンティアーゴは言った。

「一瞬ちょっとうちに来てもらえない？」とアイーダは言った。「何か用事をしてるところじゃない？　邪魔にならない？」

「邪魔だなんてとんでもない、すぐに行くよ」とサンティアーゴは言った。「三十分で着くよ、遅くとも」

「あれあれ、すぐに行くよ、邪魔だなんてとんでもない」とテテが言った。「一瞬ちょっとうちに来てくれる？　おやおやかわいい声だこと」

ラルコとホセ・ゴンサーレスの角でコレクティーボを待っている間にそれは姿をあらわし、車がアレキパ通りを上っていく間にふくらみ、車の隅っこに小さくなって乗っている間に巨大に、べとべとになり、冷たい物質で彼の背中をびしょ濡れにしたが、夜に向かっていくあの午後の中で、彼の中では寒さと不安と希望が、いや増しにつのっていった。何かが起こったのだろうか、何かが起こるのだろうか？　サン・マルコスでしか会わないようになって一か月になると考えていたな、と考える、これまで僕に電話してきたことなんか一度もなかった、もしかしてと考えていたな、と考える、突然何がと考えていたな。ペティ・トゥアルス街の角からもう彼女の姿が見えた、死にかけている光の中で消えかけている小さな人影、自宅のドアのところで彼を待っていて、手でやあという合図をしたところで目に入ってきたのは彼女の青ざめた顔、あの青いワンピース、真剣な目、あの青いセーター、深刻な口もと、中学生のようなあの格好悪い黒い靴、そして彼女の手が震えているのがわかったのだった。

「呼び出してごめん、話したいことがあって」という、その途切れがちな小声はありえないもののように感じられたんだったな、と考える、怯えたようなその小さな声はありえないものだった。「ちょっと歩いてもいい?」

「ハコーボと一緒じゃないのかい?」とサンティアーゴは言った。「何かあったのかい?」

「支払いは大丈夫なんですか、ビールをこんなにたくさん飲んじゃって」とアンブローシオが言う。

「起きるにちがいなかったことが起こったわけだった」とサンティアーゴは言う。「僕はもうすでに起こっていたと思っていたんだが、それが、その日の朝に、ようやく起こったのだった」

二人はその午前中ずっと一緒にいたのだった、蛇のような腹の虫、授業に行かなかったのはハコーボが、君に二人だけで話したいことがあると言ったからで、ナイフのように尖った蛇、二人はパセオ・デ・ラ・レプブリカの大通りを歩き、十本のナイフのような一本のナイフ、博覧会公園の池のほとりでベンチにすわったのだった。アレキパ通りは中央緑地帯をはさんだ両方向に車が間断なく走っていて、一本のナイフがやわらかく刺さり、もう一本が抜けたかと思うとまたゆっくりと入っていき、彼らが暗くて人影のない並木道を進んでいくと、さらにもう一本のナイフが、薄い外皮がふっくらとふくれた身を包みこんでいるパンに刺さるように彼の心臓に突き刺さり、不意に小さな声が止んだ。

「二人だけで彼は何を言いたかったんだい？」と、彼女に目をやることなく、ほとんど口を開かずに言ったのだったな、と考える。「何か僕に関すること？　僕を批判することと？」

「ちがうの、あなたについてじゃなくて、むしろわたしについて」と、子猫の鳴き声みたいな声、と考える。「突然だったので、何と答えたらいいのか、全然わからなくて」

「でも何て君に言ったんだよ？」とサンティアーゴはじれて言った。

「わたしのことが好きだって」と、子犬だったころのバトゥーケの呻き声みたいだったな、と考える。

「アレキパ通りの第十ブロック、十二月、夜の七時」とサンティアーゴは言う。「これでわかったよアンブローシオ、あそこでだったんだ」

彼はポケットから両手を出していて、両手を口に持っていって、口笛を吹き、微笑んでみせようとしたのだった。アイーダが組んでいた腕をほどき、立ち止まり、ためらい、一番近いベンチを探し、そこにすわるのが見えた。

「君は今まで気づかずにいたのかい?」とサンティアーゴは言った。「勉強会をああいうふうに分けようって彼が提案したのはなぜだったと思うんだい?」

「わたしたちが悪い模範になっていたからよ、わたしたちだけで別の分派を形成しているみたいになっていて、他の人たちが疑念をおぼえるかもしれないからって、わたしは彼がそう言うのを信じてた」と、確信していない小声だったな、と考える。「何も変わらないんだ、勉強会が分かれたってすべては三人で以前と同じように続くんだって。でわたしは彼を信じたの」

「彼は君と二人だけになりたかったんだよ」とサンティアーゴは言った。「誰でも同じことをしただろうさ、彼の立場だったら」

「でもあなたは怒ってしまって、もうわたしたちに会おうとしなかった」と、怯えたように、何よりも痛ましそうに、と考える。「そしてもうわたしたちは一緒にならなかった、何もかも、もう以前のようにはならなかった」

「僕は怒ってなんかいない、すべては前と同じで続いているさ」とサンティアーゴは言った。「ただ、ハコーボは君と二人でいたいんだ、僕は余計なんだってわかっただけ。でも僕らは以前と同じ友達じゃないか」

しゃべっているのは別の人だったな、と彼は考える、おまえじゃなかった。前よりも少ししっかりした声、より自然な声だったなサバリータ――彼ではなかった、彼ではありえなかった。中立的な高みから、理解し、説明し、アドバイスしていて、これは僕じゃないと彼は考えていた。彼は何かもっと小さな、いじけたもの、その声の下で小さく縮こまっているものであって、その場を抜け出して走って逃げ去ろうとしているのだった。プライドではなかった、恨みでも屈辱感でもなかった、と考える、嫉妬ですらなかった。彼は考える――気弱さだったのだ。彼女は動かずに彼に耳を傾けていた、彼のことを観察していた、彼には解読できない、解読したくない表情を浮かべて、そして突然彼女は立ち上がったのだった、そして二人は黙って半ブロックほど歩いたのだったが、その間も執拗に、沈黙のうちに、何本ものナイフが彼の内部を切りつけ続けていた。

「自分がこれからどうするのかわからないの、頭が混乱していて、疑問だらけなの」と、ようやく、アイーダは言った。「だからあなたを呼んだの、あなたならきっと助けてくれるって思って」

「と言われて僕は政治の話をしはじめたんだ」とサンティアーゴは言う。「これでおまえにもわかっただろ、な?」

「当然だ」とドン・フェルミンは言った。「家から出る、リマからも出る、姿を消すんだ。

私は自分のためを思ってるんじゃない、おまえのためだ」

「でもどういう意味でそんなことを言っているの」と、驚いたように、と考える、怯えたようにだったたな。

「恋愛は人間を個人主義者に変えてしまう、という意味でだ」とサンティアーゴは言った。「そして、それ以後、人は何よりもそれを重視してしまう、他の何よりも、革命よりもだ」

「でも、その二つは対立しないと言っていたのはあなた自身じゃない」と、音節を区切って、囁くように、と考える。「今では対立すると信じているの？　あなた自身が人をけっして愛することがないなんて、どうしてわかるの？」

「僕は何も信じていなかった、何もわかっていなかった」とサンティアーゴは言う。「その場をあとにしたい、逃げ出したい、消えてなくなりたい」

「でもどこにですか旦那さん」とアンブローシオは言った。「あたしのことを信じてないんですね、あたしのことを見捨てるんですね旦那さん」

「ということは、君は本当は疑問になんか思ってないんだよ、つまり、君も彼のことが好きなんだよ」とサンティアーゴは言った。「もしかすると、君の場合、ハコーボの場合は、対立しないのかもしれない。それに彼は、すごくいいやつだし」

「いいやつだっていうのはわかってるわよ」とアイーダは言った。「でも、わたしは彼のことを好きなのかどうか、わからないの」

「好きなんだよ、僕にだってそれはわかった」とサンティアーゴは言った。「僕だけじゃない、勉強会の全員がそうだ。彼のことを受け入れるべきなんだよアイーダ」

おまえはしきりに言ったんだよなサバリータ、あいつはすごいやつなんだ、おまえはしつこくくりかえしたんだよなサバリータ、アイーダは彼のことが好きなんだとおまえは強要したんだ、二人はすごく仲よくやっていけるだろう、おまえはくりかえし、さらにくりかえし、彼女は黙って自分の家のドアの前で、腕を組んで聞いていた、サンティアーゴの馬鹿さの度合いを計算していたのか？　首をかしげて、サンティアーゴの意気地のなさを計測していたのか？　両足をそろえて立って。本当にアドバイスを求めていたのか、と彼は考える、おまえが彼女のことが好きだと知っていて、おまえが勇気をふるってそれを彼女に言うかどうか見たかったのではないのか？　彼女は何と言っただろう、もし僕が、と考える、僕は何と言っただろう、もし彼女が。彼は考える――ああサバリータ。

それとも、また別の、あのときだったのか？　アイーダとハコーボがコルメーナ通りで手をつないでいるのを目にした一日か一週間か一か月後、ワシントンこそが、やはり、長く待望してきた接触役であることを知ったあのときだったのではないか？　勉強会ではほとんど何のコメントもなかった、ただワシントンが冗談まじりに、もう一方の会合のほうでは二人が愛の巣を形成したらしい、ずいぶん静かなロマンスだったな、と発言し、それに対して小鳥から、気のない感想がひとつだけ――なんとも完璧なカップルね。それ以上はそれに関わっている暇がなかった――大学内の選挙が接近していて、彼らは毎日集まり、連合自治会に向けて応援する候補者について論じあい、受け入れる連携相手について議論し、支持する候補者リストについて、作成するビラやプロパガンダ・ポスターについて議論し、するとある日ワシントンが両グループを小鳥の家に招集し、リマック区のあの小さな部屋に笑みを浮かべて入ってきた――まったくのダイナマイトを持ってきていたのだ。カウイデ、と考える。彼は考える――ペルー共産党組織本部。[*2] 満杯の部屋で、手から手へと回されるガリ版刷りのページは煙草の煙のせいでかすれて見え、目もちくちくと痛む中で、カウイデ、と彼らはむさぼるように読んだ、ペルー共産党、何度も何度も、組織本部、そして毛糸帽にポンチョ、草鞋《わらじ》を身につけたインディオのがっしりした顔と、突き上げられたその闘争的な拳を飽かずに見つめ、そしてさらにあらためて、表題の下に描かれた交差した鎌と槌を見た。それを彼らは声に出して読み上げ、要点を述べ、論じあい、ワシントンを質問攻めにし、自宅に持ち帰ったのだった。彼は恨みを忘れ去ったのだった、信じることができなかったことも、欲求不満も、気弱さも、嫉妬も、忘れ去った。伝説ではなかったのだ、独裁制とともに消えてなくなったわけではなかったのだ――存在しているのだった。オドリアの圧政にもかかわらず、ここでもまた男たち女たちが、カヨ・ベルムーデスの弾圧にもかかわらず、秘密裏に集まって細胞を形成し、秘密警察や追放措置にもかかわらず、《カウイデ》を印刷し、刑務所や拷問にもかかわらず、革命を準備していたのだ。ワシントンはそれが誰なのか知っていたし、どのように活動しているのか、どこにいるのかも知っていた、そして、彼は、僕は加入するぞと考えたのだったな、僕は加入するぞ、と、その晩、ナイト・テーブルの明かりを消しながら、と考える、そして、危険に満ちていながらも豊かで、熱い渇望に満ちたものが、暗がりの中で燃えていて、夢の中でも燃え続けたのだ――あのときだったのだろうか？

＊2　当時違法だったペルー共産党は「カウイデ」という名称のもとで地下で再編成されていた。カウイデとは、スペイン人による征服に抵抗した伝説的なインカ戦士の名前。

Ⅶ

「盗みか殺しで入っていたんですよ、でなければ誰か別の人間の罪をかぶせられて」とアンブローシオが言った。「死ぬまで中にいてほしいとネグラは言ってました。でも出所してきたんで、そのときに会ったんです。一生で会ったのはその一回だけなんですよ旦那さん」

「やつらの調書は取ったのか？」とカヨ・ベルムーデスが言った。「全員アプラ党員なのか？　記録のあったのは何人なんだ？」

「ほれ見ろあそこ、今に来るから」とトリフルシオが言った。「ほれあそこで下りてきてな」

正午だった。太陽は垂直に砂の上に降り注ぎ、血走った目と漆黒の羽根をしたクロコンドルが何も動くもののない砂丘の上を舞っては、螺旋を描いて、翼をたたんで、嘴をとがらせて下降し、荒れ地の上にきらりと軽い震えをもたらすのだった。

「十五人は記録がありました」と地方官が言った。「九人はアプラ党、三人は共産党、三人は不明。残りの十一人は前歴なしです。いいえドン・カヨ、まだ調書は取り終わっておりません」

イグアナだろうか？　狂ったようにばたつく二本の小さな脚、かすかな土埃の直線、燃え上がる火薬の糸、目にも留まらず上に向かう矢。なめらかに、獰猛な鳥は地面すれすれで羽ばたくと、嘴でそれを確保し、持ち上げ、空中を昇りながらそれを処刑し、澄みきった熱い夏の空の中を上昇し続けながら、太陽が送りつける黄色の槍に両目を閉じたまま、それをじっくりと貪った。

「さっさと訊問するんだ」とカヨ・ベルムーデスは言った。「負傷者は回復しているのか？」

「お互いに信用していない見知らぬ人間同士みたいにしゃべったんですよ、われわれは」とアンブローシオは言う。「チンチャの夜でした、もう何年も前です。それ以来、彼がどうなったのか、一度も聞いてないんですよ坊ちゃん」

「学生を二人、仕方ないので警察病院に入院させていますドン・カヨ」と地方官は言った。「隊員のほうは打撲程度でまったく問題ありません」

昇り続けながら、暗がりの中で執拗に、消化し続け、そして光の中に溶けてなくなろうかという瞬間、翼を広げたかと思うと、傲然たる大きな弧を、形の定まらない影を、白く波打つ穏やかな砂の表面を移動していく小さな染みを、穏やかな黄色い砂の上に描いた

――岩でできた丸い囲い、塀、鉄格子、半裸の人間たちが、熱く照らされたトタン板の突き出し屋根の陰で横になったりほとんど動かずにいて、一台のジープ、棒杭、椰子の木、水の帯、広い水の通り道、掘建て小屋、家、車、木の植わった広場が見える。

「サン・マルコスには中隊を残してあり、戦車が倒した門を修理させています」と地方官は言った。「医学部にも小隊を配置しました。しかし、これまでのところ抗議行動のきざしなど何も見られませんドン・カヨ」

「そのファイルを置いていってくれ、大臣に見せるから」とカヨ・ベルムーデスは言った。

黒みがかった豊かな翼を広げると、体を傾けて、厳かに回転して今一度木々の上を、水の流れの上を、穏やかな砂の上を飛び越え、まばゆいトタン板の上でゆっくりとした円を描き、そこから目を離さずにもう少し下降しながらも、塀と格子で閉ざされた長方形の中から漏れ聞こえる呟き声、物欲しげなどよめき、戦略的な沈黙には関心を向けずに下りてきたのは、その光の饗宴に魅了されてだったのか、その輝きに酔ってのことだったのだろうか?

「サン・マルコスを占拠する命令はおまえが出したんだな?」とエスピーナ大佐が言った。「おまえが？　オレに相談もせずに?」

「白髪頭の、デカい黒人《モレーノ》で、まるで猿みたいな歩き方の男でした」とアンブローシオは言った。「チンチャには女のいるところはあるのかって訊いてきて、金をたかっていきましたよ、あたしから。あの男について、いい思い出は何もないです旦那さん」

「サン・マルコスなんかの話の前に、今回の旅の様子を話してくれよ」とベルムーデスは言った。「北部の現状はどうなんだ？」

用心深く灰色の脚を伸ばすと、トタン板の固さを、温度を、存在を確かめていたのだろうか？　翼を閉じ、脚を下ろし、見まわし、直感したが、もうすでに遅かった――石つぶてが羽根に埋まり、骨を砕き、嘴を折り、金属音を鳴らしながらいくつもの石がトタン屋根を転がって中庭に落ちた。

「何も問題はない、それよりオレが知りたいのはおまえが正気なのかってことだ」とエスピーナ大佐は言った。「大佐、大学が占拠されたようです、大佐、機動隊がサン・マルコスに入っています。そう言ってきて、なのにオレは、内務大臣だというのに、何も聞いていない。カヨおまえは頭がおかしくなったのか？」

獰猛な鳥は鉛色のトタン板が赤褐色へと染まっていく上をすばやく、生死の境をさまよいながらすべっていき、縁までくると落下し、それを受け止めた飢えた男たちの手は、それを奪いあい、羽根をむしりとり、笑い声、罵り声が上がり、日干し煉瓦の壁際にはすでに焚き火の火が起こってパチパチと鳴っているのだった。

「神の目だってわかったか？」とトリフルシオが言った。「知ってるやつは知っているだろうが、オレの目を疑うやつがいるなら、じっくりとその面見せてみろってんだ」

「サン・マルコスのあんなのは、ニキビができたみたいなもんだ、二時間ほどで死者もなく鎮圧した」とベルムーデスは言った。「なのに、礼を言うかわりに、頭がおかしくなったのかとわたしに訊く。まったく心外だなセラーノ」

「ネグラもあの夜以降、二度と会わなかったそうで」とアンブローシオは言う。「彼女に言わせれば、生まれながらの悪人だそうです坊ちゃん」

「外国で抗議活動が起こることになる、それこそまさに政権にとって一番都合の悪いことなんだ」とエスピーナ大佐は言った。「大統領は争いごとを避けたがっている、おまえはそれがわからないのか?」

「反政府勢力の本丸がリマのど真ん中にあるってことのほうが、よっぽど政権にとっては都合が悪かったはずだ」とベルムーデスは言った。「数日中に警察は撤退できる、そうすればサン・マルコスも再開して、すべて、平和にもどる」

根気強く嚙んでいる肉のかけらは腕力にまかせて手に入れたものだから、両腕、両手は焼けるように痛み、その黒い肌には紫がかった引っかき傷があり、その戦利品を焼いた焚き火はなおも煙をあげていた。彼はトタン板で日陰のできた隅っこにしゃがみこんでいて、両目を半ば閉じているのは、照り返しのせいだったのか、それとも、顎に発して上顎の窪みと舌へ、喉もとへと広がっていく快感を思う存分味わうためだったのかもしれない、焦げた肉に貼りついたまま残った羽根のかけらが、飲みこむ途中で喉もとを軽く引っかいていくあの気持ちよさを。

「さらに言えば、おまえにその権限はあたえられていなかった、決定権はおまえではなく大臣が握っているんだ」とエスピーナ大佐は言った。「まだこの政権を承認していない国はたくさんあるんだぞ。大統領はかんかんに怒っているはずだ」

「ほれあそこ、お客さんが来た」とトリフルシオが言った。「ほれあそこにいるだろ」

「合衆国は承認しているわけで、大事なのはそれだ」とベルムーデスは言った。「大統領のことは心配しないでいいセラーノ。きのうの晩、わたしは相談したんだ、行動する前に」

他の男たちは殺人的な太陽のもと、和解して、恨みもなく、細切れになった獲物をめぐって罵りあい押しあい殴りあったことも忘れて、うろうろと歩きまわっているか、でなければ、壁際で横になって、汚れたまま、裸足で、口を開けて、退屈と空腹と熱気にやられて、むき出しの腕で目を覆って、眠りこんでいた。

「誰の番なのかいなあ？」とトリフルシオは言った。「誰が呼び出されるんかなあ？」

「あたしに対して悪さをしたことはなかったと思うんですよ」とアンブローシオは言った。「あの晩までは。あたしはあいつを何も恨んでいたわけじゃないんです旦那さん、かといって愛着みたいなものも何もなかったんですがね。あの晩、会ったときには、むしろ憐れみを感じたもんです」

「大統領には死者は出さないとわたしは約束した、そして、その約束は守った」とベルムーデスは言った。「逮捕した十五人の警察記録はここにある。われわれがサン・マルコスを掃除すれば、授業も再開できる。何も不満はないだろうセラーノ？」

「投獄されていたのを哀れに思ったんじゃないんですよ、間違えないでください坊ちゃん」とアンブローシオは言う。「そうじゃなくて、まるで乞食みたいだったからなんです。靴も履いてなくて、こんな長い爪を生やしていて、腕はかさぶただらけ、顔にはかさぶたじゃなくて、あれは垢でしょうね、が固まっていて。汚い話ですがね、そんな感じだったんですよ」

「おまえのやり方は、まるでオレが存在してないみたいじゃないか」とエスピーナ大佐は言った。「なぜオレに相談しなかったんだ？」

ドン・メルキアデスが二人の看守に守られて通路をやってきて、その後ろに続いてくるのはパナマ帽をかぶった背の高い男で、その帽子は白熱した風に吹かれて、つばも本体もまるで薄紙でできているみたいに震えていて、それに白いスーツ、青いネクタイ、そしてなおさら真っ白のシャツを着ているのだった。彼らは立ち止まり、ドン・メルキアデスが、見かけない男のほうに話しかけながら中庭の何かを指差して示していた。

「なぜかといえば、それはリスクがあったからだ」とベルムーデスは言った。「相手は武装しているかもしれなかった、発砲してくるかもしれなかった。その血が、セラーノ、あんたの頭にかかることがないようにしたかったんだ」

それは弁護士ではなかった、なぜなら、こんなに身なりのいい法律屋は誰も見たことがなかったし、当局の官吏でもなかった、今日の食事には、具だくさんの野菜スープが出なかったではないか？　監察があるときにいつもやらされることだが、今日は房と便所の掃除を命じられなかったではないか？　しかし、もしこれが弁護士でも官吏でもないのだったら、誰なのか。

「もしそうなったらあんたの政治生命に関わってくるだろう、そうわたしは大統領に説明したんだ」とベルムーデスは言った。「わたしが決定を下して、責任をとる。問題が起これば、わたしが辞任して、セラーノは傷つかずに残るって」

彼は大きな手の中に持っていたつるつるになった骨のかけらを嚙るのをやめて、身を固くして、少し頭を低くして、怯えた両目で通路のほうを見つめていた――ドン・メルキアデスがいろんな身振りをしながら、なおも彼のほうを指差し続けていた。

「しかし、すべてがうまくいって、すると手柄は全部おまえさんのものになったわけだ」とエスピーナ大佐は言った。「大統領は、オレが推薦したのは、オレよりも肝がすわった人間だと考えるだろうな」

「おいおまえ！　トリフルシオ！」とドン・メルキアデスが叫んだ。「おまえのことを呼んでるんだってわからんのか？　何をぐずぐずしてる？」

「わたしのポストがあんたのおかげだということは、大統領もよくご存じだよ」とベルムーデスは言った。「あんたが眉間に皺を寄せるだけで、わたしはお世話になりましたと言って、またトラクター売りにもどることになるんだって、よくご存じさ」

「おいおまえ！」と看守たちが、手を振り乱しながら叫んだ。「おいおまえ！」

「刃物が三本と火炎瓶が数本あっただけだから、そんなにあわてる必要もなかったんだ」とベルムーデスは言った。「リボルバーを何丁かと、刃物とナックル武具をいくつか余計に追加させておいた、マスコミ発表用に」

彼は立ち上がり、駆けだし、土埃をあげて中庭を横断して、ドン・メルキアデスから一メートルのところで立ち止まった。他の者たちは頭を前に突き出して、じっと見つめて黙っていた。歩きまわっていた者は立ち止まって、眠っていた者は身を縮めて見つめており、太陽は溶けて液体になったみたいだった。

「おまけにマスコミまで呼んだのか？」とエスピーナ大佐は言った。「公式声明は大臣の署名で出す、記者会見は大臣がおこなうんだと知らないのか？」

「どうだ、トリフルシオ、この樽を持ちあげて見せてくれ、ドン・エミリオ・アレバロがおまえの力をご覧になりたいそうだ」とドン・メルキアデスは言った。「オレの顔をつぶすんじゃねえぞ、おまえならできるとお伝えしてあるんだから」

「呼んだのはあんたが会見するためだ」とベルムーデスは言った。ここに詳しい報告書と、記録ファイルと、撮影用の武器がある。あんたのことを考えて連中を呼んだんだよセラーノ」

「あっしは何もしてませんって旦那」とトリフルシオは瞬きをして叫んで、待ってからまた叫んだ。「なんにも。誓ってもいいですドン・メルキアデス」

「もういい、これ以上言うのはやめよう」とエスピーナ大佐は言った。「しかし、わかっておいてくれ、サン・マルコスの一味を壊滅させるのは、オレは組合の問題が解決したあとにしたかったんだ」

真っ黒な筒状の樽がテラスの手すりの下にあった。ドン・メルキアデスの足下、看守たち、白い服の見知らぬ男の足下に。他の者たちは、無関心だったり興味津々だったりほっとしていたり、樽とトリフルシオを見つめていた、あるいはお互いに面白がって目を見交わしていた。

「サン・マルコスの一味はまだ壊滅されていない、だが、今が壊滅させる時だ」とベルムーデスは言った。「あの二十六人は武闘派だな、だが反乱分子の大部分は自由の身だ、今一気につかまえるべきだ」

「馬鹿なことを言ってないで、その樽を持ちあげて見せろ」とドン・メルキアデスは言った。「おまえが何もしてないことはわかってる。さあ、持ちあげてアレバロさんにお見せしろ」

「組合のほうがサン・マルコスよりも重大だ、掃除する必要があるのはあっちだ」とエスピーナ大佐は言った。「これまでのところはまだ声をあげてないが、アプラは労働者の間では力を持っている、わずかな火花で大爆発が起こる可能性がある」

「房の中でウンコしちまったのは病気だからでして」とトリフルシオは言った。「我慢できなかったからでドン・メルキアデス。誓ってもいいです」

「われわれが掃除するさ」とベルムーデスは言った。「必要なところは全部、掃除しようじゃないかセラーノ」

見知らぬ男が笑いだし、ドン・メルキアデスが笑いだし、中庭じゅうに笑いが破裂した。見知らぬ男は手すりにもたれかかり、片手をポケットに入れて、何か光るものを取り出してトリフルシオに見せた。

「地下発行の《法廷《トリブーナ》》を読んだか?」とエスピーナ大佐が言った。「軍に対して、オレに対して、罵詈雑言ばかりが書かれている。あの腐った紙切れがいつまでも出まわるのを止めなきゃならん」

「その樽を持ちあげたら一ソルだってんですかい旦那?」と目を閉じてまた開いて、トリフルシオは笑いだした。「もちろん、やりまさあ旦那」

「もちろん、チンチャではみんな彼の話をしてましたよ旦那さん」とアンブローシオが言った。「未成年の女の子を犯しただとか、盗んだだとか、喧嘩で誰それを殺しただとか。そういうひどい話は多すぎて、全部が全部本当であるはずがないくらいで。しかし、その一部は本当のことで、でなければ、なんであんなに長く刑務所に入っていたんですか」

「あんたら軍人さんたちは、いまだに二十年前のアプラ党のことを考えているんだ」とベルムーデスは言った。「リーダーたちは年取って堕落して、もう殺されたくないんだ。もう爆発なんか起こらない、革命なんか起こさないさ。あの紙っぺらは消えてなくなるようにしよう、それは約束する」

その大きな手を顔(瞼と首と、白髪まじりになった縮れたもみ上げあたりには皺が刻まれていた)の高さまで持ちあげると二度ばかりそこに唾を吐いてこすり合わせ、樽のほうへ一歩前に踏み出した。樽に触れてみて、揺すってみて、長い両脚と丸く出っぱった腹と広い胸板を固い樽の胴体に密着させ、どこまでも長いその両腕で激しく、愛しげに抱きかかえた。

「それきり二度と会わなかったですけど、一度だけ噂に聞いたことはありました」とアンブローシオは言う。「県内の田舎町で見かけたっていうんですよ、一九五〇年の選挙期間中で、アレバロ上院議員の選挙運動にかかわっていたんだとか。ポスターを貼ったり、ビラを配ったり。ほら、ドン・エミリオ・アレバロが出馬したからです、お父さんの友達でしょう坊ちゃん」

「一覧表はもう用意してありますドン・カヨ。ブスタマンテの任命による地方官で辞任したのは、地方官が三人、地方官補が八人だけです」とアルシビアデス博士が言った。「地方官十二名と補十五名は、将軍による権力掌握に際して祝電を送ってきています。残りは連絡なし――信任してほしいんでしょうが、あえてそう求める気概がないんでしょう」

両目を閉じ、樽を持ちあげていくにつれ、首と額の血管がふくれあがり、荒れた顔の皮膚には汗が噴き出し、分厚い唇は紫色に変わった。体を反り返らせて重みを全身で支え、片方の手が樽の側面を荒々しくすべり下りると樽はさらに少し高くまで持ちあがった。荷を担ぎあげたまま一歩、二歩とよろよろと踏み出し、傲然とテラスの手すりのほうを見つめ、それから乱暴に樽を地面にもどした。

「セラーノは辞任が続出するだろうと思っていて、地方官も地方官補も一気に全部新しく任命できると期待していたんだ」とカヨ・ベルムーデスは言った。「これでおわかりだろう先生、大佐はペルー人というのがまるでわかってないんだ」

「本当にまるで雄牛だなメルキアデス、あんたの言っていた通りだ、この年齢で、まったくすごい」と白服の見知らぬ男が硬貨を宙に投げ、トリフルシオは空中で受け止めた。

「おい、おまえさん、年はいくつなんだ」

「誰もがご自分と同じように名誉を重んじると思っているんですな」とアルシビアデス

博士は言った。「しかしですよドン・カヨ、教えてください、この地方官連中はなぜ哀れブスタマンテに忠誠を尽くそうとするんでしょう、二度と息を吹き返すことがないのははっきりしているのに」

「あっしに訊かれてもですなあ」とトリフルシオは笑い、息を弾ませ、顔をぬぐった。

「もうだいぶ行ってますわ。旦那より行ってることはたしかでしょう」

「支持の電報を送ってきた連中は信任してやれ、黙ってるやつらもだ、いずれ時間をかけて全員取り替えていけばいい」とベルムーデスは言った。「辞任したやつらには、これまでの貢献に感謝すると連絡しておいて、ロサーノに調査させろ」

「おいあそこにおまえの好きなタイプのがいるぞ、イポリト」とルドビーコが言った。

「ロサーノさんがオレたちにとくに推薦してくれたやつだ」

「リマには相変わらず、非合法の貼り紙があふれているぞ、反吐が出るような」とエスピーナ大佐は言った。「どうなってるんだカヨ？」

「誰が、どこで、非合法新聞《トリブーナ》を出しているのかだ、のろのろしないで頼むぜ」とイポリトが言った。

「おまえはオレの好きなタイプなんでな」

「そういう反政府の紙っぺらは即座になくすんだ」とベルムーデスは言った。「わかったなロサーノ？」

「準備はできてるのかネグロ？」とドン・メルキアデスが言った。「足が熱くないのかトリフルシオ?」

「誰がも、どこかも、知らないのか?」とルドビーコが言った。「だったら、おまえさんはどうして《トリブーナ》を小脇に抱えていたんだよ、ビタルテでつかまったときに。どういうことなんだよ、えっ、おっさん」

「準備はできたって?」とトリフルシオは怯えながら笑ってみせた。「準備って何の準備すかドン・メルキアデス?」

「リマに出てきた当初は、ネグラに金を送ったり、折々に会いに行ったりもしていたんですがね」とアンブローシオは言った。「その後は、さっぱりで。結局、あたしのことは何も知らないうちに死んじまいました。こればかりは心残りで旦那さん」

「おまえさんの知らないうちに誰かがポケットに突っこんだってか?」とイポリトが言った。「どこまでアホだったんだよ、なあおっさん。こんないかしたズボンを穿いてな、髪はこんなてかてかに光らせてな。だからおまえはアプラ支持者なんかじゃない、だから《トリブーナ》を誰がどこで出しているのかだって知らないってか?」

「おまえ忘れちまったのか、今日出所だって?」とドン・メルキアデスは言った。「それとも、ここにすっかり慣れ親しんで、もう出たくないってか?」

「ネグラが死んだってのは、チンチャの人間から聞いて知ったんですよ坊ちゃん」とアンブローシオは言う。「まだあたしがお父さんのところで働いているときでした」

「ちがいますよ旦那、忘れてなんかいませんよ旦那」とトリフルシオは足踏みをし、手を鳴らした。「変なこと言わんでくださいドン・メルキアデス」

「ほら見ろ、イポリトが怒っちまった、するとどうなるかわかっただろ、のろのろしないで全部思い出したほうがいいんじゃないか」とルドビーコが言った。「おまえさんはあいつの好みのタイプなんだから」

「返事をしない、嘘をつく、誰それが知っている、となすりつける、そればかりで」とロサーノは言った。「しかしわれわれは昼寝しているわけじゃありませんドン・カヨ。貼り紙はかならずなくしますから、かならず」

「指を貸してみろ、こうやって、それでここに十字を書け」とドン・メルキアデスは言った。「これで終わりだトリフルシオ、自由の身だ。まるで嘘みたいだろ、ちがうか？」

「この国は文明国なんかじゃなくて、野蛮な、暗愚の国なんだ」とベルムーデスは言った。「あんな連中について建前はやめにして、必要なことをさっさと調べて出せ」

「しかし、なんて痩せこけてんだおっさん」とイポリトが言った。「上着とシャツのせいで全然わからなかったじゃねえか、骨の数まで数えられるぐらいガリガリじゃねえかおっさん」

「アレバロさんのことは覚えているか？　樽を持ちあげて一ソルくれた人だ」とドン・メルキアデスは言った。「あの人は大きな農園主だ。あの人のところで働きたいか？」

「誰が、どこで、のろのろするな」とルドビーコが言った。「こんなことを夜じゅうやりたいのか？　イポリトがまた怒っちまったらどうすんだ？」

「もちろんですよドン・メルキアデス」とトリフルシオは頭と手と目の全部でうなずいてみせた。「今すぐでも、仰せの通りいつからでも、やらせてもらいます」

「おまえさんは体を悪くしちまう、そうなったらオレはかわいそうでならねえ」とイポリトは言った。「だって、オレはおまえさんのことがなおさら気に入ってきてるからよ、なあおっさん」

「選挙運動のために人が必要なんだ、オドリアのお仲間だから上院議員になるんだ」とドン・メルキアデスは言った。「給金もいい。このチャンスを逃す手はないぞトリフルシオ」

「オレたちにまだ名前さえ言ってくれてないじゃないかおっさん」とルドビーコは言った。「それも知らないのか、それとも、それも忘れたか？」

「思う存分酒を飲んで、家族に会って、ちょっとは女遊びでもしたらいい」とドン・メルキアデスは言った。「それで月曜にはあの人の農園に行くんだ、イカ〔リマの南方約三百キロの小都市〕を出たところにある。訊けば、誰でも教えてくれるはずだ」

「タマタマはいつもこんなに小さいのか、それともびっくりしてるからなのか？」とイポリトは言った。「それに、チンコはほとんど見えねえじゃないかおっさん。それもびっくりしてるからか？」」

「もちろん覚えておきまさあ旦那、願ってもないことで」とトリフルシオは言った。「あの旦那に推薦してくだすって、ほんとにありがとうごぜえます旦那」

「もういい、ほっとけイポリト、もう聞こえてねえよ」とルドビーコが言った。「ロサーノさんのオフィスに行こう。もうほっとけってイポリト」

看守は彼の背中を叩いて、じゃあトリフルシオ、門扉を彼の後ろで閉めた、またな、てか、もう来んなよトリフルシオ。早足でまっすぐに、よく知っている土埃の田舎道、一等雑居房からいつも見えていた道を進んでいくと、すぐにやはりすっかり記憶に刻まれている木立のところに着き、さらに別の田舎道を進んで町外れの集落のところまで来たが、そこでは足を止めるどころかさらに歩を早めた。ほとんど走るようにして小屋と人影の間を通り抜けたが、人は驚きか無関心か恐れのどれかをもって彼のことを見つめているのだった。

「あたしが悪い息子だったとか彼女のことを嫌ってたとか、そういうわけじゃないんです、ネグラは天国に行って当然の人間ですよ、旦那さんと同じように」とアンブローシオは言った。「あたしを育て、食わせるために身を粉にして働いて。どういうことだったのかと言うと、人生、自分の母親のことを考える時間さえ、くれなかったりするんですよ」

「中断したのは、イポリトがちょっとやりすぎてしまって、あの男がわけのわからないことを口にしだして、それから気絶してしまったからなんですロサーノさん」とルドビーコは言った。「わたしの見たところでは、あのトリニダー・ロペスてのは、アプラ党員じゃないし、思想も何もないようですよ。もちろん、やれというなら、起こしてさらに続けますがロサーノさん」

彼は、さらに急いで、さらに戸惑いを深めながら進み続け、裸足の足で怒ったように踏みしめている町外れの石畳の道で方向を見失って、彼の目が記憶しているものよりもひどく長くなり広くなり、大きく変化してしまった町の中へと入りこんでいった。あてどもなく、もう急ぐのもやめて歩きまわり、ついに、とある広場で、椰子の木で木陰になったベンチの上に崩れるようにすわりこんだ。角には一軒の商店があり、子供を連れた女たちが出入りしており、少年たちが街灯に石を投げつけ、犬が何匹か吠えていた。ゆっくりと、音もなく、彼は、自分でも気づかずに泣きだした。

「伯父上からあなたと話したらどうかと提案されたんですよ大尉、わたし自身もぜひお会いしたいと思いましてね」とカヨ・ベルムーデスが言った。「わたしらはある意味、同僚ですよね、ちがいますか？　いずれ一緒に仕事をすることになっていたのはまちがいないです」

「善人で、働き者で、ミサには欠かさずに出てました」とアンブローシオは言う。「その一方で、頑なところもあったんですよ坊ちゃん。たとえば、あたしのことをぶつにしても、手でぶつんじゃなくて棒で殴るんです。父親みたいにならないようにと言って」

「以前からお名前はよく知っていましたベルムーデスさん」とパレーデス大尉が言った。「伯父もエスピーナ大佐も、あなたのことはとても高く買っています、すべてがちゃんと機能しているのはあなたのおかげだって」

彼は立ち上がり、広場の水盤で顔を洗い、二人組の男にチンチャ行きのバスはどこで乗れるのか、いくらなのかと質問した。ときどき立ち止まって女たちや、すっかり変わってしまったものごとを見つめたりしながら、また別の広場まで歩いた――車で満杯の広場だった。訊ねてまわり、値切り交渉をし、乞食のように頼みこんで、それからようやく一台のトラックに乗りこんだ――発車するまで二時間待った。

「業績について話すのはやめにしましょうよ、あなたの業績のほうがずっとすぐれているんですから大尉」とカヨ・ベルムーデスは言った。「聞いていますよ、あなたが革命に際しては体を張って将校クラスにまで引き締めをはかったこと、軍の保安部組織を軌道に乗せたこと。伯父上から聞いたんですから、どうか謙遜なさらずに」

道中ずっと、彼は立ったままトラックの手すりにしがみついて、匂いを嗅ぎ、見つめていた――砂地を、空を、砂丘の間に見え隠れする海を。トラックがチンチャに入ると目を大きく見開き、右へ左へと大きく見まわした――変容ぶりにくらくらしながら。涼風が吹き、見ればもう太陽もなく、広場の椰子の木の梢が踊り、囁き交わすその下を、彼は興奮して、ふらつきながら、ずっと急いで通り抜けた。

「革命に関する部分はまぎれもない事実で、そこは謙遜するも何もありませんが」とパレーデス大尉は言った。「軍の保安部では、私はモリーナ大佐のお手伝いをしているだけでしてベルムーデスさん」

しかし、集落までの道のりが長く、一筋縄で行かなかったのは、彼の記憶が道を誤らせ、グロシオ・プラードに出る道はどこかと、何度も人に訊かなければならなかったからだ。到着したのはもう明かりがついて影が伸びているころで、集落はもはや単なる小屋掛け集落ではなく、しっかりとした住宅の立ち並ぶ地区で、かつてはその果てからは綿花畑が始まっていたのに、今ではまた別の集落の家々が始まっているのだった。しかし、小屋は昔のままで、ドアは開いていて、彼は即座にトマサの姿に気づいた――太った女、黒人女《ネグラ》、地面にすわって、もう一人の女の右隣で食事をしている女。

「表にはモリーナ大佐が立っているわけだが、歯車を実際に回して機能させているのはあなたでしょう」とベルムーデスは言った。「これもまた伯父上から聞いたんですよ大尉」

「彼女の夢は宝くじだったんですよ旦那さん」とアンブローシオは言った。「あるとき、チンチャのアイスクリーム売りが大当たりをとったことがあったんで、彼女は、神様がもう一度ここに当たりを送ってくれるかもしれないって、ありもしない金でバラ売りのくじを買っていたんです。買った券を聖母のところに見せに行って、ロウソクを捧げてました。

一銭だって当たりはしなかったですよ旦那さん」

「この内務省が、ブスタマンテ時代、どんなふうに機能していたものなのか、だいたい想像がつきますよね、アプラ党員がいたるところにいて、妨害活動《サボタージュ》が日常茶飯事で」とパレーデス大尉は言った。「しかし、それもあんまりあの恥知らず連中の役には立たなかったようですがね」

胸を叩いてうなり声をあげながら中に飛びこみ、二人の女の間に入りこむと、見知らぬ女は悲鳴をあげて十字を切った。トマサは地面に身を縮めて、相手を眺めやっていたが、急にその顔から恐怖感が消えた。何も言わずに、立ち上がりもせずに、彼女は小屋の戸口を固く握りしめた手の指で指し示した。しかしトリフルシオは出ていかず、笑いだし、陽気に地面にすわりこむと、脇の下を引っかきはじめた。

「痕跡を残さなかったという点では役に立ったようですよ、保安部門の記録資料《アーカイブ》はまったく何の役にも立たないものばかりになっていて」とベルムーデスは言った。「アプラ党員らは記録ファイルをどこかにやっちまったんです。今われわれは一から全部作り直しているところで、そのことについてお話ししたかったんですよ大尉。軍保安部に助けてもらえるところがたくさんあるんです」

「つまりおまえはベルムーデス氏の運転手をやっているわけか？」とルドビーコが言った。「よろしくなアンブローシオ。スラム街の仕事で、少し力を貸してくれるわけだな？」

「問題ないですよ、もちろんわれわれは協力しあわないと」とパレーデス大尉は言った。「何かデータが必要になったときには、私がご提供しますよベルムーデスさん」

「何しに来たんだ、あんたなんかお呼びじゃない、誰もあんたなんか必要じゃない」とトマサは吠えた。「まるでおたずね者みたいな身なりだな、まさにあんたの正体そのものだ。あたしの友達があんたを見て、逃げていったのがわかっただろ？　いつ出所したんだ？」

「それよりもう少しやってもらいたいことがあるんですよ大尉」とベルムーデスは言った。「軍保安部の持っている政治関係ファイル全体を使わせてもらいたいんです。こっちに写しを持っておきたいんです」

「あいつはイポリトといって、ここで一番の荒くれ者だ」とルドビーコが言った。「もうじき来るから紹介するよ。あいつも正規隊員じゃない、今後も正規に採用されることはきっとない。オレはいずれ採用されたいと思っている、ちょっとばかりの運をどこかでもらって。でアンブローシオ、おまえは正規なんだろ？」

「われわれのアーカイブに手を触れることはできませんよ、軍事機密扱いですから」とパレーデス大尉は言った。「そちらのプロジェクトについてはモリーナ大佐に伝えておきます、ただ大佐にだって決定権はないんです。一番いいのは、内務大臣から直接、戦争大臣に要請文書を送ってもらうことじゃないでしょうか」

「おまえの友達は、まるでオレが悪魔だというみたいに走って逃げたな」とトリフルシオは言った。「なあトマサ、オレにこれを食わせてくれよ。もうひでえ腹ぺこなんだ」

「まさにそれこそ一番避けなければならないことなんだ大尉」とベルムーデスは言った。「アーカイブの写しが内務省に渡ることを、モリーナ大佐にも、戦争大臣にも知られたらまずいんだ。わかりますかね？」

「くたばる仕事なんだぜアンブローシオ」とルドビーコは言った。「何時間も声を枯らして、力を使い果たしたところに、ぺえぺえの正規隊員のやつがやってきては、オレたちに文句をつける、それを聞いてロサーノさんはオレたちの報酬を削ると脅してくる。誰にとってもくたばる仕事なんだが、あの荒くれのイポリトだけはちがう。なぜだか教えてやろうか？」

「上官に知られずに、極秘書類の写しをそちらに渡すなんてことは、私にはできないですよ」とパレーデス大尉は言った。「その内容に、士官全員の命も生活も、すべてがかかっているんですから、数千人の民間人とともに。まるで中央銀行に保管されている金塊みたいなもんなんですよベルムーデスさん」

「そうだ、おまえは逃げるしかない、が今は落ちついて一杯飲め、哀れなやつめ」とドン・フェルミンが言った。「でどうしてそういうことになったのか話して聞かせてくれ。もう泣くのはやめろ」

「まさにそうだ大尉、もちろんわたしにもわかっている、あの記録が金塊だってことは」とベルムーデスは言った。「あなたの伯父上にもそれはわかっている。この取り決めは保安担当の責任者の中だけにとどめておかなければならない。モリーナ大佐を遠ざけているとか、そういうこととは全然ちがう」

「なぜって、誰かを半時間ばかりも殴りつけていると、荒くれイポリトのやつ、いきなりブンって、いきり立っちまうんだ」とルドビーコは言った。「たいがいのやつは、やる気が落ちたり飽きたりする。やつはちがう、ブンって、立っちまう。そのうちおまえもやつに会って、目にすることになるさ」

「むしろ逆で、彼には昇進してもらうんだ」とベルムーデスは言った。「部隊の指揮権をもってもらう、司令官になるんだ。そして、保安部の長としてモリーナ大佐の代わりを果たすのに誰が一番適任かといえば、それがあなただというのに誰も異論ははさめない。そうなれば、われわれは両方の機能をひそかに統合することができるようになる」

「一晩だって、一時間だってダメだ」とトマサは言った。「あんたにはここに一分だって居着いてもらっちゃ困る。今すぐに出ていっとくれトリフルシオ」

「伯父をすっかり手なずけてしまったようですな我が友ベルムーデスは」とパレーデス大尉は言った。「あなたと知りあってまだ六か月にもならないのに、私よりもあなたのほうを余計に信頼しているほどだ。まあそれは冗談ですがねカヨ。もうそろそろお互い呼び捨てでもいいんじゃないですかね？」

「やつらが嘘をつくのは勇敢だからじゃないんだアンブローシオ、そうじゃなくて、ただ怖いからなんだ」とルドビーコは言った。「いつの日か、おまえも連中を相手にする番になればわかるさ。おまえのボスは誰なんだ？　誰それです、かれそれです。いつからおまえはアプラ党員なんだ？　ちがいます党員じゃないです。じゃあなぜ誰それ、かれそれがおまえのボスだと言うんだ？　ボスじゃないです。まったくへたばるぜ、嘘じゃない」

「あんたの伯父さんは、保安部こそが政権の死活を握っているってわかっているんだ」とベルムーデスは言った。「誰もが今は拍手喝采ばかりしている、しかし、いずれ綱引きが、いろんな利益の争いが始まることになる、そうなったときには、野心のある連中、恨みを抱いた連中を、保安部がどうやって無力化するか、それにすべてがかかってくるんだ」

「居着くつもりはない、ただ寄ってみただけだ」とトリフルシオは言った。「これからイカにいる大金持ちのところで働くんだ、アレバロって名だ。ほんとだぜトマサ」

「知ってますよ」とパレーデス大尉が言った。「アプラ党員がいなくなったら、大統領の前に、今度は政権内部から新しい敵が登場してくることになる」

「おまえは共産党なのか、アプラ党なのか？　自分はアプラじゃない、共産党でもない」とルドビーコは言った。「おまえはおかまかよ兄さん、まだ触ってもいないのに、もう嘘つきはじめたじゃねえか。何時間もこんなふう、毎晩こんなふうなんだアンブローシオ。ところがイポリトはそれに興奮しちまうんだ、どんな人間なのかそれでわかるだろ?」

「だからこそ長期的な視野をもって仕事をしないといけないんだ」とベルムーデスが言った。「今一番危険な要素は民間だ、ところが、明日には軍部がそうなる。所蔵している情報をしきりに隠したがるのはなぜか、それでわかるだろう?」

「ペルペトゥオのお墓がどこなのか、アンブローシオがまだ生きているのかどうか、そんなことすら、あんたは訊きもしない」とトマサが言った。「子供がいたんだってことまで忘れちまったのかい?」

「陽気な女だったんですよ旦那さん、人生を楽しむのが好きな」とアンブローシオが言った。「かわいそうに、そんな女が、自分の子供にあんなことができるような男と一緒になってしまうとは。しかしもちろん、もしネグラがあいつと懇ろになることがなかったら、あたしは生まれていなかったわけで。だから、あたしにとってはまあ、いいことだったたわけです」

「おまえさんにはちゃんとした住宅に移ってもらいたいんだよカヨ、これ以上ホテル暮らしはよろしくない」とエスピーナ大佐が言った。「それから、内務局長として用意されている車をいまだに使っていないというのも、まったく理不尽だ」

「死人には興味はない」とトリフルシオは言った。「しかし、アンブローシオにはぜひ会ってみたいさ。おまえと一緒に暮らしているのか？」

「どうしてかというと、わたしは車ってのを持ったことがないんだ、タクシーは十分に居心地がいいしな」とベルムーデスは言った。「しかし、あんたの言う通りだセラーノ、使うようにするよ。車に、虫がついてもいかんしな」

「アンブローシオはあした、リマに働きにいくんだ」とトマサは言った。「何のために会いたいんだ？」

「オレもイポリトのあれについては信じてなかった、しかし本当だったんだアンブローシオ」とルドビーコは言った。「この目で見たんだ、噂で聞いたわけじゃない」

「そんなに倹約しなくたっていいんだ、用意されている特権を使えよ」とエスピーナ大佐は言った。「おまえはここに毎日十五時間も詰めているが、人生、仕事ばかりでもないんだぞ。たまには羽目を外して楽しめよカヨ」

「ただの好奇心だ、どんなふうになったのか」とトリフルシオは言った。「アンブローシオに会って、そしたら消えるさトマサ、誓うよ」

「初めて、オレたち二人だけのところに、ビタルテの野郎があてがわれたんだ」とルドビーコは言った。「文句をつけてくる隊員はいなかった、人手が足りなくてみんな出払ってたんだな。そのときにオレは見たんだよアンブローシオ」

「もちろんこれからそうするさセラーノ、しかし、もう少し仕事の量が減ってくれないとな」とベルムーデスは言った。「それから家も探して、もっと居心地のいいところに落ちつこう」

「アンブローシオはここで長距離路線の運転手をやっていたんだ」とトマサは言った。「でもリマのほうがもっといい仕事があるだろうから、行ってみるようにあたしが勧めたんだ」

「大統領はおまえさんには大いに満足してるぞカヨ」とエスピーナ大佐は言った。「オレは何よりもおまえを紹介したことで感謝されている、すごいことだと思わないか、革命に際してオレはいろいろと手を貸したが、その何よりもおまえのことが一番なんだ」

「殴りつけるとやつは汗をかきはじめた、さらにやるとさらに汗を流し、あんまりひどくやったんで、相手はわけのわからないことを口ばしりはじめた」とルドビーコは言った。「その時、突然、あいつの股間がまるで風船みたいにふくれあがっているのをオレは見たんだ。誓ってもいいアンブローシオ」

「今あそこをやってくるやつ、あの大男か」とトリフルシオは言った。「あれがアンブローシオなのか?」

「もうほとんど頭がおかしくなってるってのに、なんでさらに殴るんだよ、おまえのせいでもう気絶してるのになんでだ」とルドビーコは言った。「しかし、全然聞こえてもいないんだアンブローシオ。おっ立ってるんだ、まるで風船みたいに。ほんとに文字通りそうなんだ、誓ってもいい。そのうちおまえも会うことになるから、紹介してやるよ」

「このぬかるみから早く脱出できるよう、われわれはあなた方に希望を託しているんですよ」とドン・フェルミンが言った。

「あそこからすぐにおまえだってわかったぜ」とトリフルシオは言った。「さあアンブローシオ、ぎゅっとしてくれ、ちょっとおまえのことを見させてくれ」

「政権がぬかるみにはまっていると言うんですか？」とエスピーナ大佐が言った。「ドン・フェルミン、冗談ですよね？　革命は順風満帆で進行中じゃないですか」

「僕のほうから迎えに行けたのに」とアンブローシオは言った。「でも、出所するなんて全然知らなかったんで」

「フェルミンは間違っていませんよ大佐」とエミリオ・アレバロが言った。「順風満帆とは言えないんですよ、選挙が実施されて、オドリア将軍がペルー国民の投票によって選ばれ、祝福を受けて政権に定着するまでは」

「おまえはトマサみたいにオレのことを追い出さないからよかったぜ」とトリフルシオは言った。「おまえはまだ若造かと思っていたが、もうおまえの親父と同じくらいしっかり年取ってるじゃねえか」

「選挙はただ形を整えるための手続きだと言ってもかまいませんが大佐」とドン・フェルミンは言った。「しかし、必要な手続きであることは確かなんですよ」

「さあこれで会えただろ、もう出ていきな」とトマサが言った。「アンブローシオはあした出発するんだ、これから荷物を作るんだから」

「選挙をおこなうためには国内を平定しておかねばなりません、つまり、アプラ党員を掃除しておかないと」とフェッロ博士が言った。「そうしないと、選挙がわれわれの手の中で爆竹のように弾けることになりかねません」

「どこかで一杯やろうじゃないかアンブローシオ」とトリフルシオは言った。「ちょっと話をして、それからおまえは帰って荷物を作ればいいだろ」

「黙ったままですねベルムーデスさん」とエミリオ・アレバロが言った。「まるで政治の話は退屈だと思っておられるようだ」

「自分の息子に悪評を立てたいのかい？」とトマサが言った。「そのために、あんたと一緒にいるところを人に見せたいのかい？」

「まるで、じゃなくて、ほんとに退屈してしまうんですよ」とベルムーデスは言った。「それに、政治のことは全然わからんのです。笑われるかもしれませんが、本当なんです。なので、聞き役にまわっておいたほうがいいんです」

暗がりの中、彼らはくねくねとした未整備の通りを、杭でできた小屋と時折あらわれる煉瓦造りの家々の間をぬって進んでいった——窓越しに、ロウソクや電球の光の中で、薄暗い人影が会話しながら食事をしているのを見やりながら。土と、排泄物と、ブドウの匂いがした。

「いやしかし、政治のことは何も知らないというわりには、内務局長の仕事を実にうまくこなしているんじゃありませんか」とドン・フェルミンが言った。「もう一杯どうです ドン・カヨ?」

途中で彼らはラバが倒れているのを見つけ、姿の見えない犬たちに吠えられた。二人はほとんど同じ背丈で、黙って歩いた。空は晴れ渡り、暑く、風は吹かなかった。揺り椅子で休んでいた男が、ひとけのない飲み屋に彼らが入るのを見て立ち上がり、ビールを一本出すと、また腰を下ろした。暗がりで彼らは、なおも何も言わぬまま、コップを鳴らした。

「根本的には、二つのことしかありません」とフェッロ博士が言った。「一つは、権力を取った集団の団結を維持すること。二つめは、掃除を厳しく進めることです。大学、組合、役所。そのあとで、選挙、そして、国のために働く」

「この人生で何になりたかったかっていうんですか坊ちゃん?」とアンブローシオは言う。「大金持ちですよ、そりゃ当然」

「それで明日リマに行くんだってか」とトリフルシオは言った。「何しに行くんだ?」

「坊ちゃんは幸福になりたかった、というんですね?」とアンブローシオは言う。「もちろんあたしだってそうですよ、ただ、金持ちと幸福っていうのは同じことでしょう」

「すべては貸しと借りの問題なんですよ」とドン・フェルミンは言った。「米国は秩序を保てる政府なら援助しようと考えている、だから、この革命を支援した。そこで今度は選挙を求めてきた、となると応じないわけにいかない」

「向こうで仕事を探すんです」とアンブローシオは言った。「首都のほうが余計に稼げるんで」

「グリンゴは形式主義なんですよ、そこをわかっておいてやらないと」とエミリオ・アレバロが言った。「彼らは将軍には満足していて、ただ、民主的な形式を守れと求めている。オドリアが選出されれば両腕を開いてわれわれを迎えてくれて、必要な借款をすぐに出してくれます」

「で、運転手として働いてもうどれだけになるんだ?」とトリフルシオは言った。

「しかし、何よりもまず、国民愛国戦線というのか、再建運動と呼べばいいのかわかりませんが、それを前進させなければダメです」とフェッロ博士は言った。「そのためには、このプログラムが基礎になるので、だからこんなにくりかえし主張しているんですよ」

「本雇いになって二年です」とアンブローシオは言った。「助手として始めて、臨時で運転したりしていて。それからトラック運転手になって、最近はバスの運転手をやってました、このあたりで、県内各地に」

「すべての健全な勢力を一つにするナショナリスト愛国プログラムです」とエミリオ・アレバロが言った。「工業、商業、雇用者、農業者。単純明快でいて、効果的な観念に立脚したものです」

「つまりおまえはまともな男、働く男だってわけだ」とトリフルシオは言った。「道理でトマサはおまえがオレと一緒にいるところを人に見られたくなかったわけだ。リマで仕事を見つけられると思うのか？」

「われわれには、ベナビデス元帥の提起した素晴らしい公式を思わせるような標語が必要です」とフェッロ博士は言った。「秩序、平和、そして労働。私はこういうのを考えてみました――健康、教育、労働。どう思われますか？」

「乳搾りのトゥムラを覚えてますか？　その娘のことを」とアンブローシオは言った。「禿鷹の息子と結婚したんですよ。禿鷹のことは覚えてますか？　僕はその息子が、女と駆け落ちするのに手を貸したんです」

「もちろんです、将軍が大統領候補になることは大々的に打ち出す」とエミリオ・アレバロが言った。「そしてすべてのセクターに、自発的な支持を表明させる」

「禿鷹ってのはあの高利貸しか、市長になった？」とトリフルシオは言った。「やつのことなら、覚えてる」

「その通りにみんな表明するでしょう、ドン・エミリオ」とエスピーナ大佐は言った。「将軍の人気は日を追って高まっていますから。わずか数か月で国民は理解したんです、今のこの落ちついた状態と、アプラ党員や共産党員が好き勝手していたころの混乱状態とのちがいを」

「禿鷹の息子は今、政府に入ってるんです、偉くなったんですよ」とアンブローシオは言った。「もしかしたらあいつが、リマで仕事を見つけるのを助けてくれるかもしれない」

「われわれだけでどうです、一杯やりに行きませんかドン・カヨ？」とドン・フェルミンは言った。「われらの友なるフェッロの演説で頭が痛くなりませんでしたか？　私なんかいつも頭がくらくらしてしまいましてね」

「偉くなったんなら、おまえのことなんか見向きもせんだろう」とトリフルシオは言った。「おまえのことなんか、肩越しに見やって追い返すんじゃねえか」

「いいですねサバラさん」とベルムーデスは言った。「たしかにちょっとやかましいですなフェッロ博士は。しかし、経験に裏打ちされていることがわかります」

「そいつを味方にするには、何かおみやげを持っていってやることだ」とトリフルシオは言った。「何かやつに地元のことを思い出させるようなもの、何か心に触れるものを」

「莫大な経験ですよ、なにせ二十年間、すべての政府に入っていたんですからね」とドン・フェルミンは笑った。「こちらへどうぞ、私の車はこっちですから」

「ワインを何本か持っていこうと思って」とアンブローシオは言った。「で、これからどうするんですか？　家にもどりますか？」

「同じもので」とベルムーデスは言った。「そうですねサバラさん、ウィスキーでけっこうです」

「そういうわけには行くまいな、おまえの母さんがオレをどう扱ったか見ただろ」とトリフルシオは言った。「しかし、トマサが悪い女だっていうわけじゃない」

「政治がわからないというのは、これまでずっと政治が嫌いだったからなんですよ」とベルムーデスは言った。「年をとって初めて政治に関わらざるをえない立場に置かれることになったもので」

「彼女が言うには、あんたは何度も何度も、彼女のことを見捨てて出ていったとか」とアンブローシオは言った。「家にもどるのはいつも金をせびるためだったとか。彼女がラバのように働いて稼いだ金を」

「私もやはり政治は大嫌いですよ、しかし仕方がない」とドン・フェルミンは言った。「仕事をしている人間がみんな手を引いてしまって、政治家だけに政治を任せてしまったら、国はむちゃくちゃになってしまいますから」

「女ってのは大げさに言うもんだ、トマサだって結局のところ女だからな」とトリフルシオは言った。「オレはイカに働きに行くんだ、しかし、そのうちまた、あいつに会いにもどってくるさ」

「ほんとにここには一度も来たことがないんですか？」とドン・フェルミンは言った。「エスピーナはすっかりあなたを搾取してますなドン・カヨ。ここのショーはけっこういいんですよ、今にわかります。私がしじゅう夜遊びしているとは思わないでくださいよ、ごく稀に来るだけですから」

「で、ここの状況はどうなんだ?」とトリフルシオが言った。「おまえは知ってるだろ、おまえもその年なら全部わかってるだろ。女だ、淫売屋だ。ここの淫売屋はどういうふうになってるんだ?」

絞りこまれて穏やかな輝きを発する白いダンス用のドレスを彼女は着ていて、それが体の線をいかにもくっきりと、いかにも生々しく描き出すので、まるで裸かと思えるほどだった。口づけするように地面にかすかに触れるそのドレス、肌と同じ色をしたそのドレスのせいで、彼女はほんの小さな歩幅しか踏み出すことができず、バッタのように小さく跳ねるのだった。

「二つあるんですよ、一軒は高くて、一軒は安いやつです」とアンブローシオは言った。「高いってのは一リブラで、安いほうでは、たった三ソルでも買えます。ただし、最低の女たちですが」

彼女は白くて丸くて柔らかな肩をしていて、その肌の白さは、背中に降るように流れる髪の黒さと対照的だった。口もとをゆっくりと貪欲にゆがめるのは、まるで銀色のマイクロフォンに嚙みつくようで、きらきらと輝く大きな目は、すべてのテーブルへと、幾度も注がれた。

「あのムーサって女はけっこうきれいじゃないですか?」とドン・フェルミンは言った。「少なくとも、その前に出てきて踊った骸骨みたいな女たちと比べたら。声はいまいちですがね」

「おまえさんを連れていくつもりはないし、一緒に来てほしいわけでもない、それに、オレと一緒にいるとこを見られないほうがいいってのもわかってる」とトリフルシオは言った。「ただ一回りしてそこに寄ってみたい、ひと目見るだけ。どこにあるんだ、安いほうは?」

「すごい美人ですな、たしかに、体もきれいで、顔もきれいで」とベルムーデスは言った。「それに声だって、わたしに言わせれば、ぜんぜん捨てたもんじゃない」

「すぐそこです」とアンブローシオは言った。「でも警察がしじゅう出入りしてますよ、毎日のように喧嘩があるんで」

「言っておきますがね、いかにも女らしく見えるあの女ですが、ちょっと曲がってるんです」とドン・フェルミンが言った。「女が好きなんですよ」

「それは別にかまわない、警察も喧嘩も、オレは慣れっこだ」とトリフルシオは笑った。「さあ、ビール代を払ってくれ、行こうじゃないか」

「ほう、そうなんですか?」とベルムーデスは言った。「あの、あんなにきれいな女が?そういうもんですか?」

「本来なら一緒に行きたいんですが、リマ行きのバスは六時発なんですよ」とアンブローシオは言った。「なのに持ってくものはまだあちこちに散らばったままで」

「なるほど、お子さんはいないんですねドン・カヨ」とドン・フェルミンは言った。「そりゃあ問題が少なくて結構なことです。私のところなんか三人いるんで、ソイラと私は、今まさに頭が痛くなってきたところです」

「入口にオレを置いて、おまえは帰ればいい」とトリフルシオは言った。「人目につかない道で行ってもいいぞ、そのほうがよければ」

「ほう、息子さん二人に、女の子一人ですか?」とベルムーデスは言った。「もう大きいんですか?」

彼らはふたたび通りに出て、すると夜は前よりも少し明るくなっていた。月明かりで穴ぼこや溝や岩がよく見えた。人影のない小道を通った。トリフルシオは右へ左へときょろきょろして、すべてを観察し、すべてを吸収し、一方、アンブローシオは両手をポケットに突っこんで、小石を蹴飛ばしながら行った。

「若い男が海軍に入ってどんな未来がありますか?」とドン・フェルミンは言った。「何もないですよ。しかし、チスパスはどうしても入りたいと言うんで、私もコネを使って入れてやったわけです。それがどうです、あっという間にクビです。教科はサボるうえ、規律違反だという。まともな仕事につかないままになる、というのが何よりも困るところで。

もちろん私が動いて、大目に見てもらうようにすることもできたでしょう。しかしね、やめました、息子が水兵だなんて、いやですよ。それなら、私のもとで働かせたほうがまだましです」

「それしかないのかアンブローシオ?」とトリフルシオは言った。「たった二リブラで、もうないのか? いっちょまえの運転手をやってて、二リブラしかねえのかよ?」

「外国に勉強にやったらどうです?」とベルムーデスが言った。「環境を変えてやると、坊やも態度が変わるかもしれませんよ」

「もっと持ってたら、それもあげますよ」とアンブローシオは言った。「くれって言えば、あげますよ。なんでそんな刃物を出すんです? そんな必要ないですって。いいですか、家まで来てください、そうしたらもっとあげますから。でもそれはしまってください、あと五リブラあげますから。でも脅すのはやめてください。助けになるなら、僕はよろこんで、もっとあげますから。さ、家に行きましょう」

「それは不可能ですな、妻が死んでしまいますよ」とドン・フェルミンは言った。「チスパス一人で外国にやるなんて。ソイラは絶対に許さないでしょう。甘やかして、溺愛している息子ですから」

「いや、オレは行かない」とトリフルシオは言った。「これでもういい。借金だと思ってくれ、いずれおまえの二リブラは返す、これからオレもイカで働くんだから。オレがナイフを出したんで驚いたのか？ 何もするつもりはなかったんだ、おまえはオレの息子なんだし。いずれかならず返すから」

「下の子も、やっぱりむずかしいんですか？」とベルムーデスは言った。

「返してほしくなんかないんですよ、あげたんですから」とアンブローシオは言った。「びっくりなんかしてないです。ナイフなんか出す必要はなかったんですよ、もともと僕の父親なんだから、言われればあげたんです。家に来てください、誓って言いますけど、あと五リブラあげますから」

「いや、ヤセッポチはチスパスとは正反対でしてね」とドン・フェルミンは言った。「クラスで一番、学年末には賞を軒並み取ってきます。そんなに勉強しなくていい、と言っていつもブレーキをかけてやらなければならないぐらいで。まったく親冥利に尽きる息子なんですよドン・カヨ」

「おまえは考えてるんだろうな、オレが、トマサから聞いていたよりもっとひどい人間だって」とトリフルシオは言った。「取り出したのはただの癖だ、何かするつもりだったわけじゃない、たとえおまえが一銭もくれなかったとしてもだ。それに、かならず返す、誓って言うが、おまえの二リブラはかならず返すからアンブローシオ」

「わかってきましたよ、下の子が一番のお気に入りなんですな」とベルムーデスが言った。「で、彼はどの道に進むんです？」

「わかりましたよ、返したかったら返してください」とアンブローシオは言った。「もうこのことは忘れてください、僕はもう忘れましたから。家まで来たくないんですか？　あと五リブラあげます、約束します」

「まだ中等部二年なんで、決めてないようです」とドン・フェルミンは言った。「お気に入りだってことはないんですよ、三人とも同じように気に入ってます。ただ、サンティアーゴのことは誇らしい気持ちになるんです。わかってもらえると思いますが」

「おまえは考えてるんだろうな、オレが息子から金を盗むようなゲスな人間だって、息子にまでナイフを突きつけるような」とトリフルシオは言った。「誓って言うが、これは借金だからな」

「ちょっとうらやましい気持ちになりますなあサバラさん」とベルムーデスは言った。「頭が痛いこともあるでしょうが、子供がいるというのは、それを埋め合わせてくれるような部分もあるんですね」

「もういいんですってば、ただの癖だったんだ、かならず返してくれるんだって、もうわかってますから」とアンブローシオは言った。「もう忘れてください、お願いですから」

「お住まいはマウリーなんですよね？」とドン・フェルミンが言った。「さあ、お連れしましょう」

「おまえはオレのことを恥ずかしいと思わないのか？」とトリフルシオは言った。「本当のところを言ってくれ」

「いや、結構、歩いていきます、マウリーはすぐ近くですから」とベルムーデスは言った。「お知り合いになれて、本当によかったですサバラさん」

「どうしてそんなこと言うんです、何を恥じるんですか？」とアンブローシオは言った。

「さ、一緒に娼館に入りましょう、そのほうがよければ」

「えっ、おまえがここに？」とベルムーデスは言った。「おまえがここで何をしてるんだ？」

「いや、おまえは荷物を作りに帰れ、オレと一緒にいるのを見られないほうがいい」とトリフルシオは言った。「おまえはいい息子だ、リマでうまくいくといいな。信じてくれ、かならず返すからアンブローシオ」

「あちこちにたらい回しにされましたよ、何時間もここで待たされてドン・カヨ」とアンブローシオが言った。「もうチンチャに帰ろうかと思ってたところです、正直言うと」

「一般的には、内務局長の運転手は捜査部所属の人間が務めるんですドン・カヨ」とアルシビアデス博士が言った。「安全上の理由からです。しかし、局長がそのほうがいいと言うのであれば」

「仕事を探しに来たんですドン・カヨ」とアンブローシオは言った。「もういいかげん、あのボロいバスを運転しているのもいやになったんで。もしかしたらどこかに、ドン・カヨが押しこんでくれるかもしれないと思って」

「そうなんだ、そのほうがいいんだ先生」とベルムーデスが言った。「あのサンボのことはもう長年知ってるんで、捜査部の見知らぬ人間よりもずっと信頼できる。今、そのドアの外にいるんで、手続きを全部やってもらってもいいかな？」

「運転は任せといてください、リマの道路事情についても、すぐに覚えますドン・カヨ」とアンブローシオは言った。「運転手を探していたんですよねえ？　そうしてもらえれば、まったく願ってもないことですドン・カヨ」

「わかりました、私がやっておきます」とアルシビアデス博士は言った。「彼のことは地方公安署雇用とするか、捜査部所属とするか、なんとかさせます。それと、今日中に車もお渡しできるように手配しておきます」

「わかった、ならおまえを採用する」とベルムーデスは言った。「運がいいぞアンブローシオ、ちょうどいいタイミングで顔を出したな」

「乾杯」とサンティアーゴは言う。

Ⅷ

書店は上階にバルコニーがついた古い屋敷の内部にあり、ぐらぐらと揺れる大扉をまたいで中に入ると、中庭の一番奥の隅っこに店が見え、物はいっぱいだが人影はないのがわかった。サンティアーゴは九時前に到着し、入口付近の書棚を眺めて、時の経過によって傷んだ本や色の褪せた雑誌をめくってみた。ベレー帽に灰色のもみ上げを生やした老人が彼を中立的な目つきで見やり、それがわれらの親愛なる老マティーアスだったなと彼は考える、視線の端で彼のことを観察しはじめ、そのあとでようやく近づいてきた——何かお探しなのだろうか？　フランス革命についての本を。ああ、と老人は笑みを浮かべ、こっちです。場合によってそれは、ここにアンリ・バルビュスさんはお住まいですか、だったり、ドン・ブルーノ・バウアーはいますか、だったりし、場合によっては、ドアを特別な叩き方で叩くのだったりして、場合によってはコミカルな混乱が起こったものだったなサバリータ。彼を案内した先は、新聞の束と銀色のクモの巣と、黒ずんだ壁に沿って積み上げた本でいっぱいの部屋だった。揺り椅子を指差して、すわるように言うと、わずかにスペイン風の訛りがわかり、雄弁な小さな目、真っ白の小さな三角髭をしていた――尾行されていなかっただろうか？　十分に用心すべきなのだった、すべては若者たちにかかっているのだから。

「彼は七十歳にして、なおも純粋だったんだカルリートス」とサンティアーゴは言った。「あの年齢でそんな人は、彼一人しか会ったことがない」

老人は彼に親しみをこめてウィンクしてみせ、それから中庭にもどった。サンティアーゴは昔リマで刊行されていた古雑誌を見てまわり、《バリエダーデス》と《ムンディアル》だったなと考える、マリアテギやバジェホ〔ペルー出身の前衛詩人。一九三八年にパリで没〕の書いた記事が載っているものを脇に取りのけた。

「たしかにな、往年のペルー人は、マスコミでバジェホやマリアテギの書いたものを読んでいたんだよな」とカルリートスは言った。「今じゃ、オレたちの書いたものを読んでるんだから、まったく退行したもんだ」

数分後、ハコーボとアイーダが手をつないで入ってくるのが彼には見えた。もうすでに芋虫も蛇も刃物も出なくなっていて、針がちくっと刺しただけですぐに消えていくのだった。二人が年期の入った書棚のかたわらで囁き交わしているのが見え、ハコーボの顔の無精髭とうれしそうな表情が見え、マティーアスが近づくと二人が離れるのが見え、ハコーボの笑みが消えて、眉間に皺を寄せた集中した顔、抽象的な真剣さ、数か月前から世界に対して見せるようになっていたあの顔があらわれるのが見えた。今ではめったに着替えなくなっている茶色の上着、皺の寄ったシャツに、結び目の緩んだネクタイを締めていた。プロレタリアの扮装をしはじめたんだな、とワシントンが冗談めかして言っていたな、と彼は考える、髭は週に一回しか剃らない、靴は磨かない、あの調子じゃそのうちアイーダに捨てられるな、とソロルサノは笑っていた。

「あんなに謎めかしていたのは、その日を境に僕らはお遊びを卒業するはずだったからだ」とサンティアーゴは言った。「本格的な活動が始まるはずだったんだカルリートス」サン・マルコスでのあの三年めが始まったころ、あのころだったんだろうかサバリータ、カウイデの発見とあの日の間のどこかでだったんだろうか？　読書と議論から大学内でのガリ版刷りチラシの配布へ、耳の聞こえない女の下宿屋からリマック区の家へ、マティーアスの書店へ、危険な遊びから本物の危険へ——あの日。二つの勉強会サークルがあれ以来一緒に集まることはなく、ハコーボとアイーダに会うのはサン・マルコスでだけとなり、他にもサークルが機能しているらしかったが、ワシントンにそれを質問すると、彼は閉じた口に蠅は飛びこまないと答えて笑うだけだった。ある朝、ワシントンが彼らを呼び出した——ある時間、ある場所に、彼ら三人だけで。カウイデのメンバー一人に会うことになるのだった、なんでも好きなこと、疑問に思っていることを訊いてみればいい、その夜もやっぱり眠れなかったなと彼は考える。ときおりマティーアスは中庭から顔を上げて彼らに笑みを見せ、一番奥の部屋で彼らは煙草を吸い、雑誌をめくり、戸口と外の街路をしじゅう見やっていた。

「九時に来いと言われて、もう九時半だ」とハコーボが言った。「きっともう来ないんじゃないか」

「アイーダは、ハコーボとつきあうようになると、すぐに大きく変わった」とサンティアーゴは言った。「冗談を言ったりして、楽しそうなのが見てとれた。一方、彼のほうは深刻になって、髪をとかしたり服を着替えたりするのをやめたんだ。他の人が見ていればアイーダと一緒になって笑うこともなくて、われわれの前では、ほとんど彼女にことばを向けることすらなかった。幸せなのを恥じていたんだカルリートス」

「コミュニストだからって、ペルー人でなくなるわけじゃないんだから」とアイーダは笑った。「十時に来るでしょ、じきにわかるわ」

十時十五分前だった——入口のところに小鳥のような顔、飛び跳ねるような歩き方、黄色いわら半紙のような肌、大きすぎる上着、暗赤色の細いネクタイ。マティーアスに話しているのが、周囲を見まわしているのが、近づいてくるのが見えた。男は部屋に入ると彼らに笑みを向け、遅くなって申し訳ない、やせ細った手を出し、乗っていたバスが故障してしまったのだった、それから双方が居心地悪くお互いを観察しあった。

「待っていてくれてありがとう」というその声は、その顔と手と同じように、やはりか細かったな、と彼は考える。「カウイデより、同志諸君、兄弟としてご挨拶したい」「同志諸君というのを初めて聞いたんだよカルリートス、センチメンタルなサバリータの心がどんなに動いたか想像できるだろう」とサンティアーゴは言った。「結局、彼の暗号名しか知ることがなかったな、ヤーケというんだ——会ったのも、ほんの数回だけだった。彼はカウイデの労働者分団で活動していて、僕のほうは大学分団にしかかかわらなかったから。わかるだろう、まれにいる、純粋なやつだった」

その朝、われわれはまだ、ヤーケがオドリアの革命があったときに法学部の学生だったことを知らなかったんだよな、と彼は考える、警察のサン・マルコス襲撃で彼がつかまったことも、拷問されてボリビアに追放されたことも、そしてラ・パスで六か月間拘留されてからペルーに非合法にもどったのだったことも——あの朝、彼らは、そのか細い声が党の歴史を要約して話すのを聞きながら、小鳥みたいだということにしか気づかなかった、彼がそのか細い黄色い手を、まるで手が引きつっているかのように何度もまったく同一の動きでくりかえし回転させながら、中庭と街路を横目でちらりちらりと見やるのを目にしながら。党はホセ・カルロス・マリアテギによって設立され、生まれるとすぐに成長して複数の運動組織が結成され、労働者メンバーを勝ち取っていったのだった、彼は僕らのことを信用しているのだということを示したがっていたのだ、と彼は考える、だから僕らに、以前からいつでもごくごく小さい組織だったことや、アプラ党に比べて弱体だったことを隠そうとしなかったのだ、そして、その時代こそが党の黄金時代だった、それは雑誌《アマウタ》と新聞《労働《ラボール》》の時代、労働組合の結成を進め、先住民コミュニティへ学生を派遣していた時代だった。マリアテギが一九三〇年に死んだとき、党はすでに冒険家やご都合主義者の手に落ちていて、老マティーアスが死んでチョタ街の建物が取り壊されると立方体に窓があるだけのような建物が建てられたんだったなと彼は考える、彼らは一般大衆からの撤退という敗北主義的な方針を党に課し、それによって大衆はこぞってアプラ党の影響下に入ることになったのだ、同志ヤーケはその後どうなったんだろうかサバリータ？　冒険家といえば、帝国主義の手先となり、オドリアがブスタマンテを倒すのを手助けしたラビーネスのような冒険家だ、ひょっとして困難で息のつまる闘争に飽いて、変節して、妻をもって、子をもって、どこかの省庁で働いていたりするのだろうか？　またご都合主義者といえば、その後信心家になって、今では毎年、紫色の法衣を着て「奇跡の主」の祭礼で十字架を引きずって歩いているテレーロスだ、それともまだ闘争を続けていて、刑務所に入っていないときには、あの小鳥のような声でまだ学生団体に話をしたりしているのだろうか？　裏切りと弾圧で党はほぼ壊滅したが、もし闘争を続けているのだとしたら彼はソヴィエト派だろうか中国派だろうか、それともゲリラ戦で死んだ数多のカストロ派だろうか、それともトロツキストになっただろうか？　ブスタマンテが一九四五年に政権につくと党はふたたび合法化され、再構築が始まり、労働者階級の内部でアプラ党の改良主義と戦うようになり、モスクワか北京かハバナに旅しただろうか？ しかしオドリアの軍事クーデタによって党は再度解体され、彼もまたスターリン主義者とか修正主義者とか冒険主義者などと呼ばれて非難されているんだろうか？ 中央執行部全員と何十人もの指導者や活動家やシンパは投獄され国外追放され、一部は暗殺されたが、彼はおまえサバリータのことを覚えているだろうか、マティーアスのところでのあの朝のこと、ホテル・モゴヨンでのあの夜のことを覚えているだろうか？ この大々的な難局を生き延びた一部細胞はゆっくりと、苦労を重ねて、カウイデ組織を結成し、それが今そのプリントを発行していて、大学分団と労働者分団の二つに分かれているのだ同志諸君。

「つまりカウイデには、少数の学生と少数の労働者がいるだけということですか？」とアイーダが言った。

「困難な条件の中で活動していて、場合によっては、一人の同志が倒れることで何か月にもわたる努力が無駄になるんだ」と、彼は人差し指と親指の爪で煙草を持っていたなと考え、とても気弱そうに微笑んだ。「しかし、弾圧されながらも、われわれは拡大している」

「で当然、おまえも納得したんだよなサバリータ」とカルリートスが言った。

「僕が納得したのは、彼が、自分の言っていることを信じているんだっていうことだ」とサンティアーゴは言った。「それと、さらに言えば、彼は自分のやっていることが好きなんだということが見てとれた」

「党は、他の非合法組織との統一行動に関して、どういう立場を取っているんですか?」とハコーボが言った。「アプラとか、トロツキストなどの」

「全然迷いがなかった、信じていたんだ」とサンティアーゴは言った。「僕はその前から、何かを盲目的に信じている人たちのことを、うらやましいと思っていたんだよカルリートス」

「われわれは独裁制に対してアプラと共同で戦う立場を取れるはずだ」とヤーケは言った。「しかし、アプラは右派の連中から過激派と呼ばれるのを嫌って、必死で反共産主義であることを示そうとしている。また、トロツキストは十人にも満たない人数で、おそらく警察のエージェントだろう」

「それこそが人間にとって、一番恵まれていることなんだよアンブローシオ」とサンティアーゴは言う。「自分の言っていることを信じられるということ、自分のやっていることが好きだということ」

「アプラは帝国主義支持に転じたのに、どうして今でも民衆の支持を得られているんですか?」とアイーダが言った。

「惰性の力と、得意のデマゴギーと、アプラに殉じた英雄たちのせいだろう」とヤーケは言った。「それから何よりも、ペルーの右派のせいだ。連中はアプラがもう彼らの敵ではなく仲間なんだということをわかろうとしない、で迫害し続けるので、かえって民衆の心の中で、アプラの権威を高めることになっている」

「たしかにそうだ、右派の愚かさがアプラを大政党に変えたんだ」とカルリートスが言った。「しかし、左派がフリーメーソン程度の存在にとどまっているのはアプラのせいではなく、能力のある人材の欠如からだ」

「要は、あんたや僕や、能力のある人間は渦中に飛びこまない」とサンティアーゴは言った。「僕らは渦中に飛びこんだ無能な連中のことを批判するだけだ。そんなことでいいのかいカルリートス？」

「いいとは思わない、だからオレは政治の話はけっしてしないんだ」とカルリートスは言った。「おまえさんが、毎晩、気持ちの悪いそのお得意のマゾヒズムから、オレに政治の話を強要してるんだサバリータ」

「そろそろ今度は私に質問させてくれ、同志諸君」とヤーケは微笑んだ、まるで恥じているみたいに。「君らはカウイデに入りたいか？　シンパとして関わることもできるんだ、まだ党に加入しなくたっていいんだ」

「わたしは今すぐに党に入りたい」とアイーダは言った。

「急ぐ必要はないんだ、時間をとって熟慮してもいいんだ」とヤーケは言った。

「熟慮というなら、もうサークルの中で十分にやってきた」とハコーボが言った。「僕も加入したい」

「僕はシンパとして続けるほうがいい」と、芋虫、刃物、蛇。「まだいくつか疑問に思っているところがあって、加入する前にもう少し勉強したいと思ってる」

「それでいいさ同志、すべての疑問を乗り越えるまで入党しないほうがいい」とヤーケは言った。「シンパとしてだって十分に役立つ仕事を展開できるんだから」

「あの時点で、サバリータはもう純粋じゃないってことが明々白々になったわけさアンブローシオ」とサンティアーゴは言う。「ハコーボとアイーダのほうが、サバリータよりも純粋だってことが」

で、もしあの日、入党していたらどうだサバリータ、と彼は考える。闘争におまえは引きずりこまれ、時とともになおさら深入りしていき、疑念は掃き捨てて、数か月か数年のうちに、おまえは信念のある男に、楽観主義者に、よくいる無名の英雄的な純粋な人間になっていたのだろうか？　おまえはきつい人生を生きることになっていただろうサバリータ、ハコーボとアイーダがきっとそうだったように、と彼は考える、何回か刑務所に入ったり出たりして、見るも無惨な仕事の口にありついたりクビになったりして、《ラ・クロニカ》で狂犬撲滅の社説を書くかわりに、ひどい印刷の《団結《ウニダー》》の小さなページに、資金があって警察に妨害されていないときにだけだがと彼は考える、社会主義の祖国における科学の発展についてや、ルリン区のパン職人組合において革命派候補団が企業寄りの敗北主義的アプラ派候補団に勝利したことについて書いていたり、あるいはさらに印刷のひどい《赤旗》のページに、ソヴィエトの修正主義と《ウニダー》の裏切り者たちを批判する記事を書いたりしていただろうと考える、あるいはおまえはもっと勇敢に高潔に、反乱組織に加入してゲリラ戦争を夢見て実行して失敗して刑務所に入っているかもしれない、エクトルのように、と考える、あるいは、死んでジャングルの中で肥やしになっているかもしれない、チョロのマルティネスのように、と考える、そして「青年議会」の類いに半ば隠密で旅していたかもしれない、モスクワに、と考える、「ジャーナリスト会議」に連帯の挨拶をもっていくようになっていたかもしれない、ブダペストとかに、と考える、あるいは、軍事訓練を受けていたかもしれない、ハバナとか北京で、と考える。弁護士資格を得て、結婚して、組合の顧問弁護士になって、代議士になっていたとして、今よりもっと不幸だったか同じだったかもっと幸福だったのだろうか？　彼は考える——ああサバリータ。

「ドグマに対する恐れというのではないと思う、むしろ、アナーキスト坊やとして当然の反応だったんだよ、誰の指令も受けたくない、という」とカルリートスは言った。「一番の奥底では、おまえさんは恐かったんだ、いいものを食べていい服を着ていい匂いのする人たちとの関係を断ち切るのが」

「しかしそういう人たちのことは大嫌いだったんだぜ、今でも大嫌いだし」とサンティアーゴは言った。「僕にとって、それだけは今でも確信をもって言えることなんだカルリートス」

「なら、否定の精神ということかな、猫をつかまえて、四本足だとわかっているのにわざと三本足と言ってみたりするような」とカルリートスは言った。「おまえは文学に専念するべきだったんだよサバリータ、革命じゃなくて」

「僕にはわかっていたんだ、もし誰もが知的にふるまって、疑問を口にするだけだったら、ペルーはいつまでたってもダメなままだろうって」とサンティアーゴは言った。「ドグマを信じこんで行動する人間が足りないんだって、わかっていたんだカルリートス」

「ドグマ好きの連中がいようと、知的な連中がいようと、いずれにしてもペルーは永久にダメなままさ」とカルリートスは言った。「この国は始まり方が悪かった、だから終わり方も悪いんだ。われわれと同じようになサバリータ」

「われわれ資本主義者ってことか？」とサンティアーゴは言った。

「われわれ悪文書きってことさ」とカルリートスは言った。「誰もが結局は泡を吹いて破裂してぶっ倒れるんだ、ベセリータのようにな。おまえサバリータの健康に、乾杯といくか」

「何か月も、何年も、入党することを夢に見ていたくせに、いざそのチャンスが出現すると、後ずさりする自分」とサンティアーゴは言った。「どうしてだったのか、自分でも永久に理解できないと思うよカルリートス」

「先生先生、何かがおなかの中で上にあがったり下にさがったりしていて、何なのかわからなくて困ってるんです」とカルリートスが言った。「奥さん、それはおならが暴走してるんです、奥さんはお尻みたいな顔をしてるんで、哀れおならはどっちから出たらいいのか困ってるんですよ、てな。おまえさんの人生を悩ませてるのも、暴走したおならってところだなサバリータ」

社会主義と労働者階級の大義に人生を捧げると誓うか？　とヤーケは訊ねたのだった、そしてアイーダとハコーボは、はい誓います、そのかたわらでサンティアーゴはただ眺めていた――そのあとで彼らはそれぞれ自分の暗号名を選んだ。

「君は小さくなる必要はないんだよ」とヤーケはサンティアーゴに言った。「大学分団では、シンパも活動家も対等だから」

彼らに手を差し出し、じゃあまた同志諸君、彼の出たあと十分待ってから外に出るように。曇って湿った朝の中、彼らはマティーアスの書店をあとにして、コルメーナの〈ブランサ〉に入ってミルク・コーヒーを注文した。

「ひとつ質問していい？」とアイーダが言った。「どうして入党しなかったの？　どんな疑問があるっていうの？」

「一度話したことがあるだろ」とサンティアーゴは言った。「まだいくつか確信できないことがあるんだ。それをはっきりさせて……」

「神が存在しないってことがまだ確信できないってわけ？」とアイーダは笑った。

「人の決断に反論する権利なんか、誰にもない」とハコーボが言った。「ゆっくり時間をかけさせてやれよ」

「反論してるんじゃないけど、あなたにひとつ言っておくわよ」とアイーダは笑いながら言った。「あなたはきっと入党しない、そしてサン・マルコスを出たら革命のことは忘れて、インターナショナル石油の顧問弁護士になって、きっと〈ナシオナル〉クラブの会員になるのよ」

「よかったじゃないか、その予言は外れたんだから」とカルリートスは言った。「弁護士でもなく、〈ナシオナル〉クラブの会員でもなく、プロレタリアでもブルジョワでもないんだからサバリータ。その中間の、ただの哀れな鼻くそになっただけなんだから」

「どうなったんですか結局、そのハコーボとか、アイーダとかは？」とアンブローシオは言う。

「結婚して、たぶん子供も生まれたんじゃないか、もう何年も会ってない」とサンティアーゴは言った。「ハコーボの存在を知るのは、新聞で彼がつかまったとか釈放されたとか読むときだけだ」

「おまえはいつまでもそいつを羨ましいと思っているんだな」とカルリートスは言った。

「もうおまえがこのテーマに触れるのは禁止にするぞ、おまえには有害でしかない、オレにとっての酒以上に有害だ。おまえはそれの依存症になってるんだからサバリータ――そのハコーボ、そのアイーダとかの」

「恐ろしいわね、今朝の《ラ・プレンサ》のあれは」とソイラ夫人が言った。「ああいう蛮行は新聞に載せるべきじゃないのよ」

アイーダのことであいつが羨ましいのか？　今ではもうちがう、と考える。じゃあ別のことでなのかサバリータ？　会ってみなければわからない、と考える、彼と話してみて、人生をなげうったあの生き方のせいで、彼がよくなったか悪くなったか確認してみないと。彼は考える――何の悔いもない澄みきった心でいるのかどうか確認してみないと。

「年がら年じゅう犯罪のことを嘆いてばかりいるくせに、ママはいつもそこを最初に読むんだから」とテテが言った。「まったく笑っちゃうわよママ」

少なくともあいつは孤独だとは感じていないだろう、と考える、仲間に囲まれて、居場所があるだろう。あの勉強会サークルや細胞や分団での議論でいつも感じていたちょっと生温かくて粘着性のあるあの感覚、と考える。

「また別の男の子が誘拐されて怪物に強姦されたのか？」とドン・フェルミンが言った。

「その日以降、僕らは前よりもさらにまれにしか会わなくなった」とサンティアーゴは言った。「僕らの勉強会サークルがそのまま末端細胞に変わった、だから別々のままになったんだ。大学分団の集会では他の人たちに囲まれていたし」

「あなたは新聞よりもひどいわ」とソイラ夫人は言った。「テテの前でそんなことば遣いはやめてくださいよ」

「それにしても、彼らはいったい何人で、一体全体何をやっていたんだ？」とカルリートスは言った。「オレはカウイデのことなんか、オドリアの時代には一度も聞いたことがなかったぞ」

「あたしのこと、まだ十歳だと思ってるのママ？」とテテが言った。

「どれだけなのか、僕には結局わからなかった」とサンティアーゴは言った。「でもオドリアに対して少しはやっていることがあったんだ、少なくとも大学の中では」

「何のニュースがそんなにひどいのか、誰も私には教えてくれないのか？」とドン・フェルミンは言った。

「おまえさんの家では、おまえさんが何に関わっていたか知っていたのか？」とカルリートスは言った。

「自分の子供たちを売るんですって！」とソイラ夫人は言った。「それよりもひどいことって何がありますか！」

「僕はなるべく彼らには会わないように、話をしないですむようにしていたから」とサンティアーゴは言った。「うちの親との関係はどんどん悪くなっていった」

何日も何週間もプーノには雨が降らず、干魃で畑は全滅、家畜は死に絶え、村は空っぽになり、乾ききった風景の前にインディオたちの姿が浮かびあがっていた。ひび割れた畝を前に、子供を背負ったインディオ女たちがさまよい、目を見開いた動物たちが死の淵にあえぎ、見出しと小見出しには疑問符が続出していた。

「彼らにだって感情はあるさ、でもそれ以上に空腹なんだよ母さん」とサンティアーゴは言った。「子供を売るとしたら、子供が飢え死にするのを避けるためだろう」

プーノとフリアカ、干魃の陰で奴隷売買か？

「新聞の社説の内容を議論したり、マルクス主義の本を読んだりする以外に、何をやっていたんだ？」とカルリートスが言った。

インディオたち、観光客に子供を売る？

「子供というのが何なのか、家族とは何か、わかってないのよ、哀れな動物みたいに」とソイラ夫人は言った。「食べるものがないのなら、子供を作らなければいいのよ」

「連合自治会を復活させたし、大学連合会も」とサンティアーゴは言った。「ハコーボと僕はその年の代議員に選出された」

「まさかおまえも、プーノで雨が降らないのは政府のせいだ、とは言い出さないだろうな」とドン・フェルミンは言った。「オドリアはそういう哀れな連中を助けたいと思っているんだ。合衆国からも多額の支援物資が届いている。彼らに服や食料を送ることになるはずだ」

「選挙は大学分団にとっては成功だった」とサンティアーゴは言った。「カウイデからの代議員が八人、文学部、法学部、経済学部から当選したんだ。アプラ党からはもっといたけれど、連帯して投票すれば両方で会議を支配できた。ノンポリ集団は組織されていなかったので、われわれからすれば簡単に分断できた」

「グリンゴからの支援物資はオドリア派の懐を肥やすことにしかならない、とはもう言うなよ」とドン・フェルミンが言った。「オドリアは私に、支援物資の分配を担当する委員会の委員長を務めるようにと言ってきたんだ」

「しかし、われわれとアプラ党との間ではちょっとした合意をするだけでも、果てしない議論と争いが必要だった」とサンティアーゴは言った。「まる一年間、僕の生活は会合ばかりだった、連合自治会、大学分団の会議、それからアプラ党との秘密会合」

「父さんが盗んでるときっと言い出すよ」とチスパスが言った。「超秀才にとっては、ペルーのまともな人間は全員、搾取してるか、でなければ泥棒か、どっちかなんだから」

「《ラ・プレンサ》にはまたママ向きのニュースが載ってるわよ」とテテが言った。「クスコの刑務所で二人死んで、解剖してみると、おなかに靴紐と靴底が見つかったんだって」

「どうしておまえは、その二人の友情を失ったのがそんなにつらかったんだ？」とカルリートスは言った。「カウイデには他に友達はいなかったのか？」

「彼らが靴底を食べたのは低能だからだっていうのか母さん？」とサンティアーゴは言

った。

「この鼻垂れっ子は、そのうち私のことを阿呆呼ばわりして、殴りかかってくるわよフェルミン」とソイラ夫人は言った。

「全員と友達だったけど、それは職務上の友情だったわけで」とサンティアーゴは言った。「個人的なことなんかは絶対に話さなかった。ハコーボとアイーダとの友情はもっと血の通ったものだったんだ」

「新聞は嘘ばかりだといつも言ってるんじゃないのか?」とドン・フェルミンが言った。「政府の功績について何か載れば、それは嘘だと言うくせに、こういうひどい話が載ったらそれは事実だって言うのは、どういうわけなんだ?」

「あんたがいると、うちの食事は、昼も夜も、いつも台無し」とテテが言った。「喧嘩をしないでいられないの超秀才?」

「でもひとつは言っておくよ」とサンティアーゴは言う。「カトリカでなくサン・マルコスに入ったことだけは全然後悔していない」

「《ラ・プレンサ》の切り抜きを持ってきたの」とアイーダが言った。「読んでみてよ、吐き気がしてくるから」

「だって、サン・マルコスに行ったおかげで僕は模範的な学生でなくなることができたんだから。模範的な息子、模範的な弁護士にならなくてすんだんだからアンブローシオ」

とサンティアーゴは言う。

「干魃によって南部地方に一触即発の状況が生まれた」とアイーダは言った。「それは煽動者たちにとってはまたとない好機となった。まだこれは序の口だから、もっと先まで読んでみて」

「だって、現実により密着しているのは、修道院よりも売春宿のほうだからさアンブローシオ」とサンティアーゴは言う。

「守備隊の警戒レベルを上げ、被害にあった農民の監視を強化すべきである」とアイーダは言った。「この新聞が干魃を心配しているのは、反乱が起こるかもしれないからであって、インディオたちが飢え死にしているからじゃないのよ。こんなひどい話、これまでに見聞きしたことある？」

「だって、サン・マルコスのおかげで僕はうちのめされて、ダメになった」とサンティアーゴは言う。「ところがこの国じゃ、ダメにならなかった人間は、他の人間をダメにする側にまわる。だから僕は全然後悔してないんだよアンブローシオ」

「まさに最低だからこそ、こういう新聞は刺激になるんだ」とハコーボは言った。「戦意が下がった気がしたら、どれでもいいから新聞を開いてみると、ペルーのブルジョワジーに対する憎悪がもどってくる」

「つまりオレたちはオレたちの悪文で、十六歳の反乱分子を元気づけているわけなんだな」とカルリートスは言った。「だったら罪の意識をもつ必要はないじゃないかサバリータ。わかるだろ、多少斜めからということになるが、おまえはまだ昔の仲間を後押ししているわけなんだよ」

「あんたは冗談で言ってるけど、もしかしたら本当にそうかも」とサンティアーゴは言った。「何か吐き気を催すようなことについて書くときにはいつも、記事が最大限に気持ち悪いものになるように意図的にやっているんだ。すると翌日には若いやつがそれを読んで、吐き気をおぼえて、それで、まあ、何かが起こるわけだ」

扉にはワシントンが言った通りの貼り紙が出ていた。「練習場」という文字は埃で完全に見えなくなっていたが、テーブル、キュー、三つのビリヤード玉を描いた絵ははっきりと見てとれ、内部からは玉がぶつかる音が聞こえていた――そこにまちがいなかった。

「今じゃいよいよオドリアは貴族の血筋だということにまでなっているそうだ」とドン・フェルミンは笑った。「《エル・コメルシオ》を読んだかい？　男爵とかなんとかが祖先にいて、その気になればその肩書きを使うことも可能なのだそうだ」

サンティアーゴはドアを押して中に入った――ビリヤード台が半ダース、緑のビロード生地と梁がむき出しになった天井の間では、いくつもの顔が煙の波の中に溶け出し、台の上には複雑にからみあった電線が張りめぐらされ、プレーしている人たちはキューを使って点数を記していた。

「路面電車のストと、おまえさんが実家から脱出したのとは、なんか関係があったのか？」とカルリートスは言った。

ビリヤード場を横断し、さらに奥の、一台しか利用者がない広間を抜け、ブリキのゴミ・バケツが並んだ中庭に出た。その一番奥には、イチジクの木の脇に、閉ざされた小さなドアがあった。二度叩いて待ち、それからもう二度叩くと、即座にドアが開いた。

「オドリアはわかってないのね、そんなおべっか使いを許してたらリマじゅうの笑いものになるってことが」とソイラ夫人は言った。「もしあの人が貴族だというのなら、うちは何になるかしらね」

「アプラ党の連中がまだなんだ」とエクトルが言った。「入れよ、同志たちは来ている」

「そのときまで、われわれの仕事は学生らしいものだった」とサンティアーゴは言った。「つかまっている学生のための募金、自治会での議論、チラシや《カウイデ》の配付。それが路面電車のストによって、もっと大きなことに移行できたんだ」

中に入るとエクトルはドアを閉めた。部屋はビリヤードの部屋よりも古く、汚れていた。ビリヤード台が四台、空間を作るために壁際に寄せてあった。カウイデの代表たちが室内のあちこちに散らばっていた。

「オドリアの責任じゃないさ、彼が貴族出身だって誰かが記事に書いたからって」とドン・フェルミンは言った。「人間というのは、金を手に入れるためなら何でもでっちあげる。家系図だってお手のものだ!」

ワシントンとチョロのマルティネスが入口の近くで話をしていた。ソロルサノは台にすわって新聞をめくっていて、アイーダとハコーボは隅の暗がりにほとんど隠れるようにしていた。ていて、小鳥は床にすわりこみ、エクトルはドアの格子の間から中庭の様子をうかがっていた。

「路面電車組合のストは政治的なものではなく、昇給を求めるものだったんだ」とサンティアーゴは言った。「組合はサン・マルコスの連合会総会に手紙を送って、学生たちの支援を求めた。党の大学分団ではこれはすごいチャンスだと考えたんだ」

「アプラ党のやつらには一人ずつバラバラで来るように言ったんだが、あいつら、保安の問題は全然気にしないからな」とワシントンは言った。「きっと愚連隊みたいに顔をそろえて来るんだろう、いつものように」

「だったらその人を呼んできて、私たちの爵位だって調べてもらいましょうよ」とソイラ夫人は言った。「オドリアが貴族だなんて、デタラメもほどほどにしろという感じね」

数分後、ワシントンが恐れた通り、彼らは集団でやってきた。アプラ党の代議員約二十人のうちの五人だった――サントス・ビベーロ、アレバロ、オチョア、ワマンとサルディーバル。彼らはカウイデのメンバーの間にまじりこみ、サルディーバルが議長を務めることが採決なしで決まった。その痩せた顔、骨ばった手、白髪まじりのもみ上げのせいで、重鎮のような雰囲気が彼にはあった。いつものように、議論が始まる前にあてこすりや皮肉の応酬があった。

「われわれ大学分団では、サン・マルコスで路面電車労働者への連帯ストを起こす方向にもっていくことに決めたんだ」とサンティアーゴは言った。

「あんたがいつもどうしてそんなに保安の問題を気にするのかわかったぜ」とサントス・ビベーロがワシントンに言った。「この国のコミュニストはあんたたちで全員だからなんだよな、もし密告されてここでみんなつかまったら、ペルーからコミュニストが消えてなくなっちまう。ところがオレたち五人は、ペルーのアプラ党員の海の中の一滴にすぎない」

「その海の中に落ちた人間は、低俗趣味で溺れ死ぬことになるな」とワシントンは言った。

エクトルはドアの傍らで監視の位置にとどまっていた。誰もが低い声で話し、部屋の中にはぼんやりとした人声の響きが続き、ときおり急に笑いや驚きの声が上がるのだった。

「われわれ分団所属の代議員だけではストを決定できなかったんだ、というのも、連合会総会において、われわれの票は八票にしかならなかったからだ」とサンティアーゴは言った。「しかし、アプラ党と合同でなら可決できた。そこでわれわれは彼らと、あるビリヤード場で会合をもった。そこですべてが始まったんだよカルリートス」

「彼らがストを支持してるとは思えないわ」とアイーダがサンティアーゴに耳打ちした。「意見が分かれているのよ。すべてはサントス・ビベーロにかかっていて、もし彼が同意すれば、残りも彼に従う。羊みたいなもので、要するに、リーダーの言うことが正しいってなるのよ」

「それがカウイデで初めての大議論だったんだ」とサンティアーゴは言った。「僕は連帯ストには反対だった、で、賛成派の先頭に立ったのがハコーボだった」

「それでは仲間の諸君」とサルディーバルが二回手を叩いた。「集まってくれ、開始しよう」

「僕が反対したのは、ハコーボに反対するためではなかった」とサンティアーゴは言った。「僕は、学生たちの支持を得られないと考えたんだ、失敗に終わるだろうと。しかし、僕のほうが少数派で、スト支持案が可決された」

「仲間というのは君らのことだろ」とワシントンが笑った。「われわれも来ているが、ひとくくりにするなよサルディーバル」

「アプラ党との会合はいつもサッカーの親善試合みたいだった」とサンティアーゴは言った。「初めは仲良く始まるんだが、終わるときには殴り合いになっていたりする」

「それじゃ、仲間と同志の諸君、と言えばいいか」とサルディーバルは言った。「集まってくれ、いやならオレは映画にでも行く」

彼のまわりに輪ができ、笑いやひそひそ話は途絶えていった。そして急に葬式のような深刻さをまとうと、サルディーバルは会合の目的を要約して話した――今晩、連合会総会で路面電車労働者からの支持の要請について議論される、そこで、仲間の諸君、われわれが共同で動議を出せるかどうかここで決めたいのだ、同志の諸君。ハコーボが手を挙げた。「分団ではこういう会合をバレエの上演みたいなものとしていつも準備していた」とサンティアーゴは言った。「交代で順番に、一人一人が異なった意見を展開して、反対意見をすべて論駁したうえで決定するんだ」

緩んだネクタイに乱れた髪をして、低い声で話した――ストは一般学生に政治意識を抱かせる絶好の機会なのだ。両手は体に沿って下におろしたままだった――労働者・学生間の同盟関係を発展させる絶好の機会だ。サルディーバルを深刻に見つめていた――拘束されている学生たちの解放や政治的恩赦、といった正当な要求へとつながっていく運動を始める絶好の機会なのだった。彼が黙ると、ワマンが手を挙げた。

「僕がストに反対だったのは、アプラ党のワマンが述べたのとまったく同じ理由からだった」とサンティアーゴは言った。「しかし、分団ではスト支持が決まっていたから、ワマンに反論するのが僕の役目になった。それが民主的中央集権主義というものなんだカルリートス」

ワマンは背が低く気取った感じのある男で、サン・マルコスで弾圧を乗り越えて連合自治会と大学連合会とを再建するのにわれわれは三年もの時間を費やしてきたのだ、その身振りはエレガントで、ならどうして大学外の問題でストなどを打つのか、それも学生大衆から拒否されかねないような問題で？　片手は上着の襟元にやって、もう片手は蝶のように宙を飛び回り、もしも学生大衆がストを拒否したらわれわれは学生たちの信頼を失うことになるのだ、その声はわざとらしく、華やかで、ときおり甲高く鳴り響いた、しかもそれによって弾圧が来れば、連合自治会も大学連合会も、何ら活動できないうちに解体されることになってしまう。

「政党の規律というのがそういうものだ、というのはわかっているんだ」とサンティアーゴは言った。「そうでなければカオスになるというのも僕にはわかっている。自己弁護しているわけじゃないんだカルリートス」

「本筋を離れないようにしてくれオチョア」とサルディーバルが言った。「討論のテーマに絞ってくれ」

「まさにそう、まさにその点なんだ」とオチョアは言った。「私が自問するのは。サン・マルコスの連合会総会は、独裁政権に正面から挑めるほど強固なものなのか？」

「手短にまとめて言ってくれ、時間がないんだから」とエクトルが言った。

「そしてもし、十分な力がないのにストに打って出るなら」とオチョアは言った。「連合会総会の態度はどのようなものだと言えるだろうか？　そう私は訊ねたい」

「コリノスの質問に答えて二万ソルとか、クイズ番組の司会者にでもなったらどうだ?」とワシントンが言った。

「挑発的な態度だとは言えないだろうか?」とオチョアは動じることなく言った。「私はそう質問し、建設的にこう返答せざるをえない――そうだ、たしかにそうだ、と。要するに? たしかにそれは単なる挑発だ、と」

「そういうような会合の真っ最中でだったんだ、突然、自分は決して革命家には、本物の活動家にはなれないだろうと感じたのは」とサンティアーゴは言った。「突然、圧迫感というか眩暈というか、ひどい時間の無駄をしているという感覚に襲われたんだ」

「若きロマン主義者は議論なんかいやだったんだな」とカルリートスは言った。「名前となって残るような行動がしたかったんだろう、爆弾、銃弾、兵営襲撃。小説の読み過ぎだろうなサバリータ」

「スト擁護のために話すのは気が進まないっていうのはわかっているわよ」とアイーダが言った。「でも自分に言い聞かせて。アプラ側は全員反対している、しかし彼らなしでは、連合会総会はわたしたちの動議を否決することになるんだって」

「疑念を消し去る錠剤とか座薬でも発明してもらいたかったもんだよアンブローシオ」とサンティアーゴは言う。「最高じゃないか、自分で一錠挿入すれば、一丁あがり――はい私は信じますって」

彼は手を挙げ、サルディーバルに指名される前から話しはじめた——ストは各学部の自治会を強固なものにすることになるだろう、代議員たちを鍛えることになるだろう、学生大衆もきっと支持するだろう、なぜなら、すでに彼らを代議員に選出したことで彼らへの信頼を表明しているではないか？　両手をポケットに入れて、中では爪を立てて握りしめていた。

「昔、毎週木曜日、告解の前に、自分の良心の検査をしていたときと同じことだったな」とサンティアーゴは言った。「裸の女の夢を見たのは、自分が見たかったからなのか、それとも、悪魔がそう仕向けて、自分では防げなかったからなのか？　女たちが暗がりの中に入ってきているのは、侵入者としてなのか、それとも招かれてなのか？　って具合に」

「ちがうちがう、おまえは思い違いしている、たしかにおまえには活動家の素質があったんだ」とカルリートスが言った。「自分の考えと正反対の意見を擁護しなければならなかったりしたら、オレなら、不満たらたらでロバか豚か鶏の鳴き声みたいになっちまう」

「でも《ラ・クロニカ》であんたは何をやってるんだい？」とサンティアーゴは言った。「われわれは毎日、いったい何をやっているんだいカルリートス？」

サントス・ビベーロが手を挙げ、それまでの発言を穏やかな不審の表情で聞いていたのだったが、話を始める前に目を閉じ、あたかもまだ疑問を感じているかのように咳払いをした。

「最後の瞬間になってまるごとひっくり返ったんだ」とサンティアーゴは言った。「アプラ党の連中は反対しているようで、ストはしないことになりそうだったんだ。そうなっていたら、すべては変わっていたかもしれない、僕は《ラ・クロニカ》に入ることにならなかったかもしれないんだカルリートス」

彼の考えでは、仲間と同志の諸君、現時点で彼らは根本的には、大学の学内改革のために戦っているのではなく、独裁政治に対して戦っているのだった。そして、この公的な自由のための戦い、拘束されている仲間の解放や、国外追放者の帰還や、政党の合法化のための戦いを進める方法として効果的なのは、仲間と同志の諸君、労働者・学生の間の同盟関係をうち立てることなのだった、それをある偉大な哲学者は、技能労働者と知的労働者の間の同盟関係と呼んだ。

「アヤ・デ・ラ・トッレをもう一回でも引用したら、『共産党宣言』を読み上げるからな」とワシントンが言った。「ここに持ってきてるんだから」

「おまえさんはまるで、年とった売春婦が若いころを思い出しているみたいだなサバリータ」とカルリートスは言った。「その点でも、オレとおまえはちがっている。若いころにこの身に起こったことなんか、オレの中からはもう消えてなくなっていて、オレにとって一番重要なことはこれから起こるんだ、とオレは確信している。おまえさんの場合、まるで十八歳のときにもう生きるのをやめてしまったみたいだ」

してるんだ」

「口をはさむな、後悔するぞ」とエクトルがささやいた。「わからないか？　ストに賛成

そう、たしかに、これはいい機会になるかもしれないのだった、なぜなら、路面電車労働者の仲間たちは勇敢さと闘争性を見せてきており、しかも彼らの組合は乗っ取られて御用組合化していないからだった。代議員は大衆に盲目的に従うべきではないのだった、彼らに方向を示してやるべきなのだった——彼らの目を覚ましてやることだ、仲間と同志の諸君、彼らを行動へと押してやることだ。

「サントス・ビベーロのあと、アプラ党の連中がまた発言しはじめ、われわれもあらためて主張した」とサンティアーゴは言った。「われわれは合意を持ってビリヤード場をあとにし、その晩、連合会総会は路面電車労働者に連帯して、無期限ストに入ることを可決したんだ。それからぴったり十日後に僕はつかまったんだよカルリートス」

「それがおまえの銃火の洗礼だったんだな」とカルリートスは言った。「というか、おまえの死亡証明書てとこかサバリータ」

IX

「つまり、おまえにとっては、うちに残っといたほうがよかったんだな、プカルパに行くよりも」とサンティアーゴが言う。

「もちろん、そのほうがずっとよかったです」とアンブローシオは言う。「でも、誰にも先のことはわからないですからね坊ちゃん」

それにしても話がうまいよなあ、とトリフルシオは大声で言った。広場にはまばらな拍手、スローガンがひと声、まれに万歳の叫びがあがるだけだった。演台の階段のところからトリフルシオは、集まった群衆が、まるで雨の降る海のように波立つのを見ていた。手のひらが燃えるように熱くなっていたが、拍手を続けた。

「まず第一は、誰に命じられてアプラ万歳とコロンビア大使館で叫んだのかだ」とルドビーコが言った。「第二に、おまえの仲間は誰かだ。そして第三に、おまえの仲間がどこにいるのかだ。さあ一気に行こうぜトリニダー・ロペス」

「じゃついでに訊くが」とサンティアーゴは言う。「どうしてうちから出ていったんだい？」

「どうぞすわってくれランダ、教会でテ・デウムの間じゅう、もう十分立ちっぱなしだったからな」とドン・フェルミンが言った。「どうぞすわってドン・エミリオも」

「もういいかげん疲れていたんですよ、人の下で働くのに」とアンブローシオは言う。「自分の力で試してみたかったんです坊ちゃん」

ときには、ドン・エミリオ・アレバロ万歳と叫びあげ、ときには、オドリア将軍万歳、またあとでは、アレバロ=オドリアと叫んだ。演台の上からは彼に向けて合図が出されて、演説の間は邪魔をするなと命じられ、声に出さずに叱責する様子もあったが、トリフルシオは全然従わなかった――常に一番に拍手を始め、やめるのも最後だった。

「この胸飾りで、首を絞められているみたいだ」とランダ上院議員が言った。「礼服を着てうろうろするなんて慣れてないんだ。オレなんか田舎者なんだから、まったくごめんこうむりたいさ」

「さあ、もういいだろトリニダー・ロペス」とイポリトが言った。「誰に命じられたのか、誰なのか、どこにいるのか。ひと思いに言っちまえ」

「僕はうちの親父がおまえのことをクビにしたんだと思っていたよ」とサンティアーゴは言う。

「リマ選出の上院議員になってくれとオドリアに言われて、どうしてあんたが断ったのか、わかってきたよフェルミン」とアレバロ上院議員が言った。「フロックコートを着たり山高帽をかぶったりしたくないからだ」

「なんてことを言うんですか、まるで正反対ですよ」とアンブローシオは言う。「残ってくれって言われたのに、あたしが断ったんです。まったくひどい誤解ってもんですよ坊ちゃん」

ときおり彼は演台の手すりのところまで出ていって、両腕を高く掲げて聴衆と向かいあい、エミリオ・アレバロに万歳三唱！　と言っては彼自身が、そら！　と吠え、オドリア将軍に万歳三唱！　と言ってはやかましく、そらそらそらあ！

「国会は他に仕事がない人間にはいいんだ」とドン・フェルミンは言った。「あなたがた地主階級には」

「オレも暖まったぜトリニダー・ロペス」とイポリトが言った。「オレはもう完全に熱くなったからなトリニダー」

「オレだってこんなことに首を突っこんだのは、大統領から、チクラーヨの候補者リストの先頭に立てって何度も言われたからなだけだ」とランダ上院議員が言った。「しかし、もう後悔してきている。オラーベの問題に取り組めなくなるからだ。まったくこの胸飾りは邪魔だな」

「親父が死んだというのは、どうやって知ったんだい？」とサンティアーゴは言う。

「そうとぼけるなよ、上院議員になったおかげで十歳ぐらい若返った感じだぞ」とドン・フェルミンが言った。「文句だって言えないはずだ、今回みたいな選挙では候補者は誰だっていい思いができるんだから」

「新聞で見たんですよ坊ちゃん」とアンブローシオが言う。「あたしがどれほど残念に思ったことか、想像もできないくらいですよ。お父さんはほんとに立派な人だったから」

今や広場には、歌声や話し声や拍手喝采がふつふつと沸いてきていた。しかし、マイクでドン・エミリオ・アレバロの声が弾けるや、物音はすぐに途絶えた――その声が市庁舎の屋根の上から、鐘楼と椰子の木と、あずまやの屋根の上から広場の上に降ってきた。「信女の家《ベアータ》」の上にまでトリフルシオが拡声器を設置していたのだ。

「そこはちょっと待ってくれ、選挙はランダにとっては、単独候補だったから簡単だっただろうが」とアレバロ上院議員が言った。「わたしの県には対立陣営がいたんだから、勝つには五十万ソルもの無駄金が入り用だった」

「これでわかっただろ、イポリトが熱くなるとどんな目にあうか」とルドビーコが言った。「誰に、誰が、どこに。イポリトがまた熱くなる前に言っちまいなよトリニダー」

「チクラーヨの対立陣営の署名人にアプラの人間が入っていたのはオレのせいじゃないぞ」とランダ上院議員は笑った。「取り消しを命じたのはオレじゃなくて選挙審査会なんだから」

「それで小旗はどうなったんだ?」と急にトリフルシオは驚きに目を見開いて言った。彼自身はシャツに、まるで花のように小旗を差していた。それを片手で乱暴に握ると、聴衆に挑みかかるような身振りでかざしてみせた。わずかにいくつかの小旗が、麦藁帽や、日射しよけにその場でこしらえた紙の三角帽などの上に掲げられた。あとの小旗はどうなったんだ? 何のためのものだと思っているのか、どうして今ここで出さないのか? いいから黙ってろネグロ、と命令を出す男が言った、すべて順調に行っているんだから。するとトリフルシオは――酒だけは思う存分に飲んだくせに、小旗は忘れてきちまったなんて旦那。すると命令を出す男は――いいからほっとけ、すべて順調だから。するとトリフルシオは――この連中の恩知らずには腹が立っちまって旦那。

「お父さんは何の病気で亡くなったんですか坊ちゃん?」とアンブローシオが言う。

「ランダは選挙の大騒ぎで若返ったけれども、わたしのほうは白髪が増えるばかりだよ」とアレバロ上院議員は言った。「もう選挙はたくさんだ。今夜は羽目を外して、五発はやるぞ」

「心臓だよ」とサンティアーゴは言う。「というか、僕が怒らせすぎたせいで憤死したのかな」

「五発だって?」とランダ上院議員が笑った。「そんなに食らって、ケツは大丈夫か?」

「あーあ、ついにイポリトが怒っちまった」とルドビーコが言った。「助けてくれーって、ついにおまえの番になっちまったぞトリニダー」

「そんなこと言っちゃダメですよ坊ちゃん」とアンブローシオは言う。「ドン・フェルミンは坊ちゃんのことをあんなに愛していたんで。一番愛しているのはヤセッポチだっていつも言っていたんですから」

重々しく、華々しく、ドン・エミリオ・アレバロの声が広場の上を漂い、土の小道に入りこんでいき、種のまかれた畑に消えていった。上着を脱いだシャツ姿で盛んに身振りをし、するとその指輪がトリフルシオの顔のすぐ近くで閃光のようにきらめいた。声をひときわ大きくしたのは、腹を立てたせいなのだろうか？　群衆を見つめた——どの顔も静かで、目はアルコールか退屈か暑さのせいで赤く充血していて、口は煙草を吸うかあくびをしているかだった。ひときわ熱い口調になったのは、誰も彼の言うことを聞いていないからだろうか？

「選挙戦でさんざんゲスな連中とやりあったせいで、おまえさんにも伝染したのか？」とアレバロ上院議員は言った。「上院で演説するときには、その種の冗談は控えろよランダ」

「まあたしかに、グリンゴのやつは私に文句を言ってきたさ、まさにその点について」とドン・フェルミンは言った。「もう選挙も終わって、なおも対立候補を拘束しておくのは、アメリカ政府に対する印象が悪いというんだ。グリンゴ連中は、ご存じのように、形式重視だから」

「毎日のようにクロドミーロ伯父さんのところに行って、坊ちゃんのことを訊ねていたんですよ」とアンブローシオは言う。「ヤセッポチのことで何か知っているか、ヤセッポチは元気かって」

ところが突然、ドン・エミリオは叫ぶのをやめて微笑み、まるですっかり満足しているかのように話しだした。微笑みを浮かべていて、声はやわらかで、その手の動きは、まるで闘牛士が赤布《ムレータ》を地面に引きずるようで、そこをまるで牛が愛情をこめて体をこすりつけながら通りすぎていくかのようだった。演台上の人物たちも笑みを浮かべており、トリフルシオもまた、安堵して微笑んだ。

「もうつかまえておく理由がない、すぐにでも釈放されるだろう」とアレバロ上院議員は言った。「大使にそう言わなかったのかフェルミン？」

「よしよし、話しはじめたな」とルドビーコが言った。「そりゃイポリトに殴られるより、よしよしって撫でてもらったほうがいいよな。何？　何と言っているんだトリニダー？」

「それから、坊ちゃんが住んでいたバランコの下宿屋にも」とアンブローシオは言う。「家主さんに、うちの息子は何をしてますか、息子は元気ですかって」

「くそったれグリンゴどもの言うことはさっぱりわからん」とランダ上院議員は言った。「連中も、モンタグネを選挙前に投獄するのはかまわないと言っていたくせに、今になるとダメだと言う。送ってよこす大使はどれもこれも、まるで道化師だ」

「何、下宿に来て僕のことを訊ねていたのか?」とサンティアーゴは言う。

「もちろん言ったんですよ、しかし、昨夜エスピーナと話をしたら、彼はあれこれ反対するんだな」とドン・フェルミンは言った。「もう少し待つべきだ、もし今モンタグネを釈放したら、収監したのは選挙でオドリアが対立候補なしで勝利できるようにするためだったと疑われる、陰謀というのは嘘だったと疑われるとか言って」

「何、おまえはアヤ・デ・ラ・トッレの右腕なんだってか?」とルドビーコは言った。「おまえがアプラの本当の最高指導者で、アヤ・デ・ラ・トッレはおまえの子分だってのかトリニダー?」

「その通りですよ坊ちゃん、しじゅう行ってました」とアンブロシオは言う。「で下宿屋の女主人には、坊ちゃんには言わないようにって金を渡して」

「まったくエスピーナはどうしようもない阿呆だな」とランダ上院議員は言った。「まるで、陰謀なんていうでっちあげを信じた人間がどこかにいると思っているみたいじゃないか。うちの女中ですら、モンタグネが収監されたのはオドリアに道を空けるためだったって知っているというのに」

「そんなことを言ってオレたちをからかうんじゃねえぞおっさん」とイポリトが言った。

「金玉を口に突っこんでほしいってのかトリニダー?」

「旦那さんは坊ちゃんが知ったら怒るだろうと思ってたんですよ」とアンブローシオは言う。

「実際のところ、モンタグネをつかまえたのは失敗だったんだ」とアレバロ上院議員は言った。「わたしにはさっぱりわからない、対立候補が出るのをどうして許したのか、最後の瞬間になって怖じ気づいて収監することになるぐらいなら。その責任は政治顧問の連中にあるんだ。アルベラエス、間抜けのフェッロ、それにフェルミン、あんただってそうだ」

「これでわかるでしょう、どれほどお父さんが坊ちゃんを愛していたか」とアンブローシオは言う。

「いろんなことが期待通りに展開しなかったんですよドン・エミリオ」とドン・フェルミンが言った。「モンタグネには一泡吹かされかねなかったんだ。それに、私自身は逮捕に賛成じゃなかった。いずれにせよ、今はそれを全部修復しなければならない段階にある」

今、彼は叫んでいた、両腕を風車のように回しながら、声が徐々に大きくなり、巨大な波のように轟いたかと思うと崩れ落ちるようにして、ペルー万歳！　演台上に拍手喝采が巻き起こり、広場にも喝采が広がり、トリフルシオは小旗を振って、ドン・エミリオ・アレバロ万歳、すると今度はたくさんの小旗が頭上に掲げられて、オドリア将軍万歳、今度こそはまちがいなかった。拡声器から一瞬、雑音が聞こえ、それからすぐに広場は国歌で埋めつくされた。

「私はエスピーナに自分の意見を言ったんですよ、陰謀という口実でモンタグネを逮捕する計画を聞かされたときに」とドン・フェルミンは言った。「誰もそんな話は信じない、かえって将軍の評判を落とすことになると。選挙審査会や選挙管理委員会に信頼できるメンバーがいないわけじゃないだろうって。しかしエスピーナは馬鹿で、政治的な勘というのがまったくないんだ」

「つまりおまえが最高指導者で、アプラ党員が千人、署を襲撃しておまえを奪還するってか」とルドビーコが言った。「つまりそうやって気が触れたふりをしてれば騙されるぐらいオレたちのことをお人好しだと思ってるんだなトリニダー」

「詮索するわけじゃないんですが、あのとき、どうして家を出ることにしたんですか坊ちゃん?」とアンブローシオは言う。「ご両親のところでは居心地がよくなかったんですか?」

ドン・エミリオ・アレバロは汗をかいていた。あらゆる方向から差し出されてくる手を握って返し、額をぬぐい、演台上の面々に微笑み、挨拶し、抱擁をかわし、木製の骨組みがぐらぐらと揺れている上をドン・エミリオは階段のほうへとやってきた。さあトリフルシオ、おまえの出番なのだった。

「居心地がよすぎたんだよ、だから出ていったんだ」とサンティアーゴは言う。「あまりにも純真でお人好しだったんで、ああいう安直な人生が、いいとこのお坊ちゃんでいるのが、いやでいやでしかたなかったんだよ」

「奇妙なことに、逮捕するってのはセラーノの発案ではなかったんだ」とドン・フェルミンが言った。「アルベラエスでもフェッロでもなかった。彼らに説いて、逮捕にこだわったのは、ベルムーデスだったんだ」

「あまりに純真でお人好しだったんで、少しばかり痛い目にあったら一人前の男になれるって思いこんでいたんだよアンブローシオ」とサンティアーゴは言う。

「あれが全部、内務省の一局長の、単なる一職員の差し金だった、なんてのも納得できないところだ」とランダ上院議員が言った。「セラーノ・エスピーナがでっちあげた話だろ、ことが悪い方向に行った場合に責任転嫁できるように」

トリフルシオはすぐそこ、階段の下で、肘を張って指定の位置を守りながら、手に唾を吐きながら、他の人の脚と交錯しながら接近してくるドン・エミリオの両脚に思いつめたような眼差しを注いでいるのだった、全身を硬くして、両足で地面をしっかりと踏みしめて——彼の番、彼の出番なのだった。

「それが、信じてもらうしかないんだ、本当なんだから」とドン・フェルミンが言った。

「それから、あんまりやつのことを軽く見ないほうがいい。欲がないからなんだろうが、その単なる一職員が今や、将軍の一番の腹心になってきている」

「こいつはおまえにやるよイポリト、おまえにまかせる」とルドビーコが言った。「最高指導者のたわごとをやめさせてやれ」

「ということは、お父さんと政治思想がちがったからではないんですね？」とアンブローシオは言う。

「やつの言うことはすべて信じるんだよ、無謬《むびゅう》だと思っている」とドン・フェルミンは言った。「ベルムーデスが何か意見を言うと、フェッロもアルベラエスもエスピーナも、それから私だって、消えてなくなってしまう、いないも同然なんだ。モンタグネの一件のときにそれがわかった」

「哀れ、うちの親父に政治思想なんてなかったよ」とサンティアーゴは言う。「あったのは政治的損得勘定だけさアンブローシオ」

トリフルシオは一歩前に飛び出した、その両脚は最後の一段まで下りてきていて、彼は一回、二回と気合いを入れて、しゃがみこんで今にも相手を抱えあげようとした。いやいや、いいんだ、と笑みを浮かべた謙虚そうなドン・エミリオが、驚いたように言い、ありがとう、でも、と言うのでトリフルシオは手を放し、当惑しながら後ろに下がり、その目をぱちくりさせながら、でも？　でも？　するとドン・エミリオも当惑している様子で、まわりに集まった一団の中では肘のつつきあいや囁きかわす人声が起こった。

「たしかにまあ、無謬ではないにせよ、肝がすわっていることはまちがいない」とアレバロ上院議員が言った。「一年半のうちに、地図上からアプラも共産党も完全に消し去ってくれた、おかげで選挙に打って出ることができたわけだ」

「あいかわらずアプラの最高指導者をやってるのかいおっさん？」とルドビーコが言った。「わかった、ならいい。続けろイポリト」

「モンタグネの件はこんなふうに始まったんだ」とドン・フェルミンは言った。「ある日ベルムーデスがリマから姿を消して、二週間後にもどってきた。全国をあらかた見てきました将軍、万一モンタグネが候補として選挙に出たら、将軍あなたは負けますよ」

何をぐずぐずしてる馬鹿者、と命令を出す男が言い、トリフルシオが苦悶に歪んだ視線をドン・エミリオに走らせると、相手は早く、あるいは、急げという仕草をした。トリフルシオの頭は素早く沈みこみ、両脚の間に差しこまれ、ドン・エミリオの体を鳥の羽根のように軽々と持ちあげた。

「それ自体がデタラメだろ」とランダ上院議員は言った。「モンタグネが勝つはずなんかなかった。ちゃんとした選挙運動をする資金はなかったんだし、われわれの側が選挙のシステムをすべて支配していたんだから」

「でもおまえはどうしてうちの親父のことを、そんなに立派な人間だと思ったんだい？」とサンティアーゴが言う。

「しかし、アプラの連中は彼に投票するはずだった、政権の敵は全員が彼に投票するはずだった」とドン・フェルミンは言った。「そう言ってベルムーデスは彼を納得させたんだ。今この状態で選挙になったら、自分は負ける、と。結局、そういうわけで、だからやつを逮捕したんだ」

「実際そうだったからですよ、もちろん坊ちゃん」とアンブローシオは言う。「頭がよくて、紳士で、何もかもがすばらしかったからですよ、もちろん」

拍手や喝采が聞こえる中、肩に担ぎあげて、テリェス、ウロンド、人夫頭、命令を出す男に囲まれて歩を進めながら、彼自身もアレバロ＝オドリアと叫びあげた、安全に、落ちついて、両脚をしっかりと押さえながら、髪の中にドン・エミリオの指を感じながら、もう一方の手が打ち振られるのを、次々と差し出される手を握り返しているのを目にしながら。

「もういい、やめろイポリト」とルドビーコが言った。「もう眠らせちまったじゃないか」

「僕から見ると、立派な人間なんかじゃなくて、ゴロツキだった」とサンティアーゴは言う。「憎んでいたよ」

「そのふりをしているだけだ」とイポリトは言った。「これから見せてやるから」

広場を一周し終わると国歌もすでに終わっていた。太鼓のロールが響き、沈黙に続いて、マリネーラの踊りが始まった。人の頭と、飲み物や食べ物の屋台の合間から、トリフルシオは踊っているカップルがいるのを見てとった――もういい、トラックのところにお連れしろネグロ。トラックのところですね旦那。

「一番いいのは、われわれが彼に話して聞かせることだろう」とアレバロ上院議員が言った。「フェルミン、あんたは大使との話の内容を聞かせてやって、われわれはこう言おう、もう選挙も終わったので、哀れなモンタグネはもう誰にとっても脅威ではない、釈放してやれば、それでまた人気があがるだろうって。オドリアはこんなふうにして動かすしかない」

「坊ちゃん、坊ちゃん」とアンブローシオが言う。「どうしてお父さんについて、そんなことを言えるんですか坊ちゃん」

「どうしてどうして、チョロの心理をよくご存じですなあ上院議員」とランダ上院議員が言った。

「ほら見ろ、ふりをしてるんじゃない」とルドビーコが言った。「もう放してやれってば」

「でももう憎んではいない、死んでしまった今ではもう」とサンティアーゴは言う。「たしかに彼はゴロツキだったんだが、知らず知らず、いつの間にかそうなってしまった、自分でそうなろうと思ってなったわけではなかったんだ。それに、この国には、ゴロツキなんか掃いて捨てるほどいるし、彼はその代償を払ったほうだと思うよアンブローシオ」

下ろしてさしあげろ、と命令を出す男が言い、トリフルシオはしゃがみこんだ――ドン・エミリオの足が地面につくのが見え、その手がズボンをはたくのが見えた。ワゴン車の中に乗りこみ、続いてテリェス、ウロンドと人夫頭が乗りこんだ。トリフルシオは運転席脇にすわった。男たち女たちの一団が口をぽかんと開けて見つめていた。笑いながら、窓から頭を突き出して、トリフルシオは彼らに向けて叫んだ――ドン・エミリオ・アレバロ万歳！

「ベルムーデスが宮殿でそれほどの影響力を持っているとは知らなかったな」とランダ上院議員が言った。「踊り子か何かの愛人がいるってのは本当なのか？」

「わかったわかったルドビーコ、そう騒ぐなって」とイポリトが言った。「もう放したから」

「彼女のためにサン・ミゲルに家を構えてやったところですよ」とドン・フェルミンは微笑んだ。「以前ムエリェのお気に入りだった女です」

「おまえにとって、うちの親父の運転手になる前に働いていた、あの男もやっぱり立派な人間だったのか？」とサンティアーゴが言う。

「ムーサがそうなのか？」とランダ上院議員が言った。「こりゃたまげた、ありゃあ超一流の女だ。あれがベルムーデスの愛人なのか？　大空を飛ぶああいう鳥を籠に入れておくには、懐具合が相当よくないとな」

「こりゃおまえ、やりすぎたぞ、くそっ」とルドビーコが言った。「水をかけるか何か、なんとかしろ、ぼうっと突っ立ってるんじゃねえ」

「大空を飛びすぎて、ムエリェを墓場に送りこんだ」とドン・フェルミンが笑った。「おまけに、レズで、クスリもやってる」

「ドン・カヨですか？」とアンブローシオが言う。「とんでもないですよ坊ちゃん、あの人はお父さんとはもう比べるも何も、話にもなりませんよ」

「くたばってないぞ、まだ生きてる」とイポリトが言った。「何をそんなにびくびくしてる、オレは傷ひとつ、痣ひとつ、つけてない。びっくりして眠っただけだルドビーコ」

「今どき、ホモでもレズでもない人間なんて誰がいる、リマじゃ誰もがクスリをやってるし」とランダ上院議員が言った。「ようやくわれわれも文明国になってきたんじゃないか？」

「あのゲス野郎のもとで働くなんて、恥ずかしくなかったのか？」とサンティアーゴは言う。

「じゃあそういうことにしよう、明日われわれでオドリアに会いに行く」とアレバロ上院議員が言った。「今日はやつも大統領綬《サッシュ》をつけてもらったばかりだから、一日、鏡の前で十分楽しませてやろうじゃないか」

「恥ずかしいだなんて、思うはずないじゃないですか」とアンブローシオは言う。「ドン・カヨがお父さんにあんなことをするようになるなんて、知らなかったんですから。あの時代には二人はすごく仲がよかったんですよ坊ちゃん」

農園屋敷に着いてワゴン車から下りると、トリフルシオは食事をもらいに行くかわりに、小川に行って頭と顔と腕を水で濡らした。それから裏手のパティオで、綿繰場の庇の下に横になった。手と喉が燃えるように熱く、疲れていたが満足だった。その場で彼は眠りに落ちた。

「その人物はですね、ロサーノさん、そのトリニダー・ロペスは」とルドビーコが言った。「そうなんです、突然、とち狂ってしまって」

「彼女と道端でばったり会った？」とケタが言った。「〈金の玉《ボーラ・デ・オーロ》〉のところで女中をやってた女、あんたと寝てた彼女？　あんたが好きになったっていうその彼女なの？」

「モンタグネを釈放してもらえるといいんですがねドン・カヨ」とドン・フェルミンが言った。「政権に敵対する連中がそれを口実に利用して、選挙はいんちきだと言っているわけで」

「とち狂ったとはどういうことだ？」とロサーノ氏が言った。「口を開いたのか、開かなかったのか？」

「いんちきだったってのはまちがいないですよ、あなたとわたしの間ではわかっていることでしょう」とドン・カヨが言った。「唯一の対立候補を逮捕するってのは、一番いい方策ではなかった、しかし、それ以外に手がなかったんです。将軍の当選がかかっていたんですから、ね？」

「夫が死んだ、子供が死んだって、あんたに話したわけ？」とケタは言った。「仕事を探してまわっているんだって？」

人夫頭とウロンドとテリェスの声で目が覚めた。彼の脇に彼らは腰を下ろし、煙草を差し出し、おしゃべりをした。グロシオ・プラードでの演説会はうまくいったのだったか？　たしかに、上首尾だった。チンチャの演説会のほうが人が多かった、ですかね？　たしかに、多かった。ドン・エミリオは選挙に勝つのだろうか？　もちろん、勝つのだった。するとトリフルシオは――もしドン・エミリオが上院議員になってリマに行ったら、自分はクビになるのだろうか？　そんなことはない、雇ってくれるはずだ、と人夫頭は言った。するとウロンドが――おまえさんもオレらと残ることになる、じきにわかるさ。まだ気温は高く、西日が綿花畑を、農園屋敷を、岩山を照らし出していた。

「開くは開いたんですが、でまかせばかりでロサーノさん」とルドビーコは言った。「自分は二番手の指導者だった、最高指導者だったとか。アプラ党の連中が大砲を持って救出に来るんだとか。頭がおかしくなったんです、本当です」

「それであんたは、サン・ミゲルの家で女中を探しているって彼女に言ったわけ？」とケタは言った。「で彼女をオルテンシアのところに連れていったわけ？」

「本当にオドリアがモンタグネに負けていたと思ってるんですか？」とドン・フェルミンは言った。

「おまえらがコケにされたんだって言ったらどうだ」とロサーノ氏は言った。「まったく役立たずの二人組だ。おまけに間抜けと来ている」

「要するにアマーリアなわけ、月曜から働きはじめたのは？」とケタは言った。「つまり、あんたは見た目以上になおさら間抜けだってことだよ。バレないとでも思っているの？」

「モンタグネでも誰でも、対立候補が勝ってましたよ」とカヨ・ベルムーデスは言った。「ペルー人をご存じでしょうドン・フェルミン？　われわれはコンプレックスがあるから、弱い方を支持したいんですよ、権力の座にいない側を」

「そんなことないですって、ロサーノさん」とイポリトが言った。「役立たずでも間抜けでもないです。オレらがやつをどんなふうにしたか見に来てください、わかりますから」

「あんたから聞いたってことはオルテンシアには絶対言わないって、彼女に約束させただって？」とケタが言った。「万が一あんたの知り合いだとバレたら、くそカヨに追い出されるぞって、彼女に言い含めたって？」

するとそのとき、農園屋敷のドアが開き、命令を出す男がやってきた。パティオを横断し、彼らの正面で立ち止まり、指をトリフルシオに突きつけた――「ドン・エミリオの財布だ、ゲス野郎」

「まったく残念ですよ、あなたが上院議員になるのを断ったのは」とカヨ・ベルムーデスは言った。「大統領は、あなたが議会で与党のスポークスマンになってくれるものと期待していたのにドン・フェルミン」

「財布って、オレが取ったとでも？」とトリフルシオは立ち上がり、胸を叩いた。「オレがですか旦那、オレが？」

「阿呆のへたれめ」とロサーノ氏は言った。「どうして衛生室に連れていかなかったんだ、阿呆どもめ」

「貴様は飯を食わしてくれる方から盗むのか？」と命令を出す男が言った。「名うての泥棒だとわかっている貴様に、それでも仕事を下さった方から盗むのか？」

「あんたは女を知らなすぎだよ」とケタは言った。「いつか、いずれ彼女はオルテンシアにあんたの知り合いだって話すよ、サン・ミゲルに案内してくれたのはあんただって。いつの日か、いずれオルテンシアはくそカヨにそのことを話す、いつの日か、いずれあいつは〈金の玉〉に話す。そしたら、その日にあんたは殺されるんだよアンブローシオ」

トリフルシオは今やひざまずいて、誓ったり泣き騒いだりしていた。しかし、命令を出す男は態度を変えなかった――またぶちこんでもらうしかない、悪たれ、名うてのならず者め、さっさと財布を出さないか。するとそのとき、農園屋敷のドアが開き、ドン・エミリオが出てきた――こっちに来るように、というのだった。

「連れていったんですが、受けつけてもらえなかったんですよロサーノさん」とルドビーコは言った。「責任を取れないって、ロサーノさんが書面で命令しなければダメだって」

「もうその件は話したじゃないですかドン・カヨ」とドン・フェルミンは言った。「私はよろこんで大統領にお仕えしますよ。しかし、上院議員になったら政治に全面的に関わることになり、それは私には無理だって」

「あたしは何も言わないよ、あたしは永久に何も言わないよ」とケタは言った。「あたしには何がどうだろうと関係ないんだ。あんたはひどい目にあうことになるよ、でもそれがあたしの口から始まることはないからね」

「大使館も引き受けてもらえませんか?」とカヨ・ベルムーデスは言った。「将軍はあなたの協力にひどく感謝していて、それを何らかの形で示したがっているんです。大使館だったら関心はありませんかドン・フェルミン?」

「見てくださいよ、あっしのことをひどく侮辱しているんでさあドン・エミリオ」とトリフルシオは言った。「見てくだせえ、あっしにひどい濡れ衣を着せて。あっしが泣きださずにはいられないほどでドン・エミリオ」

「ご免こうむりますよ」とドン・フェルミンは笑いながら言った。「私は国会議員も外交官も向いてないんですからドン・カヨ」

「オレのせいじゃないんですよ旦那」とイポリトは言った。「ひとりでにとち狂っちまったんです、勝手に一人でぶっ倒れたんです旦那。ほとんど触ってもいないんですよ、信じてくださいロサーノの旦那」

「そいつじゃないさ、おまえ」とドン・エミリオが命令を出す男に向けて言った。「会場に来てたどこかのチョリートだろう。おまえはわたしから物を盗むほどひどい人間じゃないよな、ちがうかトリフルシオ?」

「その欲のなさに、将軍はひどく傷つきますよドン・フェルミン」とカヨ・ベルムーデスは言った。

「そんなことするくらいなら、手を切り落としてもらったほうがいいですよドン・エミリオ」とトリフルシオは言った。

「この厄介事を引き起こしたのはおまえらだ」とロサーノ氏は言った。「だからおまえらだけで解決するんだ、この阿呆どもめ」

「欲がないんじゃないんです、それは思い違いです」とドン・フェルミンは言った。「いずれ、私の貢献にオドリアに報いてもらえる機会があると思いますよ。あなたは私に率直に話してくれるので、こうして私も率直に言わせてもらいますドン・カヨ」

「黙っておまえらが運び出し、用心して移動させる」とロサーノ氏は言った。「おまえらはどこかに置いてくる。もしも、誰かに見られたら、おまえらは一巻の終わりだ、オレ自身がただじゃすまさない。わかったな?」

ああ大げさな野郎だ、とドン・エミリオは言った。そして農園屋敷に、命令を出す男とともにもどり、ウロンドと人夫頭もじきに去った。おまえさんも言いたい放題言われたもんだなトリフルシオ、とテリェスが笑った。

「わたしはいつもご馳走になってばかりなんで、今度はわたしにお返しをさせてくださいよ」とカヨ・ベルムーデスは言った。「近々いつか、うちで夕食にご招待させてくださいドン・フェルミン」

「オレのことを侮辱したあの野郎、誰を相手にしてるのかわかってねえ」とトリフルシオは言った。

「一丁上がりです旦那」とルドビーコが言った。「運び出して、移動させて、置いてきて、誰にも見られませんでした」

「おまえさん、財布を盗ったんじゃねえのか?」とテリェスが言った。「オレの目は騙せねえぞトリフルシオ」

「いつでもご都合のいいときに」とドン・フェルミンは言った。「よろこんで伺いますよドン・カヨ」

「たしかに盗ったが、やつは気づかなかった」とトリフルシオは言った。「今夜、町に行くか?」

「サン・フアン・デ・ディオス病院の入口に置きましたロサーノさん」とルドビーコは言った。「誰にも見られませんでした」

「サン・ミゲルに小さな家を構えたんですよ、ベルトロート通りの近くに」とカヨ・ベルムーデスは言った。「それに、まあ、あの、ご存じかどうかわかりませんがドン・フェルミン」

「誰のことだ、何のことを言っているんだ？」とロサーノ氏が言った。「まだおまえらは忘れてないのか、阿呆どもめ」

「財布の中にはいくらあったんだトリフルシオ？」とテリェスは言った。

「いやまあ、多少は聞いてますがね」とドン・フェルミンは言った。「リマの人間がどれほど噂好きか、もうご存じでしょうドン・カヨ」

「そんなに鼻を突っこんでくるなって」とトリフルシオは言った。「今夜、オレが酒をおごってやるので満足しておけや」

「ああわかりました、ああそりゃもちろん」とルドビーコは言った。「誰でもありません、何でもありません。もう私らもすべて忘れました」

「わたしは田舎者なんでね、リマに来て一年半ですが、まだこの地の習慣はよくわからんのです」とカヨ・ベルムーデスは言った。「正直なところ、少しばかり戸惑って躊躇していまして。わたしの家に来るのを断られるのじゃないかと、恐れていましたドン・フェルミン」

「私もそうです、ロサーノの旦那、誓って、忘れました」とイポリトが言った。「トリニダー・ロペスてのは誰か、見たことはないし、存在もしなかった。おわかりいただけましたか旦那？　もう忘れてます」

テリエスとウロンドはすでに酔っぱらって、安食堂のベンチで船を漕いでいたが、何本ものビールと暑気にもかかわらずトリフルシオはまだ目覚めていた。壁の穴からは、太陽に焼かれて白く光る砂地の広場が見え、人が投票しに入っていく小屋も見ることができた。トリフルシオは小屋の前に立っている警官たちを見やっていた。午前中に彼らは二度ほどやってきてビールを飲んでいき、今また、緑色の制服を着てそこに立っているのだった。テリエスとウロンドの頭の向こうには細長い浜辺が見え、海藻の影の浮かぶ海が光っていた。彼らは小舟が出ていっては、水平線の彼方の空の中に消えていくのを見てきていた。彼らは新鮮なセビーチェと、揚げ魚に茹で芋を食べ、ビールを、何本ものビールをすでに飲んでいた。

「私のことを修道士か間抜けだとでも思ったんですか？」とドン・フェルミンは言った。「やめてくださいよドン・カヨ。素晴らしい大手柄を立てたと思ってますよ。よろこんでお二人のところに食事に行きますよ、何度でも呼んでください」

トリフルシオには陸風が吹くのが見え、赤いワゴン車がやってくるのが見えた。吠える犬たちにつきまとわれながら車が小広場を横切り、食堂の前で停車すると、命令を出す男が下りてきた。もうだいぶたくさんの人間が投票したのだったか？　たしかにすでに大勢、午前中ずっと人が出たり入ったりしていたのだった。男はブーツを履いて、乗馬ズボンに、ボタンのないシャツを着ていた――彼は男たちが酔っぱらっているのを見たくないのだと言った、もうこれ以上は飲むな。するとトリフルシオは――しかし旦那、あそこには警官が二人いるのだった。心配するな、と命令を出す男は言った。ワゴン車に乗りこむと、犬の吠え声と土埃の合間に消えていった。

「もとはといえば、あなたにも少しは責任があるわけでしてね」とカヨ・ベルムーデスは言った。「あの夜のことは覚えておいでですか、〈エンバシー〉に行った？」

投票を終えて出てくる人たちは安食堂のほうへとやってきたが、女主人が戸口でさえぎった――選挙のため閉店、何も出せないのだった。なら、どうして飲んでる人間が中にいるのか？　女主人は相手にしなかった――さっさと消えないと、警察を呼ぶというのだった。男たちはその剣幕に押されて去っていった。

「もちろん覚えてますよ」とドン・フェルミンは笑った。「いやあ、しかし、ドン・カヨが、ムーサの愛の弓矢に射止められるとは正直、予想もしませんでしたなあ」

広場に設けられた小屋の影が、日射しよりも長くなったころ、赤いワゴン車が、今度は男たちを満載してもどってきた。トリフルシオは小屋のほうを見た――有権者の一団がワゴン車を興味津々で見やっていて、二人の警官もこっちを見ていた。さあ行け、と命令を出す男が地面に飛び下りる男たちを焚きつけた、一気に行け。もうすでに投票が締め切られるところで、すでに投票箱に封がされるところだった。

「これでわかった、おまえがどうしてあんなことをしたのか、哀れなやつめ」とドン・フェルミンが言った。「私が金を絞り取られていたからじゃない、私が脅迫されていたからじゃないんだな」

トリフルシオとテリェスとウロンドは食堂から出て、ワゴン車の男たちの先頭に立った。十五人程度で、トリフルシオには顔ぶれがわかった――綿繰場で働く連中に、雑用人夫たち、そして農園屋敷の召使い二人だった。日曜用の立派な靴、粗い木綿のズボン、大きな麦藁帽。目が燃えていて、酒の匂いがした。

「あのカヨのやつのことはどう思いますか?」とエスピーナ大佐が言った。「昼も夜も働きづめかと思っていたら、おやまあ、どんなご褒美をもらってきたか。いかした女じゃないですか、ねえドン・フェルミン?」

彼らはひとまとまりになって小広場を横断し、すると小屋の戸口にいた者たちは肘をつきあって分かれはじめた。二人の警官は彼らの前に出てきた。

「そうじゃなくて、おまえの奥さんのことで送られてきた匿名の手紙のせいなんだな」とドン・フェルミンは言った。「私の恨みを晴らすためじゃない。おまえ自身の恨みを晴らすためだったんだな、哀れなやつめ」

「ここではいかさまがおこなわれている」と命令を出す男が言った。「われわれはそれに抗議しに来た」

「私はびっくり仰天しましたよ」とエスピーナ大佐は言った。「なんてこった、あの落ちつきはらったカヨが、あれほどの女をつかまえてくるとは。とても信じられないんじゃないですかドン・フェルミン？」

「不正は許さんぞ」とテリェスが言った。「オドリア将軍万歳！　ドン・エミリオ・アレバロ万歳！」

「われわれは秩序を守るためにここに配置されている」と警官の一人が言った。「投票には一切関与していない。抗議は選挙管理委員会にしてくれ」

「万歳！」と男たちは叫んだ。「アレバロ＝オドリア！」

「今から思うとおかしいんですが、そもそも私があいつにアドバイスしてたんですよ」とエスピーナ大佐が言った。「そんなに仕事ばかりするな、少しは人生を楽しめって。そしたら、どんな女をつかまえるかと思えば、ねえドン・フェルミン」

人々は近づいてきて、彼らの合間に入って、彼らを見たり警官を見たりして笑っていた。するとその時、小屋の戸口に小柄な男があらわれ、怯えたようにトリフルシオを見た――いったい何の騒ぎなのか？　上着にネクタイ、そして眼鏡、ちょび髭には汗をかいていた。

「解散してください、解散して」と男は震えがちな声で言った。「投票は締め切られました、もう六時ですから。君ら警察は、この人たちを退出させて」

「おまえの奥さんのことを私が知ったから、おまえをクビにすると思ったんだな」とドン・フェルミンは言った。「こんなことをすれば、私の首根っこを押さえることになると思ったんだな。おまえまで私を脅迫しようとしたんだ、哀れなやつ」

「いかさまがおこなわれたと主張していまして旦那」と警官の一人が言った。

「抗議しに来たと言っているんです博士」ともう一人が言った。

「で私はあいつに、いつになったらチンチャから奥さんを連れて来るんだって訊いたんですよ」とエスピーナ大佐は言った。「いや、あいつは、ずっとチンチャに残る、だって。あの田舎者のカヨがどんなに元気になったか見てやってくださいよドン・フェルミン」

「その通りだ、たしかにいんちきがおこなわれようとしている」と小屋から別の男が出てきて言った。「ドン・エミリオ・アレバロの票が盗まれようとしている」

「何を言うんです、どうしたんです」と小男は両目を皿のように見開いていた。「アレバロ陣営の代表として投票を監視していたのはあなたじゃないですか？　どんないんちきがありうるって言うんです、まだ票を数えてもいないのに？」

「もういい、もういい」とドン・フェルミンは言った。「もう泣くのはやめろ。そうじゃなかったのか、そう考えたのじゃないのか、そのためにやったんじゃないのか？」

「許さんぞ」と命令を出す男が言った。「中に入らせてもらう」

「もちろん、あいつにだって遊ぶ権利はあるんですが」とエスピーナ大佐は言った。「将軍が悪く思わなければいいんですがねえ、愛人をあんなふうに、正面切って囲っておくってのを」

トリフルシオは小男を襟首で持ちあげて、穏やかに戸口からどけた。男の顔色が黄色くなるのが見え、震え出すのがわかった。テリェスとウロンドと、命令を出す男のあとに続いて小屋の中に入った。中では上下のつなぎ服を着た若者が立ち上がって、叫んだ――ここには立ち入り禁止です、警察、警察！　テリェスが彼を突きとばすと、若者は地面に転がりながらなおも叫んだ――警察、警察！　トリフルシオは彼を拾いあげ、椅子にすわらせた――おまえさん、落ちつけって、静かにするんだ。テリェスとウロンドは投票箱を担ぎ上げ、表に出ていった。小男はすくみあがってトリフルシオを見ていた――これは犯罪だ、彼らは刑務所に行くことになる、そう言いながら声はかすれていった。

「黙れ、あんたはメンディサーバルから金をもらっただろ」とテリェスが言った。

「むりやり黙らせてやろうか」とウロンドが言った。

「われわれは不正がおこなわれるのを許すわけにはいかない」と命令を出す男は言った。

「われわれは投票箱を県の審査会に持っていく」

「まあそういうことにはならないと思いますがね、だって、カヨのやることは何でもオッケーなんですから」とエスピーナ大佐は言った。「なにしろ、私が国のためにした最大の貢献は、カヨを田舎から発掘して連れてきて、私のもとで働かせることにしたことだって言うんですから。あいつはすっかり将軍を手なずけちまってるんですよドン・フェルミン」

「わかった、もういい」とドン・フェルミンは言った。「もうそれ以上泣くな、哀れなやつ」

ワゴン車の中で、トリフルシオは前の座席にすわった。小屋の戸口で小男とつなぎ服の若者が警官たちと言いあいをしているのが窓から見えた。人々はそれを見ていて、ワゴン車のほうを指差している者もいれば、笑っている者もいた。

「わかった、私のことを脅迫したかったんじゃなく、助けたかったんだな」とドン・フェルミンが言った。「おまえは私の言う通りにするんだ、いいか、私に従うんだ。しかしもういい、もうそれ以上泣くな」

「たったこれだけのために、あんなに待ったんですかい?」とトリフルシオは言った。「メンディサーバルさんのところのやつが二人いただけじゃないですか。あとのはただの野次馬で」

「おまえのことを軽蔑なんかしていない、恨んでもいない」とドン・フェルミンは言った。「わかった、おまえは私への敬意から、私のためにやったんだ。私が苦しまないようにと、それでいい。おまえは哀れじゃないんだな、わかったって」

「メンディサーバルはひどく自信をもっていたんだ」とウロンドは言った。「ここは自分の地元だから、票を全部丸取りできると信じこんでいた。だが、それが落とし穴だったんだ」

「わかった、わかった」とドン・フェルミンはくりかえした。

X

警察によってすでに、サン・マルコスの建物正面にあった大きな立て看板は撤去され、ストライキ万歳、くたばれオドリアなどの落書きも消し去られていた。大学公園に学生の姿はまったくなかった。建国の英雄礼拝堂の前には警官がびっしりと立ち並び、アサンガロ街の角にはパトロールカーが二台、近隣の空き地には機動隊が配置されていた。サンティアーゴはコルメーナ通りからサン・マルティン広場へと見てまわった。ウニオン街で通行人にまぎれて二十メートルおきに立っている警官たちは落ちつきはらった顔つきで、脇の下には小銃を抱え、背中にはガス・マスク、腰には催涙榴弾をひと揃いぶら下げていた。会社から出てくる人たち、暇でうろついている人たち、遊び人の男たちは、彼らを無関心に、あるいは好奇心をもって見やっていたが、恐れている様子はなかった。アルマス広場にもパトロールカーが何台もあり、大統領宮の柵の前には赤黒の制服を着た衛兵のほかに、ヘルメット姿の兵隊も見えた。しかし、橋の向こう側、リマック区に行くと交通警官の姿さえなかった。やくざ者のような顔をした若者たち、結核もちのような顔をしたやくざ者

本の豆知識

●和文のいろいろな書体●

書
明朝体

書
ゴシック体

書
教科書体

書
行書《ぎょうしょ》体

書
宋朝《そうちょう》体

書
隷書《れいしょ》体

書
楷書《かいしょ》体

書
勘亭流《かんていりゅう》

岩波書店
http://www.iwanami.co.jp/

パからの知らせだ。向こうのほうが、ここよりなおさら状況が悪いようだ」

サンティアーゴは寝台に近づき、二通の手紙を手に取った。一通めはクスコからで、硬い直立した女の筆跡で書かれ、署名は曲がりくねった線に菱形が添えてあった。その細胞は連帯ストライキについて話しあうためにアプラ派とコンタクトをとった、しかし同志諸君、当方警察に先回りされ、大学は占拠され、連合会総会は解散させられた。同志諸君こちらでは少なくとも二十名がつかまった。一般学生はだいぶ無気力になったが、弾圧を逃れた同志たちの士気は、窮状にもかかわらず高いままだ。アレキパからの手紙はタイプライターを使って、黒でも青でもない紫色のインクで書かれ、署名もなければ宛名書きもなかった。われわれはすべての学部でうまく運動を進めて、サン・マルコスのストを支持する雰囲気になってきていたが、そこで警察が大学に踏みこんできて、同志諸君、逮捕された者の中にはわれわれの仲間が八人含まれていた――近々もっといい知らせを送れることを期待しつつ、諸君の成功を願う。

「トルヒーヨでは動議が否決された」とワシントンが言った。「われわれの仲間がかろうじて、精神的連帯のメッセージを可決させることができただけ。つまり無に等しい」

「サン・マルコスを支持する大学は一つもなくて、路面電車組合を支持する組合も一つもない」とサンティアーゴは言った。「なら、ストを中止する以外にもうどうしようもない」

「いずれにせよ、かなり頑張ったとは言える」とワシントンは言った。「今回、逮捕者がたくさん出て、いい大義ができたので、いつでもまた再開できるだろう」

ドアを三回叩く音がして、どうぞとワシントンが言い、エクトルが、汗をかきながら灰色の服で入ってきた。

「遅れることになるかと思ったが、早いほうだったか」と彼は椅子にすわり、額をハンカチで拭いた。「路面電車の労働者を一人も見つけられないんだ。警察が組合本部を押さえてしまった。アプラの人間二人と一緒に行ったんだ。彼らもストの実行委員会と連絡が取れなくなったそうだ」

「チョロが工学部の出口でつかまった」とワシントンが言った。

エクトルはハンカチを口にやったまま、じっと彼を見つめた。

「棍棒で殴られて、かち割られないかぎりは」と言いかけて、その声と無理に作った笑みは勢いを失い、消えていった。深い息をつき、ハンカチをしまった。急に深刻な様子になっていた。「となると、ここで今夜、会合をもつのはまずいんじゃないか」

「ヤーケが来るんだ、連絡をつけられなくて」とワシントンが言った。「それに、連合会総会が一時間半後には開催される、だからわれわれの中で合意を作っておく必要がある」

「合意なんて言っても」とエクトルが言った。「無所属とアプラの連中はストを中止したがっていて、それが一番理にかなっている。もうすべてが崩れかけているんだから、残っているわずかな学生組織を守るのを第一にする以外にない」

今一度、ノックが三回あり、よう同志諸君、赤い細ネクタイと、小鳥のような声。ヤーケは驚いた顔でまわりを見渡した。

「八時に集まるんじゃなかったのか？　あとのメンバーはどうした？」

「マルティネスが今朝つかまったんだ」とワシントンが言った。「会合を中止して、ここを出たほうがいいんだろうか？」

小さな顔はしかめ面にはならず、その目にも焦りの色は浮かばなかった。こういう知らせにも慣れていたんだろうな、隠れて暮らすことにも、恐怖にも、と彼は考える。時計を見やって、一瞬黙って考えていた。

「今日の朝つかまったのなら、危険はない」とようやく、恥ずかしげな、曖昧な笑みを浮かべて言った。「訊問は今夜になるだろう、明け方になるかもしれない。だから同志諸君、時間はたっぷりある」

「しかし、あんたは帰ったほうがいいんじゃないか」とエクトルが言った。「ここで一番危険を冒しているのはあんたなんだから」

「もっと静かにしないか、階段からでも聞こえるぞ」とソロルサノが、戸口のところから言った。「チョロがつかまったんだな。われわれ初の犠牲者だ、なんてこった」

「三回叩くってのを忘れたのか？」とワシントンが言った。

「ドアは開いていたんだ」とソロルサノが言った。「おまけにおまえたちは大声で叫んでいた」

「もう八時半になる」とヤーケが言った。「あとの同志たちは？」

「ハコーボは繊維労働組合に会う必要があって、アイーダは教育学部の委員と一緒にカトリカに行った」とワシントンが言った。「じきに来るはずだ。もう始めよう」

エクトルとワシントンは寝台に、サンティアーゴとヤーケは椅子に、ソロルサノは床にすわった。さあ始めてくれ同志フリアン、とサンティアーゴは言われて、はっと気づいた。おまえはいつも自分の偽名を忘れるんだったよなサバリータ、いつも自分が書記局長で、前回の会合の要点を発表しなければならないんだってことを。大急ぎでそれを、立ち上がることなく、小さな声で発表した。

「報告事項に移ろう」とワシントンが言った。「手短に、要点だけにしてくれ」

「彼らがどうなったのか早く確認したほうがいいんじゃないか」とサンティアーゴが言った。「僕が電話してみよう」

「このホテルには電話がないんだ」とワシントンが言った。「近所の店に行かなきゃならないが、そうやって出たり入ったりするのはまずい。まだ三十分遅れているだけだ、じきに来るだろう」

報告事項というのはいつも、と彼は考える、主語と目的語とが判別しにくい長い独白だったな、事実と解釈とが、解釈と決まり文句とが渾然一体となっているものだった。しかし、その晩は、誰もが早く、簡潔で、具体的だった。ソロルサノ――農学部学生会連合は政治的だとして動議を否決した、曰く、サン・マルコスはいったいどうして路面電車労働者のストなどに同調するのか？　ワシントン――師範学校の指導者たちはこう言っていた、どうすることもできない、投票にすれば九十パーセントはストに反対するだろう、精神的支持を表明することしかできない。エクトル――ストライキ実行委員会との連絡は、組合本部が警察に占拠されて以来途絶えた。

「農学部離脱、工学部離脱、師範学校離脱、カトリカ不明」とワシントンが言った。「クスコ大とアレキパ大は占拠、トルヒーヨ大も後退した。要するに、これが現状だ。ほぼ確実に、連合会総会では今夜、ストの中止が提案される。一時間以内にわれわれは態度を決める必要がある」

議論にはならなさそうだったんだよな、と彼は考える、意見は全員一致しているみたいで。エクトル――運動は一般学生に政治的覚醒をもたらした、したがって今は、大学連合会が消滅させられる前に折れておいたほうがいい。ソロルサノ――ストの中止はいい、しかし、新しい運動を即座に始めるためにだ、より強力で、より連携のとれた運動を。サンティアーゴ――その通りだ、そしてつかまった学生の釈放のためのキャンペーンを即座に始めるべきだ。ワシントン――経験の向上とこの数日の戦いの教訓を得たことで、カウイデの大学分団は火の洗礼に合格したのだ、だから彼もまた勢力を再編成するためにストを中止するのに賛成だった。

「僕はちょっと言いたいことがある、同志諸君」とヤーケが、いつものか細い弱気な声で、しかしまったく躊躇することなく言った。「分団が路面電車組合のストを支持することに決めた時点で、すでにこれは全部わかっていたことだ」

何がわかっていたのか？　労働組合はどれも御用組合だということだ、なぜならほんものの労働運動指導者たちはすでに死んでいるか逮捕されているか国外追放されているからだ、そしてストによって弾圧が来て逮捕者が出ること、他大学がサン・マルコスに背を向けるようになることもわかっていた。われわれにわかっていなかったこと、予見されていなかったこと、同志諸君、それは何か？　彼の小さな手がおまえの顔のすぐ近くで上下にうち振られていたなサバリータ、彼の小さな声は、主張し、くりかえし、説得力があった。想定外だったのは、ストライキがここまでの成功を収めたことだ、それによってついに政府が仮面を脱ぎ捨て、その暴虐性を白日のもとにさらさざるをえなくなったことだ。うまくいっていないというのか？　三大学が占拠され、少なくとも五十人の学生と組合指導者が逮捕されて、だから状況が悪いのか？　ウニオン街で突発デモが頻発し、ブルジョワ系マスコミまでもが弾圧について報じざるをえなくなって、それが悪いのか？　初めて、反オドリア運動がこれだけの広がりをもったのだ、同志諸君、初めて、何年にも及ぶ一枚岩の独裁政権にひびが入ったのだ。それが悪い、状況が悪いというのか？　そのような瞬間に後退するのは馬鹿げているのではないのか？　運動を拡大して、急進化させるように努めることこそが正しいのではないのか？　状況を改革主義的視点からではなく、革命的な視点から判断するのだ同志諸君。彼は黙り、全員が彼を見やり、お互いを、居心地悪そうに見やった。

「アプラと無所属がスト中止でまとまってしまったら、もうわれわれにはどうすることもできない」とソロルサノがようやく言った。

「われわれは戦うことができるじゃないか同志」とヤーケは言った。

すると扉が開いたのだったな、と彼は考える、そして彼らが入ってきたのだ。アイーダが素早く部屋の中央まで進み出て、ハコーボは遅れて入った。

「ようやくだな」とワシントンが言った。「みんなで心配してたぞ」

「ハコーボがわたしを監禁して、カトリカに行かせなかった」とひと息に、と彼は考える、まるで言うつもりのことを全部暗記してきたかのように。「彼自身も繊維労働者に会いに行かなかった、分団の指令に背いて。よって、彼の除名を求めます」

「ようやくわかってきたぞ、おまえが彼女のことをこんなに何年も忘れられずにいる理由がサバリータ」とカルリートスが言った。

彼女は二脚の椅子の間に立っていた、電球の真下で、拳を握りしめて、目を見開いて、口を震わせながら。部屋が急に縮み、空気が濃くなっていた。全員が不動のまま彼女を見つめ、固唾をのみ、エクトルは汗を流していた。アイーダの呼気がおまえのすぐ傍らにあったんだよなサバリータ、彼女の影が床で揺れていて。おまえの喉はからからで、唇を嚙んで、鼓動が速まっていて。

「なるほど、驚いたな同志」とワシントンが言った。「われわれは今ちょうど……」

「さらに、彼は自殺しようとした、わたしがもうこれ以上彼とは一緒にいられないと言ったせいで」と、彼女は青ざめていたな、と彼は考える、目は大きく見開いていて、単語を、まるで舌が火傷するというかのように吐き出していて。「わたしが嘘をついて騙さなければ、ここに来ることさえ許さなかった。よって彼の除名を求める」

「あれで地面がぱっくりと割れたんだよ」とサンティアーゴは言った。「あそこで、全員の前で、そんなことを吐き出したからじゃない。そうじゃなくて、ああいう喧嘩のせいなんだカルリートス、ああいう痴話喧嘩、監禁するだの自殺すると言って脅すだのっていう」

「言いたいのはそれだけか?」とようやく、ワシントンが言った。

「そのときまで、おまえは二人が寝てるとは思ってなかったわけか」とカルリートスは笑った。「おまえは二人が、目を見つめあって、手を取りあって、マヤコフスキーやナーズム・ヒクメットの詩を朗唱しあったりしていると思っていたんだなサバリータ」

今や全員がその場でもじもじと動いていた、エクトルは顔を拭い、ソロルサノは天井を観察していた、どうして彼が口火を切って何か言わないのか、彼は後ろで黙って何をしているのか。アイーダはおまえのすぐ横に立ったままだったなサバリータ、その両手はもう握られてなく、彼女のイニシャルの入った銀色の指輪が小指にはまっていて、爪は男の爪のように短く切られていた。サンティアーゴが手をあげ、ワシントンが仕草で発言を促した。

「連合会総会の開会まであと一時間しかなく、まだわれわれは決議にいたっていない」と、今にも僕の声はかすれていくんじゃないかと考えて怯えていたんだよな、と彼は考える。「なのに個人的な問題を今、論じあって時間を無駄にするのか?」

彼は黙り、煙草に火をつけ、マッチが火のついたまま床で転がり、それを踏み消した。他のメンバーの顔が驚きから立ち直って、憤怒があらわれてくるのを彼は見た。不安で苦しげなアイーダの呼吸はなおもすぐそこにあった。

「もちろんわれわれは個人的な問題になど関心がない」とワシントンが声に不快感をにじませながら言った。「しかし、アイーダが提起した問題は非常に大きい」

棘のある沈黙があった、と彼は考える、突然、暑さがひどくなり、息がつまったな。

「僕は二人の同志が喧嘩しようと、監禁しようと自殺しようとどうでもいい」とエクトルが、ハンカチを口にあてながら言った。「関心があるのは、繊維労働者が、カトリカが、どうなったのかということだ。行くはずだった同志が行かなかったのであれば、その理由を説明してもらいたい」

「それはもう、同志が説明しただろう」と小鳥のような声が囁いた。「もう一人の同志に自分の言い分を言ってもらい、この問題はさっさと終わりにしよう」

戸口のほうに転回する視線、ゆっくりと前に出るハコーボ、アイーダの隣に並ぶハコーボの影。彼の明るい青の、しわだらけの背広、はみ出したシャツ、ボタンをとめていない上着、緩んだネクタイ。

「アイーダの言ったことはまちがいない、神経が高ぶって僕は抑制を失ってしまった」と、あいつはひと言ごとにつかえていたな、と彼は考える、まるで酔っぱらいのように体が揺れていたな。「理性を失って、おかしくなった瞬間に弱さが出た。この最近の、眠れなかった数日のせいかもしれない。同志諸君の、分団の、いかなる判断にも従うつもりだ」

「おまえはアイーダをカトリカに行かせなかったのか?」とソロルサノが言った。「おまえが繊維との会合に行かなかったのは確かなのか? おまえはアイーダがこの会合に来るのを妨害しようとしたのか?」

「自分に何が起こったのか、わからない、わからないんだ」と、怯えきった目だったな、と彼は考える、苦しみに苛まれた目、狂人のような目つき。「全員に謝罪するので許してもらいたい。この危機を乗り越えたい、自分自身を乗り越えるのを、同志諸君に助けてもらいたい。同志アイーダが、言ったことはまちがいない。いかなる判断でも僕は受け入れる」

彼は黙り、戸口のほうに下がり、サンティアーゴは彼を見るのをやめた。ふたたびアイーダ一人になり、緊迫のあまりその手は紫色だった。ソロルサノが額に深い皺を刻んで立ち上がっていた。

「自分が考えていることを率直に言わせてもらう」と言うその顔は怒りに崩れていたな、と彼は考える、その声には幻滅が充満していた。「自分がストライキに賛成票を投じたのは、ハコーボの論拠に納得したからだった。彼が一番熱心だった、それゆえわれわれは彼を大学連合会代議員に選び、スト実行委員に選んだんだ。しかし、ぜひとも指摘しておかなければならないのは、同志ハコーボがエゴイストとして行動していたまさにそのときに、マルティネスがつかまったということだ。そのような違犯行為は何らかの形で処罰しなければならないと考える。繊維との、カトリカとのコンタクトは今現在失われ、要は、そういうことで、全員がすでに知っていることをもうこれ以上言う必要はないだろう。このようなことはあってはならないことだ同志諸君」

「もちろん重大だ、もちろん重大な違犯があったんだ」とエクトルが言った。「しかし今は時間がないんだソロルサノ。連合会総会が三十分後には始まる」

「こんなふうにして時間を失うのは狂っている同志諸君」と小鳥のような声、困惑した、忍耐を失った声、その小さな手が高く掲げられていた。「この問題は先送りして、議論の主題にもどらないとダメだ」

「この議論を次回会合まで延期することを提案する」とサンティアーゴが言った。

「誰を侮辱したいわけでもないが、ハコーボはこの会合に出席しているべきじゃない」とワシントンが言った。彼は一瞬躊躇してから、つけ加えた。「もはや信用しきれない」

「僕の動議を採決してほしい」とサンティアーゴが言った。「今度はワシントン、君のほうが時間を無駄にしている。われわれはストライキのこと、連合会総会のことを忘れて、一晩中ハコーボのことを議論するのか？」

「時間は刻々と過ぎている」とヤーケがもう一度言って、懇願した。「気がついてくれ、同志諸君」

「わかった、採決しよう」とワシントンが言った。「何かつけ加えることはあるかハコーボ？」

足踏みしているその影、今では手をポケットから出して両手をこまぬいていた。金髪の毛房がいくつか耳にかかっていて、その目は、いつもの議論のときのように自信たっぷりで冷笑的ではなくなっていたなと彼は考える、その全身から敗北と屈従がにじみ出していたな。

「あいつにとって存在しているのは、分団だけ、革命だけだと僕は信じていたんだ」とサンティアーゴは言った。「それが突然、嘘だったんだカルリートス。骨と肉のあるただの人間だったんだ、あんたと同じように、僕と同じように」

「疑われるのはわかる、もはや自分を信用してもらえなくて当然だと思う」と彼は口ごもりながら言った。「自己批判をする覚悟はできている、いかなる決定にも従いたい。自分の過ちにもかかわらず、もう一度だけ、同志諸君には、自分を証明する機会をあたえてもらいたい」

「採決が終わるまで部屋の外に出ていてくれ」とワシントンが言った。

サンティアーゴには彼がドアを開ける音は聞こえなかった。電球が揺れて壁の影が動いたので外に出たことがわかった。立ち上がり、アイーダの腕を取って、椅子を指し示した。彼女はすわった。両手を膝の上に置いていたな、と彼は考える、黒いまつげは濡れていて、乱れた髪が首にかかっていて、耳は冷えきっているみたいだったな。おまえは手を持ちあげたかった、と彼は考える、持ちあげて下ろして、その首に触れ、撫でて、乱れ髪を撫でつけてやり、おまえの指をその髪にからませ、やさしく引っぱり、放してはまた引っぱってやるのだ――ああ、サバリータ。

「アイーダの要請を採決しよう、まず最初に」とワシントンが言った。「ハコーボを分団から除名することに賛成の者は手を挙げて」

「それに先立つ問題を提起したはずだ」とサンティアーゴが言った。「僕の提案を先に採決してほしい」

しかし、ワシントンとソロルサノがすでに手を挙げていた。全員が振り返ってアイーダを見た――彼女はうつむいて、膝の上に両手があった。

「自分の要請に賛成しないのか？」とソロルサノが、ほとんど怒鳴るようにして言った。

「考えを変えました」とアイーダはすすり上げた。「同志ヤーケの言う通り、この問題の議論は延期すべきです」

「信じられないことだ」と小鳥のような声が言った。「何なんだ、何なんだこれは」

「われわれのことを愚弄しているのか？」とソロルサノが言った。「何の遊びなんだ、アイーダこれは？」

「意見が変わったんです」とアイーダは顔を上げずに囁くように言った。

「なんてこった」と小鳥のような声が言った。「ここがどこだと思っているんだ、何をふざけているんだ」

「この冗談は終わりにしよう」とワシントンが言った。「この議論を延期することに賛成の者」

ヤーケ、エクトルとサンティアーゴが手を挙げ、数秒後にアイーダが続いた。エクトルは笑いだし、ソロルサノは吐き気がしているかのように腹を押さえ、小鳥のような声は何なんだこれはとくりかえしていた。

「女ってのはすごいよな」とカルリートスが言った。「ルンバの踊り子、コミュニスト、ブルジョワ女、チョラ、どんな女でも、われわれにはないものを持っている。ホモになったほうがまだいいんじゃないかサバリータ？　自分によくわかっているものを相手にするんだから。ああいう意味不明な生き物じゃなくて」

「じゃあハコーボを呼びもどしてくれ、サーカスは終わりだ」とワシントンが言った。「まじめな話にもどろう」

サンティアーゴは振り返った――開け放たれたドア、ハコーボの取り乱した顔が部屋の中に飛びこんでくるところだった。

「入口にパトカーが三台来ている」と囁いた。彼はサンティアーゴの腕をつかんでいた。「大人数の秘密警察と、警部が一人だ」

「ドアを閉めろ、くそっ」と小鳥のような声が言った。

全員が瞬時に立ち上がり、ハコーボがドアを閉めて、体で押さえつけた。

「押さえておけ」とワシントンが言い、大慌てで全員を見まわした。「書類と、手紙だ。ドアを押さえておけよ、鍵がないんだ」

エクトル、ソロルサノ、そしてヤーケが、ドアを押さえているハコーボとサンティアーゴに力を貸しにきて、誰もがポケットの中を探っていた。枕元のテーブルの上にかがみこむようにしてワシントンは書類を破り、溲瓶の中に入れていた。アイーダは他のメンバーが差し出す手帳やばらの紙を手渡して、ドアと寝台の間を爪先立ちで走って往復した。溲瓶の中にはもう火がつけられていた。外からは何の音も聞こえなかった――誰もがドアに耳を押しつけていた。ヤーケは彼らから離れて明かりを消し、暗がりの中でサンティアーゴはソロルサノの声を聞いた――誤報じゃないのか？　溲瓶の炎は大きくなったり小さくなったりして、それにぴったり合わせて、息を吹きかけているワシントンの顔が浮かび上がるのがサンティアーゴには見えた。誰かが咳をし、小鳥のような声が静かにと呟き、二人が同時に咳をしはじめた。

「ひどい煙だ」とエクトルが囁いた。「あそこの窓を開けないと」

一人の人影がドアから離れ、明かりとりの窓に背を伸ばしたが、その手は縁までしか届かなかった。ワシントンが腰のところで抱えて持ちあげ、明かりとりが開くと同時に新鮮な空気が部屋の中に吹きこんだ。炎はすでに消えていて、今度はアイーダが溲瓶をハコーボに手渡すと、彼はふたたびワシントンに抱えあげられて溲瓶を明かりとりの外に出した。ワシントンは明かりをつけた――引きつった顔、落ちくぼんだ目、乾ききった口。身振りでヤーケが、ドアから離れてすわるようにと指示した。顔が消耗しきって、前歯がむき出しになり、一瞬にして老けこんでいた。

「まだ煙がひどい」とヤーケが言った。「煙草を吸うんだ、煙草」

「誤報だったな」とソロルサノが呟いた。「何の音もしない」

サンティアーゴとエクトルが煙草を配り、吸わないアイーダまで一本火をつけた。ワシントンはドアの前に移動して、鍵穴から覗いていた。

「いつも勉強の本を持ってくるんだって、わかってないのか」とヤーケが言った。その小さな手はヒステリックに動きまわっていた。「われわれは大学の問題を話し合うために集まっているんだ。政治に関心はない、政治活動はしていない。カウイデは存在しない、分団も存在しない。誰も、まったく何も知らない」

「上がってくる」とワシントンが言い、ドアから離れた。

物音が聞こえ、沈黙があり、ふたたび物音がして、ドアを軽く二回叩く音がした。

「旦那さん、人が来ています」と痰の絡んだ声が言った。「緊急の用事だそうです」

アイーダとハコーボは寄りそっていたな、と彼は考える、彼女の肩に手をやっていたな。ワシントンがドアに向けて一歩踏み出したが、その前にドアが開いて、素早く動く物体が彼の体にぶつかってきた——もんどりうって転びかける人影、飛び跳ねる人影、叫びながら、拳銃が突きつけられ、誰かが何かを罵り、誰かが息を弾ませていた。

「何の用です」とワシントンが言った。「なんで、そんなふうにして入ってくるん……」

「銃を持っている者は床に捨てろ」と背の低い男が言った。帽子をかぶって、青いネクタイをしていた。「手を上げるんだ。検査しろ」

「僕らは学生です」とワシントンが言った。「僕らはただ……」

しかし、警官に押しやられて彼は黙った。彼らは足もとから頭まで手のひらで調べられ、一列になって両手を上にあげて外に出された。通りには機関銃を持った警官が二人と、野次馬の一団がいた。彼らは分けられ、サンティアーゴはエクトルとソロルサノと一緒にパトロールカーに押しこまれた。後部座席は狭く、腋臭くさく、運転席の男は小さなマイクロフォンに向けて話していた。車は発進した——ピエドラ橋、タクナ、ウィルソン、エスパーニャ通り。地方公安署の格子の前で止まり、秘密警察の一人が警備担当の衛兵とひそひそと話し、彼らは下りるように命じられた。開け放しになった小さなドアの並ぶ通路、事務室、警察官、シャツ姿の私服警官、階段、水洗いしたばかりのような廊下、ドアが開き、そこに入れ、ドアは閉まり、鍵をまわす音。小さな部屋、公証人事務所の待合室のようで、壁に沿ってベンチがひとつ置いてあるだけだった。彼らは黙って、周囲を観察していた——ひび割れた壁、磨かれた床、蛍光管の明かり。

「十時だ」とサンティアーゴが言った。「連合会総会が始まるはずだ」

「他の代議員も全員ここに連れて来られているのでなければな」とエクトルが言った。

明日にはニュースになるだろうか、親父は新聞で知ることになるんだろうか？　おまえは夜じゅう、家のことを想像していたなサバリータ、母さんの泣き声、上へ下への大騒ぎ、電話が鳴れば駆け寄り、訪問客、近所で噂話をするテテ、チスパスの台詞。たしかにあの夜は家じゅうが狂ったようになってましたよ坊ちゃん、とアンブローシオが言う。そしてカルリートスは――おまえはレーニンにでもなった気分だったんじゃないか。ところが突然、ずんぐりしたメスティソの男が勢いをつけて蹴りつけてきたのだ――そんなことより、何しろ恐かったんだよカルリートス。煙草を取り出すと、ちょうど三人分あった。彼らは何も言わずに煙草を吸った、煙を吸うのと吐くのを同時にやっているようだった。吸い殻を踏み消したころに、鍵の音が聞こえた。

「サンティアーゴ・サバラというのは誰だ?」と戸口のところから、新しい顔が言った。サンティアーゴは立ち上がった。「わかった、すわってよし」

顔は引っこみ、また鍵の音がした。

「おまえは記録があるってことだな」とエクトルが囁いた。

「おまえが一番最初に釈放されるってことだ」とソロルサノが囁いた。「連合会総会に大急ぎで行け。大騒ぎになるようにするんだ。ヤーケとワシントンのためだ、彼らが一番ひどい目にあうことになるから」

「頭がおかしいんじゃないか?」とサンティアーゴが言った。「どうして僕が最初に釈放されるんだ?」

「おまえの家族のおかげだ」とソロルサノが、小さな笑い声をあげて言った。「抗議するように、大騒ぎになるようにするんだ」

「僕の家族は指一本動かさないさ」とサンティアーゴは言った。「というかむしろ、僕がこういうことに関わっていると知ったら……」

「おまえは何にも関わっていない」とエクトルが言った。「それを忘れるな」

「もしかすると今回は、この一斉逮捕で、他の大学も何か声をあげるかもしれないぞ」とソロルサノが言った。

彼らはベンチにすわって、正面の壁か天井を見つめながら話していた。エクトルが立ち上がり、部屋の端から端へと歩きはじめた。脚が痺れたのだと言った。ソロルサノは襟を立ててから両手をポケットに入れた──ちょっと冷えるな？

「アイーダもここに連れて来られたんだろうか？」とサンティアーゴが言った。

「チョリーヨスに連れていくだろう、女子刑務所があるから」とソロルサノが言った。

「できたばかりで、個室まである」

「あの恋人どもの話で時間を無駄にしたのは馬鹿だったな」とエクトルが言った。「まったくお笑い草だ」

「泣いても泣ききれないってほうだろ」とソロルサノが言った。「あの二人にはラジオ・ドラマでも作らせりゃいい、メキシコ映画だって作れる。おまえを監禁するぞ、オレは自殺する、分団から除名してちょうだい、いや除名しないでちょうだいって。ズボンを下ろさせて鞭で打ってやるべきだ、ブルジョワのガキどもめクソッ」

「仲良くやってるんだと思っていたが」とエクトルが言った。「喧嘩してるんだって、知ってたか？」

「僕は何も知らなかった」とサンティアーゴは言った。「最近はほとんど会ってなかったから」

「女房と喧嘩になって、おかげでストも党もおシャカになる、おいらはもう自殺だ」とソロルサノは言った。「まったくラジオ・ドラマ向きだぜクソッ」

「同志たちにもそれぞれまあ、恋する心があるってわけだよな」とエクトルは笑ってみせた。

「たぶんマルティネスが口を割ったんだろうな」とサンティアーゴが言った。「たぶん殴られて、それで……」

「恐いって気持ちはなるべく隠しておけよ」とソロルサノが言った。「見せたら、もっとひどくなる」

「恐いと思ってるのはそっちだろ」とサンティアーゴは言った。

「もちろん恐いさ」とソロルサノが言った。「しかし、オレは青ざめたりしてそれを表には見せない」

「青ざめたって、外からはわからないからだろ」とサンティアーゴが言った。

「チョロで得するのはそれだな」とソロルサノは笑った。「そう突っかかるなって」

エクトルは腰を下ろした――彼が一本だけ煙草を持っていたので、三人で、ひと口ずつ順番に吸った。

「どうして向こうは僕の名前を知っていたんだろう」とサンティアーゴが言った。「さっきのあいつは何しに来たんだろう」

「おまえがいい家の子だから、モツのワイン煮でも作ってやろうっていうんだろ、慣れない雰囲気で困らないように」とソロルサノはあくびをしながら言った。「さあ、オレはもう疲れた」

彼は壁に寄りかかって体を縮め、目を閉じた。あの屈強な体、灰色の肌、大きく広がったあの鼻、と彼は考える、あの硬い直毛、それでもあれが初めての逮捕だったんだ。

「一般の囚人と一緒に入れられるんだろうか?」とサンティアーゴが言った。

「そうじゃないことを願うがね」とエクトルが言った。「コソ泥みたいな連中に犯されたくはないんでね。見ろよ、この同志の眠りっぷり。見習うべきだな、オレたちもなんとか少しは休憩できるか、やってみようじゃないか」

彼らは頭を壁に預けて目を閉じた。一瞬後、サンティアーゴは足音を耳にしてドアに目をやった。エクトルもまた体を起こしていた。鍵音、前と同じ顔。

「サバラ、一緒に来てくれ。そうだ、あんただけだ」

小太りの男に勢いよく押されて部屋から出ながら、彼にはソロルサノが充血した目を開こうとしているのが見えた。ドアの並んだ廊下、階段、曲がったり上がったり下りたりするタイル敷きの通路、窓の前にライフルを持って立つ警官。男は両手をポケットに入れて、彼のすぐ隣を歩いていた。金属製の認識票は読みとれなかった。そこに入れ、と言うのが聞こえ、そして彼は一人残された。薄暗い大きな部屋——机には笠のない電気スタンド、むき出しの壁、写真の中で大統領綬《サッシュ》にくるまれたオドリアは、まるでおむつにくるまれた赤ん坊のようだった。後ろに下がって時計を見ると、十二時半、彼はびくっとなり、脚から力が抜けて、尿意をおぼえた。その一瞬後、ドアが開いて、サンティアーゴ・サバラか？　と顔のない声が言った。はい——その人物はこちらにいますというのだった。足音、人声、ドン・フェルミンの横顔が、スタンドの光の円錐を横切り、その腕が広がり、その顔が僕の顔とひとつになったのだったな、と彼は考える。

「大丈夫かヤセッポチ？　何もされなかったかヤセッポチ？」

「何もされてないよ父さん。どうして連行されたのかわからないんだ、僕は何もしてないんだから父さん」

ドン・フェルミンは彼の目を見つめ、もう一度抱きしめて、腕を放し、曖昧な笑みを浮かべると、机のほうに向き直った、するとそこには、もう一人の男がすでにすわっていた。「ご覧の通りですドン・フェルミン」と、見えたのは顔だけだったんだカルリートス、勢いのない、小さな、卑屈な声だった。「ご子息は傷ひとつなくお元気です」

「この坊主は私にとって、ほんとに頭痛の種なんですよ」と、哀れ親父は、自然にふるまおうとしてかえって芝居がかっていて、喜劇的と言えるくらいだったんだカルリートス。「まったく子供さんがいなくてうらやましいですよドン・カヨ」

「人は誰しも年をとってくると」と、そうなんだよカルリートス、カヨ・ベルムーデスその人だったんだ。「自分がいなくなったあとで、代わりを務めてくれる人間がほしくなるものですよ」

ドン・フェルミンは居心地の悪そうな小さな笑い声をあげ、机の一角に尻を乗せた、するとカヨ・ベルムーデスは立ち上がった──これがその人なのだった、まぎれもなくあいつがそこにいるのだった。つやのない顔、羊皮紙のような、精気のない顔。ドン・フェルミンはすわりたいのではないだろうか？　いえいえドン・カヨ、いいのだった、机の上で結構なのだった。

「どんな厄介事に巻きこまれることになるか、これでわかっただろう、お若いの」と彼は、愛想よく、まるでこの一件を悔いているかのように言ったんだカルリートス。「勉強しないで政治に精を出していると」

「政治なんかやってません」とサンティアーゴは言った。「学校の友達と一緒にいただけで、何もしてないんです」

しかしベルムーデスはすでに体を前に乗り出して、ドン・フェルミンに煙草を差し出していて、ドン・フェルミンは即座に、うわべだけの笑みを浮かべて、〈インカ〉を一本引っぱり出し、〈チェスターフィールド〉しか吸えず黒煙草が大嫌いな彼なのにさカルリートス、すぐに口にもっていった。貪欲に吸いこんで咳きこんだが、カルリートス、それは内心の不興を、ひどい居心地の悪さをごまかすためにわざとやったみたいなものだった。ベルムーデスは煙の渦を、退屈そうに見つめていて、すると突然、その目はサンティアーゴに注がれた――

「若者が反抗的で、衝動的であるのは全然悪いことじゃない」と彼は、まるで何かの会合で、ふざけたことでも言っているみたいな調子でさカルリートス、自分の言っていることが全然重要じゃないみたいな調子でさ。「しかし共産党員と一緒になって陰謀を企むとなると話はちがってくる。共産主義が非合法だというのは知っているんだろう？　考えてもみたまえよ、君の身に国内治安法が適用されたらどうする」

「国内治安法は自分の立場もわかってないような鼻垂れ小僧に適用される法律じゃないはずだドン・カヨ」と、怒りを抑えながらだったよカルリートス、声を荒げずに、しかし、犬、下僕、と罵ってやりたいのを我慢しながらさ。

「誤解しないでくださいよドン・フェルミン」と、びっくり仰天してあわてたみたいだったよカルリートス、自分の言った冗談をわかってもらえなかった人みたいで。「鼻垂れ小僧に適用されないどころか、政権の味方であるあなたのような人の息子さんになんて、ありえないことです」

「サンティアーゴはむずかしい子なんだ、それは私にもよくわかっている」と微笑んでみせて、それから深刻な顔になってさカルリートス、ひと言ごとに語調を変えて。「しかし、大げさを言うのはやめてもらいたいものだドン・カヨ。うちの息子が陰謀を企てるなんて、あるはずないじゃないですか、共産党員と一緒になんてなおさらだ」

「息子さん自身に話してもらうのがよろしいでしょうねドン・フェルミン」と、愛想よく、下手に出てさカルリートス。「リマック区のあの安ホテルで何をしていたのか、分団というのは何か、カウイデというのは何か。そういう名前を全部、説明してもらうんです」

ひと口分の煙を吐き出し、その渦を、物憂げに見つめた。

「この国には共産党員なんて、もう存在すらしないじゃないかドン・カヨ」と、咳と憤怒に喉をつまらせながらだったよカルリートス、憎悪をこめて煙草を踏み消しながらさ。

「ほんの少数になりましたが、厄介な存在でしてね」とまるで僕がその場からいなくなったみたいにさカルリートス、というか、最初から僕なんかそこにいなかったみたいに。

「ガリ版刷りの小さな新聞を出しているんです、《カウイデ》という名前の。罵詈雑言だらけです、米国に対して、大統領に対して、それからわたしに対しての。わたしは全部の号をコレクションしてるので、そのうちお見せしましょうね」

「僕は全然関係していない」とサンティアーゴが言った。「サン・マルコスで共産党員なんて一人も知らない」

「彼らが革命ごっこでも何でも、好きな遊びをするのを、わたしどもは見逃しているんですよ、一線を越えないかぎりは」と、あたかも、自分自身が言っていることがすべて退屈でしかたがないというみたいにさカルリートス。「しかし、路面電車労組を支持する政治的なストライキとなるとね、だって、路面電車労働者のことがサン・マルコスにどう関係するっていうんですか、そこまで行くともうダメですよ」

「ストライキは政治的なものじゃないんだ」とサンティアーゴが言った。「連合会総会が決議したもので。全学生が関わっていて……」

「この若者はその学年の代議員なんですよ、連合会総会の代議員で、ストライキ実行委員会の委員なんです」と、僕のことを聞こうとも見ようともせずにさカルリートス、親父に、まるで小咄でも聞かせているみたいに笑いかけながら。「おまけにカウイデのメンバーでもある、共産党組織の名前がそうなっているんです、数年前から。彼と一緒に逮捕されたうちの二人は、書き切れないほどの前歴がありましてね、名を知られたテロリストなんです。ほかに手がなかったんですよドン・フェルミン」

「うちの息子をこれ以上拘留しておかせるわけにはいかない、息子は犯罪者じゃない」と、もう抑えずにさカルリートス、机を叩いて、大声になって。「私は政権の味方だ、それも昨日今日の話じゃない、最初の瞬間からだ、だからいくつも貸しがあるんだ。大統領に直接話をさせてもらう、今すぐにだ」

「ドン・フェルミンお願いしますよ」と、まるで傷ついたみたいにさカルリートス、まるで一番の親友に裏切られたみたいに。「ここにお呼びしたのは、われわれ二人の間でこれを解決するためです、わたしは誰よりもよく知っています、あなたが政権にとって最大の味方であることを。ただこの若者のやっていることをお知らせしたかっただけです。言うまでもなく、彼は逮捕も拘留もされていません。今すぐ連れてお帰りになってかまわないんですドン・フェルミン」

「それは、厚く御礼申し上げたいドン・カヨ」と、今度はまた困惑ぎみだったなカルリートス、ハンカチで口元を拭いながら、笑みを浮かべようとして。「サンティアーゴのことは心配ご無用に願います、私が責任をもって正しい道に引きもどしますから。それでは、もしよければ、これで失礼させていただきたい。この子の母親がどんなに心配しているか、想像がつきましょう」

「もちろんです、どうぞ奥様を安心させてあげてください」と、心を痛めたみたいにさカルリートス、失地を回復しようとして、ふたたび気に入られようとして。「あっと、それからもちろん、坊ちゃんの名前が表に出ることは決してありません。取調記録はありませんし、この一件の痕跡は何も残らないようわたしが確約いたします」

「そうだ、そうしないと、あとになって彼の不利益になりかねないからな」と、微笑みかけながら、うなずきながらだったなカルリートス、これで彼ともう和解したのだということを示そうとしていたんだな。「ありがとうドン・カヨ」

彼らは外に出た。ドン・フェルミンと、ベルムーデスの小柄で痩せた人影が前を行った、グレーのピン・ストライプのスーツに、短い歩幅の早い足取りで。警官たちの挨拶にも、秘密警察のこんばんはの声にも何も答えなかった。中庭、地方公安署の正面玄関、格子の柵、澄んだ空気、表通り。車は表階段のすぐ下に止まっていて、アンブローシオが帽子を取り、ドアを開け、サンティアーゴに微笑みかけ、坊ちゃんこんばんは。ベルムーデスはお辞儀をし、正面扉から中に消えた。ドン・フェルミンが車に乗りこんだ──アンブローシオ、急いで家に。彼らは出発し、車はウィルソン通りへと走っていき、アレキパ通りの方向に曲がり、一ブロックごとにスピードをあげ、窓から、気持ちのいい風が吹きこんできたのだったなサバリータ、息をさせてくれる風、何も考えないようにしてくれる風が。

「あの売女の息子には思い知らせてやる」と、その顔にあらわれた憤懣、と彼は考える、正面を見つめていたその目に浮かんでいた疲労。「あのチョロのくそ野郎、こんな屈辱を味わわされて、ただですむと思うなよ。身の程を思い知らせてやるからな」

「彼が悪態をつくのを初めて聞いたんだよカルリートス」とサンティアーゴは言った。「誰かをそんなふうに罵るのを」

「思い知らせてやる」と、その額には深い皺が、と彼は考える、彼の冷酷な怒りが。「誰が主人なのか、わきまえるように教えてやるからな」

「そんな嫌な思いをさせてごめん父さん、もう絶対に」と、突然その顔がこっちをふり向いて、と彼は考える、そしてびんたでおまえの口を封じたんだったなサバリータ。

「彼が僕をぶったのは、これが最初で最後だった」とサンティアーゴは言う。「覚えてるかいアンブローシオ?」

「おまえも、この貸しはいつか返してもらうぞ、鼻垂れ小僧め」と、その声は呻き声のようだったなと彼は考える。「陰謀を企てるには頭を使わなきゃダメだってことぐらいわからんのか? 自宅の電話で陰謀の話をするなんて、間抜けだってわからんのか? 警察が聞いてるかもしれんだろ? 家の電話は盗聴されていたんだ大馬鹿者」

「十回以上、僕がカウイデの連中と話をするのをやつらは録音していたんだカルリートス」とサンティアーゴは言った。「ベルムーデスはそれを彼に聞かせたんだ。彼はそれに屈辱をおぼえた、それが彼にとって一番痛かったんだ」

ライモンディ学校のところまで行くと交通が遮断されていた。アンブローシオはアレナーレス通りへと迂回し、彼らはハビエル・プラードとの交差点まで何も言わなかった。

「しかも、おまえのことで盗聴してたわけじゃないんだ」と、その落ちこんだ声、心配そうな、と彼は考える、しわがれた声。「やつは私の足取りを追っていたんだ。そして、この機会を利用して、正面からそうとは言わずに、私にそうと知らせたんだ」

「あれほど嫌な気持ちになったことは一度もなかったな、あの娼館での一件のときまで」とサンティアーゴは言った。「だって、僕のせいで彼らは逮捕されたんだし、ハコーボとアイーダのこともあったし、僕だけが釈放されて彼らはそのままで、しかも、親父があんな状態になっているのを目にして」

ふたたびアレキパ通りに入って、ほとんど交通はなく、車のヘッドライトと、高速で走り去っていく椰子の木、公園、暗がりの中の家々。

「要するに、おまえはコミュニストになったんだな、私が予想した通り、おまえはサン・マルコスに、勉強するためじゃなく、政治をやるために入ったんだな」と、あの苦々しげな口ぶり、と彼は考える、嫌味で皮肉な。「怠け者ども、恨みがましい連中、やつらに、おまえはやすやすとたぶらかされたんだ」

「試験には全部合格してるんだ父さん。成績はいつもいいんだよ父さん」

「私はおまえが共産主義だろうが、アプラ主義だろうが、無政府主義だろうが、実存主義だろうが、何だって構いやしない」と、ふたたび腹を立てていたな、と彼は考える、僕のことを見ずに、膝を叩いて。「爆弾を投げようと、泥棒しようと、人を殺そうと。ただしそれは二十一歳になってからだ。それまでは勉強するんだ、勉強だけするんだ。言われた通りにするんだ、言われたことだけをするんだ」

彼は考える――あそこでだったんだ。おまえはおまえの母さんをずたずたに傷つけることになるとは考えなかったのか？　考えなかったのだ、と考える。おまえの父親を厄介事に巻きこむことになるとは？　考えなかったのだサバリータ、おまえはそんなこと思いもしなかった。アンガーモス通り、ディアゴナル、ケブラーダ街と、アンブローシオはハンドルにしがみついていた――おまえは考えなかった、思いつきもしなかったのだ。すべてがとても安易で、とても居心地がよかったからだろ、ちがうか？　父さんが食わせてくれて、父さんが服を着せてくれて、学費を払ってくれて小遣いをくれて、その傍らでおまえは共産主義で遊んでいた、おまえの父さんに仕事をまわしてくれている人たちに対してせっせと陰謀を企てていた、それはないだろ、おい。びんたじゃないんだ父さん、と彼は考える、痛かったのはこれだったんだ。七月二十八日通り、その並木道、ラルコ通り、腹の中の虫、蛇、刃物。

「自分で生産して、自分で食いぶちを稼いで、父親のポケットに依存しなくなったときには、そうしたらいいだろう」と穏やかに、だったなと彼は考える、そして激しくもあって。「共産主義、無政府主義、爆弾、それはおまえ次第だ。しかしそれまでは勉強するんだ、言う通りにするんだ」

彼は考える――父さんを決して許せなかったのはこれだったんだ父さん。家のガレージ、明かりのついた窓、窓のひとつにはテテの姿、超秀才が着いたわよママ！

「その時点でおまえさんはカウイデと、その仲間たちと切れたわけか？」とカルリートスが言った。

「さあヤセッポチ、家に入れ、私はこの問題の始末がまだある」ともうすでに後悔していて、と彼は考える、もうおまえと仲直りをしようとしていて。「風呂にも入れよ、署でシラミでももらっているかもしれない」

「弁護士コースとも、家族ともミラフローレスとも、これで切れたんだよカルリートス」家の庭、母さん、キス、涙に濡れた彼女の顔、お馬鹿さんわかった、お馬鹿だからこうなったんだってわかるでしょう？　料理女と女中までそこにいて、興奮したテテの悲鳴──放蕩息子の帰還だよカルリートス、数時間でなく、まる一日でも中に入っていたら、楽団の演奏つきで迎えてくれただろう。チスパスは大急ぎで階段を下りてきた──びっくりさせせんなよおまえ。彼のことを居間にすわらせて取り囲んで、ソイラ夫人は彼の髪をもみくちゃにし、額にキスをした。チスパスとテテは興味津々だった──刑務所だったの、地方公安署だったの、強盗や人殺しには会ったの？　親父は宮殿に電話をしたんだが、大統領は寝てたんだヤセッポチ、かわりに地方官に電話して、火が出るようなことを言いつけてたんだぜ超秀才。目玉焼きでも、とソイラ夫人が料理女に言いつけ、それからミルク・ココアと、あのレモン・パイがまだ残っていたら。何もされなかったんだよ母さん、ただの間違いだったんだよ母さん。

「逮捕されてハッピーなんでしょ、英雄気取りでしょ」とテテが言った。「もうこれで、誰もあんたのことなんか相手にしないから」

「《エル・コメルシオ》に写真入りで出るぞ」とチスパスが言った。「番号を持った犯罪者みたいな顔写真で」

「何をするの、どんなふうなの、何をされるの、逮捕されると?」とテテが言った。

「服を脱がされて、横縞の囚人服を着せられて、足かせをはめられるのさ」とサンティアーゴが言った。「牢屋は鼠だらけで明かりもない」

「いんちき言わないでよ」とテテは言った。「話してよ、どんなだか話して」

「わかったでしょ、お馬鹿さん、サン・マルコスにあんなに行きたがったせいでどうなるか」とソイラ夫人が言った。「約束してくれるわよね、来年はカトリカに移籍するって? もう二度と政治に首を突っこまないって?」

約束するよ母さん、もう二度と母さん。彼らが寝に行ったのは二時だった。サンティアーゴは服を脱ぎ、パジャマに着替え、ライトを消した。全身がだるくて、ひどく暑かった。「もう二度とカウイデの連中には会おうとしなかったのか?」とカルリートスが言った。首元までシーツを引っぱりあげると、眠気が失せて、疲労が背中に押し寄せてきた。窓は開いていて、星影がいくつか見えた。

「ヤーケは二年間入れられて、ワシントンはボリビアに追放された」とサンティアーゴは言った。「ほかのみんなは二週間後に釈放された」

泥棒になって暗がりをうろうろしているみたいな嫌な感じだったな、と彼は考える、後悔、嫉妬、恥。あんたのことなんか大嫌いだ父さん、大嫌いだハコーボ、大嫌いだアイーダ。激しく煙草を吸いたくなったが、一本もなかった。

「連中はおまえが怖じ気づいたと思っただろうな」とカルリートスが言った。「おまえが裏切ったんだってサバリータ」

アイーダの顔、ハコーボとワシントンとソロルサノとエクトルの顔、そしてふたたびアイーダの顔。彼は考える――子供にもどりたい、生まれ直したい、煙草を吸いたい。しかし、もしチスパスにもらいに行ったら、やつと話をしなければならなかった。

「ある意味ではたしかに怖じ気づいたんだよカルリートス」とサンティアーゴは言った。「ある意味では裏切ったんだ」

ベッドに起き直り、ジャケットのポケットを探り、立ち上がってクローゼットにかかった上着を全部調べた。ガウンも内履きも身につけずに階段を最初の踊り場まで下り、チスパスの部屋に入った。煙草とマッチは枕元のテーブル上にあり、チスパスはシーツの上でうつ伏せに寝ていた。部屋にもどった。窓際にすわるのももどかしく、じっくりと味わって吸い、灰は庭に落とした。しばらくすると、車が玄関で止まるのが聞こえた。ドン・フエルミンが家に入るのが見え、アンブローシオが一番奥にある自分の小部屋に向かうのが見えた。今、きっと彼は仕事部屋を開けているところだろう、今度は明かりをつけているところだろう。手探りで内履きとガウンを探して寝室を出た。階段のところから、仕事部屋の明かりがついているのが見えた。階段を下り、ガラスの扉の前で立ち止まった——緑色の安楽椅子のひとつにすわって、手にはウィスキーのグラス、夜更かしした目、こめかみの白髪。スタンドの明かりだけしかつけていなかった、夜、家にいて新聞を読んでいるときはいつもそうしていたものだった、と彼は考える。ドアをノックすると、ドン・フェルミンが開けに出てきた。

「ちょっとだけ話したいことがあって父さん」

「入りなさい、そこにいたら風邪をひくから」と、もう怒っていなかったなサバリータ、おまえに会えたことをよろこんでいたな。「湿気がひどいからなヤセッポチ」

彼の腕をつかんで中に入らせると、安楽椅子にもどった。サンティアーゴは彼の正面にすわった。

「みんな、今の今まで起きていたのか?」と、まるですべてを許したかのようにサバリータ、というか、おまえのことを叱ったことなどなかったかのように。「チスパスはこれで、明日会社に行かずにすます、いい口実ができたな」

「しばらく前にみんな寝たんだ父さん。僕は眠れなくて」

「いろんな気持ちがあって眠れないんだろうな」と、おまえのことを慈しみをもって見ていたなサバリータ。「まあ、それも当然だろう。さあ、それじゃ全部くわしく話してくれ。やつらは手荒なことはしなかったのか、ほんとに？」

「ほんとだよ父さん、訊問すらされなかった」

「そうか、びっくりしただけですんで、まあよかった」と、少しばかり誇らしげですらあったなサバリータ。「何を私に言いたかったんだいヤセッポチ？」

「父さんが言ったことを考えていたんだ、父さんの言う通りだよ」と、突然、口の中が乾いてくるのを感じていたなサバリータ。「家を出て、仕事を探したいんだ。何か、勉強を続けられるような仕事を父さん」

ドン・フェルミンは冗談でごまかさず、笑わなかった。グラスを持ちあげ、ひと口飲み、口元をぬぐった。

「怒っているんだな、父さんがおまえをぶったから」と、前にかがんでおまえの膝に手を置いたのだったなサバリータ、忘れようじゃないか、仲直りしようじゃないか、と言うかのようにおまえのことを見つめながら。「もうこんなに大きくなって、もう警察に追われる一人前の革命家になっているのにな」

体を起こすと、〈チェスターフィールド〉の箱とライターを取り出した。

「父さんのことを怒ってなんかいないんだよ。ただ、もうこれ以上、自分の考えとちがう生き方を続けられないんだ。お願いだからわかってほしい父さん」

「どういう生き方を続けられないんだい?」と、かすかに傷ついたようにだったなサバリータ、急に痛みをおぼえて、疲れたみたいに。「ここにはおまえの考え方に反する何があるって言うんだいヤセッポチ?」

「小遣いに頼りたくないんだ」と、手が震え、声が震えるのを感じていたなサバリータ。「僕が何かするたびに父さんに迷惑がかかるのが嫌なんだ。自分のことは自分でやりたいんだよ父さん」

「資本家の世話にはなりたくないってことか」と、悲しげな微笑みを浮かべていたなサバリータ、傷ついたようだったが遺恨があるようではなかったな。「父さんと一緒に暮らしたくないのは、父さんが政府の契約をもらっているからなのか? そのせいなんだな?」

「怒らないで父さん。僕が変なことを言っているとは思わないで父さん」

「もうおまえも一人前だ、もうおまえのことを信用していいころだよな?」と、おまえの顔のほうに手を伸ばしてきてサバリータ、おまえの頬をなでたのだったな。「説明してやろう、どうしてさっき、あんなに腹を立てたのだったか。今、この数日間で、まとまりかけていたことがあるんだ。軍人や、上院議員、影響力のある人がたくさん関わっている。電話が盗聴されていたのは私のせいだったんだ、おまえのせいではなく。何かが漏れたんだろう、チョロのベルムーデスはおまえのことを利用して、私に警告しようとしたんだ、やつが何かを嗅ぎつけて疑っているんだってことを。おかげですべて中止せざるを得ない、一からやり直しだ。わかってくれるか、父さんだってオドリアの腰巾着だというわけじゃない。それどころか、やつを追い出して、選挙に持ちこもうとしているところなんだ。おまえなら、秘密を守ってくれるよな？　チスパスにだったらこんなことは、口が裂けても言わない。わかるだろう、おまえのことは一人前だと見なしているんだヤセッポチ」

「エスピーナ将軍の陰謀のことか？」とカルリートスが言った。「おまえの父さんも関わっていたのか？　これは誰も知らなかったな」

「でおまえは、ひとり勝手に引っ越して、残った父さんのことは知ったことかって考えていたんだな」と、その目では、もう過ぎたことだ、もうこの話はやめよう、おまえのことを愛しているんだ、と言っていた。「これでわかっただろう、私とオドリアとの関係は危ういものなんだ、おまえが迷惑になるとか考える必要はないんだ」

「そのためじゃないんだよ父さん。本当に政治に関心があるのか、自分がコミュニストなのかどうか、自分でもわかってないんだ。自分がこれから何をしていくのか、自分が何になりたいのか、ちゃんと決断できるようになるためなんだ」

「今さっき、考えていたんだ、車の中で」と、おまえに考え直す時間をあたえたのだったなサバリータ、ずっと笑みを浮かべたままで。「しばらく外国に行ってみたらどうだ？　たとえばメキシコに。試験が終わったら、一月にはメキシコに勉強に行く、一年か二年。

母さんをどう説得すればいいか、それはあとで考えよう。どう思うヤセッポチ？」

「どうなんだろう父さん、そんなことは考えたこともなかった」と、おまえのことを買収しようとしているんだと考えていたのだったなサバリータ、今急に、時間を稼ぐためにそんなことを思いついたのだと。「ちゃんと考えてみないと父さん」

「一月まで、時間はたっぷりあるさ」と、立ち上がりながら、サバリータおまえの顔をもう一度なでながら。「そうすれば、ものごとがもっとはっきり見えるようになるんじゃないか、世界がサン・マルコスの小さな世界だけじゃないってことがわかって。それでいいかヤセッポチ？　じゃあそろそろ寝ることにしよう、もう四時だからな」

最後のひと口を飲み干し、明かりを消し、二人は一緒に階段をのぼった。寝室の前で、ドン・フェルミンは体をかがめて彼の頰にキスをした――おまえは父さんを信用しないといけないぞヤセッポチ、おまえが何になろうとも、何をしようとも、彼が一番愛しているのはおまえなのだからヤセッポチ。寝室に入り、ベッドに突っ伏した。窓から空のかけらを、夜が明けるまでずっと見ていた。十分に明るくなると、起きてクローゼットのところに行った。貯金箱は最後に隠した場所にそのままあった。

「もうずいぶん長いこと、自分の貯金箱から金をくすねてなかったなあ」とサンティアーゴは言った。

太って鼻先が大きく、くるっと巻いた尻尾をしたブタは、高校のペナントと一緒に、チスパスとテテの写真の間に置いてあった。紙幣を取り出し終えたころにはもう牛乳屋とパン屋の配達も終わり、アンブローシオはガレージで車を掃除していた。

「それからどれだけして《ラ・クロニカ》で働きはじめたんだ?」とカルリートスが言った。

「それから二週間後だよアンブローシオ」とサンティアーゴは言う。

2

I

ここのほうがいいわ、ソイラ夫人のところよりも、製薬工場よりも、とアマーリアは考えた、トリニダーのことを夢に見ないで一週間が過ぎていた。サン・ミゲル区のこの小さな家の何が彼女はそんなに気に入ったのだろうか？　ソイラ夫人の家よりも小さいけれども、同じように二階建てで、エレガントで、庭の手入れが行き届いていることといったら。庭師が週に一回やってきて芝生に水をやり、ゼラニウムと月桂樹と、家の前面をまるでクモの大群のように這いのぼっていく蔓を剪定するのだった。玄関には壁に埋めこみになった鏡、脚の長い小テーブルの上には中国の壺が置かれていて、広間のカーペットはエメラルド・グリーン、肘掛け椅子は琥珀色、床にはクッションが散らしてあった。アマーリアはバーの部分が好きだった――いろんな色のラベルのついたボトルが並び、磁器の小動物や、セロファンで包まれた葉巻の入った箱があった。壁の絵も好きだった――アチョ闘牛場で観戦しているベール姿の女、コリセオ広場で闘う軍鶏たち。食卓のテーブルはものすごく変わっていて、半分が丸くて半分が四角で、高い背もたれのついた椅子はまるで告解所みたいに見えた。食器棚には何でもあった――脚つきの大皿、銀器、何種類ものテーブルクロス、ティー・セット、大小のグラス、背の高いグラス、低いグラス、ワイン・グラス。部屋の隅の小卓にはいつでも新鮮な花が壺に生けてあって――アマーリア、バラを替えてちょうだい、カルロータ今日はグラジオラスを買ってきて、アマーリア今日はカラーにして――すごくいい香りがして、食品庫は白ペンキで塗られたばかりのようだった。面白い缶詰めばかり何千個もあって、色つきの蓋だったり、ドナルドダックやスーパーマンやミッキーマウスが描かれていたり。食品庫には何でもあった――ビスケット、干しぶどう、ポテトチップス、いっぱいに詰まった瓶詰めの保存食品、箱単位のビール、ウィスキー、ミネラルウォーター。冷蔵庫は、馬鹿でかくて、野菜や瓶入りの牛乳が配って歩けるほど入っていた。キッチンの床は白と黒のタイルになっていて、洗濯紐の張られた中庭に通じていた。そこにアマーリアとカルロータとシムラ、それぞれの部屋があって、彼女らの小さなバスルームにはトイレとシャワーと洗面台があるのだった。

一本の針が脳に刺さって、ハンマーがこめかみを叩きつけた。目を開け、目覚まし時計のボタンを押しこんだ――激痛は治まった。不動のまま、光る電球を見つめた。もう七時十五分だ。玄関につながっている受話器を取り、車を八時に用意するよう命令した。バスルームに行き、二十分かけてシャワーに入り髭を剃って服を着た。脳の調子は冷たい水によってなおさら悪くなり、歯磨き粉のせいで甘ったるさが口の中の苦い味と混じりあって、このまま吐いてしまうんじゃないか？　目を閉じ、すると小さな青い炎が内臓を焼いていくのが見えるようで、血が皮膚のすぐ下を濃厚に循環していた。筋肉が締めつけられ、耳の中では轟音が鳴っていた。目を開いた――もっと眠るべきなのだ。食堂に下りていき、半熟玉子とトーストを押しのけ、吐き気をもよおしながらコーヒーをブラックのまま飲み干した。アルカセルツァーを二錠、半杯の水に溶かし、ぶくぶくと泡の立つ液体を飲み干すとすぐに、げっぷが出た。仕事机のところで、鞄を用意しながら煙草を二本吸った。外に出ると、戸口で護衛たちは手を帽子の庇へと持っていった。晴れ渡った朝で、太陽はチャクラカーヨ〔リマ東部郊外三十キロほどの高原町〕の屋根を楽しげに照らし、川の畔の庭と繁みは深い緑色に輝きたっていた。煙草を吸いながら、彼はアンブローシオがガレージから車を出してくるのを待った。

サンティアーゴは熱々のエンパナーダ二個とコカ・コーラの代金を払い、表に出るとカラバヤ街は燃えるように暑かった。リマ＝サン・ミゲル線の路面電車のガラス窓に電飾広告が映りこみ、空もまた赤っぽくなっていて、まるでリマ全体がほんものの地獄になりかかっているみたいだった。彼は考える――まぎれもないくその中にあって、あれはまだましなほうだったともいえるか。歩道はめかしこんだ蟻の群れであふれ、歩行者は車道にまではみ出して車の間を歩いていて、セントロで会社のはける時間にぶつかっちゃうともう最悪よね、とソイラ夫人は買い物から帰ってくるたびにいつも、息も絶え絶えという感じで不平をこぼしていたもので、サンティアーゴは腹の奥にくすぐったいものを感じた――もう八日になる。古い門構えから中に入った――だだっ広い入口、太い巻紙のロールが煤で汚れた壁に立てかけてある。インクの匂い、古びたものの匂いがしたが、それは居心地のいい匂いでもあった。格子の入った受付では、青い制服の守衛が出てきた――バイェホさんはどこでしょう? 二階の、一番奥、編集長と書いてあるところだ。彼はあわてずに、ひどく幅の広い階段をのぼったが、どの段も大昔から鼠や衣魚《しみ》に蝕まれてきているみたいにはげしく軋んだ。ただの一度も箒で掃いたことがないみたいだった。ルシーアおばさんの手をわずらわせて背広にアイロンをかけてもらう必要なんかなかったな、靴を磨かせたりして一ソルを無駄にした。そこが編集部にちがいなかった――ドアはどれも開け放しで、中には誰もいなかった。彼は立ち止まった――貪欲な、初心《うぶ》な目で、彼は人影のないテーブルを、タイプライターを、籐編みの屑籠を、机を、壁に貼ってある写真を眺めまわした。夜働いて、昼間は寝てるんだ、と彼は考えた、ちょっとボヘミアンな仕事だな、ちょっとロマンチックな。彼は手を上げ、控えめにドアをノックした。

広間から二階に上がる階段にはかわいい赤のカーペットが金色の鋲でとめてあって、壁の絵の中では、かわいらしいインディオたちがケーナを吹きながらリャマの群れを追い立てていた。バスルームは化粧タイルで輝きたっていて、洗面台とバスタブはピンク色、鏡でアマーリアは全身を見ることができた。でも一番素敵なのは奥様の寝室で、最初の数日間はとにかく理由をつけて上がっていっては、いつまでも飽きずに眺めていたものだった。カーペットはネイビー・ブルーで、バルコニーに出る窓のカーテンと同じ色、でも一番目立つのはあの低くて幅の広いベッドだった、足は鰐足になっていて、黒いベッドカバーには火を吹く黄色い動物が描かれていた。それにしても、何のためにあんなにたくさん鏡があるんだろう？　アマーリアの姿が幾度も反復される空間に慣れるまでは大変だった、だって、あんなふうに、化粧台の鏡から衝立の鏡に、クローゼット（なんてたくさんのドレス、ブラウス、スラックス、ターバン、ハイヒール）の鏡から、無意味に天井からぶら下がって檻に閉じこめられたドラゴンが描かれている鏡へと、くりかえし映しだされていくのだから。絵が一枚だけかかっていて、それは初めて見たときには顔が熱くなってしまったものだった。ソイラ夫人だったら決して寝室に、あんなふうに、裸の女の人が恥じらいもなく乳房をつかんで、あんなにあられもなく全部見せている絵を飾るはずがなかった。

けれどもここではすべてが大胆で、お金の使い方からして派手だった。どうしてあんなにたくさんのものを食料品店から運ばせるのだろう？　だって奥様はしょっちゅうパーティを開くからだよ、とカルロータは彼女に言い、旦那様のお友達は偉い人たちばかりだから、贅沢にもてなさなければならないのだった。奥様は超億万長者のようで、全然お金のことを気にしなかった。アマーリアはシムラが買い物のおつりを渡すのを見たときには恥ずかしくなったものだった。毎日の経費から大金を盗みとっているのに彼女はまるで何でもないかのように、あらそんなにかかったの？　まあいいわ、と言っておつりを数えもしないでしまうのだった。

中央街道を車が下りていく間、彼は書類を読み、下線を引いたり、欄外にメモを書いたりしていた。ビタルテの工場のあたりで太陽は姿を消し、灰色の空気はリマに近づくにつれて冷えこんでいくのだった。車がイタリア広場に止まったのは八時三十五分で、アンブローシオは急いで下りてドアを開けに走った――ルドビーコを四時半にカハマルカ県人クラブに来させてくれアンブローシオ。役所に入ったが、オフィスは空っぽで、秘書課にすら誰もいなかった。しかしアルシビアデス博士はすでに机についていて、赤鉛筆を手にして新聞を調べていた。立ち上がり、おはようございますドン・カヨ、すると彼はひとつかみの紙束を差し出した――この電報を全部、すぐに送ってくれ先生。秘書課を指差して、ここの女性陣は八時半には出勤してなければならないのを知らないのだろうか？　するとアルシビアデス博士は壁の時計を見やった――まだ八時半なのだからドン・カヨ。彼はもうその場を離れていた。執務室に入ると、上着を脱ぎ、ネクタイを緩めた。連絡文書が吸い取り紙の上に置かれていた――警察からの報告が左側に、電報と公式発表は中央に、右側には手紙と陳情書があった。足でゴミ箱を近づけると、報告書から始めた。読んで、メモをとり、一部を分けて、あとは破り捨てた。手紙を見終わるころに電話が鳴った――エスピーナ将軍からですドン・カヨ、居られますか？　ああ居る居る、先生頼む、つないでくれ。

白髪の男性が親しげに微笑んで、彼に椅子を勧めた――なるほど君がサバラ二世なんだね、もちろん彼はクロドミーロから話を聞いているのだった。その目の中には共犯者のような光があり、その手ぶりの中には親切そうで押しつけがましいものがあり、その仕事机は完璧に整理整頓されていた。そう、クロドミーロと彼とは学校時代からの友人なのだった、それに対して彼の父上、たしかフェルミンだったよね？　とは知りあう機会がなかったのだった、われわれよりもだいぶ年下だったからね、そして今一度微笑んだ――何か家でもめごとがあったわけなのだろうか？　そう、たしかにクロドミーロが話してくれたのだった。わかるよ、そういう時代なのだった、若者は自立したいものなのだった。

「だから僕は働かないといけないんです」とサンティアーゴは言った。「伯父のクロドミーロが、あなたならもしかしたらと」

「君は運がいいよ」とバイェホ氏はうなずいた。「ちょうど今、ローカル面に一人、人が必要で探しているところなんだ」

「経験はないんですが、全力をつくして何でもすぐに覚えますから」とサンティアーゴは言った。「《ラ・クロニカ》で働ければ、もしかしたら法学部の授業にも通い続けられるかもしれないと思っていて」

「僕がここで働くようになって以来、記者をやりながら勉強を続けた人は、ほとんど見たことがないなあ」とバイェホ氏は言った。「ひとつ言っておかなければならないことがある、もしかしてまだ知らないかもしれないから。新聞記者というのは一番給料が安い仕事なんだ。一番いやな思いをさせられる仕事でもある」

「昔からずっと好きだったんです」とサンティアーゴは言った。「昔からいつも、一番人間の人生と結びついている仕事だと思ってきました」

「わかったわかった」とバイェホ氏は白髪の頭に手をやり、思いやりのこもった目つきでうなずいた。「これまでに日刊紙で働いたことがないのは最初からわかってる、どうなるか見てみようじゃないか。まずは、君がどんな力をもっているのか、ある程度知りたいんだ」。ごくまじめな顔つきになり、声も深みを帯びた。「ヴィース会館で火災。死者二名、五百万ソルの損害、消防は徹夜で消火にあたった。事故か放火か、警察が捜査している。二ページ以内で書いてみてくれ。編集部にはタイプライターがたくさんある、どれでも好きなのを使っていい」

サンティアーゴはうなずいた。立ち上がり、編集部に移動し、最初の机にすわると両手に汗をかき始めた。誰もいないのがまだよかった。彼の目の前にあるレミントンの機械が、まるで小さな棺桶のように見えたんだよカルリートス。まさにその通りだったんじゃないかサバリータ。

奥様の部屋の隣には仕事部屋があった――簡素な肘掛け椅子三脚と、スタンドと本棚。旦那様はサン・ミゲルの家を訪ねてくるとそこに閉じこもるのだった、そして、もしも誰かと一緒なら音を立ててはならなかった、オルテンシア奥様までもが一階の広間に下りてきて、ラジオを消し、彼女に電話がかかってきても断らせた。そんな大事《おおごと》になるなんて、旦那様はどんなに性格の悪い人なんだろう、と最初のときにアマーリアは怯えあがった。奥様はどうして三人も女中を置いているのだろうか、旦那様は本当に時たまやってくるだけなのに？　黒人のシムラは太っていて白髪頭で、黙りこくっていて彼女にはとても印象が悪かった。一方、その娘のカルロータは、すらっとしたやせっぽちで胸も小さくて、髪は編みこみにしていて人なつこくて、その場ですぐに仲良しになった。必要だから三人置いてるんじゃないのよ、とカルロータが教えてくれた、旦那様がくれるお金を使いきるためなのよ。すごくお金持ちなの？　カルロータは白目を剝いてみせた——超お金持ち、政権の一員なのだ、大臣なのだ。そのせいで、ドン・カヨが泊まりに来るときには警官が二人、外の角のところに立ち、運転手ともう一人、車の男が一晩中、玄関のところで待機しているのだった。どうしてあんなに若くてきれいな女の人が、ハイヒールを履いたら耳の高さまでしか来ない男とつきあっているのだろうか？　父親であってもいい年だし、醜男だし、服装だって洒落ていなかった。奥様はあの人のことを愛しているんだと思うカルロータ？　愛しているはずなんてなかった、愛しているのは彼のお金なのだ。こんな家を構えてあげて、あんなにたくさんの服や宝石や靴を買ってあげるなんて、ずいぶんとお金を持っているにちがいなかった。どうしてあんなに美人なのに、結婚してくれる相手をつかまえられなかったのだろうか？　でもオルテンシア奥様にとって、結婚というのはあまり重要ではないらしいのだ、こういうふうにしているので幸せらしいのだ。旦那様に来てほしいと思っている様子はみじんも見られなかった。もちろん、彼がやってくればちゃんとかいがいしくお相手をするし、旦那様が電話で何人かの友達と食事するのだと言ってくれば、一日じゅう、シムラに指示を出して、アマーリアとカルロータが家じゅうをぴかぴかに掃除するよう見張っていた。けれども、ひとたび旦那様が帰ってしまえば、もう彼について話題にすることもなく、決して電話をかけることもなく、女の友達たちと、あんなにもうれしそうに、あんなにもうちとけて、いかにも楽しそうにしているので、彼のことなどもう覚えてもいないのだとアマーリアは思うのだった。旦那様は、ひと目見ただけでまともな人でお金持ちだとすぐにわかったドン・フェルミンとはまるで似ても似つかない人だった。ドン・カヨはちびで、日に焼けた顔、干したタバコの葉みたいな黄色みがかった髪、冷たく遠くから見ているような落ちくぼんだ目をしていて、首筋は皺だらけ、唇はほとんどないぐらい薄くて、歯は煙草の染みで汚れていた、というのも、どんなときもいつでも手には煙草があるのだから。体はほんとうに痩せていて、背広の前の部分が背中の部分とくっついているように見えるほどだった。シムラが聞いていないときに、彼女とカルロータは冗談を言いあって死ぬほど笑いころげた——裸になったところを想像してみて、ちっちゃなガイコツみたい、ガリガリの腕、ガリガリの脚をしてて。背広を着替えることもめったになく、いつもネクタイは曲がっていて、爪は汚れていた。こんにちはもさよならも決して言わず、彼女らが挨拶すると目を向けもせずに唸り声をあげて答えるのだった。いつでも忙しそう、心配そう、急いでいるみたいで、捨てる煙草の吸いさしで次の煙草に火をつけて、電話で話すときに口にするのは、そうだ、そうじゃない、明日、まあな、だけで、奥様が何か冗談を言うとかすかに頬に皺をよせる、それが彼の笑いなのだった。結婚しているのかしら、家の外ではどんな人生を送っているのだろうか？　アマーリアは彼が、いつでも喪服を着ている年とった信心深い女と一緒に暮らしているところを想像するのだった。

「もしもし、もしもし？」とエスピーナ将軍の声がくりかえした。「もしもしアルシビアデス？」

「どうした？」と彼はおだやかに言った。「セラーノか？」

「カヨか？　ああよかった、ようやくだ」とエスピーナの声はざらつきながらもうれしそうだった。「もうおといからおまえに電話しているのに、まったくつながらなくてな。役所にもいない、自宅にもいない。まさかオレに対して居留守を使っているわけじゃあるまいが」

「わたしに電話をしてたのか？」と右手に持った鉛筆で、円をひとつ描いていた。「それは初耳だセラーノ」

「十回はかけたぞカヨ。十回どころか、少なくとも十五回は」

「どうしてわたしに伝言が伝わらないのか、調べてみないとな」と、並べて二つめの円が描かれた。「どうしたんだセラーノ、聞かせてくれ、仰せの通りにしよう」

一瞬の沈黙、困惑した咳払い、エスピーナの途切れがちな息づかい——

「あれはどういう意味なんだいカヨ、オレの家の前に秘密警察を置いているのは？」と、不機嫌を隠すためにわざとゆっくりと話したが、効果は反対だった。「護衛なのか、監視なのか、それとも何なんだ？」

「元大臣なんだから、あんたのところに政府の雇った門番がいても不思議じゃないだろうセラーノ」と彼は三つめの円を描いてから、間を置いて、調子を変えて言った。「わたしは何も聞いていないんだ。もしかして、もうあんたには護衛が必要なくなったことを忘れたのかもしれんな。その人間が気にさわるのだったら、引き上げさせるように言おう」

「気にさわるというか、どうにも気になる」とエスピーナはぶっきらぼうに言った。「明らかにしてくれカヨ。あいつが配置されているというのは、政府がもうオレのことを信用していないという意味なのか？」

「変なことを言わないでくれセラーノ。あんたを信用しないで、誰を信用するって言うんだ」

「まさにそうだ、まさにそうだから言っているんだ」とエスピーナの声はゆっくりとしていたのが、一瞬急きこみ、ふたたびゆっくりになった。「だからオレが驚いたのもわかるだろうカヨ。オレがもう老いぼれて、秘密警察を見分けられなくなったとでも思ったのか」

「つまらんことで変な恨みをもったりしないでくれよ」と五つめの円——他のよりも小さく、わずかにつぶれていた。「わたしらがあんたに監視をつけるだなんて、そんなことを考えたのか？　あんたのとこの女中に恋したドン・ファンじゃないのか」

「どうであれ、ここから消えてもらったほうがいい、なにしろオレは気が短いからな、おまえの知っての通りだ」と今や憤激して、鼻息も荒くなって。「突然熱くなって、やつに一発撃ちこみかねない。その点をおまえに忠告しておきたかったんだ、万が一のために」

「つまらんことで弾薬を無駄にしないでくれ」と円を修正して大きくし、へこみも直して他の円と同じにした。「今日にもわたしが確認しよう。もしかするとロサーノがあんたに気に入られようとして、家を守る人員を送ったのかもしれない。引き上げさせるように言おう」

「そうだな、一発撃ちこむというのは本気で言ったわけじゃない」と今や少し落ちついて、冗談にしてかわそうとして。「しかしぜひともわかってくれ、この一件には嫌な思いをさせられたぞカヨ」

「あんたは相も変わらず、疑り深くて恩知らずのセラーノだからしかたがないなあ」と彼は言った。「家を守ってもらったほうがいいんじゃないか、そこらじゅう鼠が荒らしまわっているんだぞ。しかしまあ、それはもう忘れてくれ。家族はどうしてるんだい？　近いうちに一度、一緒に昼飯でもしようじゃないか」

「いつでもおまえに合わせるぞ、オレはもういくらでも時間があるからな、今では」と少し困惑して、ためらいがちに、まるで自分の声の中にある苛立ちに気づいて恥じ入っているかのように。「おまえのほうだろ、時間がなくて困ってるのは、ちがうか？　オレが役所をやめて以来、一度も会いに来てくれてないじゃないか。もう三か月にもなるというのに」

「まったくその通りだなセラーノ、しかしあんたもここがどんなか、よく知ってるだろ」

と八つの円――一列に五つが並んで、その下に三つ。九つめを注意深く描きはじめた。

「何度も電話しかけたことはあったんだ。来週にしよう、かならずだ。それじゃ、大事になセラーノ」

エスピーナが挨拶を終える前に電話を切り、九つの円を一瞬眺めてから、紙を破って屑籠に捨てた。


「一時間もかかってしまった」とサンティアーゴは言った。「二枚の原稿を四回も五回もやり直して、コンマをバイェホの見ている前で手書きで直したりしてさ」

バイェホ氏はじっくりと読み、鉛筆を紙の上に掲げたまま、うなずき、小さなバツ印を書きつけ、唇をわずかに動かし、もうひとつバツ印、上出来だ、わかりやすい正しい言葉遣いだし、と慈悲深い視線で彼を安心させ、それだけでもう十分にいい線だ。ただし、これだけは……

「その試験に落ちてたら、おまえももとの木阿弥にもどって、今頃は模範的なミラフローレス人士になってたろうにな」とカルリートスは笑った。「新聞の社交ページに登場したりしてさ、おまえの兄貴みたいに」

「ちょっと緊張してしまって」とサンティアーゴは言った。「もう一度やり直しましょうか?」

「オレの試験をしたのはベセリータだったんだ」とカルリートスは言った。「警察ページに一人空きがあるといってさ。一生忘れないさ」

「その必要はないよ、悪くないんだから」とバイェホ氏は白い頭を振り、色の薄いその親しげな目で彼を見た。「ただし、この仕事の基本を学んでいってもらう必要はあるな、われわれの元で働いていくんであれば」

「ワティカの売春宿にキチガイが一人、アル中譫妄の状態で上がりこみ、売春婦四人と、マダムと、おかま二人に切りつけた」とベセリータが唸った。「娼婦の一人は死亡。ペラ二枚で、十五分以内だ」

「本当にありがとうございます、バイェホさん」とサンティアーゴは言った。「どれほど感謝しているかわかっていただけないと思いますが」

「小便が漏れるかと思ったよ」とカルリートスは言った。「ああ、ベセリータなあ」

「それは単純に、情報をその重要度に応じて配置するという問題なんだ、それと、単語の節約ということだな」とバイェホ氏はいくつかのフレーズに番号をふって、原稿を彼に返した。「死者から始めないとダメなんだよ」

「われわれはみんなベセリータのことは悪口ばかり言っていた、誰もが大嫌いだった」とサンティアーゴは言った。「なのに今じゃ彼のことを思い出してばかりで、誰もが彼のことが大好きで、生き返ってもらいたがってる。まったく意味不明だよ」

「一番目を引くもの、人の注意をとらえるものからだ」とバイェホ氏はつけ加えた。「それによって読者はそのニュースに興味をおぼえるんだ。誰もがいずれは死ななきゃならないからだろうかね」

「やつはリマの新聞業界に訪れたもっとも真正なできごとだったんだよ」とカルリートスは言った。「人間の屑がその最大の次元にまで行きついて、ひとつの象徴、ひとつの規範にまでなったケースなんだ。誰だっていとおしみをもって思い出す以外にありえないんじゃないかサバリータ?」

「なのに僕は死者を一番最後に書いたんですね、まったくなんて馬鹿なんだ」とサンテイアーゴは言った。

「この三行は何だか知っているかい？」とバイェホ氏は悪戯っ気のある目で彼を見た。「北米の連中が、つまり世界で一番切れのいい新聞を出してる連中が、覚えておいてくれ、リードと呼んでいるものだ」

「おまえには手取り足取りやってくれたんだな」とカルリートスは言った。「それにひき換え、オレなんかべセリータに怒鳴られただけだったさ、足を使って書きゃいいんだ、貴様を採用するのはこれ以上他の人間の試験をするのが面倒くせえからだ、ってさ」

「すべての重要な情報は最初の三行、リードに要約して入れる」とバイェホ氏は親愛をこめて言った。「つまりこんなふうにやるわけだ――二名の死者と五百万ソルの物的損害、これがリマ都心部の主要ビル、ヴィース会館の過半を焼いた昨夜の火災について、現時点で判明している被害状況である。消防は八時間におよぶ危険な作業により鎮火に成功した。わかるかい？」

「そういう決まりきった様式を頭に入れたあとで、詩でも書こうとしてみるがいい」とカルリートスは言った。「新聞に入るなんてのは、文学に対してわずかでも愛着をもっている人間にとっては、狂気の沙汰だぜサバリータ」

「その後で、ニュースに色づけしていけばいい」とバイェホ氏は言った。「火事の原因、従業員の苦難、目撃者の証言、などなど」

「僕はそんなのは全然なかったんだ、妹にからかわれて恥をかいて以来」とサンティアーゴは言った。「僕は《ラ・クロニカ》に入れてほんとにうれしかったんだカルリートス」

それに対して、オルテンシア奥様はなんてちがってるんだろう。彼はすごい醜男で、彼女はすごい美人で、彼は超深刻で、彼女は超ハッピー。まるで王座から話しているみたいだったソイラ夫人のようにお高くとまっていないし、彼女に対して声を荒げるときですら、見下しているような感じにならないのだ。彼女に対しても威張ることなく、まるでケタさんと話すときみたいにしゃべるのだ。でも、たしかに、分け隔てがなさすぎるところもあった。ある種のことに関しては、ほんとになんて恥知らずなんだろう。あたしの悪いところはお酒とおクスリだけど、とあるとき彼女は言ったけれども、アマーリアに言わせれば、彼女の悪いところは極端なきれい好きだというところだった。カーペットにほんのわずかの埃があれば、アマーリア！　はたきを持ってきて！　吸い殻の入った灰皿があれば、まるで鼠でも出たみたいに、カルロータ！　この気持ち悪いのを！　彼女は起きたときと寝るときに入浴したが、困るのは、彼女らもまた同じようにしじゅう水浴びするよう求めることだった。アマーリアがサン・ミゲルの家で働きだした翌日、朝食をベッドまで運んでいくと、奥様は彼女のことを上から下まで調べまわして――今日はもうシャワーに入った？　いいえ奥様、とアマーリアはびっくりして言い、すると彼女はまるで小さな子供のようなしかめ面を作って、今すぐ大急ぎでシャワーに入ってらっしゃい、ここでは毎日入らなければならないというのだった。そして三十分後、アマーリアが歯をガタガタいわせながら冷水を浴びていると、バスルームのドアが開いて、奥様がガウン姿で、手に石鹸を持ってあらわれた。アマーリアは全身が燃えるように熱くなり、蛇口の水を止め、服に手を伸ばす勇気もなく、ただうつむいて、顔をしわくちゃにしていた。あたしに見られて恥ずかしいの？　と奥様は笑った。いいえ、と彼女は口ごもり、すると奥様はもう一度笑った――石鹸をつけずにシャワーを浴びていたじゃない、きっとそうだと思ったのよ、さあこれで、ちゃんと石鹸をつけなさい。そして、アマーリアがその通りにしている間――石鹸は三度も手からすべり落ち、強くこすったせいで肌は燃えるようにちくちくした――奥様はずっとそこにいて、ヒールを鳴らしながら、彼女が恥ずかしがるのを楽しんで、耳の後ろもよ、さあ今度は足先、と楽しげに笑いながら命令して、彼女のことを容赦なくじろじろと見たのだった。わかったわね、こういうふうに毎日シャワーに入って石鹸をつけなきゃいけないのだと言うと、ドアを開けて外に出ようとしたが、なおもアマーリアにまとわりつくような視線を向けた――あなた、恥ずかしがる理由なんてないわよ、痩せてるけど悪くないわ。出ていくと、遠くでもう一度大きな笑い声があがった。

ソイラ夫人はそんなことをしただろうか？　彼女は目がまわって、顔が熱くなっていた。

制服のボタンは一番上までとめなさい、とソイラ夫人は言ったものだった、スカートをそんなに短く穿くんじゃないの。あとで広間を掃除しながら、アマーリアがカルロータに話して聞かせると、彼女は白目を剥いてみせた――奥様はそんな感じなのだった、恥ずかしがったりしないのだった、ときどき彼女がシャワーを浴びているときにもちゃんと石鹸をつけているか見に入ってくるのだ。しかも、それでは終わらず、彼女らに制汗用のパウダーを脇の下につけさせた。毎朝、まだ寝ぼけながら、背伸びをしながら、奥様の朝の挨拶は、もうシャワーに入ったの？　デオドラントはつけたの？　というのだった。このように全然遠慮がない一方で、彼女のほうも彼女らに見られるのを全然気にしなかった。ある朝、アマーリアはベッドにもう彼女の姿がなく、お風呂の水の音が聞こえたので――奥様朝ご飯は枕元に置いておきましょうか？　いいえ、こっちに持ってきてちょうだい。中に入ると奥様はバスタブの中で、クッションに頭を乗せて目を閉じていた。湯気が部屋じゅうにたちこめていて、すべてが暖かくて、アマーリアは戸口で立ち止まり、好奇心をもって、当惑をもって、お湯につかっている白い体を見つめていた。すると奥様は目を開いた――おなかぺこぺこ、ここに持ってきてちょうだい。大儀そうに身を起こしてバスタブの中にすわりなおすと、お盆に手を伸ばした。湯気のたちこめる中でアマーリアは、水滴のついた上半身が、色の黒い乳首が、あらわれ出るのを見た。どこを見たらいいのか、どうすべきなのか彼女がわからずにいると、奥様は（生き返ったような目をしてジュースを飲みはじめ、トーストにバターをつけはじめながら）急に、彼女が浴槽の傍らで固まっているのに目を止めた。そんなところで口をぽかんと開けて、何をしているのだろうか？　そしてからかうような声で、あたしの体、嫌いなの？　奥様わたしはそんな、とアマーリアは口ごもりながら後ずさり、すると奥様は大笑いした――もういいわ、お盆はあとで取りに来ればいいから。ソイラ夫人はお風呂に入っているところに彼女が入るのを許しただろうか？　なんてちがっているんだろう、なんて開けっぴろげなんだろう、なんて親しみやすい人なんだろう。サン・ミゲルの家での最初の日曜日、奥様にいい印象を持ってもらうために彼女は、ちょっとだけミサに行ってきてもいいでしょうか、と訊いてみた。奥様は彼女特有の笑い声をあげた――いってらっしゃい信者さん、でも気をつけるのよ、神父さんに犯されないように。彼女はミサには全然行かないわ、とあとでカルロータに聞かされた、だからあたしたちももう行かなくなっちゃった。そのせいなのだった、サン・ミゲルの家の中には、キリストの聖像画もリマの聖女ローサの像も、ただのひとつもないのだった。彼女もまた、じきにミサに行くのはやめてしまった。

ドアをノックする音がし、彼がどうぞと言うと、アルシビアデス博士が入ってきた。

「あんまり時間が取れないんだ、博士」とアルシビアデスが持ってきた新聞の切り抜きの束を指し示しながら言った。「何か重要事項はあるのか？」

「ブエノスアイレスからの知らせですドン・カヨ。どの新聞にも出ています」

彼は腕を伸ばし、切り抜きをめくって見た。アルシビアデスがすでに赤インクで見出しに印をつけていた――「ブエノスアイレスでペルー政府反対運動」と《ラ・プレンサ》にあり、「アプラ派、アルゼンチンでペルー大使館に投石」と《ラ・クロニカ》にはあった。「ペルー国旗、アプラ派によって蹂躙、破損」と《エル・コメルシオ》にはあり、その情報の終わりも矢印で示されていた。

「どの新聞社もアンサ通信の電信を発表したんだな」と彼はあくび交じりに言った。

「ユナイテッド・プレスやＡＰ、その他の通信社は、われわれの要請に応じてこのニュースは配信しなかったんです」とアルシビアデス博士は言った。「こうなると、アンサがどうしてスクープしたのか、と抗議してくるでしょう。アンサに何の通知も出さなかったのは、あなたの指示で」

「わかった」と彼は言った。「あいつを探してくれ、アンサのあいつは何という名だったか？　タリオじゃなかったか？　すぐに来るように言ってくれ」

「わかりましたドン・カヨ」とアルシビアデス博士は言った。「ロサーノ氏はもう見えてます」

「通してくれ、で、誰の邪魔も入らないように頼む」と彼は言った。「大臣が来たら、三時にわたしのほうから部屋に行くと言ってくれ。どの手紙もあとでサインするから。今はそれだけだ先生」

アルシビアデスは出ていき、彼は机の一番上の引き出しを開けた。小さな瓶を手に取ると、それをしばらく、不興げに見つめた。錠剤を一錠出すと、唾液で濡らして、そのまま飲みこんだ。

「もう新聞で働いて長いんですか?」とサンティアーゴは言った。

「三十年近くになるよ、長いな」とバイェホ氏の目は時間の彼方に向けられ、軽い震えが手に伝わった。「最初は、原稿を編集部から印刷所に届ける仕事だったんだ。そうだな、まあ文句は言えないな。これはほんとに嫌な仕事なんだが、多少は報われる部分もあるんだ」

「一番報われたのは、辞任させられたときじゃないか」とカルリートスが言った。「バイェホみたいな人間が新聞記者をやってるってのが、オレにはいつも驚きだった。あいつはすごく穏やかで、裏がなくて、真人間だった。そんな人間には不可能だ、うまくいくはずがなかった」

「公式には、勤務開始は一日からだ」とバイェホ氏は壁にかかったエッソのカレンダーを見た。「来週の火曜日だ。でも仕事の流れに慣れていきたかったら、今日の夜あたりから編集部をうろついていてもいいよ」

「つまり、新聞記者としてやってける第一条件は、リードがうまく書けるかどうかなんかじゃないって?」とサンティアーゴは言った。

「そういうことだ、なによりも悪人でなきゃダメだ、少なくとも、悪人のふりができないと」とカルリートスは陽気にうなずいた。「オレはもう、努力しなくてもできる。おまえはまだ少しは無理してるなサバリータ」

「月給は五百ソルだから、大した額じゃない」とバイェホ氏は言った。「見習い期間中だから。その後、上げてくれるはずだ」

《ラ・クロニカ》からの出がけに玄関口で、ミリ単位できれいに刈りこまれた口髭に玉虫色のネクタイをした男とすれちがい、あれがデスクのエルナンデスだったなと彼は思うが、サン・マルティン広場に着いたころにはもうバイェホとの面接のこともすっかり忘れていた——彼のことを探しに来ただろうか、書き置きを残していっただろうか、それとも、まだ待っているだろうか? 誰も待ってはいなかった、下宿屋に入ると、ルシーアおばさんはただこんばんはと挨拶しただけだった。薄暗いホールまで下りていって、彼はクロドミーロ伯父さんに電話をした。

「うまくいきました伯父さん、一日から働きはじめます。バイェホさんはすごく親切で」

「それはよかった、うれしいよヤセッポチ」とクロドミーロ伯父さんは言った。「君がよろこんでいることが伝わってくる」

「最高にうれしいんですよ伯父さん。これで貸してくれたお金が返せるし」

「それは全然急がなくていいよ」と言ってからクロドミーロ伯父さんはしばし黙った。「それより、そろそろ両親に電話してもいいんじゃないか、どうなんだい？　君が帰りたくないのだったら、彼らも家に帰ってこいとは言わないはずだ、それはもう前に君に言ったな。でも、何の連絡もせずに、放置しておくのもよくないんじゃないか」

「じきに電話しますよ伯父さん。もう数日間は黙っていたいんです。僕が元気だというのは伯父さんが伝えてくれたんだから、心配はいらないとわかっているはずで」

「おまえは親父さんのことは話すけど、お袋さんのことは何もひと言も言わないな」とカルリートスが言った。「家出したことで、彼女のことはもう思う存分痛めつけたんじゃないのか？」

「そりゃ大泣きに泣いただろうね、きっと、でも彼女も僕を探しには来なかった」とサンティアーゴは言った。「自分は苦しめられた被害者なんだって、ずっとそう思い続けたいんだよ彼女は」

「つまり、今でもまだお袋さんのことは恨んでいるんだな」とカルリートスは言った。「もうそれは過ぎたのかとオレは思っていたよ」

「僕もそう思ってた」とサンティアーゴは言った。「でも、これでわかっただろ、急に思いがあふれ出ることがあって、まだ過ぎてないんだってわかったよ」

II

オルテンシア奥様はなんて風変わりな生活を送っているのだろう。なんて乱れた、おかしな習慣。起きるのはものすごく遅いのだ。アマーリアは十時に朝食を持って上がるのだった。角のキオスクで売っている新聞と雑誌を全部一緒に持っていき、しかしジュースとコーヒーとトーストを食べ終わってからも、奥様はシーツにくるまったまま、何かを読んだりだらだらしたりしていて、十二時よりも前に下りてくることはけっしてなかった。シムラがお遣いのお勘定を報告したあとで、奥様は飲み物とピーナッツとポテトチップスを自分で用意して、ソファにすわりこんで、レコードをかけて、電話をかけ始めるのだった。何か用件があるわけじゃなくて、ただのおしゃべり、テテお嬢ちゃんがお友達に電話するのと同じだった――あのチリ人の女が〈エンバシー〉で働くことになるんだって見たケティータ？《ウルティマ・オーラ》によればルーラは十キロも太ったんだってケティータ、チーナはバンドマンと密談しているところを撮られたのよケティータ。主に電話する相手はセニョリータ・ケタで、エッチな冗談を言い、あらゆる人の悪口を言い、セニョリータもまた同じように冗談を言って悪口を言っているにちがいなかった。しかもその口調といったら。サン・ミゲルの家での最初の数日間、アマーリアは夢の中にでもいるみたいな気がした──ポーヤがあのおかまと結婚するんだってほんとなのケティータ？　あの間抜けのパケータは禿げてきてるのよケティータ──最低レベルの罵詈雑言を笑いながら平気で口にして。ときにはそういう罵りことばが台所まで聞こえてきて、シムラはドアを閉めるのだった。最初のうちアマーリアはびっくりしてショックを受けていたが、その後は笑いがこらえられなくなり、食品庫のところに駆けつけては、何の話をケタさんに、カルミンチャさんに、ルーシーさんに、イボンネさんにしているのか耳をそばだてるようになった。昼食のテーブルにつくときには、奥様はすでに二、三杯飲んでいるのでちょっと赤くなっていて、その目には悪戯げな光があって、たいがいはすごく機嫌がいいのだった──あなたまだ処女なのネグリータ？　するとカルロータは不意を突かれて、なんと答えたらいいのかわからずにぽかんと大口を開けていて、あなたは恋人がいるのアマーリア？　とんでもありません奥様、すると奥様は笑って──一人じゃなくて二人いるのねアマーリア。

相手の何がいやだったのだろうか？　その脂ぎった顔、豚みたいなあの小さな目、おべっかを使うようなあの笑いだろうか？　その匂い、雰囲気がいやなのだろうか？　秘密警察の人間特有の匂い、密告の匂い、売春宿の、脇の下の、淋病の匂い？　いや、そうではない、それではなかった。では何なのか？　ロサーノは革張りの肘掛け椅子のひとつにすわっていて、書類やノートを小さい机の上に神経質に並べていた。彼は鉛筆を、煙草を手に取って、もう一方の椅子にすわった。

「ルドビーコの仕事ぶりはいかがですか？」とロサーノは笑みを浮かべて、前屈みになった。「あいつにはご満足いただけてますかドン・カヨ？」

「時間があまりないんだロサーノ」というのが彼の声だった。「なるたけ手短にしてくれ、頼む」

「もちろんですドン・カヨ」と、年増の娼婦みたいな、引退したポン引きみたいな声。

「仰せのとおりにドン・カヨ」

「建設業組合」と彼は煙草に火をつけ、必死で書類を手繰るずんぐりとした手を見た。

「選挙がどうなったかだ」

「エスピノーサ派が圧倒的多数によって選出されて、無事に終わりました」とロサーノは大きな笑みを浮かべて言った。「パッラ上院議員が新しい組合の創設に手を貸してくれまして。大いに喝采を浴びてましたドン・カヨ」

「赤系候補は何票集めたんだ？」

「二十四票、対、二百何票かなので」とロサーノの手は馬鹿にしたような動きをし、口は不快げにゆがんだ。「へっ、ゼロ同然です」

「エスピノーサと対立している連中を全員拘束するようなことはしてないだろうな」

「十二人だけですドン・カヨ。前歴のある赤系とアプラ系だけです。ブラーボ派を応援して選挙運動していたんです。大して危険な連中じゃないと思います」

「釈放してやれ、少しずつな」と彼は言った。「最初に赤系の連中、それからアプラ系だ。両者の間の対抗意識をうまくかき立てるのが肝心だ」

「わかりましたドン・カヨ」とロサーノは言った、そして数秒後、誇らしげに――「もう新聞をご覧になったでしょう。選挙はまったくの平和裏におこなわれ、政治性のない候補が民主的に選ばれたんです」


あの連中と一緒に正式に働いたことはなかったんです旦那さん。臨時の仕事をしたことがあるだけで、ドン・カヨは出張で出かけるときに、彼のことをロサーノ氏に貸し出していたのだった。どんな仕事をしていたのかですか旦那さん？　そうですね、あらゆることをちょっとずつやりました。一番最初は、スラム地区に関係したことをやらなければならなかった。これがルドビーコだ、とロサーノ氏が言ったのだった、これがアンブローシオだ、そうやって彼らは知りあったのだった。二人は握手をし、ロサーノ氏が彼らに全部説明し、そのあとで彼ら二人だけでボリビア通りの安飲み屋で一杯やりに出かけたのだった。荒っぽいことになるのだろうか？　いや、ルドビーコは簡単に終わる仕事だと考えていた。アンブローシオはここでは新入りなのだろう？　彼はここに貸し出されてきているのだった、本来は運転手なのだった。

「ベルムーデス氏の運転手なのか？」とルドビーコは目を丸くして言ったのだった。「おまえのことをハグさせてくれよ、おまえを祝福してやりたいんだ」

彼らは気が合ったんです旦那さん、ルドビーコはイポリトのことを話して聞かせてアンブローシオを笑わせたのだった、三人組のもう一人で、やがて変態だとわかった男のことです。今ではルドビーコがドン・カヨの運転手をやっているんです旦那さん、でイポリトは助手です。暗くなるころに彼らはワゴン車に乗りこみ、アンブローシオが運転したが、そのスラム地区からは遠いところに駐車しなければならなかった。泥沼になっている箇所があったからだ。その先は徒歩で、蠅を追い払いながら、泥だらけになりながら行って、訊いてまわってようやくその男の家に行きついた。インディオがかった太った女が出てきて彼らのことを疑わしげな目つきで見た――カランチャさんと話がしたいんですが？　すると男が暗がりの中から出てきたのだった――小太りで、裸足で、下着のシャツ姿だった。

「あんたがこの地区のボスなんですよね？」とルドビーコが言ったのだった。

「もうこれ以上誰も住める余地はないんだよ」とそいつは、彼らを哀れむように見たのです旦那さん。「もう満杯なんだ」

「おたくと至急話さなきゃならないことがありましてね」とアンブローシオが言った。「ちょっとそこらを一回りしながら話をさせてもらえますかね？」

そいつは何も答えずにしばらく彼らのことを見つめて、それからようやく、じゃあ中にどうぞ、ここで話せばいいというのだった。そうなのかい、じゃあ仕方がなかった。いや旦那、それは困る、人のいないところでないとまずいのだった。彼らは未舗装の通りを歩いた。アンブローシオとルドビーコが、カランチャの両側に並んだ。

「あんたがちょっと道を間違いかけてるんで、警告しに来たんですよ」とルドビーコが言った。「あんた自身の身のために」

「何の話なのかわからないんだが」と男は締まりのない声で言った。

ルドビーコが楕円型の両切り煙草を取り出し、相手に一本勧めて火をつけてやった。

「いったいどうして、十月二十七日のアルマス広場の集会には行かないようにとみんなにふれてまわってるんですかい旦那？」とアンブローシオが言った。

「オドリア将軍その人についても悪口を言ってまわってるそうじゃないですかい」とルドビーコが言った。「それはどういうわけですか」

「いったい誰がそんなでまかせを言ってるんですか」と、痛いところを突かれたかのようになって旦那さん、それですぐに軟化したんです――「警察の方ですね？　これはわざわざお越しいただいて」

「警察の人間だったら、こんなにお手柔らかには行ってないぞ」とルドビーコが言った。

「政府のことをあたしが悪く言うなんて、そんなことありえませんよ、大統領についてならなおさらです」とカランチャは抗議した。「この貧民街が十月二十七日地区という名前なのは、大統領に敬意を表してのことなんですから」

「ならどうして住人に集会に行かないように指示してるんですかね旦那」とアンブローシオが言った。

「この世じゃ何でもすぐにバレるんだよ」とルドビーコが言った。「警察はあんたが反政府活動をしてると見てるんだぞ」

「そんなめっそうもない、まったくの嘘っぱちです」と、すごい演技派なんですよ旦那さん。「すべてちゃんと説明させてください」

「よかろう、話せば誰でもわかりあえるって言うからな」とルドビーコが言った。

で聞くも涙の話を彼らに聞かせたわけですよ旦那さん。そこの人間の大部分は山から下りてきたばかりの連中で、スペイン語も満足に話せなくて、この小さな空き地に誰にも迷惑をかけないように住みついたわけで、オドリア革命が起こったときに十月二十七日地区と名乗ることにしたのは、警察の面倒に巻きこまれるのを避けるためで、追い出されずにすんだことで誰もがみんなオドリアには感謝感激しているのだった。ここの人間は彼ら

——と言ってあたしらのことを指差してたわけですが旦那さん——彼らとはちがって、彼自身ともちがって、貧しくて教育もない連中で、彼のことを住民組合の長に選んだのは彼が読み書きができて沿岸部出身だからなのだった。

「それがどういう関係があるんだ」とルドビーコは言った。「オレたちの同情を引こうってのか？　そういうわけには行かんぞカランチャ」

「あたしらが今、政治に関わったら、オドリアのあとに来る連中はあたしらに警察を差し向けて、あたしらはここから追い出されることになってしまう」とカランチャは説明した。「わかってもらえますか？」

「オドリアがそのうち消えるんだってのは、オレには反政府的に聞こえるがな」とルドビーコは言った。「そう聞こえないかアンブローシオ？」

やつはどきっとなって、口から吸いかけの煙草が落ちた。拾おうとしゃがみこんだが、アンブローシオは、それはもういいから、もう一本新しいのを吸いなよ。

「そうなってほしいと思ってるわけじゃありませんよ、あたし自身は、いつまでも続いてほしいと願ってます」と、自分の指に口づけをする真似をしたりしてですね旦那さん。「でもオドリアだって死ぬかもしれないし、その政敵が権力を握って、十月二十七日地区の人間はオドリアの集会にいつも行っていたと言い出すかもしれない。そうしたら、あたしらはみんな警察につかまっちまうじゃないですか旦那」

「未来のことなんか心配してないで、何が自分のためになるのか、ちゃんと考えろ」とルドビーコが言った。「十月二十七日に向けて、住民をちゃんとまとめあげるんだ」

そう言って相手の肩を軽く叩いてやり、まるで友達のように腕を握った――これは全部、あんたのためを思って言っていることなんだぞカランチャ。そりゃそうです旦那、もちろんです旦那。

「バスが六時にみんなを迎えに来る」とルドビーコは言った。「全員を行かせるんだ、年寄りも、子供も、女も。帰りもバスがまた連れ帰ってくれる。そのあとであんたは宴席を開くといい。ただで酒が飲めるぞ。わかったかカランチャ？」

もちろんです、わかりましたとも、そしてルドビーコが彼にリブラ札を二枚手渡した――食事の邪魔をしたお詫びだカランチャ。すると彼らに対して、死ぬほどお礼を言ってましたよ旦那さん。

セニョリータ・ケタはほとんど毎日、昼食後にやってきて、一番親しくて、やっぱり美人だけど、オルテンシア奥様にはけっしてかなわなかった。スラックス、大きく胸元があいた細身のブラウス、色鮮やかなターバン。ときどき奥様とセニョリータ・ケタはセニョリータの白い車で出かけていって、夜になってもどってきた。家で過ごすときには、午後の間じゅう電話ばかりしていて、いつも同じように噂話と悪口。奥様とセニョリータの奔放さは家じゅうに伝染し、二人の笑い声が台所まで聞こえてくると、アマーリアとカルロータは食品庫まで走っていって二人の悪戯に耳をそばだてるのだった。彼女らは口にハンカチを当てて、電話機を奪い合うようにしながら、声色を使って話した。男性が電話に出ると――あなたいい男じゃない、あたし好きなのよ、あたしが愛しているのに見向きもしてくれないじゃないの、今夜うちに来てくれないの？　奥さんのお友達なのよ。女だったら――あんたの旦那はあんたの妹と浮気してるのよ、あんたの旦那はあたしにすっかり入れあげてるのよ、でも心配しなくていいの、あんたから奪ったりしないから、だって背中ができものだらけなんだもの、あんたの旦那は今日の五時にロス・クラベーレス地区で浮気するわよ、相手はあんたの知ってる人。最初のうち、アマーリアはそれを聞いて嫌な気持ちになったものだったが、じきに死ぬほど面白がるようになった。奥様のお友達は全員、芸能人なのよ、とカルロータから聞いた、ラジオや、キャバレーで働いていて。どのお友達もお洒落で、たとえばセニョリータ・ルーシー、いかしてて、たとえばセニョリータ・カルミンチャ、ものすごいハイヒール、たとえばみんなからチーナと呼ばれているセニョリータは〈ビン・バン・ブン〉のメンバーなのだった。そしてこないだは、声を低めて、秘密を教えてあげようか？　奥様も実は以前は芸能人だったのよ、カルロータは寝室でアルバムを見つけて、そこにはものすごくエレガントな格好をしている奥様、ほとんど裸になっている奥様の写真が何枚も収められていたのだった。アマーリアは枕元のテーブルを、クローゼットを、化粧台をよく探したが、そのアルバムは見つけられなかった。でもそれはたしかなことにちがいなかった、だって奥様には芸能人になるのに必要なものがすべてそろっているのだから、声だって素敵なのだし。お風呂に入りながら歌っているのが彼女らにも聞こえたし、見るからに奥様の機嫌がいいときには、奥様「カミニート」か「愛の夜」か「君に赤いバラ」でもいかがですかとお願いすると、応じてくれるのだった。家のパーティでは、歌を歌うように頼まれればすぐに歌った。急いでレコードをかけにいって、グラスか飾り棚の人形か何かをマイク代わりに手に取り、広間の中央に立って歌って、すると招待客はしきりに拍手するのだった。ほらね、歌手だったんだってわかるでしょ？とカルロータはアマーリアに耳打ちするのだった。

「繊維組合」と彼は言った。「きのうは要求書の問題が決裂した。昨夜、会社側が労働大臣のところにやってきて、ストの兆しがある、その背後には政治的な問題があると伝えてきたそうだ」

「おことばですがドン・カヨ、そんなことはないんです」とロサーノは言った。「ご存じの通り、繊維組合は大昔からアプラの牙城でした。だからこそ、徹底した掃除をしたんです。組合は今では完全に信頼できるものとなっています。書記長のペレイラは、ご存じのように、以前から協力的です」

「今日すぐにでもペレイラと話をしてくれ」と彼は話をさえぎって言った。「ストの兆しは兆しの段階で止めておくように言うんだ、現状はストなんかやってられる状況じゃない。労働省の調停案に従うように」

「失礼ですが、ここに全部説明されていますドン・カヨ」とロサーノは前に乗り出して、机の上の書類の山から素早く一枚の文書を取り出した。「やるという脅しを見せているだけなんです。会社側に脅しをかけるためではなく、組合が一般組合員の前で面目を回復するためのものです。現在の執行部に対する反対が強くあるので、これによって労働者を今一度掌握しようという……」

「労働省が提案している昇給幅は正当なものだ」と彼は言った。「ペレイラに組合員を説得させるんだ、この要求書の議論は終わらせないとダメだ。緊迫した状況が生まれつつあり、緊迫感は煽動したい連中を力づけることになる」

「ペレイラの考えでは、労働省が要求書の第二項を受け入れてくれさえすれば、彼のほうで……」

「ペレイラに説明して聞かせろ、やつが給料をもらっているのは服従するためだ、考えるためじゃない」と彼は言った。「やつをあそこに置いたのはものごとをうまく進めるためだ、考えたりして紛糾させるためじゃない。労働省は会社側からいくつかの譲歩を引き出した、今度は組合側が調停を受け入れる番だ。この問題を四十八時間以内に終わらせるようにペレイラに言うんだ」

「わかりましたドン・カヨ」とロサーノは言った。「その通りにしますドン・カヨ」

ところが二日後、ロサーノ氏は怒り狂っていたんです旦那さん――カランチャの阿呆が住民組合の会合に出席しなかった、それきり姿を隠したままだ、二十七日まであと三日しかなく、地区の人間が大挙して参加しないとアルマス広場が埋まらない可能性があるのだった。鍵となる人間はカランチャだ、手なずけてその気にさせるしかない、おまえら、五百ソルばかりちらつかせてやるんだ。つまり彼らのことを騙したわけだった、旦那さんやつは偽善者で、腰抜けのふりをしていたんです。二人はワゴン車に乗りこみ、彼の家まで乗りつけ、今度はノックもしなかった。ルドビーコがトタン板の扉を一撃でぶっ壊した――中にはロウソクが灯されていて、カランチャとインディオ女が食事をしていて、まわりには十人ばかりも子供がいて泣いていた。

「外に顔を出してもらいましょう旦那」とアンブローシオが言った。「話さなきゃならないことがあるんで」

インディオ女が手に棒きれを握りしめていて、ルドビーコが笑いだした。カランチャが女を叱りつけ、棒きれを奪いとり、申し訳ないです、こいつのことは許してやってください、とまったく信じがたいほどの演技派なんです旦那さん、彼らがノックせずに入ってきたことにうろたえたせいだというのだった。一緒に外に出て、その晩はズボンしか穿いてなく、酒の匂いをぷんぷんさせていた。家から少し離れるや、ルドビーコがびんたを一発食らわせ、アンブローシオがもう一発食らわせたが、いずれも大して力を入れず、ただ相手の出鼻をくじくためのものだった。大事《おおごと》にしてくれたじゃねえか旦那——すると地べたに身を投げ出して、殺さないでください、何か誤解があるんです。

「とんでもねえくそ野郎だ」とルドビーコが言った。「誤解してほしいならよろこんでするぜ」

「なぜ約束を果たさなかったんだ旦那？」とアンブローシオが言った。

「住民組合の会合にどうして行かなかったんだ、イポリトがバスの手配をしにわざわざ行ったのに？」とルドビーコが言った。

「あたしの顔をよく見てください、黄色くなってませんか？」とカランチャは泣いていた。「ときどき発作が起きて倒れちまうんです、病気で寝てたんです。明日の会合にはかならず行きます、そこですべて決着しますから」

「ここの人間が集会にあらわれなかったら、あんたのせいだからな」とアンブローシオが言った。

「そしたらおまえは逮捕される」とルドビーコが言った。「政治犯はどうなるか、そりゃ見物だぞ」

約束する、母親にかけて誓うと相手は言い、ルドビーコがもう一発、アンブローシオがもう一発、今回は前よりも若干強めに見舞った。

「どうってことないと言いたいんだろうが、こうやってぶん殴ってるのはおまえのためなんだぞ」とルドビーコが言った。「オレたちはおまえにつかまってほしくないんだって、わからんのかカランチャ？」

「これがあんたの最後のチャンスだからな、おい」とアンブローシオも言ったのだった。約束する、母の名にかけて、とわれわれに誓って言いましたよ旦那さん、もう殴らないでくださいって。

「山出しの連中が全員広場に行って、すべてがうまくいけば、おまえには三百ソルやるぞカランチャ」とルドビーコが言った。「三百ソルと逮捕と、どっちがいいか、おまえ次第だ」

「とんでもない、お金はいりません」と、なんて口がうまい野郎でしょう旦那さん。「オドリア将軍のためにやるだけですから」

そのように誓って約束している状態のまま彼らは放ってきた。あの阿呆は約束を守るだろうかなアンブローシオ？　守りましたよ旦那さん――翌日イポリトが小旗を届けに行くと、カランチャが住民組合の先頭に立って待っていて、イポリトは彼が仲間に指示しているのを見届け、結局見事に協力したのだった。

奥様はアマーリアよりは背が高かったが、セニョリータ・ケタよりは低くて、髪は黒に近い焦げ茶色、肌は一度も太陽に当たったことがないみたいに白く、目は緑、赤い口は、歯並びのいい前歯でいつも軽く噛んでいるのがものすごく色っぽいのだった。いったい何歳なのだろうか？　三十歳は過ぎているとカルロータは言っていたが、アマーリアは二十五歳だと思っていた。ウェストから上はまあまあぐらいの体つきだったが、腰から下はすごい曲線だった。肩は姿勢よく後ろに引いていて、胸はきゅっと突き出し、ウェストは少女のようだった。でもお尻はハート型に丸くて大きくて、それがすぼまってすぼまって、脚はゆっくりと細くなっていき、よく締まった足首、そして足はまるでテテお嬢ちゃんのようだった。手もまた小さくて、ものすごく長く伸ばした爪はいつも唇と同じ色に塗っていた。スラックスにブラウスのときには体の線が際立ち、エレガントなドレスで大きく胸もとが開いていると、肩と背中が大きく出て、胸も半分あらわになるのだった。椅子にすわると脚を組んで、するとスカートが膝よりも上までずれあがるので、食品庫のところから、カルロータとアマーリアはまるで鶏のように興奮して、お客さんたちの視線が奥様の脚と胸もとを追いかけるのをしきりに指摘しあって騒いだ。年とった、白髪頭の、太った男たちは、床からウィスキーのグラスを持ちあげるとか、煙草の灰を落とすために体をかがめるとか、何かときっかけを作って近づき、覗こうとするのだった。彼女はそれに腹を立てることもなく、こんなふうにすわって、彼らのほうにこんなふうに手を差し伸べて、むしろ挑発するのだった。旦那様は嫉妬しないのね？　とアマーリアはカルロータに言った、他の男だったら、人が自分の奥さんにそんな馴れ馴れしいまねをしたらカッカしてしまうだろうに。するとカルロータは——どうして嫉妬なんかするのよ？　だってただの愛人なんだから。ほんとにすごく不思議だった、旦那様は不細工で年寄りで、けれども全然まったく油断のない人らしく、にもかかわらず、招待客が、ちょっとお酒に酔ってきて、ふざけているふりに乗じて奥様にちょっかいを出しはじめても、まったく落ちつきはらっているのだった。たとえば、踊りながら首もとにキスをしたり、背中を撫でさすったり、それに第一、誰もがきつく彼女を抱きしめたがるのだった。奥様はあの特徴的な笑い声をあげ、悪戯した男をぶつふりをして、椅子に突きとばすふりをして、でなければ、何もなかったかのように、勝手に手出しをさせたまま踊り続けるのだった。ドン・カヨはけっして踊ることがなかった。肘掛け椅子にすわって、手にグラスを持って、招待客と会話を交わしたり、奥様の戯れや色っぽい仕草をあの醒めた顔で見つめたりしているのだった。ある日など、赤い顔になったお客が大声で言ったほどだ、今度週末にパラカスに行くときにあんたの人魚を貸してもらえないかねドン・カヨ？　すると旦那様は差し上げますよ将軍、そして奥様は、これで決まりね、パラカスに連れてってちょうだい、あたしはあなたのものだから。カルロータとアマーリアはこういう冗談を耳にして、こういうさや当てを目にして、笑いをこらえられなかったが、シムラは彼女らが長く覗き見するのは許さず、食品庫にやってきてドアを閉め、あるいは奥様が、目をきらきらさせながら、火照った頬をして姿をあらわし、彼女らに寝るようにと命じるのだった。ベッドの中から、アマーリアは音楽を聞き、笑い声を、小さな叫び声を、グラスの当たる音を聞きながら、毛布の下で体を縮めて、冴えた目をして、落ちつかずに、一人笑っていた。翌朝には彼女とカルロータは三倍働かなければならなかった。山のような吸い殻と空き瓶、壁際に寄せた家具、割れたグラス。掃除をし、ゴミを集めた。奥様が下りてきたときに、あら汚いわね、あらひどいわね、と言い始めないように片づけるのだった。旦那様もパーティがあったときには泊まっていった。出発は朝早く、アマーリアは彼が、黄色い顔をして目に隈をこしらえて、庭を早足で横断して、車の中で一夜を明かした二人の男を起こしにいくのを目にするのだった、彼らにはこんなふうに夜を過ごさせて、いったいいくら払うんだろう、そして、車が出発してしまうと家の前の角にいた護衛の警官らも姿を消すのだった。そういう日、奥様はずいぶんと遅くまで寝ていた。シムラは彼女のためにいつも、ゆでた貝類の大皿に、タマネギと大量のトウガラシを効かせたソースと、冷えたビールを一杯用意しておいた。奥様はガウン姿で、赤く腫れた目をして姿をあらわし、お昼を食べるとまたベッドにもどり、午後になるとしじゅうベルを鳴らして、アマーリアにミネラルウォーターとアルカセルツァーを上に持って来させるのだった。

「オラーベの件」と彼は、口から煙を吐きながら言った。「チクラーヨ〔北部沿岸の県都。首都から約七百七十キロ〕に送った連中はもどってきたのか？」

「今朝もどりましたドン・カヨ」とロサーノはうなずいた。「一件落着です。これが地方官の報告書、こちらは警察調書の写しです。主導者三人はチクラーヨで拘束されています」

「アプラ党なのか？」と、また煙を吐きながら言い、ロサーノがくしゃみを我慢したのに気づいた。

「ランサとかいう男一人だけが、昔からのアプラ党指導者です。あとの二人は若くて、前歴なしです」

「全員リマに連行して、大罪軽罪、全部自白させるんだ。オラーベみたいなストライキは、そう簡単に組織できるものじゃない。時間をかけて、プロが準備したものだ。農園の作業は再開されたのか？」

「今朝からですドン・カヨ」とロサーノは言った。「地方官から電話で連絡がありました。オラーベには少人数の隊員を数日間残しています、地方官は必要ないと言ってま……」

「サン・マルコス」と相手が言うと、ロサーノは口を閉じ、手をテーブルへと素早く伸ばして、三枚、四枚、書類を取って差し出した。彼はそれに目をやらず、椅子の肘掛けに置いた。

「今週は何もありませんドン・カヨ。各団体の会合はやっているようですが、アプラ派はこれまで以上に統率が乱れているのに対して、共産党系はもう少し活発です。ああそういえば、新しいトロツキスト系団体の存在を確認しました。会合や連絡はおこなってますが、どうということなしです。来週には医学部の選挙があります。アプラ派の候補が勝つ可能性があります」

「他の大学は」と煙を吐き、今度はロサーノもこらえずにくしゃみをした。

「同様ですドン・カヨ、団体の会合や、相互の争いはありますが、どうということなしです。ああそれから、ようやくトルヒーヨ大学での情報体制が機能するようになっています。これが情報メモランダム三号です。あそこにはわれわれの隊員が二名いまして……」

「メモランダムだけか？」と彼は言った。「今週はビラやパンフレットや、ガリ版刷り冊子はなかったのか？」

「もちろんありますドン・カヨ」とロサーノは鞄を取り上げ、ジッパーを開くと、分厚い封筒を勝ち誇ったように取り出した。「ビラ、パンフレット、連合自治会のタイプ刷りコミュニケまであります。すべて集めてありますドン・カヨ」

「大統領の出張」と彼は言った。「カハマルカ〔北部アンデス山地の県都。首都から約七百キロ〕とは連絡をとったか?」

「準備はすべて動き始めています」とロサーノは言った。「私自身、月曜には赴いて、水曜午前中には詳細な報告を差しあげますので、木曜にはご自身で出向いて保安対策をご確認いただくことが可能と思います。もしご希望であればドン・カヨ」

「おまえの部下には陸路でカハマルカに向かってもらうことに決めた。木曜にバスで出発して、金曜日には向こうにいてもらいたい。飛行機が落ちたりするようなことがあった場合、補充が間に合わなくなる」

「山地の国道の状況からして、バスのほうが飛行機より危ないぐらいかもしれませんがね」とロサーノは冗談を言ったが、彼は笑わず、ロサーノはすぐさま真顔にもどった。

「配慮のある対応だと思いますドン・カヨ」

「その書類は全部置いていってくれ」と彼は立ち上がり、ロサーノも瞬時にそれに倣った。「明日、返すから」

「では、これ以上お時間はいただきませんのでドン・カヨ」とロサーノは仕事机まで、馬鹿でかい鞄を脇の下に抱えて運んだ。

「一瞬待ってくれロサーノ」と彼はまた煙草に火をつけ、吸いこみながらわずかに目を細めた。ロサーノは彼の正面に立って、笑みを浮かべながら待った。「もうこれ以上イボンネ婆さんから金を取るな」

「何とおっしゃいましたか？　ドン・カヨ」と彼は相手が目をしばたき、困惑し、青ざめるのを見た。

「リマのあばずれ女どもから、多少の金を取り上げるぐらいはかまわないのだが」と彼は親しげに笑みを浮かべながら言った。「しかしイボンネのことは放っておいてやってくれ、で、もし、いつか彼女のところで何か問題が生じたら、便宜をはかってやってほしい。悪い人間じゃないんだ、わかったか？」

太った顔は汗まみれになり、豚のような小さな目は苦しげに笑みを浮かべようとしていた。ドアを開けてやり、肩を軽く叩いてやり、じゃあまた明日だなロサーノ、そして仕事机にもどった。受話器を取った――ランダ上院議員につないでくれ先生。ロサーノが置いていった書類を集め、書類鞄にしまった。一瞬後、電話機が鳴った。

「もしもし、ドン・カヨか？」とランダの陽気な声だった。「まさに今、こっちから電話しようと思っていたところなんだ」

「そうでしょう上院議員、以心伝心というのはあるんですな」と彼は言った。「いい知らせがあるんですよ」

「わかってる、わかってるドン・カヨ」と、まったくあのくそじじい、すっかりよろこびやがって。「わかってる、オラーベでは今日の朝から仕事が再開している。どれほどあんたに感謝していることか、この問題に関与してくれて」

「主導者連中をつかまえました」と彼は言った。「この連中が、新しい問題をこしらえることは当分ないでしょう」

「もしも収穫が遅れるようなことになっていたら、そりゃもう県全体にかかわってくるような大損害になるところだったんだよ」とランダ上院議員は言った。「時間の具合はどうだいドン・カヨ？　今夜は何か約束はないかい？」

「サン・ミゲルに食事に来てくださいよ」と彼は言った。「あなたのファンの女たちがいつもあなたのことばかり、訊いてきましてね」

「よろこんでうかがうよ、九時頃かな、どうだい？」とランダの軽快な笑い声。「わかったドン・カヨ。それじゃ、あとで」

電話を切り、ダイヤルを回した。二回、三回、呼び出し音が鳴って、四回目のあとで眠そうな声——はい、もしもし？

「今夜、ランダを招待した」と彼は言った。「ケタも呼んでくれ。それから、イボンネに、もう金を取られることはないから、と伝えてやってくれ。じゃ、眠り直してくれていいぞ」

二十七日の早朝にイポリトとルドビーコと一緒にバスとトラックを取りに行って、心配だなとルドビーコは言ったけれども、イポリトは、何も問題は起きないさ。遠くから彼らにはスラムの住民が集まって待っているのが見え、人数が多くて小屋が全然見えないほどだったんですよ旦那さん。ゴミを燃やしていて、灰とヒメコンドルが空を舞っていて。自治会委員が彼らを迎えに出てきた。カランチャは蜜みたいにすっかり甘くなって彼らに挨拶し、申し上げた通りでしょう？　彼らに手を差し出し、他のメンバーに紹介し、誰もが帽子を取って彼らと抱擁を交わした。オドリアの肖像が屋根にもドアにも貼り付けてあって、誰もが小旗を手に用意していて、再建革命万歳、とポスターには書かれてあり、オドリア万歳、貧困層はオドリアとともにあり、健康・教育・労働。人々は彼らを見つめ、子供たちは彼らの脚にしがみついて離れなかった。

「アルマス広場でそんなお通夜みたいな顔してたらダメだぞ」とルドビーコが言った。

「そのときになったらみんな陽気になりますよ」とカランチャは言った、ものすごく口が達者なやつでしてね旦那さん。

彼らをバスとトラックに詰めこみ、あらゆるタイプの人間がいたが、とくに多いのは女と山から出てきたばかりのインディオたちで、何往復もする必要があった。広場は自発的に集まってきた人たちと、他の貧民街や農園の人間でほとんど満杯になっていた。カテドラルのところからは海のように頭が並んでいるのが見え、ポスターや肖像や小旗がその上に掲げられて浮かんでいるのだった。彼らは地区の人間をロサーノ氏に指示された通りの場所に運んだ。紳士淑女の皆さんの顔が市庁舎やお店や〈ウニオン〉クラブの窓には並んでいて、もしかしたらドン・フェルミンもその場にいたんじゃありませんか旦那さん？　そして突然アンブローシオが、あそこを見ろよ、あのバルコニーにいる一人がベルムーデス氏だ。見ろよ、おかまの魚が尻を追いかけあってるな、とイポリトが噴水を指差しながら言って笑い、ルドビーコは、おまえもその仲間だけあってさすがによくわかってるな――そうやって彼らはいつもイポリトをからかっていたのだが、やつは全然気にしなかったものので旦那さん。彼らは住人たちをけしかけて、万歳と叫ばせたり、スローガンを言わせたりしはじめた。笑いあい、頭を振り、元気を出せとルドビーコは言い、イポリトはグループの間を鼠のように駆けまわって、もっと元気よく、もっと声を出せ。楽団が到着してワルツやマリネーラを演奏しはじめ、ようやく宮殿のバルコニーが開いて大統領が、他の男性たち軍人たちと一緒に出てきて、人々も元気づいた。そのあと、オドリアが革命について、ペルーについて話をし、誰もがずいぶんと勢いづいた。それぞれが勝手に万歳を叫ぶようになり、演説が終わると盛んに拍手をした。あたしの言った通りじゃなかったですか、ちがいましたか、どっちです？　とカランチャは夕方、貧民街にもどったとき、彼らに言った。約束通り彼に三百ソルを渡し、その金は一緒に一杯飲むのに必要な金だった。酒と煙草を無料で配ってあったので、あたりは酔っぱらいだらけになった。彼らはカランチャと一緒にピスコを何杯か飲み、その後、ルドビーコとアンブローシオは脱け出して、イポリトだけを貧民街に残したのだった。

「ベルムーデス氏は満足されただろうかなアンブローシオ？」

「満足したにまちがいないってルドビーコ」

「おまえもなんとかしてくれないか？　オレがおまえと一緒に車の仕事ができるようにさ、今いるイノストローサを外して」

「ドン・カヨのお世話をするってのは大変な仕事なんだぞルドビーコ。イノストローサは夜がきつくて、もうだいぶいかれてしまってる」

「でも払いも五百ソル余計になるんだからアンブローシオ。それにだ、ひょっとしたらオレも正職員にしてくれるかもしれない。それにだ、オレたちはいつも一緒にいられるようになるじゃないかアンブローシオ」

そういうわけでアンブローシオがドン・カヨに話をもっていったわけだった旦那さん、ルドビーコをイノストローサのかわりに入れてくれるようにと、するとドン・カヨはこう言ったのだった——なんだ、おまえまで人を推薦してくるようになったのかネグロ。

III

アマーリアがびっくり仰天することになったのは、ちょっとしたパーティがあった翌日のことだった。旦那様が階段を下りてくるのが聞こえたので、居間に出てみると、ブラインドの隙間から、車が発車して、角に配置されている警官も去っていくのが見えた。そこで彼女は二階に上がって、ドアをなるべく静かにノックして、奥様床磨き機を持っていかせていただけますでしょうか？ そしてドアを開けて爪先立ちで中に入った。機械は鏡台の傍らにあった。窓から入るわずかな光がベッドの鰐足と、屏風《ビヨンボ》とクローゼットを照らしていたが、それ以外は暗くて、生温かい人の気配が漂っていた。気づいたのは鏡台まで行ったときではなく、床磨き機を引っぱって引き返すときだった。彼女は凍りついた——そこにセニョリータ・ケタも一緒にいたのだ。シーツとベッドカバーの一部がずれて絨毯に落ちかかっていて、セニョリータは彼女のほうを向いて寝ていて、片方の手は腰にやって、もう一方の手は下に垂らしていて、裸、完全に素っ裸なのだった。続いて今度は、セニョリータの浅黒い背中ごしに、白い肩、白い腕、奥様の真っ黒な髪の毛が見えてきて、ベッドの反対側を向いて寝ている彼女のほうはシーツで体が隠れていた。彼女はそのまま、床が棘だらけになったみたいに感じながら外に向かったが、外に踏み出す前に好奇心が抑えきれずに振り返って見た――明るい人影と、暗い人影、そのどちらもじっと動かない、けれども何か奇妙で、何か危険な感じのものがベッドからは立ちのぼっていて、天井の鏡にはドラゴンがばらばらになって映っているのが見えた。二人のどちらかが眠りながら何か呟くのが聞こえて、彼女はびくっとなった。ドアを閉めて、ようやく息をつけた。階段の途中から笑いだし、台所には手で口を押さえて、息がつまりそうになって着いた。カルロータ、カルロータ、セニョリータがベッドに奥様と一緒に入っているのよ、そして彼女は声を落として中庭を見やってから、二人とも何も着てないの、素っ裸なの。何よ、セニョリータはいつも泊まっていくじゃないの、と言ってから急にカルロータもあくびをやめて声を落として、二人とも何も着てないの？　素っ裸なんだって？　午前中ずっと、二人で壁の絵を直したり、花瓶の水を取り替えたり、絨毯をはたいたりしながら、お互いに肘でつつきあって、旦那様はソファで寝たのかしら、それとも仕事部屋で？　笑いで息をつまらせながら、ベッドの下でじゃないの？　そして急に、一人が目に涙が浮かんできたかと思うと、もう一人が背中をひっぱたいて、どういうことが起こるの？　何をするの？　どうなるのかしら？　カルロータの大きな目はスズメバチのようになって、アマーリアは大笑いを我慢するために自分の手を咬んでいた。シムラが買い物から帰ってきたときにはそんな調子で、いったいどうしたの、いや何も、ラジオで面白いネタをやっていたものだから。奥様とセニョリータは正午になって下りてきて、トウガラシの効いた魚介を食べて、冷たいビールを飲んだ。セニョリータは奥様のガウンを着ていて、丈が短すぎた。その日は全然電話はせず、レコードを聴いておしゃべりをしているだけで、セニョリータは夕方に帰っていったのだった。

タリオ氏が来ているのだった、ドン・カヨ通してよろしいですか？　ああそうしてくれ先生。一瞬後、ドアが開いた――カールした金髪、髭の薄い赤ら顔、くねくねした歩き方には見覚えがあった。オペラ歌手かよ、と彼は考えた、でなければパスタ屋か宦官てとこか。

「ああベルムーデスさん、お会いできてうれしいです」と手を差し出しながら笑みを浮かべて近づいてきて、さあどれだけそのおまえさんの上機嫌が続くか見てみようじゃないか。「ご記憶いただいていると思いますが、昨年私は……」

「もちろんですよ、まさにこの部屋で会って話をしたんですよね？」と先ほどまでロサーノがすわっていた椅子に案内して、自分はその正面にすわった。「煙草は吸いますか？」相手は煙草を受け取って、大急ぎで自分のライターを取り出し、しきりにお辞儀をした。

「まさに近々に伺おうと思っているところだったんですよベルムーデスさん」とさかんに身ぶりをしながら言い、まるで回虫でもいるかのように椅子の中でむずむずと体を動かした。「ですから、これはまさに……」

「まさに以心伝心で考えが伝わったかのようですな」と彼は言った。微笑んでみせて、タリオがうなずき、口を開こうとするのが見えたが、話す暇はあたえなかった――ひと揃いの切り抜きを差し出した。大げさな驚きの身ぶり、真剣にページをめくりながらうなずいた。そうだ、その通りだ、よく読むんだ、読んでいる演技をするがいいイタリア小僧。

「わかりますよ、私も見ました、ブエノスアイレスで事件になったんですよね？」とようやく相手は言ったが、もう身ぶりはなく身動きもなくなっていた。「この一件について、何か政府発表があるんですか？ すぐに配信します、もちろんです」

「すべての新聞がアンサのニュースを発表したわけで、おたくは他の通信社を全部、出し抜くことになったんですよね」と彼は言った。「いい特ダネを取ったというわけだ」

微笑んでみせ、タリオもまた微笑むのが見えたが、それはもうれしそうにではなく、ただ調子を合わせているだけだな、宦官野郎、ほっぺたはなおさらピンク色になってきたじゃないか、おまえのことはロベルティートにでもくれてやるかな。

「わたしどもはこのニュースは新聞に流さないほうがいいと考えていたんですがね」と彼は言った。「アプラ党員が自分の国の大使館に投石するだなんて、嘆かわしいことじゃないですか。そんなことをこっちで、なぜわざわざ知らせる必要があるのか?」

「そうですね、正直なところ、どの新聞もアンサの外電だけを載せたので私自身も驚いたんですよ」と相手は肩をすくめて、人差し指を突き立てていた。「これをうちの配信ニュースに含めたのは、これに関して何の指示も届いていなかったからです。このニュースは情報局を通ってきたんですよベルムーデスさん。手違いがあったのでなければいいのですが」

「どの通信社も、アンサ以外は、発表しなかったんですよ」と彼は悲痛な様子で言った。「あなたのところとわたしどもはずっといい関係でやってきたにもかかわらずねえタリオさん」

「そのニュースはここを通って、他のニュース全部と一緒に届いたんですよベルムーデスさん」と今や赤くなって、今や本気で、もうポーズではなく驚いている。「何の指示も、何の付記も受け取っていないんです。お願いですからアルシビアデス博士を呼んでください、これは今すぐにはっきりさせたいんです」

「情報局は承認したり却下したりするところじゃない」と彼は煙草をもみ消してから、落ちつきはらってもう一本に火をつけた。「ただ送られてくる配信ニュースを受領して確認しているだけなんですよタリオさん」

「しかしもしアルシビアデス博士が私にそうと言ってくれていれば、私だってそのニュースは、これまでもいつもやってきたように、出さないようにしたはずなんです」と、今や不安になって、焦っていて、当惑している。「アンサは政府にとって都合の悪い情報を広めたいなんて、これっぽっちも思っていないんですから。しかし、私どもは千里眼ではないんですからベルムーデスさん」

「わたしらは指示なんか出しませんよ」と彼は、煙の描く模様に、タリオのネクタイの白い水玉に目をやりながら言った。「わたしらはただ、友好的な仕方で提案するだけです、それだってごくごく稀にですがね――国にとってありがたくないニュースを広めないでくれと」

「もちろんそうです、私にだってそれはわかっていますベルムーデスさん」、さあこいつは、ロベルティートおまえに食わせるのにちょうどいい焼き加減になってきたぞ。「いつでも私はアルシビアデス博士の提案にそのまま文字通りに従ってきています。しかし、今回は何の示唆も、何の提案もなくて。お願いですから……」

「政府は公式の検閲を導入しようとしたことは一度もないんです、それはまさに、通信社の利益を害することがあってはならないからでして」と彼は言った。

「アルシビアデス博士を呼んでいただかないと、この問題はどうしたって決着がつきませんベルムーデスさん」、さあおまえのワセリンの瓶を持ってきて好きなようにしていいぞロベルティート。「あなたに事情を説明してくれるはずです、私にも説明してもらわないと。お願いですから。まったくわからないんですベルムーデスさん」

「オレに注文させてくれよな」とカルリートスは言った。そして、ウェイターに「ドイツ・ビールを二つ、例の缶入りのやつを」

彼は《ザ・ニューヨーカー》誌の表紙絵がいっぱいに貼り出された壁に寄りかかってすわっていた。ダウンライトの明かりが彼の縮れた髪と、ぎょろっとした目、二日分の無精髭で黒ずんだ顔、赤みがかった鼻を照らしていた。酔っぱらいの鼻、風邪をひいた人のような鼻だったな、と彼は考える。

「そのビールは高いんですか?」とサンティアーゴは言った。「僕はちょっと懐具合がよくないんで」

「オレがおごるよ、あいつらからさっき、前借りできたからさ」とカルリートスは言った。「オレと一緒にここに来たからには、まじめな坊やというおまえさんの評判も今夜で終わりだぞサバリータ」

表紙絵は派手で、斜に構えていて、色鮮やかだった。テーブルの大半は空席だったが、店内を雰囲気のちがう二つの空間に分けている格子の向こう側からは、囁き声が聞こえてきていた。バーのカウンターでは、上着を脱いだ男が一人ビールを飲んでいた。誰かが、暗がりの中でピアノを弾いていた。

「オレなんか、給料全部をここで使い果たしてきたさ」とカルリートスは言った。「この穴倉はなんか落ちつくんだ」

「僕は、〈ネグロ・ネグロ〉に来るのは初めてで」とサンティアーゴは言った。「画家や作家がたくさん来るんですよね？」

「沈没しかけた画家や作家がな」とカルリートスは言った。「まだ駆けだしだったころ、オレも熱心な信者が教会に通うみたいにここに通っていたものだ。あそこの隅っこから、目を凝らして耳をすまして様子をうかがってて、誰か作家が来ているのがわかると心臓が高鳴った。天才たちの近くにいたかったんだ、オレにも才能が伝染してくるように」

「あなたもやっぱり作家なんだって、わかってましたよ」とサンティアーゴは言った。

「詩を発表しているんだって」

「作家になるつもりだった、詩を発表するつもりだっただけだ」とカルリートスは言った。「《ラ・クロニカ》に入って宗旨変えしたんだ」

「文学よりも報道のほうがよかったんですか？」とサンティアーゴは言った。

「酒のほうがよかったんだな」とカルリートスは笑った。「ジャーナリストってのは、なりたくてなるものっていうよりも、挫折の結果なるものなんだよ、おまえにもそのうちわかるさ」

彼は体を縮め、すると挿絵や風刺画や英語の見出しが、彼の頭があった位置に浮かび上がり、それから痙攣する両手が、顔をねじくるようなしかめ面とともに、見えたのだったなサバリータ。相手の腕に触れてみた——具合が悪いのだろうか？　カルリートスは体を起こし、頭を壁にもたせかけた。

「たぶんまた潰瘍が騒ぎだしたんだ」と、片方の耳もとには烏男、もう片方の耳もとには摩天楼の絵があった。「それともアルコール不足かな。もう酔っぱらってるみたいに見えるのかもしれないが、実は今日一日、まだ何も飲んでないんだ」

唯一残っている仲間が、病院に入っているんだよなサバリータ、アル中譫妄で。おまえは明日かならず会いにいくつもりなのだった、カルリートス、彼に本を一冊持っていってやるつもりなのだった。

「ここに一歩踏みこむと、パリに来ているような気になったもんだ」とカルリートスは言った。「自分もいつの日かパリに行って、するとブンって、まるで魔法みたいに天才になるんだって思ってた。しかし、結局行くことはなかったんだよサバリータ、で今ここでこうして、まるで妊婦みたいに腹がよじれて、じたばたしてるってわけだ。沈没して《ラ・クロニカ》にたどり着く前、おまえは何になろうとしてたんだい？」

「弁護士」とサンティアーゴは言った。「いや、より正確には革命家、コミュニストになろうとしてた」

「少なくともコミュニストとジャーナリストは韻を踏むからいいな、それに対して、詩人とジャーナリストじゃな」とカルリートスは言って笑いだした。「コミュニストだって？　オレも一度、コミュニストだからって仕事をクビになったことがある。それがなければきっと、ジャーナリズムの世界に入ることもなく、ひょっとしたら今でも詩を書いていたかもしれないな」

「譫妄って何だか知らないのか」とサンティアーゴは言う。「あれこれ知りたがらなければ、人にだまされることもなくて、かえっていいさアンブローシオ」

「オレがコミュニストであるはずなんかなかったんだ」とカルリートスは言った。「それが一番おかしいところなんだ、実際、なんでクビになったのか結局わからずじまいだった。いずれにしてもクビにされて、その結果、こうなった、酔っぱらいで、胃潰瘍持ち。まじめな坊やに乾杯だ、サバリータ乾杯」

セニョリータ・ケタが奥様の一番の親友で、サン・ミゲルの家に一番よく来たし、パーティにはいつもその姿があった。長身で長い脚、カルロータによれば染めてるのよというのだけれども、赤毛の髪、シナモン色の肌、そしてオルテンシア奥様よりももっと目立つ派手な体つき、そのドレスも話し方も、酔っぱらったときの口の悪さも際立っていた。パーティで一番大騒ぎするのも彼女だったし、ダンスのときも大胆で、彼女はたしかに招待客に好きなように悪戯をさせていたし、挑発的な行動をくりかえしていた。男たちに後ろから接近して髪をくしゃくしゃに乱してしまったり、耳を引っぱったり、膝の上にすわってみせたりして、本当に奔放だった。でも、そのタガの外れた行動で夜を盛り上げて楽しいものにしているのも彼女だった。初めてアマーリアに会ったとき、とても奇妙な笑みを浮かべてずっと彼女のことを見つめて、全身をくまなく眺めながら考えこんで、アマーリアは、この人どうしたのかしら、あたしに何があるんだろう。つまりあなたが有名なアマーリアだっていうわけね、やっと会えたわ。有名だなんて、どうしてですかセニョリータ？　人のハートを盗む女、男たちをメロメロにする女なんだって、とセニョリータ・ケタは笑って、悪女アマーリアね。ほんとにタガが外れているんだけど、分け隔てがなくて感じがよかった。奥様と一緒に電話で悪戯をしていないときには、よくジョークを聞かせてくれたものだった。目に怪しげな光を浮かべながら、最新の噂を大量に仕入れてきたわよチョラ、と言って彼女が家に入ってくると、台所からアマーリアは、彼女が誰彼となく馬鹿にしたりからかったりしながら噂話をするのに耳を傾けるのだった。また、カルロータとアマーリア相手に、彼女らが黙りこんでしまうような、顔が熱くなってしまうような冗談を言うこともよくあった。でもとてもいい人で、彼女らを中国人の店に何か買いに行かせるたびに一ソル、二ソルとお金をくれるのだった。ある日など、出がけにアマーリアを彼女の白い車に乗せてバス停まで送ってくれたこともあった。

「アルシビアデスが自らおたくのオフィスに電話をして、このニュースを新聞に配信しないように頼んだんですよ」と彼は囁くように言って、かすかに微笑んだ。「わざわざご足労願ったのは、わたしのほうで調べがついたからなんですがねタリオさん」

「しかし、そんな、ありえないことです」と、赤ら顔が困惑に崩れ、弁舌も急に乱れて。「私のオフィスにですかベルムーデスさん？　でも秘書は私にすべてを回してくるので……。アルシビアデス博士が自らですか？　理解できないです、どうしてそんな……」

「言づてがなかったんですか？」と彼は、皮肉をこめずに助け船を出した。「まあそんなようなことかとは思いましたがね。アルシビアデスはどうやら、記者の一人と話したようですよ」

「記者の一人？」と言うが、そこにはいつもの微笑みがちな落ちつきも、以前のまろやかな豊満さのかけらもない。「でもそんなことはありえないんですベルムーデスさん。本当に私にはわからない、本当に申し訳ありません。どの記者だったか、おわかりではありませんか？　うちには二人しかいないので、しかし、いずれにせよ、こういうことは二度と起こさないとお約束します」

「わたしがびっくりしたのは、われわれは以前からずっとアンサにはよくしてきたからでしてね」と彼は言った。「国営ラジオと情報局は、おたくの配信をまるごと購入していて、政府はご存じのように、それなりの金を払っているわけでね」

「もちろんですベルムーデスさん」、さあ、そろそろ腹を立てて、お得意の一曲やったらどうだ、オペラ歌手さんよ。「ちょっと電話をお借りできますか？　今すぐに、誰がアルシビアデス博士からの連絡を受けたのか確認させてください。これは即座に明らかにしませんとベルムーデスさん」

「どうぞすわってください、ご心配にはおよびませんよ」と彼は笑いかけ、煙草を差し出して、火をつけてやった。「われわれにはあちこちに敵がいますから、おたくのオフィスにも、われわれのことをよく思っていない人間が誰かいるんでしょう。そのうちに調査しますよタリオさん」

「しかし、その二人の記者というのはまだ若い連中で」と悩ましげに、悲喜劇的な表情を浮かべて、「ですから、これはもう今日のうちにはっきりさせます。アルシビアデス博士には、今後はいつも私に直接連絡してもらえるよう、お願いしておきます」

「そう、そのほうがいい」と彼は言った。そして、タリオの手の中で躍っている切り抜きの束を、偶然目に入ったかのように観察しながら、しばし考えこんでみせた。「ただ残念なことに、わたしのほうではちょっとした問題が起こってしまって。大統領も、大臣も、頭痛の種になっている通信社からどうして配信ニュースを買うのかと訊いてくるでしょう。その契約の責任者はわたしなわけで、考えてもみてください」

「だからこそ私はわからなくて困っているんですすベルムーデスさん」、そうその通り、だからおまえさんは早くここから遠く離れたところに行きたいんだよな。「博士からの連絡を受けた人間は今日のうちに解雇しますから」

「こういうことが政権にとっては傷になるからなあ」と彼は、声に出して考えごとをしているかのように憂鬱な調子で言った。「敵はこういうニュースがマスコミに載るとそれを利用してくるのでね。ただでさえ連中のおかげで、面倒は十分にあって。そういう中で、味方の側からも厄介事が出てくるというのはまったく困りものです、そう思いませんか?」

「もう二度と起こしませんからベルムーデスさん」と相手は空色のハンカチを取り出していて、激しい勢いで両手のひらをぬぐっていた。「その点についてはご安心ください。これについてはお約束しますベルムーデスさん」

「オレは人間の屑が大好きでな」と言ってカルリートスは、まるで腹を刃物で刺されたかのようにふたたび体を二つに折った。「警察ニュースにすっかり毒されちまったんだな、わかるだろ」

「もう飲まないほうがいいですよ」とサンティアーゴは言った。「もう帰ったほうがいいんじゃないですか」

しかし体を起こしたカルリートスは笑みを浮かべていた——

「二本めのビールでこの痛みは消えてなくなって、最高の気分になるんだ、まだオレのことをおまえは知らないんだ。一緒に飲むのはこれが初めてじゃなかったか?」、そう、カルリートス、そうだったな、と彼は考える——あれが初めてだった。「おまえは超まじめだよなサバリータ、仕事が終わると、もう飛んで帰る。オレたちみたいな沈没した人間と一杯やりにくることは全然ない。堕落させられるのが嫌なのか?」

「給料がかつかつなもんで」とサンティアーゴは言った。「あなたらと一緒に娼館に行ったりしてたら、下宿の家賃すら払えなくなっちゃいます」

「一人で暮らしてるのか?」とカルリートスは言った。「なんだ、いいとこの坊やなのかと思ってたがな。親族はいないのか? おまえ何歳なんだ? まだ若いよな?」

「一度にずいぶんたくさんの質問ですね」とサンティアーゴは言った。「家族はいますよ、でも一人で暮らしてるんです。教えてください、あなたらは酒を飲んだり娼館に行ったり、給料でどうやってやりくりしてるんですか? 僕にはどうしてもわからないんです」

「それがこの商売の秘密だよな」とカルリートスは言った。「借金漬けで生きるというか、借金をかわしながら生きる芸ってなもんだ。おまえはなんで娼館に行かないんだ？　女がいるのか？」

「その調子だと、次はマスかくのかって訊いてくるんでしょ？」とサンティアーゴは言った。

「女がいなくて娼館にも行かないんだったら、そりゃ当然マスかくんだろう」とカルリートスは言った。「ホモだというならまた別だが」

ふたたび体を折って、次に起き直ったときには顔がすっかり崩れていた。縮れ髪の頭を壁の表紙絵に立てかけてしばらく目を閉じていて、それからポケットの中を探ると、何かを取り出して鼻にもっていき、深く吸いこんだ。しばらくは頭を後ろに倒したまま、口を半ば開いて、静かな陶酔の表情を浮かべていた。それから目を開けると、サンティアーゴをからかうように見た――

「差しこむような腹の痛みを麻痺させるためだ。怯えた顔をするなよ、オレは引きずりこんだりしないから」

「おどかしたいんですか？」とサンティアーゴは言った。「時間の無駄ですよ。クスリ漬けの酔っぱらいだって、聞いてました、編集部でみんなが言ってましたから。僕はそういうことで人を判断したりしませんけど」

カルリートスは親しみをこめて彼に笑みを向け、煙草を一本差し出した。

「おまえのことはよく思ってなかった、コネで入ったって聞いたからだ、それにオレたちと交わろうとしなかったから。しかし、オレの間違いだった。おまえのことは気に入ったよサバリータ」

しゃべり方はゆっくりで、その顔には穏やかさが広がっていき、身ぶりもしだいに大きく、緩慢になっていった。

「僕も一度、それをやったことがあります、でも気分が悪くなっちゃって」、あれは嘘だったよカルリートス。「吐いちゃって、おなかの調子も悪くなった」

「おまえはまだ曲がってないからな、《ラ・クロニカ》に入ってもう三か月ぐらいになるのか?」とカルリートスは、まるで祈りの文句のように、自分の中に沈潜していきながら言った。

「三か月半です」とサンティアーゴは言った。「試用期間が終わったところで。月曜日に正式契約になったんです」

「かわいそうにな」とカルリートスは言った。「これで一生、新聞記者になっちまうんだな。いいか、ちょっとこっちに寄ってくれ、誰にも聞かれないように。ひとつ重大な秘密を告白しよう。詩こそこの世で一番偉大なものだぞサバリータ」

その日、セニョリータ・ケタはサン・ミゲルの家に正午にやってきた。突風のように入ってくると、ドアを開けに出たアマーリアの頰を通りがかりにつねっていき、アマーリアは、完全に酔っぱらってるんだと思った。オルテンシア奥様が階段上に姿をあらわすと、セニョリータは投げキスを送った――ちょっと休憩しにきたわよチョラ、あのイボンネ婆さんがあたしのことを探しまわってるんだけど、あたしはもう眠くて死にそうで。へえ、ずいぶんと人気じゃないの、と奥様は笑い、上にいらっしゃいよチョラ。二人は寝室に入り、しばらくすると奥様の叫ぶ声、よく冷えたビールを持ってきて。アマーリアがお盆を持って上がると、ドアのところからセニョリータがスリップだけになってベッドに横になっているのが見えた。服とストッキングと靴は床に落ちていて、歌ったり笑ったり、一人でしゃべったりしているのだった。奥様のほうもセニョリータに伝染してしまったみたいだった、というのも、午前中は何も飲んでいなかったのに、鏡台の腰かけのところからやはり笑ったり歌ったり、セニョリータに甘いことばをかけたりしているのだった。セニョリータは枕に抱きついて、体操していて、赤い髪が顔を覆い、その長い脚は鏡の中では巨大なムカデの脚のように見えた。お盆に気づくとすわりなおして、ああ喉が渇いていたのよ、グラスの半分を一気に飲み干して、ああ美味しい。すると突然、アマーリアの手首をつかんで、こっちにいらっしゃい、何とも怪しい目つきで彼女を見つめて、逃げちゃダメよ。アマーリアは奥様に目をやったが、彼女はセニョリータを、面白がっているみたいに、何をするつもりなのと考えているみたいに見つめて、それから彼女もまた笑いだした。ほんとにあなた、いい女の子たちを見つけてくるじゃないのチョラ、そしてセニョリータは奥様を脅迫するようなふりをして、まさかあたしに隠れてこの子と何かしてるんじゃないでしょうね？　すると奥様はいつものあの笑い声をあげて、そうよ、あんたに隠れて彼女と何かしてるのよ。でも蚊も殺さないような顔したこの子があなたに隠れて誰と何してるのか、あなたこそ気づいてないのよ、とセニョリータ・ケタは笑った。アマーリアは耳がずきんずきんいいはじめ、セニョリータは彼女の腕を揺さぶって歌いはじめた――目には目よチョラ、歯には歯、そして、冗談なのか本気なのか、アマーリア教えてちょうだい、朝、旦那さんが帰ったあと、あんたはいつもこのチョラを慰めにきてやるの？　アマーリアは怒ったらいいのか笑ったらいいのか、わからなかった。はい、もちろん、ときどきは、と彼女はどもりがちに言い、するとそれはまるでジョークを言ったみたいな効果をもった。あらこの悪戯っ子、とセニョリータ・ケタは奥様を見つめながら弾けるように声をあげ、一方、奥様は大笑いしながら、あんたにも貸してあげるわよ、でも優しくしてやってよ、するとセニョリータがアマーリアをぐいと引っぱったので、彼女はベッドの上にすわりこんでしまった。さいわい、奥様が立ち上がって駆けより、笑いながらセニョリータと争ったので、彼女は手を放した――もう行きなさいアマーリア、このいかれた女にかかったら、あんたも堕落させられちゃうから。アマーリアは部屋から出たが、後ろからは両人の笑い声が追いかけてきて、彼女も笑いながら階段を下りたが、膝は震えていて、台所に着いたときには正気にもどって腹が立っていた。シムラが流しで洗いものをしながら鼻歌を歌っていた――いったいどうしたんだい？　するとアマーリアは――何でもない、二人とも酔っぱらってて、恥をかかされたわ。

「まさにアンサとの契約が切れようという今になって、こんなことが起こったというのが困りものなんです」と、彼は煙の波ごしにタリオの目を探した。「更新が必要だ、と大臣を説得するのがどれほどむずかしくなったか、考えてみてくださいよ」

「大臣には私からお話ししましょう、私が説明します」と、相手の目はそこで、明るい色のまま、不安げに、怯えたようになっていた。「まさにこの契約更新について私もベルムーデスさんと話をするつもりでいたんです。そこにこの不条理な問題がもちあがって。私から大臣にすべてを説明して納得していただきますよベルムーデスさん」

「いっときの怒りが収まるまで、大臣には会わないでおいたほうがいいですよ」と彼は笑ってみせ、それから唐突に立ち上がった。「最終的には、わたしのほうでなんとか調整するようにしますから」

乳白色の顔に血の気とともに希望が、雄弁がもどってきて、相手は彼とともに、ほとんど踊るようにしてドア口へと向かった。

「アルシビアデス博士の話を受けた記者は、今日中に会社から追放しますから」と、微笑みながら、甘い声を出しながら、火花が弾けるように言った。「ご存じのように、アンサにとって契約の更新は死活問題です。どれほど私がありがたく思っているか、ベルムーデスさん、どうかご理解いただけますよう」

「来週、契約切れになるんでしたかね？　詳細をアルシビアデスと詰めておいてください。わたしがなるべく早く大臣の署名を取りつけるようにしますから」

ドアの取っ手に手を伸ばしたが、まだ開けなかった。タリオはもじもじと困った様子になり、今一度顔が赤くなってきていた。彼は相手の目を見つめたまま、相手が口を開く気になるのを待った──

「契約についてですがベルムーデスさん」、まるでおまえはウンコでも我慢しているみたいだな宦官めが。「去年と同じ条件でよろしいでしょうか？　つまりその、あれについてですが」

「わたしの役割ということですかな？」と彼は言い、居心地の悪そうなタリオの困惑、引きつった笑みを見やった。そして顎の先を撫でながら、穏やかにつけ加えた──「今回は十パーセントではなく、二十パーセントかかることになりますよタリオさん」

相手がわずかに口を開き、額に一秒のうちに皺がよって、また消えるのが見えた。笑みが消え、急に呆けたような目つきになってうなずくのが見えた。

「ニューヨークの銀行振り出しの、持参人払いの手形を、来週月曜にあんた自身で持ってきてもらいましょう」、おまえさん暗算していたなカルーゾーめが。「ご存じのように省庁の書類仕事は時間がかかる。二週間ほどのうちになんとかなるか、様子を見ることにしましょう」

ドアを開けたが、タリオが苦悶の様子を見せたので、ふたたび閉めた。笑みを浮かべたまま、待った。

「わかりました、二週間のうちになんとかしていただければ結構ですベルムーデスさん」とその声はしわがれていたな、悲しげだったな。「一方で、あの、その、二十パーセントというのは、いや、ちょっと大きすぎるのではないかと」

「大きすぎる？」と彼は目を、理解できないというかのように、開いてみせ、それから即座に、親しげな様子でことばを取り消した。「もうそれ以上は何も言わないで結構ですよ、この件については忘れてください。それではこれで失礼させていただきます、いろいろやらなければならないことがありますので」

「いいえ、とんでもない、おっしゃるとおりで異存ありません」とタリオは必死の身ぶりで打ち消しながらあわてて言った。「まったく問題ありませんベルムーデスさん。月曜の十時でいかがでしょう？」

「結構ですよ」と彼は、ほとんど相手を押し出すようにしながら言った。「それでは月曜日に」

ドアを閉め、するとその瞬間に笑みは消えた。彼は机へともどり、席について右の引き出しから薬の筒を取り出すと、口の中に唾をためてから錠剤を舌の先に置いた。嚥下し、しばし目を閉じたまま、両手で吸い取り紙を押さえるようにして待った。一瞬後、アルシビアデスが入ってきた。

「あのイタリア人はすっかり消沈してましたがドン・カヨ。その記者が十一時頃に社にいたのであればいいんですがね。その時間に電話したと言っておいたので」

「いてもいなくてもクビにするさ」と彼は言った。「反政府声明に署名するような人間が通信社にいるなんてこと自体が不都合なんだ。伝言を大臣に伝えておいてくれたか？」

「三時にお待ちしているそうですドン・カヨ」とアルシビアデス博士は言った。

「よし、それじゃパレーデス少佐にこれから会いに行くと連絡してくれ先生。二十分ほどで着く」

「《ラ・クロニカ》に入ったときには何の期待もしてなかったんです、ただお金を稼ぎたかっただけで」とサンティアーゴは言った。「でも今思うのは、これはいろんな仕事の中で、ましなほうじゃないのかと」

「三か月半たって、まだ幻滅してないのか?」とカルリートスは言った。「おまえのことは、サーカスの檻に入れて見世物にしてやるべきだなサバリータ」

いいや、おまえは全然幻滅していなかったなサバリータ——ブラジルからの新任大使エルナンド・デ・マガリャンィス博士が今朝、信任状を提出した、わが国の観光の未来については楽観的に考えている、と観光局長は昨夜の記者会見で表明した、〈アントル・ヌー〉協会は昨夜、多数の名士を集めて今年の創立記念日を祝った。しかし、こういう屑みたいなものがおまえは気に入っていたんだサバリータ、おまえはタイプライターの前にすわってすっかり満足していたのだ。もう二度とああいうつまらない埋め草記事を書かされるのはごめんだな、と彼は考える、アリスペのもとに出しにいく前に、あれほどの激しい確信をもって修正したり破り捨てたり書き直したりすることも、もう二度とないだろう。

「あなたのほうは、どれくらいで新聞に幻滅したんですか?」とサンティアーゴは言った。

そうした埋め草記事やピグミーのように小さな囲み記事を、おまえは翌日、バランコの下宿のすぐ隣にあったキオスクで《ラ・クロニカ》を買って、熱い思いをもって探したものだった。それをルシーアおばさんに、誇らしげに見せたものだった——ここのこれは僕が書いたんですよ奥さん。

「《ラ・クロニカ》に入って一週間だったな」とカルリートスは言った。「通信社では記事を書いていたわけじゃなかったんだ、あれはむしろタイピストみたいなもので。朝から休憩なしで働いて、二時にはもう終わって解放されて、午後は本を読んで過ごして、夜にはものを書くことができた。オレをクビにしないでおけば、文学は立派な詩人を一人、失わずにすんだんだぜサバリータ」

仕事が始まるのは五時だったが、おまえはそれよりずっと前に編集部に到着したものだった、三時半にはもう下宿で時計を見つめて、早く路面電車に乗りにいきたくてうずうずしていた、今日は外回りに行く仕事をもらえるだろうか？ ルポルタージュかインタビューだろうか？ 早く着いて机にすわって、アリスペに呼び出されるのを待ちたかった――この情報を十行にまとめて書いてみろサバリータ。もう二度とあの熱意は持てないだろう、と彼は考える、何かをやり遂げたいというあの欲求、特ダネを取ってみんなにちやほやしてもらうんだ、ああいう企画も二度と出さないだろう、それで昇進するんだ、なんて。何がダメになったんだろうか、と考える。彼は考える――いつ、なぜ。

「なぜなのか、結局わからなかったが、ある朝、あのおかま野郎がオフィスに入ってくるなり、オレに言ったんだ、貴様のせいで仕事はめちゃくちゃだ、このコミュニストめが」と言ってカルリートスはスローモーションで笑った。「本気で言ってるんですか？」

「本気に決まってるだろ、この唐変木め」とタリオは言った。「貴様のせいでオレがどれだけの金を払わされるか、わかっているのか？」

「それ以上、唐変木だの何だの、大声をあげたら、こっちこそ貴様のお袋さんを罵り倒すぞ」とカルリートスは、幸福感でいっぱいになって言った。「解雇の手当てさえもらわなかったさ。だからすぐさま《ラ・クロニカ》に入って、すぐさまそこが詩の墓場だって気づいたわけよサバリータ」

「ならどうして新聞記者をやめなかったんですか？」とサンティアーゴは言った。「他の仕事を探せばよかったのに」

「一度入ったら抜け出せない、蟻地獄なんだよ」とカルリートスは、遠ざかって、眠りこみそうになって言った。「少しずつ、少しずつ、沈んでいくんだ。大嫌いなのに、離れられない。大嫌いなのに、突然、どんな犠牲を払ってでも特ダネを取ってやるって思いつめている。どれだけ徹夜してでも、どんなひどい場所に入りこむことになってでも。まったくそれは、中毒なんだサバリータ」

「僕ももうここまで、いっぱいになってうんざりしてるんだ、にもかかわらず、僕は絶対に負けないつもりだ、どうしてだかわかるか？」とサンティアーゴは言う。「僕は何があろうとも絶対に弁護士資格を取るつもりだからだアンブローシオ」

「オレは警察担当を自分でえり好みして選んだわけじゃないんだ、ただローカル・ページのアリスペはオレのことをもてあましていたし、外電のマルドナードもそうだった」とカルリートスが、ずいぶんと遠い果てから言っていた。「ベセリータだけがなんとかオレのことを担当ページで引き受けてくれたんだ。警察担当ってのは、一番最低のところさ。それがオレは好きになった。屑こそが、オレにぴったりだったんだよサバリータ」

それきり黙って、笑いながら虚空を見つめて動かなくなった。サンティアーゴがウェイターを呼ぶと、急に目をさまして勘定を払った。二人は外に出たが、テーブルや壁に体当たりしていくのでサンティアーゴが腕を取って引っぱってやらなければならなかった。サン・マルティン広場の回廊に人影はなく、広場の向こうの屋根の上には青みがかった空の帯がかすかにあらわれはじめていた。

「ノルウィンがこのあたりに顔を見せなかったとはめずらしいな」とカルリートスは、ある種の穏やかな親愛をこめて口にした。「沈没した連中の中でも一番のやつだ、最高の屑だ。そのうちおまえにも紹介するよサバリータ」

回廊の柱の一本につかまりながら、体はぐらぐらと揺れていて、顔は髭で薄汚れ、鼻は燃えるように赤かったが、その目には悲劇的な至福が満ちていた。あしたこそ、かならずなカルリートス。

Ⅳ

　薬局でトイレット・ペーパーを二巻買って帰ってくると、使用人出入口でアンブローシオとばったり出くわした。そんなに恐い顔になるなよ、と彼は言った、おまえに会いに来たわけじゃないんだから。すると彼女――あたしに会いに来るはずなんかないに決まってるでしょ、何か関係があったわけじゃないんだから。車を見なかったのか、とアンブローシオは言った、二階でドン・フェルミンがドン・カヨに会ってる。ドン・フェルミンとドン・カヨ？　とアマーリアは言った。そう、どうしてそんなに驚くのだろうか。どうしてだかはわからなかったが、たしかに彼女は驚いていた、二人はまるで異なっているから、彼女はドン・フェルミンがここのパーティに来ているところを思い描こうとしたが、とてもありえないように思えた。

「見られないようにしたほうがいいぞ」とアンブローシオは言った。「家をクビになったことや、製薬工場を勝手にやめたことを言ってしまうかもしれない、そしたら、オルテンシア奥様がおまえのことをまたクビにするかも」

「あんたが心配してるのは、あたしをここに連れてきたことをドン・カヨに知られたくないからでしょ」とアマーリアが言った。

「まあたしかにそれもある」とアンブローシオは言った。「でも、オレのためじゃなく、おまえのためだ。前にも言ったように、ドン・カヨはオレのことを恨んでる、ドン・フェルミンのところで働くために彼のところをやめて以来。だからオレの知り合いだと知られたら、おまえは終わりだ」

「急になんて善人になったのかしらね」と彼女は言った。「あたしのことをずいぶん心配してくれるじゃないの」

二人は使用人口の外で話をしていたが、アマーリアは何度もシムラやカルロータがやってこないか気をつけていた。ドン・フェルミンとドン・カヨはもう前のようによく会うことはないのだと、以前アンブローシオは言っていたではないか？　その通りだ、カヨの旦那がサンティアーゴ坊ちゃんの逮捕を命じたとき以来、仲が悪くなったのだった。しかし共通の仕事もあるから、きっとそれでドン・フェルミンはサン・ミゲルに来たのだろう。アマーリアはここでの仕事に満足しているのだろうか？　ええ、とっても、以前よりも働く時間は短くなったし、奥様はとてもよくしてくれるのだった。なら、オレにひとつ借りができたってところだな、とアンブローシオは言ったが、彼女はその軽口をぴしゃりと封じた――借りがあったのはあんたのほうでしょ、忘れるんじゃないわよ。そして話題を変えて、ミラフローレスの家の皆さんはどうしているのだろうか？　ソイラ夫人はとても元気だ、チスパス坊ちゃんにはミス・ペルーの候補になったことのある恋人がいて、テテお嬢ちゃんはすっかり女らしくなった、サンティアーゴ坊ちゃんは家出して以来一度も家にもどっていなかった。ソイラ夫人の前では、泣きだすので彼の名前は言ってはならないことになっていた。そして突然――サン・ミゲルはおまえに合っていたんだな、すっかりいい女になった。アマーリアは笑わず、思い切りの憎しみをこめて彼を睨みつけた。

「休みは日曜なんだろ？」と彼は言った。「今度、待ってるよ、あそこの路面電車の停留所で、二時に。来てくれるか？」

「夢にもそんなこと思わないで」とアマーリアは言った。「一緒に外出するような仲じゃないんだから」

台所で物音がしたので、アンブローシオには別れを告げずに家の中に入った。覗き見するために食品庫に行った――ドン・フェルミンがいて、ドン・カヨに別れを告げているところだった。背が高くて、髪は優雅な灰色で、急に、最後に会って以来の出来事を全部思い出してしまった――トリニダーのこと、ミローネスの路地のこと、母子病棟のこと、そして、涙がわいてくるのがわかった。洗面所に行って顔を濡らした。今や、アンブローシオに対する怒り、二人の間に何かあるかのように話をしてしまった自分自身に対する怒りでいっぱいだった。ここでメイドを探していることを教えてくれたからって、あたしが全部忘れたとでも、あんたのことを全部許したとでも思ってるの？　と彼に言ってやらなかったことに腹が立った。あんたなんか死んだらいいのよ、と思った。

ネクタイを整えて、上着を着て、ブリーフケースを持って執務室を出た。秘書たちの脇を無表情に通り過ぎた。車は出口で待ち構えていた、戦争省にやってくれアンブローシオ。セントロを抜けるのに十五分かかった。アンブローシオがドアを開ける前に下り、ここで待っててくれ。敬礼する兵士たち、廊下、階段、笑みを浮かべている士官。諜報部の控室では口髭を生やした大尉が彼を待っていた——少佐はオフィスにいますベルムーデス様、中へどうぞ。パレーデスは彼が入ってきたのを見て立ち上がった。机の上には電話機が三台、小国旗、緑色の吸い取り台紙——壁には地図、街路図、オドリアの写真とカレンダーがあった。

「エスピーナが電話で私に文句を言ってきましたよ」とパレーデス少佐は言った。「あなたがあの見張り番を引き上げさせなければ、撃ち殺すそうです。怒り狂ってましたよ」

「あれはもう外すように指示した」と彼はネクタイを緩めながら言った。「少なくとも、これで監視されていることがわかったはずだ」

「前から言ってますが、それは無駄な用心ですよ」とパレーデス少佐は言った。「引退させる前に昇進させたんです。陰謀をたくらむ理由がないんじゃないですか？」

「やつは、大臣でなくなったのが悔しくてしかたがないんだ」と彼は言った。「いや、たしかにやつは自分から陰謀することはないだろう、そういう頭はない。しかし、やつのことを利用しようとする連中がいるかもしれない。セラーノを釣り上げるのは誰でも簡単だ」

パレーデス少佐は肩をすくめて、懐疑的に顔をゆがめてみせた。キャビネットを開け、茶封筒を取り出して手渡した。彼はいいかげんに書類と写真をめくった。

「彼のすべての移動、すべての通話内容です」とパレーデス少佐は言った。「疑わしいところは何もないです。女遊びに専念しているのがわかるでしょう。ブレーニャ区の愛人の他に、もう一人、サンタ・ベアトリスにも囲ってるようで」

彼は笑い、口の中でさらに何か呟き、一瞬だけ、女たちの様子を眼前に思い浮かべた──太った、肉づきのいい女たち、垂れた乳房、目の中に淫らなよろこびを灯して、二人を重ねあわせた。書類と写真を封筒の中にしまって机の上に置いた。

「二人の愛人、軍人クラブでのトランプ・ゲーム、週に一、二回の飲み歩き、彼の生活はそれだけです」とパレーデス少佐は言った。「セラーノはもう終わった人間ですよ、まちがいない」

「しかし軍の中にはたくさん仲間がいて、やつの世話になった士官は何十人もいる」と彼は言った。「わたしの鼻は猟犬みたいに利くんだ。一応聞いておいてくれ、もうちょっとだけ続けてくれ」

「まあ、そんなに言うなら、もう数日間、監視するように言っておきましょう」とパレーデスは言った。「でも無駄だとわかってますよ」

「もう退役していて、頭も利かないほうだとはいえ、将軍は将軍だ」と彼は言った。「つまり、アプラと共産党の全員を合わせたよりも、ずっと危険だということだ」

イポリトは荒くれ者でしたよ、たしかに旦那さん、でもやつなりに感情はありました、ルドビーコとアンブローシオがそれに気づいたのは、ポルベニール地区のあの一件の日だった。まだ時間があったので、二人が一杯飲みに向かっていたところ、イポリトがあらわれて両者の腕をがしっとつかんだ——彼らに小瓶を一本おごるというのだった。彼らはボリビア通りの安酒場に行き、イポリトが火酒を三杯注文し、楕円煙草を取り出して震える手でマッチに火をつけた。ナーバスになっているのが見てとれましてね旦那さん、その気もないのに笑ってみせたり、喉の渇いた動物みたいにべろで口を舐めたり、横目で様子をうかがったりしていて、目の奥が揺れていた。ルドビーコとアンブローシオは、こいつはどうしたんだ、というように目を見交わした。

「何か気になってることがあるみたいじゃないかイポリト」とアンブローシオが言った。

「淋病でもつかまされたのか兄弟？」とルドビーコが言った。

頭でちがうと否定してから、自分のコップを飲み干し、中国人にもう一巡、三杯を注文した。じゃあどうしたんだイポリト？　彼らを見つめ、彼らの顔に煙を吹きかけてから、ようやく胸のつかえを下ろす気になったんです旦那さん――ポルベニールの厄介事のことが気になっているのだった。アンブローシオとルドビーコは笑った。何も心配することなどないイポリト、荒くれ女どもは最初の笛が鳴っただけでみんな逃げ出すだろう、簡単な仕事なんだ兄弟。イポリトは二杯めを空け、その目は飛び出さんばかりになった。恐いのではなかった、恐いということばは知っていたが、一度もそれを感じたことはないのだった、何しろ以前はボクサーだったのだから。

「やめてくれよ、昔の試合のことをまた話すんじゃないだろうな」とルドビーコは言った。

「個人的なことなんだ」とイポリトは恥じ入るように言った。

次の一巡はルドビーコが払い、中国人は彼らがかなり飲むつもりなのを見て、カウンターの上に瓶を置いていった。昨日の夜はこの厄介仕事のせいで眠れなかったのだ、どんなことになるのか考えてみてくれよ。アンブローシオとルドビーコは、頭がおかしくなったのか？　というように目を見交わした。正直に話してみろよイポリト、友達ってのはそのためにいるんだから。やつは咳をして、思い切って話そうと決意したように見えてはまた躊躇したりしてですね旦那さん、そのあげくにようやく、声をつかえさせながら打ち明けた——家族にかかわること、個人的なことなのだと。そう言うと、いきなり涙なみだの物語をぶちまけたんです旦那さん。彼の母親は筵《ペターテ》を作っているのだが、パラーダの市場に店を出していて、彼自身はポルベニールで育ったのだった、あそこで暮らしていたのだ、あれを暮らしと言えるのであれば。車を洗ったり駐車番をしたり、使い走りをやったり、市場でトラックの荷下ろしをしたりして、何とか食いぶちを稼いで、ときには手を出しちゃいけないところにも手を出したりしてたわけさ。

「ポルベニールの住人のことは何て呼ぶんだ?」とルドビーコが口をはさんだ。「リマの人間はリメーニョだろ、バホ・エル・プエンテの人間はバホポンティーノって言うじゃないか、ポルベニールの人間は何て言うんだ?」

「おまえはオレの話してることなんかどうでもいいんだな」とイポリトは苛立って言ったんですよ。

「そうじゃないさ兄弟」とルドビーコは相手の背中を叩いて言った。「急に変な疑問がわいちまっただけだ、すまん、続けてくれ」

だからもう何年もあそこには行っていないのだが、ここの中では、と彼は自分の胸を叩いて言ったわけですがね旦那さん、ポルベニールは今でも彼の故郷なのだった——おまけにあそこでボクシングも始めたわけだった。だからパラーダの市場の女たちもたくさん知っていて、もしかしたら彼のことを見たらわかる女もいるのかもしれないのだ。

「やっとわかった」とルドビーコが言った。「だがおまえが心配するには及ばないだろ、もう何年も経っているんで、誰もおまえだってわからないはずだ。それに顔だって誰にも見られないさ、ポルベニールの明かりは暗いからな、ガキどもが石で街灯の電球を割ってまわってるだろ。だから心配ないってばさイポリト」

彼はなおも思いに沈んで、まるで猫みたいに口を舐めまわしていた。中国人が塩とレモンを持ってきたので、ルドビーコは舌の先に塩を乗せ、レモンの半かけを絞って口に入れてからグラスを空にすると、これでうまくなったと大声で言った。彼らは他のことを話しはじめたが、イポリトは黙ったままで、ずっと床とカウンターを見つめて考えこんでいた。

「そうじゃない」と唐突に言ったんですよ。「オレが恐れているのは、女の誰かに気づかれることじゃない。この仕事そのものが恐いんだ」

「しかしいったいなんでなんだよおまえ」とルドビーコは言った。「学生を脅しつけるより、女どものほうがまだ楽じゃないのか？　大声で喚いたり、足をばたつかせたりするだけじゃないかイポリト。ちょっとやかましいだけで、誰も怪我もしない」

「でももし、子供のころ、飯を食わせてくれた女の誰かをひっぱたくようなことになったらどうしてくれるんだ?」とイポリトは、テーブルを拳で叩きつけながら、猛り狂って言ったんですよ旦那さん。

アンブローシオとルドビーコは、さあまたこいつ泣きだすぞ、といっているかのようだった。しかしなあおまえ、なあ兄弟、おまえに飯を食わせてくれたってのは、その人が善人で、信心深くて平和な人間だからじゃないか。そんな女が政治の厄介事にかかわったりすると思うのか? しかしイポリトは説得されず、オレは納得できないと言っているかのように首を振るのだった。

「今日ばかりは、いやいやながらの仕事だ」と彼はついに言った。

「よろこんでやってるやつがいると思うのか?」とルドビーコが言った。

「オレはよろこんでやってるよ」とアンブローシオが笑いながら言った。「オレにとっては休養みたいなもの、冒険みたいなものだ」

「おまえはたまに参加するだけだからな」とルドビーコは言った。「おまえさんは、大ボスの運転手でいい身分だから、これは遊びみたいなものなんだろ。そのうち、投石で頭を割られてみればいいさ、オレが一度経験したみたいに」

「そういう目にあって、まだよろこんでやっていると言えるかどうかだな」とイポリトも言ったんです。

さいわい、彼にはそういうことは、一度も起こりませんでしたがね旦那さん。

どうしていい気になってあんなことが言えたのだろうか？　仕事が休みの日、リモンシーヨの叔母さんのところか、ミローネスのロサリオおばさんを訪ねるのでなければ、彼女は近所の家で働いているアンドゥビアとマリーアと一緒に外出することにしていた。この仕事につくのに手を貸したものだから、あんたがもうすっかりあのことを忘れたとでも思ったのだろうか？　彼女らは散歩をしたり、映画館に行ったり、ある日曜日にはコリセオ劇場に民族舞踊を見に行ったこともあった。あんたがあいつと口をきいたものだから、もう許したと思いこんだのだろうか？　何度かはカルロータと一緒に出かけたが、あんまり頻繁ではなかった、というのもシムラがいつも、夜になる前に彼女を連れて帰ってくることをアマーリアに求めたからだ。あんたはあいつのことをもっと悪しざまに扱ってやるべきだったのよ馬鹿ね。出かけようとすると、シムラはああしろこうしろと彼女らに指示を出し、帰ってくれば、今度は質問攻めにして、二人を悩ませるのだった。今度の日曜日は待ちぼうけを食わせてやるのだ、ミラフローレスからここまで無駄足を運ばせてやる、そうしたらどれほどいい気分だろう。哀れカルロータ、シムラが全然外に出させてくれなくて、男たちのことで脅かされてばかり。一週間の間じゅう、待ちぼうけを食わせてやるのだとばかり考えていて、震えがくるほど腹が立ってくることもあったし、笑ってしまうこともあった。でも、もしかすると来ないかもしれなかった、彼女は夢にも思わないでと言ってやったので、彼のほうでもじゃあ行くこともないかと考えるかもしれなかった。土曜日には、オルテンシア奥様がプレゼントしてくれたきらきらしたブルーのワンピースにアイロンをかけ、あしたどこ行くの？　とカルロータが訊くので、叔母のところ、と答えた。鏡で自分の姿を見て罵った――もう行こうと考えてるじゃないの馬鹿。いいえ、行かないわよ。その日曜日、最近買ったばかりだったハイヒールを初めて履いて、抽選で当たったブレスレットをつけた。出かける前に、少しだけ口紅をつけた。急いでテーブルを片づけて、ほとんど食事はせず、奥様の部屋に上がって鏡で全身を映してみた。ベルトロート通りまで直行してから横断し、コスタネーラ通りに入ると、怒りとくすぐったさの両方を全身で感じた――いた、停留所に立って、彼女に手を振っているのだった。あんた帰りなさいよ、と思った、あんたあいつと話したらダメ、と思った。茶色のスーツに白いシャツ、赤いネクタイをつけていて、上着のポケットにはハンカチを差していた。

「すっぽかさないでくれって、ずっと願い事をしていたよ」とアンブローシオは言った。

「来てくれて、ほんとによかった」

「路面電車に乗りに来たのよ」と彼女は腹を立てて、顔を背けながら言った。「叔母のところに行くんだから」

「ああ、そうなのか」とアンブローシオは言った。「じゃあ一緒にセントロまで行こう」

「ひとつ忘れてた事項がありました」とパレーデス少佐は言った。「エスピーナはあなたの仲良しのサバラと頻繁に会ってますよ」

「それはどうでもいいだろう」と彼は言った。「もう何年も前から仲がいいからな。軍の購買部にやつの製薬会社が納入する利権を、エスピーナが手に入れてやったんだ」

「あのおっさんにはいろいろ、気に入らないところがあるんですよ、私は」とパレーデス少佐は言った。「足取りを追っているんです、ちょくちょく。ときにはアプラの大物と会ったりもしてるんで」

「そういうアプラ連中からやつはいろんな情報を仕入れて、わたしにも教えてくれることがある」と彼は言った。「サバラは問題ない。やつを見張っても、それこそ時間の無駄だぞ」

「あのおっさんの忠誠には、私はどうも納得がいかないんです」とパレーデス少佐は言った。「政権側についているのは、商売のためです。単に利便のために支持しているだけですよ」

「われわれ誰しも、利便のために政権の中にいるんじゃないのか――重要なのは、サバラみたいな連中にとって政権側についていることが、利便になるようにしておくことだ」

と彼は笑みを浮かべた。「カハマルカの件をちょっと検討させてもらえるか?」

パレーデス少佐はうなずいた。三台の電話のひとつを取って、命令を出した。一瞬、考えこんだ。

「最初のころ、私はあなたがシニカルなポーズをとっているんだと思ってました」と、やがて口を開いた。「今では本当にシニカルなんだとわかりましたよ。何も信じない、誰も信じないんですね力ヨ、あなたは」

「信じるために給料をもらってるわけじゃない、仕事をするためだ」と彼は再度、微笑んだ。「仕事はちゃんとやってるだろ?」

「利便のためだけにこの仕事についているんだとしたら、どうしてこれより千倍もいい仕事がいくつも大統領から提案されたのに、引き受けなかったんですかねえ」とパレーデス少佐は笑った。「わかるでしょう、あなたはシニカルではあるが、それだけじゃないんですよ」

彼は微笑むのをやめ、しらけたようにパレーデス少佐を見やった。

「もしかすると、あんたの伯父さんが、それまで誰もあたえてくれなかったような機会をあたえてくれたからかもしれないな」と、肩をすくめながら言った。「もしかすると、この仕事においてわたしほど、あんたの伯父さんによく奉仕できそうな人間に、まだ一人も会ったことがないからかもしれない。あるいは、この仕事が好きだからか。自分でもよくわからん」

「大統領はあなたの健康を心配してますよ、私も同じです」とパレーデス少佐は言った。

「この三年間で十歳も老けましたよ。潰瘍の具合はどうなんです?」

「もうふさがったよ」と彼は言った。「おかげでもう牛乳を飲まなくてすむ」

机の上の煙草に手を伸ばし、一本、火をつけると急に咳が出た。

「一日に何本吸うんです?」とパレーデス少佐は言った。

「二箱か三箱だな」と彼は言った。「ただし黒煙草だ、あんたが吸ってるような屑じゃない」

「あなたが倒れるとしたら、いったい何が原因になるでしょうかね」とパレーデス少佐は笑った。「煙草か、潰瘍か、アンフェタミンか、アプラ派か、それともセラーノみたいな恨みを抱いた軍人か。あるいは、あなたのハーレムが原因になるか」

彼はかすかに微笑んだだけだった。ドアにノックがあり、口髭の大尉がファイルを持って入ってきた——複写資料の用意ができました、少佐。パレーデス少佐は地図を机の上に広げた——いくつかの交差点に赤と青の印があり、たくさんの通りをジグザグにたどっていく一本の太い黒線は、ある広場で途絶えていた。二人はかなりの時間、地図の上に覆いかぶさるようになって見ていた。これらが要所になる地点で、とパレーデス少佐は言い、部隊の宿営場所、移動のルート、開通する橋梁。彼はメモ帳に書きこみ、煙草を吸い、単調な声で質問した。二人は椅子にもどった。

「明日、私はリオス大尉と一緒にカハマルカに行って、保安体制の最終確認をする予定です」とパレーデス少佐は言った。「われわれの側には何も問題はないんです、保安体制は時計仕掛けのように機能するはずです。そちらの人間はどうです？」

「保安については心配していない」と彼は言った。「別のことが気にかかってる」

「歓迎体制ですか？」とパレーデス少佐は言った。「何か失態をおかすと思うんですか？」

「上院議員と代議士の連中は広場を満杯にすると約束しているが」と彼は言った。「そういう約束がどういうものか、あんたにもわかるだろう。今日の午後には歓迎委員会と会う予定だ。リマに来させたんだ」

「あの田舎者連中《セラーノ》は、満場の歓迎をもって迎えることができなければ、恩知らずのくそったれだということになりますよ」とパレーデス少佐は言った。「やつらのために国道を、橋を、と作ってやっている。以前だったら、誰もカハマルカの存在なんか、思い出すことすらなかったのに」

「カハマルカはずっとアプラの根城だった」と彼は言った。「掃除はしたが、いつでも予想外のことが起こる可能性はある」

「大統領はこの旅行が成功裏に終わると信じきっています」とパレーデス少佐は言った。

「四万人が集会に集まって、何も問題は起きないとあなたから確約されているとか」

「そのとおりに集まるし、何も問題は起きないさ」と彼は言った。「しかし、こういうことのせいでわたしは老けこんじまうんだ。潰瘍のせいでも、煙草のせいでもない」

彼らは中国人に金を払って表に出て、中庭に着いたときにはもう打ち合わせが始まっていたんです旦那さん。ロサーノ氏は彼らに顔を歪めてみせ、時計を指差した。五十人近くいましたね、全員が私服で、阿呆のように笑っているのもいて、ひどい人いきれで。あいつは正規職、あれはオレと同じ非正規、あれは正規とルドビーコが順番に指差していく前では、警察の少佐が話していたが、かなり突き出た腹をして、どもりがちで、ことあるごとに、要するに、というのをくりかえしていた。要するに周辺には機動隊が配置されている、よ要するに、パトロール隊も来ているのだ、要するに車庫や空き地には、き騎馬隊が、か隠れている。ルドビーコとアンブローシオは、ちょ超わ笑えるな、というように目を見交わしましたが旦那さん、イポリトは相変わらずお通夜みたいな顔をしていた。そこでロサーノ氏が前に進み出ると、それを聞こうと、すごい沈黙が広がりまして。

「しかし、要点としては、警察の介入が必要ないようにするということだ」と言った。

「そのように、ベルムーデス氏から特別な要請が来ている。それともうひとつ、銃は使わないでほしいとのことだ」

「おまえが来ているんで、大ボスにおべっかを使ってるわけだ」とルドビーコがアンブローシオに言った。「おまえがあとで話して聞かせるようにって」

「要するに、それゆえ、け拳銃は配付せず、かわりに、こ棍棒その他のど鈍器のみを配ることとする」

すると腹の音、喉の音、足の音が湧きあがり、全員が抗議しているんですが、口を開かずにやっているわけです旦那さん。静かに、と少佐は言ったが、ことを賢く収めたのはロサーノ氏のほうだった。

「君たちは一流の仕事人なのだから、一握りの荒くれ女を解散させるのに銃弾など必要としないはずだ、万が一、手に負えなくなった場合には、機動隊が入ってきてくれる」と実に巧みで、冗談を言って収めてみせた。「恐いと思っている者は手を挙げてくれ」。すると誰も挙げない。そこで彼は――「よかったよかった、誰かいたら、もっと酒をふるまわなければならないところだった」。笑い声。そこで彼は――「では説明を続けてください少佐」

「要するに、そそういうことだ、それでは、ぶ武具を受け取りに行く前に、おお互いの顔をよく見ておいてくれ、ま間違って、仲間同士で殴りあうことにならないように」

彼らが笑ったのは、その冗談が面白かったからではなく、礼儀としてで、武器庫では道具の受取証にサインをしなければならなかった。あたえられたのは、棍棒と拳闘具と、自転車のチェーンだった。彼らは中庭にもどり、他の顔ぶれと混じったが、中にはもうほとんど話ができないほど酔っぱらっている者もいた。アンブローシオは彼らに話しかけて、どこから来たのか、くじで選ばれたのかと訊いてまわった。ちがいましたよ旦那さん、全員が志願して来ていた。いくらか余計な収入になるので彼らはよろこんでいたが、一部には、どんな目にあうのか恐れている者もいた。男たちは煙草を吸い、冗談を言いあい、ふざけて棍棒でお互いに殴ってみせたりしていた。そんなふうにして六時頃になると、少佐が来て、バスが着いたことを知らせた。ポルベニールの広場では、半数がルドビーコとアンブローシオとともに遊具の設置された中央付近にとどまった。イポリトが残りを映画館のある反対端まで連れていった。三人か四人の小集団に分かれて彼らは縁日の人出の中に紛れこんだ。アンブローシオとルドビーコは空飛ぶ回転椅子を眺めて、女たちのスカートがまくれあがるのを楽しんでいたのかですか？　いいえ全然旦那さん、全然見えやしなかったです、明かりが暗かったので。他の連中はかき氷やサツマイモ菓子を買ったり、中には自分の酒瓶を持ってきたのもいて、観覧車の近くで飲んだりもしていた。ロサーノには間違った日付の情報が届けられたみたいな気がしてきたな、とルドビーコは言っていた。彼らはもう三十分もそこにいるのに、何かが起こりそうな気配は微塵もないのだった。

路面電車の中で彼らは隣りあってすわり、アンブローシオが運賃を払った。彼女は自分がのこのこやってきたことに腹が立ってしかたなく、彼に目を向けようともしなかった。どうしておまえはそんなに恨みがましいんだ、とアンブローシオは言うのだった。窓に顔を張りつけるようにして、アマーリアはブラジル通りを、車を、〈シネ・ベヴァリー〉を眺めていた。女ってのは気立てはよくて記憶力は悪いものだが、とアンブローシオは言うのだった、おまえは反対だなアマーリア。あの日、自分たちが道端でばったり会って、メイドを探している家がサン・ミゲルにあることを彼が話したあの日は、二人でずいぶんといい感じで話をしたのではなかったか？　彼女は、警察病院、マグダレーナ・ビエハのロータリー。それから、こないだ使用人口の戸口でも、彼らはいい感じで話をしたのではなかったか？　サレジオ会学校、ボロニェーシ広場。今、おまえの人生には別の男がいるのかアマーリア？　ちょうどそのとき、二人組の女が乗りこんできて、彼らの正面にすわったが、素性の怪しい女のようで、アンブローシオのことを臆面もなくじろじろと見つめはじめた。いい友達として一回外出して、何が悪いんだ？　彼を見ては笑いころげて、流し目を送って色目を使って、すると突然、自分でもわからぬうちに、彼女の口が開いて、彼ではなく二人の女を見つめながら、強い口調で言った——わかったわよ、じゃあどこに行くの？　アンブローシオは驚いて彼女を見て、頭をかいて笑った——まったく、なんて女だ。彼らはリマック区に行ったが、それはアンブローシオが友人に会わなければならないからだった。チクラーヨ街の小さな食堂でその友人に会った。鶏肉ごはんを食べているところだった。

「オレの恋人を紹介するよルドビーコ」とアンブローシオが言った。

「本気にしないで」とアマーリアは言った。「ただの友達だから」

「どうぞ、すわりなよ」とルドビーコが言った。「一緒にビールを飲んでくれ」

「ルドビーコとオレは以前、一緒にドン・カヨのところで働いていたんだよアマーリア」とアンブローシオは言った。「オレが車を運転して、彼は世話係だった。しょっちゅう、ひどい徹夜をしたよな、なあルドビーコ？」

その店には男の姿しかなく、なかにはひどい人相の者もいて、アマーリアは居心地悪く感じていた。あんたここで何をしてるのよ、と考えていた、どうしてそんなに馬鹿なの。男たちは彼女を横目で見ていたが、彼女にちょっかいを出そうとはしなかった。彼女と一緒にいる大男たちを恐れているにちがいなかった、というのも、ルドビーコもアンブローシオと同じくらい背が高くてがっしりしていたからだ。ただ見栄えは悪くて、顔は水疱瘡のあばただらけ、歯は隙間だらけだった。二人はよもやま話をしたり友人の様子を訊ねあったりしていて、彼女は退屈だった。ところが突然、ルドビーコがテーブルを叩いた——

そうだ、アチョに行こうじゃないか、ただで入れてくれるはずだ。一般客が入る入口ではなく、裏の路地から彼らは中に入り、警官たちはルドビーコに、親しげな挨拶をした。彼らは日陰側の上階席にすわったが、客が少なかったので二頭目の牛のときに下におりて四列目に移動した。闘牛士が三人登場したが、スターはサンタ・クルスで、黒人がきらきらした服を着ているのがもの珍しかった。おまえが応援するのは同じ人種の兄弟だからだろ、とルドビーコはアンブローシオに冗談を言い、彼は、腹を立てることもなく、そうだ、そのうえ勇敢だからな。たしかにそうだった――突き倒されても動じず、膝をつき、背中を向けて牛を呼んだ。彼女は映画でしか闘牛を見たことがなかったので、牛が助手を突き倒したときには目を閉じて悲鳴をあげ、ピカドールはなんて残酷なのと言ったが、サンタ・クルスが最後の牛を倒したときには彼女もアンブローシオに倣ってハンカチを取り出し、耳を求める声に加わった。アチョ闘牛場から出たときにはハッピーだった、少なくとも見たことのないものを見たのだった。休みの日を無駄にして、ロサリオおばさんが洗濯物を干すのを手伝ったり、叔母さんが下宿人について文句ばかり言うのを聞いたり、アンドゥビアとマリーアと行くあてもなくぐるぐるまわったりして過ごすのは本当に馬鹿げていた。彼らはアチョの門外でチチャ・モラーダを飲み、そこでルドビーコとは別れた。二人はアグアス公園まで歩いた。

「闘牛は気に入ったか?」とアンブローシオは言った。

「気に入ったわよ」とアマーリアは言った。「でも、動物にはひどく残酷よね？」

「気に入ったなら、また来よう」とアンブローシオは言った。

夢にもそんなこと思わないで、と答えそうになったが、思い直して口を閉じ、馬鹿ねと思った。アンブローシオと最後に外出してもう三年以上、ほとんど四年も経っていることに気づいて、急に胸が苦しくなった。これから何がしたい？　とアンブローシオが言った。叔母のところ、リモンシーヨに行く。彼はこの何年間か、何をしていたのだろうか？　また別の日に行けばいいじゃないか、とアンブローシオは言った、それより映画に行こう。彼らはリマックにある映画館に行き、海賊の映画を見た、そして、暗闇の中で、彼女は目が涙でいっぱいになるのを感じた。馬鹿ねトリニダーと一緒に映画に行ってたころのことを思い出しているの？　ミローネスに住んで、何日も、何か月も、何もしないで、何も話さないで、ほとんど何も考えないで過ごしていたころのことを？　そうではなかった、彼女はそれよりも前のことを思い出していた、彼らがスルキーヨで会っていた日曜日のことを、そして、ガレージ横の小部屋で隠れて一緒になっていた夜のこと、そしてそこで起こったことについて。彼女はふたたび怒りをおぼえ、触ろうとしたら爪で引っかいてやる、殺してやる。しかし、アンブローシオは彼女に触れようとする気配も見せず、映画が終わると軽食をおごってくれた。彼らはアルマス広場まで、昔のこと以外のことだけを話しながら歩いた。路面電車を待っているときになって初めて彼は彼女の腕を取った――オレはおまえが思っているような人間じゃないんだアマーリア。あんたは自分で思っている人間とはちがうのよ、とケタが言った、人は何をするかで決まるんだから、あのかわいそうなアマーリアには同情するわ。放さないと大声出すわよ、とアマーリアが言い、アンブローシオは放した。彼らは喧嘩しているわけではないじゃないか、アマーリア、オレが頼みたいのはただ、以前に起こったことを忘れてくれ、ということだけだ。もうずいぶんと長い時間が経っているのだからアマーリア。路面電車が到着し、彼らは黙ったままサン・ミゲルまで乗った。カノネーサ修道会学校の停留所で下りると、もう暗くなっていた。おまえには別の男がいたよな、あの繊維の、とアンブローシオは言った、オレには他に女はいなかった。そして、それからしばらくして、家の角まで来たところで、恨みがましい声で――オレだっておまえにはずいぶん苦しめられたんだぜアマーリア。何も答えずに彼女は走りだした。家の戸口で振り返って見た――彼は角にとどまっていた、枝のない低い木々の影に半分隠れて。心を動かされないように戦いながら家に入った。心を動かされているのを感じて腹を立てながら。

「クスコの将校らのフリーメーソン支部については何かあるか?」と彼が言った。

「今度、議会に提出される昇進案では、イディアケス大佐が昇進することになっていまないです」とパレーデス少佐は言った。「将軍になったら、もうクスコにとどまるわけにはいかない、となると、彼なしではあの軍閥も崩れるでしょう。まだ彼らは何もしていないです――集まって、話をしているだけで」

「イディアケスが抜けるだけじゃダメだ」と彼は言った。「司令官はどうだ、それから大尉連中は？　どうしてまだ引き離していないのか、わたしには理解できない。戦争大臣は、今週にも配置転換を開始すると明言しているのに」

「大臣とは十回話して、十回報告書を見せています」とパレーデス少佐は言った。「評価の高い士官にかかわるので、牛歩の足取りで慎重に行きたいそうで」

「なら、大統領が介入しなきゃダメだな」と彼は言った。「カハマルカ訪問が終わったら、まっ先にやるべきなのはあの一団を解散させることだ。やつらはちゃんと監視されているのか？」

「もちろんですよ」とパレーデス少佐が言った。「何を食べているかまで私は知ってます」

「思いもしないときに、百万ソルの現金が彼らの前に置かれて、目の前に革命が出現することになる」と彼は言った。「バラバラにして、遠く離れた駐屯地に送るんだ、なるだけ早く」

「イディアケスには政権はずいぶんとよくしてきました」とパレーデス少佐は言った。

「大統領はことあるごとに、仲間内から、こういうひどい幻滅を味わわされていますね。イディアケスが自分に対して反乱を起こす士官を集めていると知ったら、さぞかし心を痛めるでしょう」

「蜂起してから聞かされたら、もっと痛いはずだ」と彼は言って立ち上がり、ブリーフケースから書類を取り出すとパレーデス少佐に渡した。「これをちょっと見ておいてくれ、あの連中にかかわる情報があるかどうか」

パレーデスはドアまで彼を送り、出ようとしたところで腕を取って引き止めた——

「アルゼンチンのあのニュース、今日の朝の？　どうしてあれがあなたの目をすり抜けたんです？」

「すり抜けたんじゃない」と彼は言った。「アプラのやつらがペルー大使館に投石したってのはいいニュースだ。大統領にも相談したが、紙面に出させることで同意してもらった」

「そういうことなら、たしかに」とパレーデス少佐は言った。「ここでも、読んだ士官は腹を立ててましたから」

「そうだろ、わたしはちゃんと全部考えてるんだ」と彼は言った。「じゃあ、また明日」

しかしその直後にイポリトが彼らのところにやってきて、ひどく辛そうな顔をしてるんですよ旦那さん――向こうに来ているのだ、でかいプラカードやなんかを持って。広場の一角から入ってきたので、彼らは野次馬のようにそのまわりに集まった。四人が赤い文字の書かれたプラカードを持っていて、その後ろにいる小グループ、それがリーダーたちだとルドビーコは言い、そのグループが他の女たちに大声を出させていて、女たちの行列が半ブロックほども続いていたでしょうか。遊園地の人間たちも彼女らを見るために集まってきていた。先頭の女たちがとくに大声で叫んでいたが、何を言っているかはわからず、年とったのも、若いのも、子供もいたけれども男は一人もいなかった、まさにロサーノ氏が言っていた通りだとイポリトは言った。たくさんの三つ編み、たくさんのスカート、たくさんの帽子。あいつら祭礼行列のつもりなんだ、とルドビーコは言った――三人は祈るみたいに手を合わせていたんですよ旦那さん。二百人か三百人か四百人の女たちが、ついに全員、広場の中に入り終わった。

「バターを塗ったパンみたいに、旨くて楽勝だろ、な？」とルドビーコは言ってました。

「硬いパンに古いバターかも」とイポリトは言った。

「まん中に入りこんで、二つに分断するぞ」とルドビーコは言った。「オレたちが頭を取るから、おまえには尻尾をやろう」

「跳ねる尻尾のほうが、頭突きよりましだといいがな」とイポリトは茶化そうとして言ったんですが旦那さん、冗談にはならなかった。襟を立てて、自分のグループのほうへともどっていった。女たちは広場を一周して、彼らはその後ろから、別々になってついていった。彼らが観覧車の正面に来たところで、もう一度イポリトがあらわれたんです――後悔している、オレはもう帰りたい。おまえのことは高く買ってるが、オレのほうが上だな、とルドビーコは言い放ち、忠告しておくが、オレはおまえのことをくそ扱いするからな、腰抜けのカマ掘り野郎。この一撃があいつのやる気をもり立てたんですよ旦那さん――怒り狂った目つきで見て、鉄砲玉のように飛び出して行ったんですから。彼らは他の仲間と徐々にひとまとまりになっていき、彼らを励まして盛り上げていっていて、さりげなくデモ隊に貼りついた。女たちは観覧車のところに集まっていて、大プラカードの女は他の女たちのほうに向き直っていた。突然、リーダー格の一人が小さな台の上にあがって、演説をしはじめた。もっと人数が集まって、ぎっしりと詰まり、観覧車の音楽も止まっていたが、演説している女の言っている内容は聞きとれなかった。彼らは拍手をしながら徐々に中に入りこみ、馬鹿女ども道を空けてくれてるぜとルドビーコは言い、他方、イポリトの仲間たちもやはり中に進入していっていた。拍手をして、女たちをハグしたり、いいぞ頑張れその調子、中には彼らのことをぎょろっと見るだけの女もいたが、他には、さあさあもっと中に入って、と彼らと手を握り交わして、あたしたちだけじゃないんだね。アンブローシオとルドビーコは、この混乱の中ではぐれないようにしような相棒、というように目を見交わしていた。こうして彼らは女たちを二つに分断して、ど真ん中にくさびのように入りこんだ。彼らはガラガラやホイッスルを取り出して、イポリトは拡声器で、煽動をやめろ！　オドリア将軍万歳！　民衆の敵はくたばれ！　棍棒や拳闘具、オドリア万歳！もうひどい大混乱に陥りましてね旦那さん。挑発に乗っちゃダメと台に乗った女は喚いたが、騒音に彼女の声は飲みこまれてしまい、アンブローシオの周囲では女たちが悲鳴をあげたり押しあいしたりしていた。解散するんだ、とルドビーコは彼女らに言っていた、騙されているだけだ、家に帰れ、するとそのとき、誰かの手にだしぬけにつかまれて、爪で首筋の肉を削られたみたいだったぜ、とあとでルドビーコはアンブローシオに、言ってましたよ旦那さん。それで棍棒とチェーン、平手や拳骨が踊りはじめたので、百万の女たちが呻き声をあげたりばたばたと暴れたりしはじめたのだった。アンブローシオとルドビーコはずっと一緒で、一人が足を滑らせればもう一人が支えてやり、一人が倒れればもう一人が起こしてやった。雌鶏かと思ったら雄鶏だったぜ、とルドビーコは言った、腰抜けイポリトの言った通りだったたな。というのも女たちはやすやすとやられなかったからです旦那さん。彼女らを倒すと、そのまま死んだみたいに起き上がらなかったが、地べたの上から彼らの足にしがみついてきて引き倒すのだった。たえず足を蹴って、飛び跳ねていなければならず、女を罵る台詞があちこちで炸裂していた。これじゃ人数が足りない、と誰かが言い、機動隊をよこしてくれ、しかしルドビーコは、冗談じゃない、ダメだ！　彼らはふたたび女たちに襲いかかっていき、彼女らを後退させ、観覧車のまわりの柵が倒れて、女たちもたくさん一緒に倒れた。一部の女は体を引きずって逃げ出していき、今ではオドリア万歳のかわりに彼らは、くそ女、淫売と叫んでいて、ついには先頭集団も小さなグループに分かれて、追いつめるのも簡単になった。二人で、三人で一人の女をつかまえてぼこぼこにして、それからまた別のをつかまえてぼこぼこにし、ついにはアンブローシオとルドビーコはお互いの汗みずくの顔をからかいあうようになった。するとそのとき、銃声がしたんですよ旦那さん、くそったれぶっとばすぞ、どこのどいつだ銃をぶっ放したのは、とルドビーコは言ってました。彼らの近くではなく、後方だった。尻尾のほうはまだまとまっていて、暴れていたんです旦那さん。彼らが手助けしにいき、解体させた。発砲したのはソルデビーヤという名前の男で、十人もの女に追いつめられて、今にも目玉を抜かれそうになったもんで、誰も殺してないし、宙に向けて撃ったんだから。しかしルドビーコはかまわず熱くなって――いったいどこの誰から拳銃をもらったんだ？　するとソルデビーヤ――この銃は部隊のではなくオレの私物で。どっちだって同じでおまえはくそだ、とルドビーコは言った、報告書に書くからおまえは報酬なしだ。遊園地には人影がなくなり、観覧車、回転椅子、ロケットを運転していた係員はそれぞれの小屋の中で震えていて、運勢占いのジプシー女たちもテントの中から出なかった。彼らが人数を数えてみると、一人足りなかったんですよ旦那さん。気を失って倒れているのが見つかって、その傍らでは女が泣いていました。何人もが腹を立てて、いったいやつに何をしたんだ淫売、と言って、彼女をぼこぼこにしたんです。それはイグレシアスというアヤクチョ出身の男で、口もとが切れていたが、夢遊病者みたいに立ち上がると、何なんだ、何なんだ、と言ってまわって。もう十分だろ、とルドビーコが女を殴っていた男たちに言ったんです、もう終わったからいい。彼らは空き地でバスに乗りこみまして、もう誰も、疲れ切ってひと言も口をきかなかった。バスを下りると彼らは煙草を吸いはじめ、お互いに顔を見せあって、オレはここが痛い、笑いあって、この傷が仕事の事故と言ってもうちの女房は信じてくれねえだろうなあって。よかったぞ、よくやった、とロサーノ氏は言ってました、立派に任務を遂行したんだ、帰ってよく休め。こういうのがだいたいやっていた仕事でしてね旦那さん。

V

その週の間じゅう、アマーリアは思いが乱れて、心ここにあらずだった。何を考えこんでるのとカルロータは言い、シムラは、ひとり笑いは自分の悪事を思い出し、と諺にし、オルテンシア奥様は、あなたどこに行っちゃったの、地上に帰ってらっしゃい。もう彼に腹を立ててはいなかったし、彼と外出した自分にも腹を立てていなかった。彼を恨むこともあるけどじきにそれは忘れてしまうし、と考えめぐらし、しばらくするとまた恨むんだけどまた忘れてしまって、なんであんたはそんなに間抜けなの。ある晩は、日曜日の外出の時間に、停留所で待っている彼にまた会う夢を見た。しかし、その日曜日はカルロータとシムラが洗礼式に出る用事があったため、彼女のほうは土曜日が外出日となった。どこに行こうかな？　彼女はヘルトルーディスに会いに行くことにした、もう何か月も会っていなかった。終業時間に製薬工場に着くと、ヘルトルーディスは、一緒に昼食を食べようと彼女を自宅に連れて帰った。ひどいわよ、こんなに長く顔も見せないで、とヘルトルーディスは言い、何度もミローネスに行ったけどロサリオおばさんはあんたが働いているところの住所は知らなくて、どんな具合なのか話して聞かせてちょうだい。もう少しでアンブローシオにふたたび出会った話をしそうになったが、以前、さんざん彼の悪口を言っていたのでやめた。翌週の日曜日にまた会う約束にした。まだ明るいうちにサン・ミゲルに帰りつき、ベッドに横になった。あれだけのことをしたっていうのに、あんたまだあいつのことを考えてるじゃないの馬鹿ね。夜にはトリニダーの夢を見た。彼女のことを罵って、最後には怒りに青ざめてこう宣告した――死んでこっちに来るのを待ってるぞ。日曜日、シムラとカルロータは朝早く出かけていき、奥様もそのすぐあとに、セニョリータ・ケタと一緒に外出した。食器を洗ってから、居間にすわってラジオをつけた。どの局も競馬かサッカーだけで退屈していると、台所の勝手口をノックする音が聞こえた。そうだった、彼だった。

「奥様はいないのかい?」、運転手の帽子と青い制服姿だった。

「あんた、奥様のことまで怖がってるわけ?」とアマーリアはきつい顔で言った。

「ドン・フェルミンにいくつか用事を頼まれて出たんで、おまえに会うためにちょっと抜けて来たんだ」と彼は笑みを浮かべて、まるで彼女の台詞が耳に入らなかったみたいに言った。「そこの角に車を置いてきた。オルテンシア奥様が車に気づいたりしないといいと思って」

「要するに、時間は経ったけど、あんた、前にもましてドン・フェルミンを恐れてるわけなのね」とアマーリアは言った。

彼の顔から笑みが消え、気落ちした様子になり、どうしていいかわからずにじっと彼女を見つめていた。それから帽子を後ろに押し上げ、つとめて笑顔を作ろうとした――彼は叱責される危険を冒してわざわざ会いに来ているのだが、おまえはそういう態度をとるのかいアマーリア。昔あったことはもう終わったことでありアマーリア、もう消え去ったことなんだ。最近知りあったばかりなんだって思ってくれればいいのにアマーリア。

「同じことをまたあたしにするつもりなの？」とアマーリアは、自分が震えながら言っているのを聞いた。「そうはいかないわよ」

彼女が中に引っこむ暇をあたえず、彼は手首をつかむと、瞬きしながら彼女の目を見つめた。抱きしめようとはせず、近づこうとすらしなかった。ほんの一瞬彼女をつかんで、不思議な様子をしてから手を放した。

「繊維業界の男がいたにもかかわらず、何年もおまえに会っていなかったにもかかわらず、オレにとっておまえはずっとオレの彼女だったんだ」とアンブローシオがかすれた声で言い、アマーリアは心臓が止まるような気がした。彼が泣きだすのではないか、自分が泣きだすのではないかと思った。「はっきり言っておくが、以前と変わらず、オレはおまえのことを愛してるんだ」

ふたたび彼女をじっと見つめている前で、彼女は中に下がり、ドアを閉めた。一瞬、彼が迷うのが見えた。それから帽子を直して立ち去った。彼女は居間にもどり、すると彼が角を曲がっていく姿がかろうじて見えた。ラジオの近くに腰を下ろして、手首をさすったが、自分が怒りを感じていないことに驚いた。本当なんだろうか？　彼女をずっと愛していただなんて？　いや、嘘にきまっている。でももしかしたら、通りでばったり会ったあの日に、彼女に新たに恋をしたんじゃないだろうか？　外からは何の物音も聞こえず、カーテンは開いていて、庭からは緑色がかった照り返しが入ってきていた。でも彼の声は本気のようだった、と考えながら、次から次へと局を変えた。ラジオ・ドラマはどこでもやってなく、競馬とサッカーばかりだった。

「昼飯を食ってこい」と、車がサン・マルティン広場に止まるとアンブローシオに言った。「一時間半後にもどればいい」

ホテル・ボリーバルのバーに入り、入口近くにすわった。ジンを一杯と、煙草〈インカ〉を二箱注文した。隣のテーブルでは三人の男が話をしていて、そこで交わされているジョークが途切れ途切れに聞こえてきた。煙草を一本吸い終わって、飲み物を半分ほど飲んだところで、窓越しにコルメーナを渡ってくる彼の姿が目に入った。

「お待たせして申し訳ない」とドン・フェルミンは言った。「ワンゲームしてたんですがね、上院議員をご存じでしょう、ランダがサイコロを始めるといつまでも終わらなくて。ランダは大よろこびですよ、オラーベでのストが解決したんで」

「〈ナシオナル〉クラブから来たんですか？」と彼は言った。「お金持ちのお仲間連中は何か陰謀を企んでいませんかな？」

「今のところはまだないです」とドン・フェルミンは笑ってみせ、グラスを指差してウエイターに同じものをと頼んだ。「その咳はどうしたんです、インフルエンザにやられましたか？」

「煙草のせいで」と彼はもう一度、咳をして喉の通りをよくしながら言った。「最近の調子はどうでしたか？　相変わらずあのやんちゃな坊ちゃんが、頭痛の種ですか？」

「チスパスですか？」とドン・フェルミンは、ピーナッツを一つかみ口に運びながら言った。「いや、だいぶ頭が冷えたみたいで、事務所でうまくやってます。今度、心配になってきたのは次男のほうで」

「やっぱり夜遊びが心配の種ですか？」と彼は言った。

「いやそれが、あの混乱の巣窟とも言うべき、サン・マルコス大学に入りたいというんですよ、カトリカじゃなくて」とドン・フェルミンは飲み物をひと口試して、不快そうな表情を見せた。「あいつは、聖職者に始まって、軍人から何から何まで、悪く言うのが好きになってしまって。私と母親と、両方を苛立たせるのが目的なんですがね」

「男の子ってのはみんな多少は反逆者ですからね」と彼は言った。「わたしだってそうだったと思いますよ」

「理解に苦しむんですよドン・カヨ」とドン・フェルミンは、今度は深刻な調子で言った。「あいつはすごくまじめで、いつも成績はよくて、信仰心も篤かった。それが今では、不信心で、気まぐれで。このままじゃコミュニストとかアナーキストとか、そういうのになったりしなければいいんですが」

「そうなったら、わたしにとって頭痛の種になってきますなあ」と彼は微笑んだ。「しかしですよ、もしわたしに息子がいたら、むしろサン・マルコスに行かせたいと思いますよ。望ましくない人間もいっぱいいるでしょうが、大学らしいのはサン・マルコスのほうですよ、ちがいますかねえ？」

「サン・マルコスは政治活動が盛んだからダメだというんじゃないんですよ」とドン・フェルミンは思いが乱れた様子で言った。「それに加えて、もうだいぶ質も落ちてきていて、以前とはちがうんですよ。今ではチョロ連中の巣窟で、そんなところでヤセッポチがどんな人間と知りあえるのか」

彼は何も言わずに相手を見つめ、相手が瞬きをして困ったように視線を落とすのを見た。

「チョロたちに対して私が何か悪気があるわけじゃないんですよ」、やっと気づいたのかよこの野郎め。「その正反対で、私はいつもとても民主的に考えてきました。私はただ、サンティアーゴが本人の能力にふさわしい未来を手に入れてほしいんですよ。でそれは、この国では、すべて人脈にかかってくるわけですよ、ご存じのように」

彼らは飲み物を飲み終え、同じものをもう一杯ずつ頼んだ。ドン・フェルミンだけがピーナッツとオリーブとポテトチップスをつまんでいた。彼のほうは飲み物と煙草だけだった。

「新たな入札があるんだそうですね、パンアメリカン・ハイウェイにまた別の支線を作るんだとか」と彼は言った。「おたくの会社も応札するんですか?」

「パカスマーヨへの国道だけで、うちは今のところ手一杯です」とドン・フェルミンは言った。「手を広げると力が抜ける、と言いますからね。製薬部門のほうに私はかなり時間を取られているんです、とくに今は設備の更新を始めたところなもので。チスパスが仕事を覚えて、私の負担を少し肩代わりしてくれるようになってほしいんですがね、建設部門の拡張はそれからです」

彼らはそれから、漫然とコメントを交わしあった――インフルエンザの流行について、ブエノスアイレスのペルー大使館に対するアプラ党員の投石事件について、繊維業界のストライキの可能性について、そしてまた、スカートの丈はこれから長いのが流行るのか短くなるのか? そのうちに両者ともグラスは空になった。

「イノセンシアは君の好物を思い出して、海老のチューペを作ってるんだよ」とクロドミーロ伯父さんは片目をつぶってみせた。「かわいそうに婆さん、もう昔みたいに料理が得意じゃないんだ。だから、君と外に食べに行こうかと思ったんだが、彼女が機嫌をそこねるから、したいようにさせたよ」

クロドミーロ伯父さんは彼にヴェルモットを一杯注いだ。サンタ・ベアトリス地区の彼の小さなアパートはよく整頓され、よく掃除されていて、イノセンシア婆さんは本当に親切だったなサバリータ。彼女は兄と弟の両方を育てたのだった、彼らのことをおまえさんと親しげに呼んでいて、あるときなど、おまえのいる前で親父に文句を言ったものだった——おまえさん、近頃は全然お兄さんに会いに来ないじゃないかフェルミン。クロドミーロ伯父さんはひと口飲み物を飲むと唇をぬぐった。とても上品で、いつもヴェスト姿で、襟とカフスにはよく糊が効いていて、健やかな目つき、小柄で押しの弱い体格、落ちつきのない手。彼は考える——彼は知っていたのだろうか、知っているのだろうか？　もう何か月も、何年も会いに行っていないじゃないかサバリータ。行かなきゃならないのだった、かならず行こう。

「クロドミーロ伯父さんと僕の親父と、何歳ちがいだったか覚えているかいアンブローシオ?」とサンティアーゴは言う。

「年寄りには年を訊いたりしないものだぞ」とクロドミーロ伯父さんは笑った。「五歳だよヤセッポチ。フェルミンは五十二歳だろう、とすると、計算すりゃわかる、僕なんかもうじき六十だ」

「なのに、うちの親父のほうが年上に見えますね」とサンティアーゴは言った。「伯父さんのほうが若さを維持してますよ」

「まあ、若さってやつもな」とクロドミーロ伯父さんは笑ってみせた。「もしかすると、僕は独身だったからかなあ。結局、両親には会いに行ったのか?」

「まだ行ってないんですよ伯父さん」とサンティアーゴは言った。「でも行きますから、かならず行きますから」

「もうずいぶん時間が経ったじゃないかヤセッポチ、もう十分すぎるだろう」とクロドミーロ伯父さんはその涼しげな、透き通った目つきで彼を非難した。「何か月になる？四か月、五か月か?」

「ひどい光景になりそうで。母は僕にもどってくるようにって大声で泣きついてくるだろうし」と言いながら彼は考える——もう六か月だ。「僕はもうもどるつもりはないんですよ伯父さん、それだけは彼らにもちゃんとわかってもらわないと」

「何か月も両親にも、きょうだいにも顔を見せないなんて、同じ町に住んでいるくせに」

とクロドミーロ伯父さんは、信じられないというように首を振った。「もし君が僕の息子だったら、こっちから君を探しにいっているさ、往復びんたでも食らわせて、翌日にも連れもどしているぞ」

しかし、彼はおまえを探しに来なかったなサバリータ、びんたを食らわせることもなく、むりやり連れもどすこともなかった。どうしてなんだい父さん？

「君にお説教なんかしたくないし、君ももう大きいんだから、しかしな、君の行動はよくないぞヤセッポチ。一人で暮らしたいってのからして狂ってる、しかし、それはまあいいとしよう。だが、両親に顔も見せないってのは、それはダメだヤセッポチ。ソイラはずたずたになってるじゃないか。フェルミンだって、どんな様子なんだ、何をしてるんだって、うちに訊きに来るたびに、見るからにより いっそう打ちのめされている」

「僕のことを探しにきたって無駄ですよ」とサンティアーゴは言った。「力ずくで百回家に連れもどしても、百回また逃げ出しますから」

「彼には理解できないんだ、僕にだって理解できない」とクロドミーロ伯父さんは言った。「公安署から出してくれたから怒っているだって？　頭のおかしい他の連中と一緒に閉じこめられていたほうがよかったのか？　いつでも、何でも、君の望むようにしてくれたんじゃないのか？　いつも君のことを、テテよりも、チスパスよりも、かわいがってくれたんじゃないのか？　僕には本当のところを言ってくれよヤセッポチ。いったいフェルミンの何が気にくわないんだ？」

「説明するのはむずかしいんですよ伯父さん。とにかく今のところは、家に行かないほうがいいんです。しばらく時間が経ったら行きますから、約束します」

「あれこれ言ってないで、さっさと行けよ」とクロドミーロ伯父さんは言った。「ソイラだってフェルミンだって、君が《ラ・クロニカ》で働くことには反対してないんだから。唯一彼らが心配しているのは、仕事のせいで君が大学をやめてしまうことだ。君が一生、つまらない雇われの勤め人で終わってほしくないんだよ、僕みたいに」

彼は自嘲的になることなく微笑んでみせ、飲み物をもう一杯注いだ。もうじきチューペはできあがる、と遠くでイノセンシアの弱々しい声が聞こえ、クロドミーロ伯父さんは同情から頭を振った――もう婆さん、かわいそうに、ほとんど目も見えなくなってきているのだヤセッポチ。

なんて図々しいの、なんて恥知らずなの、とヘルトルーディス・ラマは言うのだった、あんたにあんなことをしておいて、また会いに来たっていうの？　とんでもないでしょ。するとアマーリアも、とんでもないでしょ。でも、彼はそういう人間なのだった、最初のときからそうだったのだ。するとヘルトルーディスは――そういうって、どんなふうだったのよ？　時間をかけるのだった、いろいろと謎めいたことをするのだった。口実を見つけては、食品庫や寝室や中庭に入ってくるのだった、アマーリアがそこにいるときにかぎって。最初のうちは、口では彼女に何も言わずに、目で話してくるのだった、すると彼女はソイラ夫人や子供たちに気づかれるんじゃないか、目配せを見とがめられるんじゃないかとびくびくしてしまうのだった。ずいぶんと時間が経ってからようやく彼女に話しかけてきた、するとヘルトルーディスは、どんなことを？　若くてきれいだね、さわやかさんだねとか、すると彼女はびくびくしてしまって、というのも、そこが彼女にとって初めての仕事場だったからだ。でも、少なくともこれについては、じきに彼女も慣れて落ちついた。図々しかったかもしれないが、同時に分別くさいところもあって、というか、臆病なところと言ったほうがよくて、あたしよりももっとご主人様たちのことを恐れていたんだよヘルトルーディス。他の使用人にすら見つからないようにしていて、彼女につきまとっている最中でも、料理人やもう一人のメイドがあらわれたりすれば、彼は飛ぶようにして姿を消すのだった。でも、二人だけになると、口先が大胆だったのが、じきに手も大胆になってきて、するとヘルトルーディスは笑いながら、で、あんたはどうしてたの？　アマーリアは手でひっぱたいてやり、一度なんかはびんたしたこともあった。おまえのすることならなんでも我慢できるよ、ひっぱたかれてもキスの味がするよ、とかそんな、よくあるでまかせを口にしていたのよヘルトルーディス。悪知恵を働かせて彼女と同じ日に休みがとれるようにして、どこに住んでいるのかつきとめて、アマーリアはある日、彼がスルキーヨの叔母さんの家の前を行ったり来たりしているのを目にしたのだった、であんたは中からその様子をうかがって、ときめいていたわけね、とヘルトルーディスは笑った。ちがうわよ、怒ってたのよ。料理人と、もう一人のメイドの子はすっかり彼に心酔していて、背が高くて、がっしりしていてかっこいいわあ、青い制服を着ているとぞくぞくしちゃうとか、そういういやらしいことばかり言っていて。でも、彼女はちがったのだったヘルトルーディス、アマーリアにとっては、他の誰とも変わらないただの男だった。外見のせいじゃないのだったら、いったいどうして征服されちゃったの、とヘルトルーディス。もしかすると、隠れてベッドの上に置いていくプレゼントのせいだったのかもしれない。初めてやってきたときには、エプロンのポケットに小さな包みを押しこんだのだったが、彼女はそれを開けずに突き返した、でもその後は、ほんと馬鹿よねヘルトルーディス？　黙ってもらうようになったのだった、そして夜には、今日は何を置いていってくれたのかしらと、わくわくしながら考えているようになったのだった。ベッドカバーの下に置いていくのだった、いつ部屋に入っているものやら、ブローチや、ブレスレット、ハンカチとか、つまりもう彼とできていたわけね、とヘルトルーディス。そうじゃないの、まだだったの。ある日、叔母さんがスルキーヨの家にいないときに、彼がやってきて、彼女は、馬鹿よね？　一緒に外出した。二人は町中で、かき氷を食べながらおしゃべりをして、その翌週、休みの日に映画に行ったのだった。そのときだったのね？　とヘルトルーディス。そう、抱きしめられて、キスを許したのだった。そのとき以来、彼はもう自分のものだと思っているのか何なのか、二人だけになるたびに、すぐにさわりたがって、アマーリアは走って逃げなければならなかった。彼はガレージ脇の部屋に住みこんでいて、その部屋は女中部屋よりも大きくて、自分専用の浴室とかが全部あって、ある晩、するとヘルトルーディスは何があったの、何があったのよ。旦那様たちは外出して、テテお嬢ちゃんとサンティアーゴ坊ちゃんはもう寝てしまって、チスパス坊ちゃんは制服を着こんで海軍学校に行ってしまっていたので――で、何、何があったの――彼女は、ほんと馬鹿よね、彼に言われるままに、馬鹿だから彼の部屋に入ってしまったのだった。もちろん、彼は手を出してきた、するとヘルトルーディスは、つまりそこでだったのね、と大笑いするのだった。彼女は泣いてしまったのだった、ヘルトルーディス、ほんとに恐くて、痛くて。しかしまさにそのときからアマーリアは幻滅しはじめたのだった、その夜のうちから彼はすっかり小さくなってしまって、するとヘルトルーディスは、あはは、あはは、アマーリアは、変なこと言わないで、それじゃないのよ、ほんといやらしいんだから、恥ずかしくなるじゃないの。じゃあ何に幻滅したわけ？　とヘルトルーディス。二人は電気を消してベッドに横になっていて、彼はよくある嘘八百を言って彼女を慰めていて、おまえがまさか処女だとは思わなかったんだよ、キスをしたりしていて、すると突然、戸口で話し声が聞こえて、ご主人様たちが到着したのだった。そこでだったのよヘルトルーディス、そのせいだったのよヘルトルーディス。だからって、どうしてそんなに急にいやになっちゃうのよ？　どうしたの、何があったの。彼は急に手のひらに汗をかいちゃって、隠れろ隠れろ、と彼女を押しやって、ベッドの下に入るんだ、動くんじゃない、ほとんど恐怖で泣きだしそうになっていて、あんな大男がだよヘルトルーディス、静かにしろ、と急に彼女の口を手で乱暴にふさいで、まるであたしが大声でも出そうとしてるみたいにだよヘルトルーディス。彼らが庭を通り抜けて家の中に入ったのが聞こえてからようやく彼女を放して、それからもまだごまかそうとして、おまえのためだったんだ、おまえが見つかって、叱られたり、クビになったりしないようにするためだったんだ、と。そして、自分たちは細心の注意を払わなければならないのだ、ソイラ夫人はとても厳しいのだから、と。その翌日にはほんとうに変な感じがしたものだった、ヘルトルーディス、笑い出したくて、哀れでもあって、幸せでもあって、しかもシーツについた血液のしみを隠れて洗いにいくのが恥ずかしくて、もうほんと、なんでこんなことを全部あんたに話しているのかしらねヘルトルーディス。するとヘルトルーディスは——あんたがもうトリニダーのことを忘れたからなんだよチョリータ、あんたが今またそのアンブローシオってのに恋しちゃってるからなんだよアマーリア。

「今日の午前中は例のグリンゴ連中と会っていたんですがね」とようやくドン・フェルミンが口を開いた。「連中は聖トマス・アクィナスよりももっと疑り深いですよ。すでにありとあらゆる安心材料を示してあるのに、ドン・カヨ、あなたとどうしても面会したいとしつこく言うんです」

「まあたしかに、何百万ドルという金額ですからねえ」と彼は鷹揚に構えて言った。「そうせっつくのも仕方ないか、というところもあって」

「グリンゴのことはどうしても私には理解できないんです、子供っぽい連中だと思いませんか?」とドン・フェルミンは、同じように気安い、ほとんど不興げな口調で言った。「おまけに野蛮なところもあってね。机の上に足を乗せたり、ところかまわず上着を脱いだりして。しかもそれが、貧乏人じゃなくて、まともな階級の人間なんですよ、おそらく。もうときどき、カレーニョの本〔一八五三年に刊行された礼儀作法の教科書〕でもプレゼントしたくなります」

彼は窓からコルメーナ通りの路面電車が到着したり発車したりするのを眺めながら、隣のテーブルの男たちが飽きもせずに小咄を繰り出すのを聞いていた。

「もうその一件は固まっている」と彼は突然、口を開いた。「昨夜、産業大臣と食事をしましてね。決定が月曜か火曜の政府公報に載るはずです。入札に勝ったんだと、あなたの友人連中に話してやってください、もう安心して寝てかまわないんだと」

「仕事の相手だというだけで、友人ではありませんがね」とドン・フェルミンは笑みを浮かべながら抗議した。「あなただったら、グリンゴと友人になれますか？　ああいう粗野な連中と共有できるものは、あまりないと思いますがねドン・カヨ」

彼は何も言わなかった。煙草を吸いながら、ドン・フェルミンがピーナッツの小皿に手を伸ばすのを待ち、それからジンのグラスを口に運んで飲んで、ナプキンで口をぬぐうのを、そして、彼の目を見やるのを待った。

「本当にあの株はいらないんですか？」と言って相手が目をそらして、急に正面にある空っぽの椅子に関心があるかのように視線を向けるのを彼は見た。「連中はあなたを説得するようにと、しきりに私に言うんですよドン・カヨ。で実際問題、どうして受けないのか、私にもわからなくてですね」

「それは、わたしが、商取引については無知蒙昧だからですよ」と彼は言った。「前にも言ったように、二十年間商売をやって、ただの一度もいい取引というのはできなかったわけで」

「無記名の株券ですから、この世で一番安全で、一番人目に立たないものですよ」とドン・フェルミンは彼に親しげな笑みを向けた。「保有しておきたくないのであれば、しばらく待てば、二倍の値段で売れる。この株を受け取るのが不当なことだと思っているわけではないでしょう」

「もうだいぶ前から、何が正当で何が不当なのか、さっぱりわからなくなってましてね」と彼は微笑んだ。「自分にとって有利か不利かだけしかなくて」

「国には一銭の負担もかからず、粗野なグリンゴ連中が負担する株ですよ」とドン・フェルミンも微笑んでいた。「あなたは彼らに便宜をはかってやったので、彼らがそれに報いるのは理にかなったことです。この株式は、現金で十万ソルというのより、ずっと大きなものなんですよドン・カヨ」

「わたしは質素なんで、十万ソルで十分なんですよ」と彼はふたたび微笑んだが、咳が出てしばらく黙った。「株は産業大臣にやればいい、彼は商売人だから。わたしはちゃりんて音のするものだけしか受け取らない。わたしの父親は高利貸しだったんですよドン・フェルミン、だからそう言ってました。わたしにもそれが遺伝したんでしょう」

「わかりました、好みは人それぞれですから」とドン・フェルミンは肩をすくめながら言った。「入金は私がやっておきます、小切手が今日にも用意できるでしょう」

ウェイターがやってきてグラスを下げ、メニューを持ってくるまで彼らは黙っていた。コンソメとコルビーナ〔白身の海魚〕、とドン・フェルミンは注文し、彼はチュラスコ〔炭火焼き肉〕とサラダを選んだ。ウェイターがテーブルの用意をしている間、彼はぼんやりと、ドン・フェルミンが今月の《リーダーズ・ダイジェスト》で読んだという、食べながら痩せるというダイエットの方法について話すのを聞いていた。

「一度も伯父さんのことをうちに招待しませんでしたね」とサンティアーゴは言った。「うちの親はいつも、自分たちのほうが上なんだという感じで伯父さんを扱ってました」

「まあ、君の家出のおかげで、最近はずっと頻繁に会うようになったな」とクロドミーロ伯父さんは微笑んだ。「求めるものがあってのことにせよ、最近はしじゅう僕に会いに来るよ、君の様子を知りたがって。フェルミンだけじゃない、ソイリータもそうだ。もうそろそろ、あの馬鹿げた距離がなくなってもいいころだったんだよ」

「でも、もともとはどうして距離ができたんですか伯父さん」とサンティアーゴは言った。「伯父さんに会うのは、司教の交代みたいに稀なことでしたよね」

「ソイリータの悪戯のせいなんだよ」と、あたかも、ソイリータのご愛敬、かわいい気まぐれ、とでもいうような口ぶりだったな、と彼は考える。「彼女のお高くとまった貴族趣味さヤセッポチ。もちろん彼女が立派な女性だってことはわかってるよ、みごとな貴婦人だ。しかし、彼女は昔からずっと、うちの一家に対する偏見を持っていたんだな、うちは貧しい出身で、称号がなかったから。彼女のそれがフェルミンに伝染したんだ」

「で、伯父さんはそれを許してやるんですか」とサンティアーゴは言った。「うちの親父は伯父さんに対して横柄な態度ばっかりとってきているのに、伯父さんはしたいようにさせている」

「君の親父さんにはな、凡庸さに対する恐怖感があるんだよ」とクロドミーロ伯父さんは笑った。「僕と頻繁につきあっていると、伝染病がうつると考えているんだろう。彼は子供のころからすごく野心家だった。昔からひとかどの人物になりたがっていた。まあ彼はそれを実現したわけで、誰が相手であれ、それを非難するなんてことはできない。君なんかは、むしろそれを誇りに思ってしかるべきなんだ。フェルミンは今持っているものを、自分の力で、働いて手に入れたんだから。ソイリータの一家がのちに力を貸すことになったが、結婚した時点で彼はすでに立派な地位を築いていた。その一方で、君の伯父さんは、貯蓄銀行の田舎の支店でくすぶり続けていたわけだ」

「伯父さんはいつも自分のことを凡庸な人間のように言うけれども、深いところではそうは思ってないんですよね」とサンティアーゴは言った。「僕もそうは思ってない。お金はないかもしれないけれども、満足して暮らしている」

「穏やかに暮らしているから幸せだとはかぎらない」とクロドミーロ伯父さんは言った。「僕の人生のありように対して君の親父さんの抱いている恐怖感は、以前は不当なものだと思っていたけれども、今では、それも理解できるよ。というのも、ときどき、僕も考えてみるんだが、僕には重要な出来事の思い出というのがひとつもないんだ。会社と家、家と会社。くだらないこと、同じことのくりかえし、それだけなんだ。しかしまあ、落ちこむ話はやめるか」

イノセンシア婆さんが居間に入ってきた――食事ができたので、食堂へどうぞ。彼女の内履き、肩掛け、サバリータ、そのやせ細った華奢な体には大きすぎる前掛け、その弱々しい声。彼の席には湯気の出ているチューペが一皿あったが、彼の伯父さんの席にはミルク・コーヒーとサンドイッチがあるだけだった。

「夜はこれしか食べられないんだ」とクロドミーロ伯父さんが言った。「さあ、食べなさい、冷める前に」

イノセンシア婆さんは折々に出てきて、サンティアーゴに、どうだい、おいしいかい？彼の顔をつかんでは、大きくなったねえ、立派な坊やになったねえ、そして、彼女が引っこむとクロドミーロ伯父さんが片目をつぶってみせた――かわいそうにイノセンシア、君に対する情愛でいっぱいで、誰に対しても優しくて、かわいそうになあ。

「クロドミーロ伯父さんはどうして一生、結婚しなかったんだろう」とサンティアーゴは言う。

「今日はずいぶんと質問に磨きがかかっているなあ」とクロドミーロ伯父さんは、苛立った様子もなく言った。「そうだな、僕は田舎で十五年を過ごすという失敗を犯したんだな、そうすることで銀行の中での出世が早くなると思ってたんだ。そういう田舎町では、魅力のある恋人を見つけられなかった」

「そんなに色めき立つなよ、たとえ彼がそうだったとして、別に悪いことじゃないだろう」とサンティアーゴは言う。「どんないい家族にだって、そういうことはあるんだからアンブローシオ」

「で、やがて僕がリマに帰ってきたとき、今度は、女の子たちにとって、僕のほうが魅力のある存在ではなくなっていたんだな」とクロドミーロ伯父さんは笑った。「銀行からお払い箱になったあとは、役所で一から始めなければならなかった。情けない給料で。そうして独身男のままになった。でも、僕にだって冒険がなかったわけじゃないんだぜ」

「まだ待ってちょうだいよ、坊や、まだすわってて」と奥から、イノセンシアが大声を出した。「まだデザートがあるからね」

「もうほとんど目も見えない、耳も聞こえないのに、かわいそうに、一日中働いているんだよ」とクロドミーロ伯父さんは小声で言った。「何度も別の女の子を雇おうとしたんだ、彼女には休んでもらえるように。まったくダメなんだ、ひどい癇癪を起こしてさ、役立たずだからお払い箱にするのかって。まるでロバみたいに頑固だ。彼女なら天国に直行できるなヤセッポチ」

変なこと言わないでよ、とアマーリアは言った、あいつのこと許してないし、これからだって許さない、憎んでいるのだった。ずいぶん喧嘩してたの？　とヘルトルーディス。少しだけ、いつも彼の臆病さが原因、もしそれがなければ最高にうまくいったはずなのだった。仕事が休みの日に二人は会い、映画に行ったり散歩したり、夜には彼女が裸足で庭を横切って、一時間か二時間、アンブローシオのところで過ごすのだった。全部うまくいっていて、他の女の子たちですらまったく気づかずにいた。するとヘルトルーディス——他にも女がいるんだって、いつ気づいたの？　彼が車を洗いながらチスパス坊ちゃんとおしゃべりしているのを見かけた朝のことだった。アマーリアは服を洗濯機に入れながら横目で彼のことを見やっていたが、急に彼が取り乱すのが見えて、チスパス坊ちゃんに言った台詞が耳に入ってきた——あたしがですか坊ちゃん？　冗談じゃないですよ、あんなの好きになるはずがないのだった、タダでくれると言われてもお断りですよ坊ちゃん。あたしのことを指差しながらだよヘルトルーディス、あたしが聞いているとわかっているくせにだよ。アマーリアは自分が服を放り出して、駆けだして、彼のことを引っかきにいくところを思い描いた。その晩、彼の部屋に出かけていったのは、あんたの言ったのが聞こえたわよ、何様のつもりなの、と言うためだけで、アンブローシオがあやまってくるだろうと思っていた。でもちがったのヘルトルーディス、全然あやまってこなかった——出てけ、消えろ、さっさと行くんだ。彼女は暗がりの中で、茫然と立ちつくしてたのよヘルトルーディス。彼女は出ていくつもりがなかった、どうしてあたしのことをそんなふうに扱うの、あたしが何をしたっていうの、するとついに彼はベッドから立ち上がってドアを閉めた。怒り狂ってたのよヘルトルーディス、憎しみがあふれてた。アマーリアは泣きだした、あたしについて坊ちゃんに言ったことが聞こえなかったと思ってるの？　どうして今になってあたしを追い出すの、どうしてそんな態度をとるの。坊ちゃんが勘づいてきているんだよ、と彼女の肩を持って腹立ちまぎれに揺さぶって、もう二度とオレの部屋に入ってくるんじゃない、その必死さといったらなかったわよヘルトルーディス――もう二度と来るな、わかるな、出てってくれ。怒り狂って、怯えきって、おかしくなって、彼女のことを壁に押しつけて揺さぶりながら。旦那様たちのせいじゃないんでしょ、言い訳にしないで、とアマーリアは言おうとした、別の女ができたんでしょ、しかし彼はドアのところまで彼女を引きずっていき、外に押し出してドアを閉めた――もう二度と来るな、わかったな。なのに彼のことを許しちゃったのね、まだ彼のことが好きなのね、とヘルトルーディスは言い、アマーリアは、ふざけないでよ。彼のことを憎んでいるのだった。別の女というのは誰だったの？　彼女は知らなかった、一度も見たことはなかった。恥ずかしくなって、屈辱をおぼえて、自分の部屋まで走って帰り、あまりに激しく泣いているので料理女が目をさましてやってきて、アマーリアは嘘をつかなければならなかった、生理なのだと、いつも痛みが激しくて。それでそのとき以来もう二度となの？　もう二度と。もちろん、彼のほうは仲直りしようとしてきた、説明させてくれよ、これまで通りに続けよう、ただし会うのは外でだけだ。偽善者、臆病者、ゲス野郎、嘘つき、アマーリアは声が大きくなり、彼は怯えて逃げ出した。妊娠させられなかっただけまだよかったわね、とヘルトルーディスは言った。するとアマーリアは——それきり二度と話さなかった、ずっと、ずっとあとになるまで。家の中ですれちがえば、彼はおはよう、すると彼女は顔をそむけて、よおアマーリア、でも彼女は蠅が飛んでいったほどにも反応しなかった。もしかしたら言い訳じゃなかったのかもよ、とヘルトルーディスは言った、もしかすると見つかってクビになるのが恐かったのかも、もしかしたら他に女はいなかったのかもよ。するとアマーリアは——そう思う？　その証拠に、何年もあとになって、通りであんたに会ったら、仕事を見つけるのを手助けしてくれたんでしょ、とヘルトルーディス、もしそうじゃなかったら、どうして彼女のことを探しにきてまで紹介したのだろうか。もしかしたら彼女のことがずっと好きだったのかもしれない、もしかしたらあんたがトリニダーと一緒になっていたとき、ずっと苦しんでいたのかも、あんたのことをずっと考えていたのかも、もしかしたらあんたにしたことを本当に後悔していたのかも。ほんとにそう思うの、とアマーリアは言った、ほんとにそう思う？

「その基準でやっているから、大損しているんですよ」とドン・フェルミンは言った。

「そんなわずかな金額で満足しているなんて馬鹿げてます、資本を銀行に置きっ放しにしているのも馬鹿げてます」

「なおもわたしを取引の世界に引きずりこもうとしているんですな」と彼は微笑んだ。

「ダメですよドン・フェルミン、わたしは一度痛い目にあってるんで。二度とご免です」

「あなたが二万ソルとか五万ソルをもらってる一方で、誰か別の人間はその三倍も引っぱり出してるんですよ」とドン・フェルミンは言った。「それは不当ですよ、だって、ものごとを決めているのはあなたなんだから。それはともかくとして、いつになったら投資の決断をするんですか？　もうすでに四つも五つも、誰でも飛びつくような話をお持ちしましたよね」

彼は礼儀正しい笑みを口元に浮かべて聞いていたが、その目は退屈していた。すでにチュラスコが数分前からテーブルにあったが、まだ口をつけていなかった。

「それはもう説明したでしょう」と彼はナイフとフォークを手に取って、しばらくそれを見つめていた。「この政権が終わりになったとき、その残骸をひっかぶるのは、どうしたってわたしになる」

「だとしたら、なおさらご自分の将来を確実なものにしておいたほうがいいじゃないですか」とドン・フェルミンは言った。

「誰も彼もがわたしを攻撃してくるでしょう、まっ先に来るのは政権内の人間でしょう」

と彼は、陰鬱に肉、サラダを見つめながら言った。「わたしに泥をかけることで、自分らは責任を逃れられるというかのようにね。阿呆でなければ、この国には一銭だって投資できませんよ」

「どうしました、今日はずいぶん悲観的じゃないですかドン・カヨ」とドン・フェルミンはコンソメの皿を押しのけ、ウェイターが魚料理を持ってきた。「そんなことを聞いたら、誰だってオドリアが今にも倒れると思いこんじゃうじゃないですか」

「今すぐにじゃない」と彼は言った。「しかし、永遠に続く政権というのは、ご存じのように、ありません。それに、わたしには野心というのはないんです。これがいつか終わったら、わたしは静かに外国に暮らしに行きますよ、おだやかに死ねるようにね」

彼は時計に目をやり、肉のかけらをいくつか飲みこもうとした。不興げに咀嚼しながらミネラルウォーターを何口か飲み、そのまま皿を下げるようにウェイターに指示した。

「三時に大臣と約束があって、もう二時十五分です。もうひとつちょっとした要件があるんじゃなかったですかドン・フェルミン？」

ドン・フェルミンはコーヒーを二人分注文し、煙草に火をつけた。ポケットから封筒を取り出し、テーブルに置いた。

「覚書を作っておきましたドン・カヨ、あとで落ちついて確認できるように。バグア地域の、土地の利用申請についてです。若くて元気のいいエンジニア連中が、仕事をしたがっているんです。牛を連れてきて、牧場にしたいようです。申請が農業省に六か月前に出してあって待たされてるそうで」

「申請番号は書いておいてくれましたか?」と、見ることもなく封筒を鞄の中にしまった。

「それと手続き開始の日付と、回された部局の名前も書いてあります」とドン・フェルミンは言った。「今回は、この事業に私は全然関与していません。ちょっと手助けしてやりたい人たちなだけで。友達なんです」

「何も約束はできませんよ、調べてみるまでは」と彼は言った。「それに、農業大臣はわたしのことがあまり好きじゃなくて。まあ、いずれ連絡します」

「当然ながら、この若者たちはあなたの出す条件を受け入れるつもりです」とドン・フェルミンは言った。「私が彼らに力添えをするのは友情からですが、あなたの側は、知らない連中のためにタダで面倒なことを引き受ける必要はありませんから」

「当然ながら」と彼は微笑むことなく言った。「わたしがタダで面倒を引き受けるのは、政権のためだけです」

彼らは黙ってコーヒーを飲んだ。ウェイターが勘定書を持ってきたとき、二人ともが財布を取り出したが、ドン・フェルミンが支払った。二人は一緒にサン・マルティン広場に出た。

「大統領のカハマルカ行きで、さぞかしお忙しいでしょうね」とドン・フェルミンが言った。

「まあ多少はそうですな、この件が終わったら電話します」と彼は言って、手を差し出した。「わたしの車が来ています。それじゃまたじきにドン・フェルミン」

車に乗りこみ、役所に、急いでくれ、と命じた。アンブローシオはサン・マルティン広場をぐるっと回って大学公園へと進み、アバンカイ通りを曲がった。彼はドン・フェルミンから渡された封筒を手に取ってページをめくっていたが、ときおりその目は手もとを離れてアンブローシオの首もとへと注がれた――あのおかま野郎、息子がチョロと交わるのが嫌なんだとさ、行儀の悪さが伝染するのが嫌なんだろう。だから自宅には、アレバロとかランダのような連中、さらには粗野だというグリンゴ連中まで招待するのに、彼のことだけは呼ばないのだ。彼は笑い、ポケットから錠剤を取り出し、口に唾液をためた――おまえの行儀の悪さが、奥さんや子供たちに伝染するのが嫌なんだろうな。

「今日は一晩中、君が質問をしていたんだから、今度は僕の番だ」とクロドミーロ伯父さんが言った。「《ラ・クロニカ》ではどんな具合なんだい」

「そろそろ記事の長さの調節がわかってきたところです」とサンティアーゴは言った。

「最初のうちは、長すぎたり短すぎたりしたんですよ。夜働いて、昼間寝るというのにも慣れました」

「それもフェルミンが心配していることだ」とクロドミーロ伯父さんは言った。「そういう生活時間だと病気になるんじゃないかと思っている。それから、もう大学には行かなくなるんじゃないかとも心配している。ほんとに授業には行っているのか？」

「いや、嘘です」とサンティアーゴは言った。「家を出て以来、大学にはもどってないんです。でも親父には言わないでください伯父さん」

クロドミーロ伯父さんは椅子を揺らすのをやめ、その小さな両手はあわてて舞い上がり、その目は驚きに見開かれた。

「なぜだとは訊かないでください、うまく説明できませんから」とサンティアーゴは言った。「親父が僕を公安署から連れ出したときに、そのままあそこに残った連中がいて、あいつらと顔を合わせたくないからだと思うときもある。でもそうじゃないと気づくときもある。弁護士の仕事が好きじゃないんですよ、馬鹿げてると思うんです、信じきれないんですよ伯父さん。なら、資格をとる理由がないでしょう？」

「フェルミンの言う通りだな、僕が紹介したのは間違いだった」とクロドミーロ伯父さんは陰鬱になって言った。「金を稼げるようになったもんで、もう勉強したくないんだ」

「友達のバイェホから聞いてないんですか？　僕らの給料がいくらなのか」とサンティ

アーゴは笑った。「ちがいますよ伯父さん、お金なんてほとんど稼いでません。時間はあるんで、授業に出ることはできるでしょうね。でも、自分でもどうしようもないんです、大学に足を踏み入れると思っただけで気分が悪くなるんです」

「わからないのか、一生、雇われの身で過ごすことになるかもしれないんだぞ」とクロドミーロ伯父さんは困りきって言った。「ヤセッポチ、君みたいな、頭がよくて、勉強好きな若者が」

「頭はよくないし、勉強好きでもないですよ、親父の真似しないでください伯父さん」とサンティアーゴは言った。「正直なところ、方向を見失ってるんです。自分がなりたくないものはよくわかってるのに、何になりたいのかはわからないんです。弁護士にはなりたくない、金持ちにも、偉くもなりたくないんです伯父さん。五十歳になったときに親父みたいにはなりたくない、親父の友人たちみたいにはなりたくない。わかりますか伯父さん」

「わかったのは、君はネジが一本抜けてるってことだ」と、クロドミーロ伯父さんはがっくりした顔で言った。「バイェホに電話したことを後悔してるよヤセッポチ。僕に責任があるんだな」

「《ラ・クロニカ》に入らなかったら、何でもいいから別の仕事を見つけてましたよ」とサンティアーゴは言った。「同じことです」

同じことだったのだろうかサバリータ？　いいや、もしかしたらちがっていたかもしれない、もしかしたら、かわいそうなクロドミーロ伯父さんにも、部分的には責任があるのかもしれなかった。もう十時だった、もう行かなければならないのだった。彼は立ち上がった。

「ちょっと待ってくれ、ソイリータに訊かれていることを訊いておかないと」とクロドミーロ伯父さんは言った。「毎回、ひどい訊問をされるんでね。誰が君の服を洗って、取れたボタンを縫いつけているのかって」

「下宿屋の奥さんがよくしてくれてます」とサンティアーゴは言った。「心配しないでって」

「じゃあ、仕事が休みの日は？」とクロドミーロ伯父さんは言った。「誰とつきあって、どこに行くんだ。つきあってる女の子はいるのか？　これもソイリータが眠れないほど心配してることだ。変な女と怪しい関係になってるんじゃないか、とか、そういうことだ」

「誰とも怪しい関係になんかなってないって、安心させてやってください」とサンティアーゴは笑った。「元気だって、変なことはしていないって、言ってやってください。そのうち本当に会いに行くって」

二人が台所に行くと、イノセンシアは揺り椅子の上で眠っていた。クロドミーロ伯父さんは彼女を叱り、二人がかりで、眠くて船を漕いでいる彼女を彼女の部屋まで連れていった。通りに出るドアのところで、クロドミーロ伯父さんはサンティアーゴを抱きしめた。今度の月曜日もまた食事に来るのだろうか？　来ますよ伯父さん。彼はアレキパ通りで乗合タクシー《コレクティーボ》をつかまえ、サン・マルティン広場に着くと、バール〈セラ〉のテーブルにノルウィンの姿を探した。まだ到着していなかったので、しばらく待ってからウニオン街へと探しに出た。相手は《ラ・プレンサ》紙の正面出口にいて、《ウルティマ・オーラ》紙の別の記者と話をしていた。

「何があったんだい」とサンティアーゴは言った。「〈セラ〉で十時って約束だったじゃないか？」

「この仕事はとにかく最低なんだよ、もうわかっただろサバリータ」とノルウィンは言った。「記者が全部駆り出されちまって、オレ一人でページを埋めなきゃならなかったんだ。革命が起こってる、どんなアホなことなのかは知らんが。紹介するよ、仲間のカステラーノだ」

「革命って？」とサンティアーゴは言った。「ここで？」

「革命が失敗に終わったらしい」とカステラーノが言った。「どうやら先頭に立っていたのはエスピーナらしい、以前内務大臣だった将軍だ」

「何も公式発表はないんだ、で、あの馬鹿ども、オレんところの部下を全員、情報を探りに駆り出しやがった」とノルウィンは言った。「まあいい、もう忘れよう、さっさと一杯やりに行こうぜ」

「ちょっと待って、もう少し知りたい」とサンティアーゴは言った。「《ラ・クロニカ》まで一緒に行こう」

「仕事させられて、貴重な休みの夜が台無しになるぞ」とノルウィンは言った。「今は一杯やりに行って、二時頃にカルリートスを探しに行けばいい」

「でも、どんな具合だったんだい」とサンティアーゴは言った。「どんな知らせが入っているのか」

「知らせはないんだよ、噂だけで」とカステラーノが言った。「今日の午後、人が逮捕されはじめた。事件はクスコとトゥンベスで起こったらしい。大臣たちは宮殿に集まっている」

「記者を全員動員したのは単なる嫌がらせだぜ」とノルウィンは言った。「どう転んだって、公式発表以上のことは何も載せられないんだってことは、やつらだって知っているんだから」

「〈セラ〉に行くかわりに、イボンネの店ってのはどうだい?」とカステラーノが言った。

「じゃあ、エスピーナ将軍が関わっていると言ったのは誰なんだ?」とサンティアーゴが言った。

「オッケー、じゃあイボンネのところだ、あそこからカルリートスに電話して合流させよう」とノルウィンは言った。「あそこの店に行けば、《ラ・クロニカ》でわかる以上のことが、この陰謀について判明するぞサバリータ。しかし、どうだっていいことじゃねえのか。政治に関心なんかあるのか?」

「単なる好奇心で」とサンティアーゴは言った。「それより、金が一リブラか二リブラしかなくて、イボンネのところはすごく高いんでしょ」

「それは大した問題じゃない、《ラ・クロニカ》所属なんだから」とカステラーノが笑った。「ベセリータの同僚だってことで、おまえさんもいくらでも付けが利くよ」

VI

その翌週、アンブローシオは一度もサン・ミゲルに姿を見せなかったが、その次の週、アマーリアは角の中国人の店で、彼が彼女を待っているのに出くわした。一瞬だけアマーリアおまえに会うために、脱け出してきたのだった。二人は喧嘩もせず、いい雰囲気で話をした。二人は次の日曜日に一緒に出かけることにした。おまえはずいぶん変わったな、と彼は別れしなに言った、ほんとにすごくよくなったよ。

本当にそんなによくなったのだろうか？　カルロータはよく彼女に、あんたには男好きのするものが全部そろっているわよと言っていたし、奥様も、彼女に冗談まじりに、配置されてる警官たちがみんなニコニコよ、旦那さんの運転手たちもじろじろ見てるし、庭師も、食料品店の配達係も、新聞社の使い走りの子まで、しじゅう彼女をほめそやして声をかけてくるのだった——もしかすると本当なのかもしれなかった。家の中で、瞳に悪戯な光を浮かべて、彼女は奥様の部屋の鏡で自分の姿を見に行った——たしかに、そうだった。肉付きがよくなって、服もきれいになって、それは全部奥様がとてもよくしてくれるおかげなのだった。もう着なくなったものを全部彼女にくれて、それも、もらってちょうだいという感じではなく、もっと愛情がこもっているのだった。このワンピースはもう入らなくなっちゃったのよ、あなた着てみて、そして奥様は様子を見にやってきて、ここはちょっと短くしないとダメね、ここは少しつめて、この縁飾りはあなたには似合わないわね。いつも彼女に、汚い爪をしてたらダメよ、髪はちゃんとブラシをかけて、前掛けは洗いなさい、身ぎれいにできなかったら女はおしまいよ。それも使用人に言うみたいじゃなくて、とアマーリアは思った、同じ女としてアドバイスしてくれているみたいで。奥様が彼女に、男みたいに分けた前髪が垂れるような髪型にカットさせたのだったし、あるときなど、ニキビができたら彼女が自ら自分の使っている軟膏をつけてくれたので、翌週には顔はきれいになっていたし、また別のとき、奥歯が痛くなったら、彼女が自らマグダレーナ区の歯医者に連れていって治療してくれたうえ、費用も給料から差し引かなかった。ソイラ夫人がそんなふうに扱ってくれることがあっただろうか、そんなに心配してくれることがあっただろうか。オルテンシア奥様みたいな人は他に誰もいなかった。彼女にとって世界で一番大事なのは、すべてが清潔であること、そして、女たちが美人で、男たちがいい男であることだった。それが誰についてでも彼女がまっ先に知りたがることだった、誰それは美人なの、彼はどんな男なの？　そして、誰であれ、見苦しいのには我慢がならないのだった。どれほど馬鹿にしていたことか、セニョリータ・マクロビアのことはウサギの前歯をしていると言って、グムシオ氏は太鼓腹ゆえに、パケータと呼ばれている女性はその睫毛と爪と詰め物をした胸ゆえに、そして、イボンネ夫人についてはその年齢ゆえに。セニョリータ・ケタと一緒になってイボンネ夫人のことをどれほどコケにしていたことだろう！　髪を染めすぎたせいで禿になってきているとか、食事中に入れ歯が飛び出したとか、若返るために打った注射のせいでかえって皺が増えただとか。彼女のことをよく話しているのでアマーリアは好奇心でいっぱいだったが、ある日カルロータが、あそこにいるわよ、セニョリータ・ケタと一緒に来たあの人、と教えてくれた。出ていって見てみた。彼女らは広間でお酒を飲んでいた。イボンネ夫人というのはそんなに年寄りでもそんなに見苦しくもないので、なんてひどいんだろう彼女らは。それどころか、すごくエレガントで、宝石だらけで、全身が光り輝いているのだった。帰ったあとで奥様が台所に入ってきた――あのお婆ちゃんが来てたことは忘れるのよ。指を立てて、笑いながら彼女たちをおどかした――あの人がここに来てたことがカヨに知れたら、あたしがあなたたちを殺すからね。

ドア口のところからすでに、アルベラエス博士の苦虫を嚙みつぶしたような小さな顔が、骨ばって紅潮した頰が、鼻の上にずり落ちた眼鏡が見えた。

「遅れて申し訳ありません博士」、哀れあんたにその机はでかすぎるな。「仕事の昼食会がありまして、お許しください」

「いや、時間通りですよドン・カヨ」とアルベラエス博士は情愛を見せずに微笑んだ。「どうぞすわってください」

「昨日には覚書をいただいていましたが、これまで来ることができませんでした」と彼は椅子を引き寄せ、鞄は膝の上に置いた。「大統領のカハマルカ訪問でここのところ時間をとられていまして」

眼鏡の背後で、アルベラエス博士の近視で敵対的な目がうなずいた。

「話したいと思っていたのは別の件ですドン・カヨ」と口を歪めて、反感を隠さなかった。「一昨日、私は準備状況に関する報告をロサーノに求めたのだが、彼は、誰にも内容を教えるなとあなたから指示されている、と私に言ったんですよ」

「哀れロサーノ」と彼は同情したように言った。「さぞかし叱責されたことでしょう、もちろん」

「いや、叱責するどころか」とアルベラエス博士は言った。「驚きあきれて、叱責することすら思いつきませんでしたよ」

「哀れなロサーノは有用なやつなんですが、間の抜けたところもありまして」と彼は微笑んでみせた。「警備の準備はまだ研究中の段階でして、博士、それを気にかけていただくのはまだ早いかと。詳細まで固まったらすぐに、わたしが自らすべてご説明しますから」

彼が煙草に火をつけると、アルベラエス博士は灰皿を差し出した。深刻な顔をして彼のことを見つめていた。日程帳と、白髪の女と三人の笑顔の若者の写真の間で、腕を組んでいた。

「覚書を見てもらう時間はありましたかなドン・カヨ？」

「もちろんです博士。じっくりと読ませていただきました」

「なら、同意してもらえるでしょうね」とアルベラエス博士はそっけなく言った。

「申し訳ありませんが同意しかねます博士」と、彼は咳きこみ、それを詫びてから、煙草をもう一服吸った。「公安費は神聖なものです。あの数百万の削減は受け入れられません。本当に残念ですが」

アルベラエス博士は急に、素早く立ち上がった。机の前を往復し、手の中で眼鏡が踊った。

「予想していました、もちろん」と、その声には焦《じ》れた様子も怒りもなかったが、顔はかすかに青ざめていた。「しかしながら、覚書の内容は明快だドン・カヨ。古くて動かないパトロールカーは更新しなければならない、タクナとモケグアの警察署の工事も始めなければならない、いつ倒壊するかわからない状態だからだ。麻痺した状態になっているものが無数にあって、地方官と地方官補の連中から電話と電報が殺到してこっちはてんてこ舞いだ。必要な数百万を、どこから引き出せばいいとあなたは言うのか？　ドン・カヨ私は魔法使いじゃないので、奇跡は起こせない」

彼も深刻な顔でうなずいた。アルベラエス博士は彼の正面に立って、眼鏡を両手の間で何度も持ち替えた。

「予算の別の費目を使う手立てはないんでしょうか？」と彼は言った。「財務大臣は……」

「一銭も余計にわれわれに回すつもりはない、それはあなたもよくご存じのはずだ」とアルベラエス博士は声を荒らげた。「閣議のたびに、内務省の費用は法外だと言われる、しかもあなたが省の予算の半分を独り占めしているとなると……」

「わたしは何も独り占めなどしていませんよ博士」と彼は微笑んだ。「公安には金がかかるんです、どうしろと言うんです。公安費を一銭でも削られたらわたしは職務をまっとうできないんです。本当に申し訳ありません博士」

ちがう種類の仕事もあったんですよ旦那さん、しかし、それをやっていたのは彼らで、アンブローシオはやらなかった。今夜出かけるぞ、とロサーノ氏が言った、イポリトに知らせてくれ、するとルドビーコが、公用車でですか？　いや、古い小型フォードのほうだ。

彼らがあとで話してくれたんです旦那さん、だからアンブローシオも知っているのだった――人を尾行したり、ある家に誰が出入りするか記録したり、つかまっているアプラ派に知っていることを白状させたりといったことで、ここでイポリトは以前アンブローシオが話したような状態になったわけだった、旦那さんそれともあれはルドビーコの作り話ですかね。夜になってルドビーコはロサーノ氏の家に行き、小型フォードを出し、イポリトを拾って、〈リアルト〉に入って犯罪映画を見て、九時半にはロサーノ氏をエスパーニャ通りで待っていた。それから毎月第一月曜日に、彼らはロサーノ氏に同行して月謝を集めてまわったんです旦那さん、彼自身がそう呼んでいたそうですよ。もちろん本人は黒眼鏡をかけて、後部座席に隠れていた。彼らに煙草を好きなだけあたえ、冗談を言ったりして、あの人と一緒に仕事をするときはいつも気分がいい、とあとでイポリトは言っていて、ルドビーコも、あの人と仕事をすることになったらおまえもそう言うだろうよ。月謝というのは、彼がリマじゅうの娼館や連れこみ宿から集めていた金です、まったく抜け目がないと思いませんか旦那さん？　彼らはチョシーカに向かう街道筋から始めた、チキンを売っているレストランの裏手に隠れている小さな家です。おまえが行け、とロサーノ氏がルドビーコに言い、オレが行くとペレーダのやつ、作り話で一時間も時間を取らせるからな、そしてイポリトに向けて、その間一回りしていよう。隠れてそんなことをやっていたんですよ旦那さん、ドン・カヨには知られてないと思っていたんでしょうね、その後、ルドビーコがアンブローシオと一緒に働くようになったとき、ルドビーコはドン・カヨに気に入られたくてこの話をしたが、ドン・カヨは先刻すべてご承知だった。小型フォードが発車し、ルドビーコはそれが消えるのを見送ってから木戸を押した。何台もの車が列をなしていて、どれもが明かりを落としているので、フェンダーやバンパーにぶつかりながら、カップルたちの顔を見てやろうとしながら、彼は看板の出ているドアのところまで行った。ドン・カヨにわからないわけがないじゃないですか旦那さん。ウェイターが出てきて彼だと気づくと、一瞬待ってください、そしてじきにペレーダが出てきた、どうしたんですかロサーノ氏は? 外にいるんだが、急いでいるんで、とルドビーコは言った、入ってこなかったんですよ。彼と話をしないと、とペレーダは言った、大事な話があるんだ。ロサーノ氏に同行して月謝を集めるこの仕事で、ルドビーコとイポリトは夜遊びのリマを知りつくすことになって、オレたちは赤線の帝王だとか言って、それでどんな役得を得ていたか、考えてもみてくださいよ旦那さん。彼らは木戸のところまで歩いていき、小型フォードを待ち、ルドビーコがふたたびハンドルを握って、ペレーダは後ろに乗りこんだ——発車しろ、とロサーノ氏は言った、ここに止まってるのはよくない。しかし、ほんものの夜遊び好きはイポリトだったんですよ旦那さん、ルドビーコは何よりも野心家で——出世したかった、というか、いつの日にか正規採用されることを目指していた。ルドビーコは街道へと向かい、ときどきイポリトを見やり、イポリトも彼を見やって、このペレーダってのはおべんちゃら好きな野郎だな、ぺらぺらと話をして、と言い交わすみたいに目を見交わして。急いでくれ、オレには時間がないんだ、とロサーノ氏は言っていた、一番大事なことだけにしてくれ。金を出させられるのを連中がどうして我慢していたのかっていうんですか旦那さん？　誰それが今週ここに来た、何の某が女の某を連れてきた、するとロサーノ氏は、おまえがペルーじゅうの人間を知ってることはもうわかってる、だから、一番大事なことは何なんだ？　そりゃあ、ご存じないですか旦那さん、連れこみ宿も娼館も地方公安署で許可証をもらわないといけないでしょう？　ペレーダの声の調子が変わり、ルドビーコとイポリトは目を見交わした、さあこれから泣きつくぞ。社長はここのところ出費に追われていて、ロサーノさん、支払いや手形で、今月は現金がないのだった。だから、金を用意しなければ、店の許可証を取り上げるか、罰金を払わせるかするわけですよ——だから払わざるをえなかったんです旦那さん。ロサーノ氏が唸り声を出し、ペレーダは今にも溶け出しそうだった——でも社長は約束を忘れているわけではないのだった、ロサーノさん、この日付入り小切手を彼に託しているのだ、小切手でも構いませんよねロサーノさん？　するとルドビーコとイポリトは、さあこれからどつかれるぞ。そりゃ構うさ、小切手は受けつけないことになってるんだから、とロサーノ氏は言った、社長は二十四時間以内に店じまいの用意をするんだな、封鎖になるから、さあルドビーコ、ペレーダを送ってやれ。それにルドビーコとイポリトは、女たちの売春許可証の更新にまで手数料を取っていると言ってましたよ旦那さん。帰路の間じゅう、ペレーダは説明して、言い訳をしていたが、ロサーノ氏は黙っていた。二十四時間だペレーダ、一分たりとも遅れるな、と到着すると言った。そしてあとになって——こういうケチな細工には胸くそが悪くなるな。そしてルドビーコとイポリトは、ペレーダのおかげで不快な夜になったな、熱くなっちまったな、と言うかのように。だもんだからドン・カヨは言っていたんでしょうね、いつの日か警察をやめたら、ロサーノはポン引きになるんだろうなって旦那さん——それがやつの生まれながらの天職だって。

土曜日の午前中に電話が二度鳴って、奥様が出るたびに何も言わずに切れた。誰かがあたしに悪戯してるわね、と奥様は言い、しかし、午後になってまた鳴って、アマーリアが、もしもし？　もしもし？　するとようやく怯えきったアンブローシオの声だとわかった。というこ とはあんただったのね、電話してたのは、と彼女は笑って言った、誰もいないから話していいわよ。日曜日に彼女と出かけることができなくなったのだった、その次の日曜日もダメだった、ドン・フェルミンをアンコンに連れていかなければならないからだった。いいわよ、構わないとアマーリアは言った、また別の日にね。しかし、よくなかった、土曜日の夜、彼女はずっと考えていて寝られなかった。アンコンに行くというのは本当なのだろうか？　日曜日はマリーアとアンドゥビアと一緒に出かけた。レセルバ公園に散歩に行き、アイスクリームを買って芝生にすわっておしゃべりしていると、兵士がやってきたので立ち去らなくてはいけなかった。別の女と約束があるのではないのだろうか？　彼女らは〈アスル〉座に行った――楽しい気分だったし、三人だという安心感から、二人組の男に入場料を払ってもらった。今この瞬間にも、別の映画館に、誰かといい感じで入っているのではないのだろうか？　しかし、映画の途中で男たちが調子に乗ってきたので彼女らは走って〈アスル〉から逃げ出し、男たちは、金を返せ、泥棒！　と叫びながら追いかけてきたが、幸い、警察官がいて男たちを追い払ってくれた。もしかして、彼女がいつも、彼の昔の行動を責めるので、嫌気が差してしまったのではないだろうか？　次の一週間、アマーリアとマリーアとアンドゥビアはその男たちの話ばかりをしていて、お互いに脅かしあって、来るわよ、あたしたちが住んでいるところをつきとめて、あんたを、あたしたち全員を殺しに来るんだから、と引きつった笑い声をあげているうちに、ついにアマーリアは震えが来てしまって家に走って帰った。しかし、夜になるとまた同じことを考えていた――もう二度と彼女に会いに来ないのではないだろうか？　次の日曜日はミローネスにロサリオおばさんに会いにいった。セレステが男と駆け落ちして出ていき、三日後に一人で泣き顔で帰ってきたという。血が出るまで叩いてやったのよ、とロサリオおばさんは言った、もし妊娠させられていたら殺してやるから。アマーリアは夜までいたが、路地にいるとこれまでになく暗い気持ちになっていった。悪臭のする水たまりができているのに気づいたし、雲みたいに群れをなした蝿、やせ衰えた犬が目について、かつて、赤ん坊とトリニダーが死んだとき、もう一生この路地に住んで暮らしたいと思っていたことに自分で驚いていた。その夜、彼女は夜明け前に目をさました――構わないじゃない、もう来てくれなくたって、馬鹿ね、かえってそのほうがいいじゃないの。しかし、彼女は泣いているのだった。

「ということであれば、私には大統領に直訴する以外に道がありませんなドン・カヨ」とアルベラエス博士は眼鏡をかけた。糊の効いたシャツの袖口には銀のカフスボタンが光っていた。「私はあなたと最良の関係を維持できるよう努力してきた。あなたの行動を詮索したことはないし、内務局が無数の事項において私の意向を軽んじるのを黙って受け入れてきた。しかし、忘れてもらっては困る、私が大臣なのであり、あなたは私の指揮下にあるんだ」

彼は靴に落とした視線を動かすことなくうなずいた。咳を、口にハンカチを当ててした。そして顔を上げた――悲しい気持ちになることをこれからしなければならないのを、仕方なく受け入れるような様子で。

「わざわざ大統領を悩ますには及びません」と彼は、ほとんど恥じ入るようにして言った。「勝手ながら、わたしからすでにこの問題は大統領に説明してあります。当然ながら、大臣閣下の要請を拒絶するなどということは、大統領の支持がなければ、わたしにできるはずがありませんので」

相手が両手を握りしめ、まったく微動だにせずに、細部におよぶ破壊的な憎しみをこめて彼を見つめるのが見えた。

「すでにあなたが大統領に話したというわけか」と、こめかみが、唇が、声が震えていた。「もちろん、あなたの側の視点からものごとを提示したわけだ」

「率直に言わせていただきます博士」と彼は、不興もなく、関心もない口調で言った。「わたしが内務局にいるのには二つ理由があります。第一に、将軍がわたしに要請したからです。第二に、大統領がわたしの条件をのんでくれたからです――必要な資金を提供してくれること、そして、仕事内容について大統領本人以外には誰にも釈明する必要がないということです。このようなむき出しの言い方をして申し訳ありませんが、現実はそのようになっているのです」

彼はアルベラエスを見つめて、待った。相手の頭は体に比べて大きすぎ、その小さな近眼の目は彼をゆっくりと、ミリメートル単位で削りつけてきていた。相手が努力して笑みを浮かべ、それによって口が歪むのが見えた。

「あなたの仕事に疑義をはさむつもりはない、傑出していることはわかっているドン・カヨ」と、わざとらしい口調で喘ぐようにして話し、その口は微笑んでいながら、その目は疲れを知らない強さをもって彼を焼きつくそうとしていた。「しかし、解決しなければならない問題があり、それにはあなたの手助けが必要だ。公安費は巨額にのぼっている」「それは巨額の経費がかかっているからです」と彼は言った。「それをご覧に入れましょう博士」

「あなたがその経費を最大限の責任をもって執行されていることも疑っていない」とアルベラエス博士は言った。「しかし単純に……」

「傘下の組合指導部にいくらかかるのか、各職場、大学、行政府、それぞれの内部の情報網にいくらかかるか」と彼は、鞄から関係書類を取り出して机の上に置きながら数えあげた。「支持集会にかかる経費、政権の敵の国内での国外での活動を探るための経費」

アルベラエス博士は書類を一切見ていなかった——カフスボタンを撫でながら彼の言うことを聞いていたが、その小さな目は彼のことを緩慢に憎悪し続けていた。

「不満と嫉妬と野心を抱いた者どもが、日々政権内部から生まれてくるのをなだめるためにかかる経費」と彼は読みあげていた。「平穏は棍棒だけで達成できるわけではなくてですね博士、お金もかかるんです。けしからんと言われる、おっしゃる通りです。そういう汚い部分をわたしが担当しているんです、大臣には細部を知っていただく必要すらないんです。この書類をちょっと見ていただいて、あとで教えてください、公安状況を危険に陥れることなく、どこか節約できるところがあると思われるかどうか」

「しかし、ご存じですか旦那さん、ドン・カヨがどうしてロサーノ氏の、連れこみ宿や娼館での勝手な真似を黙認しているか？」とアンブローシオが言った。

ことばにおいても行動においても、ロサーノ氏はすっかり機嫌のよさを失っていた――この国じゃ誰も彼もが自分は切れ者だと思いたがる、ペレーダがあの小切手の話を持ってくるのはこれでもう三回めだった。ルドビーコとイポリトは、黙って互いに横目で見交わした――阿呆め、きのう生まれたわけじゃあるまいに。まったく連中は人の性欲に乗じて金持ちになるだけでは満足できずに、彼のことまで出し抜こうとするのだ。そんなことはさせるものか、法律を適用してやるのだ、連れこみ宿が軒並みどういうことになるのか見せてもらおうじゃないか。すでに彼らはロス・クラベーレスの新開地に着いて、目的地の前にいた。

「おまえが下りろルドビーコ」とロサーノ氏が言った。「あの脚の悪いやつをここに連れてこい」

「連れこみ宿や娼館の人脈のおかげでロサーノ氏は、人の暮らしを細部まで知りつくしているからです」とアンブローシオは言った。「あの二人はそう言ってました、少なくとも」

ルドビーコは走って塀のところまで行った。行列はなかった――ここでは他の車が出てくるまで車でぐるぐる回って待ってから、門の前に乗りつけてライトで合図をすると、開けてくれて、さあお楽しみというわけだった。中に入るとすべてが薄暗かった――ガレージに入る車の影、ドアの下の光の筋、ビールを運ぶウェイターの暗い人影。

「よおルドビーコ」と脚の悪いメレキーアスが言った。「ビール飲むかい？」

「時間がないんだよ兄弟」とルドビーコは言った。「外で旦那が待っている」

「そうですね旦那さん、何を知ることができたのか正確には知りませんけど」とアンブローシオは言った。「どの女が夫を裏切って誰と寝ているか、どの夫が妻を裏切って誰と寝ているか。そんなことだと思いますがね」

足を引きずってメレキーアスは壁まで行き、上着を取ると、ルドビーコの腕をつかんだ――杖がわりになってくれよ兄弟、そのほうが早く行ける。パンアメリカン・ハイウェイに出るまで、いつもと同じことを、いつものように話し続けた――部隊の中で過ごした十五年についてだった。それもただの一員だったんじゃないんだぜルドビーコ、ちゃんと正規職としてだった、そしてまた、あの日、彼の脚を刃物でめちゃくちゃにした与太者どもについて。

「で、そういう情報はドン・カヨにとって大いに役立つでしょう、そう思いませんか旦那さん？」とアンブローシオは言った。「人についてそういう内密なことを知っていると、もう首根っこをつかんでいるみたいなものじゃないですか、ちがいますか？」

「与太者どもにお礼を言うべきだぜメレキーアス」とルドビーコは言った。「やつらのおかげでおまえさん、この気楽な仕事をやってられて、金だってずいぶん儲けてるんだろ」

「そんなことないんだぜルドビーコ」と、彼らはパンアメリカン・ハイウェイを疾走していく車を眺めていたが、小型フォードはやってこなかった。「隊がなつかしいぜ。たしかに犠牲も払うが、あれこそ生きているって感じだった。もうわかってると思うが兄弟、必要になったらいつでも自分の家だと思ってここに来てくれていいんだぜ。部屋は無料、サービスも無料、おまえなら酒も無料だルドビーコ。ほれ、車が来たな」

「あの二人の見立てでは、宿を通じて入手したデータを使ってロサーノ氏は独自にゆすりをやってたそうですよ」とアンブローシオが言った。「人のスキャンダルを防いでやると言って金を取ったりして。ほんとに商才のある野郎じゃないですか旦那さん？」

「変な作り話を持ってきたんじゃないだろうなコホ〔脚が不自由な人を指す呼称〕」とロサーノ氏は言った。

「ご覧の通り、オレは最悪の機嫌だ」

「とんでもないですよ」と脚の悪いメレキーアスは言った。「これがいつもの封筒で、ボスからロサーノ氏によろしくとのことです」

「おお、そりゃいいな」。そしてルドビーコとイポリトは、完全にてなずけたんだな、と言うように目を見交わした。「それからもう一方の件はどうなったんだコホ、やつは姿を見せたのか?」

「金曜に来ました」と脚の悪いメレキーアスは言った。「前回と同じ車でしたロサーノさん」

「よくやったコホ」とロサーノ氏は言った。「でかしたぞコホ」

「ひどいことだと思ったかですか?」とアンブローシオが言った。「そうですね旦那さん、そりゃあ、ある部分では当然そうですよね? でも警察のそういうの、政治のそういうのは、きれいなことばかりじゃないですからね。ドン・カヨのもとで働いてると、どうしてもわかってくるんですよ旦那さん」

「しかし事故が起こりましてねロサーノさん」。ルドビーコとイポリト——またドジったのか。「いやいや、機械の扱い方を忘れたわけじゃないんです、おたくが送ってくれた男が完璧に設置してくれて。あたし自身がスイッチを操作しました」

「じゃあテープはどこにあるんだ」とロサーノ氏が言った。「写真はどこだ」

「犬が食っちまったんですよ旦那」。イポリトとルドビーコは目を見交わすこともせず、口を歪めて肩をすくめた。「テープを半分食っちまって、写真もずたずたにしちまったんです。包みにして冷蔵庫の上にあったんですがねロサーノさん、犬どもが……」

「もういい、ふざけるなコホ」とロサーノ氏が吠えた。「おまえは阿呆じゃないコホ、それ以上だ、おまえのことを定義することばがないほどだ。犬どもだと、犬が食っただと？」

「こんな馬鹿でかい犬どもなんですよ旦那」と脚の悪いメレキーアスは言った。「ボスが連れてきたんです、腹をすかしてて、目に入るもの何でも食うんですよ、油断しているとこっちまで食われちまいそうで。しかし、例の男はかならずまた来ますんで、そうしたら……」

「医者に行けよ」とロサーノ氏は言うのだった。「何か治療法が、注射か何かあるはずだ、そこまでひどい間抜けぶりは治療できないはずがない。犬かよ、馬鹿野郎、犬が食っただとよ。じゃあなコホ。下りろ、もう詫びなくていいからさっさと行け。メイグス延長路にやってくれルドビーコ」

「それにですよ、脇で金儲けをしていたのはロサーノ氏だけじゃないんですよ」とアンブローシオが言った。「ドン・カヨだって、別の形でそうじゃないですか？　あの二人は言ってました、部隊の中では正規職の全員がなんらかの形で稼いでいるって、下っ端から一番上まで全員が。だから、ルドビーコの最大の夢は正規職に取り上げられることだったんでしょうね。誰もが旦那さんのように気高くて品があると思っちゃいけませんよ」

「今度はおまえが下りろイポリト」とロサーノ氏が言った。「おまえも少しずつ学んでいけ、しばらくルドビーコの顔は見られなくなるんだからな」

「なんでそんなこと言うんですかロサーノさん」とルドビーコが言った。

「とぼけたふりをするんじゃねえ、なぜだかよく知っているだろう」とロサーノ氏は言った。「おまえはベルムーデス氏のもとで働くことになるからだろう、ご希望通りになったんじゃないか、ちがうのか？」


翌週の半ば、アマーリアが棚を整頓しているとベルが鳴った。開けに出るとドン・フェルミンの顔。膝が震えて、ぼそぼそと、こんにちはと言うのがやっとだった。

「ドン・カヨはいるか？」と、彼女の挨拶には答えず、ほとんど彼女のことを見もせずに広間に入ってきた。「サバラだと伝えてくれ」

あんたに気づかなかったんだ、と彼女は思い至り、半ば驚き、半ば不満に思っていると、奥様が階段に姿をあらわした――お入りなさいフェルミン、すわってて、カヨはこっちに向かっている途中なのだった、今電話があったところなの、一杯いかが？　アマーリアはドアを閉め、食品庫のほうへと脱け出して、中を覗いた。ドン・フェルミンは腕時計を見やり、忍耐のない目つき、苛立った顔つきをしていて、奥様がウィスキーを一杯差し出すところだった。カヨはいったいどうしたのだろうか、いつもあんなに時間に正確なのに？

あたしと一緒にいるのがお嫌みたいね、と奥様が言い、あたしだって臍を曲げるわよ。二人はなんて親しげなんだろう、とアマーリアは驚いていた。使用人口から出て、庭を横断すると、アンブローシオが家から少し遠ざかっていくところだった。彼女のことを怯えきった顔で迎えた――見られたか？　話しかけられたか？

「あたしに気づきもしなかったわ」とアマーリアは言った。「そんなにあたし、変わったのかしら？」

「ならよかった、ならよかった」とアンブローシオは命を取りもどしたみたいに息をついた。頭を振って、なおも困りきった様子で家のほうを見ていた。

「いっつも隠し事ばっかり、いっつも怯えてて」とアマーリアは言った。「あたしは変わったかもしれないのに、あんたはまるで同じね」

しかしそれを彼女は、彼のことを叱りつけているのではなく、からかっているのだとわかるように微笑みながら言い、あんた彼に会えてすっかりよろこんじゃってるじゃないの馬鹿ね、と考えた。アンブローシオも今や笑っていて、手の仕草で、危ないところを助かったなアマーリア。さらに少し彼女に近づいて、急に彼女の手を握った――今度の日曜日に出かけよう、停留所で二時に会えるだろうか？　わかった、じゃあ日曜日に。

「要するにドン・フェルミンとドン・カヨは友達になったのね」とアマーリアは言った。

「とすると、ドン・フェルミンはしじゅうここに来ることになる。そのうちあたしに気づくわ」

「反対だよ、今や大喧嘩してるところだ」とアンブローシオは言った。「ドン・カヨが、ドン・フェルミンのビジネスをむちゃくちゃにしてるんだ、革命を起こそうとした将軍と仲良しだったから」

彼女にそう話していると、ドン・カヨの黒い車が角を曲がってくるのが見えて、来た、急げ、アマーリアは家の中に入った。カルロータが彼女を台所で待っていて、大きく見開いた目は知りたがってうずうずしていた――あのお客さんの運転手と知り合いだったの？何の話をしたの、何て言ったの、彼最高にいかしてるんじゃない？彼女は適当に嘘をつき、すると奥様に呼ばれた――このお盆を仕事部屋に持っていってアマーリア。震えがきてぐらぐらと揺れているグラスと灰皿を持って上がりながら、アンブローシオの馬鹿のせいであたしにまで恐がりがうつっちゃったじゃないの、と考えた、気づいたら何て言われるだろう。しかし、彼女には気づかなかった――ドン・フェルミンの目は一秒だけ彼女に注がれたが彼女を見ているわけではなく、すぐに逸れた。椅子にすわって、じれったそうに踵を鳴らしていた。彼女は机の上にお盆を置いて、すぐに出た。二人は三十分間、閉じこもっていた。言いあっていて、台所にまでとても激しい声が聞こえ、奥様が来ると、彼女らに聞こえないように食品庫の扉を閉めていった。台所からドン・フェルミンの車が去っていくのが見えると、彼女はお盆を回収しに上がった。奥様と旦那様が広間で話をしているところだった。ひどい叫び声だったわ、と奥様が言っていて、旦那様は——あの鼠野郎、船が沈みそうだと思って逃げだしたんだ、今その代償を払わされているのが気に入らないんだ。何の権利があってドン・フェルミンのことを鼠呼ばわりしているのだろうか、彼よりもずっと品があっていい人なのに？　とアマーリアは考えた。きっとうらやましいからよね、そしてカルロータは話してよ話してよ、誰なの、何の話をしたのよ。

「私もまたこの仕事に、大統領に頼まれたからついているんですよ」とアルベラエス博士が、声の調子を穏やかにして言い、彼は考えた、そうだとも、和平をしようじゃないか。「私はなんとかポジティブな仕事をなし遂げようとしているわけで……」

「内務省の仕事のポジティブな部分は、明らかにすべて博士がなさっているんです」と彼は力強く言った。「わたしがネガティブな部分を引き受けていまして。いやいや、冗談を言っているわけではないです、明らかにそうです。大いに博士のお役に立っていることもまちがいないです、低俗な警察関連のことに関わらずにすんでいるんですから」

「あなたを怒らせるつもりはなかったんですよドン・カヨ」と、アルベラエス博士のこめかみはもう震えていなかった。

「怒ってなんかいませんよ博士」と彼は言った。「わたしだって、公安費にあのような削滅をかけたいです。しかし単純に、できないんです。ご自身でそれはご確認いただけます」

アルベラエス博士は書類を拾い上げて、彼に差し出した――

「しまってください、何も私に見せる必要はないです、証拠なんかなくたって、あなたのことを信じていますから」と微笑もうとしたが、唇が開いただけだった。「追い追いどんな手がとれるか考えましょう、どうやってパトカーを更新するか、タクナとモケグアの工事をどう始めるか」

二人は握手をしたが、アルベラエス博士は彼を見送るために立ち上がらなかった。彼は自分のオフィスに直行し、アルシビアデス博士がすぐに続いて入ってきた。

「少佐とロサーノがつい今さっき帰ったところですドン・カヨ」と彼に封筒を手渡した。「メキシコからの悪い知らせのようです」

タイプした二ページに手書きの修正が入っていて、欄外には神経質な文字で書きこみがあった。アルシビアデス博士は、彼がゆっくりと読んでいる間に彼の煙草に火をつけた。

「陰謀が進行しているわけだな」と彼はネクタイを緩め、紙をたたむとふたたび封筒にしまった。「これがそんなに急を要する問題だと、少佐とロサーノは思ったのか？」

「トルヒーヨとチクラーヨではアプラ派の会合があったというので、ロサーノと少佐は、亡命者の一団がメキシコを出発する準備を終えたという知らせと関係があると思っているのです」とアルシビアデス博士は言った。「彼らはパレーデス少佐と話しに行きました」

「その渡り鳥連中が国に帰ってきて、やつらに助太刀してやってほしいものだ」と彼はあくびをしながら言った。「しかし、連中は来ないさ。もうこれが十回めか十一回めだろ、先生、それを忘れちゃダメだ。少佐とロサーノに明日会おうと連絡してくれ。急ぐことはない」

「カハマルカの連中から、五時の会合について確認の電話がありましたドン・カヨ」

「わかった、それでいい」と彼は鞄から封筒を取り出して手渡した。「この手続きがどの段階にあるのか、確認してもらえるかな？　バグアの土地の利用申請だ。先生が直々に行ってやってほしい」

「それでは明日すぐにドン・カヨ」とアルシビアデス博士は覚書をめくりながらうなずいた。「なるほど、あといくつサインが必要か、どんな報告が来ているか、確認しましょう。了解しましたドン・カヨ」

「これからすぐにでも、知らせが届くはずだぞ、陰謀組の資金が消えてなくなったという知らせが」と彼は、少佐とロサーノの封筒を見やりながら微笑んだ。「その先頭に立っている連中が、お互いに裏切り者だ泥棒だと非難しあう報道発表が今にも出るはずだ。いつも同じことばかりがくりかえされるんで、人間、飽きてくるよな？」

アルシビアデス博士はうなずき、上品に微笑んだ。

「旦那さんのことを、どうして気高くて品があると思うかっていうんですか?」とアンブローシオが言った。「そんなむずかしい質問をしないでくださいよ旦那さん」

「本当にオレのことをベルムーデス氏の世話に行かせるんですかロサーノさん」とルドビーコが言った。

「おまえうれしくて爆発しそうじゃないか」とロサーノ氏は言った。「この件、アンブローシオとすっかり打ち合わせ済みなんだろ、ちがうか?」

「あなたのもとで働くのが嫌だと言ってるなんて思わないでくださいよロサーノさん」とルドビーコは言った。「要するにまあ、あの黒人《ネグロ》とすっかり仲良くなっちまったんで、あいつがいつも、配属を変えてもらえよって言って、オレは、いやいやオレはロサーノさんのところで満足してるからって。おそらくアンブローシオが勝手に手続きを進めたんでしょう」

「そうかな」とロサーノ氏は笑いだした。「おまえにとってこれは昇進だし、おまえが上に行きたいって思うのも当然だしな」

「まあそうですね、まずは人について話をするときの話し方ですよね」とアンブローシオが言った。「旦那さんの場合、背中を向けたとたんに誰彼となく悪口を言いはじめるなんてことはありませんよね、ドン・カヨみたいに。旦那さんは誰の陰口も言わずに、誰のことでも褒めてますよ、上品にね」

「おまえのことはすごく褒めておいたぞベルムーデスに」とロサーノ氏は言った。「信頼できる、胆がすわってる、あの黒人の言ってることは全部ほんとだって。だからオレの顔をつぶすなよ。わかってるだろうが、オレがあいつは役立たずだって言いさえすれば、ベルムーデスはそのまま信じたはずなんだから。だからこの昇進はネグロのおかげなだけでなく、オレのおかげでもあるんだぞ」

「もちろんですよロサーノさん」とルドビーコは言った。「どれほど感謝していることか。どうやって恩返ししたらいいかわからないほどです」

「どうすればいいか教えてやろう」とロサーノ氏は言った。「オレの言いつけを守ることだルドビーコ」

「おっしゃる通りにしますよ、向こうに行ってからも、何でも言いつけてくださいロサーノさん」

「それから、口は閉じておくことだ」とロサーノ氏は言った。「オレと一緒に小型フォードで出かけたことなんかなかった、月謝なんて聞いたこともないんだ。それがオレへの恩返しになる、わかったか?」

「もちろんですよ、そんなことは言われなくても先刻わかってましたよロサーノさん」

とルドビーコは言った。「誓って言いますが、それはわかりきってました。オレのことを信じてくださいよ」

「いつの日か、おまえが正規雇いになれるか、オレにかかってるんだってわかってるだろ」とロサーノ氏は言った。「なれるかなれないか、決まってないんだからなルドビーコ」

「それから人に対する態度ですよね」とアンブローシオが言った。「すごくエレガントで、いつでもすごくいい感じの、すごく気の利いた一言を口にすることができて。あたしはいつも旦那さんが誰かと話をしていると聞きほれてしまうんですよ」

「あそこにイポリトとチョロのシグエニャが出てきています」とルドビーコが言った。彼らが小型フォードに乗りこみ、ルドビーコは配属変えの知らせにすっかりうれしくなっていて、思わず反対車線に入っちまったりしてさ、とあとでアンブローシオに語って聞かせた。チョロのシグエニャは毎度の言い訳をくりかえした。

「水道管が破裂してしまって、すごい費用がかかったんですよロサーノさん。おまけに、日に日に客は減っていて。もうリマの人間はセックスしなくなってるんですよ旦那、もう商売あがったりで」

「そうか、そんなに商売がうまくいかないなら、明日閉鎖になってもかまわないな」とロサーノ氏が言った。

「あたしが嘘をでっちあげて、月謝を払わないですまそうとしてるというんですかロサーノさん」とチョロのシグエニャは抗議した。「そんなことはないんですよ、これをどうぞ、これがあたしにとっては神聖な義務なんだってご存じでしょう。ただ友達として、こっちの苦しい状況を話してるんですよロサーノさん、知っておいてもらうために」

「あたしに対する態度もやはりそうです」とアンブローシオが言った。「あたしの話を聞いてくれたり、あたしに質問をしたり、話をしたりする、その感じも。あたしのことを信用してくれる点もですね。あたしの人生は旦那さんのもとで働くようになって、百八十度変わったんです旦那さん」

Ⅶ

日曜日、アマーリアは身支度に一時間かかり、いつもはそっけないシムラまでもが、あれまあ、外出にずいぶんと用意がいるんだね、と彼女をからかった。アンブローシオは彼女が到着したときにはすでに停留所にいて、あんまり強く手を握りしめるのでアマーリアは小さな叫び声をあげた。彼は笑い声をあげてよろこび、青いスーツに、歯と同じくらい真っ白なシャツ、赤と白の水玉模様のネクタイをつけていた——いつも彼女にはびくびくさせられてきたのだったが、アマーリア今もまたこのますますっぽかされるんじゃないかって心配していたんだ。やってきた路面電車はガラガラで、彼女がすわる前にアンブローシオはハンカチを取り出して座席をはたいてみせた。女王様は窓際へどうぞ、と彼は体を二つに折り曲げて言った。なんて上機嫌なの、彼はすっかり様子がちがっていて、彼女はそれを口に出した——全然ちがうのね、あたしと一緒にいるところを見つかるんじゃないかって怖がってないときは。すると彼は、昔のことを思い出してうれしくなっているんだアマーリア。車掌が切符を手にしたまま彼らのことを面白がって見つめているので、アンブローシオは、何か他に用件があるのか？　と訊いて追い返した。怖がらせちゃったじゃないの、とアマーリアは言い、彼は、そうさ、今度こそ誰にも邪魔はさせないつもりなのだった、たとえ車掌でも、繊維のやつであっても。彼女の目を真剣に見つめた――オレは何かひどい行動をしたか？　別の女のもとに行ったか？　ひどい行動というのは男が自分の彼女を捨てて別の女のもとに走ることなのだアマーリア、オレたちが喧嘩になったのは、おまえがオレの頼んだことを理解してくれなかったからだ。もし彼女があんなにわがままで、あんなに威張ってなければ、彼らはあのまま町でだけ会うようにして続けられたのに、と彼は肩に手を回そうとしたが、アマーリアはその腕を外した――放して、あんたがひどかったのよ、するとくすくすと笑う声がどこかから聞こえた。路面電車は満員になってきていた。彼らはしばらく黙り、それから彼が話題を変えた――一瞬だけルドビーコに会いに行くというのだった。アンブローシオは彼に話さなければならないことがあり、そのあとで二人だけになったらアマーリアのしたいことをしよう。彼女はドン・カヨとドン・フェルミンが仕事部屋で声を荒らげていたことを、そしてそのあとで旦那様がドン・フェルミンのことを鼠呼ばわりしていたことを話して聞かせた。鼠といったら自分のことだろう、とアンブローシオは言った、あんなに仲がよかったのに、ここに来て急に仕事をめちゃくちゃにしようとしているのだから。都心《セントロ》で彼らはリマック行きのバスに乗ってから、数ブロックを歩いた。ここだアマーリア、とチクラーヨ街だった。細い通路の一番奥までついていくと、彼が鍵を取り出すのが見えた。

「あたしのことを馬鹿にしてるの?」と彼の腕をつかんで言った。「あんたの友達はいないんでしょ。家は空っぽなんでしょ」

「ルドビーコはあとで来るんだ」とアンブローシオは言った。「話をして待ってよう」

「話なら歩きながらにして」とアマーリアは言った。「あたしはここには入らないから」

泥で汚れた敷石の中庭で彼らが言い争うのを、子供たちが走りまわるのをやめて見つめていたので、結局アンブローシオはドアを開けて、笑いながら彼女を中に押しこんだ。中はアマーリアの目には数秒間真っ暗だったが、アンブローシオが電気をつけた。

オフィスを五時十五分前に出ると、ルドビーコがすでにアンブローシオとともに車に乗りこんでいた。パセオ・コロン通り、カハマルカ県人クラブ。移動中彼は黙ったままで、目を下に落としていた、もっと寝ないと、もっと寝ないと。ルドビーコはクラブの入口まで同行した――中に入りますかドン・カヨ? いや、ここで待っててくれ。階段を上りはじめると、途中の踊り場に背の高い灰色の髪をしたエレディア上院議員の姿があらわれ、彼は笑みを浮かべた――もしかしたらエレディア夫人も来ているのかもしれなかった。もう全員来ています、と上院議員は手を差し出した、ペルー人にしては奇跡のような時間厳守で。どうぞこちらへ、会合はレセプション用の広間でおこなわれるのだった。明るい電灯、古びた壁に金色の枠で縁取られた鏡、髭面の老人が写った写真、ぎっしりと集まった男たちは彼らが入ってくるのを見ておしゃべりをやめた——いや、いなかった、女は一人もいなかった。議員たちが集まってきて、他の面々を彼に紹介した——名前、苗字、握手、初めまして、こんばんは、彼は考えていた、エレディア夫人とオルテンシアかな、それともケタか、マクロビアか？　何なりとお申しつけください、どうぞよろしく、そしてその合間に、ボタンのとまったヴェスト、硬い襟、上着のポケットにさした糊の効いたハンカチ、紫がかった頰が目に入り、白ジャケットのウェイターたちが飲み物やつまみを持ってまわっているのだった。オレンジ・ドリンクをもらい、考えた、上品で、真っ白で、手入れの行きとどいたあの手、命令するのに慣れた女らしいあの振る舞い、そしてまた考えた、褐色の肌のケタ、荒削りで、品がなくて、奉仕するのに慣れた女。

「よろしければ、もう始めましょうかドン・カヨ」とエレディア上院議員が言った。

「そうですね上院議員」、そうだ、彼女とケタがいい。「いつでもよろしいときに」

ウェイターたちが椅子を引き、男たちはピスコ・サワーを手にして席につき、二十名ほどだろうか、彼とエレディア上院議員は彼らの正面に陣取った。さてそれでは、大統領のカハマルカ訪問に関するこのインフォーマルな対話のためにお集まりいただきまして、と上院議員が言い、ここにいる全員にとってかけがえのない場所であるカハマルカ、と耳にしながら彼は考えた——彼女の召使いだということにしてみよう。そう、まさに彼女の召使いにぴったりだ、それはカハマルカの人間にとって三重のよろこびであります、と上院議員は言っていた、ここじゃなく彼女がカハマルカに持っているはずの農園屋敷だ、われらが故郷への訪問は大いなる名誉であり、その農園屋敷には古い家具がたくさんあり、長い廊下、柔らかなビクーニャ・ウールの絨毯、そこで彼女は夫が首都で議会に出席している間退屈しきっているわけだ、また新しい橋とハイウェイの第一区間の開通式典をおこなっていただき、と上院議員は言っていて、家の中には絵画があふれ、召使いもたくさんいるが、彼女のお気に入りの召使いはケティータなのだ、彼女のケティータだ。エレディア上院議員は立ち上がった——何よりもこれは、カハマルカの人間が、県にとってのみならず国全体にとっても重大な意味をもつこれらの公共事業を実現してくれた大統領に感謝の気持ちを示す絶好の機会であります。椅子が動き、手が動き、それは今にも拍手へと収斂しそうだが、上院議員はすでに先を続けていて、ケティータこそが彼女のベッドに朝食を運ぶのだし、彼女の打ち明け話の聞き役でもあり、秘密を心にしまっておくのだ——そのためにこの歓迎委員会が任命されたのであり、その構成メンバーには、と彼は名前を呼ばれた面々が微笑んだり頬を赤く染めたりするのをかいま見た。この会合の目的は、歓迎委員会が準備したプログラムと、大統領の訪問のために政府の側が用意したプログラムとの調整をはかることであり、と上院議員は後ろを振り返って彼を見やった——カハマルカはもてなしの地であり、恩義を忘れることのない土地柄でもありましてドン・カヨ、オドリアはかならずや、わが国の崇高な運命の先頭に立って遂行しているその高貴な仕事にふさわしいもてなしを受けることになるでありましょう。彼は立ち上がらなかった――かすかに微笑みながら、名高きエレディア上院議員に、そしてまた、カハマルカ選出議員団に、訪問を成功させるためのその無私の努力について謝辞を述べ、すると広間の奥の波打つ薄布の背後で二つの人影が熱く絡みあいながら羽布団の上に音もなく倒れこみ、歓迎委員会の面々にも、わざわざリマまで意見交換のために来てくれたことに感謝を表明し、すると即座に押し殺したような悪戯げな笑い声がわきあがり、人影はすでに抱きあって転がり、白いシーツの上で、薄布の下で、ひとつの影となっているのだった――皆さん、彼もまた、訪問が成功に終わることを確信しているのだった。

「途中で口をはさんで申し訳ありませんが」とサラビア下院議員が言った。「カハマルカはオドリア将軍を歓迎するためなら、全財産を投げ出す覚悟でいることを申し上げておきたいと思います」

彼は微笑み、うなずき、もちろんその通りでしょう、しかしひとつだけサラビア工学士先生、出席の皆さんの考えをうかがいたい問題があるのだった――大統領が話をすることになっているアルマス広場での支持集会のことだった。というのも、理想を言えば、と彼は咳払いをして声を整え、この支持集会は最初から終わりまで、と彼はことばを探し、大統領が残念に思う部分が何一つないかたちで実現したいのだった。集会は前例のない大成功に終わりますよドン・カヨ、と上院議員が口をはさみ、それを後押しする呟きがいくつも上がり、頭がうなずき、薄布の背後では、かすかな人声、衣擦れ、やわらかい喘ぎと、たがいに求めあい絡みあうシーツと手と口と肌の動きだけが繰り広げられているのだった。

サンティアーゴさん、とふたたびドアを叩く音がして、サンティアーゴさん、彼は目を開き、思うように動かない手で顔をこすってから、眠気にまだぼんやりとしたままドアを開けに行った――ルシーアおばさんだった。

「起こしちゃったかしら? ごめんなさいね、でも、ラジオ聞きましたか、何が起こっているか知ってますか?」と、ことばはもつれ、顔は興奮して、目は慌てふためいているのだった。「アレキパ〔ペルー第二の都市。首都の南方約千キロの高地にある〕でゼネストだとか、オドリアは軍人内閣を任命するかもしれないとか。何が起こるんですかサンティアーゴさん」

「何も起こりませんよルシーアおばさん」とサンティアーゴは言った。「ストは数日間続いたら終わり、連立グループのおじさんたちもリマにもどってきて、すべてが元通りになります。心配いらないですよ」

「でも、何人かは死者が出て、負傷者も出て」と彼女の目は、まるで死者を数えてきたみたいに、負傷者を見てきたみたいに、きらきらと光っていたな、と彼は考える。「アレキパの劇場でのことですよ。連立グループが会議をしているところにオドリア派が乱入して争いになり、警察が爆弾を投げこんだんですって。《ラ・プレンサ》に出てたんですよサンティアーゴさん。死者、負傷者。革命が起こるんですかサンティアーゴさん」

「起こりませんよおばさん」とサンティアーゴは言った。「それに、どうして怖がるんです。万が一革命が起こったとしても、あなたの身には何も起こりませんよ」

「でも、アプラ党にはもどってきてほしくないんです」とルシーアおばさんは怯えた様子で言った。「オドリアが失脚するんだと思いますか？」

「連立グループはアプラ党とは全然無関係です」とサンティアーゴは笑った。「彼らは以前はオドリアと仲間だったのに、ここに来て仲違いした億万長者四人です。従兄弟同士の喧嘩みたいなものなんですよ。それに、第一、アプラ党がもどってきて、あなたに何の不都合があるんですか？」

「あの人たちは無神論の、共産主義でしょう」とルシーアおばさんは言った。「ちがいますか？」

「ちがいますおばさん、無神論でも共産主義でもないです」とサンティアーゴは言った。「連中はあなたよりももっと右寄りで、あなたよりももっと共産主義を嫌ってます。でも心配いりませんよ、もどってくることはないし、オドリアはまだあと何分かはもちますよ」

「サンティアーゴさんあなたはいつも冗談ばっかり」とルシーアおばさんは言った。「起こしちゃって申し訳ないけど、新聞記者だからもう少しは何か知っているかと思ったわ。お昼がもうじきできますよ」

ルシーアおばさんはドアを閉め、彼は思う存分伸びをした。シャワーを浴びながら一人で笑っていた――バランコ区のこの古い家の窓を、静まりかえった夜の人影が下りてきて、ルシーアおばさんは悲鳴をあげて目をさます、アプラ党だ！　目が飛び出して、恐怖に硬直して、やかましく鳴く猫を抱きしめ、侵入者がクローゼットや荷物入れやタンスを勝手に開いて埃だらけのがらくたを、彼女の穴だらけの古マントを、虫食いだらけのドレスを持ち去っていく――アプラ党の連中よ、無神論者よ、共産主義者よ！　ルシーアおばさんのような真っ当な人たちの持ち物を盗むために、彼らはまたもどってくるのだ。彼は考える――かわいそうなルシーアおばさん、うちの母さんにとっては、あなたなんかは真っ当な人の範疇外の存在なのに。服を着終わろうとするころにルシーアおばさんがもどってきた――お昼ができているのだった。あのエンドウ豆のスープ、緑色の水の中に沈んでいるたった一かけらのジャガイモ、と彼は思い出す、傷みかけた野菜に、靴底みたいに硬い肉のかけらが入っているものをルシーアおばさんはお肉の煮こみと呼んでいたりして。〈時報ラジオ〉局がかかっていて、ルシーアおばさんは唇を人差し指で封じて聞き入っていた

——アレキパではすべての活動が麻痺状態に陥っており、アルマス広場でデモ集会があり、連立グループのリーダーたちはふたたび、前夜の市立劇場での重大事件の責任者として、内務大臣カヨ・ベルムーデス氏の辞任を求めているのだった、政府は静穏にもどるようにと呼びかけて、秩序の紊乱は許容しないと警告しているのだった。ほら見て、ほらそうでしょサンティアーゴさん？

「もしかするとおっしゃる通りかもしれないですね、もしかするとほんとにオドリアは倒れるのかもしれない」とサンティアーゴは言った。「以前は、こういうニュースをラジオは流しませんでしたもんね」

「それでもし連立グループの人たちがオドリアにかわって政権についたら、ものごとはよくなるのかしら？」とルシーアおばさんは言った。

「同じままか、悪くなるかですよおばさん」とサンティアーゴは言った。「でも、軍人がいなくなって、カヨ・ベルムーデスもいなくなると、少しは悪いのが目立ちにくくなるかもしれないですね」

「あなたはもう、いっつもふざけてるんだから」とルシーアおばさんは言った。「政治のことすら、まじめに受け止めないんだから」

「それで、親父が連立グループに入っていたときは？」とサンティアーゴは言う。「おまえも加わらなかったのか？　連立グループがオドリアに反対して組織したデモや集会を、おまえは手伝わなかったのか？」

「ドン・カヨの下で働いていたときも、お父さんの下でも、やらなかったです」とアンブローシオは言う。「あたしは、政治に関わったことはないんですよ坊ちゃん」

「それじゃもう僕は行かないと」とサンティアーゴは言った。「それじゃおばさん、またあとで」

彼は通りに出て、そのときになって初めて日射しに気づいた。冬の冷たい太陽のせいで、猫の額のような庭のゼラニウムが元気をとりもどしていた。下宿屋の正面に一台の車が止まっていて、サンティアーゴはよく見ずにその脇を通り過ぎたが、車がエンジンをかけて彼のすぐ横につけて進んでくるのにそれとなく気づいた。振り返って、見た――よおヤセッポチ。チスパスが運転席で笑っていて、その顔には、悪戯のあとで、褒められるのか叱られるのかわからずにいる子供のような表情があった。車のドアを開けて乗りこむと、チスパスは急に勢いづいて背中を叩いてきて、へっ、これでわかっただろ、おまえを見つけたぞ、そして神経質なよろこびかたで笑い声をあげて、さあこれでわかっただろ。

「いったい全体、どうして下宿屋がわかったんだ」とサンティアーゴは言った。

「頭を使ったぜ超秀才」とチスパスはこめかみに触れてみせ、大笑いしたが、それでもぐっと来ている感情を隠せなかったな、と彼は考える、混乱した気持ちを。「時間はかかったが、ついにおまえを見つけたぜヤセッポチ」

ベージュ色の服に、クリーム色のシャツ、淡い緑色のネクタイをつけ、肌はつやつやしていて、頑丈で健康そうに見え、おまえは自分が三日前から同じシャツを着ていることを思い出したのだったなサバリータ、一か月前から一度も靴を磨いていなかったこと、そして背広も皺と染みだらけにちがいないことをサバリータ。

「どうやっておまえを釣り上げたか話してやろうか超秀才？　《ラ・クロニカ》の前に何日も何日も夜に張りこんだんだ。親父たちはオレが夜遊びしてると思ってたようだが、オレはおまえを尾行するために待ってたんだ。二回はコレクティーボからおまえより先に下りた人間と間違えた。しかし昨日はおまえを見つけて、おまえが家に入るのを見届けた。正直言うと、かなり緊張したぜ超秀才」

「僕が石でも投げつけると思ったのか」とサンティアーゴは言った。

「石は投げないと思ったが、たしかに腹を立ててくるかもしれないとは思ったな」と言って赤くなった。「おまえは頭がおかしくて、誰にも理解不能だから、わからないさ。真っ当な人間のような態度を取ったんで、まだよかったぜ超秀才」

部屋は広くて汚れていて、染みだらけのひび割れた壁、整えていないベッド、壁に釘でぶら下げてあるハンガーには男ものの服がかかっていた。アマーリアの目に入ったのは一対の衝立、枕元のテーブルには煙草〈インカ〉の箱、欠けたところのある洗面台、小さな鏡、小便と閉めきられた部屋の匂いがして、自分が泣いていることに気がついた。何のために彼女をここに連れてきたのか？　と口をほとんど開けないようにして言い、まだ嘘ばっかりなの、とほとんど聞こえないような低い声で、友達に会うんだとか言っておいて、彼女を騙そうとしている、付け入ろうとしている、前と同じように痛めつけようとしているのだ。アンブローシオは乱れたベッドの上にすわっていて、大泣きしながらアマーリアは彼が首を振っているのを見ていた、わかってない、オレのことを誤解してる。なんで泣いているんだ、と愛情をこめて彼女に言うのだった、なぜオレがおまえを押しこんだのかって？　困りきった陰気な表情で彼女のことを見つめながら、あそこでおまえが入らないと言って頑固さから騒ぎを起こしていたからだ、何が起こっているんだと言って近所の人間が全員来ていたかもしれない、そしたらあとになってルドビーコが何と言うだろうか。彼は枕元にあった煙草の一本に火をつけて、彼女をじっくり観察しはじめた、足先、膝もと、ゆっくりとそこから上に、彼女の体をあがっていき、彼女の目まで来ると微笑んでみせて、それに彼女は全身が熱くなるのを感じて恥ずかしくなった——あんた、なんて馬鹿なの。顔はできるかぎり怒ってみせた。ルドビーコは今にも来るはずだアマーリア、来たらすぐに彼らは出かけるのだ、ほら何もおまえにしていないだろう？　すると彼女は、変なことしたらあんたなんかおしまいだから。おいでアマーリア、ここにすわって、話をしよう。

彼女はすわろうとせず、ドアを開けたい、出ていきたいのだった。すると彼は――繊維のやつがおまえを家に連れていったときも、おまえは泣きだしたのかい？　その顔は不興げになり、アマーリアは考えた、嫉妬してるんだわ、怒っているんだわ、そして自分の怒りが消えていくのを感じた。あんたとはちがったわ、と床を見つめながら言った、あたしのことを恥じたりしなかったから、と言いながら彼が立ち上がってあんたのことを殴りにくるわよと考えていて、仕事を失うのを恐れて彼女のことを追い出したりするような人じゃなかった、と言いながらさあどうなのよ立ち上がりなさいよ、あたしをぶちなさいよと考えていて、彼にとってはあたしが第一だったんだから、と言いながら馬鹿ね、彼にキスしてほしがってるじゃないのと考えていた。彼は口元を歪め、目は飛びださんばかりに見開いて、煙草の吸いさしを床に捨てて踏み消した。アマーリアにだって誇りがあるのだった、だから二度はあんたに騙されないわよ、すると彼は苦しげに彼女を見つめた――もしあいつが死ななかったら、きっとオレが殺していたよアマーリア。さあ今度こそ来るわ、勇気をふるって今度こそ。そうとも、と彼は勢いよく立ち上がり、他の誰であろうとも、邪魔するやつがいたらきっと、と彼が決意を固めて近づいてくるのが見え、その声はかすれてきていた――なぜなら、おまえはオレの女だからだ、それだけはおまえに。彼女は微動だにせず、肩をつかまれるままになったが、その瞬間、彼のことを思い切り突きとばしたので彼がバランスを崩して笑うのが見え、アマーリア、アマーリア、と彼女のことをふたたびつかまえようとするのだった。そのように彼らが、逃げては追いかけ、押したり引いたりしている最中に、ドアが開き、悲しみに満ちたルドビーコの顔。

彼が煙草を消し、もう一本火をつけ、脚を組むと、聴衆は一言も聞き逃すまいと頭を前に突き出し、そこで彼は自分の疲れきった声を耳にした――二十六日は休日に指定され、小学校や公立校の校長先生には生徒を率いて広場に集まるように指示が出されている、これによってすでに十分な参加人数が見込めるのだった、そしてエレディア夫人は市庁舎のバルコニーから支持集会を見ることになるのだった、背が高くて、すましていて、真っ白で、この上なくエレガントで、その一方で彼のほうは農園屋敷に出向いて女中を説得しているのだ――千ソルでどうだ、二千、三千ソルでケティータどうだい？　しかし、もちろん、と笑みを浮かべると、全員が笑みを浮かべるのが目に入り、大統領にとっては児童生徒の前で演説するのが重要なわけではなく、女中はわかりました三千でなら、と言い、ここで待っていてください、と屛風《ビヨンボ》の陰に隠れられるようにしてくれるのだった。彼の側ではまた公共セクターの全部局の職員が参加するものと計算していたが、それ自体は大した人数にはならないわけで、彼はそこにじっと、暗がりに隠れて、ビクーニャの絨毯と絵画を、天蓋と薄布で囲われた幅広のベッドを、見つめながら待つのだった。彼は咳払いをし、脚を組み替えた――さらには広報活動もすでに準備されているのだった。地元の新聞、ラジオには広告を出し、拡声器を取りつけた車やトラックがビラを撒きながら市内を走りまわり、それによってさらに人が集まるはずで、彼は一分二分、一秒二秒と数えながら、自分の骨が溶けていくような感覚を、背中を冷たい汗のしずくがしたたり落ちるのを感じていると、ついにようやく――そこに彼女がやってくるのだ、彼女が入ってくるのだった。しかしながら、と彼は体を傾け、親しみと謙虚さをこめて、ぎっしりと集まった男たちを正面から見据えながら、カハマルカが農業の中心地であるからには、集会参加者の大部分が農村から来ていることが望ましく、それはここにお集まりの皆さんにかかっているのだった。そこに背が高くて白くてエレガントですました顔の彼女の姿が見え、彼女がビクーニャの絨毯の上を航行するように入ってきて、ああ疲れたわと言うのが聞こえ、彼女のケティータを呼びつけるのだった。ちょっと失礼しますがドン・カヨ、とエレディア上院議員が口を開き、ドン・レミヒオ・サルディーバルは歓迎委員会の議長であり、カハマルカの農業者の代表と言える人物ですが、集会について申し上げたいことがあるそうです、そして彼は一人のでっぷりとした男が、蟻のように黒く日焼けして、首が絞まりそうな分厚い二重顎を揺らしながら、二列目の席から立ち上がるのを目にした。するとそこにケティータがやってきて、彼女は言うのだ、疲れたわ、横になるから、手伝ってちょうだい、するとケティータは彼女を手伝って、ゆっくりと彼女の服を脱がせていき、彼は目にすることになるのだ、全身の毛穴が燃えあがるのを感じるのだ、肌の幾百万という極小の噴火口がじくじくと膿を吐き出しはじめるのを感じるのだ。皆さんのお許しを得て、なかんずくベルムーデス氏のお許しを得て言わせていただきますが、とドン・レミヒオ・サルディーバルは咳払いをしながら口を開き、彼は行動の人間であり弁舌に長けた人間ではなく、すなわちここにいる蚤のエレディアのようにことば巧みに話すことはできないのだが、と言うと上院議員は大口を開けて笑い声をあげ、笑いの大音声が続いた。彼も口を開き、顔に皺がより、するとそこに、白くて、裸形で、すました顔の、エレガントな彼女がじっと立ちつくしていて、その一方でケティータは彼女の足下に膝をついて、デリケートな手つきで彼女のストッキングを脱がせていて、誰もが微笑みを浮かべて弁論術の欠如に関するドン・レミヒオ・サルディーバルの巧みな弁論術を誉めたたえる中で、本題に入れレミヒオ、これぞカハマルカ流だという声が聞こえた――スローモーションでストッキングが巻かれていき、彼は大きくて褐色で粗野な女中の手が彼女のあまりにも白い、純白の脚をゆっくりと下りていくのを見るのだった、するとドン・レミヒオ・サルディーバルは重厚な表情をまとった――単刀直入に言うならば、彼の言いたかったのは、ベルムーデスさん心配はご無用だということだった、彼らはすでに熟慮と議論を重ね、すべての措置をとっているのだった。今や彼女はベッドに横になっていて、彼は薄布の向こうに彼女が白くて完璧な裸身を横たえているのを垣間見ることができ、彼女がケタあなたもよ、脱ぎなさい、ケテイータいらっしゃい、と言うのを耳にするのだ。児童生徒も役場職員も行かせる必要がないほどなのだった、ベルムーデスさん広場には彼らが入りきれないほどの人がいるのだ──彼らは学校で勉強して、役所で仕事をしていてかまわないのだった。ケティータは服を脱いでいき、彼女は早くして、早くいらっしゃい、そしてその背の高い、色黒な、硬くて弾力のある下賤な女が体をかがめてブラウスを脱ぎ、脚を動かしているのを見ていて、早く早く、すると靴がビクーニャの絨毯の上に音もなく脱げ落ちるのだ。ドン・レミヒオ・サルディーバルは力強い身ぶりをしてみせた──集会参加者は政府ではなく私たちが集めます、カハマルカ人は大統領にわれらが故郷についてよい印象をもって帰っていただきたいのだった。今やケティータは飛ぶように走っていて、その長い腕が伸びて薄布を開き、日に焼けたその大きな体が静かにシーツの上に着地する──よく聞いておいてくださいよベルムーデスさん。笑みの浮かんだその控えめな声と田舎風の身のこなしはすっかり様変わりして、重厚で荘重な声に、重々しい身ぶりにとってかわられ、誰もが彼に耳を傾けていた──県の農業者が準備にあたって見事な協力をみせてくれたのであり、商業者も専門職もそれに加わってくれたのだった、よく覚えておいてください。そして彼は屏風の後ろから姿をあらわして、近づくのだ、彼の体は松明のように燃えていて、薄布のところまで進んで見るのだ、そして彼の心臓は苦しいほどに脈打っているのだ──よろしいですか、私どもは彼のために四万人の人間を広場に集めます、きっとそれ以上になりますがね。

そこで彼女らは彼の目のすぐ前で、抱きあい、匂いを嗅ぎあい、汗に濡れ、絡みあってい て、するとドン・レミヒオ・サルディーバルは一休みして煙草を取り出し、マッチを探し たが、アスピルクエタ下院議員が先に火を差し出してつけた——人の数はまったく問題で はないのだった、ベルムーデスさんむしろ問題は輸送手段なのだった、すでに蚤のエレデ ィアが説明した通りなのだ、笑いが起こり、彼も自動的に口を開けて顔に皺がよった。彼 らはそれだけの人間を農園から運んで、また連れて帰るのに必要なトラックの台数を集め られずにいるのだった、そしてドン・レミヒオ・サルディーバルは煙をひと口吐き出し、 その顔が白く曇った——われわれはすでに二十台ほどのバスとトラックを契約しているの ですが、もっとずっと多く必要になるのだった。彼は椅子にすわったまま身を乗り出した ——その面に関してはご心配無用ですサルディーバルさん、あらゆる便宜を提供しますか ら。白い手と褐色の手、厚い唇の口と、あのいかにも繊細な唇の口、ざらざらしたふくれ た乳首と小さくて透明感があってなめらかな乳首、日焼けした太ももと青い血管の浮かん だ透明な太もも、真っ黒な直毛の陰毛と縮れた金色の陰毛——軍司令部が必要とされるト ラックをすべて提供しますからサルディーバルさん、すると彼は素晴らしいことですベル ムーデスさん、それこそまさに私どもがお願いしようと思っていたことです、輸送機関さ え得られれば彼らがカハマルカの歴史上未だかつてなかったほどに広場を満杯にしてみせ るのだった。すると彼は——それは当てにしていただいて結構ですサルディーバルさん。

しかし、もうひとつ、彼が皆さんに話しておきたいことがあるのだった。

「突然つかまったんで、怒ってる暇もなかったんだよ」とサンティアーゴは言った。

「親父は身を隠してる」とチスパスは急にまじめになって言った。「ポパイの親父さんが農園に連れていってかくまってるんだ。それをおまえに伝えに来たんだ」

「隠れてるって？」とサンティアーゴは言った。「アレキパの問題のせいで？」

「一か月前から、あのベルムーデスの野郎がうちを包囲して見張ってるんだ」とチスパスは言った。「秘密警察の連中が親父のことを昼も夜も尾行してる。だからポパイが親父を自分の車に隠してようやく連れ出した。要するに、やつらはアレバロの農園に親父を探しに行こうとは考えないだろうからだ。それをおまえに知らせておきたかったんだ、万が一、何か起こったときのために」

「クロドミーロ伯父さんから、親父が連立グループに入ったというのは聞いてたよ、ベルムーデスと喧嘩したんだって」とサンティアーゴは言った。「しかしそこまでひどくなってるとは知らなかったな」

「もう見ただろ、アレキパがどういうことになってるか」とチスパスは言った。「アレキパ人は後退してない。ベルムーデスが辞任するまでゼネストだ。実際やつを追い落とすことになる。考えてもみてくれよ、親父はあの集会に行こうとしてたんだぜ、ぎりぎりのところでアレバロに止められて思いとどまったんだ」

「しかし、わからないなあ」とサンティアーゴは言った。「ポパイの親父さんもオドリアと喧嘩したのか？　今でも上院のオドリア派の首領じゃないのか？」

「公式にはそうだ」とチスパスが言った。「しかし、裏では、彼ももうあの連中に嫌気がさしてるんだ。彼は親父にずいぶんとよくしてくれたんだ。おまえよりもずっとよくしてくれたぜ超秀才。ここのところ親父はひどい状況に置かれているのに、おまえは会いにも来ないんだからな」

「病気だったのか？」とサンティアーゴは言った。「クロドミーロ伯父さんは僕に何とも……」

「病気じゃないが、首に縄がかかってるようなもんだ」とチスパスは言った。「ひょっとしておまえは知らないのか？　おまえがふざけた真似をして逃げ出したあと、親父はさらにひどい目にあったんだ。あのベルムーデスの畜生が、エスピーナの陰謀に親父が関与していたと思いこんで、目の敵にして迫害しはじめた」

「ああ、それはまあ聞いた」とサンティアーゴは言った。「クロドミーロ伯父さんが言ってたよ、製薬会社が軍養成学校の購買部に卸す契約を取り上げられたんだって」

「それはそんなに大したことはないんだ、もっとひどいのは建設会社のほうだ」とチスパスは言った。「それ以来、うちに一銭も支払いをしなくなった、公費支出を一切停止したんだが、うちは手形を振り出し続けなければならない。しかも、工事は前と同じスピードで続けるよう要求して、契約不履行で訴えると脅してくる。親父に対する決死の戦争だ、潰しにかかっている。しかし親父も戦うつもりで、簡単には潰されない、そこが親父のすごいところだ。連立グループに加わって、さらに……」

「親父が政権と戦うことになったとはうれしいよ」とサンティアーゴは言った。「チスパスがオドリア派でなくなったのも、ほんとにうれしいよ」

「つまり、おまえはうちが落ちぶれるのがうれしいんだな」とチスパスはニヤッとしてみせた。

「母さんのこと、テテのことを話してくれよ」とサンティアーゴは言った。「クロドミーロ伯父さんによるとポパイとつきあってるんだって、ほんとなの？」

「おまえの脱走でよろこんでるのはクロドミーロ伯父さんだな」とチスパスは笑った。「おまえの最新情報を知らせるって口実で、週に三回はうちに押し入ってるよ。そう、あいつはソバカスとつきあってる、もう以前みたいにうるさく縛られてない、土曜日にはソバカスと食事に行くのまで許されてる。そのうち結婚することになるんじゃないか」

「母さんはよろこんでるはずだな」とサンティアーゴは言った。「テテが生まれたときから、その結婚を画策してきたんだから」

「そうだな、じゃあそろそろおまえのことを教えてくれよ」とチスパスは、陽気な調子を装いながら、赤くなって言った。「いつになったら馬鹿な真似をやめて、うちにもどってくるんだ」

「もう二度とうちに住むことはないよチスパス」とサンティアーゴは言った。「別の話にしよう、そのほうがいい」

「どうしてうちに住む気がないんだよ？」と、驚いたふりをしていたな。サバリータ、信じられないと思っているんだと思わせようとしていたな、「親が何をしたって言うんだよ、一緒に暮らしたくないと思うような何があったんだ？　気がふれたふりをするのはやめろよ」

「喧嘩するのはやめよう」とサンティアーゴは言った。「それよりも、頼みを聞いてよ。チョリーヨスに連れてってくれない？　仕事の同僚を拾うことになってるんだ、一緒に取材記事を書くんで」

「オレだって喧嘩しに来てるんじゃない、ただ、おまえのことは誰にも理解不能なんだよ」とチスパスは言った。「夜が明けたら突然引っ越しちまってさ、誰も何も悪いことはしてないのに、それで二度と顔は見せない、家族全員と何の理由もなく喧嘩してさ。どうすれば理解できるっていうんだよこのアホ」

「理解できなくていいからチョリーヨスに連れてってくれよ、ちょっと遅くなっちゃったからさ」とサンティアーゴは言った。「時間は、あるんだろ?」

「わかったよ」とチスパスは言った。「わかったよ超秀才、連れてってやるよ」

エンジンをかけると、ラジオがついた――アレキパのストライキのニュースが流れた。


「すまん、邪魔はしたくなかったんだが、服を持ってかないといけないんで、今すぐ出発なんだ」と、ルドビーコの顔と声は、まるで墓場への旅であるかのように陰気だった。

「やあアマーリア」

彼女に目を向けることもせず、あたかも彼女のことをこの部屋で一生ずっと見てきたかのように言い、アマーリアは激しい恥辱を感じていた。ルドビーコはベッド脇に膝をついて、スーツケースを引っぱり出していた。その中に壁のハンガーにかかった服を入れはじめた。あんたのことを見て驚きもしなかったじゃないの、馬鹿ねあんたがここにいるってわかってたのよ、アンブローシオは下心があって部屋を借りていたのよ、友達に会わなきゃならないっていうのは嘘だったのよ、ルドビーコが来たのは予定外だったのよ。アンブローシオは居心地悪そうだった。彼はベッドに腰を下ろして、煙草を吸いながらルドビーコがシャツや靴下をスーツケースに入れるのを見ていた。

「人のことを、あっち行け、こっち行けって、いいように命令してさ」とルドビーコは文句を言った。「まったくこの生活は何なんだ」

「どこに送られるんだ?」とアンブローシオが言った。

「アレキパだよ」とルドビーコは呟いた。「連立グループのやつらが反政府集会をやるっていうんで、問題が起こりそうなんだ。ああいう田舎の連中が相手だと、どうなるかわからねえんだよな、集会だといって始まって、結局、革命にまで発展したり」

Tシャツをスーツケースの中に投げつけて、不安げにため息をついた。アンブローシオはアマーリアに目を向け、片目をつぶってみせたが、彼女は目をそらした。

「笑ってんじゃねえぞネグロ、観客席にいるからって」とルドビーコは言った。「おまえはもうこういうのから抜けたって言って、まだ部隊にいる人間のことは思い出したくないんだろ。オレの立場になってみてもらいたいもんだぜアンブローシオ」

「そんなふうに取るなよ兄弟」とアンブローシオは言った。

「休みの日に呼び出されて、飛行機は五時発だって」と、ふたたびアンブローシオとアマーリアのほうを、苦しげに見た。「どれだけ行っているのかすらわからない、向こうで何が起こるのかもわからない」

「何も起こらないから、アレキパ観光ができるさ」とアンブローシオは言った。「小旅行だと思えばいいいじゃないかルドビーコ。イポリトと一緒に行くのか?」

「そう」とルドビーコは、スーツケースを閉じながら言った。「まったくなネグロ、ドン・カヨの下で一緒に働いていたときはほんとによかったよな、もう死ぬまでこの配置転換は恨むぜ」

「しかし、おまえのせいなんだから」とアンブローシオは笑った。「なんにもする時間がないって、文句ばかり言ってたじゃないか？　イポリトとおまえが、自分から配置換えを希望したんじゃなかったのか？」

「さてと、自分ちみたいに、好きにしてくれ」とルドビーコは言い、アマーリアはどこに目をやればいいのかわからなかった。「鍵は置いておくからネグロ、出るときにはドニャ・カルメンに渡していってくれ、入口のところで」

戸口のところから悲しげな挨拶をして出ていき、アマーリアが、怒りが全身に行きわたるのを感じていると、アンブローシオは立ち上がって彼女のほうに近づいてきたが、彼女の顔つきを見て立ち止まった。

「あたしがここにいるって彼は知ってたのよね、あたしを見ても驚かなかったから」と、彼女の目は、彼女の手は、彼を脅しにかかっていた。「来るのを待ってるなんて嘘だったんでしょ、部屋を借りたんでしょ、変なことしようと思って……」

「あいつが驚かなかったのは、オレの恋人だって言ってあったからだ」とアンブローシオは言った。「自分の恋人と一緒に、好きなときに来ちゃいけないのか？」

「あたしはあんたの恋人じゃないし、だったこともないし、今でもちがうんだから」とアマーリアは叫び声をあげていた。「あたしのことを、友達に何て思わせてるのよ、部屋を借りたりして……」

「ルドビーコはオレの兄弟みたいなもんなんだ、ここは自分の家みたいなもんなんだよ」とアンブローシオは言った「馬鹿なこと言うなよ、ここでオレは好きなようにしてるんだ」

「あたしのこと、淫らな女だって思ってるのよ、あたしと握手もしないし、あたしのことを見もしなかったんだから。あたしのことを何だと思ってるのか……」

「ちがう、握手もしないのは、オレが嫉妬深いことを知ってるからだ」とアンブローシオは言った。「オレが怒るからおまえのことは見ないようにしたんだ。馬鹿なこと言わないでくれよアマーリア」

ウェイターが水の入ったコップを持ってきたので、彼は数秒間、口をつぐんだ。ひと口飲んで、咳をした――政府はカハマルカ市民全員が、中でもとくに歓迎委員会の面々が、今回の訪問が歴史的な事件となるよう努力してくれたことに深く感謝しているのだった、そこで彼は思い切って、薄布の下で、刻々と変化していく一連の動きをのぞきこんだ――しかし、それにはすべて費用がかかるのであり、皆さんに時間を使ってもらい、心配してもらうだけでなく、大統領の訪問に関して費用負担までしてもらうのは理に反しているのだった。沈黙が際立ち、彼は息を詰めた聴衆の呼気までを聞くことができ、彼に向けられている彼らの瞳の中に強い関心と反感を見てとることができた――彼女とオルテンシア、彼女とマクロビア、彼女とカルミンチャ、彼女とチーナ。もう一度咳をして、かすかに顔を歪めた――それゆえ彼は内務省より、費用負担を軽減すべく歓迎委員会のもとに一定金額を提供するよう指示を受けてきているのであり、すると急にドン・レミヒオ・サルディーバルの姿が部屋全体を支配し、彼女とオルテンシアが――そこまででもう結構だベルムーデスさん。彼女ら二人の、シーツと薄布とともに交錯する肌、絡みあいほどけあう真っ黒な髪、そして彼は口の中に唾液が生ぬるくて濃厚に、まるで精液のようにたまっているのを感じた。委員会を立ち上げた時点で、地方官からは歓迎費用に補助が出るよう申請しようとの提案があったのだった、そしてドン・レミヒオ・サルディーバルは堂々とした誇らしげな身ぶりを示して、その時点ですでにわれわれはその申し出をきっぱりと断ったのです。それを支持するような呟きがあちこちで漏れ、辺境の挑戦的なプライドがたくさんの顔に浮かび、彼は口を開いて、両目に皺をよせた――しかし、農村の人たちを動員するにはお金がかかるではないか、サルディーバルさん歓迎の宴や式典を負担していただくのはいいとしても、その他の経費はそうは行きません、すると彼の耳には腹を立てたような人声が届き、非難の身ぶりが目に入り、ドン・レミヒオ・サルディーバルは両腕を傲岸に広げているのだった——彼らは一銭たりとも受けつけない、それは論外なのだった。彼らは自分たち自身のポケットの金で大統領をもてなすつもりなのだった、それは全員の一致した決定なのだ、集めた資金は十分すぎるほどにあるのだ、カハマルカがオドリアに敬意を表するのに助けはいらないのだった、だから、それ以上言わなくてもう結構なのだった。彼はそこで口を閉じ、うなずき、すると人影はまるで煙のように消えていった——それ以上彼は主張するつもりはないのだった、彼らの名誉を傷つけるつもりはなかったのだった、大統領にかわってこの紳士的な気前のよさに深謝したいのだった。しかし、彼はまだその場をあとにできなかった、というのもウェイターたちがつまみと飲み物を持って広間に一気に入ってきたからだ。彼は人々に囲まれ、オレンジ・ドリンクを飲み、顔に皺をよせてジョークによろこんでみせた。カハマルカの人間を知っていただきたくてですねベルムーデスさん、とドン・レミヒオ・サルディーバルは巨大な鼻をした白髪の男を彼の前に連れてきた——ラヌーサ博士だった、彼は自分のポケットマネーで一万五千本の小旗を作ったのだった、他の全員と同じだけの金額を委員会資金に提供した上でのことですよベルムーデスさん。そこまでやったのは、彼の農園の真正面をハイウェイが通るようになったから、というわけじゃないんですよ、とアスピルクエタ下院議員が笑った。その一言を誰もが面白がり、ラヌーサ博士までもが笑って、まったくカハマルカ人の口は辛辣ですな。まったくもって皆さんが何でも大きな規模でやるのが好きだというのはまちがいありませんな、と彼は自分が言っているのを耳にした。ですからあなたもぜひ肝臓の調子を整えて来てくださいよベルムーデスさん、とメンディエータ下院議員がビールのグラスの向こうで目をきらきらさせているのが見えた、誰もが大歓迎でお迎えしますから。彼は腕時計を見やり、もうこんな時間ですか？　申し訳ないがもう行かなければならないのだった。たくさんの顔、たくさんの手、それではじきにまた、またどうぞよろしく。エレディア上院議員とメンディエータ下院議員が階段まで彼につきそい、するとそこには色黒の小男が、へりくだった目つきと紅潮した頰をして待っていた。ラーマ技師ですドン・カヨ、すると彼はすぐに考えた、仕事の口か、推薦か、それとも商売か？――歓迎委員会のメンバーで、わが県が生んだ初めての農業技師ですベルムーデスさん。初めまして、何かお役に立てることがありましょうか。甥っ子の件なんです、こんなときにまったく申し訳ないのですが、母親が狂乱して、あまりに強く言うものですから。彼は笑みを浮かべて相手をうながし、ポケットからメモ帳を取り出した、その若者が何をしたのだろうか？　一家は大変な犠牲を払って彼をトルヒーヨ大学に入れたのだったが、そこで悪い仲間に惑わされたのでしょう、おかしな評議会に入ってしまい、以前は一度も政治にかかわったことなどなかったのに。わかりました農学士、彼が個人的に対処しましょう、その若者の名前は何と？　トルヒーヨで拘束されているのだろうか、それともリマで？　彼が階段を下りると、パセオ・コロンの明かりがすでに灯っていた。アンブローシオとルドビーコは玄関の前で煙草を吸いながら話をしていた。彼の姿を見ると彼らは煙草を投げ捨てた——サン・ミゲルへ。

「一つめの角を右に曲がって」とサンティアーゴが指差しながら言った。「あの古い黄色い家で。そう、ここ」

ベルを鳴らし、中を覗くと階段の上にカルリートスが、パジャマのズボン姿で、肩にタオルをかけているのが見えた——大急ぎで下りるからサバリータ。彼は車のところにもどった。

「急いでいるんだったら、もうここに置いていってくれればいいよチスパス。僕らはカヤオまでタクシーで行く。交通費は《ラ・クロニカ》が出してくれるから」

「連れてってやるよ」とチスパスは言った。「これからはしょっちゅう会えるんだろうな？　テテもおまえに会いたがってる。彼女を連れてきてもいいだろ、それとも、テテのことも怒ってるのか？」

「もちろん怒ってないよ」とサンティアーゴは言った。「僕は誰のことも怒ってない、親のことだってそうだ。じきに彼らにだって会いにいく。ただ、これからはずっと一人で暮らすつもりだ、というのには彼らも慣れてほしいんだ」

「彼らがそれに慣れることはないだろうな、それはおまえにもわかってるはずだ」とチスパスは言った。「おまえのせいで、彼らの人生は暗いものになった。そんな馬鹿げた計画にいつまでもこだわるなよ超秀才」

しかしカルリートスが来て、不審げに車を見やり、チスパスの顔を見ていたので黙った。サンティアーゴがドアを開けた――さあさあ乗って、僕の兄を紹介するよ、乗せてってくれるんだ。どうぞ、とチスパスは言った、三人は楽に乗れるので。発車して路面電車の路線に沿って行き、だいぶしばらくの間、誰も口を開かなかった。チスパスが煙草を勧め、カルリートスは僕らを横目で見たんだったな、と彼は考える、ニッケルめっきのダッシュボードを、新品のカーペットを、チスパスの優雅な出で立ちを観察していたな。

「新しい車なんだってことすら、おまえ、気づかないんだな」とチスパスが言った。

「そういえばそうだ」とサンティアーゴは言った。「親父はビューイックを売ったのか？」

「そうじゃない、これはオレのだ」とチスパスは指先に息を吹きかけるふりをしながら言った。「分割で払ってる。まだ一か月にもならないんだ。カヤオで、おまえたちは何をするんだ？」

「税関の署長にインタビュー」とサンティアーゴは言った。「カルリートスと僕で、密輸に関する連載記事をやっているんだ」

「へえ、それは面白そうだ」とチスパスは言い、しばらくしてから、「知ってるか？　おまえが働くようになってから、うちじゃ毎日《ラ・クロニカ》を買ってるんだぜ。でもおまえが何を書いてるのかは、わからないままだ。なんで記事に署名を入れないんだ？　そうすれば少しずつ知られるようになるのに」

そこにカルリートスの、面白がってるような、びっくりしているような目があったんだったなサバリータ、それでおまえは居心地悪く感じていて。チスパスはバランコ区、ミラフローレス区を抜けて、パルド通りを曲がり、コスタネーラ通りに入った。長い、居心地の悪い沈黙をはさんで、サンティアーゴとチスパスだけが話をし、カルリートスは好奇心をそそられたような、皮肉な表情で彼らを横から観察していた。

「新聞記者ってのはすごい面白いんだろうな」とチスパスが言った。「オレには無理だが、オレは手紙を書くのすらダメだから。しかし、サンティアーゴおまえにはまさにうってつけだ」

ペリキートが税関の正門前でカメラを肩にかけて待っていて、その少し先には新聞社のワゴン車が止まっていた。

「近いうちにまた同じ時間に迎えに行くよ」とチスパスが言った。「テテを連れてな、いいだろ？」

「わかった」とサンティアーゴは言った。「乗せてくれてありがとうチスパス」

チスパスは一瞬、ためらって、口を半開きにしていたが、結局何も言わず、手で別れの合図をしただけだった。彼らは車が水たまりのできた石畳の上を遠ざかっていくのを見送った。

「ほんとにおまえの兄貴なのか？」とカルリートスが信じられないというように首を振りながら言った。「おまえんちは腐るほど金があるんだな、そうなのか？」

「チスパスによれば、破産寸前らしい」とサンティアーゴは言った。

「あれで破産なら、オレだって破産してみたいもんだ」とカルリートスは言った。

「もう三十分も待ってたんだぞ、調子に乗るな」とペリキートが言った。「知らせを聞いたか？　軍事内閣だ、アレキパのトラブルのせいで。アレキパ人はベルムーデスを追い出した。これでオドリアも終わりだな」

「そんなによろこぶなよ」とカルリートスは言った。「オドリアの終わりは、何の始まりだって言うんだ？」

Ⅷ

次の日曜日アンブローシオは彼女を二時に待ち、二人で映画に行き、アルマス広場の近くで軽食をとってから長いこと歩きまわった。きっと今日よ、とアマーリアは考えていた、きっと今日起こるのよ。彼がときどき彼女を見つめていることがあり、彼のほうもまた今日がその日だと考えているのが彼女にはわかった。フランシスコ・ピサロ通りにいいレストランがあるんだ、暗くなるとアンブローシオが言った。そこはペルー地元料理と中華料理の両方を出した。二人はたっぷりと食べ、たっぷりと飲んで、ほとんど歩けないほどになった。近くでダンスがあるんだ、とアンブローシオが言った、覗いてみよう。鉄道線路の裏手に張ってあるサーカス用のテントがその場所だった。楽団は小さな演壇の上にいて、フロアには客が泥を踏まずに踊れるように筵が敷きつめられていた。アンブローシオはしじゅう行き来して紙コップでビールを買ってきた。人がたくさんいてスペースがないので、どのペアもその場で小さく飛び跳ねていた。ときどき喧嘩が始まったが、最後まで行くことは一度もなかった。二人の屈強な男が当事者を引き離し、宙づりにして外に放り出すからだった。酔っぱらってきちゃった、とアマーリアは考えていた。次第に暖まって気持ちがよくなり、自由な気分になって、突然、彼女のほうがアンブローシオをダンスフロアに引っぱり出した。他のカップルと混じりあい、抱きあったまま、音楽はいつまでも終わらなかった。アンブローシオは彼女を強く抱きしめ、アンブローシオは彼女に触れた酔っぱらいを突き飛ばし、アンブローシオは彼女の首筋にキスをした――そのすべてがすごく遠くで起こっているみたいで、アマーリアはけらけらと大笑いした。その後、地面が回転しはじめ、彼女は転ばないようにアンブローシオにしがみついた――気持ちが悪くなっちゃった。彼が笑い、彼女を引っぱっていくのを感じ、気がつくと急に通りに出ていた。顔に当たる冷たい空気で彼女は少し目が覚めた。彼の腕につかまって歩き、彼の手が腰にまわるのがわかり、どうしてあたしに飲ませたのか、わかってるわよ、と言った。彼女はハッピーだった、それでよかった、どこに向かっているのだろうか？　歩道が落ちくぼむような感じがし、あんたが言わなくてもどこに行くのかわかってるわよ。ルドビーコの部屋だとおぼろげな意識の中で認識した。アンブローシオに抱きついていて、アンブローシオの体に自分の体を押しつけていて、自分の口でアンブローシオの口を探し求めていて、あんたのこと憎んでるんだからアンブローシオ、ひどいことをしたんだから、と言っていたが、まるでまた別のアマーリアが今ここで自分がやっていることを全部やっているみたいだった。されるがままに服を脱がされ、ベッドに連れこまれ、何を泣いているのよ馬鹿ね、と考えていた。やがて硬い腕が彼女を包みこみ、重みが彼女を割り、息がつまって苦しくなった。もう自分が笑っても泣いてもいないことを感じ、トリニダーの顔が遠くを横断していくのが見えた。突然、揺さぶられた。目を開いた——部屋の明かりがついていて、急げとアンブローシオが言っていて、シャツのボタンをとめようとしていた。何時なのだろうか？ 朝の四時なのだった。頭が重く、体は痛く、奥様に何と言われるだろう。アンブローシオが彼女にブラウスを、ストッキングを、靴を手渡してくれて、彼女は大急ぎで、彼の目を見ないようにしながら服を着た。通りに人影はなく、肌寒い風が今度は不快だった。アンブローシオによりかかるようにしてくっつき、彼は彼女を抱きしめた。叔母さんが病気になって面倒を見なきゃならなかったのよ、と考えた、あるいは、あんたが調子が悪くなって叔母さんが帰らせてくれなかったのよ。アンブローシオがときどき彼女の頭をなでていたが、二人は何も話さなかった。家々の屋根の上にかすかな光が兆したところでバスがやってきた。サン・マルティン広場で下りるともう夜が明けていて、腕の下に新聞を抱えた売り子の少年たちが回廊を走っていた。アンブローシオは路面電車の停留所まで彼女につきそった。今回は前みたいにはならないのだろうかアンブローシオ、今度はちゃんとした行動をとってくれるのだろうか？ おまえはオレの女なんだから、とアンブローシオは言った、愛してるから。二人は路面電車が来るまで抱きあっていた。窓ごしにさよならをしてからもずっと彼を見つめ続け、路面電車が彼を後方に残して、彼がだんだん小さくなっていくのをずっと見ていた。

車はパセオ・コロンを下り、ボロニェーシ広場を周回してからブラジル通りに入った。交通量と信号のせいでマグダレーナ区まで三十分かかった。その後、大通りから外れると明かりの乏しいうらぶれた通りを素早く抜けて、数分でサン・ミゲルに着いていた――もっと眠ること、今日は早く寝ること。車が目に入って角の警官たちは敬礼した。家に入るとメイドがテーブルの用意をしているところだった。階段から広間を、食堂を見やった――花瓶の花は替えられていて、テーブルの上のナイフとフォークやグラスは光っていて、すべてが整頓されて清潔に見えた。上着を脱ぎ、ノックせずに寝室に入った。オルテンシアが鏡台の前で化粧していた。

「ケタは客がランダだと言ったら、来たくないと言ったのよ」と、彼女の顔が鏡ごしに彼に微笑みかけた。上着をベッドの上に、ドラゴンの頭をめがけて放り投げた――頭は隠れた。「哀れ彼女、ランダと聞くとあくびが出るんですって。あなたのために我慢して、老いぼれの相手ばっかりさせられて、たまには誰かいい男を招待してあげるべきよ」

「運転手たちに食事をやってくれ」と彼はネクタイを緩めながら言った。「わたしは風呂に入る。水を一杯持ってきてくれないか？」

バスルームに入り、湯を出して、ドアを閉めずに裸になった。バスタブがいっぱいになっていくのを、部屋が湯気で満たされていくのを眺めていた。オルテンシアが命令を出すのが聞こえ、コップ一杯の水を持って入ってくるのが見えた。錠剤を一錠飲んだ。

「何か飲む?」と彼女が戸口から訊いた。

「風呂のあとで。きれいな服を出しておいてくれ、頼む」

バスタブの中に沈みこみ、頭だけを外に出して横たわったまま、まったく動かずに、水がぬるくなってくるまでじっとしていた。石鹸をつけ、冷たい水のシャワーで流し、髪をとかして裸のまま寝室に移動した。ドラゴンの背中の上に清潔なシャツと下着と靴下があった。ゆっくりと服を着ていきながら、ときおり、灰皿で煙をあげていた煙草を吸った。その後、仕事部屋からロサーノと、宮殿と、チャクラカーヨの自宅に電話をした。広間に下りるとケタが到着していた。胸もとが大きく開いた黒いドレスを着て、団子にまとめた髪型のせいで老けて見えた。女たち二人はウィスキーを手にしてすわって、レコードをかけていた。


ルドビーコがイノストローサの代わりに入ってきて、少しはマシになったんです、なぜ、ですか? イノストローサは超退屈な男だったのに対して、ルドビーコはいいやつだったからです。ドン・カヨの運転手をやっていて一番つらいのは、ロサーノ氏のためのああいう臨時仕事ではなく、仕事時間が決まってなく休みもいつ取れるのかわからないということでもなく、退屈な夜の過ごし方だったんですよ旦那さん。彼をサン・ミゲルに連れていって、ときには翌朝まで待っていなければならない夜のことです。長時間すわりっぱなしでね旦那さん、徹夜です。退屈ってのはどんなことか、これからおまえにもわかるぞ、とアンブローシオはルドビーコに、初勤務の日に言ったもので、彼は家のほうを見ながら――へえ、ベルムーデス氏はここに愛人用の別宅を持っていたわけか、ここでやってるわけだ。ルドビーコは話をするのでよかったんです、それに対してイノストローサは車の中でミイラみたいに縮こまって寝てましたから。ルドビーコと一緒だと、彼らは家の庭の壁にすわって過ごし、そこからだとルドビーコは万が一のために通りの端から端まで目を配っておくことができるのだった。ドン・カヨが家に入るのが見え、中の声が漏れ聞こえ、ルドビーコは何が起こっているのか推測してアンブローシオを面白がらせた――今は酒を飲んでいるんだな、そして二階の明かりがつくと、ルドビーコは乱交パーティの始まりだと言うのだった。ときには角に配置されている警官たちがやってきて、四人で煙草を吸ったり話をしたりすることもあった。一時期は、警官の一人はアンカッシュ出身の歌い手だった。いい声をしてましてね旦那さん、「かわいいお人形さん《ムニェキータ・リンダ》」が得意の歌で、なんで早く仕事を変えないんだ、と彼らは言っていたものだった。真夜中ごろから退屈が、時間がもっと早く過ぎてくれないかという絶望感が始まるのだった。もう話し続けるのはルドビーコだけだった。まったくひどい助平な男で、イポリトに関するエロ話ばかりをしてました、実際にひどいエロなのは彼自身だったんですがね旦那さん。そろそろドン・カヨはあそこでいい思いをしてるんだろうな、とバルコニーを指差しては口で変な音を出して、目を閉じるとあれが見えるこれが見えるって、しまいには旦那さん変な話ですいませんが、四人とももう娼館に行きたくてしかたなくなるのだった。奥様のことを話しだすと彼はもう狂ったようになるのだった――今日の朝、一人でドン・カヨを連れてきたとき、彼女を見たんだネグロ。もちろん、やつの勝手なでっちあげですよ。バスローブていうかさネグロ、ガーゼみたいなのでできたピンク色の、シースルーの短い上っぱりを着てて、中国式のつっかけを履いて、目からは火花が出ていたぜ。その目で、ひと目見られたら死んじまう、もうひと目で聖ラザロみたいに生き返った心地になって、三回目にはまた死んで、四回目にはまた復活――そんなおかしなことを言って旦那さん、面白いやつです。奥様というのはオルテンシアさんのことです旦那さん、もちろん。

ドアのところでカルロータに出くわした。パンを買いに出るところだった――何があったの、どこ行ってたの、何してたの？　リモンシーヨの叔母さんのところに泊まってきたのだった、叔母さんが病気になってしまって、奥様は怒ってた？　二人はパン屋まで一緒に歩いていった――気がつきもしなかった、一晩中、寝ずにアレキパのニュースを聞いていたのだから。アマーリアはそれで心も体も自分にもどるのを感じた。アレキパで革命だって知らないの？　とカルロータは興奮して言っていた、奥様がすっかり不安になっていて、その不安感は彼女らにまで伝染してきて、彼女とシムラは食品庫の中から朝の二時まで一緒にラジオに耳を傾けていたのだった。でもそんなに興奮して、いったいアレキパで何が起こっているの？　ストライキ、衝突、死者、それで今では旦那様を政府から追放するよう求めているのだった。ドン・カヨを？　そうよ、それで奥様は旦那様の居場所がわからず、一晩中悪態をつきながらセニョリータ・ケタに電話をしていたのだった。二倍買ってしまっておきなさいよ、とパン屋の中国人は彼女らに言った、もし革命が来たら明日は店を開けないから。二人はひそひそ話しながら外に出た、何が起こるのだろう、どうして旦那様を追い出したがっているのカルロータ？　奥様が昨日の夜、腹立ちまぎれに言っていたのでは、おとなしすぎるからだって、そして突然アマーリアの腕をつかむと、彼女の目の中をのぞきこんだ――あんたの叔母さんの話、信じないわよ、男といたんでしょう、顔にそう書いてあるのだった。どこのどの男よ、ふざけないで、叔母さんが病気になったのだから、アマーリアはカルロータをものすごく真剣な顔で見つめていたが、中ではくすぐったさと、幸せなぬくもりを感じていた。二人が家に入るとシムラは広間で不安げな顔をしてラジオを聞いていた。アマーリアは自分の寝室の部屋に行き、急いでシャワーに入り、何も質問されなければいいのだけれど、そして寝室に朝食を持って上がると、階段のところからすでに、〈時報ラジオ〉の時刻案内とアナウンサーの声が聞こえていた。奥様はベッドに起き直って煙草を吸っていて、おはようございますに返事をしなかった。政府はアレキパで不穏と反乱の種をまいている勢力に対して非常に抑制的に対応しており、とラジオは言っていた、労働者は仕事に、学生は学業にもどるべきである、そして急に、奥様の目が初めて彼女の存在に気づいたかのように見ているのにぶつかった――で、お馬鹿さん、新聞はどうしたの？　急いで買ってきて。はい今すぐに、と走って部屋を出ながら、よろこんでいた、気がつきもしなかったのだ。シムラにお金をもらって、角のキオスクに行った。彼女が入ってくるのを見ると、新聞を奪いとってページをめくりはじめた。台所でシムラに何か重大なことが起こったにちがいなかった、奥様があれほど青ざめていたのだから。彼女が入ってくるのを見ると、新聞を奪いとってページをめくりはじめた。台所でシムラに質問した、革命が成功すると思う？　オドリアを追い出すことになると思う？　シムラは肩をすくめてみせた――政府から追い出されることになるのは旦那様だろう、誰もが恨んでいるのだから。それからすぐに奥様が下りてくる物音がして、彼女とカルロータは食品庫に走っていった――もしもし、もしもしケタ？　新聞には何も新しいことが書いてないのだった、一睡もしてないのよ、そして二人は彼女が《ラ・プレンサ》を腹立ちまぎれに床に投げ捨てるのを見た――あのくそ野郎どもまでカヨの辞任を求めてるのよ、何年もお追従ばかり言っていたくせに、ここに来てあいつらまで手のひらを返したようになるんだからケティータ。ひどい罵詈雑言を大声で言っていて、アマーリアとカルロータは顔を見交わした。ないのよケティータ、来てないし電話もしてきていないのだった、かわいそうに、この問題で忙しくてしかたないのだろう、もしかしたらアレキパに行ったのかもしれなかった。いいかげん一発ぶちこんでやって、たわごとを全部封じればいいのよケティータ。

「イボンネ婆さんは政府の悪口ばかり言ってまわってて、あなたのことまで悪く言ってたわよ」とオルテンシアが言った。

「あの人に何を言うかは気をつけて、あたしが陰口をたたいてるって知られたら殺されちゃう」とケタは言った。「あの化け物だけは敵にまわしたくないんだから」

彼女らの前を横切ってバーに向かった。二かけらの氷にウィスキーだけを注いで、腰を下ろした。使用人たちは制服に着替えて、食卓のまわりをうろうろしていた。運転手たちに食事をやってくれたか？　もうやったという返事だった。風呂のせいで彼は眠くなってきて、オルテンシアとケタの姿を薄い霧ごしに見ているようで、そのひそひそ話と笑い声が聞こえるだけだった。どれどれ、あの婆さんは何と言ってまわっているのか。

「初めてだったわ、彼女があなたのことを人前で悪く言うのを聞いたのは」とケタが言った。「これまで、あなたのことを話すときは、お世辞ばっかりだったんだから」「ロベルティートに言ってたのよ、ロサーノが取り立ててる金はあなたと山分けしてるんだって」とオルテンシアが言った。「リマいちのおしゃべりに、そんなこと言ったんだから」

「こんなふうに血を抜かれ続けるなら、もう引退して真っ当な人生に乗り換えるんだって」とケタは笑った。

彼は顔に皺をよせて、口を開けてみせた——女たちは口を開かなければいいのに、女たちとは身ぶりだけでわかりあえればいいのに。ケタがオードブルを取ろうと体をかがめると、襟ぐりが開いて乳房がのぞいた。

「ほらほら、あたしの前で彼を挑発しないでちょうだい」とオルテンシアは彼女を平手で叩いた。「それは爺さんが到着するまでとっておきなさいよ」

「ランダは、こうしたって目が覚めないわよ」とケタは平手で叩き返した。「彼ももう真っ当な人生に引退する潮時でしょ」

二人は笑い、彼は飲みながら聞いていた。いつも同じジョーク、最新の噂を知ってる？ 同じ話題、イボンネとロベルティートは愛人なんだって！ 今にランダがやってきて、夜明けには、これまでの幾夜と何一つちがわない一夜をまた無為に過ごしたという感覚を抱くことになるはずだった。オルテンシアはレコードを替えるために立ち上がり、ケタはもう一杯入れるために立ち上がり、人生はいかにも単調な反復なのだった。彼らはさらにもう一杯ウィスキーを飲み、するとようやく玄関前に車が止まる音が聞こえた。

ルドビーコの空想のおかげで、待機もそれほど退屈じゃなくなったんですす旦那さん。彼女のあの口もと、彼女のあの唇、彼女のあの歯の輝き、バラの匂いがして、墓に入った死人すらも揺り起こすあの体——奥様に惚れてるようでしたね旦那さん。しかし、何かの機会に本人の前に出ることがあると、ドン・カヨが恐くて彼女に目をやることすらできないのだった。彼のほうも同じだったのか？　いや、アンブローシオはルドビーコの言うことを聞いて笑っているだけだった、彼は奥様のことは何も言わなかったし、別世界の存在のように思っていたわけでもなく、早く夜が明けて眠りに行きたいとばかり考えていた。他の女の人たちですか旦那さん？　セニョリータ・ケタもいい女だと思わなかったのかって？　思わなかったですね旦那さん。まあ、美人だったのでしょうが、アンブローシオはこんなハードな仕事のリズムで女のことなど考える元気があるはずがなく、頭ではいつも、ベッドに寝転がって徹夜の疲れから回復できる休みの日のことを夢見てばかりいた。ルドビーコはちがった、彼はドン・カヨの世話をするようになってから自分が偉くなったように思いこみ、今度こそ正規採用になるんだネグロ、そうしたらただの臨時雇いだからといって踏みつけにしてきた連中を彼のほうが踏みつけにしてやるつもりなのだった。それが彼の生涯の大野望だったんです旦那さん。あのころの夜、奥様のことを話すのでなければ、それだった――固定給、バッジ、有給休暇、どこに行っても誰もが彼に頭を下げて、誰もが彼に儲かる話を持ってくる。いや、アンブローシオのほうは一度も警察の仕事で出世したいと思ったことはなかった、旦那さん彼にとって警察仕事は、待機時間の退屈のせいで、むしろ嫌いだった。おしゃべりをして、煙草を吸って、一時か二時には眠くて死にそうになって、冬だったら寒くて死にそうになって、夜が明けてくると庭の噴水の水盤で顔を濡らして、女中たちがパンを買いに行くのを見て、通りを車が通るようになって、強い芝生の匂いが鼻に入ってきて、そうするとドン・カヨがもうじき出て来るのでほっとするのだった。いつになったら運勢が変わってふつうの暮らしができるのだろう、とアンブローシオは考えていた。そして実際、旦那さんのおかげで運勢が変わって、ついにそれを手に入れたのだった。

奥様は午前中をバスローブ姿のまま、立て続けに煙草を吸って、ニュースを聞きながら過ごした。昼食は断って、濃いコーヒーを一杯だけ飲み、タクシーで出ていった。それからじきにカルロータとシムラが出かけて、アマーリアは服を着たままベッドに横になった。

ひどい疲れを感じて、瞼が重く、目が覚めるともう夜だった。起き上がり、すわってから、何を夢に見たのだったか思い出そうとした――彼が出てきたが、中身は思い出せず、ただ夢の間はずっともっと続いて、終わらないでと思っていたのだった。つまり、その夢が好きだったのね馬鹿。顔を洗っていると浴室のドアが突然開いた――アマーリア、アマーリア、革命があったのだった。カルロータは目が飛び出していて、何があったの、何を見たの。ライフルとマシンガンを持った警察よアマーリア、いたるところに兵隊がいて。アマーリアが髪を整え、エプロンをつける間、カルロータは飛び跳ねていて、でもどこで、何が。大学公園でだよアマーリア、カルロータとシムラがバスを降りようとしているとデモ隊が目に入ったのだった。若者たち、女の子たち、大きなプラカード、自由、自由、ア・レ・キ・パ、ア・レ・キ・パ、ベルムーデスは辞任しろ、呆然となって彼女らは眺めていたのだった。何百人、何千人、そこに突然警察が、放水装甲車、トラック、ジープがあらわれて、コルメーナは煙で、放水、疾走、叫び声、投石でいっぱいになって、するとそこに騎馬部隊が。彼女らはその場でアマーリア、ど真ん中にいてどうしていいのかわからなかった。建物の入口に身を寄せて、抱きあって、お祈りをして、煙のせいでくしゃみが出て涙が出て、男たちがくたばれオドリアと叫びながら通り過ぎていき、彼女らは学生たちが棍棒で殴られ、警官たちの上に投石の雨が降るのを見たのだった。どうなるの、いったい何がどうなるの。彼女らはラジオを聞きにいき、シムラは目が痛いと言って十字を切っていた――危ないところを救っていただいて、ああイエス様。ラジオは何も言ってなく、彼女らは局を変えたが、コマーシャル、音楽、クイズ番組、電話リクエストばかりだった。十一時頃に奥様がセニョリータ・ケタの白い小さな車から下りてくるのが見え、車はすぐに走り去った。すっかり落ちついていて、まだ起きて何してたの、もうすっかり遅いのに。するとシムラが――ラジオを聞いていたのだが、革命については何も言っていなくて奥様。革命って何を言ってるの――アマーリアは彼女が少し酔っぱらっているのに気づき、もうすべて解決したのだとわかった。しかし、彼女らは見たのだった、奥様、とカルロータは言い、デモ隊と警察が、いろいろやっているのを、すると奥様は馬鹿ね、何も怖がることなどないのだった。旦那様とも電話で話して、アレキパの連中にはお仕置きをしてやるので、明日にはすべてが平常にもどっているはずなのだった。おなかが空いているというのでシムラがチュラスコを作った――うちの旦那さんは何があっても落ちつきを失わないわ、と奥様は言った、もう彼のことを心配するのはやめたわ。テーブルを片づけるとすぐにアマーリアは寝に行った。さあこれで、また一から始まったのだった、馬鹿ねあんた、また彼と仲良くなってしまったのだった。穏やかなけだるさ、生温かい物憂さがあった。これから彼らはどうやっていくのだろうか、ときには喧嘩をするのだろうか？　もう二度と彼の友達の家には行かないのだ、小さな部屋を彼が借りればいいのだ、そこで日曜日を過ごせばいいのだった。あんたがかわいい感じに飾りつけたりして馬鹿ね。カルロータに打ち明けて話してしまえればいいのに。でもダメ、もう一度ヘルトルーディスに会うまでは、言いたいのを我慢しておかなければ。

ランダは目を輝かせて、口数多く、アルコールの匂いをさせてやってきたが、室内に入るや、葬式のような顔になった――長居はできないのだった、まったく残念なことに。身をかがめてオルテンシアの手に口づけし、おかま声を出してケタに頬にキスしてくれと頼んでから、二人の間の安楽椅子にどさりとすわりこんで大げさに言ってみせた――二本のバラの間の一本の棘ですなドン・カヨ。半ば禿げた頭をして、しかし完璧な仕立てのおかげで体の線がわからなくなるグレーのスーツに身を包み、ザクロ色のネクタイを締めて、オルテンシアとケタに調子のいいお世辞をふりまいている、それを見て彼は、これは金がもたらす自信、気安さというものか、と考えた。

「産業振興省の委員会が朝の九時にあるんですよドン・カヨ、なんたる時間設定でしょう」とランダは、悲喜劇的なしかめ面を作って言った。「しかも私は医者の指示で八時間は寝なきゃならない。まったく残念です」

「作り話でしょ上院議員」とケタがウィスキーを手渡しながら言った。「本当は奥さんに首根っこをつかまれてる」

ランダ上院議員は、両隣の美女二人に、そしてドン・カヨあなたに、と言って乾杯した。味わいながら飲み、それから笑いだした。

「オレは自由な男だ、婚姻の束縛など我慢できない」と言い放った。「なあかわいいおまえ、おまえのことはすごく愛しているが、羽目を外す自由は手放したくないんだ、根本的にはそれが一番重要なものだからだ。そう言ったら、わかってくれたんだよ。結婚して三十年になるが、ただの一度も説明を求められたことはない。うちのは嫉妬して問題を起こしたことも、一度もないんですよドン・カヨ」

「その自由をもう思う存分に利用してらっしゃるわよね」とオルテンシアが言った。「最新のお色気話をしてくださいよ上院議員」

「それよりも政府批判のジョークをいくつか、クラブで聞いてきたばかりのやつを話してあげよう」とランダは言った。「こっちに寄って、ドン・カヨに聞かれないように」

自ら大きな笑い声をあげて面白がり、その笑いはケタとオルテンシアの笑い声とも混じりあい、彼もまたその小咄を面白がって口を少し開き、頬を歪めてみせた。さて、もし高名な上院議員が早く帰らなければならないのなら、もう食事にしたほうがいいでしょう。オルテンシアが食品庫のほうに向かい、ケタもそれに続いた。ドン・カヨ乾杯、乾杯上院議員。

「会うたびにあのケタはいい女になりますな」とランダが言った。「オルテンシアは言うまでもありませんがドン・カヨ」

「おたくの委員会の決定には大いに感謝しております」と彼は言った。「その決定についてサバラに今日の昼、話しておきました。あなたがいなければ、あのグリンゴ連中の入札が通るはずはなかった」

「ここでお礼を言わなければならないのは私のほうですよ、オラーベの件について」とランダは、とんでもないという身ぶりをしながら言った。「友人というのは助けあうためにいるんですから、当然のことです」

そのとき彼は、上院議員の関心がそれて、その視線も腰を振るようにして歩いてくるケタのほうに向いていることに気づいた――ここでは仕事や政治の話はダメよ、禁止されてるんだから。彼女はランダにくっついて腰を下ろし、すると急にランダが目をしばたき、その頰に輝きが灯るのが見え、顔を突き出して、ケタの首もとに一瞬、唇をつけた。これでもう帰るのはやめることになるぞ、残ることになる、言い訳をでっちあげるだろう、酔っぱらって明け方の三時か四時になってようやくケタを連れて帰るのだ――彼はためらうことなく両方の親指で首を絞め、すると彼女の目玉は二粒の葡萄のように弾けた。おまえがやつを興奮させたんだぞ、やつが残って、今日もまたわたしは眠れなかった――代償を払え。テーブルへどうぞ、とオルテンシアが言い、その前にかろうじて彼はケタの太股の間に電極棒を挿入し、肉が焦げてビリッと鳴るのを聞きとめた――代償を払え。食事の間じゅう、ランダが会話を主導し、その話術の自在さはワインが進むにつれて昂進した――噂話、小咄、逸話、女たちをもちあげるお世辞。ケタとオルテンシアがランダに質問し、返答し、誉めたたえる一方で、彼はただ微笑んでいた。食事が終わって全員が立ち上がったころには、ランダの話しぶりはとりとめなく乱れていて、ケタとオルテンシアに自分の葉巻を吸ってもらいたいなどと言って、まだ帰りそうになかった。ところが突然、腕時計に目をやり、すると陽気さが一瞬にして顔から消えた――十二時半、心の底に痛みをおぼえながらも帰らなければならないというのだった。オルテンシアの手に口づけし、ケタの唇にキスをしようとしたが彼女は顔をそらして頰を差し出した。彼は街路に出る戸口までランダにつきそって見送った。

Ⅸ

誰かが彼女を揺さぶり、待ってる人がいるわよ、目を開けると、こないだの男の人の運転手よ、とカルロータの面白がっている顔――あそこの角のところであんたのことを、待っているのだった。急いで服を着て、日曜日は彼といたわけなの？　髪をとかし、だから寝に帰ってこなかったの？　そしてクラクラしながらカルロータの笑い声と質問を聞いていた。パンの籠を取って外に出ると、角のところにアンブローシオがいた――ここでは何も起きなかったのか？　彼女の腕をつかみ、人に見られたくないのだ、急ぎ足で彼女を歩かせ、おまえのことが心配だったんだアマーリア。彼女は立ち止まり、彼を見つめて、何が起こるっていうの？　何が心配だったの？　しかし彼はなおも先まで彼女を歩かせた――ドン・カヨがもう大臣じゃなくなったことを知らないのか？　夢を見てるんじゃないの、とアマーリアは言った、もうすべて解決したのだ、昨日の夜、奥様が、しかしアンブローシオはちがうちがう、昨日の夜、ドン・カヨと他の文民の大臣は全員解任されて軍事内閣ができたのだった。奥様は何も知らなかったのか？　まだ知らないのかもしれなかった、まだ寝ているはずだった、かわいそうにすべて解決しつつあると信じて眠りについたのだった。彼女はアンブローシオの腕をつかんだ——で、これから旦那様には何が起こるのだろうか？　何が起こるのかはわからなかったが、大臣でなくなっただけでもすでに大ごとじゃないか？　アマーリアは一人でパン屋に入りながら、彼は何が心配で、何のために来たのかというと、あんたのことが好きだから、と考えた。店を出ると彼の腕をつかんで、でもどうやってサン・ミゲルまで来たのか、ドン・フェルミンに何と言って来たのか？　ドン・フェルミンは身を隠しているのだった、逮捕されるのを恐れているのだった、警察がずっと家を監視していて、彼は田舎にいるのだった。そしてアンブローシオはよろこんでいた、アマーリア彼が身を隠している間はもっと頻繁に会えるのだ。彼女をガレージの進入路に押しこんで、そこなら家から見えないので、彼女にぴったり体をつけて抱きしめた、するとアマーリアは彼の耳元に届くように背伸びをした——あたしに何か起こるのを心配してくれたわけ？　そうだよ、と彼が笑うのが聞こえ、今では彼女が彼を支配しているというのだった。するとアマーリアは——今度のほうが、前よりもよくなるんじゃないだろうか、ちがう？　もう彼らは喧嘩しないのではないだろうか、ちがう？　するとアンブローシオは——しない、もうしないよ。彼女に角のところまで付き添い、別れ際には、家の女たちにオレのことを見られたなら、何か適当な嘘を言っておきな、と勧めた、何かことづかって来たのだとか、オレのことはほとんど知らないとか何とか。

ランダの車が発進するまで待ってから家にもどった。オルテンシアはすでに靴を脱いで、バーに寄りかかって鼻歌を歌っていた。老いぼれが帰ってやれやれだわ、とケタが肘掛け椅子から言った。彼は椅子にすわり、ウィスキーの入った自分のグラスを取るとゆっくりと飲みながら、オルテンシアがその場で踊るのを見つめた。最後のひと口を飲むと、時計を見て、立ち上がった。彼もまた、もう行かなければならないのだった。寝室に上がっていき、すると階段の途中で、オルテンシアが歌うのをやめて後ろからついてくるのがわかった。ケタは笑い声をあげた。泊まっていかれないの？　と後ろからオルテンシアが近づき、腕にその手をかけ、酩酊した甘ったるい声で、今週は一度だって会ってないんだから。毎日の出費に、と彼は言って鏡台の上に何枚かの紙幣を置いた――泊まっていかれないのだった、朝早くからすることがあるので。振り返ると、ほとんど溶け出すようなオルテンシアの目、情愛に満ちた間の抜けた表情、そこで彼は微笑みながらその頰をなでた――大統領の旅があるのでものすごく忙しいのだった、もしかしたら明日は来られるかもしれない。鞄を持って階段を下りた、オルテンシアが腕にぶらさがったまま、興奮した猫のようにごろごろと喉を鳴らしているのを聞きながら、その足もとが不安定でほとんどよろめいているのを感じながら。大きいほうのソファに横になって、半分入ったグラスを空中で揺らしているケタが、彼らのことをからかうようにふり向いて見るのが目に入った。オルテンシアは彼の腕を放して、あやしい足取りで走ってソファに身を投げ出した。

「この人、出ていきたいんだってケティータ」、その甘ったるい喜劇的な声、芝居がかった口つき。「もうあたしのことを愛してないんだって」

「かまわないじゃない」とケタは長椅子の上で体をねじって、両腕を広げてオルテンシアを抱きしめた。「出ていけばいいわよ、チョラあたしがあんたのことを慰めてあげるから」

オルテンシアの挑戦的な笑い声が聞こえ、彼女がケタに抱きつくのを見て思った――いつも同じことのくりかえしだ。笑いながら、ふざけながら、調子に乗って、二人は抱きあい、ソファからあふれそうになりながらひとつに合体して、両者の唇が笑いながら接触し、離れ、またひとつになるのを、脚が絡みあうのを彼は見ていた。階段の最後の一段のところから彼女らを観察しながら、煙草をふかし、口には優しげな笑みを浮かべて、彼は自分の目の中で急に決断が揺らぐのを、胸の中で怒りが芽生えるのを感じていた。出し抜けに彼は、敗北の仕草とともに肘掛け椅子にすわりこみ、手を放した鞄は床に転がった。

「嘘っぱちだ、八時間の睡眠というのも、産業振興省の委員会というのも」と彼は考え、自分が同時にそれを口にしていることにはほとんど気づいていなかった。「今ごろクラブに着いて、博打をしてるんだ。ここに残りたかったんだが、賭博中毒には勝てなかった」

彼女らはお互いにくすぐりあい、派手な悲鳴をあげ、囁きあい、体をふるわせ、その身動きと叩きあいと大げさな身ぶりのせいでソファの縁へとずれていきつつあった。しかし落ちるところまでは行かなかった――前に動いたり後ろに下がったり、押しあったり支えあったりしながら、ずっと笑っているのだった。彼は二人に目をすえたまま、しかめ面をし、目は半分閉じていたが生き生きしていた。口が渇いているのを感じた。

「唯一オレに理解できない中毒だ」と彼は声に出して考えた。「ランダのような金を持っている人間にとって、唯一意味をなさない悪癖だ。もっと金を手に入れるために賭けるのか、持っている金を失うためか？　人間、誰もが結局満足できない、何かが足りなくても、ありすぎても」

「見て、一人でしゃべってる」とオルテンシアがケタの首もとから顔を上げて指差した。「頭がおかしくなっちゃったわよ。もう帰るのはやめたみたい、見て」

「一杯ついでくれ」と彼は諦めて言った。「おまえたちがオレをダメにする」

微笑みながら、口の中で何かを呟きながら、オルテンシアはよろけがちにバーに向かい、彼はケタの目をとらえて食品庫を指で示した――あのドアを閉めてくれ、女中たちがまだ起きているかもしれん。オルテンシアはウィスキーを一杯入れて持ってきて、彼の膝の上にすわった。液体を口の中で転がして飲みながら、目を閉じて味わいながら、彼女の裸の腕が自分の首のまわりに巻きつくのを、その手が髪の毛をかき乱すのを感じながら、彼はその支離滅裂な、優しい声を聞いていた――くそったれカヨ坊、くそカヨ坊。喉もとの火照りは我慢でき、気持ちよくさえあった。彼はため息をつき、オルテンシアをどけて、立ち上がると、彼女らを見ることなしに階段をのぼった。突然実体をもった幽霊が、背後から飛びかかって、人を突き倒すのだ――ランダにもそういうことが起こったにちがいなかった、誰もがそうにちがいなかった。寝室に入っても電気はつけなかった。手探りで鏡台の椅子のところまで進み、自分の不快そうな笑い声を聞いた。ネクタイを外し、上着を脱いで腰を下ろした。エレディア夫人が階下にいて、上がってくるのだった。体を固くして、じっと動かずに、彼女が上がってくるのを待った。

「時間が過ぎちゃったんで、悩んでるんだな?」とサンティアーゴが言う。「心配するなよ。僕の友達が教えてくれた、絶対確実な処方箋があるんだからアンブローシオ」

「オレたちはここにいたほうがいい」とチスパスが言った。「あそこはほんものの酔っぱらいばかりだから。下りるとテテに変なことを言ってきたりして、喧嘩になるかも」

「じゃあもう少し車を近づけて」とテテが言った。「踊ってる人たちを見たいの」

チスパスは車を歩道に近づけ、彼らは座席から〈エル・ナシオナル〉で踊っているカップルたちの肩と顔を見ることができた。ティンバレスを、マラカスを、トランペットを、そしてリマで一番のトロピカル楽団を紹介する司会者の声を、彼らは聞いた。音楽が静かになると、背後から潮騒が聞こえ、もしも振り返れば、海岸通り《マレコン》の胸壁ごしに白い泡と、割れて飛び散る波頭を見ることができた。何台もの車がエラドゥーラ海岸のレストランやバーの前に駐車してあった。夜は涼しく、星が出ていた。

「隠れて会うなんて最高じゃない」とテテが笑いながら言った。「何か禁じられたことをしているみたい。そんな感じがしない？」

「ときどき、親父もこの辺を一回りしに来るんだぜ、夜に」とチスパスが言った。「オレたち三人がここにいるのを見つけたりしたら、最高におかしいな」

「あんたと会ってることがバレたら、あたしたち殺されちゃうから」とテテが言った。

「感動して泣きだすよ、放蕩息子に会ったりしたら」とチスパスが言った。

「君らは信じないけど、もうすぐにでも家に顔を出すつもりだから」とサンティアーゴは言った。「誰にも知らせずに。もしかしたら来週にでも」

「信じろって言ったってね、もう何か月も同じことを言ってるんだから」と言ってから、テテの顔が華やいだ。「そうだ、いいこと思いついた。今これから家に行こうよ、今日パパたちと仲直りするの」

「今はダメ、別の日だ」とサンティアーゴは言った。「それに、君らと一緒じゃなく、一人で行きたいよ、メロドラマみたいにならないように」

「おまえはきっと家に行かない、なぜだか教えてやろうか」とチスパスが言った。「おまえは親父がおまえの下宿屋に出向いてくるのを待ってるんだ、おまえに謝って、何を謝る必要があるのかは知らないが、帰ってきてくれって頼みこむのを」

「あの悪たれベルムーデスに追われていたときですら、あんたは来なかったし、誕生日にすら電話してあげなかった」とテテが言った。「あんたもほんとに悪たれだよ超秀才」

「親父が泣きついてくると思ってるとしたら、おまえは頭がおかしいぞ」とチスパスが言った。「頭がおかしくて逃げ出したんだから、親父たちが恨んでいるのは当然だ。謝りに行かなきゃならないのはおまえのほうだ、恥知らずめ」

「毎回おんなじことを話し続けるのか?」とサンティアーゴが言った。「話題を変えてくれよ、頼むから。いつポパイと結婚するんだいテテ?」

「どうしたのよ、頭がいかれたの」とテテは言った。「つきあってるわけじゃないんだから。ただの友達よ」

「酸化マグネシウム乳液と、週一回のセックスだサバリータ」とカルリートスが言った。「胃袋の中がきれいで、ちんぽこが鍛えてあれば、悩みなんか吹っ飛ぶ。けっして失敗のない処方だぜサバリータ」

家にもどるとカルロータが取り乱してやってきた――旦那様が大臣でなくなったのだった、ラジオでそう言っているのだった、かわりに軍人がなったのだった。あそうなの？とアマーリアはパンを籠に入れながらとぼけてみせ、で奥様は？　怒り狂っているのだった、シムラが新聞を持って上がったら、ここまで聞こえる悪態をついたのだった。アマーリアはコーヒーのポットと、オレンジ・ジュースとトーストを持っていったが、階段の途中から〈時報ラジオ〉のチクタクいう音が聞こえた。奥様は着替えている途中で、新聞は乱れたベッドの上に放り出してあり、おはようの挨拶を返すかわりに、ブラックのコーヒーだけでいいから、と怒って言った。カップを差し出すと、奥様はひと口飲んでからカップをまたお盆の上に置いた。アマーリアはクローゼットから洗面所へ、鏡台へと、服を着ながらコーヒーを飲めるように彼女のあとについてまわり、その手がひどく震えているので眉毛のラインが曲がるのが見え、その台詞を聞いていると彼女自身まで震えてきてしまうのだった――あの恩知らずども、うちの旦那さんがいなかったら、オドリアも他の泥棒連中も、はるか昔に罠に落ちていたはずだというのだった。あの人なしで、あの恥知らずどもがどうするか、見せてもらおうじゃないの、リップのペンシルが手につかずに転がり、コーヒーを二度こぼし、彼がいなければ一か月だってもちやしないはずなのだった。化粧が終わらないまま寝室を出て、タクシーを呼び、待っている間も、唇を嚙んで、急に悪態をついたり。出ていくとすぐにシムラがラジオをつけ、彼女らは一日じゅう聞いていた。

軍事内閣についての話があり、新しい大臣たちの来歴についても報じられたが、旦那様については、どの局も何も言わなかった。夕暮れどきになって〈ラジオ・ナシオナル〉がアレキパのストライキが終わったことを伝え、明日には学校も大学も商店も再開するといい、アマーリアはアンブローシオの友人のことを思い出した――あそこに送られたのだった、もしかしたら殺されたかもしれなかった。シムラとカルロータがニュースについて話しているのを、彼女は聞く側にまわり、ときどき意識が離れてアンブローシオのことを考えた――心配して、やってきた、あんたのことを。もしかすると、政府から外れたわけだから、これからはここに暮らしに来るのかもしれない、とカルロータが言い、シムラは、そんなことになったらあたしらには大迷惑だね、そしてアマーリアはこう考えた――ほんとにそうなったのなら、アンブローシオが彼ら二人のために小さな部屋を借りるというのは何か問題があるだろうか？　それはたしかに、人の不幸に乗じることになるのかもしれなかった。奥様は遅くなって、セニョリータ・ケタとセニョリータ・ルーシーと一緒に帰ってきた。彼女らは広間に腰を下ろし、シムラが食事を用意する間、アマーリアはセニョリータたちが奥様を慰めるのを聞いていた――彼が外されたのはストライキを終結させるためであって、今後も家から命令を出し続けるはずだ、彼こそが実力者なのだから、彼のおかげでオドリアがいるんだから。でも、電話すらよこさないのよ、と奥様は言っていた、どこをうろついているのか、すると彼女らは、会議に出たり方策を話しあったりしているのだ、今に電話してくるだろう、もしかしたら今日の夜にでも来るかもしれない。彼女らはそれぞれにウィスキーを飲んでいて、テーブルについたときにはもう笑い交わしたり冗談を言いあったりしていた。真夜中の十二時頃にセニョリータ・ルーシーは帰った。

最初にやってきたのはオルテンシアだった、音をたてずに――そのシルエットが戸口にあらわれ、リャマのようにためらっているのが見え、それから暗がりを手探りで進んでスタンドの明かりをつけるのが見えた。正面の鏡の中に真っ黒のベッドカバーがあらわれ、逆立ったドラゴンの尻尾が鏡台の鏡の中で活気づき、オルテンシアが何かを言いはじめてその声がもつれるのが聞こえた。そのほうがいい、そのほうがいい。ふらつきながら彼のほうにやってきて、間の抜けた表情になりはてたその顔は、彼のいる部屋の隅の影の中に入って見えなくなった。で、あの狂った女は、もう帰ったのか？　と彼女に向けられた声は気むずかしく、焦れているように聞こえた。彼のほうへとそのまま近づくかわりに、オルテンシアのシルエットは方向を変えて、ジグザグを描いてベッドへと向かい、おだやかにその上に倒れこんだ。そこには光が少し当たっていて、その手が上に掲げられてドアを指差すのが見え、彼はその先に目をやった――ケタがやはり足音をたてずにやってきていた。彼女の上背のある豊満な体、赤みがかった髪、力強い姿勢。そしてオルテンシアが言うのが聞こえた——彼は自分とは何もしたくないのだ、ケティータあんたのことを呼んでいるのだ、彼女のことはゴミ扱いして、あんたのことばかり求めているのだ。女たちは口をきかなければいいのに、と彼は考え、決意をこめて鋏を握りしめ、静かな一切りで、チョキンと、二つの舌が床に落ちるのが見えた。彼の足下に、ぴくぴくともだえる二つの赤くて薄べったい小動物が転がって、絨毯を汚していた。その暗い影に隠れて彼は笑い声をあげ、ケタは命令を待つみたいに戸口に立ったまま、やはり笑い声をあげた——くそカヨ坊なんかとはあたし何もしたくないのよチョラ、彼は帰るんじゃなかったの、もう出ていくところじゃなかったの？　さっさと行けばいいのに、彼女らは彼のことなど必要としていないのだから、そして無限の苦悶の中で彼は考えた——酔っぱらってないんだな、彼女のほうは。へたくそな女優のように、しかも記憶を失いはじめて役を忘れてしまうのを恐れているかのように、ゆっくりと台詞を口にしているのだった。どうぞ中にエレディア夫人、と彼は、どうしても打ち負かすことのできない強烈な幻滅と、声が乱れるほどの憤怒を感じながら呟いた。彼女が動くのが、不安なそぶりをしながら前に進むのが見え、オルテンシアが、聞いた？　その女が誰か、ケティータあんた知ってる？　と言うのが聞こえた。ケタはオルテンシアの隣に腰を下ろしていて、彼のいる隅のほうはどちらも見てなく、彼はため息をついた。自分たちは彼のことなどいらないでしょチョラ、さっさとその女のところに行けばいいのに——なぜそんな芝居をするんだ、なぜ口をきくんだ、チョキン。

顔は動かさず、目だけをベッドからクローゼットの鏡へ、壁の鏡へベッドへと回転させながら、体が硬くなって、あたかも椅子のクッションから突然釘が生えてきそうなほどすべての神経が張りつめているのを感じていた。彼女らはすでに愛撫しあいながらお互いに服を脱がせはじめていて、しかしその動きは本ものにしてはあまりにも熱情的で、その抱擁は早すぎるか、遅すぎるか、接近しすぎていて、二人の口がお互いを貪る激しさはあまりにも急すぎて、彼は、二人とも殺すからな、もしも笑いだしたりするようだったら殺してやるのだった。しかし、彼女らは笑わなかった──まだ服を脱ぎかけのまま、横たわって絡みあい、ようやく口を閉じて、キスしあい、ゆったりとした身のこなしで体をこすりつけあっていた。彼は怒りが収まっていくのを、手が汗でぬれているのを、口の中に不快な唾液がたまるのを感じた。彼女らは今ではじっとしていて、鏡台の鏡の中に収まって、手がブラジャーのホックにかかり、指がスリップの下に伸び、膝が太股の間にはさみこまれていた。彼は身を硬くして待っていた、椅子の肘掛けに両肘を押しつけながら。彼女らは笑わなかった、もう彼のことは忘れていた、彼のいる隅のほうに目を向けることもなく、彼は唾液を飲みこんだ。彼は目が覚めたようで、突然人数が増えたかのようで、彼の目はすばやくひとつの鏡から別の鏡に、そしてベッドへと移動して、ガーターベルトを外し、ストッキングを巻きとり、パンティを引き下ろす俊敏な、自由な、巧みな手の動きをひとつも見逃さないように努めていて、彼女らは助けあい、引っぱりあい、そして口をきかないのだった。下着は絨毯の上に落ちていき、待ちきれない熱気の波が彼の隅にまで届いた。二人は今や完全に裸で、ケタが膝をついて、やわらかくオルテンシアの上にかぶさって、その大きな褐色の体でほとんど完全に覆ってしまおうとしていたが、天井からベッドカバーへ、クローゼットへと飛び移っていく視線は、なおも彼女の断片を、その上にかぶさる頑丈な影ごしにとらえることができた――白い尻の断片、白い乳房、純白の足、踵、赤みがかったケタの乱れ髪の合間に彼女の黒い髪、そしてケタは体を揺らしはじめていた。二人が息をするのが、喘ぐのが聞こえ、バネがかすかに軋むのが感じられ、オルテンシアの両脚がケタの脚からほどけて、上にもちあがって、二人の上に掲げられるのが見え、二人の肌の輝きが増すのが見え、今や匂いまで感じとることができるのだった。腰と尻だけが動いて、深い円形の動きをしていて、その一方で二人の上半身は貼りついたまま動かなかった。彼の鼻の穴は大きく開いていて、それでも呼気が足りなかった。目を閉じ、目を開き、力を入れて口から息を吸い、すると湧き出る血の匂い、膿、腐敗していく肉の匂いが感じられ、音がしたので目を向けた。ケタが今度は仰向けになっていて、オルテンシアが小さく、白く見えた――体を丸くして頭を傾け、湿った唇をかすかに開いて、色の黒いがっしりとした両脚の間にもぐりこんでいた。開いていく両脚の間に彼女の口は見えなくなり、閉じられたその目も黒い陰毛の繁みからわずかにのぞいているだけで、彼の両手はワイシャツのボタンを外し、シャツを脱ぎ去り、ズボンを引き下げ、激しくベルトを引き抜いた。彼はベルトを高く掲げて、考えることなく、見ることなく、奥の暗がりに目をすえたまま、ベッドのところに行ったが、一回打ちつけただけだった――複数の頭が首をもたげ、何本かの手がベルトをつかんで引っぱり、彼は引き倒された。悪態が聞こえ、自分自身の笑い声が聞こえた。彼に対して反乱を起こしている二つの体を引き離そうとしたが、かえって目の見えない息づまる渦の中で押され、潰され、汗が出るのを感じ、心臓が脈打つのが聞こえた。一瞬後、彼はこめかみに、無の中の打撃のような差しこむ痛みを感じた。一瞬身動きをやめ、深く息をつき、それから、体をよじって、癌細胞のように増殖していく不快感を感じながら彼女らから身を離した。横たわったまま、混沌としただるさに包まれて目を閉じていると、彼女らがふたたび体を揺すって喘ぎはじめるのが暗然と感じられた。ついに彼はくらくらしながら起き上がり、後ろをふり向くことなく浴室に入った――もっと眠らないと。

「で、チスパスはいつ結婚するんだい？」とサンティアーゴが言った。

ウェイターが車に近づいてきて、窓にお盆を設置した。チスパスがテテのコカ・コーラを、彼らのビールを注いだ。

「もうすぐにでも結婚したいんだが、今はむずかしいんだ、仕事の問題で」と彼は自分のコップの泡に息を吹きかけながら言った。「ベルムーデスのせいでうちは倒産寸前のところまで行った。最近になってようやく立ち直りつつあるんだが、全部を親父に背負わせるわけにはいかない。オレだってもう何年も休暇もなしに働きづめだ。少し旅行をしたい。ハネムーンで少しは取り返したいよ、少なくとも五か国には行きたいんだ」

「ハネムーンは忙しくて、何も見る時間がないだろ」とサンティアーゴは言った。

「小娘の前でゲスなこと言うんじゃねえ」とチスパスが言った。

「噂に聞くカリーというのはどんな女の子なのか、話してくれよテテ」とサンティアーゴが言った。

「とりたてて特徴のない子だなあ」とテテは笑いながら言った。「ラ・プンタ区出身の地味な子で、ほとんどしゃべらない」

「すごくいい子なんだ、オレたちはよく理解しあえる」とチスパスが言った。「そのうちおまえにも紹介するよ超秀才。ここに連れて来てもよかったんだが、まあ、どうかなって思って、わかるか？　おまえの馬鹿な行動のせいで、オレたちみんな面倒な思いをしてるんだぜ」

「僕が自宅に住んでないことは知ってるの？」とサンティアーゴは言った。「何を話したんだい？」

「おまえがだいぶいかれてるってこと」とチスパスは言った。「おまえが親父と喧嘩して飛び出していったこと。テテとオレが隠れておまえに会ってるってことすらまだ、彼女には話してない、家で急に口にされても困るから」

「いっつもあたしたちがどうしてるかって質問ばかりしてて、自分のことはなんにも話さないじゃない」とテテが言った。「それはズルいでしょ」

「こいつは秘密めかせるのが好きなんだよ、しかし、オレにはその手は効かないぜ」とチスパスが言った。「何をしてるのか話さないんだったら、それはおまえの勝手だ。オレはわざわざ質問して聞き出したりしない」

「でもあたしは知りたくてうずうずしてるんだよ」とテテは言った。「さあ超秀才、何か話してよ」

「下宿から新聞社に行って、新聞社から下宿に帰るっていうのだけをやってるんだったら、いつおまえはサン・マルコスに行っているんだ」とチスパスが言った。「おまえの話は作り事ばっかりだろ。大学に行ってるというのは嘘だ」

「恋人はいるの?」とテテが言った。「女の子とつきあってないなんて、信じないよ」

「他の人間とちがうんだってことを見せるために、どうせ、そのうち黒人か中国人かインディオと結婚するんだろ」とチスパスは笑った。「そのうちわかるさテテ」

「少なくとも、どんな友達がいるか、話してよ」とテテは言った。「相変わらず共産党ばっかりなの?」

「相手は共産党員からゴロツキに変わったんだ」とチスパスは笑った。「チョリーヨスに住んでる友達がいて、そいつは博徒みたいな男だ。逃亡者みたいな顔をしてて、酒の匂いがぷんぷんする」

「新聞記者が好きじゃないなら、どうして早くパパと仲直りして、パパの会社で働かないの」とテテが言った。

「ビジネスは新聞記者よりももっと嫌なんだよ」とサンティアーゴは言った。「チスパスには合ってるんだろうけど」

「弁護士になるのはやめて、ビジネスもしたくないって言ってたら、いつまでたってもお金持ちになれないじゃない」とテテが言った。

「問題は、金持ちにもなりたくないってことなんだよ」とサンティアーゴは言った。「第一、なる必要がない。チスパスとおまえがいずれ億万長者になる、そうしたら僕が必要になったときに恵んでくれるだろ」

「今日はまたずいぶんとひねくれてるな」とチスパスが言った。「教えてくれよ、金を稼ぎたいっていう人間のどこが悪いって言うんだ?」

「何も悪くないさ、ただ単に僕は金を稼ぎたくないってだけ」とサンティアーゴは言った。

「ま、それはこの世で一番簡単なことだな」とチスパスは言った。

「喧嘩になる前にチキン食べよう」とテテが言った。「おなか減って死にそう」

翌朝はシムラよりも前に目が覚めた。台所の時計ではまだ六時だったが、空はもう明るくて、寒くなかった。自分の部屋を掃除して、落ちついてベッドを整え、いつものように足先にシャワーの水を長いことかけて慣らしてから、ようやく少しずつ体全体で入った。奥様のことを思い出して笑いを浮かべながら石鹸をつけた――あんよ、おっぱい、おまんこ。出ると、朝食を用意していたシムラに、カルロータを起こしてくるように言われた。朝食をすませ、七時半に新聞を買いに行った。キオスクの若者が以前から彼女にちょっかいを出してきていたが、悪態を返すかわりに、しばらく彼と冗談を交わした。機嫌がよかった、日曜日まであと三日だけだった。朝早く起こしてほしがっていたから、とシムラが言った、もう朝ご飯を持っていってあげて。階段の途中で初めて新聞の写真を見た。ドアを何度かノックし、ようやく眠たげな奥様の声が、はい？　そこで彼女は話しかけながら中に入った――奥様、《ラ・プレンサ》に旦那様の写真が、出ているのだった。薄暗がりの中で、ベッドの二つの塊の一つが起き上がり、枕元の電気をつけた。奥様は髪の毛を後ろにかき上げて、彼女がお盆を椅子に置いてベッドに近づけているうちに新聞を見た。カーテンを開けましょうか奥様？　しかし彼女は答えなかった――写真を見つめて、目をしばたいていた。それからようやく、頭を動かさずに、腕を伸ばしてセニョリータ・ケタを揺さぶった。

「何なの」とシーツが文句を返してきた。「眠らせて、まだ夜中だから」

「逃げ出したんだってケタ」と激しく彼女を揺さぶり、新聞を呆然と見つめていた。「出てったの、逃げ出したんだって」

セニョリータ・ケタが起き直り、腫れた目を両手でこすってから、体を傾けて新聞を見ると、アマーリアはいつものように、彼女らが何も身につけずにこんなにくっつきあっているのが恥ずかしくて目のやり場に困った。

「ブラジルだって」と奥様は驚きあきれた声でくりかえした。「顔も見せないで、電話もしないで。あたしに一言も言わないで出てったのよケタ」

アマーリアはカップを満たしながら、新聞を読もうとしたが、奥様の黒い髪の毛とセニョリータ・ケタの赤髪だけしか見ることができず、出てってしまった、いったいどうなるのだろうか。

「そりゃあ、急に出発しなければならなかったんだろうね」とセニョリータ・ケタは、乳房をシーツで隠しながら言った。「すぐにあんたのチケットを送ってくるよ。どこかにあんたあての手紙を置いていったはずだよ、絶対」

奥様は様子がおかしく、アマーリアは彼女の口が震えているのを、新聞を持っている手が新聞を皺くちゃにしているのを見た——あのろくでなし、ケタ、電話もしないで、一銭も彼女に置いていかないで、そう言って彼女はすすり泣いた。アマーリアは回れ右して寝室を出た——そんなに泣かないでチョラ、カルロータとシムラに話すために大急ぎで階段を駆け下りながら、そう言っているのが聞こえた。

口をすすぎ、全身を丁寧に洗い、頭頂をコロンに浸したタオルで摩擦した。頭を真っ白にして、耳の中に繊細な振動音を聞きながら、ごくゆっくりと服を着た。寝室にもどると、彼女らはシーツで体を覆っていた。暗がりの中で乱れた髪を見分け、満たされた顔に口紅とマスカラの染みが広がっているのを、目の中に眠たげなくつろぎがあるのを認めた。ケタはすでに眠るために体を縮めていたが、オルテンシアは彼を見つめていた。

「泊まっていかないの？」と、その声は無関心でくぐもっていた。

「場所がない」と彼はドア口から言い、外に出る前に微笑みかけた。「明日、来るよ、もしかしたら」

急いで階段を下り、絨毯の上から鞄を拾い、表に出た。庭の壁にすわって、ルドビーコとアンブローシオは、角の警官たちと話をしていた。彼を目にすると口をつぐんで立ち上がった。

「ごくろうさん」と彼は呟き、警官たちに数リブラの紙幣を手渡した。「これで何か暖まるものを飲んでくれ」

彼らの笑みをかろうじて目にとめ、お礼の声を聞いてから車に乗りこんだ――チャクラカーヨに。背もたれに頭を乗せて、襟を立て、前の座席の窓を閉めるように命じた。じっと動かずに、アンブローシオとルドビーコのおしゃべりの音だけを耳にしながら、折々に目を開けると、通りや広場や暗い街道の位置がわかった――すべてが彼の頭の中では単調な振動音を立てていた。車が停車すると、二つの明るいライトが車を照らした。命令の声と、こんばんはというのが聞こえ、門を開けている警官たちの人影が見えた。明日は何時ですかドン・カヨ？とアンブローシオが言った。九時だ。アンブローシオとルドビーコの声が彼の背後に消えていき、家の入口から、ガレージの門扉を開けている人影が見えた。仕事机に数分間すわって、翌日の用件を手帳に書きこもうとした。食堂で冷たい水を一杯ついで、ゆっくりとした足取りで、コップが手の中で震えているのを感じながら寝室に上がった。眠るための錠剤は浴室の棚に、シェーバーの隣にあった。二錠を、ごくごくとたくさんの水で飲んだ。暗がりで時計のネジを巻き、目覚ましを八時半にかけた。シーツを顎まで引っ張り上げた。女中はカーテンを閉めるのを忘れていて、空は小さな光の粒が撒かれた黒い四角形だった。錠剤は眠気をもたらすまで十分か十五分かかるのだった。ベッドに入ったのは三時四十分で、目覚まし時計の蛍光針は四時十五分前を指していた。まだあと五分は眠れないのだった。

ラ・カテドラルでの対話《たいわ》（上）〔全2冊〕
バルガス＝リョサ作

2018年6月15日　第1刷発行

訳　者　旦《だん》 敬介《けいすけ》

発行者　岡本　厚

発行所　株式会社 岩波書店
〒101-8002 東京都千代田区一ツ橋 2-5-5

案内 03-5210-4000　営業部 03-5210-4111
文庫編集部 03-5210-4051
http://www.iwanami.co.jp/

印刷・理想社　カバー・精興社　製本・中永製本

ISBN 978-4-00-327964-9　　Printed in Japan

読書子に寄す

——岩波文庫発刊に際して——

岩波茂雄

真理は万人によって求められることを自ら欲し、芸術は万人によって愛されることを自ら望む。かつては民を愚昧ならしめるために学芸が最も狭き堂宇に閉鎖されたことがあった。今や知識と美とを特権階級の独占より奪い返すことはつねに進取的なる民衆の切実なる要求である。岩波文庫はこの要求に応じそれに励まされて生まれた。それは生命ある不朽の書を少数者の書斎と研究室とより解放して街頭にくまなく立たしめ民衆に伍せしめるであろう。近時大量生産予約出版の流行を見る。その広告宣伝の狂態はしばらくおくも、後代にのこすと誇称する全集がその編集に万全の用意をなしたるか。千古の典籍の翻訳企図に敬虔の態度を欠かざりしか。さらに分売を許さず読者を繋縛して数十冊を強うるがごとき、はたしてその揚言する学芸解放のゆえんなりや。吾人は天下の名士の声に和してこれを推挙するに躊躇するものである。このときにあたって、岩波書店は自己の責務のいよいよ重大なるを思い、従来の方針の徹底を期するため、すでに十数年以前より志して来た計画を慎重審議この際断然実行することにした。吾人は範をかのレクラム文庫にとり、古今東西にわたって文芸・哲学・社会科学・自然科学等種類のいかんを問わず、いやしくも万人の必読すべき真に古典的価値ある書をきわめて簡易なる形式において逐次刊行し、あらゆる人間に須要なる生活向上の資料、生活批判の原理を提供せんと欲する。この文庫は予約出版の方法を排したるがゆえに、読者は自己の欲する時に自己の欲する書物を各個に自由に選択することができる。携帯に便にして価格の低きを最主とするがゆえに、外観を顧みざるも内容に至っては厳選最も力を尽くし、従来の岩波出版物の特色をますます発揮せしめようとする。この計画たるや世間の一時の投機的なるものと異なり、永遠の事業として吾人は微力を傾倒し、あらゆる犠牲を忍んで今後永久に継続発展せしめ、もって文庫の使命を遺憾なく果たさしめることを期する。芸術を愛し知識を求むる士の自ら進んでこの挙に参加し、希望と忠言とを寄せられることは吾人の熱望するところである。その性質上経済的には最も困難多きこの事業にあえて当たらんとする吾人の志を諒として、その達成のため世の読書子とのうるわしき共同を期待する。

昭和二年七月

《南北ヨーロッパ他文学》〔赤〕

- ダンテ 神曲 全三冊 — 山川丙三郎訳
- ダンテ 新生 — 山川丙三郎訳
- 抜目のない未亡人 — ゴルドーニ 平川祐弘訳
- 珈琲店・恋人たち — ゴルドーニ 平川祐弘訳
- 夢のなかの夢 — タブッキ 和田忠彦訳
- ルネッサンス巷談集 — フランコ・サケッティ 杉浦明平訳
- カルヴィーノ イタリア民話集 全二冊 — 河島英昭編訳
- むずかしい愛 — カルヴィーノ 和田忠彦訳
- パロマー — カルヴィーノ 和田忠彦訳
- カルヴィーノ アメリカ講義 —新たな千年紀のための六つのメモ — 米川良夫 和田忠彦訳
- 愛神の戯れ —牧歌劇『アミンタ』 — トルクァート・タッソ 鷲平京子訳
- タッソ エルサレム解放 — A.ジュリアーニ編 鷲平京子訳
- わが秘密 — ペトラルカ 近藤恒一訳
- ペトラルカ 無知について — 近藤恒一訳
- 無関心な人びと 全二冊 — モラーヴィア 河島英昭訳
- 流刑 — パヴェーゼ 河島英昭訳

- 祭の夜 — パヴェーゼ 河島英昭訳
- 月と篝火 — パヴェーゼ 河島英昭訳
- シチリアでの会話 — ヴィットリーニ 鷲平京子訳
- 休戦 — プリーモ・レーヴィ 竹山博英訳
- ウンベルト・エーコ 小説の森散策 — 和田忠彦訳
- タタール人の砂漠 — ブッツァーティ 脇功訳
- 七人の使者・神を見た犬 他十三篇 — ブッツァーティ 脇功訳
- キリストはエボリで止まった — カルロ・レーヴィ 竹山博英訳
- ラサリーリョ・デ・トルメスの生涯 — 会田由訳
- ドン・キホーテ 前篇 全三冊 — セルバンテス 牛島信明訳
- ドン・キホーテ 後篇 全三冊 — セルバンテス 牛島信明訳
- セルバンテス短篇集 — 牛島信明編訳
- ドン・フワン・テノーリオ — ホセ・ソリーリャ 高橋正武訳
- 葦と泥 付バレンシア物語 — ブラスコ・イバニェス 高橋正武訳
- 人の世は夢・サラメアの村長 — カルデロン 高橋正武訳
- 恐ろしき媒 — ホセ・エチェガライ 永田寛定訳
- 作り上げた利害 — ベナベンテ 永田寛定訳

- エスピノーサ スペイン民話集 — 三原幸久編訳
- エル・シードの歌 — 長南実訳
- プラテーロとわたし — J.R.ヒメーネス 長南実訳
- オルメードの騎士 — ロペ・デ・ベガ 長南実訳
- 父の死に寄せる詩 — ホルヘ・マンリーケ 佐竹謙一訳
- サラマンカの学生 他六篇 — エスプロンセーダ 佐竹謙一訳
- セビーリャの色事師と石の招客 他一篇 — ティルソ・デ・モリーナ 佐竹謙一訳
- ティラン・ロ・ブラン 全四冊 — J.マルトゥレイ M.J.ダ・ガルバ 田澤耕訳
- 完訳アンデルセン童話集 全七冊 — 大畑末吉訳
- 即興詩人 全二冊 — アンデルセン 大畑末吉訳
- 絵のない絵本 — アンデルセン 大畑末吉訳
- ヴィクトリア — クヌート・ハムスン 冨原眞弓訳
- フィンランド叙事詩 カレワラ 全二冊 — リョンロット編 小泉保訳
- イプセン 人形の家 — 原千代海訳
- イプセン ヘッダ・ガーブレル — 原千代海訳
- ポルトガリヤの皇帝さん — ラーゲルレーヴ イシガオサム訳
- スイスのロビンソン 全二冊 — ウィース 宇多五郎訳

クオ・ワディス 全三冊	シェンキェーヴィチ 木村彰一訳
おばあさん	ニェムツォヴァー 栗栖継訳
兵士シュヴェイクの冒険 全四冊	ハシェク 栗栖継訳
山椒魚戦争	カレル・チャペック 栗栖継訳
ロボット (R・U・R)	チャペック 千野栄一訳
絞首台からのレポート	ユリウス・フチーク 栗栖継訳
尼僧ヨアンナ	イヴァシュキェヴィッチ 関口時正訳
灰とダイヤモンド 全二冊	アンジェイェフスキ 川上洸訳
牛乳屋テヴィエ	ショレム・アレイヘム 西成彦訳
冗談	ミラン・クンデラ 西永良成訳
小説の技法	ミラン・クンデラ 西永良成訳
ルバイヤート	オマル・ハイヤーム 小川亮作訳
中世騎士物語	ブルフィンチ 野上弥生子訳
王書 ―古代ペルシャの神話・伝説	フェルドウスィー 岡田恵美子訳
コルタサル短篇集 悪魔の涎・追い求める男 他八篇	木村榮一訳
遊戯の終わり	コルタサル 木村榮一訳
ペドロ・パラモ	ファン・ルルフォ 杉山晃 増田義郎訳
伝奇集	J・L・ボルヘス 鼓直訳
創造者	J・L・ボルヘス 鼓直訳
続審問	J・L・ボルヘス 中村健二訳
七つの夜	J・L・ボルヘス 野谷文昭訳
詩という仕事について	J・L・ボルヘス 鼓直訳
汚辱の世界史	J・L・ボルヘス 中村健二訳
ブロディーの報告書	J・L・ボルヘス 鼓直訳
アレフ	J・L・ボルヘス 鼓直訳
グアテマラ伝説集	M・A・アストゥリアス 牛島信明訳
緑の家 全二冊	バルガス＝リョサ 木村榮一訳
密林の語り部	バルガス＝リョサ 西村英一郎訳
弓と竪琴	オクタビオ・パス 牛島信明訳
失われた足跡	カルペンティエル 牛島信明訳
やし酒飲み	エイモス・チュツオーラ 土屋哲訳
薬草まじない	エイモス・チュツオーラ 土屋哲訳
ジャンプ 他十一篇	ナディン・ゴーディマ 柳沢由実子訳
マイケル・K	J・M・クッツェー くぼたのぞみ訳

《アメリカ文学》〔赤〕

- ギリシア・ローマ神話 付インド・北欧神話　ブルフィンチ　野上弥生子訳
- 中世騎士物語　ブルフィンチ　野上弥生子訳
- フランクリン自伝　松本慎一　西川正身訳
- フランクリンの手紙　蕗沢忠枝編訳
- スケッチ・ブック 全二冊　アーヴィング　齊藤昇訳
- アルハンブラ物語 全二冊　アーヴィング　平沼孝之訳
- ウォルター・スコット邸訪問記　アーヴィング　齊藤昇訳
- ブレイスブリッジ邸　アーヴィング　齊藤昇訳
- 完訳 緋文字　ホーソーン　八木敏雄訳
- 哀詩 エヴァンジェリン　ロングフェロー　斎藤悦子訳
- 黒猫・モルグ街の殺人事件 他五篇　ポオ　中野好夫訳
- 対訳 ポー詩集 —アメリカ詩人選(1)　加島祥造編
- 黄金虫・アッシャー家の崩壊 他九篇　ポオ　八木敏雄訳
- ポオ評論集　八木敏雄編訳
- 森の生活（ウォールデン） 全二冊　ソロー　飯田実訳
- 白鯨 全三冊　メルヴィル　八木敏雄訳

- 幽霊船 他一篇　ハーマン・メルヴィル　坂下昇訳
- 対訳 ホイットマン詩集 —アメリカ詩人選(2)　木島始編
- 対訳 ディキンソン詩集 —アメリカ詩人選(3)　亀井俊介編
- 不思議な少年　マーク・トウェイン　中野好夫訳
- 王子と乞食　マーク・トウェーン　村岡花子訳
- 人間とは何か　マーク・トウェイン　中野好夫訳
- ハックルベリー・フィンの冒険 全二冊　マーク・トウェイン　西田実訳
- いのちの半ばに　ビアス　西川正身訳
- 新編 悪魔の辞典　ビアス　西川正身編訳
- ヘンリー・ジェイムズ短篇集　大津栄一郎編訳
- 大使たち 全二冊　ヘンリー・ジェイムズ　青木次生訳
- ワシントン・スクエア　ヘンリー・ジェイムズ　河島弘美訳
- 赤い武功章 他三篇　クレイン　西田実訳
- シカゴ詩集　サンドバーグ　安藤一郎訳
- 大地 全四冊　パール・バック　小野寺健訳
- シスター・キャリー 全二冊　ドライサー　村山淳彦訳
- 熊 他三篇　フォークナー　加島祥造訳

- 響きと怒り 全二冊　フォークナー　平石貴樹　新納卓也訳
- アブサロム、アブサロム！ 全二冊　フォークナー　藤平育子訳
- 八月の光 全二冊　フォークナー　諏訪部浩一訳
- 楡の木陰の欲望　オニール　井上宗次訳
- 日はまた昇る　ヘミングウェイ　谷口陸男訳
- ヘミングウェイ短篇集 全二冊　谷口陸男編訳
- 怒りのぶどう 全三冊　スタインベック　大橋健三郎訳
- ブラック・ボーイ —ある幼少期の記録 全二冊　リチャード・ライト　野崎孝訳
- オー・ヘンリー傑作選　大津栄一郎訳
- 小公子　バアネット　若松賤子訳
- アメリカ名詩選　亀井俊介　川本皓嗣編
- 20世紀アメリカ短篇選 全二冊　大津栄一郎編訳
- 孤独な娘　ナサニエル・ウエスト　丸谷才一訳
- 魔法の樽 他十二篇　マラマッド　阿部公彦訳
- 青白い炎　ナボコフ　富士川義之訳
- 風と共に去りぬ 全六冊　マーガレット・ミッチェル　荒このみ訳

《東洋文学》〔赤〕

杜甫詩選 黒川洋一編

李白詩選 松浦友久編訳

蘇東坡詩選 小川環樹・山本和義選訳

陶淵明全集 全二冊 松枝茂夫・和田武司訳注

唐詩選 全三冊 前野直彬注解

玉台新詠集 全三冊 鈴木虎雄訳解

完訳 三国志 全八冊 小川環樹・金田純一郎訳

金瓶梅 全十冊 小野忍・千田九一訳

完訳 水滸伝 全十冊 吉川幸次郎・清水茂訳

西遊記 全十冊 中野美代子訳

菜根譚 洪自誠 今井宇三郎訳注

浮生六記 —浮生夢のごとし 沈復 松枝茂夫訳

野草 魯迅 竹内好訳

阿Q正伝・狂人日記 他十二篇 (吶喊) 魯迅 竹内好訳

寒い夜 巴金 立間祥介訳

駱駝祥子 —らくだのシアンツ 老舎 立間祥介訳

新編 中国名詩選 全三冊 川合康三編訳

聊斎志異 全二冊 蒲松齢 立間祥介編訳

李商隠詩選 川合康三選訳

柳宗元詩選 下定雅弘編訳

白楽天詩選 全二冊 川合康三訳注

タゴール詩集 (ギーターンジャリ) タゴール 渡辺照宏訳

マハーバーラタ ナラ王物語 —ダマヤンティー姫の数奇な生涯 鎧淳訳

バガヴァッド・ギーター 上村勝彦訳

朝鮮民謡選 金素雲訳編

朝鮮短篇小説選 全二冊 大村益夫・長璋吉・三枝壽勝編訳

尹東柱詩集 空と風と星と詩 金時鐘編訳

アイヌ神謡集 知里幸惠編訳

アイヌ民譚集 付 えぞおばけ列伝 知里真志保編訳

サキャ格言集 今枝由郎訳

《ギリシア・ラテン文学》〔赤〕

ホメロス イリアス 全二冊 松平千秋訳

ホメロス オデュッセイア 全二冊 松平千秋訳

イソップ寓話集 中務哲郎訳

アンティゴネー ソポクレース 中務哲郎訳

ソポクレス オイディプス王 藤沢令夫訳

ヒッポリュトス —パイドラーの恋 エウリーピデース 松平千秋訳

バッカイ —バッコスに憑かれた女たち エウリーピデース 逸身喜一郎訳

ヘシオドス 神統記 廣川洋一訳

アリストパネース 蜂 高津春繁訳

アポロドーロス ギリシア神話 高津春繁訳

黄金の驢馬 アープレーイユス 呉茂一・国原吉之助訳

アベラールとエロイーズ 愛の往復書簡 沓掛良彦・横山安由美訳

オウィディウス 変身物語 全二冊 中村善也訳

恋愛指南 —アルス・アマトリア オウィディウス 沓掛良彦訳

ギリシア奇談集 アイリアノス 松平千秋・中務哲郎訳

ギリシア・ローマ神話 付 インド・北欧神話 ブルフィンチ 野上弥生子訳

ギリシア・ローマ名言集 柳沼重剛編

ローマ諷刺詩集 ペルシウス・ユウェナーリス 国原吉之助訳

内乱 —パルサリア 全二冊 ルーカーヌス 大西英文訳

岩波文庫の最新刊

大江健三郎
キルプの軍団
高校生の「僕」は、刑事の叔父さんとディケンズの『骨董屋』を原文で読み進めていくうちに、とてつもない「事件」に巻きこまれてしまう……。（解説＝小野正嗣）
〔緑一九七-三〕 **本体九一〇円**

壺井栄
二十四の瞳
日本人に読み継がれる反戦文学の名作。若い女性教師と十二人の生徒の二十数年に及ぶふれあいを通して、戦争への抗議が語られる。（解説＝鷺只雄）
〔緑二二一-一〕 **本体七〇〇円**

ファン・ルルフォ／杉山晃訳
燃える平原
焼けつくような陽射しが照りつけるメキシコの荒涼とした大地に生きる農民たちの寡黙な力強さや愛憎、暴力や欲望を、修辞を排した喚起力に富む文体で描く。
〔赤七九一-二〕 **本体七八〇円**

プルースト／吉川一義訳
失われた時を求めて12
消え去ったアルベルチーヌ

アルベルチーヌの突然の出奔と事故死——。絶望から忘却にいたる語り手の心理の移ろいを、ヴェネツィアの旅、初恋相手の結婚への感慨を交えつつ繊細に描く。
〔赤N五一一-一二〕 **本体一二六〇円**

……今月の重版再開……

ジョージ・オーウェル／都築忠七訳
カタロニア讃歌
本体九二〇円
〔赤二六二-三〕

スエトニウス／国原吉之助訳
ローマ皇帝伝(上)(下)
本体(上)九七〇円・(下)一一三〇円
〔青四四〇-一〕〔青四四〇-二〕

矢羽勝幸校注
一茶 父の終焉日記・おらが春 他一篇
本体九〇〇円
〔黄二二三-四〕

定価は表示価格に消費税が加算されます　2018.5

岩波文庫の最新刊

大岡信、谷川俊太郎著
詩の誕生
詩とは何か、詩が生まれ死ぬとはどういうことか――。詩に関する万古不易のトピックをめぐって、現代詩の巨人が切りこむ、緊迫感に満ちた白熱の対話による詩論。
〔緑二一五-一〕 本体六〇〇円

アンナ・ゼーガース作／山下肇、新村浩訳
第七の十字架（上）
ナチの強制収容所から七人の囚人が脱走。全員を磔にすべく捜索が開始された。脱走者、そして周囲の人間の運命は？ 息づまる一週間の物語。（全二冊）
〔赤四七三-一〕 本体九二〇円

バルガス＝リョサ作／旦敬介訳
ラ・カテドラルでの対話（上）
独裁者批判、ブルジョアジー批判、父と子の確執、同性愛――。独裁政権下ペルーの腐敗しきった社会の現実を多面的に描き出すノーベル賞作家の代表作。（全二冊）
〔赤七九六-四〕 本体一三二〇円

ジョン・ロック著／加藤節、李静和訳
寛容についての手紙
信仰を異にする人びとへの寛容は、なぜ護られるべきか？ 本書はこの難問に対するロックの最終到達点であり、後世に甚大な影響を与えた政教分離論の原典。
〔白七-八〕 本体六六〇円

今月の重版再開

小野寺健編訳
フォースター評論集
本体七八〇円
〔赤二八三-三〕

コルタサル作／木村榮一訳
秘密の武器
本体八四〇円
〔赤七九〇-三〕

小川環樹著
唐詩概説
本体九七〇円
〔青N一〇九-一〕

ブレヒト作／岩淵達治訳
三文オペラ
本体七八〇円
〔赤四三九-一〕

定価は表示価格に消費税が加算されます　2018.6